凤歌当世

上

百里画纱 著

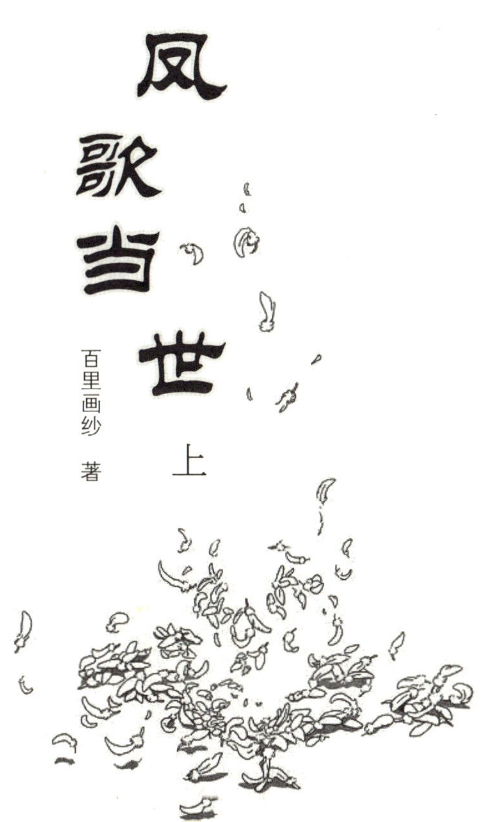

重庆出版集团 重庆出版社

图书在版编目（CIP）数据

凤歌当世 / 百里画纱著.—重庆：重庆出版社,2014.10
ISBN 978-7-229-07748-8

Ⅰ.①凤… Ⅱ.①百… Ⅲ.①言情小说－中国－当代 Ⅳ.①I247.5

中国版本图书馆CIP数据核字(2014)第065308号

凤歌当世

FENGGE DANGSHI

百里画纱　著

出 版 人：罗小卫

责任编辑：王　淋

责任校对：刘小燕

装帧设计：九一设计

重庆出版集团
重 庆 出 版 社　出版

重庆长江二路205号　邮政编码：400016　http:www.cqph.com

重庆市国丰印务有限公司印刷

重庆出版集团图书发行有限公司发行

E-MAIL:fxchu@cqph.com　邮购电话：023-68809452

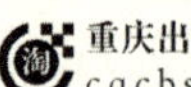

重庆出版社天猫旗舰店
cqcbs.tmall.com

全国新华书店经销

开本：700mm×1000mm　1/16　印张：39.5　字数：711千

2014年10月第1版　2014年10月第1版第1次印刷

ISBN 978-7-229-07748-8

定价：56.80元

目　录
Contents

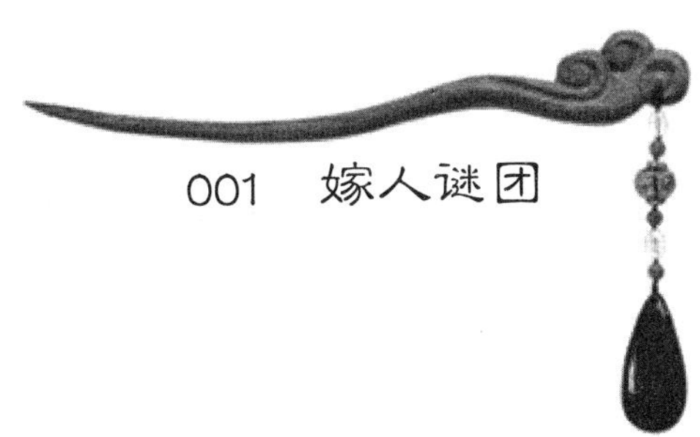

001 嫁人谜团

穆王朝，时逢夏至，云淡风轻，日光柔暖，嫁娶的好日子。

锣鼓喧天，鞭炮齐鸣，礼乐相随，红妆开路。

夹道百姓兴高采烈地看着这一幕，穆王府娶亲，屈尊降贵地迎娶三等贵族洛格将军家的小女儿，那可是穆王朝的才女，最有名的却是此女的温顺善良，与之对比的就是此女孪生姐姐的嚣张跋扈善妒花痴。难怪人家穆王府娶亲不娶那受宠的嫡长女洛芷珩，反而求娶不受宠的嫡次女洛凝霜。

虽然嫁给的是一个病秧子，但这病秧子却是穆王府唯一的嫡子，身份尊贵的小王爷，也算洛凝霜有福气。

看着那在最前方骑着高头大马，代替弟弟来迎亲的穆王府庶长子穆云锦，所有人只觉得呼吸有点困难。怎么会有这么好看的男人呢？

那男子一脸冷若冰霜，一身天蓝色缎子长袍，耳畔长发偶尔翻飞，剑眉紧蹙，目光含着淡淡的怒气。他此刻真恨不得将轿子里那个冒牌货给弄出来大卸八块，再扔到护城河去。

太丢人了！太过分了！

洛芷珩那个花痴白痴蠢货，竟然嫉妒她妹妹比她先嫁人，而将洛凝霜打得头破血流奄奄一息，要不是他刚好赶到，估计洛凝霜就被打死了。她们姐妹怎么样他

不管，但洛凝霜这样还怎么能来拜堂成亲？

最可恨的是洛芷珩竟然厚颜无耻地要求自己来代替，这终身大事也是能代替的么？可此刻木已成舟，穆王府丢不起没接来新娘这个人，而洛凝霜那个样子估计没有一两个月是无法好利索了，家族又有人见过洛凝霜，只能找人代替。为了明天的新妇给家人亲戚敬茶，才不得不让和洛凝霜一模一样的洛芷珩那个毒妇先来冒充一下了。

可是，还是恨不得弄死那个贱人！穆云锦抓着缰绳的手青筋暴跳，还在发抖。那个花痴刚才竟然抱着他的腰威胁他，不让她亲一口，她就不上轿！

贱人还那么矫情！明明就是她自己惹出来的麻烦，还敢来觊觎他非礼他！想到这穆云锦眼中划过一抹快意，刚刚那一掌打得可真痛快！打晕了你，等你拜堂的时候再打醒你，看你还怎么矫情！

他回头看了眼平静的轿子，满意地收回目光，敢威胁他，他有的是办法让你消停。

穆云锦并不知道他那盛怒和厌恶至极的一掌下去，不是把人打晕，而是将人打死了。可此刻那个歪在轿子里的死人却忽然狠狠地倒抽一口冷气，愣愣地看着眼前白白嫩嫩的小手，脸都白了，不可置信地哆嗦道："我不是死了么？姑奶奶我变鬼附体了？！"

脑子里那些乱七八糟的记忆，最后定格在那个如花似玉的美男一掌向自己拍来的画面，还有记忆中这个身体在一摊血前大声怒道："凭什么你比我先嫁人？我是姐姐我要先嫁人。"

所以说，眼前这红彤彤乱糟糟的场面是，她在嫁人的路上？！

洛芷珩抓紧了喜帕，此刻她缩在那里一动不敢乱动，担心有人掀开轿帘，她怕见光死！

她清晰地记得自己在和另一个山头的土匪抢货物的时候，因为没想到敌人竟然有火铳，而被击中，当场死亡了。而此刻却又有了知觉，可这身体明显不是自己的，还有脑子里的记忆也好奇怪。她猜想她真的是变成了鬼，然后附身在了这个女孩的身体里。鬼可是很怕见光的。她不想魂飞魄散。

天不怕地不怕的她，这一次遇见了从未遇见过，也从未听说过的事情，她不知道这叫穿越，断定了自己夺了人家女孩的身体，她满心憋闷忐忑和惊慌，老爹说不能夺人所好，她这算不算夺人所好？

在没有确定安全之前，洛芷珩决定保持沉默，低调收敛自己的暴脾气，现在她只是个来历不明的鬼，可不能让人给发现烧死。

花轿摇摇晃晃地到了穆王府，轿子外面一片杂乱的声音，她听不清，但是有个婆子在轿子门口喊道："新郎踢轿门。"

轿子哪里有门？洛芷珩迷迷糊糊的，很担心一会自己被阳光一下子就晒干了身体，她将手缩在袖子里，不让自己的肌肤暴露在阳光下。

她的纠结远不如穆云锦的。

穆云锦此刻脸色更加阴沉，就连刚才略胜夏北松一筹的好心情，都因为他必须代替弟弟抱着这个死女人进王府而烟消云散。

凭什么穆云诃娶媳妇要让他费心费力的？如果这个人真的是那个久负盛名的才女洛凝霜也就罢了，可偏偏这里面是个冒牌货，是个烂花痴！一想到洛芷珩那贱人的目光他就全身发抖。抱她？杀了他吧！

"大公子您快点啊，别耽误了吉时。"喜嬷嬷催促道。

穆云锦的眉头能夹死个苍蝇，他憋了一口气，掀开轿帘去抱洛芷珩，动作粗鲁地一把抓住她的柔荑拉扯进了怀里，柔软的身体因为惊恐而紧绷僵硬，穆云锦感觉到她醒了，心里比洛芷珩还要害怕，就怕她忽然发疯扑过来亲他一口。

洛芷珩只觉得手上一痛，紧接着就被带进了一具坚硬的怀抱，接着脑门一痛，那个人竟然把她撞在了轿子上面，还没有人敢这样对待她！洛芷珩疼得眼泪汪汪，小心翼翼藏着的火爆脾气唰地一下就出来了。

她忘了自己是个鬼怕见光了，染得鲜红豆蔻的白嫩小手伸出来，猛地按在了穆云锦的衣领下面，长长的指甲狠狠地沿着他的肌肤纹理顺势而下，瞬间给他的肌肤留下了五条与她指甲一样的艳丽颜色！

"唔！"穆云锦闷哼一声，脸色难看，他没想到这个花痴竟然会暗下黑手，并且这一手简直是又毒又狠又嚣张。从未吃过女人亏的穆云锦此刻真是火冒三丈，脖子上火辣辣的疼痛让他发了狠，拖着抱着洛芷珩的双手也同样用力，几乎要捏碎了洛芷珩的腿和肋骨。

洛芷珩更疼了，她招谁惹谁了？变成了鬼还要遭罪，心头火因为疼痛更高，本来打算停手的，但她手指一转，又从下向上地给了穆云锦一道五指山，同样血淋淋的。

穆云锦疼得心肝都跟着哆嗦，可他却不敢再有其他作为，洛芷珩的手在他的脖子内侧，刚好被喜帕挡住，当然可以胡作非为，但他的手都在洛芷珩的外侧，再用力，就有非礼调戏弟媳妇儿的罪名了。

心里的火气暗藏，不要紧，咱们来日方长，洛芷珩你等着！

就几步路，不用抱着洛芷珩进入王府，在大门口即可。穆云锦迫不及待地放

下了她，也可以说是扔了她。当然他的动作依然是优雅的。

而洛芷珩因为忽然被放开，一时间没反应过来，脚踩到了裙摆，整个人都向着前面扑去，喜帕瞬间滑落，她看清了面前的东西，一个高高的门槛，一盆烧得旺盛的火盆，而她，此刻正要倒在这两个东西上面。

一个能让她丢人，一个能让她毁容。

洛芷珩再反应灵敏身怀武艺，此刻也只能是手忙脚乱，她下意识地就要往一边躲去，最起码躲开那个滚烫的火盆。

然而这惊险的一幕，在众人的惊呼中，洛芷珩只觉得背后一股巨力来袭，她的头发被人狠狠地抓住，一把将她拽了回去，洛芷珩心头狂跳，在拉扯中猛地回头，一下就撞进了那人的怀中。

坚硬的胸膛。是那个罪魁祸首！洛芷珩的双眼瞬间充满了怒火，抬头望去，那一瞬间，四目相对，男人目光冷冽不耐烦，女人目光暴怒很气愤，两个人却都在那一刹那愣了一下。

洛芷珩脑袋嗡嗡地想：阿爹，你给我抢来的那些挑选夫君的男人，要是有眼前这个男人的一半好看，你闺女早就嫁人了！不如把这个男人抢回去当压寨夫人！

洛芷珩的土匪性子此刻因为美色而暴露无遗，她欣赏地看着穆云锦，来到这个世界第一次开口，强压下土匪的大嗓门，温温柔柔地呢喃道："公子可有妻子或者未婚妻或者喜欢你的人？"

先礼后兵。阿爹说了，当一个好土匪，要有做人的道德底线，不夺人所好，不做卖国贼！所以就算看上了这个男人，她也得先问问，这男人是不是别人的心头好？

穆云锦本来因为洛芷珩明亮眸子里那盛气凌人的怒气而惊讶呢，忽而听到她这蚊子一般的哼哼，立刻头皮炸开了，花痴果然还是花痴，怎么能以为她会正常？猛地推开她，见周围众人好奇打量的目光，穆云锦冷冷地掩饰："不用谢，应该的。"

洛芷珩可不是花痴，她只不过是生长在喜欢就要抢过来的口号下而已，所以她觉得理所当然。但是她同样不是个喜欢热脸贴人家冷屁股的人，这人的美色迷惑了她一下子，此刻再被推开，他眼中的厌恶，他的言行举止，都让洛芷珩没了面子。

她好歹也是名震四方的土匪头子……的女儿！名字在方圆百里那也是响当当的，竟然敢这样对她。她摩拳擦掌真想赏这男人两个耳光，但是四周那群奇怪的人用奇怪的目光看着她，她忽然僵硬，全身冰冷。

她忘了，她现在是个鬼！是个霸占了人家身体的鬼，怎么可以见光？怎么可以嚣张？洛芷珩吓得脸又白了。

一旁的喜婆见状立刻将喜帕捡起来盖在了她头上，扶着她谄媚地笑道："有惊无险，证明新娘子有福气啊，嫁给咱们小王爷那就更是大大的福气了，赶快跨过火盆进去拜堂喽。"

众人发出善意的笑声，没有人敢不善，穆王爷可是当今皇帝的亲弟弟，兄弟两个关系相当好，穆王爷又手握大权，可谓权倾朝野，一人之下万人之上，所以就算明知道小王爷活不长，众人也是好话连篇地说。

洛芷珩真的不想嫁人，但此刻的她身不由己，她不是这个朝代的人，她不敢放肆，生怕自己被人发现活活烧死了，她只能走一步看一步了。

在喜婆的指引下，洛芷珩高高地抬起腿，迈过了门槛和火盆，在穆云诃的牵引下进入了拜堂的大堂，里面此刻更是热闹，能坐在这里的人无不是高官贵族，皇亲国戚。

高堂之上坐着两名老人，男子国字脸，鬓角斑白，年约五十，威严魁梧，是穆云诃的父亲穆王爷穆仁广。女子也差不多五十岁的样子，脸上保养得很好，因为笑容满面而有些许皱纹，慈祥地看着进来的洛芷珩。她是穆云诃的母亲，佟氏。

"王爷王妃，吉时已到，请小王爷出来拜堂吧。"喜婆讨好地笑道。

"去请小王爷。"王爷声音低沉，威严中倒也能听出一丝喜悦。

洛芷珩忐忑地站在那里，看不见外面的一切，但能听到，忽然人们发出了阵阵惊呼，她诧异地仔细听，忽然听到了哼哧哼哧的声音，洛芷珩疑惑，这声音听上去怎么那么像……猪呢？

"哈哈哈，快看，一头猪！云诃哥哥变成一头猪了。"孩子天真的声音在大堂里响起，整个大堂唰地一片寂静。

王爷冷声道："小喜子这是怎么回事？你们小王爷呢？"

小喜子战战兢兢地道："回王爷……小王爷说他身子不便，就让这头猪代替他来拜堂。"

轰地一声！众人仿若炸开了锅，洛芷珩压制的怒火再一次被点着。

可就在洛芷珩怒火控制不住，想要掀桌砍人的时候，一声威严的嗓音忽然响起，吓得她连忙缩在了原地。她最懂得识时务了。

"胡闹！"王爷拍案而起，双眼冒火，眼看着就要一声令下派人前去抓穆云诃了，又一个柔弱的带着哭腔的声音响起了。

"王爷！您消消气，您也知道咱们云诃的身子不好，他的心思妾身明白，这场婚事说得好听点是成亲，可说到底还不就是冲喜，为什么冲喜我们明白，云诃那孩子心思聪慧自然更加明白。试问，一个嫁进来就等于是承认了他身子很不好的女子，如何能让云诃接受和喜欢呢？”

说话的是侧妃李氏，她是穆云锦的亲生母亲，在家里有举足轻重的位置，更因为长相甜美并且善解人意，而被王爷宠爱。她此刻开口，说的都是实情，却没有人想到她将实话说出来，听上去是为了穆云诃辩解，但实际上又不是那么回事。

狡猾的狐狸。

洛芷珩听了这李侧妃的话，心中冷笑着给了她一个评价，只要是个明白人就能听出来，这话简直一箭三雕啊，既表明了小王爷身子不好，又表现了她的善解人意，更给了洛芷珩一巴掌。

虽然这一巴掌是给洛凝霜的，但现在是她洛芷珩站在这里，丢人的也是她。无形中就告诉洛芷珩，她不会受宠，她嫁过来也是受气，就连她的夫君都不喜欢她。

老王爷想必也是想到了爱子的身体状况，一瞬间有些颓废，叹息了一声对王妃说道：“那也不能如此胡闹，这可是他的好日子，怎么也不能让他再任性下去。你是他的亲生母亲，你去将云诃找来吧。”

王妃脸上的笑容早已经维持不下去了，任谁这样说自己的儿子都会不开心的，她恨死了李侧妃，平日里嚣张也就算了，竟然在她儿子的大喜之日，说那样晦气的话语，真真是可气可恨。

但她必须要忍，如今她大权都已经被李侧妃这个贱人抢去，王爷又信任宠爱李侧妃，穆云锦又处处都比云诃强，她不忍耐又能怎么样呢？为了她的儿女，再苦再难她也会笑着面对。

“是，王爷，妾身这就去找云诃。”王妃雍容华贵地离去，那云淡风轻的样子比李侧妃的梨花带雨要清雅许多。

洛芷珩勾着嘴角听好戏，上山当土匪之前的自己家不也是这样么？她娘和二娘三娘之前天天风起云涌的，她在女人们争宠斗法的胭脂硝烟中长大，自然对其中的猫腻很有感触。

果然有女人的地方就有战争，她以后就要在这样热闹的家庭中生活了么？天天看大戏倒也不错，不过前提是她这个鬼能活下来。

王妃来到穆云诃的房外，就听到一阵几乎窒息的咳嗽声，她脸色一变连忙提裙进屋。一看到缠绵床榻的儿子，她红了眼战抖地喊道：“诃儿！”

穆云诃听到母亲的声音仓促抬头，那张苍白的容颜能瞬间揉碎所有人的心扉！

满室苦涩的药味中，穆云诃猝然抬头，凌乱的发丝迭起，零零落落的在耳畔眉间脸侧迭起，投下一片的阴影却遮挡不住他高挺的鼻梁，上面布满晶莹剔透的细小汗珠，那狭长的眸子此刻微微睁大，翘起的睫毛仿若天庭遮挡朱颜的水晶珠帘，将他那双盛满痛苦的幽深眸子里所有倔犟的光芒寸寸割碎，凄厉华美得叫人心颤。

猛然间，他眸子轻眨，之前那眼中脸上所有的痛苦之色仿若只是别人的恍惚而已，他笑得一派肆意与欢腾，撒娇般地对恐惧难过的母亲说："我最美丽的娘亲怎么眼红了？该不会是您那还没拜堂的媳妇惹您生气了吧？我就说不要媳妇，您偏不听，您看，儿子还没娶了媳妇儿就忘娘呢，您倒是先给那人气着了。"

听着穆云诃明明嘶哑干涩的嗓音，偏偏说着如此轻快的话语，王妃心如刀绞，那扑过去的动作也骤然僵住。儿子被病痛折磨到如此地步，尚能对着别人笑，她这个做母亲的怎能让儿子担心难过？

王妃稳住心神走过去，怜爱无限地用手轻点他的脑门，又温柔地为儿子将那凌乱的头发拢齐，嗔怪道："就你油嘴滑舌，刚刚咳成那样，可是不舒服了？"

穆云诃抓着母亲的手笑得没心没肺："哪儿啊，儿子好得很，左不过是因为要娶回来一个女人而心里不舒坦，儿子独来独往惯了，您和父王偏偏要往儿子房里塞个陌生人，还不兴儿子自个怄气？"

"可不能自个怄气，你都多大了还不娶媳妇儿，那不让人笑话么？还有刚刚，怎么能弄一头猪去？那么多人呢，让你父王的脸面往哪里放？"王妃佯怒道。

穆云诃洋洋得意地冷哼一声："大哥比我大，不还是没娶亲么？再说那头猪，那是给那女人没脸的，父王明白的，不用担心。"

"那也不行，你之前不是答应娘了么，今天会好好地拜堂成亲的，不能说话不算话啊，不然娘之前答应你的话也要不作数了。"王妃说着，眼眶又红了，可见是再也忍不住那酸涩的眼泪了。

穆云诃脸色一变，咬牙切齿地道："您竟然为了一个死丫头和我哭？"

"娘能怎么办？都到了这一步了，你不能这么坏，不能毁了人家姑娘！出不出去拜堂成亲，你自己看着办吧，只是以后娘若哭坏了眼睛，你可别上火。"王妃说完站起来就要走。

她和儿子之间的承诺，不管穆云诃的身体能撑到哪一天，不论他们母子之间谁先一步离开人间，都笑着面对，谁也不哭！可是每一次看到穆云诃明明痛苦却强装快乐的样子，让她这个做娘的怎么能不难过落泪？

她的儿子这么优秀，这么孝顺，为何却这么地命运坎坷？若可以，她这个母

亲恨不得为他痛，偏她无能为力。

毁了人家姑娘？恐怕他真的娶了那姑娘才是毁了人家吧。一个将死之人，凭什么娶妻？

穆云诃看着母亲又显得苍老了许多的背影，咽下喉咙里那阵奇痒难耐的咳嗽，艰涩地说："娘，若这是您希望的，儿子去和她拜堂就是，您……别哭，别再为了我哭，儿子怕到死都还不清您的恩情。"

穆云诃知道洛凝霜的盛名，才女，不知道有多少名门望族惦记着她呢，只不过他的门第更高，别人也只能望而却步。

迎娶洛凝霜不是穆云诃想的，他这辈子最爱的人就只有一个为了他忍受一切放弃一切，生他育他陪他一起受苦的母亲，而他苦苦撑着这条命，只是希望在他活着的时候，让母亲多一天的尊荣。他知道，他若死了，他母亲必定会被那群女人联手拉下来，他没能力保护和帮助母亲，就只能用他的生命去为母亲多争取哪怕一天的安稳。

可是这样苦撑着的身体，早已经精疲力竭，还能撑几天呢？不过是痛上加痛罢了。

"王爷，云诃来了。"王妃回到大堂对王爷浅笑道。

王爷看她微微红润的眼眶，不由得叹息一声，轻轻地拍了拍她的手。

"小王爷到！"

洛芷珩心脏怦怦快跳了几下，她咬着嘴唇屏住呼吸，听到的是杂乱的脚步声，有人走到她的身边，一句好听但很暗哑的声音在身侧响起："儿子见过父王，母妃。"

王爷看着穆云诃从外面被人扶着进来，那样俊美的孩子，本应该策马扬鞭肆意人生的。他心头不禁黯然，再也没有责怪穆云诃的念头，慈祥地道："既然来了就拜堂吧。"

穆云诃勾着苍白的几乎透明的唇，嘴角弧度很好看，他歪着身子全然靠在小喜子身上，无力的样子，对洛芷珩笑嘻嘻地道："你就是本小王爷以后的媳妇儿啊？"

他说着，竟还抬起了手，轻轻地弹了一下洛芷珩的额头。

"哎呦！"洛芷珩蒙着盖头当然看不到，被弹到了之前撞在轿子上的地方，她疼得没忍住叫了一声。心里暴怒，这古代人是不是都手贱啊，等姑奶奶找到好办法活下来，一定拿着菜刀砍翻你们这群臭男人。

"别胡闹。凝霜啊云诃就这样子，没个正经的，你不生气吧？"王妃和蔼地对洛芷珩道。

当然生气！可洛芷珩得忍，等洞房再收拾他，那就到晚上了吧，哼，她这个鬼一定不怕晚上的。她娇娇弱弱地点点头，众人大笑中，王爷说拜堂吧。

——

将军府

满身是伤的洛凝霜此刻满眼怨毒，看着镜子中额头上的那条伤痕和满脸的青肿，她啪地扔了镜子，阴狠怒道："洛芷珩你个贱人！我不过是稍微激怒你一下而已，你竟然就将我往死里打。我不会让你好过的。你以为你抢走了我的东西？哼，掉入我的陷阱都不知道，果然还是一如既往地蠢啊，这一次我就让你彻底身败名裂！"

洛凝霜狞笑道："这桩婚姻是我的一个劫，利用洛芷珩躲开这个劫，还顺手将她推进了火坑里。抢夺妹妹的夫君，还将妹妹重伤，这个消息一旦传开，洛芷珩还能有好日子么？就连我那个爱她如命的父亲都要哑口无言了吧！"

"我恶毒吗？不，这些都是那父女两个逼的！要不是父亲偏心，拿她当掌中宝，拿我当丧门星，我会有这么大的怨气么？我们是孪生姐妹，就因为生我之后我母亲难产死了，就要怨恨我么？我今日对他们的所作所为，都是他们咎由自取，是他们的报应，他们活该！"洛凝霜那张被打得猪头一般的脸，此刻表情扭曲骇人，怨气淹没了她的理智。

洛凝霜叫来了心腹丫鬟道："暖春，你去让咱们的人将消息放出去，一定要确定洛芷珩和那个短命鬼拜堂之后，事情无法更改了，再将洛芷珩冒名顶替的事情传播到穆王府。"

暖春不解："这是为何？让他们早点知道，然后将人小姐赶出来，岂不是更好？"

洛凝霜冷笑道："自然不好！我就是要让洛芷珩嫁给那个短命鬼，让她成为克夫的不祥之人，也尝一尝我背负了这么多年克母罪名的滋味。她若是无法和穆云诃成亲了，穆王府再让我嫁过去怎么办？我这辈子是绝对不会嫁给穆云诃的。而洛芷珩顶着那样名不正言不顺的尴尬身份，再加上她这么多年来的臭名昭著，被不得不接纳她的穆王府留下，你以为爱面子身份尊贵的穆王府众人能善待她么？"

暖春笑道："奴婢明白了！到时候大小姐孤立无援，又是个爆竹性子，受不得一点委屈，必定与穆王府的人摩擦甚大，下场不是被休就是不得好死。"

"聪明。"洛凝霜阴冷地笑道。

暖春露出了与她一样的笑意："奴婢立刻就去办，必定将这件事情办得利利

索索的。”

“一拜天地”

“二拜高堂”

“夫妻对拜”

“礼成，送入洞房！”

随着这道声音的落下，众人齐声高呼：“恭贺小王爷大婚。”

洛芷珩晕乎乎的，这就拜堂了？还好她是个鬼，不然的话以后真的要和这个陌生男人生活一辈子，那她岂不要委屈死了？得想个办法逃走，现在先按兵不动。

“感谢各位的大驾光临，小王实在身体不适，就带着媳妇儿先离开了，诸位放开畅饮便好。”穆云诃带笑的声音就在洛芷珩耳边响起，比之前还要虚弱。

洛芷珩的记忆中有这个男人的印象，据说是个病秧子呢，现在感觉，该不会是即将撒手人寰了吧？不然怎么这么有气无力的？

“快回房吧，和你媳妇儿吃些东西。”王妃心疼地说道。

此刻，从最靠近大门的方向渐渐地人们再一次骚动起来，一个个传话后脸色古怪地看着那站在大堂之中的新娘子，很快，就有话传到了王爷与王妃耳中。

“什么？此话可当真？”王爷脸色铁青地怒道。

管家战战兢兢地道：“奴才不敢说谎，也不知道怎么的这个消息就传来了，此刻外面已经传疯了，有许多人围在王府外面看热闹，大臣们也知道了。”

“怎么会这样？荒唐，简直太荒唐了！”王妃浑身直哆嗦，不可置信地呢喃。她在看向新娘子眼中没有了慈爱。

洛芷珩身在流言蜚语和议论之中，浑身的不自在，她感觉得到四面八方投来的目光，她很紧张，她都让自己很没有存在感了，不会这群人发现了她是个鬼了吧？洛芷珩手心冒汗，眼珠子滴溜溜地乱转，大脑飞快思考，要怎么办？虽然她现在是个鬼，但她好像并不会什么厉害的法术，那就不能吓唬他们逃跑。那说实话？可他们必定不理解不相信她没恶意，说不定会立刻找人把她从这具身体里揪出来，撒上黄酒和雄黄，放在火里面烧死。他奶奶的，怎么做都憋屈，干脆姑奶奶就杀出去，大不了鱼死网破！

洛芷珩正胡思乱想，流言蜚语已经席卷整个王府，眼看事情迅速被众人知道无法隐瞒的王爷，不得不威严地开口：“那新娘子，本王问你，你叫什么？”

洛芷珩一愣，新娘子不就是自己？她几乎下意识地回答：“洛芷珩。”她叫洛芷珩，这是她爹给取的名字，此刻她最开心的就是这具身体的主人也叫洛芷珩。

完了！

穆云锦和夏北松的脸色都是刷地就变了。全场哗然！

谁都知道，小王爷今日要迎娶的人是名满京城的才女淑女洛凝霜，而刚刚那个流言，就是洛芷珩几乎打死了亲妹妹，冒名替嫁的版本。此刻洛芷珩几乎是不打自招了。

这种事情简直就是荒谬，怎么还会有这样的小人恶人？竟然因为嫉妒亲妹妹先嫁人而伤害亲妹妹，还抢走亲妹妹的未婚夫。这洛芷珩的行为也太令人发指了。

穆云诃同样诧异，他眯起眸子看向自己刚刚拜过堂，已经正式成为他妻子的女子，竟然不是他应该娶的那个人？不过，洛芷珩，是那个臭名昭著的花痴？

"大胆！你是洛芷珩？那你怎么会嫁给本王的儿子？媒人说得清清楚楚，要迎娶的是洛家的二女儿洛凝霜吧，你怎么解释？"王爷怒道，声音仿若雷鸣，有震慑之威。

洛芷珩却全然不惧，她甚至撇嘴：谁知道怎么回事？是这个洛芷珩非要嫁过来的，又不是我要嫁给你儿子。但这个王爷似乎很厉害，她不能傻乎乎地硬碰硬，便放低了声音道："我也不知道怎么回事，就被人打晕了，醒来了就在这里拜堂了。"

此刻洛芷珩盖头底下的脸上奸笑的，该坏就坏，欺负她的就要想办法欺负回去，不论结果如何，刚才那个打了自己粗鲁对待自己的家伙，可不能放过。

这个死女人！自己要死竟然还拉着他做垫背！穆云锦气得咬牙切齿，但不得不上前说道："父王，事情是这样的……"他简单地将洛芷珩行凶的过程说了一遍，着重提到洛芷珩将洛凝霜打得几乎咽气，而后又道："洛凝霜的状态已经不能拜堂了，儿子实在担心她那个样子就算来了不仅不能给弟弟冲喜，反而会连累弟弟。所以儿子就擅作主张，想着将错就错，怎么也要给弟弟迎娶一个健康的妻子回来。"

这个狡诈的狐狸男！说得可真好听，如此一番言论下来，他虽然有错，但却又赢得了一个疼爱弟弟维护家人的好名声，而洛芷珩在他的口中更加地十恶不赦了。

洛芷珩牙齿磨得嘎嘣响，恨不得再将那人挠出一座五指山，他们民国时期大家族的男人都十分的有涵养，那些留洋回来的更是很绅士，断然不会对女子如此落井下石，这个男人真讨厌。

众人都被这诡异的事件弄得很惊奇，可谁也不敢再说什么，王爷的脸色阴沉得仿若滴水了。然而就在众人认为这个媳妇必定会被退回去的时候，一直沉默的穆云诃却忽然开口："父王，儿子可没力气再拜堂一次，所以就她吧，花痴配病痨，

也算绝配了。”

没想到这样一件大事情，就因为穆云诃的一句话，被一个黄毛丫头戏耍了的王爷，就真的什么也不追究了。王爷王妃虽然生气，但他们实在不忍心拒绝穆云诃的任何话语，况且已经礼成，他们就算夫妻了，这还是给儿子冲喜，与平常婚事不同，既然拜堂就决不能再悔改了。所以就算厌恶和不满洛芷珩，他们也得忍了。

这场闹剧发生得快，摆平得也快，一切照旧，只不过新娘子却在这一刻从洛凝霜变成了洛芷珩。

不可更改！

那边，洛凝霜没想到事情这么顺利，她还没做什么呢，就发生了她预期的最好结果。

洞房里，洛芷珩还迷迷糊糊的呢，明明感觉很惊险的时刻啊，怎么那男人一句轻飘飘的话，她就安然无恙了呢？

“你们都退下吧。”穆云诃的声音。安静了下来，洛芷珩有点紧张，有点好奇，忽然一阵撕心裂肺的咳嗽声在对面响起。

那咳嗽声很压抑，痛苦仿佛能通过空气蔓延而来，也卡住洛芷珩的喉咙一般，让她也压抑起来。手指头无意识地搅在一起，她努努嘴试探地开口问：“喂，你没事吧？”

回应她的是更加激烈的咳嗽声，洛芷珩觉得自己的肺都疼了，她确定房间里再无别人，便大胆地将喜帕撩起来一点，那双灵动的水眸在盖头麦穗下忽闪忽闪的，好奇而警惕地打量四周，目光纯净无辜得仿若一只无意中闯入迷谷的小鹿。

咳嗽得几乎无法呼吸的穆云诃，蓦然看见她的动作，还有那双骨碌湿润的眸子，充满了生机和灵动，是他望尘莫及的光明。咳嗽一顿，那一瞬间似乎有风轻轻地飞来，缠绕在了他的呼吸上，就连胸腔的剧痛都好像被缓解了一丝。

洛芷珩显然也发现了他，那双眼便越来越大，忽然她一把扯掉了盖头，小灵猴一般地几步跳到了穆云诃面前蹲下，白嫩的手指几乎指到他的脸颊，憋了半天蹦出一句话：“你好漂亮！”很适合当我的压寨夫人！

迎面扑来的是一阵暖人心脾健康的光的气息，穆云诃渴慕已久却得不到，他痛苦的眸子深处那一直蛰伏隐藏的困兽在这一刻忽然有苏醒的冲动，恨不得……撕碎了她的健康明媚，让她与他一块痛苦！

心酥酥麻麻的痛，他为自己的恶毒感到愧疚，却又因眼前女孩的健康阳光而深深地嫉妒。半晌他也憋出一句话：“滚，离我远点！”

洛芷珩愣住，怎么好看的漂亮男人都这么讨厌？她的暴脾气压不住了，猛地站起来很有气势地扔了盖头，掐腰娇吼："你敢让我滚？姑奶奶夸你漂亮那是你的福气，有多少男人想让我夸奖我还懒得理呢！"

看她那朝气蓬勃的样子，穆云诃就厌恶，一身的匪气就更招人烦。他的生命即将走到尽头，每天都要面对一个仿若初升太阳一样的小女孩，穆云诃更绝望。

不经历疾病的永远不能体会疾病折磨的痛，不遭受磨难的永远不会懂得磨难带来的伤，不面对死亡的永远无法知道，每一个黑暗都可能是死亡来临的绝望！

要让他怎么去平静地面对一个如此朝气蓬勃阳光健康的小妻子？

"滚开！"穆云诃忽然暴躁地推开洛芷珩，洛芷珩一个趔趄安然无恙，可他却因为无力而跌倒在地，接着就是撕心裂肺的咳嗽，一声一声，声声泣血。

"你怎么蛮不讲理！我……"洛芷珩横眉冷对，抬手就是做过千百次的挥鞭子的动作，可她手中没鞭子，而她也实在下不去手，她的手慢慢放下，轻轻地戳了一下穆云诃的肩膀，小心地问："喂，你没事吧？要不要我去找人来啊？"

她刚要站起来，穆云诃却不知道哪里来的力气，猛地抓住她的手腕，洛芷珩低头，刚好撞进了穆云诃猛地抬起来的倔犟痛苦的眸子里，那目光里有太多激烈的感情在撞击，洛芷珩似乎也被他纠结的目光撞了一下，呼吸一窒。

"不准去！别让任何人进来。"穆云诃说话的声音都有些战抖，他不想在今天让母亲再伤心了，就这一天，让她在她儿子的大婚中快乐一天吧，他这个不孝顺的儿子从小到大带给母亲的只有无尽的伤心和泪水。

"可是你……"这样会咳死的吧。洛芷珩迟疑了一下，率真的她第一次将自己快言快语的性子压下去。

"扶我去床上。"穆云诃命令道。

洛芷珩本来真想扶他一把的，一听他竟然敢命令自己，她的手反倒放开了，居高临下地冷笑："少命令我，我不是你的丫鬟奴婢！"

"你是我妻子！"穆云诃冷静平淡地道，而后用冷冷的目光看她。

"那不是……"我！那个我字她硬生生地卡在了喉咙里，笨蛋珩儿，可千万不能让人知道你是鬼附体啊。她又想到了自己现在的弱势，而且这个地方简直比清朝还要讲究礼仪和迷信的，她又身在这个王府里，更要处处小心了。

人在屋檐下不得不低头。虽然眼前这个夫君看上去很好欺负，但他目光太狠了，而且他后台强硬，那王爷王妃一个手指头就能碾死她呀，明显她不是对手，她要识时务。

眼珠一转，洛芷珩一脸笑容地扶起穆云诃，但是穆云诃也不知道是故意的还是真的没力气了，几乎整个身体的重量都压在了她的身上，她差点被压得闪了腰。

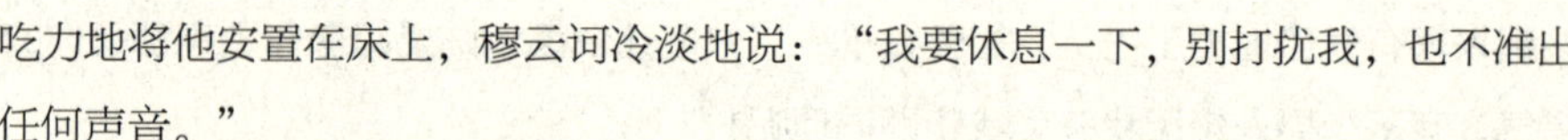

吃力地将他安置在床上，穆云诃冷淡地说：“我要休息一下，别打扰我，也不准出任何声音。”

洛芷珩看他闭上眼睛，皱皱鼻子暗哼一声，小脑袋四处乱转，忽然发现一旁有一个铜镜，她小心地走过去。

双手捂着脸站在铜镜前，洛芷珩有点心虚，她现在可是鬼，占据了别人的身体，不知道长得什么样呢。嫩白的手指头一根一根分开，眯着眼睛看镜中的自己，渐渐地手拿下来，她呆呆地看着铜镜里的人，好漂亮的容颜！

眉梢有些挑起，但是眉型好看，看上去就精怪，大大的眼睛圆溜溜的有点像猫眼宝石，秀气的鼻子，红艳艳的小嘴，在一身喜服下显得更加明艳动人。

虽然脑海中这具身体的孪生妹妹和自己一样的脸，可是洛芷珩只看这一眼就觉得还是她更好看。记忆中的洛芷珩今年十八岁了，因为父亲在外打仗，家里没人张罗，所以姐妹俩的婚事一再耽误。

而民国的洛芷珩在死的时候才只有十七岁，比这具身体的主人还要小一岁，而且穿来的洛芷珩早就忘了大家闺秀该做什么了，她不到十岁就上山当土匪，在土匪窝里长大，性格率真爽朗，从来不会拐弯抹角，又在一群大老爷们整天吆五喝六喊打喊杀中长大，那样欢快肆意的氛围中，洛芷珩没变成个男人婆都是上天保佑。

简而言之，穿来的洛芷珩性格中还是有一份单纯的，但因为生在乱世，见过真正的血腥死亡和现实，她并不会对谁都心慈手软，她灵魂在那样一个动荡不安的年代里成熟很多。

想到过去的自己，再看现在的自己，洛芷珩很沮丧，她将自己蜷缩在铺着雪白兽皮的长椅上，明亮的眸子也暗淡下来，她好想爹和娘啊，还想那群叔叔们和哥哥们。可自己现在是个鬼，在这个陌生的年代里，可能永远也回不去了吧。

一时间，彷徨，思念，害怕，在她那张紧绷一天的小脸上一一闪过。她嘟着嘴陷入自己的沉思中，没有发现床上的穆云诃却睁着眼光明正大地打量着她。

前一刻还像个发光体，健康活脱得让他嫉妒的小妻子，这一刻，即使被窗外的月光包裹笼罩，似乎也不能将她从寂寞的黑暗中拉扯出来。

穆云诃眼底涌荡着一种撕心裂肺的绝望和自嘲。就自己这要死不活的样子，谁会愿意嫁给自己呢？不管洛凝霜是真的被迫无法嫁给他，又或者是其他原因，嫁过来的是洛芷珩是个事实。他就算再廉价，也不会让一个女人如此的戏弄，所以他毫不犹豫地选择了洛芷珩。

最起码选择洛芷珩来陪伴他这个病秧子，他不用有太多的负罪感和愧疚，最起码有一天他再也睁不开眼呼吸停止的时候，他不会泉下不安。因为洛芷珩已经臭名昭著，他不用因为背负毁了一个女子美好的一生而去再欠下一笔感情债。

天色渐渐暗沉，有人进来伺候穆云诃吃药，点燃了喜烛，服侍洛芷珩换下了那厚重的喜服，而后递上了两个杯子，洛芷珩的杯中是酒，穆云诃的是水。

“请新人喝合卺酒。”喜婆笑道。

洛芷珩不情愿地接过杯子，和穆云诃交缠着胳膊，在流淌着烛泪的光火下共饮此杯……

房间里再一次只剩他们二人，穆云诃理直气壮地霸占那张看上去好舒服的大床，里面还有地方，洛芷珩却不想和一个陌生男人同床，但她又觉得她是女孩子，应该睡床，可穆云诃一点这个意思都没有。

虽然她现在是个鬼附体，但好歹表面上还是个人，也是需要睡眠的。

在穆云诃床边绕来绕去好久，好几次她都忍不住要破口大吼，但一想到这是戒备森严的王府，她就忍住了。烦躁地揪扯几下耳畔的长发，她终于忍无可忍地问道：“喂，我睡在哪里呀？”

穆云诃本来就快睡着了，她忽然出声打扰了他，他猛地睁开眼，凌厉的目光在倦怠的眼皮下显得威势不足，但仍有威力地冷漠道：“贵妃椅。”

洛芷珩气得鼓起了脸颊，看看那张椅子，又瞪着穆云诃怒道：“你也太不绅士了吧，竟然让一个女孩子睡凳子？就算那凳子再好看也不能抹杀它是一张凳子的真相。”

穆云诃被她生龙活虎的模样吓了一跳，虽然没力气了，但胸腔就是有股邪火噌噌地往上蹿：“你大呼小叫的就是个淑女了么？有凳子给你睡就不错了，挑三拣四的当心我让人把你扔到柴房去睡。”

“你怎么能这么坏？”洛芷珩不可置信地瞪大了眼睛，可在穆云诃冷冷的目光中，她有骨气地冷哼一声，“睡椅子就睡椅子，我怕你啊！”

她噌噌地走到椅子边上，又没被子又没枕头的，好在她观察力强心思活络，又回到穆云诃床前，身子往里面探去，那位置，她一弯腰胸口刚好在穆云诃的脸上方，距离近的穆云诃都能闻到她身上的香气。

穆云诃瞪大了眼睛，从小到大还从未有人这样在他面前放肆，这么大胆和放荡的动作，简直就是不知羞耻！他忽然觉得脸有种火辣辣的灼烧感，连忙闭上了眼睛，口中怒吼：“你好不要脸！还不快滚开！”

穆云诃理所当然地将洛芷珩这种举动当做是一种勾引。他又不喜欢她。本来还觉得洛芷珩也没有传闻中那么不堪的，这下在穆云诃的心中洛芷珩根本没有形象可言了。

洛芷珩够到枕头，又去抓被子，她心中念念有词，不管自己现在是人是鬼，都不能委屈自己，活着一天就要吃好喝好快快乐乐的，她要被子，要枕头，要美美地睡上一觉。听到穆云诃骂自己，洛芷珩满脸坏笑，移到了他的肚子上方拿被子的时候，一下子压在了他的身上，穆云诃闷哼一声，脸都白了。

洛芷珩连爬带滚地起来，笑嘻嘻地道歉："对不起啊没站稳，我这就滚，你慢慢睡吧。"

她扭着小蛮腰铺好了贵妃椅，大大方方地脱掉外裙，在穆云诃目瞪口呆面红耳赤中钻进被窝。

穆云诃从未见过竟敢当着男子脱衣服的女子，好半天他咬牙切齿道："放荡！"

第二天一大早，洛芷珩就被一阵脚步声吵醒，她懒懒地翻了个身，脸蛋冲着穆云诃，纤细的手指卷了个空心的小拳头，婴儿似地揉着沉重的眼帘，迷迷糊糊咕哝道："别吵，我还要睡。"

一屋子的人瞬间僵硬，丫鬟婆子小太监齐齐看向了对面角落，每个人的表情不一，他们忙碌起来，竟然忘了房间里还有一个人，他们新过门的小王妃。众人再看小王爷，却见小王爷的脸色比昨天更加不好了，眼睛下面还有黑眼圈，此刻正瞪着那锦缎被子里软绵绵的一团。

"起来！"穆云诃冷冷地喝道。

洛芷珩被这声吼吓了一跳，猛地从被窝里弹了起来，睡意消失目光凌厉地看向穆云诃，眼底还有一丝迷茫，而后渐渐恢复清明，眼前的一切提醒着她，她昨天经历的都不是假的。

"去服侍她洗漱更衣，然后去给父王和娘敬茶。"穆云诃吩咐道。

刚巧有一位婆婆走进来，她看了眼洛芷珩，对穆云诃怜爱地道："老奴给小王爷请安了，王妃让老奴来传话，说昨天闹腾得太累了，王爷也早早地就上朝了，就不用新媳妇给敬茶了，王妃让你们好好歇着，让小王妃好好照顾小王爷。"

这婆子话音一落，众人的脸色更是变幻莫测，不用敬茶？不让新媳妇敬茶那就等于是婆家不承认新媳妇，这新媳妇以后的日子有多难过可想而知。

穆云诃扫了洛芷珩一眼，见她竟然还是一副没睡醒的样子，似乎刚刚那么犀利的目光与她无关。他淡然道："既然是娘的意思，那就这样吧。"

承不承认都没关系，反正这个女人于他而言不过是一个为了让母亲安心的幌子而已。在他心中不重要。

众人却十分期待这冒名顶替进来的小王妃有什么反应，可是他们注定失望了，洛芷珩没什么反应。

“小王妃没有什么话要对王妃说么？”那婆婆试探地问，这个胆大包天敢对穆王府选定的人动手的女孩，不让她敬茶，她会不会也闹翻天？

洛芷珩听得清楚，她张嘴就想说没话说，但转念一想，王妃可是王府里的女主人，她得讨好，现在人家明显是厌恶她了，她就不能让人更厌恶了。脸上的迷糊一扫而光，她笑得乖巧又温顺地道：“那请婆婆转告给……王妃，就说珩儿等会再去给她老人家请安，珩儿要先服侍……夫君。”

洛芷珩以前的家里兄弟姊妹多，娘和二娘三娘的儿子都比她大，早已娶亲，婆媳之间的纷争真是五花八门，但最大的原因就是儿子的态度，媳妇的做法。洛芷珩冷眼旁观反而琢磨出来了婆媳之间的一些相处之道。

婆媳间不管什么事情只要儿子站在母亲那一边，那母亲准开心，媳妇和儿子之间不论有什么矛盾，都是媳妇的错，那婆婆准开心，媳妇拿丈夫当成天，嘘寒问暖，婆婆准开心。

婆婆开心了，对媳妇也就顺眼了，那媳妇的好日子还愁没有么？

穷人的孩子早当家，生在乱世的孩子自然也有一份特有的坚强和洞察敏感。别看洛芷珩年纪不大，但对婆媳问题那可是研究得顶呱呱，谁让她就是在一群女人婆媳问题间和鸡毛蒜皮中度日的呢。

一夜休整，初来的彷徨和不安此刻已经被她压下去，就算她是个鬼，但常人是看不到的，她要镇定才能不走错每一步道路，既然选择活着就得活得舒服点，找准位置是关键。

首先她的这个身份臭名昭著，除了那几个人外没有人喜欢她，不过不要紧，她又不是给别人活的，但要在这个家里立足，最起码不被欺负真的挺有难度。首先她嫁进来就名不正言不顺，这可是骗婚抢婚强嫁了，军阀作风，但她没有军阀的雄厚实力，所以被欺负是板上钉钉的。

大家不承认她不要紧，她得找到关键所在，这个夫君她真喜欢不起来，但是可以讨好一下婆婆，当家夫人给点好脸色，下面的人哪个不得掂量掂量？

果然，洛芷珩这套说辞，让那婆子的脸色好看起来，婆子笑得也有些和颜悦色：“小王妃真是有心了，但王妃今儿是真的累了，您就照顾好小王爷就好，那老奴就回去了。”

洛芷珩很有眼色，这老婆子来去自如，她一来那群下人都不敢造次，可见在王妃身边这婆子是有点地位的。她连忙下地，乖巧的笑容就没有消失过，亲热又不做作地扶着婆子的胳膊与她一同往外走：“珩儿送婆婆。”

那婆子虽然诧异却不见惊慌，谦卑地道：“那怎么使得？老奴不过是个老糟婆子罢了，小王妃快快回去吧。”

洛芷珩却略显撒娇地娇憨道：“没关系的，若婆婆觉得过意不去，回去之后别和王妃说珩儿赖床就好了，实在是昨儿个太累了。”

婆子眼底诧异更浓，这么明显的贿赂她也敢做出来，不过她的贿赂可比别人那些金钱贿赂的高明，她用尊重和热情，反而让这位身在高位多年的婆子颇有感触。婆子连忙笑道：“看您说的，新婚的媳妇睡懒觉不是正常么，您快回去吧，老奴也快走了。”

“婆婆慢走。”洛芷珩不知不觉已经送婆子来到门外，在婆子出院子之前也一直目送婆子离开，期间那婆子在门口处不着痕迹地回头看了一眼，见洛芷珩还在门口目送，身子明显一愣，洛芷珩嘴角的笑意更浓。

收买人心啊，还是温情路线更有效，钱财那冰冷的东西收买来的人心是最不稳的。洛芷珩深切地明白一个道理，一切建立在利益与钱财上的东西都不牢靠。

洛芷珩转身要回去，忽然就愣住了，日光暖洋洋地照在身上，她就站在日光下，她……还好好的！

她猛地转身，眼底的震惊渐渐变成狂喜，她缓慢地伸出手，那光便被她细长的手指缝切割成道道光线，她的手安然无恙，她的脸她的身体，依然还能够承受上天赐予的无上恩赐，她还能够像个正常人一般活在光芒下！

“啊！”她忽然大叫一声，带着无限喜悦和激动，她跑到了院子里，在日光下转圈，迎接那火热的光芒，红了眼圈。

本以为她这个鬼见不得光的，却没想到她还可以这样肆意地接触光，最大的担忧排除，她所有的压抑和恐惧似乎也在这一刻，被光芒驱逐，她欢快得仿若新生，在绚烂的日光中肆意欢笑大叫。

她的快乐，那张明媚精致小脸上的笑容，极具渲染力，似乎这空气都是欢快的。

站在窗子里看着她的穆云诃，只觉得这一刻的她是那么刺眼和明媚，那一身的朝气，与他一身的颓废和死亡气息简直格格不入。看见她，他就知道他是活在地狱深渊的，越发地绝望。

他隐藏起来的对于求生的渴望，他渐渐放弃挣扎妥协命运的颓废，在这一刻似乎都冒着森森寒气，让他恨不得摧毁她的快乐和生机。长期被病魔折磨的穆云诃，一直压抑着痛苦对人笑脸相迎的穆云诃，这一刻目光通红，那是羡慕和嫉妒的疯狂。

“够了！滚进来！”穆云诃用尽力气暴喝一声，那欢笑声戛然而止！

所有人噤若寒蝉，就连一直服侍穆云诃，忍受着他怪脾气的小喜子，这一刻都战战兢兢，因为他知道，主子是真的生气了。

穆云诃被狠狠地刺激到，他不愿意接受光，他的房间都是昏暗的，只有窗子零零星星透进的光点，他不会放声大笑，因为他没有那种肆意大笑的力气和勇气，所以他的院子里一直都是压抑的，就连说话声都是那么的微小。

每一个人面对他的时候，都是小心翼翼的，谁也不敢触碰他的底线，他知道因为他这个该死的病，这具该死的身体，他剥夺了照顾他的人的欢声笑语，他的负罪感一日比一日沉重，他的愧疚几乎淹没了他的人格，他笑容背后是一堆堆药堆砌起来的苦涩围墙，他把自己围在里面走不出来，也没人能走进去，使靠近他的人都变得不再快乐。

本来已经习惯了的，可是骤然一日，他的身边多了一个洛芷珩，那光，那笑，那生机，无不狠狠地刺激着他的心和眼，对生的渴望与对死的妥协，仿若一把生锈的钝剑，来来回回地在他被药水浸黑了的心上割拉，痛而暴躁。

洛芷珩撇撇嘴，他的暴怒却不能湮灭她的好心情，她脚步轻盈地来到穆云诃面前，她带着一身光进来，才发现这个房间是多么黑暗。活在这么阴暗的环境中，难怪这个男人这么阴晴不定喜怒无常的。

但为了保持自己言行前后一致，让人挑不出错来去和王妃告状，她很是温顺地浅笑道：“夫君怎么了？”

穆云诃有种恨不能撕裂她那张虚伪面孔的冲动，心中的暴虐是前所未有的，他却因为生气而剧烈喘息，就连发脾气都显得那么虚弱：“你不是说要服侍本王么？那么接下来擦身喂饭喂药就你来做吧。”

“啊？”洛芷珩怒得瞪圆了眼。

穆云诃阴森森地冷笑：“怎么，你自己刚刚说过的话你忘记了？还是你根本就不愿意服侍我，你刚才不过是在欺骗我母亲？”

穆云诃的表情太诡异，乖张中透着戾气，似乎洛芷珩敢点头，他就会立刻捏断她的脖子。

忍住！一定要忍住！洛芷珩真想一拳挥过去，打塌穆云诃那漂亮的高鼻梁！没事找事很有趣么？我今儿就忍了，谁让你和你娘以后是我的保护符，等我想到办法没有后顾之忧地逃出去，看我怎么收拾你。

“我怎么会骗人呢？我说的都是真的，那现在是先吃饭还是先吃药？”洛芷珩的笑容有点假，不过转念一想，一会可得好好伺候他，这样她就可以去王妃那里

邀功了，最起码能在王妃那里扭转一下坏印象。

“先擦身。”穆云诃冷冷地道。

洛芷珩一噎。只见下人立刻端上来两个清水盆，两块干巾，其他人就站着不动了。

穆云诃用目光指示她快点，洛芷珩假笑几声，将帕子浸湿拧干，就递给了他。穆云诃嘲弄地道：“这就是你的伺候？不应该是你亲自给本王擦全身么？”

洛芷珩差点将布巾扔他脸上，要不要脸？一个大男人让女人给擦身上？但她还是要忍着，那么多双眼睛盯着呢。干巴巴地说道：“那你把衣服脱掉吧。”

“你给本王脱。”穆云诃理所当然地说。

“凭啥？你自己没长手啊？”洛芷珩一个没忍住，这男人也太得寸进尺了吧。

穆云诃的目光一下子变得阴霾：“本王有手，但本王的手没力气，你既然是本王的妻子了，以后你就是本王的手脚，本王要做的一切事情你都要来做，记住，你没有权利反抗！”

你奶奶个熊的！

洛芷珩差点爆粗口将她二大爷的经典口语给骂出来，她憋得胸口发堵，太能找茬了！狠狠地安慰自己，姑奶奶先忍了，君子报仇十年不晚，穆云诃看你能猖狂到几时，早晚风水轮流转。

她扔了布巾，伸手去解穆云诃的扣子，很复杂的扣子解起来很费劲，她嫩生生的手指尖解了几颗扣子就有点隐隐作痛，她眉头紧蹙，脸上隐藏着不耐，但是却很认真。

看着她这样子，穆云诃眼底一片冰冷。本想着娶回来一个女人大家井水不犯河水地过日子，但是洛芷珩给他的冲击太大了，她那么光明，让他的心里汹涌地肆虐着一种“要她陪我一起水深火热不痛快”的冲动，那仿若是一种致命的诱惑，他抵抗不了！

他实在是太孤独了，太累了，她的出现，让他有一种从未有过的感觉，平静的生活将被打破，他黑暗的人生路上可以带着她，让她和他一起孤独，一起痛苦。似乎那样他就不会再一个人孤独地等待死亡，在痛苦中静默到天明！

温热的触感换回了穆云诃走神的神经，他垂眸，渐渐地红了耳尖，这个女人的呼吸喷洒到了他解开扣子的胸膛上！

“滚开！”穆云诃不喜欢有人这样亲密地接触他的身体，他忽然伸手推了洛芷珩一下。

洛芷珩本不会被一个虚弱的人推倒的，但她专心地解扣子，全然没防备，突然被推，她一下子跌坐在了地上，打翻了两盆水，弄得自己一身湿，狼狈不已。

穆云诃也是一愣，目光闪烁了一下，再一次的面无表情。

洛芷珩彻底火了，她张牙舞爪地爬起来，一脚猛地踩在了床上，匪徒的气势，打架的姿态，一手指着穆云诃怒道："你有病吧！我招你惹你了？你说什么我都做了，你竟然还出手打人？别以为你有人撑腰我就真的怕你了！"

又是这种生龙活虎的模样！

穆云诃心底的那点歉意刹那烟消云散，他阴森森地笑："你说对了，本王就是有病，还病入膏肓呢！你说不定明天就要当寡妇了。也真是你自己犯贱非要嫁进来的，你说是不是你招惹了本王？你既然自己非要嫁进来，那么所有的一切你就得受着，受不了就去死！"

他的毒舌完全隐藏在虚弱绝艳的表面下，第一次爆发，惊着了所有人。

仆人们下巴几乎要掉下来了，小王爷何时一口气说过这么多话？何时有过这种阴森森的表情？他不想让任何人为他操心和痛心，所以一直表现得笑嘻嘻的顽劣样。可他不知道他伪装的吊儿郎当的样子，更让人觉得难过。

而今日，小王爷一次又一次地打破常规，让他们知道，原来不是小王爷不爱说话，而是平日里的小王爷无话可说！他们又看向火冒三丈的洛芷珩，没想到这个女人刚嫁进来，就让小王爷有了一丝活力！

洛芷珩的脾气也上来了，她堂堂的女土匪，什么时候受过这等窝囊气？脑门一热，老娘不伺候了！她浑身湿漉漉的一脚踢翻了地上的铜盆，一身的水因为剧烈转身溅得哪都是，她很有骨气地道："死就死，伺候你这个麻烦精，我还不如早死早投胎呢！"

"小王妃息怒啊！"仆人们吓坏了，小喜子拉了几下没拦住，哭丧着脸哀求穆云诃道："祖宗啊，您这刚成婚，就让新娘子去死，这要是让王妃知道了一准儿生气啊，您就算不想想自己，也要想想王妃啊。"

穆云诃被气得胸口剧烈起伏，他那句去死出口就后悔了，但让他收回来是不可能的，洛芷珩这个蠢货，她要是软一点说点好话别当真，他不就消气了？她还敢和他对着干。穆云诃怒极反笑："都闭嘴！让她去死，谁也不准拦着她！她要不知道哪有井你们告诉她，让她赶快去投胎！"

洛芷珩都走到院子里，听到他的话，她顿住脚，一拍脑门暗自恼怒："笨啊，什么情况了竟然怄气，要一下子把他气死了我也好不了。再说了凭什么他让我死我就去死？我偏不！"

洛芷珩满眼火光地又回到了房间，穆云诃正气得咳嗽呢，猛一见到她咳嗽都顿住了，幽深的眼底闪过一抹莫名的光亮。

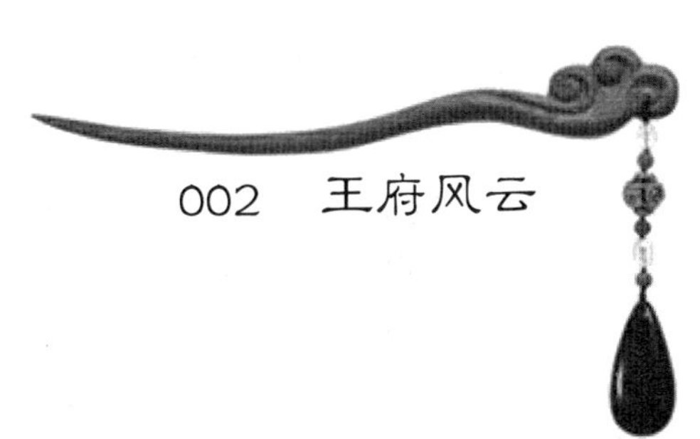

002　王府风云

“小王妃，奴婢伺候您更衣吧。”下人们见她回来了都松了一口气。

洛芷珩笑容满面，似乎刚才的吵架都不是真的似的，她轻声吩咐道：“不用，先服侍了小王爷再说吧，快去再打盆水来。”

下人们很惊奇传闻中喜怒无常嚣张跋扈的洛芷珩，竟然能忍下这口气，仿佛什么事都没发生一般。不禁对传闻有了一丝怀疑。

很快水拿来，洛芷珩这一次就平静地给穆云诃擦拭身体，她的动作不带一丝报复性，算不上温柔但很舒服，没有将穆云诃当琉璃娃娃一般轻盈对待，她没有再和穆云诃吵一句，穆云诃也出奇地安静了下来，就那么看着她面不改色地给他擦身。

脸，脖子，胸膛，胳膊，腹部，脊背……

一点一点，她认真做什么的时候都显得很专心，这个力道不轻不重，但穆云诃的身体已经承受不了过多的重力摩擦，于他而言渐渐地就有点疼了，可是他并没有再发脾气，这点痛对他来说不算什么，最起码这点痛让他有一种他还好好活着的感觉。那感觉让他没来由地心口微暖。

下人们伺候他的时候总是小心翼翼轻拿轻放，仿佛他真的到了轻轻一碰就会碎的地步，虽然知道那是为了他好，但他的自尊心还是有一种强烈的自卑的情感，

而他们不知道他们的小心维护于他这个病人而言，是在无言无形地用行动提醒他，他快不行了，他就要死了……

于是，他的四面八方无时无刻不是被死亡和绝望包围着的！

别的女人怎么样穆云诃不知道，除了两个大丫鬟和家里的亲人，他没见过其他女子的样子，但他想女子该有的矜持和羞怯洛芷珩却完全没有，她可以毫不扭捏地当着一个陌生男人脱衣服睡觉，可以面不改色地给男人擦身子，就算他是她的夫君，但他们相识不过一天而已，她就不会害羞么？

还是她早已经见惯了男人的身体，无所谓了呢？

穆云诃的好心情，因为这个邪恶的想法轰然变坏，他又想到了那些关于她的传闻，一个见到好看男子就走不动路，会给男子写情诗，会调戏男子的女子，这个传闻中的洛芷珩是那么地不堪。而他的心有点烦躁，更多的是鄙夷与丢脸。

因为现在这个人人口中不知廉耻的女子是他的妻子！

“够了！”阴沉地开口。穆云诃拨开了她的手穿上衣服。一想到她那双手摸过许多其他男人，穆云诃就浑身战栗，恶心不已。

洛芷珩挑眉，真他大爷的难伺候啊，不过为了一会儿能去你老娘那卖好减刑，姑奶奶今儿真的就忍了！

低头翻了个大大的白眼，洛芷珩端起一旁的那碗粥道：“那吃饭吧。”

“小王妃，小王爷都是先吃药再吃饭的。”在二人诡异的相处气氛中，小喜子不得不硬着头皮小心开口。

洛芷珩蹙眉，她不懂医，但她娘说吃了饭再吃药好，虽然中药很多都是饭前吃的。她问：“这是大夫要求的？”

小喜子连忙回答：“是的。”

洛芷珩也不好去改变人家的规矩，便放下了那碗粥，拿起了药碗。药已经温了，她便舀了一匙喂给穆云诃。

但穆云诃此刻正在为洛芷珩的不干净而感到恶心呢，哪里还肯让洛芷珩靠近，他一歪头，厌恶的目光毫不掩饰地对准她，冷声道：“小喜子来喂本王，让那些肮脏的人离本王远点。”

王八蛋！

洛芷珩的火被她狠狠地再一次压住，她真想畅畅快快地指着这个混蛋男人大骂一顿，你才肮脏呢！她狠狠地瞪了穆云诃一眼，反正她也不稀罕伺候这个大妖怪，将药碗重重地放在小喜子手中，她对丫鬟说：“带我去梳洗一下。”

直到洛芷珩消失在房间里，小喜子才狠狠地松了一口，苦哈哈地说道：“小王爷您今儿是怎么了？怎么就看小王妃不顺眼啊？小王妃也算不错了，您那么说她她都忍了回来了。”

穆云诃的神经也莫名地松弛下来，但是却又换上了平日里对待身边人的宽厚与漫不经心，这层伪装在洛芷珩来之前不曾被人发现，但此刻见识了穆云诃和洛芷珩之间的火爆状态，小喜子一下子就觉得这样的小王爷不如刚才的小王爷有活力和生气。

就好像，他们平日里面对的小王爷，因为有了对比，他们才猛然发现，原来以前的小王爷是死的，今日的小王爷才是活着的！

小喜子虽然发现了，却不敢提。

“她都已经嫁过来了，就要有点自知之明，这里不是那个有人疼爱她的将军府，她敢放肆，本王就能让她不痛快。”穆云诃冷哼道。

小喜子静默地服侍他吃药，穆云诃一脸嫌弃，一碗药吃得很困难。

洛芷珩换好了衣服梳洗完出来，刚好看见小喜子像只小猴子似的在床前跳来跳去，急得抓耳挠腮拼命劝说着穆云诃吃点饭。

洛芷珩有点想笑，但还是装作冷淡地道：“不想吃饭？”

穆云诃都懒得看她，小喜子一脸苦相唉声叹气道：“回小王妃的话，小王爷每天吃了那药就不愿意再吃饭了。”

洛芷珩本来不甚在意，可一看刚刚还能朝自己大呼小叫的穆云诃，此刻竟然了无生气地躺在床上，脸色似乎比刚才还要难看。

“小王爷经常吃了药就不吃饭么？”洛芷珩好奇地问了一句。

小喜子点点头。洛芷珩暗道，难怪这么瘦这么弱，经常不吃饭，正常人也受不了，何况一个病人呢。但这种事情她懒得管，他们之间没有什么关系，而且她也无能为力不是么？

“你多少吃一点吧，不然更难受，我要去见你母亲，你去么？”洛芷珩不得不开口和他说话。

穆云诃有气无力地哼道：“赶快滚！”

病死你算了！病了的人还这么惹人厌！洛芷珩心头怒吼，但为了讨好你娘，她脸上还是笑道：“我这就滚。”

“她真的是这样说的？还将你送到了门口？”本来面有愁容的王妃诧异地说道。

那从洛芷珩那回来的婆子闻言赶忙点头笑道：“可不就是，还一直站在门口看着老奴离开呢。这人今儿一接触，倒真的没有感觉到传闻中的暴躁骄蛮无礼荒

唐，说话的时候很温顺，娇柔乖巧得很呢，就是不知道她是不是装的了。”

有婆子进来传话，赫然是将之前洛芷珩与穆云诃发生的所有事情报告上来，就连洛芷珩做了什么说了什么表情是怎么样的，都事无巨细地描述清楚。这是个探子。

王妃听后很震惊诧异，还没来得及说什么，门外就传来了丫鬟的通报：“王妃，小王妃来给您请安来了。”

王妃对胡妈妈笑道：“这丫头来得还真快，这一次我可得好好看看，能把我儿闹腾惹得大发脾气的小王妃有什么与众不同。让她进来吧。”

在下人的领路下，洛芷珩昂首挺胸毫不畏惧沿路仆人各色目光地来到了王妃的院子。她心里面其实很忐忑，此刻王妃算得上是直接掌管她的土匪头子了，要想日子过得好，就要讨好头目高兴。

仔细回想一下刚刚和穆云诃之间的事情，虽然她有的时候发火，但好在都忍耐下来了，就算被人来通风报信，应该也问题不大。

“小王妃请进。”丫鬟引导洛芷珩进入这富丽堂皇的女主人地盘。

在这栋古色古香的房间中，她看到了之前的那个婆子，还有端坐在主位上的中年女人，这女人绝对称得上风韵犹存，身着华服，头戴金步摇，面容与穆云诃有点相似，但没有穆云诃的棱角与俊美，反而显得很柔美慈祥。

初见婆婆，洛芷珩并没有一般女孩的羞涩和胆怯，她反而用一种大胆与好奇的目光看着王妃，灵动的眸子里盛满了显而易见的惊讶，让她那张不大的小脸有种古灵精怪的调皮感。

这是王妃第一次见到洛芷珩，第一面，洛芷珩给她的感觉绝对不是什么小家子的三等贵族中出来的骄纵跋扈蛮横无理。而是一种清清爽爽，满身自然气息、对什么都好奇有股子无畏无惧气势的干净少女。

她那张小脸上有毫不掩饰的惊讶和欢喜，让王妃觉得这个孩子是一个藏不住心事的人，有什么都摆在脸上，又能有什么坏心计呢？真正看不透的人是那种笑面虎，柔柔弱弱的女子不代表真的弱不禁风，说不定她们就是最有剧毒的蛇蝎！在你不防备的时候对你一击致命！

所以就冲着洛芷珩这股子干净劲儿，王妃就对她减少了一份厌恶感，多了一丝探究。这个女孩真的会将亲妹妹打得头破血流，任性不顾后果地来替嫁么？

洛芷珩敏锐地捕捉到了王妃见到她时，脸上一闪而逝的笑意，这让她心里面有了点底，只要不是厌恶到没有回旋，她就有把握在这个家里整出一片地来，不用大，够立足就好。

“世人总说洛凝霜才貌双全，却忽略了，孪生姐姐的洛芷珩样貌必定也是出众的。连我这个王妃也跟着忽略了。”王妃缓缓开口，柔婉的声音里有着笑意，不似昨天那般冷。

洛芷珩大眼睛一下子就笑弯了，洁白的小虎牙在笑容中让她显得更可爱和娇憨：“王妃是在夸奖珩儿漂亮么？”

她问得直白，王妃与胡妈妈都愣了一下，旋即像是笑开了，胡妈妈笑道：“王妃您看老奴说得不假吧，这小王妃是个直爽性子呢，连这话也敢问出口，好不知羞呢。”

王妃阴霾的心情，竟也在洛芷珩这个不规矩的露齿笑容中淡去，她指着身旁的椅子道：“是夸赞你漂亮呢，快来坐吧。”

洛芷珩笑得更明媚了，她乖巧地跪在王妃面前恭恭敬敬地磕了一个头，道：“儿媳洛芷珩给王妃磕头了。请王妃原谅珩儿之前的错吧。”

这个头磕得没有什么不甘愿，也是为之前洛芷珩的刁蛮的一种赎罪吧，而且她出生在那样的年代里，封建迷信和老传统还在的，给长辈磕头是礼貌。

王妃自然知道她说的错是指替嫁这事，但她竟大大方方地承认错误说出来，反而让人无法再怪她。晚辈行礼了，还承认错误了，不接受就显得长辈不够宽容慈爱了。可接受吧，这孩子这件事情确实荒唐了。更何况他们才刚接触，知人知面不知心，哪能就凭一面之缘而与洛芷珩掏心掏肺？

洛芷珩见王妃不表态，她期待的表情一下子就垮了，缓缓低头，周身蔓延的沮丧不用说都能感觉到，她低声道：“王妃不愿意原谅珩儿么？珩儿是真的知道错了，是珩儿太任性了，要是王妃实在厌恶珩儿的话，就将珩儿与妹妹换回来吧。”

好看的人无论哭笑委屈撒娇都是很有渲染力的，正如此刻洛芷珩这副小绵羊一般沮丧情绪，似乎从光中飞舞一下就落入黑暗打滚，看得人揪心。

王妃甚至没忍住地摸摸她的发顶温和地道：“胡说什么呢，不管是你们姐妹谁嫁过来了，其实都没有差别的，你们是双生，生辰都差不多，而你既然已经与云诃拜堂了，还是云诃自己选择的，那你们就是名正言顺的夫妻，这件事情谈不上原谅与否，若真要一个原因，那我倒宁愿相信这是天意，说不定这是你和云诃有缘呢，所以才阴差阳错地成就了你们这段姻缘。”

王妃的手可真温暖，洛芷珩都有点贪恋了，她忽然好想她娘，虽然她娘自从当了土匪婆娘后再没有这么温柔地抚摸过她，但她还是好想念娘亲的味道和目光。

“怎么不说话了？”王妃好奇地低头去看，却发现洛芷珩竟啪嗒啪嗒地掉眼泪，她有点慌道：“怎么哭了？快起来吧，你都嫁过来了，以后就是一家人了，还

说什么原谅不原谅呢？”

洛芷珩摇摇头道：“不是，我有点想我娘了。”

若说刚刚洛芷珩还有演戏和讨好的成分，那此刻就是真情流露了。

王妃一愣，忽然想到洛芷珩的母亲生她们的时候难产死了，这孩子一出生就没了娘，竟然因为她一段温情的话而落泪，如此眼窝子浅的孩子，又能坏到哪里去呢？

再一想到洛芷珩没娘，是因为生洛凝霜的时候难产，想到洛凝霜克母的传言，王妃浑身一僵，有点后怕了，那样命硬的女子嫁给云诃，万一也害了云诃怎么办？而极力撮合这场婚事的是李侧妃，那个狐媚子果然不安好心的。还好云诃没有娶洛凝霜，此刻王妃竟庆幸起来，更觉得是天佑穆云诃，顺带地也看洛芷珩更顺眼了。

同样是一母胎所出的孩子，为什么洛芷珩就没有克死母亲？说明洛芷珩有福气啊，难怪洛将军这么喜欢这孩子了。

洛芷珩不知道她这一段真情流露，竟然让王妃自己补脑了许多对她有利的东西。

“好孩子快别哭了，刚刚还说是我儿媳妇呢，还叫我王妃？”王妃扶起她打趣道。

洛芷珩收起了不合时宜的眼泪与思念，胡乱地擦着脸大大方方地喊道：“母亲！”

王妃笑了起来，胡妈妈在一旁凑趣道：“哎哟，这一声母亲叫得，老奴听这么亲，好像王妃娘娘又多了一个女儿似的。”

王妃拍了胡妈妈一下笑道：“就你贫嘴，快去弄点吃的来吧，珩儿还没吃东西吧。”

王妃一句无心的话，洛芷珩的心却咯噔一下，果然是有人在她之前来通风报信了，不然王妃怎么会知道她还没吃饭呢？好在她没什么大错，也伺候了穆云诃那个大妖怪，不然这王妃可就没这么好说话了吧。

不过这个婆婆看上去很慈祥，一开始就没有刁难她，除了早晨不让她敬茶变相地不承认她的身份外，人还不算坏。

这情况已经算好的了，毕竟洛芷珩留下的这个烂摊子不是一下子就能捋清的。

吃过饭，洛芷珩大大方方地展现了一下自己的爽朗和天真，把王妃哄得呵呵笑，得了一堆好玩意笑眯眯地离开了。

讨好婆婆初步成功！

头目高兴了，属下才能有好日子过啊。

胡妈妈给王妃捏肩，王妃淡淡地道：“胡妈妈你觉得这丫头到底怎么样？那娇憨天真的模样是真的还是假的？”

“王妃自己心里有数，又为何问老奴呢？”胡妈妈不好在这上面发言，说不好有可能影响人家婆媳关系。

王妃说道：“我也说不准，我能感觉到她对我的讨好，她毫不掩饰地讨好，似乎就是在告诉我她在讨好我，她的笑容倒是很开朗，性格也活泼，与传闻中的那个洛芷珩有很大的不同，但相同的可能就是胆大了。”

“她倒是有眼色，知道讨好您这位真正的主子，愿意讨好您就证明她识时务，再看看吧。”胡妈妈斟酌道。

王妃忽然睁开眼，苦涩又嘲弄，痛恨地道：“你错了，她却是没有眼力价的，这个王府，我早就不是女主人了，真正的女主人是李侧妃！我，就连自己儿子的婚事都无法插手太多，以至于她竟然想给我儿子找一个命硬的人来冲喜，她这是要害死我儿子啊，而我这个做母亲的，竟然今日才幡然醒悟！你说，我还是什么女主人？”

胡妈妈手一顿，脸色变了变，才颤着声道：“可不就是么！那洛家二姑娘是个克母的啊！老奴也糊涂了，怎么就让李侧妃给糊弄了！”

王妃拍拍她的手道：“还好老天也是眷顾我可怜的云词，让这个小丫头搅乱了这场阴谋的婚礼，让云词没有娶那个丧门星，所以说到底这孩子还是我的恩人呢。”

“也是老奴的恩人。不过那个李侧妃实在是过分，王爷怎么也这么纵着她？王妃咱们要不要……”胡妈妈恨声道。

“不，咱们现在什么也不能动了，我不能让王爷因为厌恶我而牵连云词，只要云词还活着一日，我这个母亲就必须还是王妃，我得让我的儿子占着嫡子的名头不被欺辱，不管我这个王妃有多屈辱和可悲，我都会忍着！那群女人和他们的儿子谁也别想踩到云词的头上！若哪一天云词真的先我一步……”王妃的声音从恨到狠再到战抖哽咽：“那我就随着我儿去了，这个王妃之位谁爱要与我也无关。”

他们母子俩，在这充满算计阴谋的王府中，占据着两个最尊贵的位置，却不是为了荣华富贵，只为了相依为命地彼此能活得更好一点而已。

“那李侧妃那里怎么办？就这么放过她算计小王爷？”胡妈妈不甘心地道。

王妃垂眸道：“那就要看洛芷珩的了，洛芷珩打乱了李侧妃的阴谋，李侧妃

那个卑鄙小人必然将这笔账算在洛芷珩的头上，咱们就静观其变吧，刚好再观察一下这个洛芷珩。”

深宅大院里的女人有几个简单的？王妃三言两语却有四两拨千斤坐山观虎斗的王者之势。

李侧妃的院子，比王妃的院子还要大还要精致，房间中的摆设就更是盖过王妃了。此刻李侧妃躺在贵妃椅上，翘着小手指听着丫鬟的禀报。

“嗤，倒是一个懂得找大树乘凉的丫头，不过她很快就会发现她抱错了大树，敢破坏本王妃的计划，本王妃会让她知道，什么叫一入侯门深似海！”李侧妃冷笑道，眼底寒光迸现。

那个穆云诃活死人似的这么多年，却一直没有死，他不死，她的儿子云锦就无法名正言顺地继承爵位，再优秀，再被王爷看重又能怎么样？还不是一个庶出？她好不容易想了个办法，找一个命硬的来给穆云诃冲喜，最好能新婚之夜就克死他，本来一切都很顺利的，没想到半路杀出个洛芷珩。

她之所以选择洛凝霜就是因为洛凝霜克母，然而洛凝霜又有一个好名头，才貌双全温柔贤良的名声早就名满京城了。洛凝霜简直是不二人选，她的好名声让人们忘记了她克母的事实，而李侧妃给穆云诃找了一个名满京城的好媳妇，更能赢得一个贤惠慈爱的好名声，一举多得。

但那个洛芷珩！气死她了！怎么就忘了洛家还有一个被娇惯得不像样子的小霸王。害得她计划全盘失败，再筹谋还要时间，而且现在还不能轻举妄动，就怕有人挖掘出来洛凝霜克母这件事情。

“洛芷珩，咱们慢慢玩，小丫头片子你最好是真的识时务，不然的话，本王妃叫你洛家鸡犬不宁。”李侧妃狰狞道。

“玲珑，那洛芷珩现在是不是在前来拜访本王妃的路上？”李侧妃理所当然地问道。

丫鬟玲珑一哆嗦，惊恐地道：“没、没有，小王妃回小王爷的院子了。”

“什么？她竟然敢不来拜见我这个长辈！”李侧妃猛地坐起来眼眸一横，阴冷怒道。

“奴婢该死！”即便是她的心腹此刻也都惊恐地跪下。

李侧妃冷眼扫过他们，眼中凶光阵阵，她忽而又靠下，拨弄着染得红得发黑的指甲，狂傲自负地冷笑道：“不要紧，本王妃先等一等，看她到底何时来拜访本王妃，就算她不懂，咱们那位要死不活的小王爷也应该懂点礼貌的。他必须明白，如今是谁掌管银钱，给他买来那些贵得要命的吊命药！他若还想好好活几天，就得尊重我这个掌家夫人！”

“王妃英明！”心腹连忙阿谀奉承。

李侧妃那保养得很好的脸上露出一抹惬意妖媚的笑，眯着眼道：“你们叫我王妃，却只能如此隐秘地叫，要到哪一天才能正大光明地做你们的王妃哟。”

“王妃莫急，那病秧子眼看着拖不过今年了，虽然王爷一直在寻找神医，可神医哪里是那么容易找到的？就算找到了也未必就能医好他，只要他一死，那个占着您位置的老不死也死得快，您登上王妃之位的日子也不远了。”玲珑讨好地说道。

李侧妃捏得手中花瓣冒出汁液，妖娆冷笑道：“可是本王妃等不及了呢……”

洛芷珩抱着一堆赏赐来的宝物乐颠颠地回来。她脸上的笑容绝对是发自肺腑的。以前他们打探消息踩点蹲坑，动不动就好几个月才能劫上一票，也不一定能打劫到什么值钱宝物。

不过以前她还是有几个价值不菲的宝贝的，红宝石蓝宝石也是有的，那些都是她爹给她留下当嫁妆的，可是她不孝，到她爹死也没找个人把自己嫁了，现在那些宝贝估计都被那几个总盯着她嫁妆的兄嫂给分刮了。

回到房间，洛芷珩直接将一堆东西放在穆云诃的床上，他正在喝水，见到她便蹙眉，一脸嫌恶地道：“离本王远点。”

洛芷珩好脾气地后退几步，笑得有点狡猾。

那碍眼的笑让穆云诃浑身不舒坦，他没好气地讥讽道：“捡到银子了？”

洛芷珩点点头又摇头道：“不是捡的，是母亲给我的。喏，就你面前这些。”

穆云诃扫了眼那些东西，那对金光灿灿的宝贝并没有在他眼中掀起半点涟漪：“娘给你的你放我这干什么？”

洛芷珩那张小脸几乎笑开了花，手脚利落地将那堆宝贝抱进怀中，顿时满足了。而后真诚地道：“我就给你看看，你是我夫君，咱们之间要没有任何秘密才能过得更好啊。”

她这话是故意说给那群探子听的。没有母亲喜欢儿媳妇背着自己儿子藏私房钱的。既然已经证明她的身边有探子，她不介意让这群探子传话给她在王妃那里加分。头目一开心，说不定赏赐更是多多的有。

穆云诃愣了一下，幽深的眸子里充满讥讽，可见他并没有被洛芷珩欺骗，他冷笑：“既然你这么有诚意，怎么不分给我一点？”

洛芷珩的笑容顿时凝固，鼓着腮帮子道："你还在乎这点小玩意吗？"

穆云诃皮笑肉不笑地说："不在乎，但我喜欢。给我。"

看你不快乐，我就舒坦了。穆云诃阴暗地想。

洛芷珩目光放冷箭，冷飕飕地往穆云诃那伪君子的脸上招呼，恋恋不舍地将一盒子宝贝递给他。眼看着穆云诃挑挑拣拣地竟然拿出去了一大堆，洛芷珩再也忍不住地扑了过去："这是母亲赏给我的，你给我留点啊。"

穆云诃不给，洛芷珩就抢，可穆云诃哪里有力气和洛芷珩争抢，下人们又不敢参与主子们的战斗，穆云诃必败无疑。

洛芷珩抢到了东西连忙后退，警惕地瞪他，穆云诃折腾得气喘吁吁，气急败坏地怒道："给我！"

见穆云诃没力气下来抢，洛芷珩嘴脸一变得意扬扬地虚情假意道："夫君你好好歇着吧，母亲给我的东西我一定会掌管好的，就不用你操心了。"

穆云诃这辈子都没有这么挫败、这么厌恶一个人过。自从前天洛芷珩带着娘给的东西回来，这死女人竟然按着早中晚三餐的次数来炫耀和查数那堆东西，每一次看那些东西，她脸上的表情都被穆云诃视为淫荡！

哪有女人竟然迷恋珠宝钱财到那种程度？睡觉也抱在怀里，简直丢人到家了。

可穆云诃不明白洛芷珩的心情，她经历过国破家亡的时代，有过在动荡生活中从千金大小姐一夜沦为乞丐的经历，甚至，她曾差点被那群坏人抓住糟蹋。还好他们跑得快，还好她爹死也不丢下她。

所以当她爹带着全家和家丁百般无奈地立山为匪，经历过大富大贵看遍了世间冷暖事态变迁，走投无路，经常饿着肚子的时候，终于让他们这群曾经金贵的人低下了高傲的头颅。

没有钱，就没有吃的，没有吃的，就无法活下去。你曾经再骄傲尊贵都是白扯！所以那个时候他们疯狂地打劫，能劫到食物最好，没有食物就要钱，一切能换粮食的东西。

她爹告诉过她，钱是这世间最廉价和最腐败的坏东西。但没有钱，我们就得死，因为没有钱就没人会给我们足够的粮食。我们不贪恋钱，不做钱财的奴隶，但必须让自己有安身立命的根本。那就要保证手中有足够我们最起码不会饿肚子的钱。

小小的洛芷珩就是在那个时候，对钱财，对一切能换取钱财的宝贝有一种近乎偏执的占有欲。因为她真的怕了挨饿的滋味。

她是一个奇怪体，她真的不在乎钱，可是她总想手中抓住钱，似乎就抓住了命运，不会被蹂躏，不会饿死，不会低三下四。

“你确定你今天还要数那堆黄白之物？”穆云诃实在看不下去了，那女人真把他当死的啊？无视得这么彻底。

“不数它们做什么？我今天已经给你擦过身子，喂药喂饭了。”洛芷珩拿着柔软的布擦拭一枚宝石戒指。头目出手真阔绰，这么大成分又好的宝石能卖好多钱吧？

穆云诃被她气得脑仁都疼，他沙哑地切齿道：“你今儿不滚回娘家去？”

“回娘家干什么？”洛芷珩忽然抬头，一拍脑门大大咧咧地道：“今儿是回门啊，可是我家里也没什么人了，回去干什么？”

“你妹妹不是人？”穆云诃下意识地讥讽道。

洛芷珩痞气十足地吹了一个响亮的口哨，挑着眼角狡诈地笑道：“其实你心里还是想娶我妹妹的吧，不然她怎么这么轻易地就出现在你口中了啊？又或者，你是想让我回去帮你打探一下我妹妹的状况？你担心她啊？”

一个靠枕迎面飞去，穆云诃虚弱地咆哮：“赶快滚！”再不滚本王就要让你个死丫头片子给气死了！

洛芷珩笑嘻嘻地接住那毫无力道的枕头，门外胡妈妈的声音传来了：“老奴请小王爷小王妃安，王妃说今日是小王妃回门之日，让老奴送点东西过来给小王妃带回去。”

洛芷珩脸一垮，这下想不回去都不行了，她不想见那个被揍得很惨的妹妹啊，好有负罪感。

可再不想见到洛凝霜，洛芷珩也不能拒绝王妃。她连忙将那堆宝贝收起来藏在柜子里面，然后几乎与穆云诃面贴面地说道：“你不准动我的宝贝，要不然晚上睡觉我就闹腾你。”

“卑鄙！”穆云诃恨不得咬掉眼前白嫩嫩的鼻尖，又不屑地冷嘲道：“本王眼皮子没那么浅，也不屑和小人计较，赶快滚吧。”

洛芷珩倒相信穆云诃不会动，这几天她观察了一下穆云诃，他对那些宝贝真的视如粪土。她走出去，刁蛮的样子一变就成了温顺可爱的模样，笑得眉眼弯弯地挽住胡妈妈的胳膊娇声道：“胡妈妈好，母亲让您给珩儿送来了什么呀？”

胡妈妈也不厌恶洛芷珩这股子热乎劲，就介绍起来。

昏暗憋闷的房间里，穆云诃苍白的脸上一片嘲讽与鄙夷，准确地给她下定义道：“马屁精！两面派！”

洛芷珩耳朵多好使，听到他的话，她怕胡妈妈起疑，却见胡妈妈一副没听见的样子，但她不敢大意便故作娇憨地哼道："您替珩儿先谢过母亲，等珩儿回来了就去给母亲谢恩。刚刚夫君还劝珩儿赶快回娘家呢，珩儿还不想，如今母亲差您来一说珩儿就欢欢喜喜地回娘家去，您没听见夫君刚刚还说珩儿是马屁精两面派呢。"

她声音好听，清脆绵软，轻哼的声儿都仿若环佩叮咚，轻盈欢快。

胡妈妈笑得眼睛更小，轻拍她的手说要陪她一起回娘家。

洛芷珩说要换一身衣服，她回到房间，不忘和穆云诃示威般地轻声道："我就两面派马屁精了怎么着吧？谁让你没马屁给我拍呢？"

她说完就跑，换了一身明艳的吉服，还故意在脸色难看的穆云诃面前转了一圈，气得穆云诃翻脸之前连忙跑掉了，一路都是她欢快到嚣张的笑声。

那笑声和那颜色，真能让穆云诃气绝身亡，但当那明亮的色彩和欢快的笑声都消失了后，无边无际的寂寞和窒息感，再一次伴随黑暗袭来，穆云诃只觉得呼吸更加不顺畅了，痛苦地蜷缩在床上。

洛芷珩带着王妃给的东西与胡妈妈一路到了王府门口，可是还没有出门，就被一个柔媚傲慢的声音拦住脚步。

"哟，这不是王妃身边的胡妈妈么？这么急急忙忙地是要干什么去啊？要出王府也不和我这个掌家夫人说一声？王妃若有什么重要的事情，本侧妃可以派人去办啊，难不成是王妃不信任本侧妃么？"

话语轻柔渐转委屈，但洛芷珩却从这话语中听出了一种咄咄逼人与强势的感觉。

胡妈妈被洛芷珩一直搀扶着的手臂一僵，就连洛芷珩都一瞬间的警惕，这声音分明是婚礼当天那个话中有话的声音，据说是王爷的侧妃。

胡妈妈虽然未和洛芷珩说什么，但她就觉得这个女人此刻出现绝对是来者不善。

"老奴见过李侧妃。"胡妈妈转身屈身道。

李侧妃却看都没看她，而是目光凌厉地乜斜着洛芷珩，口气不善地道："这是王妃身边新来的奴婢？为何见到本侧妃不跪拜行礼？"

此话一出，胡妈妈眼底一片嘲讽。王妃所料果然不差，李侧妃来找茬了。李侧妃明明见过洛凝霜的模样，必定知道这就是洛芷珩，可她竟然如此贬低洛芷珩，分明就是在打洛芷珩的脸，也可以说是在公然地挑衅王妃。胡妈妈对李侧妃的嚣张狂傲深感痛恨，但她必须忍耐，她要看看洛芷珩面对为难会怎么做。

胡妈妈担忧地看了眼洛芷珩，刚想开口，就听李侧妃又说道："本侧妃的话你没听见么？你是聋子？好个没规矩的奴才，见到主子竟然也不拜见，这就是王妃娘娘教的规矩么？"

好一个指桑骂槐。

胡妈妈瞬间就明白，李侧妃这是在指责洛芷珩竟然嫁过来没有去拜见她呢，李侧妃这人最是心胸狭隘，让她盯上就别想有好日子过，而李侧妃显然也是在暗指王妃，嘲讽是王妃故意不让洛芷珩去拜见她。

胡妈妈明白这个，洛芷珩也明白了。她想了一下就知道这又是一场女人间的战争，这个李侧妃分明是在借题发挥，难道是在生没有去拜见她的气？可是她一个侧妃，王爷的小老婆，凭什么让她堂堂小王妃去拜见？长辈也没这么嚣张的吧。不过比嚣张，谁有她洛芷珩嚣张？

灿烂一笑，洛芷珩收起眼中的凌厉，宽宏大度地柔弱道："侧妃娘娘别生气。你不认识我也不是你的错，你把我当丫鬟我也愿意原谅你。毕竟我嫁给小王爷之后就安安分分地在我们的院子里不曾过多走动，不过我倒是去见过母亲的，母亲的慈祥让我觉得陌生的王府不是那么可怕，但侧妃娘娘今日的严厉……倒也挺好，最起码有人敢兴风作浪的话，侧妃娘娘一站出来，谁也不敢嚣张了。当真有一花开过百花死的灭绝之威呢！"

洛芷珩一席话，让个李侧妃的脸色变幻莫测。谁也没想到一个小丫头竟然一开口就敢对王府两位最高贵的女人品评。

而洛芷珩显然是全然站在王妃那边的，她对王妃的孺慕，对李侧妃的貌似讨好，但实则嘲讽的态度十分明显。

正经婆婆哪怕再不受宠那也是婆婆，公公的小老婆权力再大，也是个妾，是个外人。洛芷珩暗笑，里外拐姑奶奶分得清。

李侧妃眼底蹿火，本王妃还用你个冒牌的小贱人来原谅？找死！

"既然李侧妃不认识我，那我就再自我介绍一下吧，我叫洛芷珩，穆云诃的新婚妻子，这个王府的小王妃，你下次可别认错了。我们还有事在身，就先告辞了。"洛芷珩一脸乖巧地说完，也不管李侧妃那好像变色龙的脸，亲热地拉着僵硬的胡妈妈往外走，还调皮疑惑地悄声道："婆婆，母亲要做什么事情，派人出府不用和侧妃通报吧？母亲不是王妃么？不是比侧妃大么？"

声音越来越远，整个王府大门口的众人全部僵硬。小王妃敢说这话，真是不要命了！

胡妈妈一路上都在打量洛芷珩，刚才洛芷珩的一番作为表明了她选择站在王

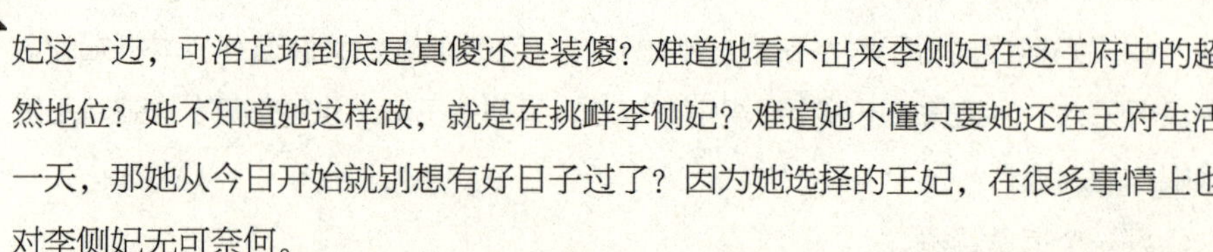

妃这一边，可洛芷珩到底是真傻还是装傻？难道她看不出来李侧妃在这王府中的超然地位？她不知道她这样做，就是在挑衅李侧妃？难道她不懂只要她还在王府生活一天，那她从今日开始就别想有好日子过了？因为她选择的王妃，在很多事情上也对李侧妃无可奈何。

这么多年来，从未有人敢在李侧妃的头上动土，不为别的，就因为李侧妃有实权，得宠，有一个优秀到可以在嫡子死后直接承袭王位的好儿子，更因为李侧妃的心胸狭隘，没有人能招惹她，因为招惹她的人都被她一个一个不紧不慢地弄死了。

胡妈妈对洛芷珩忽然充满了同情，他们明明知道洛芷珩没有去拜见李侧妃，一定会被记恨，但他们没有提醒她，可结果，却等于是眼睁睁地看着洛芷珩走进了地狱深渊。

在那个步步陷阱阴谋的王府中，洛芷珩稍有不慎就会粉身碎骨，她若坚持不住，被李侧妃弄死吞掉也是迟早的事。

洛芷珩却全然没将李侧妃放在眼中，她现在满心的纠结，洛芷珩的记忆中那个妹妹一直是柔弱好欺负的，简直是被洛芷珩从小欺负到大的。而且这个婚姻还是她抢来的，那个本该是新娘子的妹妹此刻估计连床都下不来，记得被洛芷珩一脚一脚踹得满身血……

这个荒唐的洛芷珩！这么大个烂摊子她怎么收拾？

将军府很快到了，洛芷珩刚下车，就被两个人热泪盈眶的惊呼声吓了一跳。

“大小姐！您可回来了。”奶娘满眼愧疚疼爱地迎上来，怜爱地抓着她的手不停摩挲，检查她是否受伤。目光再也没离开过洛芷珩。仿若一位期盼女儿已久的母亲。

“小姐，呜呜呜……”丫头抓着洛芷珩另一只手，来不及说什么就已经哭得哽咽不已，那红肿的双眼告诉洛芷珩，这丫头必定是哭了好久的。

是洛芷珩的奶娘张氏和贴身丫鬟丫头。

他们那种无声的关心和担忧，让她心口暖暖，洛芷珩眨眨眼，笑道：“哭什么呀，我这不是好好地回来了么？”

“您还说，这一次奴婢就是死也要跟着您，再也寸步不离了。这两天您没在身边，奴婢就跟丢了魂似的。”奶娘姣好的面容上一片憔悴，慈爱的目光里满是湿润。

丫头圆润的小脸都瘦下去了，紧抱着洛芷珩的一只手臂害怕地哭道：“奴婢也跟着，小姐别不要奴婢。”

洛芷珩，谁说你臭名昭著没人喜欢啊？你身边这两个人她们虽然是下人，可对你的感情却这么真挚。眼神是骗不了人的，她们爱你。

“好！只要你们跟着我一天，我就护你们周全。只要你们不离弃我，我们就永远是一家人。”土匪也重情义，绿林好汉的侠义爽朗洛芷珩也有，被这种真挚的情感渲染得她心中不禁豪情万丈！

洛芷珩在感动中回到了这个陌生的家。忐忑了一下，她问奶娘：“我妹妹在哪里？”

一想到那个满身血的妹妹，洛芷珩那少有的慈悲心肠就开始作祟，到底还是以前的洛芷珩做得过分了，抢人家东西，还打人家，她当土匪的时候也没这么恶毒的。

奶娘脸色瞬间阴霾，洛芷珩就是她的底线，碰了她底线她会瞬间变成女强人。此刻她冷笑道：“您还是别担心她了，婚礼当天奴婢还见到她才出过房间，行动自如得很，奴婢真是觉得二姑娘其实没什么事情呢。”

洛芷珩愣住，她忽而低头默然。而她身后的胡妈妈的眼珠转动，显然这话她记住了，也起疑了。

那天云锦少爷可是说洛凝霜被打得奄奄一息呢，既然奄奄一息了，又如何能下地走路？

“那你们这两天过得怎么样？”因为任性而拖累他们，洛芷珩可不想看到。

一直蹲在洛芷珩脚边的丫头红着眼，轻轻扯着她的袖子道：“丫头过得不好，丫头好想小姐。”

奶娘也红着眼睛说：“只不过是担心小姐。”

奶娘看了眼胡妈妈，心想既然大小姐嫁过去已成事实，那就不能让二姑娘好过，要给大小姐减轻一点王府对大小姐的厌恶，她不着痕迹地给洛凝霜上眼药：“您不知道那天我们想拦住您的，但是二姑娘的人和家丁却忽然拦住了我们，还将我们关押起来，若不是丫头打趴下了那几个人，我们现在还被关着。”

事情到了这里，前后一串连，洛芷珩和胡妈妈谁也不笨，虽然没有证据证明洛凝霜有猫腻，但种种可疑足以让人怀疑这场替嫁含有阴谋。

洛芷珩对洛凝霜没感情，所以她谈不上愤怒或者难过，她说：“还是带我去见见她吧。”她倒想会会这个妹妹。

奶娘毫不诧异，她觉得大小姐必定是去找洛凝霜算账的。不过洛凝霜那种虚伪的人，就欠收拾。

丫头忽然站起来，摩拳擦掌地道：“小姐别怕，这一次丫头一定保护好您，

谁再敢欺负您，丫头就打得她满地找牙。”

洛芷珩好笑地拍她的手，跟着奶娘来到洛凝霜的房间。早就有人通报了洛凝霜她来了，所以当她站在洛凝霜面前的时候，看见的还是记忆中那楚楚可怜的孪生妹妹。

洛凝霜没想到洛芷珩竟然能回门来，她以为洛芷珩会在王府如蝼蚁般苟且偷生。

“姐姐，你终于回来了，我好担心你啊。”洛凝霜脸上还有浮肿瘀青，可眼神却一片小心恐惧，仿若洛芷珩是洪水猛兽一般。

不知道为什么，听到洛凝霜的这句话，洛芷珩觉得有点可笑。她既然这么担心她，为什么不站出来讲明白，并且和她替换回来？

“你怎么样了？”洛芷珩挑眉问，洛凝霜脸上的伤犹在，那是洛芷珩留下的罪行。

洛凝霜的眼泪一下就涌出来了，颤巍巍地坐起来吃力的样子，她的丫鬟紧张地扶起她，戒备地看着洛芷珩。

洛凝霜慌张地摇头道：“我没事，真的姐姐，我一点都不疼。”

“那就好，你没事，我也就不用歉疚什么了。有件事情和你说一下，既然我已经嫁过去了，而且这件事情已经闹得沸沸扬扬的了，我就不想再听见从咱们府里传出去的任何流言蜚语了，你要记住，我们都是将军府的人，一荣俱荣一损俱损，之前流言到底是怎么传出去的我不管，但是之后若是再有什么对我不利的消息传出来，若是让我知道和你有关。你别怪我这个当姐姐的翻脸不认人了。”洛芷珩不屑于和洛凝霜废话，直截了当地警告道。

她不傻，之前的那种流言蜚语处处针对她，简直是要置她于死地，而最大的获利者却是洛凝霜，可怜、善良、柔弱、怜悯，所有一切的好和慈悲都成了洛凝霜的了。洛芷珩不敢说洛凝霜在其中是个始作俑者，但洛凝霜两面讨好却是不争的事实，对于洛凝霜，洛芷珩的态度是防备和排斥！

洛凝霜的表情一下子僵硬，她不可置信地惊呼道：“姐姐你是在怀疑妹妹吗？不是我做的！”她眼泪又流出来哽咽地道：“妹妹怎么可能会害姐姐呢？姐姐是我最亲的人啊，虽然这场婚姻的事实不能改变了，但是我真的不怨恨啊，也许这就是命，妹妹到底是命不如姐姐的，那样高贵的人家也就只有天生命贵的姐姐才能配得上。”

这话可真讽刺！

这场婚姻明明有猫腻，竟然还敢说什么命。

洛芷珩不置可否，又道："不管你心里怎么想的，记住，别招惹我，我们各过各的生活。"

洛凝霜抹泪道："妹妹记住了。姐姐，霜儿可不可以求你一件事情？"

洛芷珩一甩袖子就要走："你的事情我可能都爱莫能助。"洛芷珩是个土匪，眼睛多毒，虚情假意她看得明白，没心情和这位妹妹磨牙。

洛芷珩带着奶娘和丫头坐上马车回王府，可刚到王府，洛芷珩就被拦在了王府门外！

王府看门的人竟然不准洛芷珩主仆进入！

骑马而来的穆云锦见到这一幕，幸灾乐祸地在一旁看起了好戏。

看着王府家丁的气势，胡妈妈蹙眉道："你们这是什么意思？为何不让小王妃回府？"

那总管样的人笑得一脸横肉都堆到一起，趾高气扬地道："胡妈妈这是什么话？小王妃回来了我怎么能不让进？不过这两个陌生人就不能进去了，你也知道咱们这是穆王府，是重地，怎么能让一些身份不明的人随意进入？万一危害到主子们可怎么办？"

"这两个人是小王妃的奶娘和贴身丫鬟，跟着小王妃多少年的老人了，小王妃嫁人的时候她们没有跟着来，此刻跟来就是陪嫁，有何不妥？"胡妈妈点明奶娘与丫头的身份，并不强硬地硬碰管家，因为管家是李侧妃的人。

此刻看来是李侧妃有意为难不假了。没想到李侧妃的刁难来得如此之快。

管家小眼眯起来阴森森地笑道："胡妈妈是要为这两个身份不明的人担保么？那样的话我倒是可以放他们进去，但一旦发生了什么不妥的事情，就要请胡妈妈来担待了。"

胡妈妈一愣，这种事情她如何能担保？她的后面就是王妃。帮了就可能会连累了王妃，不帮就可能会让洛芷珩隔心。李侧妃好狠的一招，让她和王妃里外不是人，还为难了洛芷珩。

就在胡妈妈左右为难之际，马车里传来了洛芷珩清爽的声音："胡妈妈退下吧，这是我自己的事情。我倒要看看是哪个狗奴才，狗仗人势地欺压到我洛芷珩的头上来了！"

马车帘子被她唰地一下撩开，她站在车辕上居高临下地看着那管家，将所有人因为她那番大胆的话而变换的脸色收在眼底。她观赏着指甲漫不经心地冷笑道："好胖一条狗，不知道贪吃了主人家的多少油水才能将你养得跟头猪似的？"

洛芷珩的嚣张触犯了管家的颜面，这王府里面，上上下下谁敢不给他几分颜

面？他完全不将洛芷珩放在眼中当成小王妃，皮笑肉不笑地道：“是我！但我也是领命行事，毕竟进王府的人底子都要清楚，你随意地带进来几个人是绝不可以的。谁知道这些人是不是什么敌国的奸细刺客啊！”

“放肆！”洛芷珩忽然暴喝一声，抢过了车夫的马鞭唰地一声划破了空气，在所有人目瞪口呆中狠狠一鞭子抽在了管家身上，啪地一声还带着衣料划破的撕裂声：“我的人也是你这个狗奴才可以随意诬陷的么！”

这一幕来得突然，所有人看着洛芷珩的目光都变幻莫测，那一刻，包括穆云锦都觉得这个女人疯了！竟然敢如此不顾礼义廉耻地当街打人，她一定完蛋了！最起码在王府里面她别想再让人有个好印象了。

然而洛芷珩今日敢如此放肆，不再装柔弱，就是因为她知道她早晚有一天可以离开这里，不用担心一辈子陷在这个笼子里，不用再委曲求全了。所以她的性格里的所有压抑与隐忍，在这一刻肆无忌惮地彰显。

轻蔑她可以，瞧不起她也可以，但在她面前诋毁她的人，那就不可以！刺客奸细？他也真敢说。虽然以前的洛芷珩对这方面没有头脑，但她的记忆中还是知道现在是一个乱世的，在两国交战最激烈风声鹤唳草木皆兵的紧张时刻说这样的话，敏感而危险，稍有不慎奶娘和丫头就完蛋了。到时候她有什么能力能保住这两个前一刻她还豪言壮志说共进退的人？

“你好大的狗胆子！竟然敢污蔑我！”洛芷珩先发制人，居高临下地用鞭子指着管家怒斥道。

管家蒙了，好半晌才感觉到疼，被人阿谀奉承多年的人，被一个注定要受排挤的女人殴打谩骂，哪里还能忍气吞声？他冷笑道：“我怎么污蔑你了？反而是你竟然敢不顾妇德地当街行凶，这件事情我一定会禀明侧妃娘娘的。”

“哼！你少拿侧妃娘娘来压我。侧妃娘娘是那么的高贵仁慈，怎么可能听信你这个死胖子的谗言？我的丫鬟奶娘跟着我多年，如何能由得你一个下人如此来污蔑羞辱？你的眼中就算没有我这个小王妃，难道还没有小王爷么？我可是小王爷开口选定的人。”洛芷珩中气十足地一顿怒斥，将软硬兼施故作糊涂打一巴掌给个甜枣发挥到最高境界。

她如何能不知道这个人是李侧妃的人？但她就是要当众夸奖李侧妃，让那个女人有苦说不出。反正她刚嫁进王府，不懂王府里的猫腻也有情可原不是么？

“小姐您别……”奶娘吓得脸都白了，生怕洛芷珩真的为了她们而惹麻烦。丫头却虎视眈眈地站在洛芷珩面前，一副守护者的样子。

穆云锦紧绷了脸，眼神变换，他可是知道这个管家是母妃的人，母妃一直和王妃斗，几乎掌控了王府的财务和人员，本就已经有夺权的嫌疑了。如今洛芷珩却是歪打正着地将母妃的野心给摊开了。洛芷珩不知道管家的身份，别人可清楚。

“乱哄哄地都干什么呢？成何体统？”李侧妃姗姗来迟的样子，暗中瞪了管家一眼，见到洛芷珩还诧异地问道：“既然回来了为何不赶快进来？在外面闹腾像什么样子？”

李侧妃早就来了，她为难洛芷珩不过是想要让洛芷珩没脸，没想到这个愣头青竟然敢当众挥鞭子，还真是天不怕地不怕啊。

洛芷珩一见到李侧妃便委屈地不依不饶道：“侧妃娘娘来得刚好，这个狗奴才不知道是仗了哪个人的势了，竟然拦着我不让我进去，还说我的人是奸细，这不是要我的命么？我爹爹忠君卫国，在前线杀敌呢，没想到后方自己人竟然先来诬陷忠臣家眷了，还让不让人活了啊？若是今日不给我一个说法，那我就要告到王爷那里去。”

还敢和她告状？李侧妃的脸色难看极了，恨不得将大呼小叫的洛芷珩一巴掌拍死，她正厌烦地要呵斥她，忽而见到那缓缓驶来的马车，面色又是一变，连忙说道：“好了好了，带着你的人快进去吧。”

这么痛快？洛芷珩反而一愣，有猫腻啊，她顺着李侧妃的目光向一旁看去，刚好看见有着王府标志的马车靠近，瞬间了然。她眼珠转动，眼底划过一抹冷笑，忽然跪在了门口！

对于洛芷珩的突然跪下，所有人再一次地愣住。

“你这是干什么？还不快起来！”李侧妃眼底闪过一抹狠色，她仓促间抬头看了眼那越来越近的马车，急促地低喝道。

这也让仔细观察她的洛芷珩心中更有底了。你们都不让她痛快呢，她怎么也要让你尝尝吃瘪的滋味吧。

“感谢侧妃娘娘的大恩大德，您让我的奶娘和丫鬟进王府，就是相信我的人不是奸细啊，最起码不会让那个小人来用这个伤害我了，芷珩一定谨记您的恩情。”洛芷珩眼泪汪汪地大声说道。

“你到底在干什么？”李侧妃的脸色更难看，显然她不想让那马车里的人看见这一幕。

可事与愿违，马车已经到了，轿帘被打开，魁梧威严的王爷下了车冷声道：“这是在做什么？”

“王爷您回来了，可是累了？快快进府吧，我让人给您炖了补汤。”李侧妃连忙迎了上去，只希望王爷能忽略洛芷珩这个讨厌鬼。

因为穆云诃的婚事，王爷已经和她发过火了，这几天王爷也是不曾来她的屋里，可不能再因为这个洛芷珩而让王爷厌烦她。

可王爷哪里是你想怎么样就怎么样的？他拂开了李侧妃的手，蹙眉问洛芷珩："到底怎么回事？跪在这里成何体统！"

王爷不怒自威，所有人都吓得跪下。

洛芷珩见李侧妃要开口，她连忙口齿清晰却装作怯生生地说道："王爷恕罪，都是我不好，带了自己的奶娘和丫鬟回来，被那个管家拦住说是奸细，我要是早点通知管家也许就不会发生这样不愉快的事情了，可是我也不知道一个小小的管家竟然会这样大胆地拦我的路，诬陷我的人。还好李侧妃出来做主，这才让我的人免被诬陷。"

王爷冷冷地扫了一眼那管家，再看李侧妃的时候，平静的脸上有李侧妃这个多年的枕边人才懂的冷酷与不耐烦，李侧妃心中咯噔一声，暗道不好之际，王爷果然开口道："不懂规矩的奴才，留着有何用？杖五十赶出王府！"

"妾身遵命。"李侧妃笑容几乎维持不住地行礼。

"至于你，最好老老实实地待在王府里，这里不是能容许你放肆和胡作非为的地方，你曾经的不堪本王不想提，既然你现在是小王爷的正妻，就好好照顾小王爷，没事的话不要离开王府。"王爷看也不看洛芷珩，完全将她当下人来命令。

"是！"洛芷珩温顺回答。

洛芷珩听出来王爷的口气里也没将她当回事，但不要紧，她反正也不将这里当家，早晚要走的。看李侧妃那肉疼的样子，洛芷珩心满意足，走之前能让这个讨厌的李侧妃不痛快，她就开心了。

穆云锦却对洛芷珩暗暗起了警惕之心，这是一手明显的借势，能三言两语就借着父王的口，将母妃多年来的心腹给打掉，说她简单他死也不信！

洛芷珩刚到穆云诃的房门口，就听到一阵撕心裂肺的咳嗽声。她顿住脚步，里面仿若兵荒马乱般混乱，她本不想进屋，但已经有人看见她了。

不过那丫鬟并没有请安，而是对外面的丫鬟大喊道："快，快点去找大夫来！"

那扫地的丫鬟听了话，扔了扫把转身就跑。

场面一度混乱，洛芷珩被人从门口挤到了一旁，这种时刻已经没有人能注意她了，里面那位才是最关键的，若是穆云诃死了他们都得陪葬。

"里面怎么了这是？"奶娘蹙眉，对于小姐的环境她已经有了最坏的打算，但从刚才进门到此刻被丫鬟下人们当不存在看来，小姐的处境更不好了。

洛芷珩淡淡地道："是小王爷，可能是又病发了。"

对于一个正常人来说，与一个只相处了不到三天的男人确实没什么多余的感情，他们此刻甚至只能算是名义上最亲密的陌生人。所以此刻在她眼中，穆云诃的死活与她无关，更因为她知道她想离开这里，所以将王府的一切都看得很淡。

但奶娘却不知道洛芷珩竟然胆大包天地想着离开王府，她理所当然地认为洛芷珩这一辈子都会交待在王府中，所以听到穆云诃发病，而众人面如死灰的样子，她也跟着惨白了脸。

连忙将洛芷珩拉到角落里，奶娘已经红了眼睛低声道："我的小姐哟！这小王爷可是您的夫君啊，您怎么能表现得如此不在乎呢？他若是此刻有什么三长两短的话，您以为凭着您刚嫁过来还不得宠备受厌恶的情况下，能有什么好结果？"

"我……"刚要开口说她反正要离开的，但话却忽然卡在了喉咙里。

正所谓一语惊醒梦中人！

奶娘这句话及时雨般地惊醒了洛芷珩！让聪明的她感到全身发冷。她垂眸，眼中一片风云色变。

是了。不管怎么样她现在还是穆云诃的妻子，穆云诃如果这个时候死了，她也绝对不会好过！人家娶亲前反而活着，娶亲没几日就死了，在这个封建迷信的年代，她洛芷珩还不得被王府扣上一个克夫的罪名？到时候别说离开王府远走高飞了，恐怕她连个好下场都不会有！

说句不好听的，穆云诃现在就是她的护身符，娶她进来就是为了冲喜，穆云诃好，王府的人再看她不顺眼，也不敢怎么样她。穆云诃死，她洛芷珩再厉害，在强大的王府面前也不过是个可以随意捏死的蚂蚱！

对！在她离开这里之前绝对不能让穆云诃死！不然她的自由和未来都将成为泡沫了！

洛芷珩之前的态度就有问题。一直将自己当成一个旁观者，在看着这个王府的一切，却从未将自己融入进来，但她一直忽略了，不是她不想她就可以袖手旁观一身清的，这个复杂的身份已经将她带进了王府这个更加诡异的环境中，她不想被吞噬，就不能坐视不理！

再抬眸，她的眼底已经有了计较，智慧深藏在灵动的眸子下，她走向了那黑暗的房间！

房间依然是沉闷而阴暗的，洛芷珩刚进来，一股刺鼻的气味扑面而来，看着慌成一团的仆人们，她低喝道："慌什么慌！都站在两边。"

她这一声喝让混乱的场面迅速地静了下来，众人回头见是她，均是面露愤怒和不屑。这不是他们承认的小王妃，而小王爷此次发病没有征兆，不是已经冲喜了么？那么小王爷应该是有所好转的啊，为什么反而会更严重？这一次的发病是穆云诃这么多年最严重的一次！

而眼前的这个女人明明不是与穆云诃合过生辰八字的人，会不会是因为她而冲撞了小王爷？这是所有人看见洛芷珩的想法，但他们不敢说。

洛芷珩蹙眉又道："你们这样慌乱能解决什么问题？小王爷为何会突然发病？请大夫的还没回来么？大夫不是就住在府中么？"

小喜子战抖的声音从人群中传来："回小王妃，奴才们也不知道小王爷怎么会突然发病的，今日您走后，小王爷到了中午也没有吃东西，之前就突然吐了起来，然后就咳嗽，已经晕过去一次了，这刚醒就咳嗽起来。"

洛芷珩不懂医，她想靠近穆云诃，但那群仆人却警惕地防备着不让她靠近，仿若她是洪水猛兽般。

双方还来不及僵持，大夫就急匆匆地来了，众人让开，露出了穆云诃。洛芷珩一愣，此刻的穆云诃平躺在床上，身上已经汗湿了，苍白的脸与唇瓣几乎透明，汗水打湿了头发贴在脸颊上，毫无生机。

他在床上费力地呼吸着，再没有了早晨的精气神。

一个人怎么可能忽然发生这样巨大的变化？还是说穆云诃真的已经病入膏肓了？

大夫诊脉的时候，王妃也带着半路遇上的胡妈妈匆忙赶来，此刻的王妃已经没有了那日见洛芷珩的慈祥和善，整个人都仿若一座不可仰视的高山，一身沉重与阴霾，直接忽视了洛芷珩来到床前。

洛芷珩心中咯噔一声，暗道不好。果然穆云诃一出事，她就会立刻被众人嫌弃，就连和善的王妃也不例外，甚至只怕穆云诃真要死了，王妃是第一个仇恨她的人。

必须想办法扭转局势，否则这样下去她绝对危险。

"诃儿怎么样了？"见大夫放下手，王妃紧张地问道。

大夫黯然道："这一次的情况十分不容乐观，小王爷的身体内脏正在一点点地不可逆转地被侵蚀，有药物的侵蚀，还有他体内疾病的侵蚀，我早就说过这种药虽然能够维系小王爷的生命，但也是让他更快地走向那一步，如今发病只是病危前的第一次，以后发病只怕会一次比一次严重和痛苦，内脏的受损也会越来越严重，王妃，您要早作打算啊。"

"什么？！"王妃脸色唰地惨白，整个人摇摇欲坠。

洛芷珩也被这个诊断给震惊了！她才嫁人三天，丈夫却病重到无回旋之地，那么等待她的恐怕将会是穆王府的滔天怒火！

大夫的诊断无疑是一道晴天霹雳，瞬间将这个本就压抑的王府劈得风雨飘摇。

混乱之际，在一道道惶恐的请安声中，穆王爷仿若驾驭雷电之怒般携风而来，那张威严的脸因为听到了大夫的话而铁青，他站在房间中央，看着躺在还有喜庆红绸的婚床上病弱的爱子，心头一片悲痛。

李侧妃也随之而来，她眼底是控制不住地狂喜与期待，但她不敢在这种时刻表现出来，扫了眼站在一旁的洛芷珩，眼底闪过一抹阴毒，李侧妃悲痛地质问道："洛芷珩，小王爷发病的时候你在干什么？明知道小王爷身体不好，你就应该时刻地守着他，我们王府屈尊降贵地娶一个三等贵族家的女儿，不是让她来享福的，而是让她来照顾小王爷的。说白了，就是合了生辰八字来冲喜的！可是你的到来不仅没有拯救小王爷，反而让他陷到了更危险的地步！当然，本来嫁过来的人就不应该是你！请问，你还有什么脸站在这里？"

这番话几乎瞬间就将洛芷珩打入了地狱。

李侧妃话中的指责、埋怨、怪罪，甚至是无形地将罪过强加到她的身上，仿佛是她克了穆云词一般！又将她擅自顶替妹妹嫁人，导致无法更改的事情掀出来，摆明了是要置她于死地。

洛芷珩头皮发麻，抬头望去，只见王妃正一脸青白地看着她，李侧妃虚伪的嘴脸，下人们鄙夷的目光，还有穆王爷冰冷得仿若刀子的眼神。

奶娘和丫头已经吓得跪下为洛芷珩求饶说话，但洛芷珩强迫自己稳住心神，她一弯身，镇定地道："李侧妃此话有误，今日是回门的日子，母亲与小王爷都允许我回去我才会离开的。而且我并不知道小王爷会发病，但这件事情我确有失察的过错，我会尽力弥补。"

洛芷珩很清楚，栽赃指责她都必须要忍下，因为此刻她已经没有任何退步和反驳的余地了。只有冷静不冲动，不逞口舌之快才能让她渡过这道难关。不过不要紧，李侧妃今日的账咱们慢慢算！

威严冰冷的话语从穆王爷口中暴喝而出："弥补？你凭什么弥补！就是你们整个洛家全部自杀谢罪也抵不过我的云词！是你自己要替嫁的，既然你非要嫁过来为什么不好好照顾云词？现在他是你丈夫！你是不是以为我儿子生病了，所以就敢瞧不起他、忽略他？娶你之前云词一直是好好的，为什么你才来没几天云词的病情反而无法控制地严重了？你告诉我，若不是你命硬克着了云词，为什么他会突然病

情加重！”

穆王爷身居高位，满身戾气自然霸道无比，他一发怒所有人噤若寒蝉。

但洛芷珩依然不卑不亢地屈身，甚至抬头直视王爷的眼道：“我会为我的错来承担责任，但现在最主要的不是追究责任，而是想办法保住小王爷的性命。”

她自始至终都不曾下跪求饶，无形地宣告着她满身的傲气。穆王爷看见她眼中的倔犟，鹰眸怒瞪：“你，敢顶撞本王！”

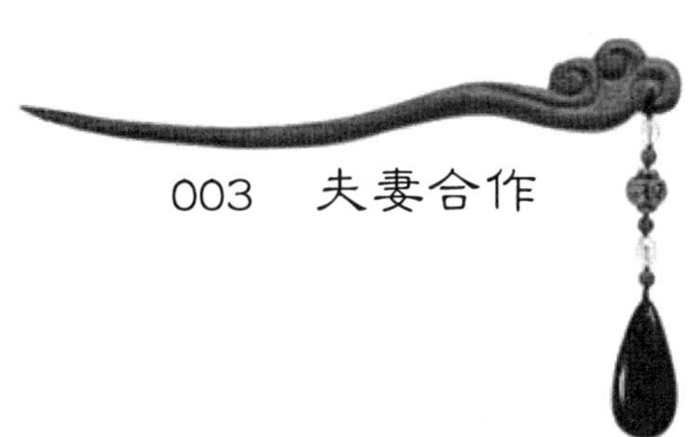

003　夫妻合作

面对王爷的压力，洛芷珩只能硬着头皮道：“这不是顶撞，而是面对事实！”

所有人都倒抽一口冷气，对洛芷珩这种顶风上的捋虎须的行为感到大为震惊，但几乎所有人都认定了洛芷珩这下死定了。因为还没有人敢顶撞王爷。

“你果然够放肆！”穆王爷阴沉的话仿若雷霆，他狞笑一声道：“既然你如此不知收敛，又如此命硬，还愿意承担责任，那么就赏赐你削发为尼姑去山里为云诃一生祈福吧！”

此言一出，再一次震惊众人。

“不要啊，王爷开恩啊，小姐不懂事，奴婢代她磕头认罪了，求王爷体谅小姐年幼无知饶了她一次吧，她还是个孩子啊。”奶娘惊恐万分地不停磕头求饶。

“放肆！哪有你一个贱婢说话的分！来人将她拖下去杖毙！”李侧妃借机报复，冷酷地道。

洛芷珩将目光看向王妃，但王妃此刻也是一片清冷，不帮她，也没有了和颜悦色，洛芷珩再一次看清了现实，只讨好王妃没有用，只有穆云诃好好地活着，她的讨好才有价值，否则她就是个一钱不值的物品，可以随意丢弃！

“慢着！”洛芷珩咬牙说道，她看向王爷道：“王爷的惩罚我不敢不从，但穆云诃是我的丈夫，我不会就这样离开，就算要走，我也不会走得不明不白，好端端地给人留下克夫的罪名！什么时候小王爷好转了，我再走也不迟。”

她得给自己留一条活路，上了尼姑庵，那这辈子就完了，她可不认为恨死了自己的穆王爷能让她从那地方轻易逃出来。

“哼！让你继续留在云诃身边？只怕云诃被你克得更……”李侧妃欲言又止地道。

洛芷珩憋着一口气，冷冷地瞥了眼李侧妃，而后对面容更阴冷的穆王爷发狠地道：“王爷，求你让我留在小王爷身边照顾他，我知道我的命不值钱，但是只要我活着，我就会尽心地照顾他，若小王爷真的有个三长两短，那我洛芷珩立刻自刎谢罪，绝无怨言！”

“小姐！”奶娘和丫头大惊失色。

众人也是震惊！

洛芷珩已经是走投无路了，她只能用自己的命来做一个赌注了，赌自己的未来！她是个骨子里有狠劲的人，一旦被逼急了，那就能一狠到底，包括对她自己也够狠！

事情僵持中，小喜子忽然战战兢兢地开口：“王爷，您就让小王妃留下吧，奴才拙见，这几日小王爷和小王妃在一起，可比以往有活力多了，这是大伙都看见的事实，如今小王妃刚走一会儿，小王爷就出事了，奴才以为，说不定小王妃是有福气的，她留下反而小王爷会好转呢？”

小喜子能帮洛芷珩开口，出乎所有人意料，但他的话让真爱穆云诃的父母却格外受安慰，娶一个克夫的，和娶一个旺夫的相比，他们更愿意相信和喜欢后者。

“王爷，就给她一个机会吧，也许诃儿真的能好呢？”王妃哀求地看着王爷，就连她自己说这话都极不自信，但她只能自欺欺人地选择迷信的相信，冲喜不会给穆云诃带来厄运。

王爷沉默地看着昏迷不醒的穆云诃，攥紧的拳头昭示着他内心的挣扎，再看一直毫不惧怕看着他的洛芷珩，不知道为什么，那样倔犟的目光却让他有种宁愿一试的冲动。

“本王从来不是一个仁慈的人，你记住，机会只给你一次，这一次倘若云诃无法死里逃生，那么你和整个洛家都要为我儿陪葬！这样，你还坚持要留下来照顾他，而不去庵子中苟且偷生么？”穆王爷将话说得很直白，有试探也有威胁。

若换作其他女人，只怕早就被他威慑得选择后者或者晕过去了，但洛芷珩却扬起下巴，掷地有声地道：“我要留下来！他是我丈夫，不论祸福，我都会陪着他走到最后！若结果真的是惨败，那么我给他陪葬，死后也会守护着他！”

一番豪气决绝的话砸下来，乱哄哄的房间一片死寂！

这是洛芷珩给的保证，也是她不得不给出的态度，既然穆云诃是他们的心头肉，那她就让他们知道他也是她的全部，如此，她就不信一点儿也不能撼动这位王爷的心。

她赌对了！她的话不仅仅在王爷心中泛起了波澜，甚至在王妃脆弱的心中，此刻她那副不顾一切要与穆云诃同生同死的态度，更是让王妃感动到无以复加。

“好孩子，委屈你了，委屈你了……”王妃声泪俱下。

王爷嘶哑地道：“希望你说到做到！”

“我洛芷珩说出来的话，必定算话！但在我照顾小王爷期间，我希望王爷能命令下人们不要干扰我做的决定，我希望在这期间最起码这个院子里的人能听我的话。”洛芷珩扫了眼暗沉的、流动着恶心刺鼻味道的房间，说道。

王爷无力地挥挥手，表示同意，带着王妃离开，那相互搀扶的背影，看上去都不复刚才的沉稳有力。

李侧妃满眼阴狠，没想到这洛芷珩好心机！竟然懂得利用穆云诃在王爷手下留下一条命，不过她以为王爷真的相信她刚才的誓死与君绝？虚伪的演技，本王妃等着看你死到临头的时候还能有什么表演！她扫了眼那孱弱的穆云诃，满眼笃定般的恶毒与毫无怜悯。

洛芷珩冷笑送客：“闲杂人等请离开。”

“你放肆！”李侧妃忽然拔高了声音，还从未有人敢对她不敬。

对想害死她的人洛芷珩不会客气！满眼凌厉地斥道：“是你放肆！这里现在我说了算，你的存在已经严重打扰到小王爷休息了，请你立刻离开，还是你想成为我第一个去请王爷法办的人？”

李侧妃脸上青白交错，冷哼道：“看你能嚣张多久！”

见李侧妃离开，小喜子白着脸道：“小王妃……”

洛芷珩紧绷的神经缓下来，连忙说道：“少废话！快告诉我小王爷怎么会发病？”

“因为这段时间都吃不下去饭，时间一长小王爷一定受不了，病好像加重了。今天是因为吃中午药，但是刚吃几口小王爷就开始剧烈咳嗽起来，然后就呼吸困难的样子，晕过去一次，再醒来就是您回来时那阵咳嗽了，现在又晕了过去。”小喜子恐惧地说道。

洛芷珩怒道：“人不吃饭怎么行？这件事很重要为什么不告诉王妃王爷？”

小喜子一哆嗦，战战兢兢地道："因为每天吃了药后小王爷总会有一段时间是迷迷糊糊的，但是不会咳嗽和喊痛了，奴才们以为这是好现象，但小王爷不吃饭的事情奴才是要告诉主子娘娘的，但小王爷拦着不准，他说不想再让王妃跟着伤心操心了。"

"胡闹！这不是拿自己的身体开玩笑么？"洛芷珩极其火大，她摸了穆云诃的脑袋，还好不热，不然这个时代又没有洋鬼子们的西药，万一烧坏了她也是死路一条。

"快点给小王爷换衣服，注意别让他着凉，大夫开的药呢？赶快拿来。"洛芷珩一一吩咐道。

"药来了，可怎么给小王爷喝下去？"小喜子苦着脸问。

洛芷珩也犯难了，昏迷中怎么给他喂药？

奶娘这时候走过来道："小姐要不让老奴试试看？"

洛芷珩连忙点头，现在是死马当做活马医，什么方法都能用，只要把药灌进去。

奶娘一看就有经验，和丫头两个人一个人掰着嘴，一个人往里面缓慢地灌药，再将嘴巴阖上一下，周而复始，虽然流出来好多，但最起码喝进去的也不少。这可是救命药，多吃一点活下来的希望就越大。

"喝了喝了，太好了！"小喜子和一众仆人欣喜欢呼。

"吵什么？小喜子留下，其他人都出去。"洛芷珩挥退了一干不放心的下人，又问："这房间一直以来就是这么昏暗么？为什么不开窗户？窗子上那些黑布帘子是干什么的？大夫让这么做的么？"她早就对这个黑暗的房间有意见了。

小喜子道："回小王妃的话，这是小王爷吩咐的，不准让阳光照进这个房间里，除了您睡的软榻旁那扇窗是小王爷命人给您撤下的窗帘外，其他的都要放，这个房间常年是这样的。"

这算什么？因为有病连内心都阴暗了？又不是见光死，那些洋人的医院个个阳光明媚，环境宜人。虽然她不懂阳光对病情有什么帮助，但最起码健康人是不愿意活在阴暗下的。

"立刻让人进来打扫，把这个屋子里的恶气都给我消灭！还有那些窗帘……"洛芷珩说着，忽然上前几步，哗地一声将一片窗帘利落地撤下，光仿若活泼的精灵一般，穿透了纸窗，将那一块地面和空间照亮。她又伸手去推窗子，小喜子却忽然惊呼起来……

"小王妃不可！小王爷不准任何人开窗，不然他会大发脾气的！"

洛芷珩冷笑，都快死了还发什么脾气？要真因为开窗子将他气得活过来大发脾气，她可真要谢天谢地了！手毫不犹豫地推开窗，更多的光明与清新的空气扑面而来！

洛芷珩将整个房间从黑暗中释放，在这个阳光充满的房间里，她守护着穆云诃，此刻穆云诃在她眼中其实就是一道救命符，他们真的必须生死与共了。

日落月升，一整夜穆云诃的病情似乎已经稳定了，但依然昏迷不醒，大夫不敢离开半步地为穆云诃忙前忙后，众人的神经都绷得紧紧的，在紧张中迎来了第二天的日光。

“小王妃不好了，小王爷发热了！”惊呼声中，睡在一旁软榻上的洛芷珩被惊醒。

她茫然了一瞬间，而后弹跳起来，竟然是连衣服鞋子都没脱就睡着了，冲到了穆云诃床前，摸在他的额头脸上，然后是脖子胸膛手臂，她的脸色一点点地难看，众人面如死灰，慌乱中她沉声道：“别在这大呼小叫的，快让大夫来。”

大夫被匆忙请来，诊脉不过一会儿，便也惨白着脸色道：“完了完了，竟然发生了我最不愿意看到的事情，小王爷这病本就数邪火热症，一旦发热便不可收拾，也是最最危险的凶兆，此刻小王爷病情急剧恶化……”

洛芷珩不耐烦听老大夫的长篇大论，一把抓住大夫的衣领，双目怒瞪毫无矜持地吼道：“少废话！既然是发热了就赶快给他降热！”

老大夫早被洛芷珩这大胆放肆的举动惊呆了，一个大家闺秀怎么能做出这般粗鲁蛮横的动作？他哆嗦着道：“若是有办法我也想救小王爷，但是小王爷的身体已经再难承受任何药物的侵蚀了，说白了发热就是他生命已经走到尽头的开始，我已经无能为力。”

洛芷珩彻底怒了，她猛地将大夫推倒，红着眼凶残道：“你不是大夫吗？大夫不就是救死扶伤的么？怎么能轻易地就将病人宣判死刑？你凭什么？你的责任就是救活他！今天他若不能活，我也得死，但是在我死之前你也别想好过，我会一刀一刀割掉你的肉，因为你是杀人凶手，你的无能为力害死了两个人！”

她的表情太狰狞了，一旁来劝架的奶娘和丫头都吓得不敢乱动。那大夫是名医，心高气傲却也被此刻洛芷珩那要鱼死网破的凶狠面孔给吓到了。

“你、你别激动！降温！只要能让小王爷的体温快一点降下来，也许就还有一线希望！”也只是一线希望而已！其实就是白费力气。大夫这样说不过是在洛芷珩的威慑下慌神而已，他的心里已经对穆云诃的生存不抱任何希望。

“那你就快点给他降温啊！”洛芷珩火大得踹翻了大夫的药箱。

大夫一哆嗦，恼怒道：“我也想，但是小王爷现在不能用任何药物了，那只会加速他病情的恶化，而且用冰块直接降温的话也不行，小王爷的身体根本承受不了冰块直接的刺激。”

“这也不行，那也不行，难道就眼睁睁地看着他死？”洛芷珩暴躁得像一头发狂的母狮，她烦躁地转圈，却忽然看见了院子里用来盛水扫洒的大水缸，眼底闪过一丝狠绝，她快速冲了出去。

手放进水中，但那水在日光中是温热的，她大吼道：“哪里有深井？给我找最最冰冷的凉水来，找冰块来，越多越好，快一点！”

众人都被洛芷珩的狂躁和凶狠吓到了，冷水用最快的速度抬来，很快就满了一缸。

让人们目瞪口呆的一幕发生了。只见洛芷珩用水瓢一瓢一瓢地将那冰冷刺骨的冷水往身上浇，这可是深井的水，清晨这个时候最是冰冷的，但洛芷珩却连一点难受的表情都没有流露。

瓢太慢，她就用桶直接将水往身上浇，院子里算男人的只有太监，还有丫鬟，太监们连忙低头闭眼不敢看衣服全湿的洛芷珩，但急忙赶来的王妃和王爷却眼睁睁地看着这诡异的一幕，王爷满眼怒火地移开眼不看她。

洛芷珩没注意到别人，她只觉得她的身体还不够冷，但她的牙齿已经打哆嗦了，一咬牙，她轻巧地翻身跳进装满了冷水的水缸里，刚跳进去，她冷得头皮都发麻，有一种疼痛直窜脑门，那是被冰得神经痛的感觉。

众人惊呼声中，洛芷珩咬牙大喊道：“别愣着，添冰块！”

下人们迟疑着，不明白洛芷珩要做什么，但那老大夫却看出了点门道，震惊错愕之余，对这个名声败坏的小王妃倒是有点刮目相看了。不管洛芷珩为的是什么，但她今日这般做便是勇气可嘉的，不是每个人都能忍受那寒冰刺骨的痛的！

“听小王妃的，快点往水缸里面加冰块！”老大夫一咬牙，大声道。既然有人愿意拼死一试，那他这个当大夫的自然也不能轻易放弃了。

大夫的话比洛芷珩的有威力，下人们连忙往缸里加冰块，本来就溢出来水的缸，咕咚咕咚加入冰块之后，更是不停地往外流水。洛芷珩蹲在越来越冰冷的大缸里，冻得脸都白了，脑门一阵阵刺痛着，但这点痛若能换来生命，怎么也值！

所以要忍住！土匪都当过了，打家劫舍也做过，她不是一个好人，但她却是一个对生命充满希望和热忱的人，她更执着，既然这个生存下来的机会是她求来的，那她就不能放弃！

洛芷珩在那冰冷的水中足足待了有两刻钟的样子，才起来，沉重地出了水缸，她走路都有点摇晃，丫头扶着她都觉得冷得直打寒战，洛芷珩哆嗦着说：“快给我换一身干里衣。”

洛芷珩被冻得几乎走不了路，丫头心疼得眼泪噼里啪啦地掉，力大无穷的她抱起了洛芷珩往房里冲。这期间，大夫已经和王爷王妃解释了洛芷珩这样做的可能原因。所以王爷王妃才沉默地看着，他们倒要看看，洛芷珩是不是真的能为了穆云诃做到这一步！

将身子简单擦干，洛芷珩只穿了一套轻薄的亵衣，然后就躺在了穆云诃的身边，将被子掀开，整个人紧紧地抱着穆云诃。那一刻，是他们二人的第一次毫无缝隙的亲密接触，却是冰火两重天的危急时刻！

穆云诃烧得呼吸都滚烫着，感觉到身边的冷意他一哆嗦，而后便无意识地抱紧了洛芷珩，但却依然无法让他感到舒服，他不停地蹭着、痛苦地哼唧着。洛芷珩毕竟是民国年代的女子，这样与一个男子紧密接触，她还是有些羞涩和紧张的。但一想到她牺牲这么大就是为了要帮穆云诃降温的，心中发狠，她战抖着手，缓慢地将穆云诃的亵衣脱下……

因为常年不见光的原因，所以穆云诃的身体很白皙，消瘦的身体几乎全是骨头，洛芷珩抱在怀中都觉得硌人。但此刻就是她想要放开都不行了，因为穆云诃无意识地抱紧了她，口中不停地哼哼着什么，粗重的呼吸滚烫地喷洒在洛芷珩的脸上，让她都觉得自己也发烧了。

洛芷珩的身体现在就像一块冰，浑身发烫的穆云诃抱着这又软又凉的身体，因为痛苦而扭曲的俊脸也舒缓开来。

“不知道这样的方法究竟有没有效。”大夫嘀咕一句。

王爷和王妃看见床上抱着的两个人，心思各异。

洛芷珩这时候开口吩咐道：“小喜子也去用刚才的方法把自己弄冷，我怕体温一会上来，不管这样做有没有效果，只要能让小王爷舒服一点我们也不能放弃。还有，将房间里也多放点冰块。”

王爷对洛芷珩是相当不满意，甚至是厌恶的，毕竟一个差点将自己妹妹打死，就为了抢夺妹妹婚姻的女子，在他眼中是该死的。但就算再厌恶她，此刻她能在最关键的时候都不放弃穆云诃，就算明知道她的目的是为了保护自己，但王爷还是不由得对她临危不乱的机变刮目相看。

“按照王妃的话去做。”王爷沉声道。

洛芷珩的身体明明很冷，但是这个很瘦弱的男人却有一双很坚固的手臂，将她紧紧地搂在他火热的怀里，她的脸也不禁有些发烫。

奶娘心疼洛芷珩自虐似地用冷水激自己的身子，就怕她以后落下什么病根，毕竟女人是不能着凉的，但她不能阻止，又感慨小姐终于懂事不再那么冲动了。丫头就像一个战士一般守护在洛芷珩床前，虎视眈眈地瞪着那群人，似乎谁敢上来碰洛芷珩，她就会立刻活撕了谁。

不过可能是洛芷珩刚才的举动震惊了他们，众人此刻忙里忙外地布置冰块，倒不敢再用鄙夷厌恶的目光看洛芷珩。很快这间房间再一次陷入了阴冷中。

洛芷珩被穆云诃抱了好久，直到洛芷珩觉得自己的身体都热了，她就想起来换如法炮制让一身冰冷的小喜子来给穆云诃降温。此刻王妃坚持留在这里，王爷早已经在外面等着了。

可是洛芷珩才刚起来一点，就被穆云诃一把抓住，她一惊以为穆云诃醒了，惊喜地低头，却发现穆云诃还闭着眼睛。失望之下再想动弹，可穆云诃的手却紧紧地抓住她的手腕，痛苦地呢喃道："娘，对不起，对不起……"

也许是穆云诃的表情和脆弱，也许是那隐藏的良善，洛芷珩没有果断地推开他，而是俯身轻声问道："对不起什么？"

穆云诃似乎听见了，沉重的眼渐渐睁开，他似乎看不清眼前的人，虚弱的容颜上缓缓绽放的是洛芷珩这辈子都没见过的最最惊心动魄的美丽笑容："儿子食言了，答应过娘一定不会让娘哭的，可是这一次真的无能为力了，这次只怕儿子逃不过去了，儿子若死，娘就哭一次吧，最后一次，哭过之后万不可再为不孝儿流泪了……"

他的笑容纯粹又温顺，是洛芷珩没见过的乖巧与贴心，明明生命快到尽头，明明痛苦得脸都扭曲了，明明对死亡有恐惧，却偏偏对着他最爱的人笑着说，别再为不孝儿流泪……

这个在阴寒与绝境中的笑容，就那样在洛芷珩毫不设防的时候狠狠地扎进了她的眼底，直逼心房。动摇了她的信念，改变了她的一生！

有时候一种感动只在最不经意间，强烈又复杂，就算是最铁石心肠的人，人生中也会有那样一个场景或者人，给他留下最刻骨铭心的震撼！

在最痛苦的时候，被病魔和死亡折磨得惨不忍睹的儿子，却愿意用最明媚的笑容对母亲交代算不上后事的后事，也许在他短暂的生命中，最重要最放不下的人，只有一直对他不离不弃，为他付出舍弃所有的母亲吧！

这样一个风华绝代的男子，愿意用笑容掩盖恐惧面对母亲的人，怎么可以就这样死去？他若是不坚强，若是心志不坚定，若是不够勇敢，又是如何对抗这么多年的病痛折磨，灰暗人生呢？这样的男子，经历过痛苦和折磨才懂得珍惜和生活，若他安然无恙，必定是战场上的英雄，商场中的俊杰吧！

那一个瞬间，洛芷珩忘记了她挽救穆云诃生命的目的是自保，那一刹那，她想这样纯粹的笑容，坚强的男子，不可以就这样死去！

但她不是大夫，她对穆云诃的病情是无能为力的！她猛地回头，却见王妃早已经无声地泪流满面，被两个丫鬟搀扶着，已经摇摇欲坠。

面对儿子这临终遗言般的话语，王妃情绪早已崩溃，却偏偏不敢哭出声来，哭得那么压抑和绝望，这对母子，在王府中到底是怎么样存在的啊？

第一次，洛芷珩有了窥探王府秘密的欲望，到底是什么让堂堂的王妃这样甘心退让？让一个侧妃嚣张到夺去了大权？明明是嫡子，明明比那个庶子穆云锦还要美，却偏偏在王府的黑暗角落里默默等死？

这个诡异的王府，她真想掘出来一个真相，她真想知道，穆云诃这要命的病到底要怎么做才能好！

无力感排山倒海而来，洛芷珩嚣张的人生第一次这么挫败，她想要叫王妃来劝一下穆云诃，但哭得那样崩溃的王妃，怎么能安慰对她不放心的儿子？

此刻穆云诃闭上眼，呼吸也渐渐断续，生命的征兆似乎也在这个风华绝代的男子身上，毫无感情地一点点褪去，剥离……

小喜子看着穆云诃垂下的手，哭着跪下去大叫主子，大夫踉跄地进来，王爷冲进来。所有人都看着那战战兢兢诊脉的大夫，良久只听大夫断断续续地道："小王爷已经坚持不住了，他太痛苦了，可就算再痛他也不叫一声，坚持这么久已经是奇迹了。王爷，准备后事吧……"

这句话就是一个晴天霹雳！他们明知道这个结果却不愿面对这个结果，众仆人跪下哀恸哭泣，王妃晕死，王爷钢铁般的脸上早已一片荒凉。王府上下一片哀泣！

洛芷珩瘫坐在穆云诃身边，那一刻她没有对死的恐惧，心中只有一个声音在狂呼：就算生病，但上午还那样鲜活的一个人，怎么能说死就死？

洛芷珩愣愣地看着穆云诃那精致绝美的容颜，手不由自主地抚摸在他的脸上，也许是她将自己弄成冰人给他降温有效果，也许是他的生命已经要走到尽头了，他的体温不再滚烫。但她更愿意相信是前者。

眼底划过一抹执拗的狠色，她忽然跌落在他耳畔轻柔的嗓音也平添一份感伤的忧郁："穆云诃，你睁开眼看看啊，你舍得就这样撒手离去么？你的母亲为了你而流泪，她现在晕过去了，你还没有死，她就已经崩溃了，若你死了，若你真的放弃了你的生命，那你就等于同时放弃了你母亲的生命！"

在所有人只顾着哭泣和表现的时候，在所有人都觉得这是最后的结果的时候，只有洛芷珩还一味地坚持着，执拗地不愿意放弃最后一丝希望，最起码，他还有脉搏，还有呼吸和心跳不是么？

王爷已然万分悲痛，洛芷珩的话，几乎揉碎了他那颗刚硬的心！他有一个很优秀的儿子穆云锦，但穆云诃这个孩子却是他众多孩子中最最喜爱的一个，不仅仅是因为他是他唯一的嫡子，还因为这个孩子是最像他，最不怕他。

犹记得当年，他还不是很看重穆云诃的时候，那一年那一天他暴怒之下剥夺了王妃所有权利，并且打算将王妃彻底放弃的时候。穆云诃在不受重视、虚弱的情况下，在狂风暴雨中跪了一天一夜，就是固执地不肯离去。

那个时候他问他所求的是什么？穆云诃说不求权利，不要名分，只求王爷饶了我母亲一命，就当是儿子用这条母亲给的命换母亲一命行不行？

那个雨夜里，他唯一的嫡子用倔犟清澈的目光看着他，跪在雨水中的孩子弱小单薄，摇摇欲坠，可是那一身的硬骨头和桀骜是雨水冲刷不掉的。这个孩子有一身狂傲，却不得不因为病魔而淹没在人眼中。他在穆云诃的眼中看见了厌恶，疏离与不屈。还有穆云诃对他这个父亲的不认可！这个孩子的血性与他几乎如出一辙，那一天王爷才幡然醒悟，原来他竟然忽略了这个儿子这么久。

王妃活下来了，但没了权利。而穆云诃也因为那一场大雨而重病得险些丧命。也许是出于愧疚，也许是出于对这个脾气性子最像自己的孩子的喜爱，王爷越发地在乎看重穆云诃，所以他的将死，于王爷而言绝对是一场最痛心的离别。

洛芷珩看见穆云诃的眼皮轻颤了几下，她满眼喜悦，抓紧他的手她狠心说道："穆云诃你活了这短短十几年，却一直是别人的累赘，是你母亲的负担，你甘心、你舍得就这样离开么？你还没有报答你母亲啊，你若是真的死了，你母亲也绝对不会再活下去的，难道你不知道你母亲的生命其实只是因为你还活着？她一直只是在为你多呼吸那一口空气么？你若真的死了，就等于亲手杀死了你母亲！"

"够了！"王爷怒吼，这话太过于武断和沉重，穆云诃的生命已经走到了尽头，怎么可以让他可怜的儿子死也走得不安宁？王爷猩红着眼怒指洛芷珩道："来人！将这个胡言乱语的女人拖出去乱棍打死！"

王爷丧子心痛，在他眼中洛芷珩已经被冠上了克夫的罪名，现在洛芷珩又敢说这样让穆云诃死不瞑目的话，王爷自然要将所有的怒气和心痛都发在洛芷珩的身上。

"你这个不祥的女人，是你克死了我的云诃，你要给云诃偿命！"王爷怒喝。

“不要啊，求王爷饶命，不要杀小姐啊，奴婢甘愿替小姐去死。”奶娘狂乱地跪下求饶。

丫头也扑通一下跪下，但却护在洛芷珩面前，泪流满面。

可是没有人在乎他们的祈求和泪水，家仆冲进来将他们推开，丫头反抗，与那些家仆打开了，场面一片混乱，但还是有人抓住了洛芷珩的胳膊，将她猛地拽下了床，拖着就要往外走。

洛芷珩怎么可能甘心就这样憋屈地死？她不是个英雄，但她深谙做人的骨气不允许她是这种死法。

发了狠，就不再隐藏，她忽然发力，手肘巧妙地一下撞在了抓她那人的胸膛上，混乱中没人听见骨裂的脆响声，那家仆莫名其妙地惨叫着倒下。洛芷珩却不管别人，又扑在了穆云诃面前恶狠狠地大喊道：“穆云诃你这个混蛋！你现在竟然还要连累我也去死么？你那天还说你死了也不想连累你娶回来的妻子呢，你睁开眼睛看看啊，现在因为你的死而要丢掉性命的不仅仅是你母亲，还有我！”

“我是该你的还是欠你的啊？我只不过是因为任性而错了一步罢了，你真的就忍心一个无辜的人因为你而丧命么？你真的能看着你母亲因为你而死去么？穆云诃你睁开眼看看呀，你母亲正举着刀子要往肚子上扎呢，谁也拦不住她了，鲜血流了一地。你没听见人们的哭声么？你以为那是吊唁你的么？你做梦吧！那是在哭求他们的王妃不要死，不要想不开！”

洛芷珩的话越说越狠，虽然是谎言，但她的声音凄厉而悲切，她用力地摇晃着穆云诃的身体，拍打着他的脸。不停地说这些穆云诃最担心和不放心的事情。

攻心之术，无论是什么时候对待谁，只要找准了那个人的致命弱点，便绝对可以激发那个人的怒火和潜在力量！这是当土匪的时候，他们劫持一支商队中一位混在商队里的海外留洋回来的学者教给她的。教会洛芷珩许多知识和海外的东西，就是她爹答应放了这位学者的条件！

洛芷珩不知道自己用王妃的性命来威胁一个将死之人，是不是不道德，但她此刻已经别无选择了。因为里面也有许多事实，比如穆云诃死王妃一定也会活不下去，再比如她也绝对会被那个狠心的王爷给杀了。

“放肆！你们这群蠢货，快点将那个胡言乱语的克星给本王杀了！”王爷不可能屈尊降贵地去杀洛芷珩，他怒吼着。

又有人冲过来抓住了洛芷珩，她没反抗，因为她看见穆云诃平静的身体似乎有了战抖的迹象，难道真的给气得活过来了？她兴奋地变本加厉地哭吼道：“王妃啊您要坚持住啊，小王爷没有死啊，他没有狠心地离您而去啊，所以请您也不要

死，你看啊，小王爷睁开眼了啊，王妃您也快睁开眼看看呐！”

洛芷珩此刻的样子在众人眼中那就是被吓得已经神经错乱了。谁也没有注意到穆云诃的情况，所以众人也就都错过了穆云诃那沉重的眼皮几不可察的战抖。

而就在这时候，晕厥的王妃缓缓醒来，茫然地看向穆云诃，眼中心中的悲戚爆发，忽然发出撕心裂肺的哭声：“云诃啊！你怎么能这么狠心地丢下娘啊？没了你娘活着还有什么意义呢？娘这就来陪你！”

众人都被王妃这绝望的哭声骇住了。

可也就是王妃这撕心裂肺的哭声，在最恰巧和最关键的时刻，竟然发挥了最不可思议的作用。

那几乎咽气的穆云诃，本来只是眼皮战抖，在听见母亲的哭声和话语后，他就仿若鬼附身了一般，忽然睁开眼睛，那眼中是浓浓的不甘与惊恐。在所有人目瞪口呆中，竟然猛地坐了起来。

死亡的力量是可怕的，但求生的意志力量同样强悍！心有不甘的人，在面对那么多心愿未了的时候，怎么可能甘心死去？

穆云诃坐起来了在众人看来就是诈尸了！人们没有一点惊喜反而是浓浓的恐惧，尖叫着纷纷逃窜起来。

穆云诃却紧张地看着一旁的王妃，猩红着眼睛伸手向王妃，口中嘶哑大叫：“娘！我不要死，我不会死的，你也不要死，娘！”

咚地一声，穆云诃一头栽倒在了地上，闷哼一声再没有起来，可那只手却固执地伸向王妃，艰难地抬起眼，脖子额头上青筋暴跳，眼中全是对命运的不甘与对抗！

“云诃！”王妃惊呼一声，惊喜还来不及在眼中褪去，便成了惊吓，王妃踉踉跄跄地扑向了穆云诃，母子两个抱成一团。

这诡异而不可思议的一幕，狠狠地震住了屋子里所有的人。

洛芷珩借此挣脱开了束缚，冲向了穆云诃。没有人知道此刻她心里的狂喜和激动，还有那种被知识深深震撼的惊悚感！原来攻心之术真的有效！既然穆云诃已经被激起了活着的欲望，那么接下来就是她要表现的时候了。刚才她可是说了许多大不敬的话，要补救。

洛芷珩扶住穆云诃，她能用攻心之术，却终究不是大夫，无法医治穆云诃，此刻她回头对呆愣住的大夫怒道：“还愣着干什么？还不快点来给小王爷诊治？小王爷都能自己坐起来了，这一次你若是再敢说什么准备后事的话，我就先宰了你！”

她喊得颇有气势，大夫吓了一跳，连忙冲了过来，他心里面震惊又不可思议，明明快死的人了啊，怎么突然就活过来了？回光返照？还是……咦？大夫震惊地看着穆云诃，这脉搏可比刚才要强许多了！

大夫又看洛芷珩，忽然明白洛芷珩刚才那些话的目的了，求生意志！这个外界传言胸大无脑的废物小姐竟然激起了一个将死之人的求生意志！

而一旁的王爷震惊过后，也眯起了眼，他犀利的目光看向洛芷珩，显然精明的王爷也发觉了洛芷珩那番话的目的！这个女人，是有心还是无意？若是有心那她就绝不是外界传言那般愚蠢！

一阵兵荒马乱过后，穆云诃被安置睡下，王妃红着眼紧抓着他的手不肯离去。

大夫说穆云诃现在的求生意识很强，这真是个奇迹，但是穆云诃的身体依然极其虚弱，想要延续生命很困难。所以现在大家就只能静观其变了。总之穆云诃现在还活着这就是个好消息。

洛芷珩在王妃面前跪下，低声说道：“请王妃恕罪，刚刚珩儿也是情急之下才会说出那些对王妃大不敬的话，但珩儿听过父亲说，一个人的意志很多时候能够决定一个人的一生，珩儿真的不愿意小王爷就这样离开我们，所以才会用小王爷最最在乎的您，想要激起小王爷的求生意志。”

王妃憔悴的脸上露出一抹感激的笑容，抓住她的手道：“好孩子我明白的，我……云诃能够逃过这一关，都是多亏了你了，我不会怪你的，这王府上下只会记得你对云诃的好和功劳，王爷？”

穆王爷将目光从穆云诃的身上移开，定定地看了一会乖巧跪在地上的洛芷珩，好半晌才低沉道：“只要你是 心向着云诃的，不损害王府的名誉利益，本王不追究你的过错，当然你也要明白，云诃的生死关系着你的生死，好自为之吧！”

洛芷珩心中冷笑，她等于是救了他儿子一命呐，竟然还敢威胁警告她。不过谁让她现在寄人篱下呢，她暂时忍了。

“儿媳记住了。”洛芷珩柔顺地道。

而此刻，门外忽然传来了通报声，说是皇上派人来送信，是有名的梁神医被找到了，皇上已经将人请到了王府上，此刻正在大厅里等着给小王爷看病。

这可是天大的喜事，穆云诃刚刚死里逃生，他们一直寻找的神医就出现了，一切似乎都在往好的方向上发展，而且王爷一直认为这位名满大江南北的神医是穆云诃最后的希望。

“快快将神医请进来。算了，还是本王亲自去请。”穆王爷激动地离去，不

一会就带着鹤发童颜的老者走来，很是客气地给老者介绍了王妃后，就带那神态冷漠的老者到穆云诃床前。

一屋子人都屏住呼吸，紧张地等待神医问诊后的结果。洛芷珩就在一旁不起眼的地方打量这位被人尊敬的神医，不知道为什么，一种不好的预感突然蹦出来，搅扰得她有些心慌。

那老者只看了穆云诃几眼，便冷漠高傲地开口道："这人没救了！"

"什么？！"王妃一个踉跄，憔悴的脸上全是灰白。

王爷浑身一震，连忙道："还请神医出手相救，本王就这一个嫡子，不论用多好的药材，多少重金本王都不在乎，只要这孩子能活下来，还请神医……"

那老者重重地冷哼了一声，神色倨傲地道："他已经被你们用药物给弄成了药人，全身都是毒素，就是个活着的毒物，毒液已经浸泡他的全身，脏腑损坏，无药可救。他绝对活不过二十岁！"

一屋子死寂，都被神医的话给震得面如死灰。王爷更是不停地恳请神医出手相救，一位身份尊贵的父亲，为病痛的儿子做到这样也算不容易了。

洛芷珩却盯紧了那神医，她不经意地就看到神医甩袖子的时候露出来的手背，上面竟然有些腐烂，她眯起了眼睛。小心地将奶娘拉到了外面，悄声问道："这位神医很厉害么？你们见过他么？"

奶娘脸色也相当难看，穆云诃一死，洛芷珩绝对没好日子，她以为洛芷珩是在害怕神医的话，虽然不想承认，但奶娘不得不说实话："这位神医名震天下，但是历来缥缈不定的，除了知道他姓梁之外，没有人知道他是什么样的人，知道的人也都不说。有人猜测他应该是个温文尔雅的中年男子，也有人说他是个慈祥的白发老者，后者被认定的可能倒是大。今日一见果然如此。这位神医救治过许多王公大臣，都是绝症却被医好，医术相当了得。"

洛芷珩心思急转，她道："既然没有人能确定他的样貌，为什么皇上和王爷就肯定他是梁神医？"

洛芷珩之所以有这样的疑问，是因为这位神医若真的是神医，怎么会自己身上有腐烂的伤口却治不好？又或者是神医有让伤口腐烂在身的癖好？第二个说法洛芷珩不能说服自己，而且这个神医来得太巧合了，在穆云诃命悬一线的时候就来了，还下了那样的定论，洛芷珩不得不谨慎怀疑。

"皇上派来的，王爷当然不会怀疑，皇上和王爷是亲兄弟，这么多年来关系一直亲密。"奶娘理所当然地说道。

洛芷珩本来听了奶娘的话还有点了然，但忽然她仔细地看着奶娘，淡笑道：

“奶娘知道的可真多。”

她不过是很惊讶一个常年在深宅中的奶娘，竟然知道这些事情，所以称赞一句，但奶娘的脸上却闪过一抹慌乱，洛芷珩就挑起了眉头。

“大小姐还说，要不是您成天往外跑，奴婢天天出去找你，一个妇道人家怎么可能知道这些？再说神医和王爷皇上的关系根本不是什么秘密啊。”奶娘低头解释道。

此刻奶娘的解释洛芷珩只会觉得有种欲盖弥彰的感觉。但奶娘看着她的眼中的慈爱是不假的，她也就没过多地去理会奶娘的反常。

她现在怀疑这个神医的身份，所以他的话洛芷珩不会轻易相信，而精明的王爷之所以没有再确认这个人的身份，正如奶娘所说那样，因为是皇上派人送来的，所以王爷毫不怀疑。王府的人却对神医的话十分相信，神医的话却让穆云诃面临死亡，这是洛芷珩不能允许的。要想个办法试探一下这个神医，真假一试便知，假的还好说，若是真的她就可能会得罪人。所以做不做，怎么做，洛芷珩必须考虑仔细。

那神医在王爷的恳请中留下来，目的自然是为穆云诃治病，可他不是说穆云诃必死无疑么？为何还留下？留下是不是就代表穆云诃其实还有救？可神医的话前后自相矛盾，到底又是为何？

还有半年的时间，穆云诃就要二十岁了。

洛芷珩躺在软椅上，脑海里都是这些事情，现在已经入夜，穆云诃吃了那神医开的药已经安睡。

洛芷珩想要试探这个人是不是神医的想法就按住了，因为神医开的药明显是有效果的，最起码穆云诃的病情稳定了，而且不再那么痛苦，高烧也退了下来。

这个人懂医术，那么最能试探这个人是不是神医的一招就用不了了。而且她对于医理根本就什么也不懂。她知道的也就是那个留洋归来的学者教给她的一些东西了。

穆云诃现在的情况其实就是慢性中毒，积累到一定程度之后的爆发，因为是慢性中毒，长年累月下来就很严重了，就像一座城池，每年都加一层城墙，十几年下来，这座城就很小了，但却很坚固，根本攻破不了，一层又一层。穆云诃的疾病就是如此。

穆云诃现在最主要的就是排毒吧？可是那群大夫给用的药都是很凶猛药性很大的药，一边治病一边让穆云诃继续中毒，周而复始，若不能断了这病根和毒源，穆云诃的死是早晚的。

可她要怎么做才能断绝这些毒的来源，彻底清理穆云诃身体里的毒素呢？不吃药显然是不行的，穆云诃现在的症状一顿都离不开药了。

洛芷珩辗转难眠，第一次为别人的生死而失眠，虽然这也关系着她的生死，但今日见到了穆云诃那痛苦还倔犟的样子，为了母亲再痛苦也要坚持的孝心，洛芷珩也不算成熟的心很被震撼。她不想穆云诃死。

她现在大方向有了，却不知道该从何下手，而且她能擅自给穆云诃调理身子么？绝对不能，王爷不会同意的！那么现在就只能先看那神医的了，她必须要盯紧神医的举动，一旦被她怀疑的人或事情，她都不会轻易相信。

又过了几天，穆云诃的病情，竟然真的在那神医的调理下有了起色，全府上下笼罩多日的乌云也终于散开，而这几日洛芷珩对穆云诃一直是亲力亲为，除了大小便之外不准任何人插手。

可穆云诃这几日一直是吃药，一点饭菜都没吃，消瘦得更快。今天看着他好点了，洛芷珩便让厨房做了一碗小米粥来。

小喜子在穆云诃面前没有丝毫地位可言，苦苦哀求着穆云诃就是不吃，洛芷珩一把夺过了饭碗，将汤匙递到穆云诃嘴边说道："吃点吧，这粥已经在火上煨了好久了，小米粥养胃，你现在必须要调理身体，才能尽快好起来。"

穆云诃却用一种厌恶的目光看着她，显然他还在为那天洛芷珩用他母亲的生死当筹码的事情而耿耿于怀。就算他明知道洛芷珩那天那样做是情非得已的，也是有效果的，但是用他母亲来当垫脚石穆云诃就有点接受不了。

母亲一直是他心中的一块净土和最珍贵的，是不可侵犯和伤害的。洛芷珩竟然口口声声地说母亲死啊什么的，穆云诃心胸宽广却唯独对这件事情斤斤计较。从而也看洛芷珩不顺眼，在他看来洛芷珩那天的做法完全就是自私的，是为了自己能活命，所以洛芷珩可以豁出去别人。

"拿走！"冷冷地说道，穆云诃的目光仿若刀子一般落在洛芷珩的脸上。

洛芷珩现在当穆云诃是个祖宗，当然不会计较他的冷淡，反而坐在了他床前道："现在都什么时候了你还有心情生气？是，那天我的话是夸张和过头了，但王妃不是不计较么？而且王妃现在还活着，你怎么不想想，那天如果你没有醒过来，那么王妃现在还能好好地活着？"

穆云诃一愣，这一点他当然明白，但洛芷珩说出来了他还是心中别扭的，一种被人揭穿和顶撞的愤怒卡在胸口，穆云诃恼怒地抬手就要去打洛芷珩的手。

看着他吃力的手，洛芷珩不紧不慢地躲开冷笑道："还能发脾气打人？看样子小王爷是真的好了呢。"

穆云诃被她的嘴脸气得有点呼吸不顺，洛芷珩哼了一声，又要喂他喝粥，好言好语地劝哄，但房门却被忽然粗暴地撞开。只见那鹤发童颜的梁神医满脸阴霾地走了进来，指着洛芷珩手中那碗粥就喝道："这是什么？谁准你给他喝粥的？"

洛芷珩一挑眉，不紧不慢地问："怎么？病人还不能吃饭了？那病人恐怕很快就变成死人了吧。"

梁神医自诩身份尊贵，抬着下巴对洛芷珩轻蔑冷哼道："有本神医的药，小王爷不吃饭也不会成为死人。"

洛芷珩立刻见缝插针，啪地放下瓷碗，怒指神医道："大胆狂徒！你好狂妄的口气！好自大的德行！是谁说小王爷绝对活不过二十岁的？又是谁说小王爷无药可治的？现在又是谁在这里大言不惭地说有他的药小王爷不会死？"

洛芷珩的话让梁神医面色微变，只见她忽然站起来，眉目凌厉言辞铿锵地道："我问你，这前后几句话是不是都是出于你梁神医之口？那么如此前后矛盾的话语，你如何自圆其说？请给我个解释！不然的话，就凭你前言不搭后语的话，还有你此刻不准小王爷用饭这两条，我就有权利怀疑你目的不纯，要加害小王爷，我想一旦你这个罪名落实了，你离死也就不远了吧！"

梁神医脸色变幻，忽而冷笑一声道："本神医不和你这个臭名昭著的女人说话，本神医说的话自然都是有道理的，你不准给他吃饭，否则他有个三长两短，就是你的责任！"

洛芷珩刚要说话，就听到外面传来了凌乱的脚步声，再看那神医的表情，明明比刚才轻松许多了。洛芷珩心中一惊，脑海中思绪急转。这神医刚才一进来就是怒气冲冲的，摆明了是来找茬的，是知道了她在给穆云诃吃饭才来的，而他的目的是阻止穆云诃吃饭。

这又是为什么？而现在来的人听上去是李侧妃还应该有王爷。

这个神医绝对有问题，一个重病的人只靠着吃药一点饭不让吃，那真的就离死不远了。

死！

洛芷珩脑袋里火光一闪，猛地发现能连接上这神医诡异举止的一个字。可若这个神医真的是要穆云诃死，他又是为什么？又或者是为了什么人这样做呢？或者是谁想让穆云诃死？他的身份就绝对不会是那个大名鼎鼎的神医，那么他又是谁？

一个又一个疑问在洛芷珩的脑子里罗列出来，一片混乱。但她此刻却抓住了最应该做的一件事，那就是竭力保住穆云诃！既然已经发现了这个神医的猫腻，并且有了察觉，就不能再相信这神医的话了，那些药也绝对不能让穆云诃再吃了。

现在洛芷珩才猛然惊醒，穆云诃这病到底是怎么得的？为何常年吃药不仅不好，反而越来越严重？这其中是不是也有什么不可告人的秘密？若是这样的话，那么这个家里面她能相信的还有谁？谁能帮助她一起保护穆云诃？

穆云诃身边的人都不能完全相信，那神医带着怒火而来，显然是有人告密了，而且一定是这个院子里的人，因为这粥是在院子里的小厨房做的。此刻看来，这个王府还真是危机重重！

洛芷珩明确了目标就不会再迟疑，穆云诃活着他们才能活！

“到底是怎么回事？”王爷脸色不善地进来，见到梁神医便缓和了脸色道：“神医也在？是不是云诃他……”

梁神医狂傲地冷哼一声不客气地道：“王爷有个好儿媳妇，竟然敢擅作主张给小王爷吃东西，她这是要害死小王爷呢。本神医说她几句，她竟然还敢威胁本神医。”

“小姐没……”奶娘见有人诬陷洛芷珩便急忙开口。

洛芷珩却打断了奶娘的话，毫不惧怕地对王爷说：“王爷英明，请容我说一句话，若是我知道神医开的药不能让人吃饭才有用，我不会给小王爷吃饭，但我也想问神医一句，是什么样的药，竟然让人不准吃饭？人但凡有一点常识就应该知道，不吃饭的人死得更快！”

洛芷珩的反问，让王爷脸上的怒火小了点，他看向了神医，询问的目光带上凌厉！神医嘴角一僵。

梁神医在王爷质疑的目光下嘴角一抽，看向洛芷珩的目光就带上了不善，但他却理直气壮地道：“我开的药有什么神效若是你一个小丫头能理解，那你就是神医了。王爷，若你们不信任我，那就另请高明吧。”

这是反咬一口啊！明知道王爷现在不会放他走，以退为进来将苗头对准洛芷珩，利用王爷的爱子心切，来对付洛芷珩。

洛芷珩冷笑在心，却一点不害怕，他越是这样，她就越不相信他能医治好穆云诃。

洛芷珩对王爷看来的目光毫不惧怕，清脆地道：“若是神医说不出个能够说服我的理由来，我是不会同意让小王爷不吃饭的，在神医看来小王爷是一个病人，但在我而言他更是我的全部，是家人！我不会让他因为不吃饭而虚弱耗死！所以不吃饭，不可能！”

她这么坚决，又这般维护穆云诃，王爷面上不显，心中自然是满意的，王爷又对神医道：“神医还是说说吧，云诃一直不怎么好好吃饭，这一直是本王的一块心病，你若是有办法，就给云诃改善一下吧。”

梁神医脸色相当难看，一拂袖哼道：“若是王爷也不信任本神医的话，那本神医走就是了，一个本就活不过二十岁的人，你们以为我真的有心情来白费力气？”

看神医转身就要走，王爷沉下了脸。一直沉默在一旁的李侧妃忽然开口道：“神医等等，刚才说那丫头对您不敬了，但是她却也不是我们王府就承认的儿媳妇，她的话是不算话的，谁知道一个诡诈偷偷替嫁进来的丫头有什么不可告人的目的呢？您就放开了去医治，小王爷若是好了，我们一家人都会感激你的。”

李侧妃说完还用帕子擦拭了下眼角，而后伤感地看向王爷，见这么多天来一直对她没个好脸色的王爷，此刻也露出了一丝笑容，李侧妃脸上便明艳起来。心中得意，她就知道怎么样才能讨好了王爷，只要她三言两语就能扭转局面。更何况这神医还是……

有些话王爷不好说，所以李侧妃那些话正是王爷需要的，心里面满意李侧妃的善解人意，也更恼火洛芷珩的言语太冲。

“神医你就留下给云诃治病，不会再有人质疑你的话，这院子里的人都记住了，神医怎么说你们就怎么做。这是本王的命令。”王爷威严地道，还警告地看向了洛芷珩。

洛芷珩面色平静，扫了眼神医，那神医竟然忍不住得意地勾起嘴角。洛芷珩也抿嘴浅笑一下，就这样没城府又浮夸的人，还敢口口声声自称自己是神医？也就糊弄那些傻子吧！不过不要紧，咱们慢慢斗！至于他的目的或者身后那人是谁，她也会给揪出来的！

洛芷珩不冷不热地道：“王爷放心。”

神医神色阴郁地道：“既然王爷开口了，那本神医就大人大量。不过你们记住了，绝对不准给小王爷吃任何东西，也不准给他喝水，不然的话我的那些药不仅会前功尽弃，还会让小王爷立刻暴毙而亡！”

这话一出，满屋子的人就都噤若寒蝉，满口子答应不会给穆云诃任何食物和水。洛芷珩回头看穆云诃，却见他正半眯着细长的眸子打量那神医，神色平静，但那紧抿的薄唇却让洛芷珩看到了一种质疑。

李侧妃挑衅鄙夷地瞪了洛芷珩一眼离去，神医得意嚣张地转身，王爷对洛芷珩耳提面命后离去。最后的结果是洛芷珩反而里外不是人了。

不过这都不要紧，因为她发现了一个让她惊喜的事情，这病歪歪的小王爷竟然会有那样深沉冷锐的目光，就刚才穆云诃的眼神和表情，洛芷珩就觉得这个小王

爷绝对不是表面上那么虚弱无能。

洛芷珩挥退了所有人，毫不避讳地用探究的目光看着穆云诃。

穆云诃本就厌恶她，再加上他身体一直是他的一块心病和自卑的来源，洛芷珩是光中的女孩，光亮得让他刺目和绝望，他甚至不愿意多看洛芷珩一眼，但声音却足以表达他的不满："再看就将你的双目挖出来喂狗！"

洛芷珩撇撇嘴，说话真恶毒！不过她应该用什么样的一面来面对此刻的穆云诃？和蔼的，可亲的，善良的，还是温柔的？总之不能是野蛮跋扈的。因为她太需要一个助力和帮手了。在这个危机四伏阴谋层出的深宅大院中，就她一个人孤军奋战简直就没有任何活路。

在这之前她没有想过找个帮手，因为除了她的奶娘和丫头之外，不会有人愿意帮助她。可是穆云诃刚才那惊鸿一瞥的深沉目光，却让她有了主意。只要能够证明穆云诃不是一个无能的白痴，只要能够将穆云诃拉到她的阵营中，那么她还怕什么？这个王府里除了王爷王妃还有谁能比穆云诃有身份地位？但她怎么才能确认穆云诃不是个无能之人？

眼珠骨碌碌乱转，她决定用温柔路线。坐到他床前，洛芷珩轻声说道："你刚才怎么用那么怀疑的目光看着那神医？"

穆云诃的双眼唰地一下睁开，他睁开眼看向洛芷珩的一刹那，与他距离非常近的洛芷珩甚至有种被冷刀子狠狠刮过脸蛋的痛觉，她不自觉地后仰一点身子，眯了眯眼，心中对穆云诃更是期待起来。

"你说什么？"穆云诃的声音有点喘，而后平静，一点情绪都不露。

洛芷珩笑了，忽然靠近他用肯定的口吻道："你也怀疑那个神医吧。"

"也？"穆云诃剑眉一挑，那张苍白的容颜唰地一下就亮了，眼角眉梢似乎都因那一个微不足道的动作而邪气十足！

见他竟然抓住她话中关键字，洛芷珩更是信心满满，一不小心露出了土匪惯有的冷嘲表情："是的，我也在怀疑那狗屁神医是假的！"

对洛芷珩能察觉那神医的不对之处眼底划过一抹惊诧，但旋即穆云诃的眸子里就全是黯然，就算他也发现那神医不对劲又能怎么样？他命已至此回天乏术，活着不过是在拖累母亲和家人而已，这种时候任何阴谋于他而言都不重要了。只要他们不伤害他的母亲。

洛芷珩紧张注视他表情变化，知道他是明白的，只是不懂他为什么不生气，那神医若是冒牌货，那对他就绝对是有害无利的。

眸子一转，她明白了什么，不紧不慢地道："你是觉得你活着是个累赘，所以才不在乎别人怎么对你的么？”见穆云诃忽然抬头凶狠看她，她便得意一笑，忽而嘲弄地道：“你也太天真了！就算你不反抗，就算你死了，你以为他们就能放过你母亲了？你是他们的障碍不假，但你母亲更是别人的障碍呢，你死了，下一个就是你母亲，你的不反抗，其实就是在纵容敌人杀死你们母子！”

她口吻嘲弄神色讥讽，着实是在故意刺激穆云诃。洛芷珩能想到的让穆云诃坚定地和她站在一条船上的理由，只有一个，一个穆云诃不舍得也不得不和她一起的理由，那就是他的母亲！

穆云诃能对他自己狠心，却无法对母亲狠心。那么想要让穆云诃充满斗志，就只能让他知道他母亲的处境有多危险。虽然洛芷珩觉得自己这样做有点不道德，但王妃是唯一能激发穆云诃斗志和反抗的人。

不过就算她不知道这王府里的女人和子嗣的斗争是什么样的，但她不得不借势一番来让穆云诃有危机感了。

见穆云诃正一脸惊怒地瞪她，洛芷珩扬眉一笑毫不惧怕地道：“你别以为你现在不反抗就是君子了，你前脚死了你母亲后脚就会步你后尘，而你母亲的死法无非是两种，一种是自杀追你而去，另一种就是他杀为别人腾地方！”

她多残忍！将一个事实就这样毫不遮掩地给披露出来！这些穆云诃不明白么？当然明白！但他自欺欺人，也没有人敢将他心中那层玻璃纸给捅破，直到今天，这个胆大包天的女人！穆云诃脸色铁青，濒临死亡的凶恶目光几乎将洛芷珩绞碎！

洛芷珩神经绷紧，却依然云淡风轻地道：“其实你心里也清楚这个王府不干净吧？就不说别人了，一个李侧妃就给你母亲多少屈辱？李侧妃是那种甘心永远居于下位的女人么？她没有野心么？若她没有野心，那么王妃手中的权力就不会在她手中！若是她胸无大志，就不会培养出一个那么优秀的穆云锦！甚至在她的苦心经营下，这个王府几乎没有你小王爷的位置了，世人羡慕敬畏的人叫穆云锦！”

她太恶毒！这么冷酷的真相就这样毫无防备地摆在穆云诃的面前，他想逃避都成了个笑话！

他怎么不知道王府中的一切？可是他的性命一天天地在消耗，他争夺来又能如何呢？而他这具身体又凭什么去为母亲争夺一个安稳人生？又凭什么去给自己争夺一份荣耀辉煌？

他，无法活在光明下，无法畅快地在阳光下奔跑大笑，无法和学子们一般去学堂做学问，无法如哥哥一般有强健的体魄上阵杀敌。再尊贵的身份也不能抹杀掉他因为这些不能而带来的自卑！所以他惯会用冷漠高傲和不近人情来掩藏自己的自

卑。

是啊，归根结底，他所有的坚强和笑容其实都不过是伪装，从年幼到成年他一路在笑，笑得没有知觉，笑得偏激残忍，温顺的笑容下隐藏的却是没了人性的冷血！除了母亲，他还有什么？可如今，他的母亲也要因为他的自卑和厌世而受到伤害么？

怎么可以！

轻抬头，穆云诃第一次展露他不为人知的本性，苍白的容颜上笑容嗜血而邪魅，幽冷的目光仿若地狱而来的灭世修罗："原来本王迎娶的不是个胸无点墨的花痴。说，你的目的！"

他一句话，霸气十足，不容抗衡！

洛芷珩在穆云诃的霸气与冷血目光中惊愕一刹，旋即她笑得眉眼生花："原来我嫁的也不是个软弱无能的病秧子！"

穆云诃不置可否地哼了一声，第一次完全抬起眼帘看她，那眸子狭长，眼角微微挑起是穆云锦都比不了的精致，他的瞳子没有以往故意遮掩与伪装的假笑，在暗淡的房间里竟然闪闪发亮，却也犀利得叫人无路可逃。

稳住心神，洛芷珩先将形势给他分析透彻："你不能死，因为你死了你母亲也活不了。这个王府里有许多人巴不得你死，巴不得将你母亲踩在脚底下。你不反抗不争夺，就是一种懦弱无能的表现。你母亲这么多年来一直维护照顾你，你还没有报恩就命丧黄泉，你若真的有孝心，就应该奋起反抗一下命运，也许你反抗了，你的命运就和现在的结果截然不同了。"

穆云诃瞳孔缩了缩，袖口里的手微微攥紧。

"而我现在的生命也拴在你的身上，我不想死，但一入侯门深似海，我进来容易出去难，所以我现在能依靠的只有你，你死了我也必死无疑，而我不会对命运妥协，不到最后一步我不会轻易放弃自己的性命，所以我要反抗到底！我现在需要一个同盟，而你，就应该是这个同盟里面我最坚固的战友！"洛芷珩也不怕他了，说到激动处，她坐在穆云诃面前，语气间不禁眉飞色舞起来，话语隐隐有大开大阖的匪气，不是你想不想，而是你没有选择地必须站在我这边的笃定味道。

穆云诃心中惊讶洛芷珩的思路清晰，但面上却讥讽一笑，那脱力的大手看似温柔地抓住她的柔软小手，见她要躲闪，穆云诃用力捏住，他笑，唇齿皆白，清雅冷傲："你凭什么认为本王会答应你？你这土匪作风倒让本王大开眼界，竟然三言两语就将本王安排在你那艘贼船上了？"

洛芷珩挣脱几下，没从穆云诃手中挣脱出来，她又不敢太用力，便瞪着他道："那你有什么更好的办法？现在你的身边除了我愿意真心帮助你以外，还有谁能对你有真心？你母亲是有的，但有心无力也无济于事。而我是智慧和力量的全面付出，你和我一起，我们达成共识，我尽全力保护你，你要做的就是用你的身份给我们制造便利？"

穆云诃就更笑了，那渐渐酝开的弧度勾起一片腥风血雨的残佞："你以为你这三言两语就能让本王动心？口说无凭的，本王怎么知道你就一定能保护本王？说不定出了事情你第一个卖的就是本王，本王现在身体虚弱，你若背叛本王，本王也奈何不了你。更何况，你帮助本王不也是有私心的？"

洛芷珩霍地挥开了穆云诃的手，穆云诃被她过猛的力气挥得跌倒在床上，她咬牙道："是，我找上你是有目的的，因为你的生死牵连着我的生命，还有你母亲的！你再不健康，可还是王府堂堂正正的小王爷，有你在我做什么事情都能方便些。这是互惠互利的事情，你没看见李侧妃在王府一手遮天么？若我们两个再不团结，真的就离死不远了！"

她又冷笑道："你也别觉得我占你便宜，你们家人做的事情也不道德！他们哪里是娶一个儿媳妇？根本就是要找一个给他们儿子陪葬的人！别人怎么样我不管，但我绝对不会甘心给一个死人陪葬！好死不如赖活着！"

一句好死不如赖活着，刺激得穆云诃眼皮子狠狠一跳。

攥紧拳头，胸口沉闷压抑得难受。穆云诃垂下眼帘，苍白的容颜上看不出任何情绪。但他心中却在咆哮，不甘的，狂怒的，阴冷残暴地咆哮着！

他穆云诃生来身份尊贵，年幼的时候也不是这样的啊，为什么会演变成今日这般惨烈？他不要什么赖活着，他的人生中要么死，要么就活得精彩辉煌！

两种选择，两个极端，他更期待后者，但却无法一时从命运的黑暗中逃脱。他该怎么做？洛芷珩说的话难听却真诚，他不在乎洛芷珩的生死，不在乎自己的存亡，但他无法放下他的母亲！

他的心已经被洛芷珩激起了熊熊怒火了啊，他恨他不能活在阳光下！他更痛恨这命运的不公，那隐藏蛰伏了多年的壮志雄心与对生命的渴望，在这一刻，在洛芷珩面前，再也无法压制地喷薄而出，狂猛而汹涌地燃烧着他的理智！

他知道，他会答应洛芷珩的提议，可是一旦说出口了，就算发生任何事情他都要咬牙走下去，并且决不会再放弃。但他……真的能逃脱命运的束缚、疾病的攻击么？

见他不说话，但紧握的拳头上却青筋暴跳，洛芷珩不难想象他有多么的挣扎和纠结，但她又想起了那天病危之际的穆云诃，脆弱得那么美好……

不知道是哪一根神经搭错了，鬼使神差地走上前，蹲在穆云诃面前，她难得地乖巧在他面前，两只柔软的手温顺地握住他的拳头，扬起小脸直视他风云莫测的眼，她浅笑，他眼中便映衬出她的影像，清晰干净得让人充满希望……

她说："穆云诃，别害怕，不论结局如何，我们活这一辈子拼了尽力了，就算结局凄惨或落魄，但我们都可以含笑而终，没有遗憾地离去！"

她说："不管怎么样，我都会和你一直走到最后，我们的婚姻是这么阴差阳错，若到最后我们使尽浑身解数地对抗命运，都得到的不是我们要的结局，那可能就是苍天注定让我为你陪葬，那个时候，我不会再不甘心，我会牵着你的手和你一起迎接命运的终结！"

她说："为了你母亲，为了你自己，为了我，我们抓住任何机会，就拼一次，成败如何我们都无怨无悔了不是！"

穆云诃听见被自己隐藏在黑暗内心的困兽在疯狂撞击，一点点击碎他坚固的黑暗内心，在眼前女孩坚强倔犟的笑脸中，一点点地破土而出，再也不可控制！

"好！这一次，本王拼了！"穆云诃有些艰难的声音渐渐坚定与狠戾，"我们合作，夺回属于我们的，属于母亲的一切！"

洛芷珩展颜一笑，为穆云诃的崛起而开心。她抬起他的手，撑开他的手掌，将自己比他小很多的手拍在他的掌心中，欢喜地道："击掌为誓！祝我们合作愉快！"

她的手敲击在他掌心，他的唇刹那酥麻！

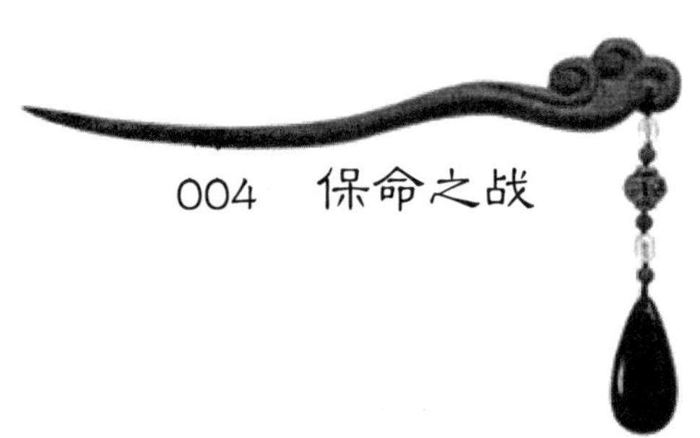

004 保命之战

距离洛芷珩和穆云诃达成协议夫妻合作已经有两天了，这两天他们就像没事人一般该做什么就做什么，唯一不同的是穆云诃已经有三天多没吃饭喝水了，只吃梁神医开的那个药，虽然现在看穆云诃是稳定住了病情，但洛芷珩知道，穆云诃现在正在逐渐地外强中干，一步步地走向死亡。

因为他们合作，所以洛芷珩每天都会仔细地询问穆云诃吃过那药后的各种感觉，最后洛芷珩总结出来，穆云诃每一天吃了药之后身体看样子是不那么痛苦了，而且脸色也一天天地红润起来，但是穆云诃的内里却一天天地觉得越来越无力和虚弱。

如果药是真的好药，那么穆云诃现在应该是从里往外的好，而不是这种金玉其外败絮其中的治疗效果。

“这根本就是障眼法，迷魂药啊！”洛芷珩冷笑道。

穆云诃显然也想到了，这药根本就是要给人一种他已经在逐渐康复，而神医也确实厉害的假象，只有他们俩知道他的身体更加一天不如一天了。而看着家人和下人们那开心的样子，穆云诃冷笑，果然是个很好的障眼法呢。

“早知道这样，应该从我们合作那天就不给你吃这个药了。都怪我，明知道那个神医别有用心，竟然还会看着你喝那个药。”洛芷珩埋怨自己。

穆云诃却很淡然地道："我们只是怀疑，不能确定他的真假，若是不吃他的药我们就更不知道他的虚实了，本王都不怪你，你也无需自责。"

洛芷珩胸口卡了一口恶气，现在就像是一场生命的争夺较量赛，她和穆云诃一伙，那个假神医和不知名幕后黑手一伙，还有李侧妃这个唯恐天下不乱的豺狼一伙，他们必须要步步小心谨慎才行，不然稍有不慎他们就将万劫不复。

"要不现在停药吧，现在停药一定还来得及的。"洛芷珩不能拿穆云诃的生命冒险。

穆云诃却摇摇头道："这个房间院子里有许多不是我的人，停药了是瞒不住的，到时候一定又是一场风波，你认为就凭我们两个能抵挡住？"

"那怎么办？明知道被人卡住了喉咙，偏偏还不能反抗，还要对那个心狠手辣的冒牌货笑脸相迎，我洛芷珩这辈子就没这么憋屈过！老娘干脆给他来个出其不意，一刀宰了他得了！"洛芷珩小脸上洋溢着怒火熊熊，是一种干净爽快的狠意，倒不做作。

穆云诃眼底划过一抹诧异，总觉得这洛芷珩身上偶尔掩藏不住的才是真本性似的，但又不似一般泼辣儿女的性格，总有点书上描写胡子土匪的凶恶跋扈的气息。可一个大户千金，又怎么能和土匪扯上关系？

穆云诃虚弱地道："他现在还不能死，他若死了他身后那人必定要有其他动作，我们更加防不胜防，现在一动不如一静，静观其变方为上策。"

一个病秧子还和姑奶奶讲上策略了！洛芷珩斜眼瞪他，忽然眸子一亮。

穆云诃对洛芷珩这偶尔放光的目光很敏感，他略抬眼皮，无力慵懒的模样，但目光犀利。声音也是低迷懒散的："又想到什么馊主意了？"

洛芷珩撇嘴，敢情她在他眼中就是个馊人是吧？想到的主意也是馊的！不过她大度地不计较，她低声说道："我们两个现在还是太势单力薄了，有许多事情不方便，而且没有相对强悍的力量来保护自己，我们需要人保护。"

穆云诃眼中精光乍现，那慵懒略抬的眼皮也终于完全抬起，一双眼太明亮，也太智慧，他一言道破洛芷珩的本意："你又想往这条贼船上拉拢人了？你看上……我父王了？"

这话太不应该了，哪有相公说自己媳妇儿看上自己老子的话？大逆不道，混账玩意！洛芷珩心中愤愤，强忍住破口大骂的冲动，运气半天，冷笑道："你老子年纪一大把，也就李侧妃将他当盘菜吧……"

"嗯？"长长的尾音，带着浓浓的威胁的痕迹，从穆云诃那苍白的薄唇中溢出，同样颇具杀伤力！

洛芷珩很有眼色地收起话头，条理清晰地分析道：“咱们在这个王府里简直是举步维艰，而你母亲又是一个不管事的，上头有李侧妃那个多事的女人压着，我们想做什么都不方便。而这个神医的背后必定有一股势力，现在敌暗我明，力量悬殊，我们稍有差池可能就命丧黄泉，而王爷将会是我们最后也是最大的一个保障！”

“可本王不想这件事情有他的参与。”穆云诃垂下眼帘，掩藏住为洛芷珩这番智慧的审时度势分析的赞赏，但他却拒绝。

父王么，他同样不信任！可以说这个王府之中，除了母亲，没有他信任的人。

洛芷珩一愣，抚额嘲弄道：“现在不是你同不同意，而是能不能让王爷同意。这些事情我就不相信王爷不懂，你的生活受到限制，我也不相信王爷不知道。但是王爷这么长时间来却毫无作为，是什么意思？放弃你了，还是对李侧妃的一种纵容？又或者，有没有可能是你父王真的一点都不知道你过得有多惨？”

“不过有一点我想我可以断定，你父王是真的在乎你！所以我想要试一试。这不是你不同意就能让我放弃的，我要努力争取每一个能让我们活下去的机会，如果这个机会还能让我们活得不憋屈，那我更是会不遗余力的。所以穆云诃，我现在不是在和你商量，而是在告诉你，我一定要这样做！”洛芷珩掷地有声，态度坚决地道。

“你过来一下。”穆云诃虚弱的眼神锁住她俊俏的小脸，轻轻地叹息一声，忧郁和颓废让他瞬间成为落难的王子，洛芷珩的心刹那软了一下，真就坐到床前，但下一刻落难王子瞬间变恶魔，柔软目光刹那锐冷，苍白的大手桎梏住她微扬的下巴，眯眸呢喃的话语又冷又狠：“你，敢忤逆本王的话？”

他眼中浓浓的杀机，暴露出的凶残本性竟毫不掩饰在洛芷珩面前，她只觉得那一眼那一句冷得全身轻颤！

“还是说，其实你早就已经想好了？一步步地精心算计，先是本王，再是父王？然后，你还想拉拢谁？这般心机，来到本王身边又是究竟为何？”

轻声慢语中隐含凌厉杀机，浓烈的质疑让他看上去目光越发阴霾。穆云诃不得不怀疑洛芷珩来到他身边的目的，这个女人有胆量有见识还很聪慧，可是外界的传言却与他看到的大相径庭。

他一直让另一个自己活在黑暗中，蛰伏着，颓废着，那另一个自己是勇敢的，决绝的，疯狂的，残酷的。更是多疑的！穆云诃用一张温和大度的笑脸活了十九年，但自从和洛芷珩合作后，他的人性另一面完全暴露，他不会在洛芷珩面前

压抑和隐藏自己，那会让他有种憋闷与束缚感。

洛芷珩暗恨自己刚才竟然色迷心窍，被这个病秧子给诱惑了一下，她暗自警惕穆云诃的狡猾和多变，嘴上却笑道："我若说来到你身边不是本意，替嫁这件事情更是一个乌龙，你信不信？当然，现在的我是有目的的，那就是活下去！想尽一切办法活下去。"

穆云诃捏着她的下巴，修长的手指摩挲着她红润的唇瓣，那饱满的触感，随着她说话的时候轻轻地颤动，是一种不可思议的柔软。他目光暗了一下，幽幽地道："别让本王知道你还有别的什么不可告人的目的，不然，本王会用你绝对想不到的办法，弄死你！"

洛芷珩眼皮子一跳，真想一挥袖子将穆云诃踹到阴沟里去，这个阴险多疑的男人！

"你放心，我们只是各取所需，我不会对自己的盟友做出不好的事情，也请你收起你的多疑。"

穆云诃哼了一声，缓缓收回手道："说吧，你想怎么将他也拉上这条贼船？别怪本王没有提醒你，他可不是一个容易相信人的人，想说服他，难比登天。"

这小子很明白嘛！洛芷珩摸摸下巴，眼珠一转就道："办法有一个，但是我们要承担很大的风险，不仅是有可能你父王不管我们的风险，还有……你生命的风险！"

"哦？"穆云诃拉长声音看她。

洛芷珩正色道："我们要说服你父王站在我们这边帮助我们，那就要拿出事实来证明那个神医是个假的。只有这样我们才能有一线机会，但这个需要冒险，我们没有能力和那个神医对抗，你父王现在又很信任他，所以我们现在就必须要做一件事，那就是用事实戳破神医的谎言。"

"那老家伙不是说你现在不能吃饭喝水么？如果你吃喝了就会暴毙而亡。但如果你吃了，反而没事呢？"洛芷珩紧盯着穆云诃的双眼，缓缓说道。

她的手心也捏了一把汗，她这是在赌命呢，万一穆云诃吃喝了真的死了，那她也不用活了。可他们现在别无他法了。

现在就看穆云诃的魄力了，这可事关他的生死，他会如何选择？

如何选择？这可是个大难题了。一面是迫在眉睫的戳破神医的谎言，一面是稍有不慎就可能面临生死存亡的大事，洛芷珩都纠结得小脸扭曲，何况穆云诃？

好半晌，洛芷珩都快要没有耐心的时候，只听幽暗的空气中幽幽地传来了穆云诃那低沉的沙哑的声音："好！"

洛芷珩反而一愣，不知道为什么就是一阵心惊肉跳，因为穆云诃这一个好字，其实就是将他的性命置之度外了，用他这条命来拼大家生存下来的机会。结果未知，他们瞎子一样地摸索着前行，或死或生都在老天爷手中。

而他们这一次一旦拼命失败，就真的是功亏一篑了。

“你想好了？”洛芷珩又问一声，声音都是轻颤的。

穆云诃却发出一声自嘲的冷笑：“有什么想好不想好的？左右不过是一个死，早晚而已，正如你所说那般，不拼一把，谁也不知道结局如何。”

他也真够狠的，对自己的生死竟然这般地轻描淡写。但也正因为是被病痛折磨了这么多年，多少次在死亡边缘上徘徊，所以才能对死亡不再惧怕，狠起来比一般人都要凶残吧！

洛芷珩也不含糊，性命是穆云诃的，他都能如此豁达和大气，她也不能瞻前顾后的。倒了一杯茶来，递给了穆云诃。

这是最简单快捷有效地戳破神医谎言的方法，如果喝水之后穆云诃还安然无恙的话，那么神医的谎言就不攻自破了。他们在王爷面前说话就有分量了。

他们现在屋子里没外人，是因为说穆云诃要睡午觉，除了洛芷珩不准任何人在，才能有这样一点自由的时间来相处，门外就站着人，很有可能就是个奸细，所以他们小心翼翼，不敢大声说话做事。

穆云诃的目光在幽暗中似乎发光，明亮得瘆人，看了洛芷珩手中的杯子好一会，才缓缓地伸手，洛芷珩却一把抓住了他的手，坐在床边看着他的眼道：“我喂你。”

穆云诃勾起嘴角类似讽刺地笑道：“不怕本王暴毙而亡，也将你炸个粉身碎骨？”

洛芷珩豪气一笑道：“我说过的话就算，我说咱俩一起拼出一条生命路，这条路上你若先死了，我就认命陪你一起死，反正不会让你吃亏就是。”

穆云诃眸光流转，吃力地抬起手抓住她的手，两个人两只手，一起将那杯不知道将他们的生命推往何处的水杯送到他的唇边……

喝水了，他并没有暴毙而亡！洛芷珩几乎听到自己的心在那一刻欢呼雀跃起来，她眼睛亮晶晶的，迷茫和紧张的情绪不见，她几乎是弹起来一下子就扑到了床上，小心翼翼地打量着他的脸，那目光分明是在说：我们成功了是不是？

小心翼翼的，不敢置信的，又灵动激动的目光，让穆云诃也有些压制不住心中狂涌的激动，但他只是轻眨了下眼，告诉洛芷珩他现在感觉很好。

洛芷珩激动得差点没笑出来，那狗屁神医果然是个冒牌货！她狂喜地就要去

抓穆云诃的手。

也就是在这个时候，一个消息无异于晴天霹雳地袭来，彻底打乱了他们的计划。

圣旨到了穆王府，西部战乱又起，东面本就打得不可开交，早有洛芷珩父亲率兵出征。而西部的骑兵非常之快地突破了最外围的一个关卡，此刻那边正是群龙无首的时候，更没有将领能够镇住边塞，朝廷此刻内忧外患，西部又是一个兵家重地，老皇帝只能派他最放心的亲兄弟亲自前去迎战镇守。

这道圣旨的突然降临，不仅让整个皇城有种风雨欲来的血腥气，更在朝堂大臣心中插上了一把劈天剑。如今整个穆王朝是真正的内忧外患之际，老皇帝年纪已经很大了，又因为常年身体不济，这些年一直是在用药吊着命。

朝中此刻已经分崩离析，光滑亮丽的表面下人心早已四分五裂，老皇帝皇子众多，其中以皇长子，三皇子，五皇子最为受人敬畏，威望最高。而老皇帝一直不肯册立储君，前几年因为太子一事已经闹得沸沸扬扬，还是年前，老皇帝可能也是见自己不行了，才册立了皇长子为太子。

但国事早已经泾渭分明，三位皇子可以说是势均力敌，争夺皇位这场血战是势必要上演的，最后到底谁能拔得头筹就要看这三位的暗中底牌有多厚、多强了。朝堂尚且如此，这为内忧。

而外患便是那常年不停的征战，边界常年弥漫着血腥味，战场边缘的城镇中常年横尸遍野，一地死尸无人埋，胡子寇贼在边界横行，穆王朝疆土辽阔，引得四周大小王朝觊觎不已。如今两方要塞都有军队来袭，老皇帝派出他最信任的手足兄弟可以理解为重视，也可以理解为捧杀！

皇帝心海底针，究竟何意谁敢深想？毕竟穆王爷年过半百，又多年养尊处优，虽然常年锻炼，箭技马术从未放下，但，谁就能保证这位已经没了战场上厮杀血性的半百老人就能活着回来？

若没有皇帝派来的假神医，洛芷珩和穆云诃也不会想这么多，但这两件事情几乎是接踵而来，他们二人的脸色可谓是难看到扭曲，而这位唯一能镇住后宅的王爷一走，这个王府可不就是李侧妃的天下了？到时候他们两个一个病弱，一个无依靠，还不是李侧妃砧板上的肉，任由她随意宰割？

洛芷珩忽然站起来道：“不行！这件事情绝对不能再拖延，必须要尽快和王爷说清楚，我们必须寻求到王爷的帮助才行，就算王爷离开了我们也有最起码的保障。”

穆云诃冰冷地扫了她一眼，道：“他不会相信你的话。”

“所以要你去说才行！”洛芷珩一挑眉，理所当然地道。

“本王不会去寻求他的保护！”穆云诃忧郁的眼神忽然冷冽，不屑的话语隐带莫名的情绪。

若他真的够格的话，便不会这么多年都无法护全他这个儿子。穆云诃不否认他的心中是恨他的父王的！一个男人，连自己的妻儿都保护不周，让他们就在他的眼皮子底下频频受到伤害与屈辱，却从来不闻不问，反而还让其他女人踩到他们的头上。穆云诃能不恨他么？

穆云诃在某种时刻是极其极端的，洛芷珩抚额，咬牙切齿地道：“都性命攸关的时刻了，你还在别扭什么？你不求他你以为我求就好使么？你看不出来你在他的心中是重要的么？你开口说一句，比姑奶奶我说破嘴皮子还要管用。”

穆云诃闭目养神，不理会她。

洛芷珩气得跳到他床边，双手胆大包天地捏住他只剩一层皮的脸颊，见他恶狠狠地瞪着她，她也不怕，祭出杀手锏：“这也是为了你母亲去求他，我们两个要是死了的话谁能保护你母亲？”

穆云诃瞬间神色紧绷，洛芷珩手中那冰凉的肌肤都紧绷得仿若要断裂。也只是眨眼间，穆云诃阴冷道：“拿开你的爪子，让人去请他来。”

真孝顺啊！洛芷珩眉开眼笑地跳下床，忽然转过头来两只手猥琐地摩挲着，一脸笑眯眯地道：“虽然瘦了点，但手感真不错。”

“滚！”穆云诃中气不足地低喝，他竟然被个臭丫头调戏了？感到脸颊上还残留的柔嫩触感，他的耳尖微微泛红。

洛芷珩出了门就变了个人，吩咐人去请王爷来。王爷竟然不一会儿就赶到了。洛芷珩笑眯眯地迎上去，但王爷连看都没看她一眼，径直走到穆云诃面前，她不在乎地撇嘴，只听王爷口吻甚至有些激动地道：“云诃，你找本王？”

砰地一声，房门被关闭！

王爷转身冷声道：“关门做什么？”

洛芷珩笑眯眯地从柜子里拿出一盘点心放到穆云诃面前，对王爷诡异笑道：“给您个大惊喜啊！”

王爷蹙眉，却见穆云诃苍白的手拿起了一块点心往嘴里送，王爷面色骤变！

“云诃不要！”王爷惊怒大吼，然而他刚冲过去，穆云诃已经将一块糕点放进嘴里咀嚼吞下，王爷脸色铁青隐隐带上了惊恐，就那么迟疑了一下便抓着穆云诃的手怒道：“快吐出来！”

穆云诃眼底闪过一抹嘲讽，却并不言语，又拿起一块继续往嘴里送。王爷抓住他的手就要怒吼，却听洛芷珩不紧不慢地道："哎哟，小王爷竟然没有暴毙而亡啊！梁神医不是说吃喝一点就会立刻暴毙而亡么？难道梁神医说的是假的？"

王爷的身体一僵，他久居高位自然心思深沉灵活，眼前的事情再加上洛芷珩的话，让狂怒的王爷瞬间想到了什么，放下手面色紧绷地看着穆云诃一块块地吃光了那为数不多的点心，看着洛芷珩温柔体贴地给穆云诃递水，看着穆云诃喝下……

王爷就那样僵硬着，时间一点一点地过去，足足有两刻钟的样子，穆云诃安然无恙王爷脸上才有了血色，但是却又满眼的风雨欲来："你们什么时候发现的？"

王爷显然已经想明白了一切，穆云诃敢这样吃喝就证明他们早发现那个神医是假的了，刚才儿子眼中那种讥讽狠狠地刺痛了王爷的心，然而此刻就连他自己都觉得无地自容！他从不轻易相信人，但却唯独对皇帝的话从不怀疑，可就因为这个不怀疑，他差一点害死了自己的儿子！

眼前这一切都证明那个神医竟然是假的！而神医显然是被有心之人找来的，但王爷依然不愿意相信会是皇上。皇上怎么会想要害死他唯一的嫡亲血脉？

洛芷珩直截了当地道："幸好小王爷机敏，发现那神医不对劲，也幸好小王爷睿智勇敢，敢于试探，才揭穿了那个冒牌货的谎言。显而易见我们都上当了，这个人冒充谁也不知道什么样的神医来到小王爷身边是别有目的的，我们现在告诉王爷这些，是因为王爷即将离开王府，您一走，小王爷就等于是羊入虎口！"

"你说什么？"王爷脸色狰狞地看着她。

若是普通人必定已经被王爷那王霸之气慑住了。但洛芷珩却面不改色地道："王爷心里应该很清楚，您在王府里都敢有人将手伸向小王爷，您若离开了，这个王府还会有小王爷的立身之地么？王府将不再是王府，而是一个虎口！王妃若是管事掌家的王妃，还能护得小王爷一二，但问题就是李侧妃来掌家，她与王妃之位只差一步，她还有一个优秀的儿子，敢问王爷，如此环境形势下，小王爷不就是人的眼中钉肉中刺？"

王爷的面色已经不是狰狞了，虽然她说得不错，但被一个小辈对他后院女人指手画脚，这个小辈还是一个臭名昭著的人，而且还在间接地指责他治家不严，他如何不怒？

"你的意思呢？"王爷阴冷道，她今天若说不出个一二三来，就用她那条贱命来平息他的怒火吧！

洛芷珩权当看不见王爷的怒火，落落大方地笑道："您可以不管我的死活，但老婆孩子您能不管？您就不怕您离开再回来这个王府的女主人就换人，嫡子也夭折？”

“放肆！”王爷怒喝，猛地掐住了她的脖子，双目阴森地道：“你好大的胆子，信不信本王掐死你。”

洛芷珩脖子艰难地抬起，眼底充满讥讽地道：“信！但您不能让我死，不仅如此，您还要保护我不死！”

王爷怒极反笑：“还从未见过死到临头还如此嚣张的人，你是个什么东西？竟然能让本王护你周全？”

洛芷珩憋得眼中湿润，但却依然自信满满地道：“就因为我不想死！而我不死的前提是穆云词也要好好活着，所以穆云词现在就是我的责任，我会保护他周全。但您走了，这样保护穆云词的我就必定是那群人的眼中钉，无依无靠的我双手难敌四拳，必然不会有好结果，我若死了，您也不必抱有侥幸心理了，没有了唯一保护穆云词的我，他必然也死得快！如此，您还舍得我死么？”

她的话条理分明，但却充满了挑衅，王爷不能否认，活了一大把年纪成天勾心斗角的他，也不得不为洛芷珩此刻的话语而鼓掌了。真是句句够狠，完全扎在王爷的肺管子上。

是啊，若是洛芷珩不说，那他依然会以为自己的权威是至高无上的，最起码在这个家中没有人敢使坏，他就那样走了的话，回来是必定看不到唯一的嫡子了，有那个假神医在，用那样阴毒的法子来迫害他的嫡子，洛芷珩是字字句句地将功劳归给穆云词，但王爷不傻，若不是这古灵精怪的丫头在穆云词身边，他那早就心如死灰的儿子就算发现了问题，也不会有反抗心思的！

到时候后院的女人，政治中的阴谋，齐齐将手伸向他的儿子，穆云词还能活么？王爷想通了以往不愿意想的问题，真是浑身透心凉！掐着洛芷珩脖子的手也颓废地放下。

“云词你怎么说？”王爷问，既然发现问题了那就不能再纵容，在他离开之前必须给他的儿子一个绝对安全的环境。

穆云词垂眸，声音冷淡：“她的话就是我想说的。”

这冷淡的态度，让王爷几乎心如刀绞，是他忽略了这个儿子太久，也难怪他有恨。王爷沉思半晌，刚要开口，却听见外面热闹了起来，一群女人叽叽喳喳的在门口吵开了，王爷面色冷凝，那为首的赫然是李侧妃的声音。

这个女人，果然是野心很大么？

王爷将目光转向洛芷珩，洛芷珩脸上没有丝毫恨意与恐惧，反而对他落落大方地笑，坦荡的眸子，只是脸上有种胸有成竹的嘲弄，她似乎早就想到那群女人会

来一般。她，真的是传言中那个臭名昭著的白痴女人么？

若是将云诃交给她，她真的能保护周全么？而且王府里真的就那么不堪么？王爷还是有点不相信自己的女人们是如此的不堪。但确实有人要害云诃不假，而且可能是他忠心耿耿的皇上，王爷此刻伤心怨恨之余也不得不防了。却不能在明面上就防着，否则上面那位不一定要怎么玩阴的呢。

那就将洛芷珩推出去好了，正如她说的，只要她不想死，就必须保证云诃不死！

王爷想明白了，便对洛芷珩道："你跟本王来书房。"

洛芷珩有点走神，还在想刚才从房间里出来的时候，王爷对那群女人说的话。

"都来这里干什么？以后不准你们来云诃的院子里，别打扰云诃的清幽！"这是王爷对那群花枝招展的女人的话。

没有什么责怪，只是警告而已，看样子王爷是不相信他的女人们心术不正啊，虽然不让那群女人来穆云诃的院子里，但只是这样雷声大雨点小的话，根本没有作用啊。这王爷是太自信了还是根本就对女人不了解？穆云诃和他母亲那就是妨碍人家前进上位的绊脚石啊，除之而后快，他的这种态度可不对。

"洛芷珩。"王爷坐在书桌后面，面色阴沉地道："你和本王说的话本王心中有数了，不过你说你保护云诃，你凭什么？"

洛芷珩收回心思，她知道王爷这是要和她谈条件了，并且也有试探她的想法，而她也要好好把握这个机会争取更多的有利条件，这不正是她的目的么。

"就凭我怕死！所以我会努力地活着，想方设法地活着，谁要是阻碍我活着或者想要我死，那我就会先让他去死！"洛芷珩毫不避讳地说道。

王爷眼中闪过一抹狠色，但同样也终于对洛芷珩有了一丝正色的态度！在他看来，这个洛芷珩倒不是不堪重用的人，与传言中那个只喜欢美男的草包还是有很大区别的。她目的明确，也很坦诚她的目的，更表明她是一个为达目的会努力的人，而且她够聪明懂隐忍会变通，最主要的是她能看清眼前的局势对她的利弊，选择了保护云诃，这样的话，将云诃在明面上交给她倒也不错。

"那个神医因为是皇上找来的人，本王不能轻易就动，否则后患无穷。你，知道该怎么办？"王爷最难办的就是这件事，他不能动神医，不然就会引起皇帝的猜忌和不满，他马上要带兵打仗，就怕皇上给他使绊子，还有家中的人会被皇上掌控。

"我以为按兵不动，将计就计为对付那冒牌货的上策。"洛芷珩道。

王爷眼中精光闪烁，第一次仔细地打量了洛芷珩一番，却见她举止磊落，言行睿智冷静，与之前跪在王府门口撒泼的人差异很大，他才明白这洛芷珩是在告诉他，她不是个白痴，有能力保护穆云诃和她自己。

“好！本王就相信你一次，但你得给本王立誓，只要你活着就要保证云诃活着。这是本王给你在这王府立足之本的条件，你若做不到本王回来定会取你性命！”王爷威胁道。

洛芷珩二话不说就立誓，这是意料之中的，她想活着就要保护好穆云诃。

“其他的事情本王会安排好，这个东西你拿着，记住，这只是本王暂时交给你保命用的，到本王回来你要还回来的，拿着它在这个王府里就等于是本王在，任何人都不敢为难你，就算是皇上那里，看到它也不会轻易动你。但记住，本王给你不是让你用它胡作非为的。”王爷将一个长盒子交到洛芷珩手中，郑重地道。

洛芷珩看得出来王爷不舍的这东西，他一脸严肃和敬畏这个东西，洛芷珩很好奇，这盒子里面到底是什么？该不会是尚方宝剑吧？要是的话，那她就拿着这东西砍翻敢来找茬的人！

然而洛芷珩还是小看这件宝贝的威力了，她今后在王府后院大杀四方，震慑天下还真就靠今日这方宝物了！

“你还有什么要求？”王爷又问，走之前他得安排妥当了，尤其是云诃这方面。

洛芷珩正色道：“请王爷给我一项权力，那就是小王爷的事情请完全交给我负责，不能让任何人插手，否则我也不敢保证小王爷能顺顺利利地活到您凯旋归来。”

洛芷珩这种正襟危坐的严肃样子，让王爷的心也跟着紧绷起来，他要仔细考虑这个丫头是不是真的这么可靠，那件宝物他交给她是为了让她能够更好地保护穆云诃，但如果一旦让这个丫头插手了云诃的一切，她能做好么？会不会反而出现纰漏？

似乎是看出了王爷的犹豫，洛芷珩笑道：“王爷，现在您除了相信我这个和小王爷拴在一条绳子上的蚂蚱之外，您还有其他更好的选择么？”

王爷点头，却阴狠地道：“是没有更好的选择了。好吧，本王就相信你一次。记住了，本王将云诃的性命交在你手中，同样也抓住你的性命，还有你一家人的性命，从现在开始，你不是在为你自己的性命来争取活着的机会，还是在拯救你的家人，云诃若是不在了，那么本王回来之日，就是你满门抄斩之时！”

话，是那般平淡而又理所当然，淡淡的冷气从洛芷珩的骨缝之中渐渐爬出

来，蔓延到全身上下，是说不清的悚然之意。

这就是上位者的姿态，他们永远站在你要仰望的高度上，即便是处于下风，他们也会用他们高高在上的角度和权力，将一切抓紧在手中，用一切能将你击垮和攥紧的东西来掌控你。

也许是权力，也许是地位，也许是金钱，也许是道德，也许是亲情……

很不巧，洛芷珩就在这其中！

她是一个被良心教养着的好土匪！她有她的道德底线和做人的标准，她是贪生怕死的，但她绝对不是一个孬种，她是可以为了活命扫清一切障碍，但绝不代表她会眼睁睁地看着无辜的人被她连累到死。

归根结底，还是她太善良了么？王爷老头，你不能欺人太甚啊！既然他如此无耻地给她压力，那她凭啥毫无条件给你守护儿子？虽然这种守护是建立在她的生存之上的。

王爷一个威胁，不轻不重地戳在了洛芷珩的肺管子上，那是她的道德底线，造成了洛芷珩因为不属于这个时代而隐藏起来的真正本性，总的一点，那就是绝不能吃亏！

她笑，花开烂漫般单纯又美好："王爷既然如此说了，那芷珩就不好再退让了，不然到时候让别人以为王爷仗势欺人倚老卖老就不好了。既然王爷先提条件了，那芷珩为了保护王爷有一个大好的名声，也顺道提一个小条件吧。"

穆王爷简直目瞪口呆。

这哪里是为了他的名声好？分明是借机敲竹杠吧！不知道这丫头会说出什么话来，若是她敢提出过分的要求，那本王就立刻弄死她了事，到时候再安排好云诃就好。

洛芷珩清清楚楚地看见了王爷眼中的杀机，因为王爷根本就没有在她面前掩藏他的不愉快，洛芷珩反而笑得更加地单纯无邪："其实也不是什么了不起的事情，就是想等王爷凯旋归来的时候，还我一个自由身！"

王爷眼皮一跳，来了精神，漫不经心地问："哦？自由身？你的意思是……"

"等到王爷归来那日，若芷珩真的不负王爷之托保护得小王爷完好无缺，那就请王爷做主，让芷珩下堂去吧，到时候是你们给芷珩一纸休书也好，又或者是大发善心让我们和离也罢，芷珩只求王爷能让芷珩离开王府。"洛芷珩眼神明亮。

这一刻，她终于找回了一点点过去的狂妄与畅快了。这一刻，她也终于觉得自己的生命有了一丝活力了。就如同在她活过的民国年代那样。

她知道这么长时间以来，她在这个鬼地方看似没心没肺努力生存，但她是因为害怕，她想过要离开这里，但离开这里谈何容易？

穆云诃若是死了，到时候还不是要搭上一大家子的性命？而她也同样在那一大家子里面。既然结果都是一样的，那么何不让她这个充满斗志的人留下来，自己努力换来一个可以光明正大离开这里的理由呢？

她以前叫洛芷珩，这个名字跟随了她十七年，现在她仍然叫洛芷珩，这个名字几乎是她在这个世上拥有的唯一一个熟悉的东西了。若是她和洛凝霜换回来了，只怕以后她也是要顶着洛凝霜的名字活一辈子，缩手缩脚地做人生活，她不要！

她想要顶着洛芷珩这个名字，光明正大理直气壮地活下去！

离开王府，光明正大地离开，为了这个目标，她竟然如此兴奋！她终于明白，她原来是这么怀念那在马背上肆意畅快的狂奔的自由的感觉！

力量在一点一点地回归，蛰伏下去的血液里的野性渐渐苏醒，这是一个挑战，她舔舔嘴唇，觉得血液都在燃烧起来，双眼亮得惊人，满是期待。

王爷很震惊，没想到这丫头竟然会提出一个这样的要求。他一直和其他人一样，认为是洛芷珩费尽心机想要嫁入王府的，她一定是有什么不可告人的目的，当然不是为了名利地位就是为了荣华富贵。

然而这样一个在他想象中不堪的丫头，竟然会提出来想要离开王府的要求。是欲擒故纵，还是真想离开？

王爷不无讥讽地试探道："既然想要离开，当初又何必费尽心机嫁进来？"

洛芷珩笑容中有一种痞气是隐藏不了的，野性十足的味道："为了好玩啊，本以为王府里面很有趣呢，没想到嫁进来竟然只有一群叽叽喳喳的女人，真的无趣极了。早知道这样的话，我是绝对不会打晕了妹妹自己嫁进来的。现在后悔了，就当是我给小王爷闹腾婚礼的一个补偿吧，我尽最大的努力保护小王爷，若事情成功了，就请您高抬贵手让我走。到时候您想给小王爷娶多少女人那还不是一句话？"

王爷被她完全不在乎的姿态气得一口气卡在喉咙里。嫁进来……她竟然是当玩的？！哪来的这白痴女人？稳住气息，王爷努力平复想要将这个拿着他儿子当猴耍的臭丫头一掌劈死的冲动，咬牙切齿地道："好！本王答应你了！这件事情要立个字据，省得到时候你反悔不认账再赖着不走！"

这死丫头将他儿子当根草，真以为他的云诃是没人要的么？到时候休掉这丫头，再给云诃找百八十个女人来伺候，云诃依然是香饽饽，而这个被夫家休掉的女人只会是一个更加臭名昭著，外加没人愿意要的下堂妇而已！

王爷冷笑连连，洛芷珩却兴奋得笑眯了眼睛，两种情绪的两个人为今后儿子

和丈夫的感情埋下了一个深坑，坑人坑己！

洛芷珩拿着那两张纸，小心翼翼而又珍重无比地叠好收好，然后抱起了那个宝贝就想告退离开，但王爷却又说道：“这件事情先别让云诃知道，本王不知道你是怎么让云诃站在你那一边的，但云诃现在的状态不错，最起码他不那么自暴自弃了，别因为你愚蠢的行为，我们之间的交易干扰他。”

虽然觉得穆云诃要是知道等到他老子打仗归来那天，他就是自由身会很开心，告诉他也无妨，但既然王爷已经如此宽容大度了，她就答应也无妨。

“王爷放心吧，这件事情等王爷打仗回来亲自和小王爷说就好。至于其他安全方面还请王爷多费心了，那我就告退了。”洛芷珩严肃地说完，抱着东西就走。

背后，王爷那双眼睛精光四射，低沉地道：“老虎，在老虎团中留下十名暗卫，一定要保护好云诃的安全，在本王离开这段时间里一切都要听从云诃的。不过暂时别让云诃知道你们的存在。轻易别动手，洛芷珩做事看紧了，只要不是伤害云诃的事情都不用阻止。一旦发现这个洛芷珩不对劲，杀无赦！”

“还有那个神医……先看看洛芷珩打算怎么做吧，一旦她解决不了那个神医，那么你们就暗中做掉他，一定要不留下任何把柄。”王爷又道。

空气中响起一个暗沉的声音：“遵命！”

穆云诃不得不开口问道：“你和他都谈了些什么？”

“和谁啊？”洛芷珩心不在焉地道。

穆云诃差点想扔了枕头砸死她！冷哼道：“本王问你和王爷谈了什么。”

洛芷珩来了精神，当然不能和穆云诃说她与王爷之间的交易和那封有关于休书的信了，将能说的和他都说了，却发现穆云诃的脸色相当难看。

“他，就没有嘱咐过你要照顾我母妃？”穆云诃问得有点艰难，几乎透明的手指抓紧被子，似乎在极力隐忍着什么。

“没有啊，不过我会照顾好你母亲的，放心吧。”洛芷珩说完就去看那个盒子，所以她错过了穆云诃脸上的那一抹浓浓的恨意与杀机！

就这么不在乎么？甚至到了明知道有人想要将母亲除之而后快都不管不问么？这么残忍啊，你还凭什么为人夫呢？穆云诃的目光变幻莫测，是那样难看诡异，带着一种孤注一掷的偏激与绝望。

不需要你的维护！我的母亲，我自己来守护就好了！你就将你那虚伪和寡淡的爱都给那个蛇蝎李侧妃吧！只要我穆云诃不死，总有一天会让你看见，不是只有李侧妃的儿子才能让你骄傲和炫耀，母妃的儿子，一样会凌傲于这天地间的！甚至，超过穆云锦！

原本死寂而灰暗的眸子，此刻竟如黑曜石一般熠熠生辉，那眼中的不是流光，而是一种生机！虽然偏激，也算极端，但那生机却正在茁壮成长。

因为有了期待，因为有了盼望，因为有了极其想要守护的，所以他必须要坚强和坚持住！

第二天正午，日头正浓，整个王府却都是一片肃杀之气，来往的仆人匆忙而过，没有一个敢大声言语抬头示人。今日是王爷出征的日子，然而此刻，一身黄金战袍的王爷手持头盔，大马金刀坐在大堂之中，威严的面容带着不同于往日的肃杀，目光凌厉慑人，正当间的地上跪着王爷后院的女人们，还有他为数不多的子嗣。

“本王出征开始，王府内一切事宜都交给李侧妃掌管，府外都交给大管家掌管，凡事有不妥之处二者可共同商议，万不可做出辱没我王府名声之事。而以上内外二者皆有王妃协助参议，若没有王妃的许可，李侧妃与大管家不可私自做决定，凡有不服者，待本王归来之日便是那人丧命之时，尔等可懂？”

威严，霸气，冷硬的声音，带着一片血腥之气充斥着大堂的每一个人，让每一个人都不禁心中震惊肃然。

众人最震惊的，莫不过王爷竟然让王妃协助参议王府事务，王妃可是已经十几年都不管王府了呢，如今王爷这般吩咐着实令人费解。

李侧妃的脸色首当其冲地就难看起来，她跪在那，低着头，没有人能看见她的情绪，她眼中的恶毒与冷笑也同样令人触目惊心。

一个已经被自己彻底压制的人，完全没了活力争斗之心的女人，凭什么还来和她共同掌权？就算她真的愿意拱手相让，也要问问那个女人她敢不敢接呢！

而后，王爷宣布了穆云诃的一切事情洛芷珩掌管，任何人不得插手。如有违背者，下场与上者一样处置！

人们的脸色就都变了。就连李侧妃都忍不住抬头看了一眼一旁的洛芷珩，她，凭什么让王爷宣布这样一件事情？昨天在书房里，她究竟和王爷说了什么？李侧妃心中思虑，有些惊疑不定了。

她本来是打算趁着这一次王府群龙无首之际，将洛芷珩彻底除掉，不为别的，就因为这个贱人竟然敢三番四次和她作对，不仅不听从她尊重她，反而还敢和她唱反调，这本就该死了。而现在王爷竟然还将穆云诃的事情都交到洛芷珩的手中了。这是对她不信任了，还是在维护洛芷珩？

但不管是因为什么，事情都已经超出了自己的掌控，她决不允许任何不在自己预料中的事情发生。更何况穆云诃必须死，眼看着就要熬出头了，这一次她的儿

子跟着王爷出征，虽然有危险，但有王爷护着也必定是周全的。只要云锦立下战功，穆云诃一死，那就再也没有什么能阻挡住云锦继承王爷爵位了。

所以穆云诃也必须要在王爷不在这段时间里死！那么就绝对不能让洛芷珩掌管穆云诃的事情，最起码不能完全掌管。

其他女人有活络心思的都不禁看向了洛芷珩，然后都低头不语。

王爷训话完毕，给人一种雷声大雨点小的感觉，就这样还想要约束住这群野心勃勃的女人？洛芷珩冷眼旁观，心中冷笑，还是要靠自己啊。

在一群女人依依不舍的泪眼中，王爷带着英姿勃发的穆云锦大步离开，踏上了征程的第一步。

而留下的，却是一个千疮百孔的龙潭虎穴，这里从真龙离开的那一刻开始，所有的美女都变成了毒蛇，吐着猩红的信子，到处都可能是要命的陷阱，稍有不慎就命丧黄泉。王爷走了，将他唯一的嫡子扔在了这危机四伏的深渊里。

只有一个洛芷珩能并肩奋战，只有一个母亲能真心对待。

这是一个大大的烂摊子！一个以整死穆云诃为目的的冒牌货神医，一个阴狠毒辣野心勃勃想要上位的李侧妃，一群花枝招展各怀心思的狐狸精，还有暗中可能时不时会出现的黑手。

洛芷珩毫不怀疑，她和穆云诃今后的生活将会绚烂多彩，步步惊心，杀机四伏！

但，那又如何呢？正是因为这样压抑的环境，那个能够掌握自己命运的王爷在，她才会束手束脚，那王爷一走，她便可以撕开伪装推翻压抑，重新做自己了。那群花枝招展的美女蛇，心机毒辣的李侧妃，歪门邪道的骗子神医，统统放马过来，姑奶奶在你们众人的鬼年代里照样是个霸气嚣张的女土匪！

冷笑一声，洛芷珩扶着王妃转身就走，她可没心情看一群女人对大胡子王爷虚伪痴恋的眼泪。

穆云诃已经有好多天不吃这种药了，虽然气色比以前又不好了，但是穆云诃却觉得身体里面舒服起来了，而且最近洛芷珩会每天故意在房间里吃饭，给穆云诃留出来许多的食物，就算不能多吃，但总要少吃一点，而且最多的都是流食。

以前的穆云诃因为要吃药，吃了药就不想吃饭了，长年累月下来，有一顿没一顿地就弄得身体越来越不好了。

既然以前的方法不好，就证明是错误的。洛芷珩胆大，偏偏要反其道而行之。反正现在没有药吃，那就吃饭，以后有了药也要先吃饭再说。

而这么多天三餐都会吃一点的穆云诃，渐渐有了力气，整个人的精气神都变得不一样了，似乎枯萎将死的树木，在即将死去之前发出了新芽，嫩绿嫩绿的，都是生机。

两个人对这种状况都很开心，现在他们最苦恼的就是不知道该去哪里找大夫来给穆云诃检查一下，看看他是不是有好转了，但他们还不能轻易找大夫，因为很容易暴露穆云诃的真实状况，很容易招来黑手。

两个人选择暂时忍耐，但也不能一直就这样瞎子摸路，洛芷珩想了想找来了奶娘，让她出府给她弄一些医书来，不求学医，但最起码要明白点其中的道理。

买书的钱是洛芷珩掏腰包的，不过她一点不心疼，穆云诃心里都有那么一点感动了，但却冷冷地问道："守财奴，不心疼你的银子了？"

这个时代买书是很贵的，洛芷珩能如此大方，要说是因为关心他的病情，穆云诃不相信。

结果，洛芷珩笑眯眯地说道："这钱是你老子给我的，让我负责给你花的。"

穆云诃就不说话了，就知道不能将这个女人往好地方想，她简直就是来毁灭他将人善良化的罪恶之源。

奶娘早上出去的，中午才回来，带回来的不仅是一箱子医书。

——

洛芷珩从李侧妃那打劫来了一条手链，气得李侧妃鼻子都快歪了，却又无法拒绝，只能给了她。兴高采烈地窜到穆云诃床边，将那个极其漂亮的手链递到穆云诃面前，轻轻推了仿若睡着了的他一下，讨好地问道："喂，这个东西会不会很值钱？你懂不懂鉴宝啊？快帮我看看！"

穆云诃懒得理会她，此刻他有一股很狂躁的情绪在胸间不断咆哮，弄死这个女人！掐死她，撕了她！太丢脸了！怎么会有女人这么脸皮厚的？虽然穆云诃知道这是洛芷珩故意打击李侧妃的一种方法和手段，虽然他很赞同洛芷珩这种能够兵不血刃的做法，但是可不可以不要那么贪婪？

本来应该赞赏洛芷珩机敏的，可是好端端的就被洛芷珩那副贪财的嘴脸给煞到恶心想吐。这样的洛芷珩让穆云诃真是又想赞赏又想暴揍一顿，明明是驱敌立功了，偏偏弄到最后弄成一种她其实看上人家的宝物是真的，驱敌不过是顺便的……

那感觉，让骨子里很清傲的穆云诃相当鄙视和唾弃，他甚至不愿意看一眼洛芷珩，因为洛芷珩在他眼中已经充满了铜臭味，是个不折不扣的败类！

"你能不能行啊？睁开眼别装死啊，快点帮我看看这个东西值不值钱！"洛芷珩还有一大能亮瞎人眼的超级绝技，那就是磨人！对她熟悉的放心的亲朋好友，

她会很愿意去磨人，她想要什么了如果得不到那就去抢，抢不到那就去磨人，磨得别人恨不得自杀去，最后妥协帮她抢到手，磨人结束。

现在她就用她那软嫩的仿若被阳光包裹的气泡泡的声音，在穆云诃面前哼哼唧唧没完没了，她要是和她老爹撒娇，那她老爹早就投降为她做牛做马杀人越货去了，但她忘了，眼前这个人是挺讨厌她的、并且禁欲又内敛的穆云诃，撒娇磨人不管用，反而会适得其反。

猛地睁开眼，那双眼中似乎有凛冽的寒光爆射出来，霹雳一般扎进了洛芷珩那娇娇嫩嫩的肌肤里，她嗷嗷乱叫，红着眼睛指着穆云诃怒吼："你暗算人！"

穆云诃额头青筋暴跳，他算看明白了，合作之前那些什么稳重大方、聪明冷静都是她的伪装，此刻眼前这个贪财又二的丫头才是洛芷珩真正的本性！

穆云诃咬牙切齿，怒道："你骗本王！"

要是早知道你是这么个丢死人的货色，本王就是死也不会和你同流合污的！如此，还能维护本王还算干净的一生，最起码不会沾染上一身铜臭味！但是奈何命运弄人，竟然没让他开天眼看清这死丫头的本质！

穆云诃是个完完全全的古人，又常年身居内宅暗无天日没有朋友，自然骨子里是又冷酷又闷骚又禁欲又古板的，他对名节看得挺重要，这个名节不是女子那样的贞洁，而是身为一个人最起码的骨气和尊严。洛芷珩今日这明抢的行径已经踩在了穆云诃的道德底线上。

"滚远点！"额头突突直跳的暴躁感，穆云诃用仅有的理智怒道，她再不滚开，他怕是会让人将这个市侩的丫头扔出去。

洛芷珩相当有眼色，一看穆云诃的冰山脸，她立刻全神戒备，警惕退后，脸上还带着讨好的笑："你不开心啊？是不是因为我没有给你也要回来一件礼物不高兴？不要紧，李侧妃再来，我再继续要。"

"闭上你的狗嘴！"穆云诃的牙齿都嘎嘣嘎嘣响。

小喜子额头有冷汗滴落，他算是真心服了这位小王妃了。那样下三滥的手段也敢用，偏偏对于李侧妃那样阴狠小气的人就是有用，这是不是就叫对症下药？可是看着主子被小王妃气得青筋暴跳，小喜子心肝乱颤地悄悄往后挪，口里默念：可别溅咱家一身血……

洛芷珩磨牙，水葱白似的手指头不怕死地指着穆云诃的鼻尖，手中那条东珠手链明晃晃地晃荡在掌心下，她怒道："说话客气点，我要是狗那你竟听狗语，岂不也是狗中一族？咱们大哥别笑二哥，一类货色！"

穆云诃几乎气得撞墙！

洛芷珩回到房间，乖乖巧巧地蹲在穆云诃床边，双手托着下巴，眨巴着大眼睛看他。

穆云诃闭着眼睛，但没睡着，心思很乱。洛芷珩的到来他知道，但他已经冷静下来了，可整个人都冷冰冰的，在他周围的气息都是极其低的，小喜子站在一旁就哆哆嗦嗦地不敢说话。

这个时候的穆云诃是谁也不敢招惹的，但是在小喜子眼珠子都要掉在地上的目光中，洛芷珩不怕死地伸出手指，轻轻地戳在穆云诃的脸颊上。

硬邦邦的，又冷冰冰的，一点都没有这张漂亮脸蛋带来的惊艳感。

猛然间，撇嘴的她就对上了穆云诃那双刀子似的眼，冷冷幽幽的没有一丝人性。洛芷珩完全不怀疑，这个男人真的会一怒之下掐死不知死活的自己。

穆云诃冷冷地看着她，但洛芷珩还是发现他紧抿的唇角因她的主动靠近而舒展，她立刻笑弯了大眼睛，连滚带爬地上了床，一点不在乎小喜子惊愕的表情，穆云诃厌弃地冷哼，软软地笑道："你放心吧，我一定会保护好你和母亲的，那个李侧妃，只要有我在，一定让她一辈子都无法咸鱼翻身。"

"哼。"冷冰冰地哼了一声，穆云诃再度闭上了眼睛，但奇迹般地，有这个烦死人的女人在身边，鼻端的呼吸似乎都不那么苦涩了，就连刚刚还狂躁的心也在她软软糯糯的声音中平静下来。

当然，这个女人有点自知之明赶快从他的床上滚下去就更好了！

不过显然洛芷珩没这个自知之明，她早就对这张又大又软的大床垂涎欲滴了，不过她还是没那么丧心病狂想将穆云诃赶下去自己独占，但是让她也上来占一个角落也行啊，她已经受够了继续睡那张软榻了，翻不开身伸不开腿的，憋屈！

可她也不能直接开口要求上床睡觉，那显得她多不矜持，得想个办法让穆云诃主动开口，或者想个方法让自己理直气壮地开口提。

之所以只想着在这张大床上睡觉，那是因为她不能去其他房间睡，王府的破规矩，正妻在新婚的时候是要和丈夫同床共枕足月的，但因为他俩情况特殊，所以也要在一间房间里足月。不过又因为穆云诃身体特殊，所以洛芷珩想要去别的房间的愿望是不会实现的，她得和穆云诃一直在一个房间里。她可不想一直睡在那破软椅上。

灯熄了，一切都安静了，但躺在软榻上的洛芷珩却完全睡不着，她不是一个会委屈自己的人，哀怨的目光看向那张空旷的大床，咬咬唇瓣，好想去那睡觉，一定又舒服又畅快。

穆云诃也是个自私的家伙，竟然有福独享，忘记了他们是合作伙伴了？

穆云诃已经睡着了吧？那她偷偷躲在床里面睡一晚上应该没关系的吧？心里面痒痒的，她很怀念她那张大床，脊背和屁股这几天都不舒服，尤其是躺在这软椅上睡觉的时候。终于再也忍不住了，洛芷珩悄悄爬起来，光着脚丫蹑手蹑脚地来到床前，见穆云诃似乎熟睡了，她笑弯了大眼睛，来到床脚下，一脚踩上去弯着腰往里面爬……

“好玩么？”冷冷的声音在她上面幽幽响起，嘲弄而又鄙夷：“堂堂将军府嫡女，竟然也会爬床？”

紧接着穆云诃的面色骤变指着洛芷珩暴怒：“你……”

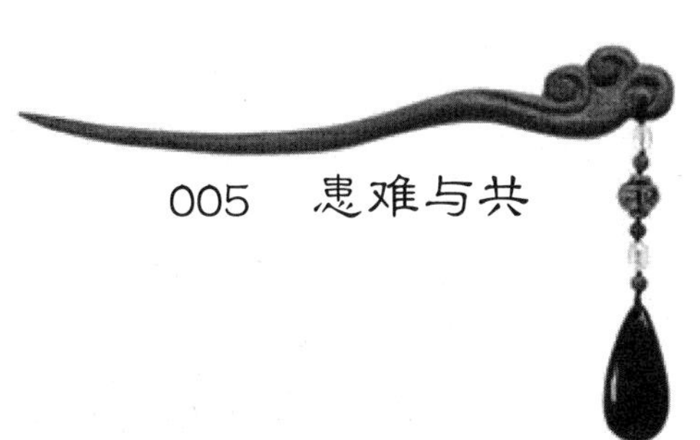

005 患难与共

穆云诃的脸色简直有如狂风过境般阴沉冷冽，令人齿寒的咆哮脱口而出："你赶快滚下去！恶心死了！你是不是就是这样爬上那些被你看上的男人的床的？本王早就应该想到的，你洛芷珩有个大名鼎鼎的花名在外，能是什么好货色？本王怎么就被你的虚伪表面给蒙蔽了！"

穆云诃脸色铁青，目光里充满了浓浓的厌恶和仿若看见了肮脏动物的表情，他想原来外界的传言不过是假的，原来洛芷珩真的是个花痴不假！府里的人在私下里会议论穆云锦和他的长相，所有人都会说他比穆云锦还要俊美太多，而穆云锦是公认的穆王朝第一美男子，那么穆云诃自己呢？

若不是因为自己是个病秧子，从来没有出现在众人面前过，那么穆王朝第一美男子的美名还能落到穆云锦的头上？笑话！

以前他不在乎这些外表，一个将死之人对美貌形象能有什么过多的奢求呢？但是现在不一样了，他的身边多了一个有着辣手摧花的花痴洛芷珩，那可是个看见美男就走不动路，调戏都当家常的另类女人。

被她毁掉的穆王朝的美男，不管有没有家室的，没有一百也有八十了！整个穆王朝这两年被个不正经的洛芷珩搅得那叫一个鸡飞狗跳！但是这毕竟只是个人小事，朝廷不会管你调戏什么人。所以洛芷珩就一路猖狂到现在。

在王府里这段时间洛芷珩是表现得很正常，除了讨厌点，鬼点子多点，表里不一一点，其他的还算好。但该死的是他竟然就被这个伪善的女人给蒙蔽了双眼，忘记了她最大的缺点，那就是绝对不会放过任何一个她见过的美男。

穆云诃忍不住想，这女人一定早就不是个冰清玉洁的处子了，还不知道这样爬过多少男子的床，不知道玷污了多少清白的男子呢！这女人简直就不是人了，现在，她现在又要来祸害他了么？！

穆云诃的脸从铁青一下子就变成了惨白，满身气息更冰冷坚硬，只要一想到这个女人用已经碰过不知道多少男人的肮脏身体来触碰自己，穆云诃就有种想要立刻撞墙而死的冲动！

绝对，绝对不可以让这个女人上了自己的床！！

"你给本王滚下去！"穆云诃声色俱厉，冰冷的身体紧绷，是戒备的姿态，满眼寒光仿若刀子般嗖嗖射来，每一个眼刀都能将人无形秒杀。

但那些被秒杀的人里面，不包括洛芷珩。

洛芷珩也只是身体僵硬了一下而已，她退后站在床边，居高临下地看着穆云诃，可脸上的表情堪称讨好，她笑，内心却愤恨地想：姑奶奶就想在你的床上，安安稳稳舒舒服服地睡一觉，有必要这么激动抵触么？姑奶奶是瘟疫？

"你别生气，我就是想陪陪你，我怕你一个人睡这么大的床会害怕。"她笑得温顺乖巧，目光清澈，纯白得好像一只软绵绵的小白兔。无害的样子。

但穆云诃怎么可能对这个已经对他做出了不轨举动的女人掉以轻心？他剑眉竖立，嘲弄又冷酷地道："用不着你假好心，要么滚回你的软榻上老老实实地睡觉，要么滚外面去，别让本王看见你。"

可真冷酷绝情啊！

洛芷珩眯眯眼，两根手指无意识地互相缠绕，她只穿着宽松而单薄的轻纱睡裙，裙摆下露着一双光裸白嫩的玉足，松松垮垮的长发凌乱地垂散在她的肩胛脊背上，她表情又是那么的无害，就不相信穆云诃会一点也不怜香惜玉。

"别这么无情嘛，我就睡一晚好不好？那张软榻睡觉好难受的，你床这么大，别那么小气嘛，我们可是合作伙伴的，我都能答应陪你去死，你怎么就不愿意和我分享一下你的床？"洛芷珩声音软糯，是委屈和讨好的音调，穿过空气绵延到男人耳朵里，都有了甜软的香气。

可，再甜也是陷阱！穆云诃才不会那么蠢地自投罗网呢。他冷眼犀利："乖乖滚蛋，不然本王……咳咳……"

穆云诃确实很紧张，很激动，同时也有点愤怒，以至于多日来没发作的疾病又找上来，他咳嗽起来，断断续续的听上去几乎断气。

洛芷珩连忙一个健步跳上了床，在穆云诃恼羞成怒的目光中理直气壮地侧卧到了他身边，柔嫩的小手轻柔而体贴地为穆云诃被气得起伏不定的胸膛顺气，一边还软语温言地道："看吧，我就说你需要照顾的，放心吧我就在你身边，尽管咳嗽，我会一直帮你顺气的。"

她不说还好点，一说穆云诃差点没被直接气死过去。

狠狠抽了一口气，穆云诃的脸都从青白变成了涨红，好不容易缓过一口气来，他已经没了什么力气了，咬牙切齿地瞪着近在脸侧的那张狡黠小脸，口不择言："你是女人么？你是个无赖吧！女人脸皮能这么厚？哪有女人随便爬男人床的？这么骂你你还能笑嘻嘻的？你到底有没有自尊心！其实你骨子里是个男人吧！"

洛芷珩脸上的笑容一瞬间僵硬，眼底有掩藏不住的痛，瞬间被穆云诃的话戳中，疼得洛芷珩的神经都在那一瞬间猛地抽搐了一下，差点扯裂了她千辛万苦才练就的不变笑脸。

不过夜色太浓，穆云诃眼睛再厉害也看不清她此刻脸上眼中流露的忧伤情绪。只是耳边香甜的气息一刹那变得有些悠远。

洛芷珩早就历练成了铜墙铁壁一般的厚脸皮，她装作不在意的样子，转眼间就又笑得没心没肺，但她是有怒火的，她猛地翻身伏在穆云诃上面，彼此之间只有那么微妙的一丝距离，距离近得穆云诃甚至觉得，他们能感觉到彼此胸腔里心脏跳动的频率。

有些失常的快节奏心跳……

她的大眼睛在夜色下尤其明亮，但却闪烁着让穆云诃头皮发麻的邪恶的光，穆云诃甚至看见她在舔舐自己的唇瓣，见鬼的！明明这么黑的夜色里，但是他竟然清晰地看见了她尖尖的舌尖，似乎有殷红的色泛着勾人的光，缓慢而又挑逗地描绘过她的红唇，放肆而大胆的动作，穆云诃不曾见过的……该死的勾魂摄魄！

"小诃诃你在怕什么呢？是怕我欺负你呢，还是怕我占你便宜？又或者，其实你是在期待我这个'男人'对你做点什么？嗯？"如此肉麻兮兮的称呼，她话语暧昧声线降低，是雌雄难辨的诱惑。

她对穆云诃的紧张感觉得到，但洛芷珩很冤枉，以前的洛芷珩花痴，可那不是她啊，但她又有苦说不出。感觉到穆云诃防备瘟疫毒蛇猛兽一般地警惕她，厌恶她，其实洛芷珩是无所谓的。但穆云诃后面的话却伤到了洛芷珩。

就算看上去强大快乐对谁都笑眯眯的洛芷珩，也是有伤痛秘密的！那些伤痛

是不能被人触碰的，一碰就疼，还是连血带肉地完全拉开，她会疼死的！而她好爱惜性命的……

所以，你穆云诃不是怕我碰你么？那我就非要碰碰你，你让我不痛快了，嫌弃我恶心人了，那我就让你也不痛快，让你更恶心！

黑暗里，洛芷珩的身上有穆云诃看不见的恶魔的利爪露出，暴露了她睚眦必报的小本性。

穆云诃就算现在的年龄比洛芷珩大一岁，这个年纪的他都可以是个孩子的爹了，但他身体不好，见过的人都是有限的，也没有胆大的丫鬟想爬上他的床，因为就算她们爬了，他也做不了什么。

所以干干净净的处男小王爷对女人的认知是相当有限的，和女人如此近距离的接触，近到彼此都能在舌尖上品尝彼此的气息，那绝对是开天辟地的第一次！

他心慌气短头昏眼花四肢麻木全身瘫软，可是骨子里却高度戒备神经紧绷，满眼更加凌厉的气势隐隐透露出了杀机，血液里的傲气让他必须要维护一个男人的尊严和气势，怎么可能屈服和被一个女人吓到？

“滚下去！”冷冰冰的嗓音不带一丝情绪，那双眼在暗夜中似乎是死神的镰刀，已经在血色的满月下高高举起，她若敢动敢侵犯他，那么他的镰刀势必毫不留情地劈落而下，将她斩杀。

洛芷珩眨眨眼，低低地笑了起来，那柔若无骨的手指仿若一根轻盈的羽毛一般，缓缓扫过穆云诃的腰腹，如此紧绷的纹理，上面是一排排清晰印刻的肋骨，手指隔着丝质亵衣停留在他胸口下方的肋骨上，来回摩挲。

“别紧张，你不是怀疑我是个男人么？我就让你了解一下我究竟是不是女人好不好？”柔软的带着撒娇的声音，她是夜色下勾魂的妖精，转眼间展开恶魔的翅膀，企图将眼前这纯白而恶毒的干净男子吞噬。

穆云诃的喉咙不由自主滑动了一下，眼神晦暗难测，莫名其妙地听到这样撒娇柔软说话的声音，穆云诃的身体里不知道哪根弦绷紧了，这是他第一次听到女人说话竟然可以这么好听，是一种……妩媚的妖娆音调。

可是眼前的女人是个妖精啊，吃人不偿命，祸害了无数良家夫男的败类啊，怎么能被她引诱？将她从身上推开，踹下去，再命人将她大卸八块丢出去喂狗！

穆云诃在心中这样告诉自己，但奈何他的身体不听他的大脑的了，完全就动不了的感觉。很奇怪，他明明厌恶这个女人，但当她柔软的温热身体如此近距离的时候，穆云诃会有种自己也被温暖了的眷恋感。

他为这种感觉感到羞耻！不能和败类同流合污啊！

他试图抬手，可是手却发软没力气，奇怪了，就算身体不好，但平日里抬手还是可以的，今日这是怎么了？

洛芷珩却似乎看见了穆云诃的举动一般，一把抓住了他的手，轻轻地牵起来，她的手温软，触摸他的手是冰冷坚硬的，她能感觉到穆云诃在轻颤的手指，得意一笑，眼底是浓浓的恶趣味和报复的小邪恶，故意在穆云诃唇瓣上吹了一口气，温温热热的还有着她话语中的甜糯气息，都被穆云诃下意识地接收到了口中。

那一刹那，四肢百骸，奇暖无比！他的眸子也明亮地危险起来。

“来摸摸我，女人有什么东西你总该知道的吧？确认了以后就不要再冤枉我了知道么？我的心是很脆弱的，我受不了有人这么嫌弃我还怀疑我，小诃诃呀，你千万要摸仔细了啊。”洛芷珩一边肉麻地说，一边抓着穆云诃明显抗拒起来的手强硬地往自己怀里带。

穆云诃忽然就跟过电了似的，全身经络都通了，那一刹那他也能动了！激烈地反抗起来，往回抽手，但洛芷珩却笑眯眯的怎么也不放手。

洛芷珩是个很有力气的女人！该死的女人，长得一副欺骗人眼的柔弱样，偏偏骨子里却是个汉子！真是个恶心人的女人。

穆云诃心里恶毒地想着，完全是因为他发现他用了自己能用的最大的力气，但是都不能将自己的手从洛芷珩的手中抽离出来，但好在也没有被洛芷珩猖狂地带到她的怀里去。他不能触摸洛芷珩的身体，她的身体太肮脏！

看她现在在男人身上的这个妖娆模样，就能想象到以前的洛芷珩在勾搭和调戏男人的时候，有多么的放荡！真是……下贱！

“闹够了没有？快放手！”咬牙低吼。穆云诃气息很不稳，也很虚弱了，他的身体哪里能和活蹦乱跳的洛芷珩抗衡？不一会儿就疲惫极了。

洛芷珩眼底泛着泪光，将她的大眼睛衬托得更是闪闪亮亮的，她委屈地呢喃：“我没有闹啊，你不是怀疑你娶了一个男人么？我就是证明一下而已啊，省得以后你再说我。”

“不说你了，你是个女人，真女人！快点放手。”穆云诃被气得快要断气，终于不得不在这个问题上妥协，他也发现了一个问题，和女人讲道理是讲不通的，和不讲理厚脸皮的女人讲道理，那简直就是在自掘坟墓！

这个女人，她根本就不知道礼义廉耻四个大字是怎么写的吧！

“那你让我睡在床上行么？你放心吧，我对天发誓，我真的不会趁着你睡着的时候非礼你的，也绝对不会占你便宜，我就是纯睡觉啊，要是你发现我有丝毫不规矩的举动，那你就让人进来把我扔下去就好了啊。”洛芷珩趁机讲条件，把姑奶

奶当那群色狼防了，完全伤害了姑奶奶的纯洁心灵啊，你得补偿！

穆云诃不说话了，他根本就不相信洛芷珩的话，一个臭名昭著的花痴，对着一个绝色美男说，我绝对不会碰你的，我只是想在你的床上睡一觉，换谁，谁都不会相信的吧。你要真没那恶心的心思，干吗在软榻上睡得好好的，忽然悄悄来爬床？一定是看本小王爷对你没了戒心，以为作案时间条件充足了，于是就对本小王爷伸出了罪恶之手……

穆云诃想着这些全身恶寒地一个机灵，再也忍不住地怒喝道："不用等那个时候叫人，本王现在就叫人进来，把你扔出去喂狗！"

他这一次声音是真的大，以至于外面早就听到了风吹草动却没敢出声的看门人说话了："主子可是有何吩咐？"

"滚进来，掌灯！将这个女人给本王扔出去喂狗！"穆云诃不是中气十足的怒吼，但比他平日里的声音可是大多了，显然是气坏了。他恶狠狠地瞪着洛芷珩，眼底的厌恶几乎排山倒海，还有一种他自己都不知道的别扭的心痛在里面。

这个女人已经不纯洁了，这个女人已经无药可治了！如果他能早一点遇见她，说不定就可以引导她走正路了……

可惜没有如果！这个伤风败俗的女人，必须要接受教训！

门被打开，房间里瞬间亮了起来，进来的人看到那床上叠在一起的两个衣衫不整的人，面色巨变，都跪在了地上低着头惊恐地哆嗦道："奴才该死！奴才该死！"

看到了不该看的，可不就该死么！

穆云诃耳朵尖乃至耳朵都泛着淡淡的红晕，只是那张脸却绷得更紧。冷酷的眼中是有尴尬的。

而洛芷珩却表现得落落大方，一点也没有被抓住看到她这么不检点的行为而带来的惧怕，她的脸上终于没了笑意，就那样与穆云诃几乎脸对着脸地问他："你就给我一句痛快话吧，让不让我在这张床上睡觉？"

穆云诃恨不得咬掉她的舌头！怎么能当着奴才们的面说这样令人羞耻的话？他几乎忍不住地怒道："你到底还要不要脸了？"

"就是不行了？明白了。"她冷冷地问完，终于从穆云诃的身上下来，整理了一下衣衫，穿上鞋子，就往外面走。再没看穆云诃一眼。

穆云诃的呼吸瞬间凌乱，就连那冷厉的目光都因为追逐着她的背影而有些恍惚，话语也不由自主地脱口而出，没好气凶巴巴的："你去哪！"

洛芷珩站住脚，微微侧脸看他，表情是嘲弄而又清冷的："滚出去喂狗啊，你不是要将我喂狗么？我自己走用不着你的人来驱逐，你记住，今天是你不给我脸面的，作为合伙人，我对你很失望。”

洛芷珩说完都没给目瞪口呆的穆云诃一个说话的机会，潇洒利落地离开。晚风吹来，将她火红的轻纱裙裾吹得迎风摆动，仿若开屏的孔雀那尾绝艳的羽毛，张扬而性感地在风中离去，惊艳遗留在穆云诃慌乱的眼中。

穆云诃没有阻止洛芷珩离开，他也阻止不了。而那一晚，穆云诃做噩梦了，梦中那红衣女子清冷的目光里似乎还有清清楚楚伤痛的痕迹，那么浅那么痛，看着他的目光让穆云诃有一种莫名其妙的罪恶感，似乎他伤害了这个女孩子。

那一晚，穆云诃第一次知道了失魂落魄的滋味。

不一定要有爱情，才能品尝失魂落魄，他就在这种失魂落魄中昏睡得断断续续，那一晚的梦中也断断续续的有洛芷珩，只有洛芷珩！

相对于穆云诃的精神不佳，洛芷珩简直就是神清气爽眉飞色舞！她一脚踏出了房门那张小脸立刻就变了，嘴角的笑意弯弯的，满眼灵动的狡黠。

嗯哼，就知道你这个古板刻薄禁欲闷骚的臭男人不会让咱上床的，好在姑奶奶聪明，以退为进，不上你那张床，就可以上别的床了，现在是你穆云诃把姑奶奶赶出来的，可不是姑奶奶违反王府的规矩自己爬出来不和你同房，这样以后别人就不敢用这个当毛病来议论她了吧？

洛芷珩走一步看三步，纵览全局她要大权在握独掌风云，往往都是走的每一步都留下后手，她亲自设了小个圈套，按照穆云诃的性格去激怒他，纵然上不了那张床睡觉，也能让怒不可遏的穆云诃将自己赶出来。而事情也完全是在按照洛芷珩的布局而走。

暗自握拳，要立于不败之地，那就要掌握一切有利资源，不是都是别人的，好处都是自己的！被赶出来是洛芷珩自己要的结果，倒也不会让穆云诃为难，毕竟穆云诃是小王爷，他主动不让洛芷珩在房间睡觉的话，谁也不敢说什么的。

仔细想了一遍前后应该没什么漏洞，洛芷珩笑眯眯地冲向了丫头的房间。她是小王妃，手里还是有点特权的，最起码在这个小院子里面，她假公济私地给她的奶娘和丫头安排了最好的单人房和最舒适的床褥，每一张床都够三个人睡得舒服。

洛芷珩不见了，王府里越来越多的人去找，但是天都快亮了，还是没有找到洛芷珩，众人彻底慌了，在天刚刚亮了之后，立刻就来到王妃这禀告。王妃这个时候还没有醒呢，胡妈妈听到洛芷珩不见了，吓得脸都白了。

不一会王妃就知道了，整个王府也都在曙光到来的那一刻彻底沸腾了！

有两个消息插了翅膀一般在王府中飞快流传开来，第一条，小王妃半夜企图

非礼小王爷，爬床不成被下人们当场抓住，差点被糟蹋的小王爷勃然大怒，命人将小王妃扔出去喂狗。第二条，小王妃失踪了一夜！

可能真的被狗给吃掉了！

这两条消息，不论是哪一条那都是令人震惊的重磅消息，人们在感叹洛芷珩有胆量有色心的同时，也鄙夷她的恬不知耻和放荡，除了王妃那一房的人，没有人同情怜悯洛芷珩，甚至有的人还认为这是迟早的事情。

穆云诃有多俊美，王府的人无人不知，而洛芷珩有多好色，京城的人都无人不知了，这两个放在一块，不出事那才见鬼了呢！

穆云诃此刻是充满愤怒的，他一个人在夜里难以安睡，翻来覆去总是噩梦不断，就因为眼前这个将他无视彻底的女人。

他不会承认他在她离开之后担心了她一整夜，更不会告诉她，他昨天晚上知道她不见了之后着急了一整夜，他更不会让她知道他因为着急她而滴水未进。

可是他不说，难道这个女人就不会看么？看他一眼啊，看他一眼就知道他有多憔悴了。小喜子不是说他现在好吓人么？脸色苍白，双眼通红，一看就是明显没有休息好的样子。这个死女人她只要有一点善心，看了之后就应该自己放下身段来找他谈和，而不是这样对他视而不见！

那该死的女人，自己不正经还想来玷污他，他不过是反抗而已，她竟然还敢给他甩脸子走人？他说让她滚她就真滚了？什么时候她这么听话了？他让她将她的金银珠宝都交给他的时候她怎么没那么听话？

穆云诃从来没有过这样生气的感觉，陌生而又强烈，伴随着他一夜未眠担忧焦急的情绪，在这一刻在感受到洛芷珩的冷漠后，穆云诃爆发了。

“你死哪里去了！”阴冷的声音，他目光都显得格外阴鸷，咬牙切齿的声音还因为虚弱而起伏不定。

洛芷珩忙里忙外……

穆云诃见他都开口了，她竟然还不理会自己，一股邪火直窜脑门，他冷冷呵斥道：“洛芷珩本王在和你说话，你聋了么！回答本王！”

洛芷珩依然不理会穆云诃，她就当穆云诃是发癫好了。

可是穆云诃却因为用力说话而激烈咳嗽起来，那咳嗽声仿若要将肺给咳出来一般，咳嗽声也引得洛芷珩不得不走向他。

递他一杯水在面前，洛芷珩故作冷淡地看也不看他。表现出了一种明明关心他，但却不愿意理会他的别扭样，清冷的小脸上还带着淡淡的忧愁和委屈。

对付这个男人，你就不能给他好脸色看，昨天她设计逼得穆云诃将自己赶出去，今天她回来了就要有一个回来的理由，不然她在穆云诃面前绝对会很没面子，穆云诃怎么样她管不着，但为了二人的合作，洛芷珩不得不回到这房间，但也要让穆云诃给她个台阶。

穆云诃强忍着咳嗽，粗喘着抬头看她，本想怒喝她让她喂他喝水的话就卡在了嗓子眼上，洛芷珩冷淡的样子，还有脸上的委屈让他有种说不出的感觉，他不明白那是什么，但心里却是尴尬和狂躁的。

手有点哆嗦，但他确实需要喝水，伸手去拿那茶杯的时候，因为手抖而茶杯晃动，刚冲的热茶水涌出，落在他苍白的肌肤上，泛起丝丝的痛。穆云诃蹙眉，眼底是浓浓的自我厌弃。

然而就在他自我厌弃的时候，受伤疼痛的地方忽然被柔软的小手抓住，洛芷珩慌张的声音响起："你怎么这么不小心？痛不痛？"

她一边说一边坐在穆云诃的床边，脸上有一种明显的担心着急的神色，一边用自己的衣袖为穆云诃擦去受伤处水渍，一边轻声责怪，而后低头，在穆云诃目瞪口呆中，有柔和温暖的细风就从她那微微嘬起的红唇中送出，仿若划过湖面的细柳，扰乱人心的瘙痒和温柔在穆云诃的心口间炸开！

她、她、她在做什么？！

穆云诃一句话也说不出来，羸弱的他此刻正侧卧在床上，一手支撑在床面上，一手被洛芷珩抓在手中轻轻地吹气，这场面怎么看怎么怪异。他们之间……何时这般亲密了？

穆云诃当然知道洛芷珩在干什么，小时候他痛苦的时候，娘就会这样轻轻为他吹脸颊和手掌，娘说吹一吹就不痛了。可是娘吹过之后还是会痛，全身都痛，虽然穆云诃那个时候还小，但他没有喊出来痛，因为他不知道娘是在骗他，他只是不想让娘知道他还痛会伤心罢了。

长大了穆云诃知道，那不过是一种大人安慰小孩的手段罢了。这么多年了可没有谁再对他做这种幼稚的事情了。

明明应该推开洛芷珩的，明明应该嘲笑她幼稚可笑的。可是不知道为什么，就是动不了。好像身体都不是自己的了。僵硬地感受着那徐徐而来的落在手掌上的温润微风，似乎……真的不痛了。

他想说赶快滚开，别碰本王，但这话在这一刻，真的说不出口。

洛芷珩吹了一会儿，终于抬头，仿若没看见穆云诃正一脸愣愣地看着自己一般，毫不掩饰地让穆云诃看着她眼中的担忧和关切："还痛不痛？吹一下会不会好点了？"

真丢脸！这个该死的女人是将他当几岁孩童在照顾么？

也不知道是怒火还是害臊，穆云诃没好气地抽出手，冷漠地讽刺道：“一点小痛而已，能痛到哪里去？”

再大的痛苦他都忍受过了，还会在乎这么点痛？

洛芷珩愣愣的，旋即脸色都变了，就像条件反射似的猛地从床上蹦起来，退开了老远，踌躇地站在距离床和穆云诃好远的地方，双手无意识地缠绕在一起，微微低着头，有些呐呐地低声道：“我、我不是故意靠近你的，也不是故意要坐在你床上了，我、我马上就走。”

她像是受惊了的小白兔，穆云诃反而成了洪水猛兽了，她怯生生地似乎生怕惹怒了眼前的猛兽，仓促地转身，差一点因为踩到裙裾而跌倒，狼狈地扶着桌子站起来就往外走。

穆云诃眉头紧蹙，目光有一瞬间的慌乱，来不及多想就恶狠狠地道：“你又要上哪去？”

洛芷珩站住，柔弱地又略显委屈地说道：“我就是……我就是滚啊！你不是不想看到我，不想让我在这个房间里么？我马上就走还不行？”

穆云诃的太阳穴随着她的话突突直跳，几乎要炸裂了。这女人是在干什么？该不会又有什么阴谋诡计了吧？装柔弱？昨晚那大胆的死女人是谁？骑到一个男人身上，还调戏他，要不是他奋力反抗，誓死不从，说不定这会儿已经惨遭她的毒手了。可恨的是这个女人出去自由了一夜，回来后反而还一副受委屈的模样，怎么会有这么表里不一的女人？

穆云诃迟迟不开口，实在是被洛芷珩的变脸变性格的百变给惊着了，与她对话之前都要前思后想，不然很容易被这个诡计多端变化莫测的女人给绕进坑了。

“就在这房间里待着。”好半晌，穆云诃才虚弱地说道，但锐利的目光依然看向洛芷珩，要将她给看透了一般。

洛芷珩抽抽鼻子，似乎在哭，声音里已经带上了哭腔：“在这待着干什么？你不怕我又耐不住寂寞半夜爬上你的床么？不用你可怜我，你放心我不会给你丢脸的，就算是在外面睡觉，我也不会再让你心烦的。”

她说得真伤心，似乎有无限委屈都只能自己一个人扛着，说完就继续往外走。

管不了这个女人到底又在打什么鬼主意，总之洛芷珩这个态度让穆云诃有点乱，他不耐烦地呵斥道：“让你待在这就待在这，本王的话不好使？”

哪知道洛芷珩突然爆发了，猛然转过身来，双眼通红的样子吓了穆云诃一跳，她愤怒地娇吼："你这个人怎么这样？我是个人，难道还没有一点自由决定自己事情的权利了么？我只是想要睡得舒服一点，就被你嫌弃骂成是别有用心。你让我滚，我滚了啊，我现在继续滚，你又让我在这待着，你到底要怎么样？耍着我很好玩么？看我被你吓得惶惶不安你很有成就感么？我、我讨厌你！呜呜呜……"

吼完了她就用双手捂住了脸，一下蹲在地上缩成小小的一团，声音细细嫩嫩的明显在哭泣……

可是她双手下的脸上却又绷不住的笑意，老天啊！她刚才是不是眼花了？穆云诃那个家伙是脸红了么？瞠目结舌的样子好有趣哦。小诃诃啊，这才哪到哪呢？以后姑奶奶会慢慢地、细致地折磨得你生不如死痛不欲生，直到你臣服在姐姐的淫威之下！

穆云诃完全蒙了，这女人倒打一耙的功力简直炉火纯青，厚脸皮的性格也令人叹为观止。明明就是他差点吃亏，她却在这表现得贞洁烈女似的。

穆云诃的脸一阵阵扭曲，可他一个大男人把个女人给弄哭了，这件事怎么说都不好听吧？但让他哄洛芷珩他又张不开口，何况这女人诡计多端不一定在打什么主意呢。也许她哭一会见没有人搭理她，她就好了呢？

但是穆云诃错了，洛芷珩不仅没好，反而还有转哭为嚎的趋势，门外已经有人来敲门询问，穆云诃一张脸被气得都快扭曲了，忍无可忍地低声喝道："够了！别哭了，留在房间里……"他停顿一下，一咬牙说话都有点哆嗦了："大不了晚上让你上床睡觉！"

哭声，戛然而止！

穆云诃剑眉紧蹙地看着那从刚才突然不哭的洛芷珩，虽然不想承认，穆云诃还是知道自己刚才说出那句让她在床上睡觉的话的时候，是极其紧张和相当不甘心的。

他实在是无法忍受和一个人，尤其是一个色眯眯有可能随时会化身母老虎的女人同床共枕。但他也是第一次见女人哭，莫名其妙的他就浑身不舒服，觉得心肝肺都纠结在一起了，有点黏人的疼。

不过很奇怪，这女人在听到他的话之后，虽然是不哭了，但却没有回答他，或者欣喜地答应他。不管是为什么，穆云诃的心是松了一口气的。

"神医请稍等，奴才去通报小王爷一声。"门外忽然传来了小喜子的声音。

洛芷珩和穆云诃对视一眼，洛芷珩脚步飞快地来到床前扶着穆云诃躺下，将那茶杯拿走，就这一会儿工夫，神医不耐烦又高傲的声音响起了："本神医是来给小王爷诊脉的，又不是来求见他的，求着本神医给治病的人多了去了，还没见过这

么矫情的。让开，本神医没有时间和你磨蹭。”

洛芷珩蹙眉看着穆云诃，目光里是满满的厌恶。这冒牌货也太自大了吧，目中无人得也太过分了，他后面的人难道真的会是皇帝么？不然的话，一个冒牌货敢在王府里面如此放肆？

穆云诃的脸色却完全看不出来情绪，深藏不露的样子，只有那双冷锐的凤眸眯起来透露出点点寒光。

砰地一声，门被人粗鲁地打开了。

洛芷珩脸上的表情瞬间变成惊喜，猛地抬头对神医道：“梁神医您来了，真是太好了，快点给小王爷看看吧，刚刚小王爷还说不舒服呢。”

梁神医冷哼一声，鼻孔朝天地走向穆云诃，竟然没理会洛芷珩。

“伸出手来。”梁神医傲慢地说道。

穆云诃却动都不动，只是看着梁神医的目光有些冰冷。梁神医见穆云诃竟然敢不配合自己，还敢给自己脸色看，便想发怒。洛芷珩的声音适当地插进来：“梁神医别生气，小王爷实在是没有力气，我帮他拿出手来。”

那梁神医一听洛芷珩这样说，明显就是穆云诃的身体越来越不如前了，他的眼中闪过一抹精光，很是期待的神色，但他的脸上却表现得非常愤怒，指着洛芷珩怒道：“你这是什么意思？本神医给小王爷治病，他只有越来越好的，哪能身体还不如以前了？你这是在污蔑本神医的医术么！本神医是皇上请来的，你怀疑本神医就是在怀疑皇上！是不是本神医立刻禀奏皇上，参你一个藐视圣上的罪过？”

洛芷珩似乎被惊住了，愣愣地，脸色都有点发白，她手中的穆云诃的手正在攥紧，忍不住地就要起来揍那人模狗样的冒牌货，但洛芷珩却不着痕迹地压制住穆云诃，安抚着他。

穆云诃飞快地扫了一眼洛芷珩，不懂这平常嚣张神气的洛芷珩，今日怎么就能忍受这窝囊气了？但知道她素来诡计多端，他倒可以忍耐一下看看她又想干什么。

洛芷珩一脸诚惶诚恐的样子道：“是我的错，我没有那个意思，只是最近小王爷不知道怎么的，虽然身体不会时常的痛了，但是却会经常感觉非常乏力，力气也一天不如一天了，我这也是着急啊，我知道神医的药一定是有效果的，真的减轻了小王爷身体的疼痛，可是他怎么就一天不如一天精神了呢？”

洛芷珩这话虚虚假假，真假参半。就为了忽悠冒牌货。冒牌货一定是有两把刷子的人，而且他开的药穆云诃吃了之后确实会觉得身体的疼痛减轻，必须要让冒牌货觉得穆云诃真的在服用他的药，才能避免这个冒牌货警惕，避免冒牌货或者他背后的人另下杀手。

当然，洛芷珩今天的“惊恐小心”只是为了让冒牌货对她放松警惕而已，只有她洛芷珩不足为惧了，冒牌货才行事更嚣张，她总有办法找到机会弄死这个冒牌货的。

洛芷珩已经下了解决掉冒牌货的决心，王爷走了，她只能一个个将眼前的危机解决掉，能够直接影响穆云诃健康生命的就是冒牌货，所以这家伙就是洛芷珩第一个要解决掉的目标。

梁神医听了这话看看穆云诃脸色，虽然不是很难看，但明显是充满病态的，而且洛芷珩说的话倒也符合他下药的反应。他今日来其实就是来看看穆云诃的，怎么服药这么多天还没死呢？按理说穆云诃应该在昨天就发作一次的，他之前还怀疑穆云诃会不会是发现那药有问题没喝呢？

现在看来是他想多了。也对，这个王府里面就没几个好人，而王妃是个蠢货，王爷又不管后院，穆云诃没见过世面心思单纯，哪能有看出那药真假的能力？看来他还是太高看这一家子人了呢。以前觉得洛芷珩是个不好对付的，现在王爷一走，这洛芷珩反而没了气势，原来也是个狐假虎威的窝囊废。

那这个王府，他还有什么好怕的呢？他还谨慎个什么呢？想到这他的心就有点发热，反正王爷也不在了，倒是可以去见见她了……

想到这梁神医不由得心猿意马了，眼珠一转，脸上也有些和颜悦色地对穆云诃道：“小王爷也不用紧张，这药就是这样的，慢性的，等过一段时间就好了，我再给你加大一点药力，保证你的痛苦会很快地减轻的。”

虽然上面那位交代过不能让穆云诃很快地死，只能让他一直不见好转，只留一口气就好，他也是这样做的，但穆云诃没有按照他的预算病情发作，梁神医也怀疑是不是自己的药效确实弄得还是太少？

“那真是太感谢梁神医了。”洛芷珩讨好地说道。

梁神医冷哼一声，假模假样地给穆云诃诊脉后什么也没说就走了。

洛芷珩看着他离开，便让她的奶娘张妈妈跟上去，特意嘱咐不要被发现了，远远看着梁神医去哪里就好。

“你怀疑他去哪里？”穆云诃一看洛芷珩的动作就知道她想到了什么，可他也奇怪，一个刚到王府的冒牌货，又不认识王府的人，能去哪里？

洛芷珩手指扫了下眉峰，眼波流转：“那可不一定，知人知面不知心呢，谁知道他和咱们府里的谁就认识呢？”

洛芷珩这样说主要是为了防患于未然，她就担心这王府里面还有什么暗线接头，到时候和那个梁神医接头了，她这可能就会麻烦了。现在梁神医在这里得到了穆云诃不好的消息，一旦有接头应该就会想法子告诉那个暗地里的人。她得掌握先机，不能被人下了黑手才行。

而假神医却是悄悄去了李侧妃的院子……

“别走来走去，现在没有消息就是好消息了”穆云诃眼皮都没有抬一下地道。

不是你的人你当然不在乎不关心！洛芷珩愤怒地瞪着他，而后房门就被敲响了：“小姐。”

洛芷珩一听到张妈妈的声音，立刻开了门，紧张地道：“奶娘怎么样了啊？怎么这么长时间？是不是遇到什么事情了？”

张妈妈脸色有些难看地看了眼穆云诃，这件事情她不觉得能够当着穆云诃的面来说。洛芷珩看出来了，就拉着张妈妈离开，去了丫头的房间。

“说吧，究竟看到什么了？”洛芷珩问。

张妈妈沉吟了一下，便将自己看见的都说了，假神医进去了李侧妃的院子里，竟然到了晚上才出来，期间有一个时辰之久。

“千算万算，却怎么也没有算到，这个冒牌货竟然和李侧妃有关系！”洛芷珩脑袋飞快地转动起来，已经想到了什么。

如果李侧妃和冒牌货有关系的话，那么一切就都解释得通了。李侧妃嫌穆云诃碍事，让这个人冒充神医来给穆云诃治病，治病是假的，弄死穆云诃是真的。而李侧妃竟然和这样一个男人有关系，这深更半夜的，孤男寡女在一起待了一个多时辰，什么事情都有可能会发生。

洛芷珩嗅到了奸情的味道！

但这件事情暂时不能和穆云诃说，也不能让王妃知道的。不然还不一定会怎么样呢。虽然穆云诃看上去讨厌他的父亲，王妃似乎也对王爷死心了，但是她能保证这死板的古人真的会不顾亲情家人么？

不过现在一切都还好说，既然知道了李侧妃和那冒牌货的关系，她倒是不用太束手束脚了。之前是怀疑这个冒牌货是皇帝送来的，而李侧妃和皇帝应该弄不到一块去吧，那么就应该是李侧妃不知道动用了什么办法将冒牌货弄来的。只要不是和皇帝有关系，就不怕。

“对了，你去了这么长时间，不会被发现吧？”洛芷珩很奇怪地问。

“小姐放心，奴婢小心着呢，不会让人发现的。”张妈妈目光有些闪烁，而后又道：“不过这个李侧妃可一定要小心了，您以后再干什么一定要让丫头或者我在您身边才行，万不可轻举妄动。”

张妈妈稍给提示，她不能说得太明显了，但相信小姐应该能有所察觉吧。

洛芷珩心中一动，该不会是李侧妃的院子里面有暗卫什么的吧？她连忙问道：“那你没有被人发现吧？”

“小姐放心吧，我因为谨慎就躲到很远的地方藏起来了，就算是暗中有人，应该也发现不了我的。”张妈妈笑道，笑容里多了一份自信。

“那就好。这件事情一定不能和别人说，就我们两个知道就好了，好了，叫丫头回来睡觉吧，我今晚就和张妈妈睡。”洛芷珩不想让张妈妈紧张，轻松笑道。

张妈妈不赞同地劝道：“大小姐，您昨夜就没有在房里睡，这不好吧，小王爷可还等着您呢。”

洛芷珩差点没笑出来，穆云诃巴不得她离开呢。虽然今天逼得穆云诃开口让她留下了，但洛芷珩既然要调教穆云诃，就不会轻易地做出妥协，她得让穆云诃知道，不是他说什么她都会上赶着迫不及待的。她要矜持一点，矜持才能在男人心中有贵重的感觉。

她以前的名声太坏了，必须要想办法挽回才好呢。尤其是在穆云诃的心中挽回，不然以后她在穆云诃的心中不重要，那对她很不利。

“放心吧奶娘，穆云诃今天不会希望我在房间里的。”洛芷珩主意已定，叫了丫头回来三个人睡在一张床上，笑眯眯地聊天，倒也温馨。洛芷珩也早就想和这二位聊聊天了。

而穆云诃干等着洛芷珩都不回来，心里面就有点奇怪的着急感，又过了一会，穆云诃烦躁得不得不开口：“小喜子！”

“主子，奴才在。”小喜子连忙跑进来。

“洛芷珩呢？怎么还没说完？做什么都磨磨叽叽的。”穆云诃当然不会说让洛芷珩快点回来的话，只是凶巴巴地问道。

小喜子奇怪主子这一天来的奇怪和反常，但还是讨喜地说道：“奴才这就去看看。”

不一会小喜子就回来了，他有点小心地说道：“主子，小王妃……在她奶娘那里睡下了，奶娘让奴才转告您说，小王妃今儿不回来睡了。不、不打扰主子休息。”

满屋子的气息瞬间从穆云诃的身体开始沿着那张大床四散开来，气温骤降。只听穆云诃很冷酷地哼道：“真当谁稀罕她了，还拿自己当盘菜了呢，有本事总也别回来！”

穆云诃说完就闭眼睡觉。小喜子连忙退下，并不知道他的主子在他走后，睁开双眼，满眼恼火地瞪着洛芷珩的那张床榻。他满心愤怒，他今天都已经妥协开口了，让她在床上睡觉了，这女人还敢和自己拿乔！她以为她是谁？不过就是个诡计多端恬不知耻的死花痴罢了！

真当本王稀罕你回来么？

可穆云诃这一晚上又失眠了。

该死的女人，果然就是来磨人的！

这一晚穆云诃又睡得断断续续的，一会儿醒来，一会儿迷糊，身子疲惫极了。就这样浑浑噩噩地到了天亮，一大早，梁神医就来了！

穆云诃才刚刚清醒，就听到了小喜子的声音，紧接着一如昨天那般的嚣张，梁神医亲手端着一碗药走了进来。

穆云诃的神经瞬间绷紧，睡意全无！他平静地看着梁神医走近，脸上罕见地带着一抹笑意，有些阴沉和伪善，手中那碗药冒着热气，腾腾地在昏暗的屋子里散发着刺鼻的味道。让穆云诃觉得，死亡在逼近！

而此刻，与他达成同盟的洛芷珩不在！

“本王让你进来了么？”穆云诃开口，冷厉地质问。

梁神医一愣，显然是没想到已经病得要死的人竟然说话这么有气势。他高傲地道：“给你治病是皇上和王爷的吩咐，我知道怎么样是对你最好的，你不必说话。”

穆云诃眼锋凌厉，心头没来由地发出一阵不安的跳动，但纵然心中再不安，可是他脸上还是一片冷然：“现在出去。”

“好，只要小王爷将这碗药喝下去，我立刻离开。”梁神医笑容满面地道：“昨天小王妃不是说药效不好么？小王妃是真的在乎小王爷呢，明明小王爷这么多天来都不吵吵着疼了，可是小王妃还偏偏不满足呢，既然如此，那我就只能听从小王妃的要求，给小王爷改动一下药量，也好让小王爷早日康复啊。”

你会有这么好心？穆云诃瞬间警惕起来，这家伙口口声声不离洛芷珩那丫头，有什么目的？这碗药绝对不能喝，梁神医也是无利不起早，又将这碗药都归咎到洛芷珩的身上……

电光火花间，穆云诃忽然明白了，但也被自己的想法惊得仿若被雷劈了！

这碗汤药一定不是什么好东西，弄不好就会让他丧命，而他口口声声带着洛芷珩，当着满屋子下人的面，这是要害死洛芷珩啊，一旦他服用了这药死了，那洛芷珩就难辞其咎！好恶毒的心思！

可穆云诃即便发现了不对劲，但也无法挣脱。

梁神医已经在跟前，小喜子他们不仅不阻拦还满眼期待，穆云诃只差大吼出来让人将这个骗子拉出去咔嚓了。眼看着梁神医亲手将药送到他嘴边，还温和地说道：“小王爷快点张开嘴，将药喝了，你的病很快就会好了，快点张嘴啊。”

这是催命药！穆云诃满眼凌厉，攥紧的拳头下一刻就会推翻那碗药……

该死的洛芷珩，你怎么还不来！

“来，喝下去吧，马上就不会再痛苦了。”梁神医笑眯眯地靠近穆云诃，那骨节分明的大手也伸向了穆云诃瘦得尖锐的下巴。

穆云诃满眼的冰冷掩藏着他的恨意与警惕，让梁神医也不能看破他的内心，但梁神医看出了穆云诃抗拒这碗药，如果是一个正常的病人，会抗拒能救命的药么？不会的吧，莫不是这小子发现了什么？

梁神医就这么一恍惚的瞬间，就觉得一股巨力忽然从身后撞来，他完全没有防备地被这一撞，撞得身体一个踉跄，手中那碗药便毫不意外地飞了出去，落在地上，支离破碎的瓷碗再难收回。

梁神医看着他精心配制的药竟然就这样没了，穆云诃还一口没喝，气得横眉冷对，转身就要怒吼……

而他身后已经有一个惊恐带着哭腔的声音先发制人了：“天啊！我做了什么？我撞着谁了？我、我不是故意的，我只是太着急了没看清眼前还站着个人啊，啊！竟然是梁神医么？你真的在这里啊，我是听他们说你来了才赶忙跑来的，呜呜呜，梁神医拜托你快点帮我看看眼睛吧，眼睛好痛啊，看不清东西啊。”

穆云诃眼底的冰冷紧绷瞬间退散，莫名地此刻听到那聒噪的声音竟然觉得也不是那么讨厌了。他看向及时出现的洛芷珩，眼里就带了自己也不知道的笑意。

洛芷珩此刻一身狼狈，披头散发的，眼睛上确实有些红肿的样子，眯着大眼睛凑近梁神医，道歉又哀求，就是不提那碗药的事情。

梁神医气得恨不得一巴掌拍死眼前这个女人！她绝对是故意的！她还能更睁着眼睛说瞎话么？冷声道：“你知不知道你犯了大错了？你打翻了我给小王爷精心熬制的救命药，小王爷如果因为你的原因而没有喝上这碗药，出了任何事情你洛芷珩能负全责么！”

洛芷珩的脸色唰地一下就变了，她愣愣看着地上那还冒着刺鼻气味的破药，忽然一下子扑到了穆云诃面前，伤心欲绝地号啕大哭：“呜呜！小王爷我真的不是故意的啊，我只是昨晚实在是太伤心了，哭了一整夜，哭到早晨眼睛好疼好疼，早上起来就眼睛有点看不清了，我真的不是故意要撞翻你的救命药啊，你一定要原谅

我，你不要死啊，我负不起责任的啊。”

穆云诃嘴角抽搐，看着胸口上毛茸茸乱糟糟的小脑袋，第一次有点哭笑不得的感觉，然而他也忽略了刚才洛芷珩猛地撞到他胸口上的，那一瞬间的沉闷的痛感。僵硬地伸出手轻轻拍了拍洛芷珩的小脑袋，好像拍着小狗狗的头那样，就连声音也轻柔了许多：“为什么伤心地哭？”

很奇怪的，明知道这女人在演戏，她说的话又气人，穆云诃也没有闲情逸致和她一起演戏，但是听到她那个借口，想到她那红彤彤的眼睛，穆云诃就鬼使神差地问了一句。

洛芷珩差点咬到舌头，心里大骂：你就说你不会生气不会怪我就好了，问那么多干什么？姑奶奶不需要你的友情出演啊！

但她却很乖巧羞涩地哽咽道：“因为、因为人家想了你一晚上，已经两个晚上没有在你身边了，我好想念你，可是我好害怕我回来了又会惹你生气，所以、所以我只能一个人躲在床角落里抱着被子哭啊，被子都哭湿了好大一坨……”

胸腔莫名地溢满了一种可能叫做笑意的情绪。穆云诃勉强拉下嘴角，不让人看见他上翘的唇角，可是他低头，眼底就有笑意和戏谑流淌而过。

这个小丫头，她还能更扯一点么？哭湿了一大坨哦？她怎么不说她的眼泪能将整座王府淹没呢？还思念他？真思念他就不会昨晚跑出去了。穆云诃磨牙，对洛芷珩这个蹩脚又自打脸面的理由感到很无奈。

忽然间他有些玩心大起，平静的心底也泛起了一丝调侃的涟漪，平静而淡然地说道：“哦，这么想念本王啊，那今儿就搬回来睡觉吧，本王会让人在你的软榻上帮你多铺上一层被褥的，不会委屈你的。”

穆云诃说完，就看见洛芷珩猛地抬头，那双红彤彤的大眼睛瞪圆了看着他，气呼呼的小脸蛋鼓鼓囊囊的，看上去就很……可爱？不知道会不会轻轻一戳就破呢？穆云诃想着，还真的就伸出手去捏了捏她的脸蛋，恩赐般赏给了她一个类似笑容的表情，大言不惭地道：“别感激本王，谁让本王心软呢。”

一个闷骚的臭男人！她还感谢你？当心晚上她拆了你的床榻让你打地铺！

眼前的小脸上的情绪只有穆云诃一个人能看见，那分明是气愤的、憋屈的、控诉的，穆云诃也知道他现在有点欺负人了，洛芷珩明明就是来帮助自己的，但他就是忍不住想要欺负她，谁让她这么诡诈呢？

两个人之间也太有点旁若无人了，在梁神医和小喜子等人的眼中，这就是让人风中凌乱的打情骂俏啊。

而在生死攸关之际，穆云诃竟然因为洛芷珩的出现而全然放松了下来，似乎有眼前这个女人，一切问题就都不是问题了。穆云诃也发现了自己此刻心情的转变。他诧异地挑起了眉。

忽然穆云诃发现了一个让他很不能接受的事情，似乎他的生命是洛芷珩在保护一般！他一个男人，竟然需要一个女人来保护？穆云诃的脸色瞬间就变了，神色上有些阴翳。

“伤风败俗！本神医不管了，生死你们自己带着吧，不知好歹。”毒药没有下成，梁神医愤怒地拂袖离去。

洛芷珩和穆云诃都不约而同地喘了口气，洛芷珩有点发软地跌坐在床前，后怕地想，她刚才要是晚来一步，这穆云诃不会就交待了吧？

看着下人们要收拾那一地破碎，洛芷珩心中一动，对小喜子说道：“你去抓一只鸟来或者老鼠什么的都行，快一点，小心点别招人眼，这里不用你收拾了。”

小喜子看了眼穆云诃，见主子点头就连忙满心嘀咕小王妃好奇怪地离去了。

房间里的下人们被挥退了，洛芷珩这才愤怒地瞪着穆云诃，小小声地咬牙切齿：“你什么意思？我帮你你竟然玩我？”

穆云诃脸色有点阴沉，捏住她的下巴，玩味地道：“玩你？你有什么值得本王玩的么？”

那目光轻佻而阴冷地在洛芷珩的身上流连，充满了鄙夷与厌恶。

洛芷珩一把打掉他的手，气得坐在软榻上不再理会他。

安静了一会儿，穆云诃莫名地觉得有些烦躁，扫了眼沉默的洛芷珩，终于开口：“你的眼睛是怎么回事？”

洛芷珩就冷笑起来，自嘲地道：“为了要救某个狼心狗肺的大混蛋，我自戳双目，把自己弄得半死不活，结果到头来反而落得一个被玩弄的下场，小王爷，您说我是不是特犯贱？”

穆云诃被噎得脸色难看，狭长的眸子泛着幽冷的光狠狠地看着她：“你敢说本王狼心狗肺？”

洛芷珩也不害怕，继续冷笑：“您可别对号入座，我提名道姓说就是您了？见过捡钱的，没见过捡挨骂的。”

穆云诃冷哼一声，嘶哑的声音里都透着一股子危险：“伶牙俐齿！不继续装柔弱可怜了？你再继续装一下，本王说不定就会可怜你一下，允许你今儿继续滚外面去睡呢。”

洛芷珩没出声，因为小喜子回来了，带着两只麻雀。

“小王妃，王府里没有老鼠，只抓了两只鸟。”小喜子笑眯眯地道。

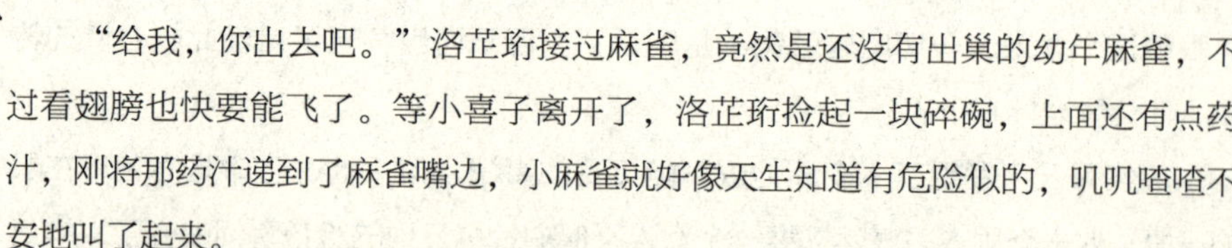

“给我，你出去吧。”洛芷珩接过麻雀，竟然是还没有出巢的幼年麻雀，不过看翅膀也快要能飞了。等小喜子离开了，洛芷珩捡起一块碎碗，上面还有点药汁，刚将那药汁递到了麻雀嘴边，小麻雀就好像天生知道有危险似的，叽叽喳喳不安地叫了起来。

洛芷珩狠下心掰开一只麻雀的嘴，将汤药灌进去一点，刚放下这只麻雀去拿另一只，哪知道这只小麻雀抽搐了几下，然后嘴巴里流出了血液似的颜色，倒在那里一动不动了。

洛芷珩的手一抖，扔下了碎片，没有再去祸害另一只小生灵，脸色严肃看向穆云诃，而穆云诃同样脸色难看。

“好，好得很！竟然这么快就想对本王下手了。”穆云诃的眼底闪烁着狼一般的光，阴狠而狰狞。

洛芷珩同样心惊，但她更加清楚，只怕是那李侧妃等不及了，不然也不会梁神医昨晚刚从李侧妃那里离开，今儿梁神医就来要害穆云诃。得赶快想个办法才行。

穆云诃看着洛芷珩的目光亮得吓人，他的心中忽然出现了一句话：一个女人在男人的一生中会起到关键的作用！女人也同样很重要！

一个好的女人，她可以在危难关头与自己的丈夫儿子乃至家族同进退，共生死，生死不离。一个好的女人，她能够在身边人绝望的时候给予希望，而不是给予打击。一个好的女人，她能够在许多重要的环境中体现出她的价值！

而洛芷珩，这一刻在穆云诃的心中无疑就是一个好的女人。

虽然她诡计多端，虽然她有时候很气人，虽然她偶尔会很难缠和嚣张，但是这个百变的女人此刻却无法掩藏她骨子里的智慧和高贵。

虽然穆云诃的心中还是不喜欢洛芷珩，甚至对于洛芷珩那花花的过去感到厌恶，但不能否认他的心里对洛芷珩是有改观的。可他不能说，他有点了解洛芷珩的模式了，完全是没事了就可以大大咧咧嘻嘻哈哈，外加给点阳光就灿烂，他只有时刻保持阴沉的样子，或许才能时刻看见一本正经温温柔柔的洛芷珩。

虽然心里不知道为什么愿意看见现在这样的洛芷珩，但穆云诃是大家公子，自然也喜欢洛芷珩此刻表现出来的大家闺秀的样子，而不是痞子土匪一样的洛芷珩。

“只要我们坚持，就一定能够有出路？”穆云诃似乎是不确信地呢喃了一句，可是看着她的目光却那么的犀利和急切。

洛芷珩笑，目光坚定而勇敢：“是，只要我们坚持。你和我，我们两个坚持住，就一定能够战胜。”

穆云诃阴霾的容颜终于渐渐拨开云雾，但却断断续续地咳嗽起来，他的身体并不像表面的那么好，身体还是会有痛觉，而且这两天发作得似乎更多了，因为不用梁神医给的药了，而以前的药物也都停下来了，穆云诃现在的身体是没有药物支撑的，不会变好，但也不一定就不会变坏。

洛芷珩连忙给穆云诃拍后背，半晌看他好点了，就拿来了清水给他喝。

“好些了么？要不要吃饭？”因为已经吃了几天的稀粥了，洛芷珩觉得穆云诃现在吃饭应该没什么问题了，毕竟之前他不是不吃饭的。

穆云诃点点头，脸色很苍白虚弱，但好在他已经从牛角尖里走出来了。这一次看着洛芷珩给他喂饭，穆云诃也没有了之前那么激烈的情绪，只是平静地张开嘴，细细地咀嚼吞下。满口的饭菜清香，他已经有多久没有感觉到调味料的味道了呢?

时光仿佛都静谧在这一刻了，两个人好像是多年的夫妻一般，默契地不言不语，一个任劳任怨地喂饭，一个平静地吃饭，期间二人的目光甚至没有交会过，但他们之间缭绕着的一种淡淡的温暖，却是多少年的夫妻也不见得有的!

半晌，穆云诃僵硬的身躯似乎动了一下，灰暗的眸子轻眨，眼底竟然是一种洛芷珩从未见过的光彩流转，充满坚定和生机，拉着她的手郑重地道：“我知道你现在保护我也是想要自保，你别害怕，我穆云诃再不济也是个男人，妻子是我自己的，谁也不能插手来管我、要谁做我的妻子！以前我无所谓，但现在我们既然……咳咳……”

他说着就剧烈地咳嗽起来，脸色在昏暗的房间里煞白煞白的，但他眉宇间的坚韧和怒火却是洛芷珩见所未见的。

“你别着急慢慢说。”洛芷珩急忙扶起他让他的身子靠在她的怀里，他的头枕在她的肩膀上，这般亲昵依偎的姿态，不知何时开始二人之间竟做得如此默契和自然。她为他顺气，见他好了一点，便想去拿一杯水来，岂料却被穆云诃紧张地抓住不得动弹。

穆云诃艰难地仰着头看她，目光里满满的愧疚和浓浓的决绝：“你放心，我必不会让你流离失所，被人唾弃的。只要我穆云诃还活着一日，你洛芷珩就必定是我的王妃，谁也不能让你下堂而去！”

他说得郑重而坚决，那双没有经历过世俗的眼，干净得叫人心颤，那般纯净的眸子里是浓浓的愧疚与歉意，还有他穆云诃说到做到的承诺，让人无法忽视的明亮和坦荡!

他们本无情爱，只是命运的锁链让他们纠缠在一起，他们各取所需，所以才有合作，他们只为了彼此扶持，因为这般便可在逆境绝境中活下去！

他们……本来是两个毫不相干的人，他们的命运到最后就是分道扬镳。若真有那一天，他们还依然庆幸地活着，那么他依然是高高在上的小王爷，而她，必然是潇洒离去的下堂妇。因为这是她洛芷珩的选择，是她的希望。

可是这一刻，看着穆云诃竟然想到了她的未来，而如此的郑重承诺，这般的维护和纯善，却让洛芷珩在那一刻不知所措起来。

他虽然平日里霸道又冷傲，沉闷还嘴巴坏，但在关键时刻，他总能第一时间想到他身边人的安危，他不是个自私的男人，也可以说穆云诃根本就不知道自私是什么。他是一颗明珠，奈何被疾病埋藏在尘世的角落里，无人能看到他的好，他的善，他的心慈与单纯！

洛芷珩有幸得以窥见，却充满了罪恶感，咬紧牙关，她实在难以言语胸口那因为穆云诃这一刻的维护而蔓延的惊慌。

穆云诃并不知道洛芷珩的想法，他只看见了这个让他依靠的丫头难看的脸色，僵硬的身体，还有难以言语的哀愁表情。心，便如刀绞一般隐隐作痛起来。

她对他有恩，纵然心中他们是互相扶持的关系，但她付出的比他要多。就他现在这个无能的身体而言，冲锋陷阵的事情必然全是洛芷珩来做，就此一项他穆云诃便是大大地亏欠洛芷珩的。

虽然有时候讨厌她的诡计多端变脸哭嚎，但这些都不能抹杀洛芷珩在他生命路口带来的希望和帮助。

穆云诃第一次用很郑重的目光看进她的眼，冰冷的大手明明无力却努力地紧紧握住她的手，虚弱的声音明明断断续续，却给人一种掷地有声的霸气："你相信我！我一定不会让你失望的，不管未来我究竟如何，这个家里与你，没有休弃！！"

没有休弃！不休她，不弃她！她会永远是他的妻子！他作为一个男人，能给这个与他同甘共苦、在他最难的时候也不放弃他的女人的唯一一个保证！谁也不能让他成为一个负心汉，就算他们没有感情，但她仍然是他的恩人，谁也别想让他穆云诃成为一个忘恩负义的无耻小人！

"穆云诃！"洛芷珩的声音有点喑哑，他的声音让她心惊。

穆云诃打断了她的话，第一次对洛芷珩笑了，那笑在他俊美苍白的脸上仿若不可触碰的傲视雪莲，纯净洁白的虚真似幻，美得惊艳，美得不真实。他说："穆云诃给洛芷珩一个承诺好不好？我们之间永远没有休弃，只有丧偶！"

若我死了，便是丧偶的你，也会依然是穆云诃的妻子，王府名正言顺的小王妃，就算穆云锦继承爵位，他也必须要叫你一声嫂嫂，这个王府，只要你还一如既往地坚强，便谁也不能让你下堂！

洛芷珩，我能给你的，便只有这一个虚无的但能保护你名节不被人唾弃的名分了……

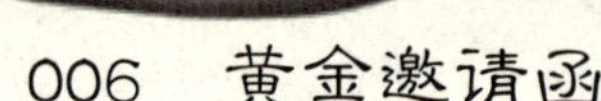

006 黄金邀请函

洛芷珩的喉咙发紧，一句话也说不出来了，她知道，这个误会大了，本来以为他们之间互相利用完了之后，也能痛痛快快地分道扬镳，哪知道穆云诃竟然是这样一个死心眼的男人。

但是不可否认，穆云诃能够在关键时刻放下成见来维护她，并且给她这样一份贵重的承诺，若洛芷珩不是死过一次的洛芷珩，若洛芷珩是这个时代真正的女人，那她一定会感激涕零地点头答应了。

但可惜，她不是啊！

她是见过洋墨水的女土匪，她习惯了自由自在的生活，她不可能一辈子被窝在王府里只能看到这一片天空。

可是这一刻，面对这样心思单纯直白，一心只为她好，害怕她为了未来而担惊受怕的穆云诃，洛芷珩什么话也说不出来了。未来，似乎变得很渺茫了！

“洛芷珩，你别害怕，就这件事情，你相信我，我一定能保护好你的。”穆云诃见她脸色变幻，以为她还是不信，便有些着急，只是他性子沉稳，倒也不会表现得太多。

“洛芷珩，你相信我么？”穆云诃心头萦绕的是浓浓的烦躁和不安，他在知道这件事情之后的第一反应就是不能对不起洛芷珩。而后就是震怒和着急。虽然洛芷珩有的时候挺烦人，但也不能毁了她。

“嗯，我相信你。”洛芷珩难得温顺的回话，两个人就这样依靠在一起，他在她怀里，她环着他的胸口，柔柔地说：“可是这些都是你们猜测的事情，我们现在不要庸人自扰了好不好？也许事情……并不是你们想的那样呢？他们没有理由，怎么可能随便就休了我？”

洛芷珩说得有些违心，天知道她有多想离开这里，可是奈何她现在不敢说，就怕一心火热为她谋算的穆云诃一怒之下再气死。

穆云诃沉默了，静静地和她依偎在一起，这短暂的安宁，她柔软的身体，香甜的气息，竟然让穆云诃奇迹般地平缓了那胸腔里的怒火和莫名不安。眼睛里也清明了，好半晌他才说道：“你说的对，也许是我庸人自扰了，这件事情先放下，我会交代下去，以后谁敢欺负你，只要我活着，定严惩不贷！”

“嗯。”洛芷珩想要将他放在床上，穆云诃就冷冷看她，有那么一刹那穆云诃是不想离开她怀里了。

“小王妃，这个房间还打扫么？”小喜子战战兢兢地进来悄声道。

洛芷珩一瞪眼：“打扫啊，怎么不打扫！”

“可小王爷他……不肯动地方啊。”小喜子都快要哭了。

洛芷珩转身就看见穆云诃正一脸阴冷地看着他们，洛芷珩真想大笑三声，她再多变也比不过穆云诃啊，前一刻还单纯干净得让人心疼呢，这一刻却冷酷不近人情得叫人恨！

“房间要打扫，很快就会收拾好的，我扶你起来先去其他房间休息好不好？”洛芷珩用很温柔的声音商量道。没办法，刚才穆云诃还那么维护她，她不能翻脸就不认人啊。

穆云诃也为洛芷珩刚才受委屈而内疚呢，此刻洛芷珩又太难得的软玉柔声来劝，他就抹不开脸去拒绝了。虽然对于下床去外面很反感，还有一种莫名的恐慌在，但他不能让洛芷珩看出来这些。

“嗯。”冷淡地哼了一声，和刚才那么热心耿直的男子简直判若两人。

洛芷珩忍着没笑出来，小心又谨慎地扶起他，小喜子给他穿鞋，却被穆云诃踢了一下，他冷着眉头看洛芷珩：“你给本王穿。”

洛芷珩撇嘴，但还是蹲下给他穿鞋。穆云诃的眼底这才闪过一丝笑意。

扶他起来的时候，穆云诃差一点没跌倒，洛芷珩的眼底瞬间蒙上一层灰白，她知道穆云诃不是故意的，他是真的身体虚弱得没有太多的力量来支撑他站着了。

小喜子想来扶着他，却被他一个犀利的目光钉在了原地。

洛芷珩就吩咐道："你不用管了，我扶着就行了，你赶快带人收拾好了。"

洛芷珩将穆云诃修长的手臂搭在肩膀上，整个人在穆云诃腋下好像撒娇般地抱着他，一手穿过他的腰身搂紧他，一手抓着他搭在她肩膀的手，扶着他站好了后，洛芷珩差点没哭出来。

这小子怎么这么高？

穆云诃就这么将自己全部的重量都交给洛芷珩，看着她吃力地扶着自己往外走，表情像一只受了委屈的小狗苦巴巴的，就觉得可爱。虽然辛苦，但她却不多说。两个人肌肤相亲，这么亲密无间，让穆云诃不自觉地勾起了唇角，目光也柔和了许多。

天黑前打扫好了房间，眼看着洛芷珩换了睡裙要躺在软榻上休息了，穆云诃憋了好久，终于没忍住低声地哼了一句："你、要不要过来床上睡？"

洛芷珩抬脚上榻的动作一个趔趄，她回头惊讶地问："你说啥？"

穆云诃白得透明的脸上闪过一丝滚烫，眼底有懊恼流动，猛地闭上眼，声音阴晦："没什么！"

哪知道他刚说完，洛芷珩几乎是冲过来的，一下子跳上床，躺到了他身边！

二人瞬间四目相对，穆云诃冷酷也没有掩藏住他的目瞪口呆和鄙夷，洛芷珩却不在乎，笑得好像吃到肉的小狐狸，理直气壮地说："你别瞪眼，这可是你主动让我来的，不能反悔！我们打勾勾！"

看着她那得意洋洋翘起来的小手指，穆云诃磨牙霍霍，他该不会是又上当了吧？

洛芷珩有多执着，从她一直举在眼前的小手指就能看出来。她眼巴巴地看着穆云诃，就是为了打勾勾这种幼稚的举动。穆云诃心头翻滚着一种名叫压抑的怒火的东西，他都不知道自己为什么要将这股怒火压抑着，爆发出来就好了，像以前一样，将这个狡猾的女人踹下床去，冷漠对待。

他闭上眼睛，掩藏住内心因为这具热乎乎香喷喷的身子带来的躁动和莫名不安。

洛芷珩却格外执着，她又靠近了穆云诃一点，胸口几乎碰到了穆云诃的手臂，她软软地笑道："小王爷大人，求你了，就和我打勾勾呗，这样人家才有安全感嘛。都说打勾勾之后就要说话算话的，这是承诺。"

他如此孱弱，她还怕什么呢？调戏无罪的！

穆云诃被她软绵绵的声音，热乎乎的气息弄得心里面也蹿起了火苗，但那不是其他带有色彩的火苗，而是怒火！

真是狗改不了吃屎！这死丫头竟然又在这发情么？她是不是又要将她那对待其他男人的招数用在他身上？还是说她正在用色眯眯的看别的男人的目光看他？她又要像那天晚上一样对待他了么？

真是受不了！穆云诃全身冷冰冰的，只觉得鸡皮疙瘩都起来了。他霍地睁开了眼睛，微微侧头看着她，暗夜中他双眼明亮得吓人又幽冷："你要是不想睡觉就滚下去，别让本王再让人来将你送出去。"

洛芷珩嘟嘴，这男人就这一点不可爱，一点不知道取乐和玩笑。

一夜安眠，艰难地睁开眼，眼前放大的就是一颗毛茸茸的小脑袋，那满头乌亮的长发仿若上等的绸缎一般铺落在软枕和他的脖子肩膀上，痒着他的心。

穆云诃嘴角抽搐，这女人竟然像一只大狗一样整个人都骑到了他的身上！穆云诃几乎吐出血，怪不得感觉这么重呢。

明明看上去没有几两肉的，怎么会这么死沉死沉的？

他调整着呼吸，一边不客气地拍着她的脸颊，但她就是不清醒，还叽里咕噜地不知道在嘟囔些什么，穆云诃一推她，她不动。

"唔！"陌生的触感，来得又突然又放肆，穆云诃忍不住地因为那触感而全身一个激灵，低哼一声。他睁开眼，眼底有些湿润还有些怒气，用尽力气也推不开这个死丫头，最后他发狠了，一手掐在了洛芷珩的脸蛋上，微微用力，那柔嫩的小脸蛋就被他辣手摧花地捏出了坑。

"嗯疼！"洛芷珩迷迷糊糊地哼哼着，小手用力地拍下了脸上带来疼痛的东西，然后整个人一拱身子，小屁股撅在床里面，身子倒是都从穆云诃的身上离开了，但那颗小脑袋却一直在他的胸口，小脸还自动地钻进了穆云诃的衣服里。

姿势暧昧，气氛朦胧。

穆云诃哭笑不得，也不知道是该生气还是该嘲笑她了，竟然被掐了还能继续睡。可过了一会儿他就笑不出来了，洛芷珩均匀的呼吸灼热地喷洒在他的肌肤上，带来的是一种燥热感，穆云诃并不知道那是什么感觉，只觉得胸口里似乎有一股火从那出发，蔓延全身，最后全身都是一种快憋死了的感觉，他找不到宣泄口，全身紧绷，难受得脸都发红。

该死的！究竟是怎么回事？好奇怪的感觉。为什么洛芷珩的呼吸和触碰会让他这么难耐？心里面痒痒的，全身都憋得发疼的感觉，可他为什么会有这种感觉？他不会是又患了其他的什么疾病了吧？

穆云诃对天发誓，他现在要是有力气的话，一定将洛芷珩这个变脸小狐狸给一脚踹下去狠狠地践踏，太邪恶了这个女人！让他全身难受不说，醒来了竟然还一

副受委屈的表情。她睡得满身舒服，他却浑身僵硬。

“滚下去，立刻！”

洛芷珩的眼泪一下子就盈满了眼眶，她不顾一切地爬到了穆云诃的身边，不理会穆云诃嫌弃又冰冷的目光，可怜兮兮地摇晃着他的手臂期期艾艾地哭道：“你是最善良的小诃诃了，你忍心看着你可爱漂亮又娇弱的小媳妇儿睡在冷冰冰的软榻上么？你一定不会舍得我离你而去的是不是？”

穆云诃的脸色一阵惨白，实在是被洛芷珩那惨绝人寰的自夸给恶心到了，更忍无可忍的是他的手臂……

实在忍不住了啊！穆云诃心里平息了一下怒火，才没让自己怒吼出来，而是哆嗦着切齿道：“别摇了，手、手木了！”

洛芷珩一下子停住手，木了？再看穆云诃那要杀人的表情，和无法抵赖的袖子上的口水证据，洛芷珩郁闷了。这一定又是她的杰作了。立刻闭嘴，麻溜滚下床去。

丫头一看见洛芷珩坐在那里，眼圈立刻就红了，孩子似的快速跑到洛芷珩的面前，拉着她的手想要将洛芷珩拽起来，还焦急地喊道：“小姐快点，咱们去抢回来您的嫁妆，那些都是将军为您准备的，将军以前就说过的，那都是夫人留下的遗物，都要给您的，不能让那个丧门星拿走，她不配！”

洛芷珩很诧异乖巧的丫头怎么会这么激动？一问之下才知道，竟然又是流言蜚语惹的祸。

你们都应该听说过吧，曾经的洛二姑娘可是被这洛大小姐给欺负惨了呢，就连这王府的好亲事当姐姐的都要来抢，啧啧，洛家什么家教啊？这样的女人也配当王妃？

哎哟，你可别一竿子打死一船人。洛大小姐是怎么样的咱们不说，可那洛二姑娘那可真是仙人心肠的，心慈面善，经常用自己的体己钱开粥铺接济穷人呢，而且听说啊，就算这洛大小姐将二姑娘欺负得让人痛恨了，二姑娘依然维护洛大小姐，那样的心胸，只怕这天下都是少有的了。

洛二姑娘之前被洛大小姐给打成重伤，这才一直没有出来，就连过几天举办的一年一度的才艺打擂，二姑娘都拒绝了邀请帖子，一定是因为那一身的伤而无缘参加了呢。真是太可惜了，要不是二姑娘今年身上有伤，那今年咱们穆王朝的才女第一名必定还是洛二姑娘啊！这二姑娘可是从小到大一直蝉联第一才人的美名呢。

二姑娘又漂亮又聪明，文武全才，这般透秀之人，可惜生在了那样的家庭中，也不知道谁才是丧门星，除了惹祸看男人，她还能干吗？把个好好的二姑娘给祸害得哦……

也是这个理，老天有眼，虽然二姑娘吃亏了，但是那嫁妆却应该全是二姑娘的了。大小姐抢了人家的姻缘，顶替人家嫁入了王府，那自然就要接受二姑娘的嫁妆，至于大小姐的嫁妆嘛，那就理所当然的归二姑娘所有了。

一直被洛芷珩拉住一只手的丫头红了眼圈，道："那个女人才不好，一点都不好，她是个坏人，是她在害大小姐！"

"这有什么好生气的。"洛芷珩好笑地拍拍丫头，心里却暗自思索。

丫头气呼呼地出来，有些怨气地质问道："主子他们那样污蔑您，还说那个丧门星的好话，您怎么也不生气呢？"

洛芷珩好笑地摸摸丫头的脑袋，问："既然流言都出来了，当然要去看看流言里面那个被欺负的主人公了。"

丫头立刻说道："二姑娘啊？"

为自己斟一杯茶，明知道阴谋开启算计来临的洛芷珩，却仿若全局都了若指掌一般淡定自若道："傻丫头，说对了。"

她换了身衣服，就带着刚才那三个仆人，留下丫头保护穆云诃，要出门。

穆云诃看她换衣服，忍了好久不想和她说话，但看她也没有主动交代的觉悟，便很别扭又冷酷地问道："你要去哪？"

洛芷珩卸下一身杀气，眨眼间就是那个纯洁可爱的小姑娘，但她的恶趣味让她这一刻不能继续对穆云诃那么柔顺，她故意用阴沉而嫉妒的目光看着穆云诃，酸溜溜地说道："回去看看我那个妹妹，你那个差一点就迎娶进来的小妻子呗。"

她抓起穆云诃的手，不顾他的僵硬，温柔地一根一根地掰着他的手指，瞪眼看他，阴森森地笑道："她似乎对没有嫁给你怨念很深呢，刚才不就恰巧有人来说了那么多维护她的话么？她现在好可怜好柔弱的，我这个抢了人家丈夫的亲姐姐，怎么的也要回去好好地安慰一下我的亲妹妹不是？怎么，小王爷有没有什么话要转告给那位……被我这个程咬金硬生生拆散的你那无缘的新娘啊？"

穆云诃知道她故意这样说的，但他还是觉得难堪，洛凝霜什么德行他都不知道，无缘的新娘，这个比喻好，既然无缘，那就彻底绝缘好了，怎么还会惹到洛芷珩？看洛芷珩这炸毛样，虽然在笑，但他就觉得这一次她是真生气了。蹙眉，穆云诃对那个无缘的新娘生起了一股厌烦。他很不喜欢洛芷珩刚才身上那若有似无的阴戾气息，而这股气息显然是那个能整事儿的洛凝霜挑起的。

抽回手，冷漠地躺下，平静地说道："别把那些莫名其妙的女人往我身上安放，谁认识她是谁。你要去就去，午饭之前回来，今儿你伺候本王午饭。"

可真无情啊！对差一点成为他女人的人竟然如此冷漠。不过洛芷珩却控制不住地勾起了嘴角，没个正经地道：“就冲你没有色欲熏心，我今儿一定回来伺候大爷您用午膳啊。”

说着她还轻拍了穆云诃背对着她的翘臀一下，撒欢似地逃跑了，背后是穆云诃中气不足但杀气十足的怒吼声：“洛芷珩！”

你敢调戏本王！！

可能是有了之前洛芷珩的一番闹腾和震慑，此刻洛芷珩离开王府，那道大门倒是很顺利地就离开了。坐着马车来到将军府，当她站在那森严的将军府大门前的时候，不禁还是有那么一刹那的恍惚。

这个地方是曾经的洛芷珩生活的地方，虽然不属于她，但她还是有那么一丝的依恋的。而将军府因为没有男主人在，现在只剩下一个没有出阁的二姑娘，所以大门紧闭，但奇怪的是一旁的小门竟然是开着的。只是她却被两个下人拦着不让进了，说是要通报了洛凝霜才行。

只听一个柔和的声音轻飘飘地响起：“发生了什么事情？”

洛芷珩的目光唰地看去，就看见戴着一条骚包白色面纱的洛凝霜，正被人搀扶着，仿若杨柳一般柔软地摇晃而来，身边还有两个穿戴得贵气逼人的中年妇人。

洛芷珩后牙槽霍霍地磨，眼底蹿起的火苗还没来得及掩藏，那洛凝霜却再度开口，浓浓的惊讶，清楚的惊吓：“你、姐姐！！您怎么回来了？”

洛凝霜清清楚楚地表现出了见到洛芷珩的惊恐，骤然停住脚步，身体明显僵硬了起来，声音也楚楚可怜地带着颤音，与之前的温柔细语有明显的区别。

好能装啊！

洛芷珩冷笑着问：“怎么，我是不能回来么？这里难道不是我的家了么？我出嫁了就不是洛家的女儿，就不姓洛了么？”

洛凝霜似乎被洛芷珩盛气凌人的连连质问惊到了，好一会儿她才紧张地连忙摆手，急切地解释道：“姐姐为何要这样说？您是父亲宠爱的女儿，就算您出嫁了，这里也一直是您的家啊，霜儿绝对没有不想让姐姐回来的意思，姐姐不要误会霜儿好不好？”

洛芷珩冷笑出声，这女人的戏也太假了吧，不过她既然要演戏，那她自然奉陪到底了。

“我不误会别人，我只看事实！这两个狗东西，是你安排的人吧？竟然连我也不认识了，还敢阻拦我不让我进去，我问你，这个家，你洛凝霜什么时候成了女主人了！”洛芷珩目光带着令人压抑的凌厉，字字句句都带着倒钩一般，能将人的脸面给连皮带肉地钩起，她够狠，完全不留情面！

可她说的也是实话，她洛凝霜，什么时候也不会是这个家的女主人！

虽然她很想成为这个家的女主人，掌控这个家，证明给那瞧不起甚至从来不在乎她的父亲与兄长看看，她洛凝霜绝对不比洛芷珩这个贱人差！

手按住胸口，洛凝霜用这样受伤的姿态，来掩藏她几乎要压制不住喷薄而出的愤怒与仇恨，她掩藏在面纱之下的容颜是扭曲的，但她露在外面的眸子却充满了委屈，泫然欲泣地看着洛芷珩，分裂的姿态做得恰到好处，刚刚好够给身旁那两个贵气的妇人看清楚。

那二位的眉头轻轻蹙起，略带隐忧地看着洛凝霜，生怕这个柔弱的女孩子经不起对面那强大而蛮横的攻势，就此倒下。她们也看了洛芷珩一眼，只这一眼，便充满了令人窒息的威压与凌厉，她们的目光似乎是百炼成钢的剑，一眼便能叫人体无完肤般的凌厉狠辣。

这是两双经历过残酷血腥的眼，更是两双被世俗历练出来的眸子。这两个人绝对不简单！

洛芷珩终于注意到了那两个人，虽然觉得她们的目光厉害，但她却没有丝毫惊恐惧怕，反而毫不畏惧地迎了上去，坦坦荡荡地就那么看进那二人的眼，趾高气扬，嚣张狂傲。

她如此作态，反而让那二人一愣，但却没有显现在脸上，收起了所有情绪，也不说离开，这便是一种态度了，站在洛凝霜那边的态度！

她们是谁？竟然觉得她们有能够伸手参与将军府家务事的能力么？

"姐姐，我知道一直以来我们之间总是误会很深，可我一直没有想过争夺什么啊，这个家我不是女主人，也永远不会是，你在的时候家里你说了算，你不在了，还有大哥呢，大哥以后要娶妻的，他的妻子才是这个家的女主人。姐姐为何对我的误会就是这样深呢？"洛凝霜闭口不提那两个奴才，只是委屈地咬住了洛芷珩的话头。

洛芷珩忽然有一种很荒唐的感觉，这个洛凝霜，从一开始的替嫁，乃至于以前各种的受苦遭遇，她似乎总是苦情戏中的女主角，牢牢地占据着道德和受害人的制高点，让她四周的人要不就是对她同情怜悯，要不就是她的忠实拥护者，她总是对的，总是值得人更加爱重的那一个。

而洛芷珩呢，从小到大，虽然说是被父亲宠爱长大的，但却一直困在洛凝霜制造的各种各样的苦情戏的恶人角色中无法脱离，她永远是害人的那个，永远是被指责和唾弃的那个。她好像无法咸鱼翻身了，以至于时间长了，洛凝霜有丝毫的委

屈和不妥，人们就会条件反射地将一切的错误归咎到洛芷珩的头上来。

到底这场苦情戏中，谁才是真正无辜和被冤枉的人呢？

洛芷珩闭上眼再睁开，脸上露出了毫不掩饰的张狂和得意，完全是没有心机的白目样子，理直气壮地指着那两个仆人说道：“你说你不是女主人，那他们为什么第一眼看见我的时候那么恭敬？他们叫二小姐的时候可是完全将你当主子的了，甚至还下跪，可他们在知道我不是你的时候，露出来的那种表情，你不要以为我真的傻不知道，那是看不清和鄙视对不对？”

“你以前就是这样，总让我去你房间里，我也没有多想，可是我一从你房里出来不是哭就是生病，明明我去你房里的时候你都好好的啊，现在我才明白过来，你原来是在陷害我啊！”

洛凝霜的脸色唰地一下惨白。

“姐姐！你怎么说我都可以，我不会和你计较的，但是请姐姐说实话好么？我已经因为和王府婚事的事情而名声有污点了，您这样的话就是在将我往死里逼啊，妹妹哪里对不起姐姐啊？父亲和兄长的疼爱，妹妹从来都不争不抢的，从小到大，你有多少东西我从不羡慕，也从不要，为什么你就是看我不顺眼呢？”洛凝霜泫然欲泣，哽咽地说道。

她还不经意地看了那二人一眼，见她们还是一副没有表情的样子，心里就没底了，这两个人可是贵人，万不能让她们不喜欢她。洛芷珩这个贱人，真是她的克星的！

洛芷珩却像个愣头儿青似的，一点不掩藏心中的想法一样，完全表现在脸上，说话声更大，更愤怒：“你装什么柔弱啊？我以前是真的以为你很可怜的，所以你让我干什么我都会干，多看美男几眼不也是你找人教我的么？我以前还不知道你为什么要这样教我呢，现在我明白了，你就是想要毁了我的名誉，好来衬托你的圣洁是不是？”

洛凝霜的瞳孔骤然紧缩，猛地抬起头来看向洛芷珩，眼底有那么一刹那是掩藏不住的杀机与惊怒。她心中只有一个想法，洛芷珩，她怎么会知道这件事情的？！以前派去引领洛芷珩走下坡路的人，她都已经处理了啊，死人是不会说话的，所以一定不会有人告诉洛芷珩这件事情的，但她怎么会知道？

是谁！究竟是谁透露了她的这个秘密？！

洛芷珩紧盯着洛凝霜，她不过是顺口胡说，这件事情她一直觉得奇怪，一个小孩子从小就喜欢一件东西，而且还打破了陈规世俗，这本来就说不过去，将军父亲就算再纵容她，也不会不管教她的。那她怎么还会在爱美男这条不归路上走得那么顺畅？

必定是有人在背后推波助澜，甚至是有人故意让她走下坡路，从小就开始这样引领她，长大之后她自然而然地就长歪了。但谁能有那么高瞻远瞩的目光呢？洛芷珩一直是怀疑，记忆中也有些模模糊糊的人似乎给她看过美男的画册什么的，所以今儿她才当真事给说出来了。她认为能做到这件事情，又有动机的，除了洛凝霜就没别人了。

但洛凝霜那是什么表情？震惊，愤怒，慌张，又不可置信？！

该不会，真的被她给说中了吧？洛芷珩眯起大眼睛，再看的时候洛凝霜已经恢复了那柔弱样，甚至更加的柔弱。她又看了那两个贵妇人，洛凝霜已经不止一次看向那两个人了，可见这两个人在她的心中十分重要。

那两位妇人听到洛芷珩这话，平静无波的脸上终于掀起了一丝疑惑与讶然，他们先看了洛芷珩一眼，而后又看洛凝霜。

洛凝霜心中一颤，立刻提高了声音哭道："姐姐你不要血口喷人！你从小就是那个样子的，父亲怎么说你都不听的，我那个时候也还是个孩子啊，我怎么可能让人去教你这种不正经的东西！"

"你骂谁不正经！你知道什么是不正经啊？还是说你骨子里也是个不正经的东西！"洛芷珩立刻大声反驳，看着洛凝霜气得不轻的样子，洛芷珩就露出一副吊儿郎当的得意样，依然是没有心机地将所有情绪都摆在脸上，她就是故意要让那两个人看清楚，曾经的洛芷珩就是这样的没心机。

"我、我……"洛凝霜恨不得骂死洛芷珩，但她现在一句话也不能多说，说多了她就不是弱者了，就不值得可怜了。所以她要忍耐，必须忍！

"你什么你啊？别和我扯那些没用的，我警告你，这两个人刚才可是阻拦我不让我回家的，他们既然是你的人，那就一定是得到你的命令才敢这样对我的啊，你最好立刻将这两个不长眼的混蛋给我处理掉，以后谁再敢在我面前指手画脚的，我立刻活劈了她！我老子还没死呢，这个家还是我老子说了算，谁再敢骑到我头上来，他就直接去战场找我老子听候发落去吧。"

洛芷珩噼里啪啦一顿说，清脆的声音在安静的将军府门里显得格外诡异，但没有人敢反驳，正如她说的，这个王府的主人，是洛格！只要洛格一日不死，那将军府里洛芷珩就是主人疼爱的娇女儿。

这二人都是灵透之人，他们的心思更是这两个身份不同来历神秘的双生姐妹不能比喻的，他们历练出来的眼睛，一眼就能看透一个人，虽然眼前这姐妹二人让人看不太透，但这洛芷珩却绝对不是传说中的那么不堪。这么多年的谣言必定其中

有猫腻，但，这和她们无关。二人明亮了一瞬间的眸子再度恢复平静。

可洛芷珩让她们认定她单纯没心机的目的已经达到。

洛芷珩的目光凌空与洛凝霜交错在一起，刹那间，火光四射，厮杀成片！

洛芷珩笑眯眯地道：“我这次回来，就是想听听二姑娘的说法，那个什么留给我的嫁妆，到底是怎么回事？听说，二姑娘想要将属于我的嫁妆占为己有？”

洛凝霜差一点被洛芷珩这扭曲原话的本事气个趔趄！她更觉得今天真的是个灾难日，竟然在这二位在的时候，洛芷珩这个丧门星找上门来。

“姐姐说什么呢？我怎么不明白？”洛凝霜只能装傻。

洛芷珩也很淡定地装傻：“你不明白？那我就更不明白了啊，这究竟是怎么回事啊？听说你要出嫁的话，就会带着父亲母亲给我的嫁妆，这不是你的意思么？不然外人怎么会知道得这么清楚？”

真想立刻让人杀了洛芷珩！！

洛凝霜暗自磨牙，僵硬地笑道：“我真的不知道这件事情的，关于我们的流言蜚语一直就很多的，姐姐也不用太过于计较的。”

“怎么能不计较呢？我一直就是个自私自利又恶毒的人啊，母亲留给我的东西，父亲准备给我的东西，谁也不能染指分毫啊！谁敢动我的东西我砍死她！”洛芷珩故意恶狠狠地说道。

洛凝霜就一个哆嗦，也不知道是被吓的还是被气的。其他人也觉得寒气从脚底下往上蹿。

不过一转眼，洛芷珩就笑眯了眼睛道：“本来嫁妆的事情我根本就没想到的，要不是流言提醒我，我还真忘得死死的了。你想要占有我的嫁妆，我是不相信的。你洛凝霜不是一直无欲无求的么？还经常用自己的体己钱施粥，不过我很好奇啊，你哪来那么多的体己钱啊？”

她又很大度地说：“当然，我知道你一定是不会想要占有我的嫁妆的。既然我已经嫁给了小王爷，还是公开的了，就别管其他的事情了，咱们人都换了，那嫁妆自然也要换回来，我明天就让人来抬我的嫁妆，再将你的嫁妆给送回来，你放心吧我不会贪你的东西的，但是我的东西要是少了一件，我也不答应哦。”

洛凝霜怎么可能心甘情愿地将嫁妆给洛芷珩，她就是要借着这件事情来打压洛芷珩的，而她早就算计好了，洛芷珩一定会上钩，甚至最大的可能就是受不了刺激而打上门来抢走嫁妆。甚至她故意在今天让人放出流言去刺激洛芷珩，就为了让这二位看见洛芷珩的暴行。她的目的就是要塑造一个蛮不讲理自私自利的洛芷珩。从而让洛芷珩麻烦不断，被舆论压死。

但她没想到洛芷珩竟然自己大方承认她是自私自利的人，还理直气壮来要嫁妆，还提出交换回来嫁妆，这在以前的洛芷珩是绝对不会做出来的。洛凝霜已经暴躁得想要砍人了。事情是按照她的想法发展的，但又偏离了她的设计，怎么回事？

压下烦躁，洛凝霜道："姐姐，这是件大事，我们需要从长计议。"

"你婆婆妈妈的干什么？该不会是真的不想还给我吧？"洛芷珩目光一下子就阴森森的，一脸气愤地怒道。

"不是的，只是当初礼单上的嫁妆就是送过去的那些，现在抬出来再送回来的话，恐怕姐姐会被人议论的。"洛凝霜温柔地说道。

洛芷珩不耐烦地道："我不怕议论，因为你，我身上的议论还少么？再说了我只是拿回属于我的东西，谁爱议论就议论去。"

洛凝霜还要开口，但那两个一直当木头人的贵妇人终于开口了，其中一人和气得仿若没经历刚才的事情一般，对洛凝霜笑道："二姑娘，我们这就告辞了，还请二姑娘再好好考虑一下今年第一才人的参赛，毕竟每一年你都是参加的，今年若参加的话很有可能蝉联十届第一才人的殊荣，这可是不可错过的绝佳机会啊，若不参加就太可惜了。"

洛凝霜的眼中瞬间水润一片，难过得垂下睫毛，不受控制地轻轻摸了摸面纱下的脸，那动作不言而喻是在暗示她的伤心和不能参加，是因为这张被揍得鼻青脸肿的脸。而这张脸，是洛芷珩的杰作！

那二位贵妇人表情就隐隐难看，她们这么多年来就没有遇见过洛凝霜这样的奇葩，琴棋书画样样精通，歌词诗赋也都擅长，就连舞蹈也令人赞叹。这样一个全才女子，还能够每一年都获得第一才人的头筹，简直是个奇迹。

但眼看着今年洛凝霜就能让这个奇迹变成神话，可偏偏出了这档子糟心的事情。她们是第一才人大赛的承办人，她们不属于穆王朝，但她们身后的势力是不可轻视的。若真能在她们手中出现第一才人百年来的第一个蝉联十届第一才人的奇迹，那她们在族中的身份地位自然要水涨船高，但很可惜，今年因为洛芷珩她们的期望似乎要泡汤了。

按照她们的身份，不可能三番两次如此郑重地来邀请洛凝霜参赛的，但她们还是来了，可来了之后还遇见洛芷珩这个狗见了都嫌的人。二人脸色难看，也不再多言了，就要告辞。

洛芷珩刚才就支棱着耳朵听，第一才人大赛她可是听说了，洛凝霜现在是在暗怪她让她参加不了么？看着那两个人看她的目光都带着冰冷和怒气，洛芷珩咧咧嘴，说了一句："二位是来找人参加那个大赛的啊？她要是不去的话，我去给你们

充个人数怎么样？”

二位贵妇的脸色一下子就青了。眼中有掩藏不住的鄙夷流露，就你？也想参加第一才人大赛，简直是做梦！二人连理会都没理会她，径直地往前走。

洛芷珩本来只是随口说一句的，可是被人当空气了，她就有些不服气了，一个破大赛而已，至于这么狂，这么瞧不起人么？她冷笑道：“要是我能让洛凝霜参加你们那个大赛的话，我的要求就是你们让我也参加，你们也不同意？”

二人的脚步一下子顿住，面无表情地看她，但眼神却流露出疑惑。

“姐姐不要！我今年是绝对不会参加的，眼看着大赛就要开始了，我、我的身体实在不能完全恢复，不能给大赛拖后腿啊。”洛凝霜焦急地说道，但心中却已经心动了。她太清楚洛芷珩这个脑残，其实什么也不会，除了整日里想美男，哪还能有什么才艺？去了的话必定就是出丑，到时候王府里洛芷珩的身份一定更尴尬，还可以通过这个鲜明的对比来让人看清楚，她洛凝霜比洛芷珩高贵厉害。

而且洛凝霜肯定，这一届的第一才人大赛，只要她洛凝霜参加，那么第一名就一定还会是她洛凝霜的！

到时候孪生姐妹，两个第一，不过洛凝霜是真正的头筹，而洛芷珩一定能够会是那个尾巴上的第一，场面一定很精彩有趣呢！

“你真能说服二姑娘参加今年的比赛？”其中一个妇人问道，表情是不相信但又不甘放弃的。如果真能说服洛凝霜参加的话，那给洛芷珩一个名额也没什么，反正到时候丢人的是她自己。而洛凝霜就不一样了，第一才人这个赛事有百年之久，他们族人在各个国家都有举办，这已经成为了族人们在各国的比赛了，多一个强者加入，就多一分胜算。

“当然！我是她姐姐，我说让她去，她就必须去。”洛芷珩理直气壮又霸道地说道。

那二人嘴角抽搐，她是真的太二，还是太自信了？但下一刻她们就傻眼了。

洛芷珩故作任性地问洛凝霜：“我让你去，我想参加那比赛，你去不去给个话吧。”

她知道，洛凝霜一定会答应。因为这是一个在洛凝霜眼中她自掘坟墓的事情，还能高抬洛凝霜，洛凝霜必定会同意。而她也想通过这个什么比赛，打压一下这个自以为是的妹妹。

洛凝霜迟疑了一下，怯生生地看了眼洛芷珩，终于委屈又强烈不情愿地点头了：“好吧，如果姐姐非要我参加的话，那我答应。”

真是个愿意立牌坊的婊子啊！洛芷珩在心里感叹，也许她土匪的想法恶毒粗糙，但洛凝霜明明愿意答应的，偏要弄出一脸被人强迫的表情，着实虚伪恶心。

那二人便笑起来："好好，二姑娘答应就好，那过几天我们就候着你了。"说完又看了眼洛芷珩，表情淡然眼底不屑地道："也等候大小姐参加了，邀请函会送到穆王府上的。"

"你还舍不得那两个人走啊？你们过几天就能见面了，不需要如此留恋的。"洛芷珩慢悠悠地说道，瓷茶杯盖被她故意敲出很大声，粗鲁的模样。

洛凝霜收回目光，再抬头，眼中已经有了泪光，她战战兢兢看着洛芷珩，是惧怕和敬畏的姿态，恭敬而小心地道："姐姐，今天的事情都是霜儿不好，请姐姐不要生气好不好？不管怎么样，霜儿还是想要劝告姐姐，那个第一才人大赛，真的不适合姐姐，那比赛其实也没有什么，但是……"

"但是什么呢？"洛芷珩冷酷地打断了洛凝霜，粗暴地摔了茶杯，瓷杯支离破碎水花四溅中她的声音尖锐而喷着怒火，指着洛凝霜的鼻子嚣张大骂："你少在这教训姑奶奶！少用你那套假仁假义在我面前！你以为我真不知道？你不就是害怕本小姐在那个大赛上拔得头筹，抢了你的风光？你害怕我太厉害，我一出现你就完全没了用武之地？你害怕你这第十个第一才人的荣誉，会因为我的横空出世而彻底丧失？你怕输给我丢人！"

洛芷珩大言不惭地每质问一句，洛凝霜面纱下的嘴角就不可控制地狠狠抽搐一下，到最后，洛凝霜觉得自己的整张脸都快要麻木了。

她心中升腾起一股不知道是生气还是嘲笑的情绪。怎么会有这么不要脸的人？怎么会有能将狗屁不是的自己说成全能才女的人？洛芷珩有几斤几两整个穆王朝无人不知，那就是狗肚子装不下二两香油的货色。

洛芷珩会写字，但不愿意读书；会舞刀弄枪，但绝对拿不起针线；会吃，但不会做；会美，但品位庸俗。琴棋书画样样不懂，诗词歌赋样样不通，舞刀弄棒就行，舞蹈会不会摔掉大牙扭伤老腰就不一定了。

就这样的人，竟然还敢在她这个全才女子面前如此洋洋得意，大言不惭？她究竟是哪里来的这种比城墙还要厚的脸皮和自信？

可是，越是这样的洛芷珩不就越好么？永远不知道自己的丑陋和缺陷，所以永远都只是丢人现眼的货色！攥紧了拳头，洛凝霜心中有种恨不得才艺大赛快点到来的欲望了，在才艺大赛上，当着整个穆王朝的人，甚至是整个天下人的面，打败洛芷珩，战胜洛芷珩，甚至远远超过洛芷珩！让那些瞧不起她的人都看一看，她洛凝霜是多么优秀和厉害。

所以洛芷珩，你现在就狂傲吧，就嚣张吧，你今日多么猖狂，来日你就会死

得多么凄惨！

洛芷珩嘴歪眼斜地看着洛凝霜，隐藏在痞气邪恶之下的犀利目光，并没有错过洛凝霜眼中偶尔的精光闪闪，虽然不知道洛凝霜在想什么，但洛凝霜能如此平静，势必就是对那个才艺大赛很期待和稳操胜券了。估计还在幻想着怎么让她洛芷珩出丑吧？

洛芷珩嘴巴一努，究竟是什么让洛凝霜这么有自信啊？端坐在那里，似乎就有一种其实在告诉洛芷珩，第一才人大赛的第一名就是她洛凝霜！这种诡异的感觉让洛芷珩忍不住想，会不会是之前那两个贵妇提前给洛凝霜透露题目了啊？不然洛凝霜怎么好像一副一切了若指掌的感觉呢？

“这个大赛，能不能作弊？”洛芷珩忽然没头没脑问道。也没了之前的剑拔弩张，还露出笑脸坐在洛凝霜的身边，变脸之快，简直让洛凝霜应接不暇。

洛凝霜没想到洛芷珩会这样问，心里咯噔一下子，连忙垂下眼帘，声音很轻：“当然不能，每一年的大赛都会由主办方出题目，每一年都不一样的，而且出来的题目也是只有在比赛当天才会揭晓，谁也不知道会面临什么样的题目，有的时候就连对手两个人比赛也不知道会轮到什么题目的。如果是自己擅长的倒还好，如果不是，那就……”

如果不是，那就自认倒霉吧，输了也是倒霉。

洛芷珩眨眨眼，这样的比赛模式倒是挺好，但是洛凝霜绝对没有全然说实话，她也不期待洛凝霜的话，不过现在也能明白洛凝霜为什么那么看重那两个贵妇了。那两个人一看在第一才人大赛的身份就很重要，能获得主办方重要人物的青睐，那绝对是只有好处没有坏处的。这洛凝霜果然很有心机。

“姐姐，这比赛看似简单，但实际上很残酷的，你还是不要参加了好不好？不要因为嫁妆一时赌气而让自己难过好不好？你这样我好难过的。”洛凝霜忽然说道，这话，听上去合情合理，毕竟洛芷珩就是为了嫁妆而发怒的。但再仔细一想，就不是个味儿了。

什么叫为了嫁妆而一时赌气？

这是在给洛芷珩上眼药呢吧？洛芷珩眨眨眼睛，她要上那个才艺大赛其实一开始的目的只有一个，那就是当着全天下的面，展示嚣张一面，让人清清楚楚知道，洛芷珩是坏，但她坏在了明面上，她是一个没有心机的人，再在那个大赛上给洛凝霜找找茬，恶心恶心她，那洛芷珩就可以功成身退了。

就算是亲妹妹，胆敢算计她，也是要付出惨痛代价的！

而洛芷珩却心情大好，笑眯眯地回到了王府，可是刚一进院子，房间里就传来了瓷碗落地的破碎声，还伴随着穆云诃断断续续的怒吼：“滚出去……”

洛芷珩面色大变！

洛芷珩沉着脸连忙进屋，可房间里的一切却让她愣在当场。

本以为是有人趁着她不在的时候来伤害穆云诃的，可是眼前这一幕谁能告诉她是怎么回事？

穆云诃正伏在床上，整个人看上去都很虚脱，昏暗的房间里，他的脸色在被汗水浸湿了的发丝后若隐若现，高挺的鼻梁上有显而易见的晶莹汗珠，鼻翼在激烈扩张着，无力的样子看上去格外羸弱，喉咙里那粗哑的喘喘声，可以想象他此刻很痛苦。

而丫头正一脸惊恐地站在角落里，小喜子已经跪在了地上，脸色惨白。地上是凌乱泛着刺鼻味道的汤药！

洛芷珩心中咯噔一声，因为房间里没有除此之外的外人，所以她很快稳住心神，走向穆云诃的同时轻声说道：“这是怎么了？你们两个怎么惹小王爷生气了？”

穆云诃听到洛芷珩的声音，灰暗愤怒的眸子不自觉地明亮了起来，他侧过脸来看洛芷珩，但汗湿了的长发将他那张俊美的脸切割成了多层层次，那双眼在凌乱的发丝后面竟然有一种极具侵略性的狂野与狠劲。还有那么一丝丝让洛芷珩忽略不了的……委屈！

洛芷珩的心肝不受控制地抖了一下，脚步就是一顿，但她不能否认，因为穆云诃那不明显的委屈目光，她心软了。

一边暗骂自己不争气，一边脚步更快地靠近他，特意忽略那碗药坐在穆云诃身边，她伸手去扶他的时候，穆云诃的大手已经战抖着伸了过来，毫不迟疑地两只手就紧紧握在了一起。洛芷珩的瞳孔就闪过一丝凌厉，攥紧了那只包裹着她手掌的潮湿冰凉的大手。

她动作自然流畅地将穆云诃扶进了她的怀抱，穆云诃也毫不犹豫依靠在了她的身上，洛芷珩转换了位置，坐到了穆云诃的身后，让他靠在她的怀里舒服一点。

他们两个人的动作默契流畅，不带一丝一毫的迟疑和商议，简直天衣无缝得仿若演练过千百万次了，那么契合，那么依赖彼此。

洛芷珩在穆云诃耳边，用只有两个人能听见的声音安抚似的道：“我回来了，放松一点，有我在。”

如此简单轻盈的一句话，却让穆云诃有种劫后余生的安慰和安全感。仿若只要这个女人在他身边，他才可以安然无恙，肆意畅快。不知不觉间，她竟然在他的生命中扮演了如此重要的角色了么？

穆云诃想，总有一天，洛芷珩今天这句话，要换成他来对她说，多期待，有一天，他穆云诃也会是洛芷珩的依靠。

洛芷珩用帕子仔细而轻柔地给穆云诃擦去脸上脖子上的汗水，一边抬头，目光锐利地扫了小喜子一眼，而后才继续看着穆云诃，淡淡地道："小喜子你来说，你怎么惹到小王爷了？你难道不知道小王爷需要静养，不能动怒么？"

小喜子委屈死了，却不敢表露半分，只能小心地道："奴才知道，都是奴才不好，但奴才是看到吃药的时间了，小王妃又不在，奴才不敢耽误小王爷吃药，这毕竟是头等的大事，所以才会端进来伺候小王爷服药，哪知道……"

小喜子扫了一眼眼前的破碎药碗，心中暗叹可惜，这样一服药就这样没了，主子也越来越古怪了。

洛芷珩眼神一冷，感觉到穆云诃轻轻点头，便知道小喜子所言不假，应该是这二愣子怕穆云诃不肯吃药身体不好，多劝了几句，穆云诃发现躲不过去才会发怒的，那碗药，多半是穆云诃打翻的。

还真是千算万算总是有漏算的。以为自己掌握了这个小院子，却忘记了这些穆云诃天天"要喝的药"。

"你记住，以后小王爷说什么是什么，你不得反抗，你要记住你是小王爷的人，小王爷痛快你才能痛快。还有以后这小王爷的药你不准插手，我会安排我奶娘来亲自为小王爷熬药的，你下去吧。"洛芷珩慢声细语地道。

洛芷珩还要说什么，奶娘已经带着丫鬟送饭菜和药了，这些都是刚才就做好的了，所以很快。洛芷珩挥退了所有带着惊叹又佩服的目光的人。

"他们怎么用那样的目光看你？"穆云诃不解。

洛芷珩骄傲又自谑地哼哼道："你要是换成我，天天在充满药味的房间中吃饭，他们也会用那样的目光看你的。"

穆云诃就不说话了，心里面忽然就愧疚，看着洛芷珩一口一口饭菜吃得欢快毫不介意，他的心里竟然泛起了一种不为人知也不自知的温馨感。

有一个女人，在他最低潮和无路可走的时候，坚定地和他在一起，接受他一切的不好与缺点，忍受因为他而带来的所有坏环境，甚至，她还愿意包容他。这，算不算也是一种上天的恩赐？

患难不相离！

这一刻，穆云诃那颗只有母亲、只为母亲而活的心，忽然间生出一股细碎微小的感动与激烈的愿望，他想，就算为了洛芷珩这么努力和这么多的牺牲，他也要好好活着，努力好起来。这一刻，他也想为洛芷珩，而活！

洛芷珩端着汤碗来他面前，见他正一脸温润地看着她但明显走神，便恶趣味又起，故意将脸靠近他的面前，忽然大叫道："回魂啦！"

穆云诃被吓得猛地一抬手，却不小心打翻了洛芷珩手中的汤碗，热汤全都洒在她细嫩的手上，她疼得尖叫，小脸都变色了。

穆云诃也面色巨变，看着那通红并迅速红肿起来的手背，穆云诃的惊呼都是哆嗦且惊慌的："阿珩！"

穆云诃一句惊呼，让疼得尖叫的洛芷珩瞬间仿若被卡住了一般，没了声音，愣愣地看着穆云诃，就连她的手被穆云诃抓过去了他都没有躲闪，只是惊讶地问："你叫我什么？"

穆云诃正焦躁地看着她的手，根本就没有心情回答洛芷珩的话，他着急的心情是不假的，那一瞬间他甚至恨不得这热汤是烫到他的身上，看着她细嫩的小手一片红肿，穆云诃觉得嗓子眼都有些发干，猛地对外面怒吼道："小喜子快去找大夫来！"

小喜子匆忙跑进来，又连忙跑出去，可能是和奶娘说了，奶娘也匆忙进来，看到洛芷珩的手，吓得惊呼一声，连忙就跑出去了，再回来的时候已经端了一些大酱来，小心翼翼地涂抹在她的手背上。

洛芷珩疼得眼泪吧嚓的，虽然是有点疼，但她难免有故意的味道，哼哼着，眼角还斜着穆云诃，见穆云诃在她每一次哼哼的时候，脸色就难看一分，她心里不知道怎么就有一种快感，虽然她这是有点自作自受，但能让穆云诃也跟着难受倒也不错。

大夫是去府外请来的，大夫来后，将洛芷珩的手洗干净，看过就给她留下一瓶疗效很好的治疗烫伤的药膏，说不严重，过几天就好了，不会留疤。穆云诃这才放下心来。

洛芷珩一边给自己涂抹药膏，一边似笑非笑地斜睨着穆云诃，见他一双好看的眼一直停留在她的手上，便戏谑地道："我受伤你很紧张嘛，你该不会是心疼我吧？"

这句话来得太突然，杀伤力也是巨大的，对于情感上一片空白的穆云诃来说，冲击力也很大。他想也不想地立刻就否认道："本王紧张你？再没有听过比这个更好笑的笑话了！"

洛芷珩突然窜到穆云诃面前，眯着眼睛睫毛长长翘翘的几乎要刷到穆云诃的眼睛上，她目光里包藏着戏谑和不信，语调悠扬轻快："你别狡辩了，你若是不紧

张我，刚才那脸色会那么难看？你若是不心疼我，会那么着急让小喜子去请大夫来？你若是心里没有我，会在那种时刻那样叫我？别以为我没有听到，你刚才……叫我阿珩！”

穆云诃的耳朵渐渐泛红，想要逃避这种有洛芷珩气息和包围的地方，但又觉得逃避开了只会让这个女人笑话，只会助长这个女人更加嚣张的气焰，所以穆云诃虽然心跳如雷，但脸上却一片冰冷，硬邦邦地讥讽道：“你太把自己当回事了，自恋也算一种病吧？刚才应该顺便让大夫给你治一治。”

洛芷珩笑容更浓，她怎么就是这么忍不住想要调戏这个男人呢？明明就是个善良的男人，偏要在他面前装出一副冷酷禁欲的模样，他不会知道，他越是这样闷骚，就越招人喜欢，让人恨不得逗弄得他彻底撕裂那层虚假的表面。

她伸手戳了戳穆云诃的脸，也是紧绷的，满意地收到了穆云诃凤眸危险立起的神色，便笑眯眯地说道：“那你怎么会叫我阿珩？怎么会在危急时刻叫出来的？你一定是在心里面叫我千百次了是不是？”

她说得自信满满，是不可一世的猖狂和理直气壮。看得穆云诃牙痒痒。怎么会有这么自恋的女人？而穆云诃的脸色这一次没有不好意思，而是阴森森的。他刚刚情不自禁地就那样亲切地唤她了。

穆云诃的脸色阴沉，就连目光都不自觉地阴沉下来，冷飕飕地扫了洛芷珩一眼，又恢复到了以往那冰冷的模样：“你别在那七想八想的，滚一边去！”

他说完就躺下了，再也不看洛芷珩一眼，也不理会她了。

洛芷珩闹了个没趣，也很莫名其妙，怎么感觉穆云诃的样子突然之间就很暴戾生气？她对着穆云诃的翘臀挥挥拳头，却没敢打上去，没好气地嘀咕道：“就顺着我一下，满足一下我的虚荣心也不行？”

这么一闹腾，两个人都没有了吃饭的心情。也就在这时候，门外传话说有人来求见洛芷珩。

洛芷珩正疑惑呢，谁会来找她？可当她在大堂里看见那雍容华贵的白发妇人的时候，便知道这人应该也是第一才人大赛的人，应该是来送邀请函的。

“这位便是洛大小姐吧，真是久仰。”那白发苍苍的妇人一开口，声音便带有一种很厚重的威严感，让人不由得心生敬畏。温润的目光落在洛芷珩的脸上，微微一笑，说不出的慈祥。

可洛芷珩可不认为一个第一次见面还不认识的人会有多慈祥。

洛芷珩还未说话，作陪的李侧妃已经开口，洛芷珩看得出来的有那么一丝的讨好：“王夫人，这位就是我们王府刚刚过门的小王妃了，这孩子很好，每天都要照顾我们小王爷，没有一点其他的时间，真是个好孩子。”

李侧妃眉眼含笑，是前所未见的慈爱的面容，她看向洛芷珩的目光里都是满满当当的温和，真的好像一位很疼爱晚辈的长辈。而她看向那妇人的时候，脸上就多了一些讨好的笑意。

嚣张阴狠的李侧妃，竟然会讨好一个什么才艺大赛的人？！

洛芷珩感觉很惊奇，同时也感觉很诡异，这李侧妃干什么要那样说？好像说得她很没有时间做其他事情似的，她什么意思？

洛芷珩再一次将探究的目光看向那含笑的妇人，并没有从上面看出来什么。当下也没有反驳李侧妃的话，更好像是完全忽略了李侧妃似的，大大方方地道：“我是洛芷珩。”

这王夫人便站了起来，虽然看上去年纪很大了，但是那一身的做派和气质，在她几乎完美的礼仪中展现得淋漓尽致，看得一旁的李侧妃双眼放光，也让洛芷珩在惊讶之余，对李侧妃更加警惕。

“老妇人王氏见过洛大小姐了。”王夫人说道，虽然头发花白，但那张脸可真说不上一个老字，看上去就和五十来岁的人差不多。

她说的是洛大小姐，而且是两次，不是不尊重，也绝口不提小王妃的身份，而李侧妃却在刚才强调了洛芷珩小王妃的身份，那也是李侧妃第一次在别人面前承认洛芷珩王妃的身份。

洛芷珩敏感地发现了这两个人口中的两种身份，必定存在什么冲突和猫腻。

她连忙还了一个晚辈的礼，是不标准又显得生疏的，但这就是洛芷珩，不管是以前还是现在的洛芷珩，都不熟悉礼仪方面的事情。但洛芷珩却在起来的时候，连忙上前扶着那王夫人起来，举止亲切却不谄媚，自然大气。

李侧妃便趁机开口道：“王夫人见笑了，我们小王妃在家的时候是给娇宠出来的，在王府里我们这些长辈也怜惜她，从不让她来问安，这礼仪方面就难免是生疏的，您可不要见怪。芷珩，还不快快放手，不可无礼！”

好一个不着痕迹的贬低和打压！李侧妃，你露馅了啊！洛芷珩笑眯眯地，也不见生气，也不见慌张，依然是一种无视李侧妃的状态。

别人对她有礼貌，她就会还给人家三分颜色；别人对她无礼，她也可以一笑而过；但别人都骑到她脖子上打她的脸面了，她便会毫不犹豫地打回去！因为给脸不要脸的人，就不需要给她留脸！

王夫人脸上倒不见什么生气或不满，反而和洛芷珩一般的，竟然再一次没有理会李侧妃的话，轻轻地拍了洛芷珩的手一下，笑道：“我只是个送信的人，怎敢

劳烦洛大小姐如此举动？”

她虽然口上这般说，但她却没有因为洛芷珩的身份来搀扶她而有任何惊慌。

洛芷珩察言观色，便知道这人是开心她这样做的，而且尊敬老人她也是愿意做的，便笑道：“您别和我客气，不管您是什么人，来到府上就是客，我应该的。”

王夫人对洛芷珩的没架子和大方感到很开心似的，连忙从衣袖里面拿出一件东西，那东西一出现，整个房间似乎都瞬间被金光照满了一般，晃得人几乎睁不开眼。所以洛芷珩也忽略了李侧妃在那东西一出现的瞬间，眼中的贪婪和狂喜。

好一会儿，洛芷珩才睁开眼，震惊地看着王夫人手中那张金光闪闪的小盒子，说是小盒子，是因为那是个有盖的东西，但周身都是金色，制作得精美华丽，贵气逼人。

这就是那个第一才人大赛的邀请函？不是吧？这么奢侈！

洛芷珩这个爱财的女人，看见那东西也难免心动了，但只是心动，因为这东西必然是她的，所以不需要贪婪，而如果这东西不是她的，那就算再值钱再好她也不会多想一下。

王夫人眼中闪过一丝赞赏，道：“洛大小姐，这便是第一才人大赛的邀请函，今日二位管家回去之后便让老妇人我赶快送来，还请洛大小姐收好了，四日之后便是第一才人大赛的初选了，还请洛大小姐准备好自己的表演项目，到那天，我们会有管家派人来接参赛者的。”

洛芷珩伸出手，刚要接下，李侧妃却忽然有些急切地开口道：“王夫人！我们小王妃每天都要照顾小王爷的，你也知道小王爷身体不好，是真的一时半刻也离不开小王妃的，他们小两口刚刚成亲不久，正是如胶似漆的时候，这一分开就是一天半天的，恐怕小王爷和小王妃会彼此想念呢。”

李侧妃是真的着急，当她知道眼前这个人就是第一才人那边的人的时候，李侧妃的心几乎要跳出来了，她这么多年来也就只参加过一届第一才人大赛，那一次的邀请函就是这个样子的，她现在还保存着，那不仅是一份财富，更是一种尊荣。

只是很可惜，她在复赛上就被刷下来了，而打败她的人，就是王妃！可以说，这个王府里的女人，最尊贵的人就是王妃，因为王妃就是她们那一届的冠军！

这是一口气，憋了太多年，过不去。所以当她知道今天这贵人是来给洛芷珩送邀请函的时候，李侧妃简直震惊震怒得无以复加。

洛芷珩这样的人也能参加第一才人大赛？简直是滑稽死了！她最开始的取笑，到后来就变成了暴怒。洛芷珩怎么可以参加那个比赛？那个简直是给人镀金的比赛，不管最后成绩如何，接到那张价值连城的邀请函的时候，这个人的身份就有了不可忽略的光彩。

李侧妃决不允许洛芷珩参加第一才人大赛！要想办法让她看重的亲侄女也来参加这个比赛，到时候亲侄女嫁给她儿子那身份就更加贵重了。而亲侄女的才艺是有保障的，最起码比洛芷珩强了不止一百倍，必定能在这场赛事上崭露头角大放异彩！那么以后等穆云锦继承王位，她的侄女媳妇也能做一个更有底气的王妃了！

因为名额太宝贵了，她根本也弄不来，所以李侧妃决定要让她的亲侄女来代替洛芷珩参加比赛，至于洛芷珩，这个无能又卑贱的草包，滚一边待着去吧。

王夫人貌似漫不经心地问洛芷珩："哦？洛大小姐没有时间么？"

洛芷珩早就对诡异行为的李侧妃心怀警惕了，所以她一开口，她就知道李侧妃是想要阻止自己参加这场比赛，虽然不清楚原因是什么，但她不会放弃这场比赛的，比赛是她自己要参加的，她有她的目的，谁敢阻拦，揍她没商量！

洛芷珩继续无视李侧妃，手径直伸向那金光灿灿的邀请函，玩味地道："除了照顾小王爷，我现在闲得也只剩时间了，小王爷也是同意我参加的。"

就在洛芷珩几乎要抓住邀请函的时候，李侧妃忍不住一手横过来，就要抓那邀请函，口中严厉地道："洛芷珩你现在可是王府的儿媳妇了，你不再是一个姑娘家了，洛大小姐这个称呼你还能用么？你难道不承认你是王府的小王妃么？你这是在欺骗第一才人大赛的人吧，你有资格参加这场隆重而珍贵的比赛么？"

口口声声都是为了大赛好，好高尚的道德情操。

洛芷珩却很不厚道地笑了起来，她一边笑，一边已经伸手抓住了李侧妃的手腕，一个寸劲，她的手一翻转，李侧妃便觉得手上没了力气，就连那只胳膊都发软了下来，但却不疼，所以她一愣却并没有尖叫起来。

洛芷珩放开她的手，从容地接过邀请函，可是那邀请函的分量，却让她差点没叫出来。

有点重啊！

王夫人好像没看见洛芷珩和李侧妃刚才那一瞬间的争抢一般，笑眯眯地道："拿好了，洛大小姐。"

她依然执着于这个洛大小姐。洛芷珩断定这个称呼才能让她参加这场大赛。

李侧妃几乎气得吐血，她红了眼睛，好半晌才有些忍耐不客气地说道："王夫人，你这是什么意思？洛芷珩已经成婚了，一个成婚的女人可以参加这第一才人的比赛么？你们不会是要破坏规矩吧？"

那王夫人终于好像发现了李侧妃的存在一般，笑眯眯的眼睛也淡然了下来，

平静地说道："成婚了未必就不是完璧之人，未成婚的也未必就是完璧之人，不是完璧之身的未婚人来参加比赛，我们都能给予包容，为何成婚的完璧之人我们却不能给予宽容？"

王夫人这一番话平静淡然，算不上温和却也绝对不犀利。但这话一出，李侧妃的脸色剧变，一阵青一阵白一阵红的，身体都有点发抖的样子，似乎在惧怕什么。

洛芷珩眯眼，对王夫人那句绕口令似的话语感到费解，但却没什么不好意思的情绪。只是很奇怪，这老妇人是怎么知道她还是完璧之身的？

王夫人又对洛芷珩笑道："我虽然在这场大赛里面是一个很微不足道的人，但毕竟我一直为大赛做事，其中大赛的规矩和宗旨，我比李侧妃明白。大赛只看才艺不看人，却并未说成婚的人就不能参加，我们唯一的标准，是这个女子是完璧之身，洛大小姐一看就是个处子。"

"洛大小姐是真的不知道大赛的规矩吧？单凭这一点她就比那明知大赛规矩，却还不顾大赛规矩，将大赛的宗旨践踏在脚底下的人要强。李侧妃，你说是不是？"王夫人意有所指地道。

洛芷珩心思灵秀，眼珠转动间，便有一个答案清晰地跃然而上，将个洛芷珩轰炸得外焦里嫩！

这李侧妃该不会也参加过第一才人大赛吧？难道她参加的时候，已经……不是处子之身了？！不然为何王夫人对李侧妃敌意这么大？不然为何嚣张的李侧妃一句话也反驳不出来？若这是真的，那个什么大赛是怎么知道的？

洛芷珩浑身一个激灵，对待这个第一才人大赛第一次谨慎起来。

李侧妃被王夫人质问得面色难看，最后也许是恼羞成怒了，冷笑起来："说话要有根据的，不要凭空猜测。洛芷珩究竟有没有那个实力参加这个大赛，你我心里都应该很明白，你就不怕她这个什么都不会的人上去了，将穆王朝第一才人大赛的成绩给拉下来？从而成为几个国家里的最后一名？"

王夫人忽然面色严厉地道："我们已经为了多年前的一次仁念而付出了代价了，要不是那一次我们的面相师之前不在，也不会因为错漏一个不洁之人的进入而害了那一届的管家。那个女人现在还能好好活着，就应该感激我们族长当年的仁慈，否则，就凭她以不洁之身玷污了大赛的规矩，她就万死难辞其咎！"

李侧妃就全身一震，再多的话都说不出口了。

洛芷珩知道穆云诃有许多藏书，天南地北的，她回房就开始查找起来，动静大了，穆云诃就不耐烦了："你到底在翻腾什么？"

洛芷珩眼睛一亮，这有一个现成的知识大全啊，她立刻坐到穆云诃身边，将刚才的事情都说了，问："那个才人大赛究竟是怎么样的存在啊？他们竟然能看出来一个女人是不是处子之身啊？还有，李侧妃之前是不是也参加过才人大赛？才人大赛的第一名是不是有很丰厚的奖励啊？"

穆云诃不止是耳朵红了，就连身子也跟着发热，洛芷珩的红唇喋喋不休，但他几乎大脑短路，这家伙竟然将什么处子之身这样的话也敢说出来，她怎么就一点不害臊？

"喂，我问你话呢，你到底知不知道啊？"洛芷珩着急地拍了他一下。

穆云诃没好气地冷哼道："你滚远一点本王就告诉你。"

洛芷珩就听话地往后退了一下，穆云诃缓慢地道："第一才人大赛的背后一直是很神秘的，世上流传的就是说他们是什么很富有的族人，他们是居住在财富之地，拥有金山银山和无数宝石的太阳之地，但没有人知道这个神秘族人的族地究竟在哪里。而他们举办这个才人大赛已经有百年的历史了，他们拥有很神秘莫测的面相师，只需要看女子一眼，就可以分辨她们……是不是完璧之身。"

穆云诃说到这的时候眼底是有羞愧的，娶了她却不能让她成为一个真正的女人，她的心里会不会也难过？

007 第一才人大赛

穆云诃还在为自己的无能而自责，可洛芷珩的一句话却让穆云诃再次恨不得掐死她：“那第一名的话是不是会有很多的奖励？”

如果是的话，那么连续九届蝉联冠军的洛凝霜，该是有多富啊？可怎么还那么穷飕飕的？而一直只想着在世人面前展现自己性格，也警告洛凝霜的她，第一次有了想要拼拼看能否得到第一名，关键在于第一名有啥奖励？

她不在乎自己的名节，和那令人羞于启口的处子之身的字眼，却偏偏在乎那什么奖励。穆云诃心底升腾起一股怒气，但旋即就是一种巨大的无力感，咬牙切齿地道：“你怎么就知道奖励？你钻钱眼子里去了？这么贪财，真怀疑要是有一天有人用钱财诱惑你，向你来买本王，你会不会为了钱就将本王也给卖了！”

“当然会……”洛芷珩大脑在那一瞬间是短路的，见到穆云诃刹那间铁青的脸色，她话锋一转，谄媚地给穆云诃捶腿，悠扬而严厉地道：“当然会将那个敢来买你的人立刻杀无赦！谁也不能玷污我纯白无瑕英明神武俊美无敌的小诃诃……”

穆云诃被她表里不一夸张虚伪的言辞给弄得浑身不舒坦。尤其是那句百转千回从她口中出来的嗲声嗲气的“小诃诃”，简直肉麻死了！他板着个棺材脸严厉要求：“以后不要叫本王什么小诃诃，恶心死了。”

洛芷珩连忙点头，可却一点没往心里去，依然谄媚地给他捏腿，又问：“那你告诉我究竟有没有什么奖励啊？”

穆云诃没好气地道：“不知道！”

“你怎么会不知道？你故意不告诉我！”洛芷珩立刻翻脸，谄媚什么的都见他大爷去吧！

穆云诃凌厉烦躁的气势就弱了下来，心口一阵阵发闷，对于她的变脸之快，毫不掩饰而气恼，只能妥协。

这女人果然是他的克星！

“没有人知道每一年的第一才人大赛的奖励究竟是什么，但确实有奖励。不过大赛有规定，第一名的奖励是不准公开来的，凡是第一名将自己的奖励公开了，会遭到大赛的追杀！这是一项危险而充满诱惑力的比试！要参加的人不仅要有实力，而且还要有勇气，否则就是个出丑。至于那奖励，很多人都猜测，那奖励绝对……很丰厚。”故意嘲讽地说着，穆云诃冷冷地扫了眼她一眼，见她满眼放光，就恨不得掐死她，可不可以不要这么肤浅和直白？

“有奖励，那洛凝霜还在那里装得好像很贫困似的。”

但现在看来，洛凝霜很富有嘛，就算没有将军府的支撑，洛凝霜在哪里也绝对吃得开，但这么多年来，没有人因为洛凝霜是第一才人连续九届冠军的事情而大做文章，她虽然在外有很好的名声，但这一点却并没有什么风声，这很奇怪。

而穆云诃紧接着就给了她答案：“第一才人大赛就和它背后的势力一样的神秘，第一名的奖品不知道是什么，也不准泄露，而他们还有一个古怪的规矩，那就是不准参赛之人用第一才人大赛来做文章，不准她们用这个来炫耀，否则同样会遭到追杀。而且他们杀人完全不掩饰、不留情、不放过！凶狠得好像强盗。不过就算大家表面上不说，但实际上这个才人大赛还是一个镀金的赛事，有些女子的婚姻因为才人大赛而一夜之间变凤凰。”

穆云诃说到这的时候，表情竟然变得奇怪而嘲讽，还有一些荒凉。

洛芷珩注意到了，立刻熄灭了她的熊熊爱财之火，小媳妇儿似的继续为他捏腿，软软地说道：“你别不开心，我参加这个大赛完全不是为了自己出人头地，我是在为我们的生存打前锋，我们身边的危险太多了，不知道什么时候就会冒出来个某某某，说他是什么人，和我们有怎么样的仇恨，然后各种陷害危机和死伤。我们防不胜防。”

洛芷珩的目光忽然变得锋利起来，就连语气也是正经而肃然的：“与其这样让人觉得我们是软弱可欺的，倒不如我站出来，给他们展现强势的一面，让那群蠢蠢欲动的人都不敢轻易有所动弹，我们来一个敲山震虎，为自己争取一点时间，

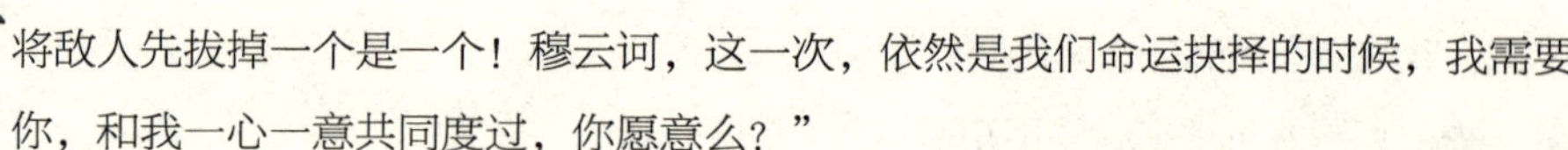

将敌人先拔掉一个是一个！穆云诃，这一次，依然是我们命运抉择的时候，我需要你，和我一心一意共同度过，你愿意么？”

穆云诃狭长的眸子里也没有了平常的情绪，变得幽深而清明。他眼中的这个女人，虽然顽劣，虽然可恶，虽然变化多端，但她却是真正要和他一起活下去的人，他知道她顽劣嬉笑的表面下是一颗玲珑心，她所有的决定必定是有目的的，那么，他有什么理由不答应么？

和他一起走下去，未来就有希望，明天就有光明，他不会再孤单地在黑暗中默默死亡！

骨节分明的大手不受控制地覆在她的手上，入手是一片柔嫩细凉，在炎炎夏日里，她的手冰凉，原来她也是会紧张的。

心情忽然就变得明快和喜悦起来，似乎洛芷珩这难得的紧张，都让穆云诃很有存在感，一种同样也是被洛芷珩需要的存在感。

“好！我和你一起，什么妖魔鬼怪都要为你让路，不让路的，我们就一起冲过去，杀过去，总会是……我们在一起的。如此，便不怕，就不惧！”

她听见他清润的声音，缓缓地，节奏感强烈地跳跃在胸膛上的，坚定而诡异地说道。那是一种誓言般的宣告，充满了强大得令人振奋到血液沸腾的力量感！如此强烈！

洛芷珩眉眼含笑，那张精美的容颜上，也因为穆云诃这难得的认同和窝心的话语而露出一种淡淡的温润的笑容。

他们彼此对望，满眼都是彼此。他们手掌相握，传递的是一种彼此扶持的力量。

似乎有什么在他们之间变得不一样了，那曾经尖锐的棱角，在彼此扶持中慢慢地被磨合得变得细化，也许还不温润，但却已经触手不痛。

洛芷珩开始了紧张的准备，但准备之前就是了解这场大赛的比赛过程规则和过往的比赛项目，因为这大赛的独特性，每一年都不是固定的题目，虽然说是琴棋书画，但琴棋书画诗词歌赋各种才艺是参赛人都要会的，可是大赛却只会抽出其中几样去考。

而洛芷珩的各种能力，让穆云诃恨不得大骂滚出去，别在本王面前丢人现眼了！

怎么会有这么一无是处的女人啊？就连最基本的女人应该会的女红，洛芷珩也不会，拿着棍子打人的时候那么牛哄哄的，怎么拿一根针就这么费劲呢？

洛芷珩不仅女红不行，厨艺更是……糟糕得惊人，差点没将厨房给点着了，吓得奶娘连忙将她推出来小心地说，实在不行咱就在院子里搭个简易的灶房？

洛芷珩灰溜溜地回到房间里，穆云诃一副“我早就知道会这样”的表情，还冷嘲她道：“又失败了吧？你干脆放弃吧，就你这样真的去了，只会让你更丢脸。”他这种完全瞧不起人的态度刺激得洛芷珩更是越战越勇。放下勺子拿起画笔，这一次她的姿态倒真是有模有样，就连穆云诃看见她那拿着毛笔，站在案牍之前提笔而立的身姿，都有一种天人合一的美妙韵味。

但，当洛芷珩一幅画做完之后，穆云诃当场翻脸，手上的书朝着洛芷珩就砸了过去，怒吼道：“你简直是在糟蹋乌龟！”

洛芷珩灵活地左右躲闪，小脸像个小花猫似的，嘟着红润润的小嘴，一脸洋洋得意很不苟同地摇晃着一根白嫩嫩的手指说道：“不，你应该说，这只王八有幸落在我的画纸上是它的荣幸！”

“你怎么不去死？自恋死的！”穆云诃无力到绝望，有气无力咬牙切齿着倒在了床上。

洛芷珩眼底闪过一抹狡黠，得意地一挑眉，转身放下画纸，眼角却凌厉地捕捉到了窗户下面一闪而逝的那道黑影，嘴角勾起讥讽的笑。心中了然，但接下来的准备，将十八般武艺都轮了一遍，结果却更加惨无人道，惨绝人寰，惨烈收场。

当洛芷珩将一曲魔音弹奏完成之后，满眼期待看着穆云诃的时候，穆云诃被魔音荼毒得只剩下了半口气，躺在床上气若游丝地给予她最终评价：“一无是处是你，毫无作为是你，不学无术是你。除了那不知道从哪来的让人牙疼的自信，你还有什么？”

洛芷珩却并不气馁，一副完全不在意，只要我去那第一就是我的姿态，狂傲得着实令人浑身抽筋。她还大言不惭地说：“你别担心，咱们现在是临时抱佛脚，还有最后一天的时间，这佛脚注定没啥效果的，你还不如让我好好休息，到时候你就等着我忽然有如神助，大放异彩，在赛场上杀他个落花流水片甲不留吧！”

穆云诃哭笑不得，她到底哪来的这么好的心态？怎么就不知道愁啊？

而这几天他们做各种练习就房门大开，一点不隐瞒别人的样子，所以洛芷珩的各种出丑和无能也很快传开了。不仅是这个院子里的人知道她的愚笨，就连李侧妃也知道了。

“她真的这么……不堪？”话是疑问句，但语气中的相信和幸灾乐祸是不假的。

婆子道：“回娘娘，是这样的，奴婢这三天一直在看着他们，他们也从不掩人耳目，小王妃将小厨房给点着了，作画就画了一只乌龟，女红也将一根针给弄折

了，还有，弹琴也很……不堪入耳。”

李侧妃笑得花枝乱颤，然后就是一脸她早就知道会是这样的表情。不学无术一无是处么？穆云诃你形容得还真是太对了，不过你这个媳妇儿还是有一点可取的地方的，那就是很二，二到明明什么也不是，明明什么也不行，却竟然还能觉得自己天下无敌了。

可恨的是她还是没有弄来一张邀请函，邀请函弄不到，就让她觉得自己很委屈和失败，她李芳菲怎么能是个失败的人呢？现在眼前有个现成的邀请函，她自然不能放过。

“花开，去将本王妃的百宝匣拿来。”想起洛芷珩贪财的样子，李侧妃忽然道。

百宝匣拿来打开，房间里都明亮了起来，李侧妃在里面挑挑拣拣，能放进这里面的东西，哪一样拿出来都价值连城，她都不舍得，但最后她还是拿出来了一对镶嵌着从西域进贡来的黄宝石的凤凰簪子，还有一串极品暖玉制成的项链。

为了儿子以后的妻族更加的尊贵，为了让洛芷珩落马，她不得不在洛芷珩那个蠢货面前卖一次笑脸。

洛芷珩在穆云诃睡着之后就睁开了眼睛，扫了一眼满屋子琴棋书画的狼藉，嘴角含笑，再看一眼大开的房门，眼底满满都是讥讽。

你们知道潜入敌人，难道我就不知道要混淆视听？一无是处的我，有的是不害人但也不能被人害的心机！

这场大赛来得太突然，她准备的时间不多，但也可以了。她这个女土匪的出身是大家闺秀。大家闺秀会的是什么？她都会，当然，除了女红和厨艺，她喜欢吃，不喜欢做。

她，有太多的牵挂和不能放弃！那就勇往直前地树立一个目标，往前冲吧。不留退路，便不会后悔！就一定能够斗出一片生机来！

眼底是温润的目光，静静落在穆云诃有些红润的脸上，没有了那些毒药的伤害，有了饭菜的滋润，他的气色一天比一天好，虽然还很虚弱，虽然还很危险，但不怕，只要他们两个一起努力，就一定都会好起来的，她一定能想到办法彻底救治穆云诃的。

活不过二十岁的那道催命符，必须破除！

“小王妃，李侧妃来访。”门外婆子低声说道。

洛芷珩眼皮唰地抬起，冷锐的目光一闪而过，她故意等了一会儿才慢慢开口：“请进来吧。”

能让李侧妃如此屈尊降贵的，只怕只有那一封邀请函了吧！

讥讽的笑从她的嘴角一闪而逝，李侧妃已经进来，仿若没有看到那满地满桌子的狼藉物件，径直朝着床前走来，声音温和地道：“可是打扰你们小夫妻休息了？你们感情这般好，只怕是分开一会儿都要难受了吧？”

李侧妃不请自坐，挑着眉的动作依然是高高在上的，看着他们在床上衣衫凌乱的样子，嘴角的弧度若有似无。

就算躺在一张床上又能怎么样呢？到底穆云诃也是不能完成那人生大事的，洛芷珩就是想当个真正的女人，也不行呢！守活寡，多可悲。

洛芷珩一脸娇羞地侧躺在穆云诃的身边，爱恋无限地看着他熟睡的脸，目光痴缠中大咧咧透露着毫不掩饰眷恋的情深似海：“我是一刻也不能与他分开的，以前并不知道未来会有一个男人，让我如此牵肠挂肚，让我如此痴迷不已，只要能在他身边，哪怕让我一辈子吃素，我也甘之如饴。”

李侧妃的嘴角一抽，下意识地就摸摸脸，洛芷珩这个回答太诡异了，她该不会是看出来刚刚她内心的想法了吧？

“你对小王爷如此好，我这个做长辈的看着也是开心的。我们轻声说话，别打扰到小王爷休息。”李侧妃笑道，而后便开门见山地道：“我来也不是什么大事，听说你最近过得很痛苦是不是？其实那个第一才人大赛也不算什么的，你去是不是也就是为了玩？先不说你去参加那大赛了能否有名次。就看看你现在，你要是去参加的话不仅仅很辛苦和疲惫，还要和小王爷每天都分开，你觉得这值得么？”

洛芷珩一歪头，大眼睛里流露出一种很迷惘的神色。

李侧妃见有门，立刻说道：“你愿意和小王爷分开么？哪怕一会儿？你对小王爷的感情这么深，一定舍不得对不起？更何况你还……不精通比试的这些东西，你去了也不一定就能行，反而还可能会连累小王爷跟着没面子，你舍得小王爷被外人议论的时候说不好的话么？”

洛芷珩猛地从床上跳下来，利落干净的动作充满杀气，她居高临下凶残地道：“谁敢议论我的小诃诃，我就砍死他！”

李侧妃的身体猛地往后一仰，洛芷珩那瞬间便凶残的模样真吓到她了，缓了一口气李侧妃更加温和地说道：“是是，可是最管不住的就是人嘴啊，你就是真的杀了一个，那还有另一个说呢，你能杀得过来么？”

洛芷珩目光凶狠地道：“那我就把最先说小诃诃坏话的人大卸八块了，然后一块块地都吊在城门口上示众，告诉那些说我小诃诃坏话的人，再敢说，这就是下场！”

她一手背在身后，身姿挺拔，一手横空指出，那傲然仿若凌驾苍穹大地之上的姿态，超然卓绝得让人几乎惊艳瞎了一双眼。

李侧妃心口猛地一跳，不知道怎么的，就有一点不敢再将话说下去的冲动了，洛芷珩此刻给她的感觉最直接的就是不怕死，不怕惹祸，肆无忌惮地可以为了一点小事而大杀四方。

“你别激动，你这么维护小王爷，他知道了一定会很感动的。”李侧妃觉得自己说了一句废话。

洛芷珩闻言却忽然卸了一身凌厉的气势，笑得好像温驯小羚羊似的，羞答答地问道：“真的吗？小诃诃真的会很感动么？要是这样的话那我每天都杀一个人好了，让他每天都好感动好不好？”

李侧妃脸色大变，这洛芷珩杀人狂魔啊？她扫了一眼还在熟睡的穆云诃，不可否认，天下间有一个穆云诃，就没有其他的美男子了。这个男人真的是俊美到没有天理了。但再俊美又能如何呢？还不是要一辈子雪藏在王府之中。

如此看来，花痴因为穆云诃那张脸皮而不顾一切倒是合情合理的。

李侧妃心中一动，笑道：“我这里有两件东西，若是你戴上的话，一定会很漂亮的，小王爷一定也喜欢的，你要不要看看？”

洛芷珩眼睛放光，连忙点头。只见李侧妃就从袖子里拿出了两方精致小巧的盒子，一一打开，珠光宝气瞬间映现。洛芷珩眯了眯眼，为了那东西还真是舍得下血本啊。

她故作欢喜伸手去拿，李侧妃伸手挡在她手下，笑容满面地道：“不过我这两件东西价值连城，而且还是王爷送我的心爱之物，要是给你我也不舍得。但你也是一片好心，我这个做长辈的也不能太吝啬，可我要是把东西就这样给你了，王爷回来了我也不好交代，不然你拿个东西和我换怎么样？如此这两件能让小王爷开心的东西就是你的了。”

不知道李侧妃这脑袋是怎么长的，交锋多次，竟然还将她洛芷珩当脑残玩呢？虽然她装傻扮痴，但换一个有点脑子的都应该知道洛芷珩是惹不起的。

洛芷珩笑眯眯地道：“那么李侧妃想要我用什么东西和你换呢？”

李侧妃笑看那放在架子上的被包裹着却依然能看见亮光的东西，她的人回来告诉她说亲眼看见洛芷珩将邀请函包好了就放在架子上的，而她见那东西形状大小都和邀请函差不多，虽然被包裹着，但她肯定那就是邀请函。

“你是晚辈，我也不好占你便宜，就随便拿你一样东西吧，不过我要自己随便要，你不能不给啊。”李侧妃一派大方地道。

洛芷珩傻乎乎地点头：“行，这屋子里除了我的小词词，你随便拿。”

李侧妃笑意更深，就摇手一指，指了那架子上的被包裹的东西。李侧妃清清楚楚看见，洛芷珩的脸色唰地一下就变了。

洛芷珩有些迟疑和扭捏地道：“那个不行，那个我不能做主给你的，而且你是两样东西，就换那一样的话你也吃亏，你再选另一个吧，或者两个都行。”

李侧妃满脸慈爱地摇头道：“我不和你们计较这些，随便一样什么都行，就为了回来和王爷交代，就那件东西吧，虽然不知道是什么，不过不要紧。”

洛芷珩连忙慌张地摆手，挡在了架子前，说什么也不想给她：“李侧妃，你这样我和小词词心里也是过意不去的，你选择别的东西吧，这个不行，真的不行，给你的话你太吃亏了，你那两件东西一看就好值钱的啊。”

李侧妃却站起来，态度坚决又和蔼地说道：“你不用觉得愧疚，只要你们两个孩子好就行了，我将这两样东西给你们了是我自己愿意的，随便拿你们一件东西那也是我自愿的，不管这东西是什么我都不会怪你们的，放心好了。”

李侧妃说着，已经按捺不住地将手中的东西放在洛芷珩手里，趁着洛芷珩手忙脚乱去接的时候，用力推开了洛芷珩，洛芷珩就柔弱地倒向了一旁，让开了牢牢挡着的架子。李侧妃迫不及待将那纸包拿在手中，入手的分量和她曾经接到的邀请函差不多，眼中一喜，李侧妃没想到拿到邀请函竟然这么顺利痛快。

她拿到东西就要走，但洛芷珩却拦住她急切地大声说道：“李侧妃你真的不要这样，那个东西不值钱的，我再给你换一样，我也不能让你吃亏啊。”

李侧妃就将刚才说过的话又故意大声说了一遍，此刻她已经走到了门口，一院子的人都听见她的话，一下子都觉得李侧妃真是个心善慈祥的人，对晚辈这样好，宁愿自己吃亏也不让晚辈吃亏。

洛芷珩见实在拦不住李侧妃了，便满脸感激地说道：“原来李侧妃是这样好的人，我以前真是错怪好人了。”

李侧妃听了得意一笑，带着那纸包连忙离开，她已经迫不及待地要打开看看邀请函了。

洛芷珩也回屋了，挑起那条暖玉项链，笑得畅快又讥讽：“那么期待啊，就是不知道你看见那东西的时候会不会气吐血了！”

穆云词睁开眼，一张俊脸上已有笑意，还有那么一丝若有似无的宠溺，就连语气都是纵容和无奈的：“你就淘气吧，不怕她发疯回来和你闹腾？”

洛芷珩小无赖似的一耸肩：“我都已经身陷囫囵了，还会怕她的闹腾么？我倒是很期待她被那东西气疯了，真想看看风华绝代的疯子是怎么样的。”

穆云诃闷笑出声，笑声还很沙哑无力，但不能忽视他那动听的低沉的声线掀起的感染力与魅力，这是洛芷珩第一次听穆云诃笑出声，惊呆了一双大眼睛。

穆云诃被她那又呆又可爱的表情冲到了，再也忍不住大笑起来，痛痛快快地大笑一次，是曾经想都不敢想的事情，他以为黑暗的人生里，笑声也已经离他而去，但今天，就因为这个花样百出又古灵精怪的小丫头，他笑得畅快而肆意，满心喜悦。

洛芷珩没骨气地嗷嗷乱叫着扑了过去，捧着穆云诃的脸也眉开眼笑大叫道：“太漂亮了！穆云诃你竟然也会笑啊？简直是双喜临门。”

穆云诃笑得脸颊发酸，挑眉笑问：“何来双喜？”

洛芷珩就给他夸张地掰手指头算：“你看啊，我轻易地就得到了这两件宝贝，而且你今儿还笑了。不对啊，宝贝有价，但你的笑容是无价的，这么说我是赚了啊。”

洛芷珩算完账心情大好，这买卖做得简直赚翻了，她摇晃着穆云诃说：“你说咱们要不要来一个全院戒严？给每个人手里都配发一把菜刀或者棍棒？以防那女人真的被气疯了杀回来？或者咱们现在就赶紧带着赃款逃之夭夭吧，让那疯女人只能气到吐血也不能怎么样我们？”

穆云诃笑着闭上眼，不理会她的歪理邪说，但只要一想到一会李侧妃那被气得癫狂的模样，他就忍不住发笑。

那个不可一世的女人，也遇见克星了吧。

李侧妃回到房间之前，还故意在仆人们的面前让花开和大丫鬟炫耀了一番她的仁慈和宽厚，将自己抬高到了爱护晚辈的高度之上，不一会儿的工夫，加上洛芷珩之前安排的让人出去宣扬李侧妃的仁慈，整个王府就都知道李侧妃今日和洛芷珩换了东西。

为了更加表现自己不知道这包东西是什么，就随意放在了桌子上，还让她的仆人在房间里打扫之类的，然后花开就很有眼色地问李侧妃：“主子，这东西要不要看看是什么，然后好归类放起来？”

李侧妃心底早就按捺不住了，给了花开一个赞赏的目光，难得温和地说道：“打开看看吧，虽然是我自己选择的，但也是那孩子的心意。”

花开便一点点地打开了那棕黄色的纸包，最后一块打开的时候，那桌面上空一下子就有金色的光芒出现，但，与之前李侧妃看见的王夫人手中的那种纯金光芒是不一样的，要弱了许多个层次。

李侧妃就眯起了眼睛，道：“拿过来我看看。”

花开看着那金色的东西就感觉有点奇怪和眼熟，交给李侧妃后也紧盯着看。

而李侧妃在看到那东西之后便脸色大变，不可置信道："怎么会这样？竟然不是邀请函！"

第一才人大赛的邀请函独一无二天下无双，华丽尊贵的邀请函封面便是纯黄金打造的那个种族的家族徽章，而整个邀请函其实还不是这个黄金封面，而是黄金小盒子里面的东西才是邀请函，因为这个小盒子是纯黄金打造的，再加上里面那更加无与伦比的邀请函，所以很有分量。

但李侧妃手中这东西哪里是黄金？怎么看着都像是某种金纸？虽然也有些分量，但是就外面这一个封面盒子就足以证明，这东西不是邀请函！

李侧妃忍着愤怒的情绪，还在安慰自己，一定是洛芷珩贪财，将那邀请函的黄金封面给拿去玩了，不要紧，只要里面的东西是邀请函就好。但李侧妃缓慢打开盒子的手都在发抖，天知道，她的心里有多绝望。不是对自己的绝望，而是对洛芷珩的绝望。

那个死丫头那么贪财，真正的邀请函比那个黄金徽章要好上一万倍，洛芷珩连黄金徽章都不放过，还能放过里面更加价值万千的邀请函么？

盒子打开了，无情地印证了李侧妃最最绝望的想法，也彻底击碎了李侧妃的最后忍耐！

"这是什么鬼东西？！"李侧妃一把抓起了盒子里的一叠白纸，声音里是控制不住的尖锐和暴怒，而当她看见了被裁剪得整齐一致的白纸上的图案的时候，李侧妃一张脸气得一会抽搐，一会青白。

乌龟！一张张的纸上，画着大小不一形态各异的小王八！一只只活灵活现，边上还用细毛笔写上了小乌龟的心埋活动。

比如，小诃诃今天让我练习琴艺，可是琴艺好无聊，小乌龟，我好难过。再比如，小诃诃今日说我一无是处，你知道我有多讨厌他么？可是怎么办，李侧妃那个老巫婆总欺负我，我好害怕，我不能再失去小诃诃的保护了，所以我只能忍耐。

老巫婆？！李侧妃的眼睛瞬间白眼珠多黑眼球少，脸色狰狞气得恨不得撕碎了这些烂纸，但她还忍不住想继续往下翻。她倒要看看那个胆大包天的洛芷珩究竟还敢怎么说她！

老巫婆今天又和我找茬，我一怒之下就抢走了她的手链，她以后要是再敢找我麻烦，我就抢光她身上的所有东西，让她哭。

"你敢！小贱人！"李侧妃从来没有遇见过这么独特的、直白的、气死人不偿命的个人内心独白，她啪地一声将纸张放在桌子上，气得胸口剧烈起伏。

那盒子因为她的大动作而四分五裂，贴在纸盒上的金纸也脱落下来，一张一张，白色里面上那一个个大大的冥字几乎刺瞎了李侧妃的眼睛！

她猛地抓起来那几张金纸，气得浑身哆嗦，忽然尖叫着怒骂道："洛芷珩，我与你势不两立！今日不是你死就是我亡！"

花开从没见过如此暴跳如雷的李侧妃，一哆嗦，勉强伸过头去瞧，一眼就让她差点没吓得跪下，那么明晃晃的冥字，再加上那纯黄色的金纸，这、这分明就是给死人叠金元宝的冥纸啊！

洛芷珩她不要命了啊！竟然用这么晦气的东西来刺激李侧妃？难怪李侧妃会气得好像发狂了。

一张白花花的小乌龟图案从那些纸张中落下，李侧妃下意识恶狠狠地抓过来，只见那上面写着一句念起来应该是娇憨语态的话：李侧妃你这个讨厌的老妖婆，你要是再欺负我，我就给你画个公乌龟，就在你旁边天天压着你，你这只讨厌的乌龟妖婆……

洛芷珩简直是……大逆不道！胡作非为！

从未有过的奇耻大辱，李侧妃猩红着双眼，再也忍不住地站起来想往外冲，但她动作太大，裙摆刮掉了破碎的盒子，稀里哗啦地一堆鹌鹑蛋大小的铁块便从盒子里都落了下来，砸在了李侧妃的脚面上，李侧妃惨叫着跌倒，矜持破碎，破口大骂："洛芷珩你这个小畜生！老娘要是不宰了你，誓不为人！"

"乖，来吃饭吧。"

她真心觉得，在疲惫又阴谋危机的日子里，偶尔调戏一下穆云诃，简直就是神赐给她的最大的奖赏了。疲惫不见了，心情愉悦了，她又是那个战斗力和生命力极其顽强的洛芷珩！

穆云诃见她笑得好看，不闹又不算计人的样子实在是干净可爱，便也不自觉地嘴角含笑，一口一口地吞下饭菜，慢慢咀嚼着。前嫌过去，既往不咎，他俩还是好朋友，好同伴。

原来不知不觉中，她竟然为他做了这么多，付出了这么多，可她从不抱怨这些，每天依然开开心心，在困难面前也是笑着面对。可是不知道为什么，蓦然回首，在想到这些，想到洛芷珩的笑，穆云诃忽然觉得心里酸酸胀胀地好像盛满了一种不知名的情愫。

那么软，那么涩，那么微妙……

她就像山野间的野花，在最不起眼的地方开放，一朵两朵，色彩单调。起初还不经意不在意，可是在春暖大地时，猛然抬头，那漫山遍野间到处都是她这种生命力顽强的野花，原来还只是单调的色彩，早已经随着花开而绚烂，色彩缤纷了！强大壮丽到再也不能容人忽视！

穆云诃只觉得猛然间心口间一缩，他有些受不住地按住心口，到底没有忍住那种来源于心底的酥麻和抽搐感地闷哼出来，一瞬间肢体发麻，可眼底却一片清明与舒畅。

次日便是初选的日子，洛芷珩今儿穿的只是一件很符合曾经洛芷珩风格的衣服，一身俗气的大红色，这第一才人大赛据说参加的都是很有身份地位和才艺的女子，她想要站稳脚跟甚至获胜的话，不用点心机是不可能的。

她还将头发弄成了一个更加骚包的符合以前洛芷珩形象的发型，戴着满头金色的首饰，好像一个爆发户在炫耀自己很富有似的，一张脸被她画得相当生动，不知道涂抹了多少胭脂水粉，几乎看不出原来面容，脸上又白又红嘴巴也红得好像刚吃了死孩子似的，这一番自毁形象办下来，简直是天雷滚滚！

她现在整个就是一个油头粉面、令人恶心、没心机又爱炫耀的花痴女的形象！谁看了都有能瞬间秒杀人类审美观和视觉观的巨大威力。还附带毁灭性的心灵杀伤力！

“啧啧，这张脸，这形象出去，不知道能给我节省多少力气呢？要是能直接将对手给吓倒，那我多不好意思？”洛芷珩自己看着自己此刻这可怕的形象，都有点恶寒，但只要一想到一会吓倒一片的辉煌场面，她同样也很乐不可支。

要给人强烈的视觉上的冲击和巨大的反差，她也许还能有一线生机。之前形象越差，实力越低，战斗力越差，之后爆发出来才能越惊人！她对镜中的自己打气加油，目光坚定。

这一战，为自己、为穆云诃、为未来，全力以赴！

洛芷珩信心满满地出来，小喜子正端着盆往外走，迎面就看见那一大坨红彤彤金光闪闪的脸和狗屁股似的妖怪，吓得小喜子惨叫一声，盆也掉了，水也洒了，脸也白了，哆哆嗦嗦地定在那了。

洛芷珩还很恶趣味地伸手拍了拍小喜子的脸，阴森森地笑道：“小子长得相当可口，给我当早餐怎么样啊？”

“啊啊！鬼！”小喜子头皮发麻，眉毛都快立起来了，屁滚尿流地往外跑，被门槛绊倒了就一边爬一边滚，终于从台阶上滚蛋了。

“哈哈哈！”洛芷珩猖狂大笑，扶着柳腰边笑边拍着往下掉粉渣滓的脸。

她笑够了，就想也刺激一下穆云诃，便轻飘飘往卧房里去，到了门口她就阴沉沉地笑道：“刚吃了一个童男，原来这里还有一个呐，刚好给我填饱肚子。”

穆云诃正要放下杯子，闻言就抬头，瞳孔紧缩手一抖，杯子差点掉了，但他必定是个腹黑，比小喜子有定力，忽然出现个妖怪，声音还挺熟悉，他自然知道是洛芷珩。阴沉着脸说：“你是打算这样出去直接吓死一群？”

洛芷珩笑眯眯地：“是呀，还是小诃诃了解我，我这个造型怎么样？能不能艳压群芳？”

穆云诃眼皮子一跳，强忍住翻白眼咆哮的冲动：“能。就凭你这一身装扮，能压死一片。你赶快去吧，祝你一路顺风，一路高歌，一路……血流成河！”

洛芷珩知道他在讽刺她，但也觉得他的话有趣，笑得不能自已，一扭身子，得意洋洋地好像骄傲的花孔雀似的，伸出同样金光灿灿珠光宝气的手，优雅地按按鬓角，风情万种地往外走：“你就等着我凯旋而归吧！”

等她终于踏出了门槛，穆云诃再也忍不住地扑倒在床上，战抖着肩膀闷闷大笑起来。

洛芷珩，你够狠！真能杀人不见血！

“这么好笑？”忽然洛芷珩的声音又在耳边响起，惊得穆云诃一下子抬起头来，脸上的笑痕犹在，笑得发红的脸上有了颜色更加好看了。洛芷珩就是一愣。

“你怎么又回来了？”偷笑被抓包，穆云诃表情冷淡。

洛芷珩好笑地挑眉，她本是回来取面纱的，哪知道会看到这个闷骚男竟然在偷笑？

“你看什么？”穆云诃被她看得很不自在。

洛芷珩眼波流转，忽然笑眯眯地靠近他撒娇地说：“我今天就要去参赛了，你难道就一点表示也没有么？你是不是应该给我一点祝我好运的东西啊？”

穆云诃以为她贪财的本性又暴露出来了，便冷哼道：“库房的钥匙都在你那里，你还管本王要什么好处？想要什么自己去拿。”

洛芷珩继续撒娇，还借着穆云诃力气没自己大，强行拉着他的胳膊摇晃：“不嘛，我要的东西只有你能给的，都说人要是做什么重要的事情之前，身边最重要的人的鼓励和祝福是很重要的，而我现在身边最重要的人就是你啊，你要亲自给我，我就一定能获得好运。”

穆云诃抬眸，对她那句最重要的人，莫名地就是心里喜悦起来，他控制着嘴角不让它翘起来，故作不在意地道：“你想要什么？”

洛芷珩笑得见牙不见眼，将自己的脸蛋凑过去，手指着脸说：“你亲我一下吧，好运之吻。”

穆云诃的耳朵尖发热，对洛芷珩的大胆虽有见识了，但还是难免被她的话给惊着了，蹙眉道：“胡说八道什么！一个女孩子怎么什么都敢……”

“你就亲我一下吧，亲了我，我带着你的吻一块上赛场，就好像我们在一起一样，这样我们两个加起来一定就能胜利的。”她一直那么乐观，虽然此刻她的乐观是因为想要个吻。天知道她怎么就会忽然觉得穆云诃的嘴唇那么性感好看了呢？

穆云诃嫌弃地瞪着她那张比白面还白比胭脂还红的脸，坚决地道：“本王不！”

“你亲不亲？你要敢不亲我，你当心晚上……”洛芷珩忽然发狠地威胁，一脸的洋洋得意。

穆云诃被她弄得上不去下不来的，又不想没面子，又不想违背洛芷珩，可是亲她的脸，平常还好，今天说什么也不能亲啊。他冷漠地挑眉，一把抓起了洛芷珩还算干净却戴满了首饰的手，一个轻得几乎可以忽略的吻落在了她的手背上。

这个吻，让洛芷珩直觉得手上的珠光宝气都变得暗淡无光了，手背上的肌肤都是酥麻的，她有些稍微不自在，但脸上的笑意却更多。

穆云诃放开她的手，故作漫不经心地说道：“就当爷赏给你的恩典了，唔，祝你好运吧。”

洛芷珩好心情地继续调戏道：“那等我凯旋归来之后，你也要给我奖励啊，再亲就必须是脸了。”

穆云诃瞪眼，可门外奶娘已经在催了，洛芷珩不能再继续调戏他了，拿着面纱匆忙戴上，而后又弯腰轻轻摸摸穆云诃的脸，柔声说道：“我让丫头在你身边保护你，等我回来。”

穆云诃只觉得身体又开始发烫，手摸着还有洛芷珩温度和触感的脸颊，脸上缓缓露出一个笑。

我等着你洗尽铅华，芳香归来！

——

洛芷珩一身花枝招展出现在王府众人眼前，但因为她脸上戴着面纱，大大地减少了她今天这副犀利服装的杀伤力。不过回头率还是相当高的。一路上奶娘张妈妈紧跟左右，在王府所有人一致不看好甚至是讥讽嘲弄的目光中，洛芷珩昂首挺胸来到王府大门口。

王妃和李侧妃已经带着一群花枝招展的女人们等在那里了。

洛芷珩径直走到了王妃面前行礼问安。王妃眼中是浓浓的担忧和愁苦，但脸上还是勉强带笑的：“快起来吧，今儿是你的大日子，虽然初选的题目不会太难，但你也要小心应对。如果太难了应对不了也不要紧，就快点回来。”

“呵！王妃说话也太委婉了，您要说得直白一点咱们小王妃才能听明白呢。”李侧妃的声音听不出来是嘲笑还是打击，不过说话依然不讨喜，“小王妃，王妃是怕你连初选都不能通过，怕你伤心接受不了，让你落选之后就快点回来。”

这个乌鸦嘴，竟然诅咒她落选！

洛芷珩挑眉瞪过去，几幅乌龟图还没让李侧妃消停是吧？那她真不介意再多来几幅刺激李侧妃一下。

“我相信珩儿一定是吉人自有天相的，珩儿是洛家的小福星，也是我们王府的小福星，她本身就是个有福气的孩子，自然是遇到什么事情也会逢凶化吉的。”王妃这番话听上去是在打压李侧妃，可又何尝不是用来安慰她自己呢？

她也怕洛芷珩落选之后心眼小过不去，其实大家都是明眼人，都知道按照洛芷珩这不学无术的性子，一点真本事没有，想要获胜是不可能的，初选要过，都难上加难。

可以说整个王府的人都是一种算不上悲观的幸灾乐祸，他们就等着洛芷珩出丑灰溜溜地回来呢。而王妃，在明知道结果的时候，还愿意微笑着祝福和安慰洛芷珩，这让洛芷珩感觉很温暖。

“母亲放心，珩儿一定不会给您丢脸的。”拼死，也要有个名次，到时候她倒要看看这群女人还有什么资格来嘲笑她们婆媳。

马车还没进皇家狩猎场，洛芷珩就听见外面锣鼓喧天人声沸腾了，热闹的场面可以想见。

洛芷珩刚在马车上站直了腰，迎面一阵阴风袭来，只见一个黑色的影子狂飞而来，直逼她的脸！

洛芷珩目光错愕一刹那，那东西已经近在咫尺，还伴随着一股恶臭味，她还没被击中已经快要窒息了。王夫人惊呼：“小心！”

是要小心！

她被恐怖袭击了！竟然有人朝着她放飞鞋！

“洛大小姐你没事吧？”王夫人连忙道。

洛芷珩咬紧牙关，她有事！有大事！你被个重物击中脸颊试试看？她锐利的目光狠狠地看向一旁围观的众人，顺着那东西飞来的方向快速看去，只见一个穿着白衣服的男子正在慌乱地往后退。

“你！穿白衣服跟个鬼似的那个人！你还想逃跑？还不给我站住！”洛芷珩大喊，同时伸出金光闪闪的手指着那个白衣男子。

日头正好，众人只觉得一刹那满眼金光，简直让人睁不开眼。都很好奇这是谁家的姑娘来参赛，虽然倒霉得差点被砸中，但声音还挺好听的。

那白衣男子果然站住了，但却没有回头，只是那一瞬间，所有人都看向了他。

洛芷珩真假难辨地生气怒吼："你给我过来！该死的你竟然敢用一只臭鞋子来攻击我？你知道我是谁么！"

她的声音太嚣张，且中气十足，所以不一会儿就有很多人向这里投来目光和关注。

洛芷珩展现无知又凶狠的一面，举着那只鞋子怒道："那个死男人，你为什么要用鞋子砸我？"

众人的议论声就大了起来，都觉得不可思议，大赛办了这么多年，还是第一次有人遭袭击，众人虽然觉得洛芷珩很倒霉又很可怜。

王夫人脸色不好看地道："洛大小姐，这件事情我们大会有责任，没有保护好你，那个捣乱的人我们也必定会严肃处理。"

洛芷珩眼珠一转，并没有立刻回答王夫人的话。因为那个白衣男子已经被大赛的管事带来了。

大美男一枚啊！

长得白白嫩嫩的，再加上一身白，表情又因为愤怒而瞪圆了眼睛，看上去很可爱，像一块豆腐。不过他对洛芷珩却有一种发不出来的屈辱感与强烈的厌恶。

"你究竟是何人？竟然敢在大赛闹事，你活够了么！"王夫人严厉的质问声充满了威严感，让洛芷珩不由得心头一跳。

那白嫩豆腐块瞬间红了眼睛，也不惧怕反而更加愤怒地道："你们大赛不公平！竟然什么样的人都让参赛，如果是别人，我也就不说什么了，但是你们竟然让这个贱人来参加！我不服！既然这样的不洁之人都能参赛，那为什么我妹妹就不能参赛了？你们分明是不公平！"

"你胡言乱语什么！大赛是公平的，就算让她参赛，但她也要有真本事才可以继续参加比赛，如果她初选就被淘汰了，大赛也会毫不留情将她送回家的！"王夫人威严地解释道。

"我就是不服！是别人就可以，是她洛芷珩我就是不服！"男子怒吼，原本热闹的赛场上，瞬间寂静！

是、是谁？这个男人说那女人是谁？

洛芷珩？听着好耳熟啊，啊！！是洛家魔女洛芷珩？！

那个谁，你还不快跑！你姿色这么好，当心被洛魔女看上了非礼你！

寂静过后，便是爆炸似的喧闹，震惊的人们表情是呆愣的，本来来观看这空前赛事的男子们一个个听到洛芷珩的名字，不由得花容失色！凡长得好看的，不论年龄多大，是否成亲，都是一脸见鬼的表情，退后，再退后，恨不得立刻消失在原地的样子！

洛芷珩的名字在王府里还只能说是令人厌恶，但在穆王朝的男人们心中，这个名字就是一个禁忌，一个雷区，一个不能触碰的恐怖存在！

洛芷珩曾经连续一个月挨家敲她看上的男子的家门，不管男子愿不愿意，都必须和她聊天吃饭，刚开始还好，毕竟洛芷珩长得好看，而且身份不算低，更何况她还是个女孩子，只有女孩吃亏的。

但后来，形势就逆转了。

那是洛芷珩花痴刚出道的时候，连续一个月邀约各种好看的男子，只有十四五岁的洛芷珩敢公开摸男子的屁股，还强烈要求玩亲亲！这让很有节操的纯净的还没有开荤过的小男人们，一个个吓得魂不附体。

于是原本和谐的场面立刻崩溃，男人们横冲直撞地逃跑，女人们哭哭啼啼地吵闹。一边是厌恶害怕，一边是羡慕嫉妒。

就有人说了："她真的是洛芷珩么？这样不贞洁的女子竟然都能参加大赛？大赛是要选拔青楼女子么？那这样的话也就没什么可看的了。"

场面越发不受控制了，所有人将矛头指向了大赛，说大赛不公平，要求大赛立刻将洛芷珩这个败类除名。还有人将矛盾对准了洛芷珩，说她是个不洁之人，不能让她玷污了干干净净的大赛。让她立刻自动弃权参赛。

大赛方面积极地参与进来，对于大赛方的焦头烂额，洛芷珩很淡定，她虽然不知道洛芷珩光荣的过去，但看这个不能控制的场面她就知道，过去必定是"辉煌灿烂"的，不过她不怕。

她站在高高的马车上，四面八方全是用语言和目光攻击她的人，甚至不知道哪里来的烂菜叶也打向了她，可她站得笔直，清清冷冷的，在嘈杂而充满火药味的赛场上，清亮好听的嗓音，嚣张跋扈地道："再敢对我人身攻击的，男的抓来调戏，女的抓走当妓！"

洛芷珩此言一出，全场死一般寂静。

所有人有相信的，也有鄙夷的。毕竟洛芷珩不过是一个三等贵族家的孩子而已，胆敢说出这样猖狂的话，洛芷珩不是白痴就是脑残。

"你赶快滚下去吧，在这里丢人现眼的有意思么？"众人起哄，恨不得将洛芷珩立刻赶离这里，似乎她踏上了这片土壤都是污染了空气和土地一般。

洛芷珩冷笑道："我要来就来，要走就走，还轮不到你们来指手画脚，我敢来，自然就是有真本事的，到时候我还要拿第一名呢。气死你们！"

她嚣张的态度和不知天高地厚的言论，简直笑得众人前仰后合。就没见过这么不要脸的女子了，明明什么也不剩，明明胸无点墨，竟然还敢说有真本事？

洛芷珩指着那个白衣男子说："你用臭鞋子打我是不是嫉妒我比你妹妹厉害？你嫉妒我可以，但不可以毁我容啊！"

"我没有！不过是一只鞋而已，何来的毁容？"男子怒不可遏，但目光闪烁。

"那要不要我用这个东西也砸你一下啊？"洛芷珩冷笑着，见男子面色大变，她忽然举起鞋子。

男子吓得连忙躲闪，口中大叫："不要打，不要打。"

"啧啧，不过是一只鞋子而已，又不会让你毁容，你怕什么？"洛芷珩轻快地嘲笑道。

那男子被噎住了，一时之间竟然不知道说什么好。

洛芷珩却不打算放过他，而是大声呵斥道："你说你是不是蓄意谋杀我？你是怎么知道我坐的这辆马车？又是怎么知道我会这个时候就到？"她意有所指地看了眼王夫人，又道："还是说，是有什么人将我的行踪透露给你了？"

"你胡说！我只不过是碰巧看见你出来，所以才会一时气不过攻击你，与别人无关。"男子着急大吼。

洛芷珩怪笑起来："你是太蠢了呢，还是太瞎？我脸上戴着面纱你都能看见我长得什么样子？一眼就认出我来？又或者……你该不会是暗恋我很久了吧。"

男子脸色惨白，惊恐地说："鬼才会暗恋你，不对，鬼都不会暗恋你的！"

洛芷珩将那只鞋交给了王夫人，大声道："这个是凶器，大赛来处理吧，里面可是有一个很重的东西，刚才还打得我好疼。"

"什么？！"王夫人震惊了，连忙接过来，脸色就跟着一沉，果然有东西！她让人往外倒，只听啪嗒一声，一个铁球掉在地上，众人的脸色就都各异起来。

这果然是有意的攻击。洛芷珩很倒霉。

洛芷珩立刻吓得哇哇大叫起来，形象全无地趴在王夫人身上，蒙着脸看不见表情，但却能听见她惊恐的哭叫声："真的要谋杀我啊，不要啊，我这么闭月羞花沉鱼落雁貌似潘安，我不要破相啊，大赛的人都是白痴吗？竟然让人差一点杀了我！我要赔偿，我要安慰！"

众人已经被洛芷珩接二连三的举止和自恋的话语给打击得言语无能了，但当

听到她那驴唇不对马嘴的自夸之后，众人只觉得胸口憋闷，大家都不是武功高手，若是的话，他们就会知道，他们被洛芷珩的话语给干到内伤！

王夫人嘴角抽搐，清咳一声道：“你放心，这件事情是让你受委屈了，大赛必定会给你一个交代的。”

“不错！”忽然，一道清透的声音传来，众人抬眼望去，只见在不远处的一棵参天大树上站着一个紫衣男子，看不清他的面貌，但他的声音却清晰地传来：“大赛忽略了你的安危，本来为了补偿你大赛愿意让你破格直接进入正式参赛，但你既然要赔偿，我们也可以考虑让你自己选择，你是要大赛给的补偿，还是自己要的赔偿？”

轰！男子此话无疑是一个重磅炸弹，太过惊骇！直接晋级！对洛芷珩这种一定会在初选被刷下来的白痴来说，那就是天上掉馅饼啊！

洛芷珩有自信自己一定可以凭借才能晋级成功的。所以她笑眯眯地伸出一只戴满了宝石戒指的手掌，开心道：“我要赔偿！”

众人傻眼，倒下一片。他们终于见识了什么叫极品白痴！

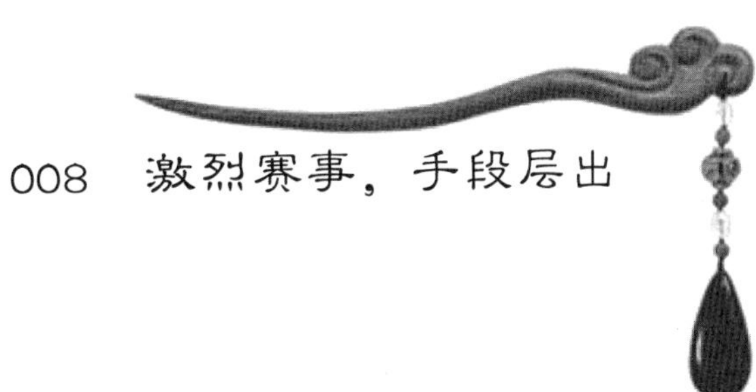

008 激烈赛事，手段层出

“好，赔偿，你要多少？”紫衣男子的声音有了起伏，略带玩味。第一才人大赛，永远是一个看不见血的争名夺利的地方，来这里的女子说是才艺双全，其实都是很有心计和野心的，他故意提出来这个充满诱惑力的补偿，也是想看看这个“威胁大赛”进来的女子，是不是真的是表面上那么二。

“要多少呢？”这个可把洛芷珩给难住了，她习惯思考的时候用一根手指头戳着自己随便哪个戳起来舒服的地方，此刻她的带着一颗耀眼红宝石戒指的食指就戳着下巴软肉。

紫衣男子眯眼：“一万两？”

“啥？”洛芷珩一愣，旋即想明白了什么，连忙那只手就变成了五根手指摇晃，口中还说：“不是……”

紫衣男子眸子微张：“五万两？”

“呃！”洛芷珩噎住了，她还什么也没说呢好吗？

然而也不用她说什么，紫衣男子已经拍板了，就五万两！赔偿谈妥，按照洛芷珩那一巴掌给的赔偿，五万两白银的银票，当场点算清楚，别说别人了，就连洛芷珩都愣住了。怎么就一下子弄来了五万两呢？做梦呢吧？

紫衣男子这一拿钱不当回事的举动，也让前来观看大赛的人们震惊不小，对

这个大赛背后的那个家族就更加忌惮了。俗话说有钱能使鬼推磨，这个族人这么不差钱，让磨推鬼都行了。

最后因为洛芷珩占据道理，大赛又开口了，谁也没能阻止洛芷珩进入皇家狩猎场。众人不甘心，但也同时都等待着洛芷珩落马后丢人现眼地离开。

皇家狩猎场很大，而在最中间的空地上有一个正方形的巨大擂台，一旁就是皇家狩猎场的标志性建筑物，一座古堡样子的瞭望塔，据说高足有二十米，将擂台建立在充满历史感的瞭望塔的一旁，给整个大赛瞬间带来一种肃杀的气势。

初选和正式比赛的第一项都是先抽条子抽取自己的对手，而正式比赛中会再抽条子，选择比赛项目，但初选不用选择比赛项目，初选是自由比赛，拿出来你擅长的就好。项目不限。

参赛者是按照年龄来参赛的，最大的二十岁，是一些大贵族家娇养的女儿，那种古老的大贵族家的女孩，在穆王朝都是很贵重的金枝玉叶，向来成婚晚。最小的十来岁，如洛凝霜八九岁就能参加大赛，并且拿得名次，这在整个天下都是少之又少的。所以洛凝霜还保持着这个传奇。

而洛凝霜是大赛热门人物，只要这一次洛凝霜再度夺冠，那么洛凝霜就无疑是天下才德兼备的女子中的第一人了。

洛凝霜是上届冠军有优先抽取对手的权利，她抽中了一个年纪不大的小丫头，然后在千呼万唤万众瞩目中优雅上台，她依然戴着面纱，然后一曲动人心弦的歌声开启了全场的火热，掌声雷动中她优雅退场。

那女孩上来的时候表情就已经变得惨白了，一首曲子弹奏得走了好几个音调，这绝对有洛凝霜这个大冠军带来的强大压力，这个可怜的女孩上阵就遇见洛凝霜，毫无意外地惨败落选。

洛芷珩撇嘴，然后是接二连三的人上去，一百多个女孩，初选就分了三个地方擂台来进行，可是因为洛芷珩是胁迫进来，所以选择权也在最后，她倒可以祈求老天让人能选中她们，这样她们就可以提前比赛了。

但，洛芷珩的倒霉不是一般的，她就一直坐在那里，当个观众看节目。不过可能也属她心态好，她将看当成是一种学习和钻研每个人特性的机会。

大赛初选每个人都没有拿出来看家本领，都想要在最后露一手，震惊全场。但洛芷珩想谁也骚包不过她去，谁也颠覆不过她去！凭着这股自信，她继续嚣张地用白眼看人，把一旁等待比赛的女孩子快烦死了，频频用白眼珠扫射她。

直到太阳西下，一直像个傻瓜一样一身金光闪闪喜庆大红色，外加骚包红面纱的洛芷珩，终于被人抽中，但也成了名副其实的压轴。

今天的初选很奇怪，几乎没有人离开这里的，就算几乎一小天了，但他们似乎都在等，等洛芷珩这个花痴白痴败下阵来灰溜溜滚蛋。终于到了洛芷珩，几乎是所有人都精神一振，全神贯注起来。

洛芷珩两辈子加起来，也没有这么被人关注过啊，于是她理所当然地表现了她的胆怯，眼看着那个和她对手的女孩上了台，她立刻举手发言，言辞恳切又悲观："我、我可不可以和她一起上台比赛啊？"

大赛评委面无表情地道："为什么？"

"因为我害怕。再说俩人一起不是节省时间么？早回家早吃饭啊，我饿。"洛芷珩理直气壮又很委屈地道。

评委们差点没翻白眼，她还饿？那她手上拿一把果子是什么东西？

"一起吧。"声音很无力。

洛芷珩的对手就是刚才对她翻白眼，虐待她胃的女孩，十六七岁，长得很好看。眼看着洛芷珩上台了，那女孩不淡定了，她很担心自己的名声会因为洛芷珩而受损，但她的好家教让她还是忍着厌恶有礼貌地道："我叫刘……"

"不需要！"洛芷珩一上台就不是刚才那懦弱的模样了，她帅气地一抬手打断了女孩的话，在女孩不解的目光中嚣张地说："我不需要知道你的名字，因为我不需要知道一个即将成为我手下败将的名字。失败者，是没资格在胜利者面前提名字的！"

她像一个已经获胜的将军，一身火红威风凛凛地伫立在擂台上，满身的不可一世，满口的嚣张猖狂！

她哪来的这种自信？还敢这么狂傲？就不怕一会儿输得一败涂地的时候没脸见人么？

那女孩就满脸愤怒地讥讽道："那就等你胜利了再说吧，等我将你打败了，你同样没资格知道我的名字。"

洛芷珩很严肃地问大会评委："初选说比赛项目不限，擅长什么用什么就好，是不是？"

评委们摸不着头脑，但还是点头。

洛芷珩更严肃地问："既然是比赛，那么同样站在这个擂台上，是不是只要把对方弄下擂台就是赢了？"

"理论上是这样，但不可以打对方，也不可以逼迫对方主动认输。"评委严肃地道。

洛芷珩点头表示理解，然后示意比赛可以开始了。那女孩明显是要作画的，

将桌子摆放在一边，而洛芷珩却什么也没有准备，众人聚精会神地看着，就想看看洛芷珩究竟有什么是擅长的。

可是洛芷珩却只是在一边站着，看着那女孩已经作画，比赛是一炷香的时间，洛芷珩这么优哉游哉着实令人费解，但不一会儿，众人就发现她动了。几乎是所有人都下意识地紧张起来。洛芷珩可不是个好人，她刚才又那样问，该不会是有什么可怕的举动吧?

所有人都紧张地站起来，似乎要将洛芷珩抓个现行，只要她敢做出伤害别人的事情，他们就能立刻冲上去将她一顿暴揍。

可是洛芷珩只是站在了那女孩面前，似乎在专心观看那女孩作画，那女孩也挺有胆量，竟然没有被洛芷珩干扰。

大赛评委都紧张起来，这洛芷珩要干什么？他们很埋怨那两位答应洛芷珩参赛的管事。就算想让洛凝霜来参赛，也不用牺牲大赛的名声招来一个臭名昭著，没有一点德行的洛芷珩吧！

紫衣人却饶有兴味地看着故作神秘的洛芷珩，心里对洛芷珩有很大的期待，不知道她究竟要展示什么才艺呢?

而别人此刻却再也忍不住了，就有人嗤笑道："洛芷珩你赶快自己滚蛋吧！明知道自己一点才艺没有，还在那里晃晃悠悠的装什么？识相的赶快滚。"

众人附和哄笑，严肃的场面瞬间成了一个贬低洛芷珩的地方，七嘴八舌的到处都是极其带有中伤性的言辞。然而，渐渐地又出现一种声音，那就是赞美洛凝霜的话语。孪生姐妹，在家里一个天上一个地下，在外面也是同样的待遇，不过二人的命运家里外面竟然是完全颠倒过来的。

洛芷珩却完全不在意的样子，只是漫不经心地扫了一眼那已经燃烧到只剩下三分之一还不到的香。

有人喊："时间马上就到了，洛芷珩输定了。"

洛凝霜在一旁紧张地站着，可是面纱下的嘴角到底是翘起来的。洛芷珩你看看，你哪里比得过我呢?

洛芷珩却在对手的画即将完成、那炷香只剩一点的时候，终于有了动作。她忽然靠近了女孩，在女孩耳边暧昧地低缓地色眯眯地轻声道："你知不知道，其实……我是喜欢女人的！我看你的第一眼，就已经深深爱上了你，我……愿意为你放弃初选，只要你答应，让我摸你屁股一下哦。"

啪嗒！那女子手中的毛笔瞬间落在宣纸上，那即将画成的画作被浓墨晕开变成一张废纸。女子面白如雪，浑身汗毛倒立，连忙退后，可洛芷珩却不紧不慢地跟着，女子吓得说不出话，但却满眼惊恐，不停后退，眼看着就要退到了擂台边……

众人猛然站起来，就连评委和洛凝霜全都不解地看着这一幕。

在二人一退一进中，在那女孩只要再后退一步就掉下擂台的时候，洛芷珩也忽然圣母一把，情真意切地大喊道：“不要后退了！再退就掉下去了！我愿意退出比赛，你想怎么样都好，我不要你受伤啊！”

女孩脸色唰地惨白如纸，哇地一声大哭出来，后退步伐更猛，忽然尖叫着向后倒去。

洛芷珩动作快速地扑过去，一手已经抓住了女孩的手，口中还用别人听不出来的深情大喊道：“小心！抓紧我。”

“啊！放手，让我走！”女孩被洛芷珩抓住，惊恐惨叫着用力推她，倾斜的身子悬在半空，态度坚决。

洛芷珩一愣伤心欲绝地看着她大声地问：“你，真的要我放手么？我若放手你就没机会参加初选了。”

女孩坚决地嘶吼道：“放开我，快放开我，我不选了，我不要参加这个比赛了！”

场面已经很诡异地安静了，连风声都停止了。这个夏天再没有比女孩更凄惨惊慌的声音，也再没有比洛芷珩更悲伤落寞的声音：“既然如此，那我……放你走！”

说着，她便放开了手，那女孩咚地一声直直掉落在了草地上。而后女孩狼狈地爬起来，不顾众人震惊的目光，哆哆嗦嗦地快速逃离现场。洛芷珩好恶心！她要诅咒洛芷珩一辈子也找不到喜欢她的女人啊！

擂台上，瞬间就剩下洛芷珩那风骚无比，迎着落日周身火红得有点忧伤的落寞身影。

可是却有一个讽刺的事实，大咧咧地刺目地随着洛芷珩那骚包的火红摆在那里，无情地提醒众人，擂台上，还剩一个人，全场比赛后的最后一人，那绝对不可能进入正式参赛的、会被淘汰的令人厌恶的……洛芷珩！

她赢了！赢得如此轻松，赢得如此风骚，赢得如此不合常理！

洛芷珩之前的话，清清楚楚地在众人心中回响起来。

是不是把对方弄下擂台就算赢了……

对方下去了，而且好像还是对方主动求去，洛芷珩死缠烂打地希望人家留下，可对方好像还是无情地走了，洛芷珩放手了，那一幕好诡异和忧伤啊！

全场，鸦雀无声，不可置信，目瞪口呆！

洛凝霜猛然站起来，完全不相信洛芷珩竟然能获胜，更不相信会有人主动放弃这个机会，有猫腻！一定是有问题！

洛芷珩望着夕阳，明媚而忧伤地在寂静中呢喃："我赢了，赢得如此……力不从心啊。"

赢你大爷啊！瞬间，全场爆裂般的咒怨四起，质疑声伴随着激烈的赠送给洛芷珩的"你大爷"满场纷飞，就连洛凝霜初选成功了，群众们也没反应这么热烈！

"她作弊！"

"是，她一定是威胁那位姑娘了！太可耻了！"

"就是！还敢站在那里装什么圣人？赶快滚回家去吧，下三滥！"

愤怒的声音此起彼伏，但基本上都是男人们的怒吼声。他们实在是接受不了洛芷珩这样的无耻之徒获胜啊，还胜利得如此轻松愉快，简直太变态了。

第一才人大赛，在各个王朝或者朝代里面，那都是绝对公正和精彩的大赛。可是今天洛芷珩的出现，就让这场大赛有了极大的争议和不公正形象，也可以说洛芷珩给这场大赛添上了一笔浓墨重彩，而是一个大污点！

在这样的情况下，洛芷珩还没有拿出来任何才艺比拼，一个无才无德的名声败坏的女子，如果大赛还继续让她比试下去的话，那么对这场大赛失望的人，就绝对不是一个两个了。大赛也将因为洛芷珩这条臭鱼，而面临空前的信誉危机！

大赛方面立刻做出回应，评委严厉地问道："洛芷珩你有什么好说的？"

洛芷珩也不忧伤了，反而一身无所谓的样子，悠闲地在擂台上走来走去不说，还四处挥手，好像四周传来的不是谩骂声，而是赞美声一般，弄得周围的人一脸的鄙夷愤怒，但却出奇地都安静了下来，因为没有人愿意配合洛芷珩让她继续嘚瑟。

洛芷珩耸肩说道："没什么好说的啊，我赢了，不是么？"

"放肆！"那严肃的老女人评委拍案而起，她早就看洛芷珩不顺眼了，身为女子，洛芷珩没有一点女子该有的品行和才德，此刻更是形象全无，像个市井小混混似的招摇撞骗，她身为大赛的大评委如何还能坐视不理？

"我宣布，取消洛芷珩的参赛资格，并且洛芷珩这一场的初选成绩为零，即刻将洛芷珩赶出大赛！"大评委怒声道。

"哦！赶出去赶出去！"场下立刻传来了山呼海啸般的拥护声，要不是惧怕大赛的背后人，他们也恨不得脱了鞋子扔给洛芷珩。

眼看着孔武有力的壮士走上来，凶神恶煞地要将洛芷珩给拖走。洛芷珩却镇定自若，抓起了那支毛笔粗鲁地沾满了浓墨，刷地一甩，瞬间甩了那两个大汉一身一脸的墨点子，然后她对那大评委说："我已经展示过才艺了，大赛没有理由就取消我的参赛资格的。"

"你展示了？就是将人给威胁吓跑了么？"大评委冷笑森森。

洛芷珩摇头晃脑地往外甩词，异常气愤地指控道："此言差矣！你哪只眼睛看见我威胁那人了？吓跑了？不至于吧，我还口口声声地说可以自动退出让她获胜的啊，难道你们的耳朵都塞鸡毛了么？我还伸出援手去帮助她啊，是她自己非要让我放手的，我听话地放手了就是我不对？那我不放手你们是不是还会说我该死啊？有你们这样的么？"

她忽然又怒指众人，言辞越发嚣张凌厉起来："还是说，你们大赛真的这么不公平，我赢了，这个事实明明都在这摆着了，就因为那群对我怀恨在心的人的施压，你们就要让无辜的我来背负这个沉重的责任么？你们要做不公平的事情么？"

众人包括评委的脸就好像染布一般五颜六色的，都被洛芷珩那拿着不是当理说、还如此理直气壮的话语和气势给震住了，一个个的表情诡异而隐忍。这个女人，她还能更无耻一点么？

大评委攥紧了拳头冷笑道："事实？我看到的事实就是你根本没有展示任何才艺！这里是第一才人大赛，不是一个耍心机玩阴谋的地方，你有本事就用才艺来说话，没本事就立刻……"到底还是有身份的人，将那个滚字狠狠地压在了喉咙里，大评委说："就立刻离开这里！"

"你这话又说错了啊！我说你不是老年痴呆吧？还是记忆力减退？你这样的人怎么能做大评委呢？不行就换人吧，可别耽误我们正经比赛！"洛芷珩一席话，立刻招来了无数杀气，但她要将白痴风格发扬光大，所以不惧也不怕，还很勇往直前地道："我刚才明明问得清楚明白啊，你们自己也说这场比赛不要求任何比赛项目，就拿出来自己擅长的就好，不论是什么，是不是你们的人亲口承认我的？"

她一手叉腰，气场因为那姿势和一身火红而太过盛气凌人，以至赛场上再一次寂静下来。

有人回过味来，可不就是这样么，是你们大赛自己说的不计较比的是什么，只要自己擅长就好，而洛芷珩，可不就擅长插科打诨，无赖无耻么？

该死的！竟然在这让这个白痴无赖钻了空子！

大赛评委们的脸色难看得那叫一个花花绿绿，一失足成千古恨啊！

可他们也无法再拒绝洛芷珩的话，她现在确实占据着道理，于是很不甘心的大评委宣布了一个令人沮丧和癫狂的结果："这一局，洛芷珩晋级成功。"

"哈哈哈！"洛芷珩用一种很夸张的笑声，张开双臂大笑起来，没形象地下

台离去。

洛芷珩的脚步在马车前被洛凝霜拦住了。只见白衣飘飘清纯柔弱的洛凝霜满眼喜悦地说道："姐姐你好棒啊，以前我就说让你也来参加这个大赛你不来，要是早来的话，说不定这么多年的冠军就都是你的了呢。"

洛芷珩眯眼，姐妹俩长得一模一样，现在又都戴着面纱，可一个一身白，一个一身红，看上去就是两个极端。

她大笑着猖狂地说："你说得对，要是我早来的话，哪能轮到你当第一名呢？不过你也不用害怕，你毕竟是我的亲妹妹，姐姐我做第一，第二自然也会给你留着的。"

洛凝霜脸当场就挂不住地冷了下来。而洛芷珩径直乘车离去，将洛凝霜晾在原地，被不少人观看。

随意翻看了一眼晋级后的参赛请帖，洛芷珩觉得这紫颜色的帖子可不如黄金邀请函好看。但因为大评委给请帖的时候难看的脸色，洛芷珩还是很开心的。她就厌恶那些狗眼看人低，一棒子打死人的家伙，借着这事情折腾一下那群老学究倒也不错。

洛芷珩的获胜完全出乎意料，获胜过程也迅速被传开了，并且掺杂了姐妹两个最后对话的那一幕，渐渐就演变成了各种爱恨情仇，姐妹之间血亲残杀的狗血剧情。但洛芷珩现在还不知道这些，她回到王府，立刻冲进了房间，在穆云诃还没反应过来的时候，一头扎进了穆云诃的怀里，嘤嘤哭泣起来。

穆云诃被吓了一跳，脑子就有点反应迟钝，抱着她焦急地道："怎么了？是不是受委屈了？落选了是不是，不怕，今年参加不了明年再参加，那个不重要的，你别哭，我给你比他们还要多的奖励好不好？"

洛芷珩越听越哭笑不得，但她选择了继续哭，还柔弱地在他怀里狠狠蹭了几下，就娇嗔地轻捶他的胸口，抬头霸道地说："你怎么就不想我点好啊？别人可以看不起我，你不可以！别人认为我会落选，你必须要坚定地相信我是冠军！就算我不是大赛的冠军，在你心里我也要是冠军！穆云诃，你记住没！"

穆云诃一看她那双带着笑意的大眼睛，浑身的火气和着急立刻就没了，就连发脾气都发不出来了。忍不住捏她的脸冷哼道："就你事多还爱假装，闹腾不够。"可他刚捏到洛芷珩脸上，就听洛芷珩发出一声杀猪似的惨嚎，吓得他一哆嗦："又怎么了？"

"疼！完蛋了，不会真的破相吧。"洛芷珩吓得连忙跳起来去照镜子，打开面纱，那张脸已经油腻腻的了，但右边脸颊上的红肿却清晰可见。

穆云诃也看见了，整张俊脸便狠狠地阴沉下来，声音里也透着一股少见的凌厉：“怎么弄的？过来本王看看。”

洛芷珩也委屈，一边洗脸一边说了今天的事情。穆云诃听了之后就两个反应，一个是充满杀机，竟然有人敢袭击她！另一个就是错愕，她竟然还真的初选通过了！虽然比赛过程听上去有点瞎猫碰上死耗子，但穆云诃坚定地相信，这一切必定是洛芷珩玩了什么猫腻。

“那个袭击你的人呢？带回来了么？”穆云诃的声音很冷。

洛芷珩换了衣服洗了脸，一身乱七八糟的东西也都拿下去了，清清爽爽的又成了那个青春无敌美少女。不过脸蛋的红肿还有故作委屈的水润大眼，还是让她看上去可爱又可怜极了。

穆云诃就发现，他满身的火气冰冷也维持不下去了，在她坐在自己面前的时候，手就自然而然地将她软过来的身子拥进怀里，冰凉的手指轻轻摩挲着她的脸颊，声音莫测：“一会让小喜子去母亲那里拿药来，母亲那有许多对女人好的东西。还疼么？”

这一天跟打仗似的，洛芷珩嘻嘻哈哈的表面下是一颗时刻紧张绷紧的心，她也很累很委屈的。可是回到这个似是而非的家里，莫名地就期待着见到穆云诃，她这么自然而然地依偎进穆云诃的怀抱，虽然他的胸膛并不强壮，他的手臂并不有力，可这一刻，因为这个平日冷言冷语的男人这样一个愿意接纳她，细心体贴的一个问候，就让洛芷珩觉得再累也值得，再苦也不怕。

这个怀抱，只要她保护好，总会成长。这个男人，只要她守护住，总能活下去！

也许是太疲惫了，在穆云诃柔弱的胸膛里，她安稳睡去。穆云诃低头，深邃的眼底染上层层冰霜，她安静的睡容上那道通红肿胀的印子，勾起了穆云诃心底蛰伏的戾气！

费了好大的力气，他才依靠着自己为数不多的力气将洛芷珩完全弄上床来，此刻他已经累得剧烈喘息起来，可她还在他怀中安稳沉睡，没有了往日里的闹腾顽皮，乖巧得让人心疼。

他静静地看着，静到眼底里盈满了不知名的哀伤和惆怅，最终也完全被那来自骨子里的冰冷冻结。这么多年来，他的无动于衷，换来的就是今日的种种退让和低三下四么？换来的就是让他在乎的人，和他身边的人处处危机，步步惊心么？

如果他的忍让和不争，成为别人认为他软弱可欺的理由，从而来伤害他身边的人，那么忍让和不争不强还有什么意义呢？没有人能给他一片海阔天空，更没有

人能给他一片田园净土，充满杀戮和阴谋的肮脏漩涡里，他才是那个最愚蠢的人！

原来，不争也是争啊！那他还和那群人客气什么呢？总不能再继续无动于衷看着他身边的人，一个个因为他的无能而出现危险吧。

“小喜子将小王妃的事情都告诉王妃，记得求一个治疗红肿挫伤的药来。”穆云诃清冷地吩咐，那声音，与以往的温润儒雅有了本质的区别。清冷，孤傲，隐带一片肃杀！

王妃很快来到，却见穆云诃竟然站在那用不到的书房里，王妃很惊讶穆云诃竟然愿意站起来了，激动欣喜之余也感到了她儿子身上的某些变化，那瘦弱的脊背看上去不再是让人心酸的孱弱，反而给人一种虽然羸弱却可以倔傲的绝不倒塌的生机。

“云诃！”王妃声音有些激动和小心翼翼，她很怕这是时刻走在生死关头的儿子回光返照。

穆云诃转身，苍白的脸却无法抹杀他英俊容颜的绝艳，只听穆云诃沙哑开口，清冷的嗓音让人不由得严阵以待：“娘，外祖家有没有可靠的人？”

王妃愣住了，这是这么多年来穆云诃第一次提到她的娘家，王妃很是反应不过来：“有啊，云诃问这个做什么？”

“我想求娘让外祖家帮个忙，从第一才人大赛的手中将那个袭击阿珩的人要过来。”这一刻，穆云诃的言语神态都有一种诡异的邪魅感，眉宇间的戾气在提到那个人的瞬间强烈起来。

王妃心头狠狠一跳，心中就复杂起来，一方面高兴儿子竟然愿意反击了，一方面又难过儿子竟然是为了洛芷珩才反击。但她到底是高兴的，以前穆云诃就是太与世无争了。

“好，娘这就书信一封，求你舅舅帮忙。”王妃对于自己的娘家感情上是复杂的，因为她的娘家人不同意她嫁给穆王爷，所以王妃和家族这么多年来联系不密切。

穆云诃很聪明，他知道如今他的任何动作都不能，所以只能依靠外力来向那个庞然大物般的族人要人。穆云诃甚至想到了那个袭击洛芷珩的人背后可能的几个势力，所以他只能找一个有话语权的代表去要人。他那个外祖家就是最好的代表。

历经两个朝代拥有百年书香历史的大儒世家，这种古老的大贵族，对抗一个神秘族人，虽然未必会赢，但要一个人还是很可以的。

流言四起，惊人至极！

洛芷珩是个倒霉的人，并且还会一辈子倒霉！原因就是洛芷珩在大赛第一天初选的时候，刚上来就被人袭击。大赛上还遭人质疑。大赛后还威胁她的妹妹，言辞之间竟然是要让她妹妹洛凝霜自动退让，让她获得冠军。

这样的无耻小人简直是天地难容！根本就没有丝毫的才能，凭什么让名副其实的大赛冠军洛凝霜让位？就连自己的亲妹妹都不放过，一再伤害，还有什么资格参加才人大赛？而因为洛芷珩的参赛，这个才人大赛遭受到了强烈的质疑，声名也跟着一落千丈！洛芷珩不仅自己倒霉，还连累了百年口碑极好的第一才人大赛。

然后就有人提出了新的言论来证明洛芷珩是个倒霉的扫把星！

为什么明明是洛凝霜嫁给那孱弱的甚至从未见过世人的小王爷，偏偏在出嫁前的那一刻换了人？洛凝霜真的是没福气的人么？可是她却最终没有嫁给病秧子。而洛芷珩真的有福气么？但她却自己送上门去嫁给了一个病秧子。这可是一辈子的大事，嫁过去了，穆云诃一旦死了，她就要守寡了，活着，她也是守活寡。可见洛芷珩的命有多么不好。

而紧接着，又有人抛出了一个重磅炸弹，来证明洛芷珩的命运悲剧。

穆云诃，穆王爷唯一的嫡子，绝对活不过二十岁！

也就是说洛芷珩即将面临成为寡妇的窘境！她的命是有多硬啊！她才嫁过去多久？

种种流言，都是针对洛芷珩的，且每一个都合情合理又有理有据，简直让人想不相信都不行。

洛芷珩的名声在一夜之间空前的备受争议和言论威压。而且这么多的流言蜚语强大攻势，很容易让一个人的自信崩塌，再也没有勇气出来见人了。

但对于这些言论，洛芷珩完全不知道，她此刻正被穆云诃抱在怀里，憨甜熟睡，怎么也不会想到，明天早晨的正式比赛，她将面临的第一个挑战和磨难，就是强大的流言攻势。

她能在那么庞大又极端恶毒的流言蜚语中，还继续勇往直前么？

一觉醒来，就感觉到脸上清清凉凉很舒服，也不疼了也不胀胀的难受了。洛芷珩舒服地伸了个懒腰，一骨碌就钻进了穆云诃的怀里。也许真的习惯成自然，又也许是两个人潜意识里都很喜欢对方的拥抱。

所以穆云诃的手臂再也不会因为拒绝她而紧闭，而是会在她触手可得的地方摊开来，是一种无声的纵容和接纳的态度。洛芷珩也好像没发现穆云诃这个改变似的，可她却总能在那么近的距离里轻而易举地投入他的胸膛，枕在他的手臂上，一觉到天明。

洛芷珩睁开眼就是笑眯眯的，让人看了都会觉得心情大好，她对上穆云诃清

冷的眸子，指着自己受伤的脸语态娇憨地说："今儿可以亲脸蛋了吧，你的好运之吻很有效，今天继续亲呗。"

出乎意料的，今天的穆云诃没有扭捏和拒绝，而是直直地低下头，薄冷的唇瓣重重地印在她的脸颊上，伴随着唇齿间温热的气息和信任的话语直击耳畔："阿珩一定会是第一名，即便不是大赛第一，也是我心里的第一，谁也替代不了！"

洛芷珩的心，不规律地狂跳起来……

习惯了他的言语刻薄态度冷漠矫情别扭，猛然间穆云诃煽情来袭，让洛芷珩反而方寸大乱，恶趣味调戏的话反而都没了。她着急忙慌地起来，脸蛋红彤彤地去洗漱更衣。心里愤愤地想，她这不会是让穆云诃给调戏了吧？那小子难道也学会她的厚脸皮了？

穆云诃还在回味唇齿间那滑腻柔软的感觉，脑海里还是洛芷珩刚刚那可能是害羞的红晕脸蛋，阴沉了一夜的心情就莫名地好了起来。

洛芷珩换了一身比昨天还要骚包的大红衣服，依然是满头的金银首饰，满脸的胭脂水粉，油头粉面金光闪闪的洛芷珩又回来了，依然是战斗力十足。

但她没有继续扭捏，而是扑到了穆云诃的面前，满眼惊喜地问："我脸不肿了，你给我弄好的？"

穆云诃冰冷着脸，他可不敢让洛芷珩得了好处就翘尾巴，冷冰冰地说："是娘知道你受伤了送来的药。"

洛芷珩小脸瞬间垮下来："你就不能对我好一点？好歹我也是在前面为我们两个人奋斗的，真是的，我走了。"

穆云诃没理会她的抱怨，问她："你不吃饭了？"

"大赛的东西不吃白不吃啊。"洛芷珩戴好面纱火力全开地带着奶娘离开。

不一会儿小喜子就进来了，满脸喜庆地道："主子爷，王妃那边来消息了，人已经要出来了，这是那边给您的信件。"

穆云诃却没有小喜子那么乐观，他看过信之后，就一个想法，那就是灭了李家！

因为他从这封信中看到的是李家人对洛芷珩的敌意，是李家的嚣张，是洛芷珩生命的威胁！

李家是在为李侧妃撑腰！这是一种挑衅，更是一种赤裸裸的轻蔑！挑衅的不止是洛芷珩，还有洛芷珩背后的他！轻蔑的却是整个王妃这一支的人！

穆云诃再好的性格，再不争不强，也绝不会允许李家如此张狂！前朝皇族就了不起了么？如果真那么了不起的话，就不会成为历史了！他是当朝的皇帝嫡系的亲侄子，论张狂，除了皇子皇孙以外，他最有资格！

从小到大，他第一次犯杀念，并且是如此强烈的杀机！这件事情意料之中的和李家有关，而且根本就不难查明。

穆云诃是那么的庆幸自己娶到的是洛芷珩，可又觉得好歉疚。他能为洛芷珩做些什么？在知道自己欠了她那么多之后。

“六品官员家的嫡长子么？还有一个未出阁的妹妹？小喜子，笔墨伺候！”穆云诃忽然睁开眼，那个女人在外面不见血地拼着命，拼出来的是他们两个人的未来。那么他在后面最起码要为她将尾巴扫清，那些已经将他忽略到尘埃里的人，也要为他们的无知和狂妄付出代价！

穆云诃已经太久没有提笔了，但他的字的风骨仍在，洋洋洒洒一封信，都是他为洛芷珩铲除障碍尾巴的心意和迫切。纵然他提笔手先抖，纵然他无力到需要小喜子扶着手臂，可他依然写得龙飞凤舞，那些字，是他要保护洛芷珩的决绝意念，是他坚决要为洛芷珩撑腰的心，更是他要告诉那些已经将他遗忘的人，他穆云诃还活着呢，不安分的也要看看他允不允许！

到最后，他的手已经不是提笔，而是整个拳头握紧了笔杆，他瘦到只剩皮包骨的大手上骨节分明，青筋暴跳，汗湿的掌心无力地战抖着，混合着那些言语凌厉的字，看得小喜子都胆战心惊起来。

穆云诃一边暗恨自己的无能，竟然连写一封信的力气都这么缺乏。一边又担心洛芷珩的安危，这封信就越发地迫切了。到最后，这封信已经不是一个原本温润的男子所有的语风了，而是一个霸气的男子狠绝的安排与毋庸置疑的命令。

也许穆云诃这封信有些狠了，但对于想要彻底镇住那群蠢蠢欲动的敌人的穆云诃来说，不狠不足以震慑天下！

洛芷珩在所有人奇怪鄙夷的目光中来到了比赛场，她已经知道了那些流言蜚语，心里是很生气的，这群人埋汰人还真是不遗余力的。但她很想知道这些流言蜚语的出处是哪里。在她的心中，知道得这么清楚的，恐怕除了洛凝霜再没别人了吧？可是洛凝霜是怎么知道有关穆云诃活不过二十岁的这个王府严禁的秘密呢？

还是说，王府里其实也有洛凝霜的人？

洛芷珩觉得困惑极了。不可否认那些流言蜚语的威力确实强大，她甚至已经感觉到了压抑，挫折不断的前行道路上，似乎又只剩下她一个人了。无依无靠的感觉，真的让人有种流泪的冲动。

奶娘生怕昨天的一幕重演，所以她率先出了马车，环顾四周之后才谨慎地将洛芷珩给请出来，洛芷珩刚下马车，就发现今儿虽然人多，但却格外的安静，而且

空气中还有一种诡异的严肃气氛。

有问题！她刚想到，就看到人群忽然自动散开，从里面骑马而来一位黑衣男子，男子脸上戴着黑色面具，身边跟随着一队十几人的护卫队，每个人都是黑衣黑面具，满身都是冰冷和阴霾的气息，周边的人看到他们无不惊恐退后。

那群人在洛芷珩面前停下，居高临下盛气凌人，散发出来的都是军人的凌厉气场。明显是冲着洛芷珩而来。

洛芷珩在那样强大的气场下面，简直就是个小虾米，周围的人已经纷纷后退，大气不敢喘，奶娘也用一种前所未有的严阵以待的表情护在洛芷珩面前。可洛芷珩，只是目光冷然地看着那群神秘人。

上万人的比赛场，两万只以上的眼睛，在这一刻都聚集到了洛芷珩的身上，面临这样的阵仗，他们就不信洛芷珩还能继续无赖下去。只要洛芷珩不是真的傻，那就绝对不能和这群凶神作对！

穆王朝最凶名赫赫的杀战队与戮战队中的杀战队，那马上之人就是杀战队的中队长，保护穆王朝皇城安全的人，李家的血脉大都在这里面，这支军队也可以说是李家的亲为战队，凶残、暴虐、狠辣！凡与他们对话的人，除了皇上，就是将死之人！他们的屠刀下从未走过活口。

今日这群人出现在这个喜庆的比赛场，着实令人震惊。这杀战队竟然调出十几人来到比赛场找洛芷珩。

只有那中队长知道，他们来只是为了震慑洛芷珩身后的人。佟家昨晚竟然以一种雷霆手段从大赛中将被李家买通攻击洛芷珩的人带走了，李家反应不及，竟然被佟家压住死死不能动弹，一向与世无争的佟家忽然有了动作，并且来势凶猛，李家不能坐以待毙。

“你是洛芷珩？”轻蔑的口吻，冰冷的字眼，战马上的男子用看蝼蚁的目光看她。

洛芷珩心里急速反转，然后她做出了一个令人更加心惊肉跳的举动，竟然忽视了男子的问话，径直向前走。男子眸子狠戾，一挥手，瞬间那十几名地狱来者般的战士便将洛芷珩围在了中间，尖锐的刀锋直指洛芷珩，她瞬间跌入四面八方的杀机中！

战士和刀光剑影，上万人的狩猎场中，死一般的寂静，这是第一才人大赛举办百年来的第一次有刀光剑影的局面，而这位被人围攻的人还是一名单薄的女子，但这个女子也算是一名奇女子了，是穆王朝甚至整个天下花痴第一人，如今也可以说是命硬第一人！

但在犀利的流言蜚语和坚硬的钢刀之中的洛芷珩，没有人能看见她面纱下的表情，她在包围圈里负手而立，火红的衣裳在刺眼刀光中显得格外的醒目。她终于抬头看向最前方战马上的男子。平静的目光里没有一丝的波澜，在面对这种典型的充满血腥味的战士的时候，她唯一的反应就是："谁在针对她？""谁有能力能让这群人来为难她？"

"我在问你话，你听不见吗！"那战马上的面具男子声音更加凛冽地质问。

洛芷珩的表情变幻一刹那，而后抬手夸张地拍拍胸口，好像一个混混似的说道："你可小点声，吓坏了我，你承担得起么？"

她现在势单力薄，为今之计就是兵来将挡水来土掩。

战马上的人似乎很不屑洛芷珩的样子，声音更冷："那你是不是洛芷珩！"

"是啊，你看不见么？我这么闭月羞花沉鱼落雁的绝色女子站在这里，所有人都被我风华绝代的风采给迷住了，昨天还送给我至高无上的热烈掌声呢，你竟然还来问我？哦我知道了，你是不是慕名而来？想要一睹即将成为冠军的我的风采？那算你有眼光。"洛芷珩一边噼里啪啦地将自己夸了个底朝天，一边仿若没看见四周的刀剑一般，笑得花枝乱颤地走向那战马上的人。

她真的看似无害，可她每走一步她四面八方的人便会举着钢刀跟随着她移动一步，他们不阻拦，但他们很防备。可洛芷珩竟然就这样一步步轻快地走到了那人的马前，双眼带笑，脚步生花。

战马上的人比之刚才更加凌厉："我是代表皇城的安全来找你的，既然你参加了这个比赛，那就要遵守比赛的规则，再敢不按规则乱来，或者借助外力来干扰大赛的秩序和安全，那么我就会以皇城侍卫队长的身份来将你请进宗人府住几天。"

洛芷珩愣住了，就昨天那么点小事，至于这么大动干戈么？

她扬起那张只能看见大眼睛的小脸，满眼惊恐慌张和愤怒地大哭道："不要抓我啊，我只是来参加个比赛而已啊，而且穆王府的人又不帮我，我不是用小王妃的身份来参加的哇，我现在是洛大小姐，你们要是将我抓走了，穆王府的人不会管我的，他们都觉得我来参赛是给他们丢脸啊，他们这样对我，你们还要抓走我，我不活了啊，一个个的都好狠啊！"

她瞬间变泼妇，哇哇大哭起来，话语更是让人幸灾乐祸，没有人同情她，只觉得她果然是命不好，摊上事了竟然还没有人管。

而杀战队的队长面具下的脸色却非常难看，他来的目的就是通过洛芷珩警告穆王府里的王妃，从而警告王妃身后的佟家。所以他们才会用上洛芷珩小王妃的身份来镇压他们，可洛芷珩这样胡搅蛮缠不顾脸面地哭闹一番，有心无心地将她和穆王府给分清了，反而让他接下来不知如何是好了。

杀战队队长满脸煞气："总之你好自为之，昨日你已经错过一次了，再敢在皇家狩猎场上胡作非为，扰乱大赛的秩序，我立刻将你带走，到时候别说是你父亲来提你，就是穆王府的王妃来提人都不管用。当然，王妃的娘家人用一些雷霆手段来要人的话，我们也许没办法阻止。"

但洛芷珩不明所以，正想继续耍赖的时候，一个雷鸣般的声音嘹亮地传来，霸气的话语雷动四方。

"李家小儿好大的口气！竟然就敢将我们佟家给挂在口边了！还以为你们李家是过去的皇族呢？李御风，你如此狂妄，不会真以为你李家在皇城里就独步天下了吧？佟家人，可还没死光呢！"

一阵轰隆隆的声音传来，包围在洛芷珩背后的人群一阵骚动，而后快速分开，对面仿若一团烈火冲过来一般，火红的斗篷长袍，从头到脚包裹全身，火红的面具戴在脸上，好像一张张凶神恶煞的鬼魅之颜。

他们整齐一致地冲来，步伐交叠在一起是杀伐的鼓点，眨眼间那群红袍男子分布开来，将黑衣战士们给围住。

在后方，同样是一匹威风凛凛的火红战马，满身仿若在战场上浴血而归，承载着它背上那同样一身火红斗篷火红面具的魁梧男子，有力的蹄子似乎迈着优雅而沉稳的步伐，缓缓步入人们眼中。

四周抽气声此起彼伏，连绵不绝，甚至有那见多识广的人，再也忍不住地惊呼起来。

天啊，是火焰旋风戮战队！那战马上之人是戮战队的大队长！上过战场，杀过敌军，虏过敌将，战功赫赫的佟将军！

穆王朝两支皇帝亲兵军队，威名远播的杀戮二战队，一直是人们眼中战神一般的存在。李家和佟家都是有历史的古老大贵族，而李家与佟家却是死敌。

李御风面具下的脸瞬间就扭曲了，甚至还有一点点的忌惮。但佟家的人出现在这，可能是为了洛芷珩而来，李御风脸色就更难看了，本来他们是想要警告佟家的，佟家向来稳重，谁能请动佟家如今的最高执行者亲自出马？

别看佟家人以前不出声没动静，但佟家人一有动静，哪怕是风吹草动，都会让李家人十分警惕小心。

"佟伯父可是大忙人，今儿怎么有空来这无聊的大赛了？"李御风的调侃毫不掩饰。

佟将军骑马立在那里，就是个威严霸气的存在，他火红面具下的双眼淡淡地扫了一眼花枝招展的洛芷珩，眉峰是紧蹙的。刚才洛芷珩的举动他看在眼中，不喜在心里，可想到一向无欲无求的外甥穆云诃竟然破天荒地第一次开口，他就不能不管洛芷珩。

冷酷的声音似乎还伴有这金戈铁马的嘶鸣："李家的小儿，说话要有分寸，今日你两次口无遮拦本将军可以放你一马，再有第三次，本将军就让你品尝一下千人斩的滋味。到时候就是你们家老祖宗亲自来求本将军，本将军也不会给面子的。"

李御风的脸瞬间惨白了起来，千人斩，是一个人挨上千刀，用千刀万剐来说也不过分。佟将军出了名的铁血，什么都做得出来，所以他的话让李御风害怕了。

"佟伯父玩笑了，御风怎么敢在佟伯父面前胡言乱语？"

洛芷珩眼珠滴溜溜地转，有点摸不明白局势了，这忽然出现的又是谁？奶娘这时候刚好在她耳边轻声地说："是王妃的娘家人。"

洛芷珩眼睛一亮，旋即又费解起来，王妃的娘家人会管她的事情？

"不敢最好，这个人是本将军的外甥媳妇，不管她什么德行，都还轮不到外人来逼迫她管教她，只要她还是穆云诃的王妃一天，就有穆云诃来管教她，你们李家，没有这个资格！"佟将军开口无情，但却将穆云诃三个字说得清清楚楚。

穆云诃的名字，在沉寂了十九年之后，再一次出现在众人眼前，不再是病秧子穆云诃，而是佟家的外甥穆云诃！那感觉，就好像穆云诃也不再是一个软弱可欺随时等死的人了，从佟将军那洪钟有力的声音里说出来的穆云诃，似乎同样强大令人不敢忽视。

洛芷珩心头一跳，一种不知是什么样的感觉盈满心间，她想到了什么，却不敢确定。

而接下来，佟将军在众人变换的脸色目光中，一挥手，他的部下就带上来了一个已经浑身被打得面目全非的人。佟将军指着那倒在地上奄奄一息的人，冷酷地道："他胆敢袭击穆云诃的妻子，我得了穆云诃的信件，按照穆云诃的意思，这个人必须死！穆云诃说，他要让众人看看，这就是得罪和伤害他女人的下场！"

佟将军有力的嗓音霸气的话语，每一个穆云诃都叫得格外响亮和狠绝，让人们也感觉到了那位神秘的小王爷穆云诃，在说这些话时候的狠辣与冷酷，众人不禁噤若寒蝉！

一个病病歪歪的小王爷也许高贵，但不会有人放在眼中。但一个有强大靠山，并且这个靠山愿意为他的事情而奔波，再加上本身也够狠的小王爷，就足以令

人忌惮和害怕了。

原本就脸色不好看的李侧妃，知道这些话都是穆云诃交代的之后，她脸色简直可以用五颜六色来形容。

人，其实都有底线，没人踩中的时候都好说，一旦被人踩中了那根对于本身来说最脆弱的底线的时候，那么反击是一个人最大最直接也最应该的本能了。

很不巧，洛芷珩在与穆云诃的朝夕相伴中，渐渐成为穆云诃自己都不知道的不可被人触碰的那根薄弱底线。更不巧，踩中这根底线的人，是李家！那被惹怒的穆云诃自然就要给予更激烈的反击。

穆云诃这个人，看似温润，但骨子里的阴暗与冷酷是外人所不知道的，穆王爷总觉得这个孩子和他最像，那么穆王爷性格中的狠辣智慧，他未尝就没有。他不出手则已，但凡出手，力求一击而中，让敌人伤筋动骨为止！

洛芷珩心头泛起了一股巨大的她自己都不知道的浪花，愣愣地看着那个已经奄奄一息的人，她没有任何同情，而穆云诃竟然无声地帮她做了这些，一下子，洛芷珩之前的那些沮丧感和孤独就全没了。

穆云诃不是无动于衷的，她也不是非要在看见穆云诃的时候才能感觉到力量和支持。现在，穆云诃正在用他的方法和态度来支持她，或者，保护她！洛芷珩激动得甚至手都在发抖，直到这一刻她才真切地感觉到，在这个陌生的世界里，她真的不是在孤军奋战！

那个人在上万人面前，头颅被斩，鲜血四溅。

“这男子的父亲是六品官员，如今已经查出来多年贪污，还敢私自贩盐，已经被革职入狱了，全家牢狱之灾，他没出阁的妹妹，一旦她父亲被定罪，她会列入奴籍，永生永世只能当一个奴隶。”佟将军冷酷地说着让人觉得天寒地冻的话。

因为得罪了一个洛芷珩，就遭到了穆云诃疯狂的报复，甚至牵连家人，那个男子若是地下有知，不知道会不会悔不当初？

众人不明白为什么小王爷对洛芷珩这么不堪的人如此宝贝？

意外太多，但最意外的是穆云诃今天的强势保护，这对洛芷珩来说是一剂强心剂，能够支持着她，在强大的流言蜚语和各种压力危险中，勇往直前！

这一战，洛芷珩对战尚书千金，抽取比赛题目是琴艺。曲子自选，双方同台演绎。尚书千金挑选一把古朴大气的古琴，双手托着琴优雅上台。

洛芷珩随便拽了把琴，拖着琴一路魔音尖锐地跳上擂台。人们压抑着的谩骂再也忍不住变成嘲讽响起来。

两个人在擂台两端坐下，琴就放在面前的琴案上。尚书千金虽然隐藏得很好，但面对洛芷珩她的眉宇间还是很不屑与轻蔑的：“我就不自报家门了，请洛大小姐多多指教。”

洛芷珩挑眉嚣张地道：“指教谈不上，只是既然你这么有礼貌，那我就和你说句实话，今儿这比赛你绝对赢不了我，你知趣点自己走，我不为难你，你要是妄想和我一较长短，那我也不介意让你知道知道，什么叫神曲！”

尚书千金眉宇间闪过一丝厌恶和鄙视，再不多言，纤纤十指按上琴弦，刚要拨动，忽听对面传来一阵惊天之音，尚书千金脸色大变！

洛芷珩一身红衣仿若烈火，盘膝坐在琴案前，嘴角勾起一抹无人能窥见的顽劣笑意，目光里更是满满的狡猾。她动作无比优雅地将手从琴头划过琴尾，这一刻的洛芷珩在众人眼中，仿若变了一个人，那般恬静，那般神秘。

清风拂过，她脸颊上的面纱轻轻撩起一缕孤痕，旋即落下将她那个演奏撩拨得越发的神秘。若不是她那十根手指太过于金光灿灿，满身的首饰太过于爆发户的庸俗样子，那么此刻的洛芷珩也许不会太让人厌恶。

猛然间，她白嫩的手指勾动了一根纯白的琴弦，日光下，琴弦的跳动几乎带动了人心的跳动，清脆悦耳的琴音令人精神一振，与之前洛芷珩那种拖着琴走的声音不一样，众人忽然恍惚，这绝对是一把旷世好琴！不然不可能会在洛芷珩这个白痴的手中发出如此悦耳的声音。

尚书千金轻蔑的目光一下子就变成了错愕。众人忽然听闻那一声琴音，皆是面露惊色，本就看着洛芷珩的目光就更加的不敢眨动了，生怕错过洛芷珩作弊的瞬间。

她，依然是最不被看好的那个！

就连大赛的评委们，一开始还不太注意洛芷珩选择的琴，可是在这一刻，听见琴音的瞬间，大评委首当其冲地坐直了身体。

“她选择了先生留下的龙凤琴？！”大评委声音不大，但其中的震惊不小。

其他评委们瞬间一个激灵，好像排练好的一般一个个地坐直了身子，死死看着洛芷珩。

先生的身份向来神秘，但先生的琴艺却独步天下，这龙凤琴是先生毕生挚爱，原本是一对古琴，所以命名龙凤。但凤琴如今灭世已久，只剩下龙琴孤零零地逍遥天地间，却没了能够鸾凤和鸣的伴侣。

如今受先生委托，将这龙琴拿来参加大赛，看看龙琴有没有那个好运气，能够遇到一位能够感受它孤单的人，来用它奏出一曲不再孤寂的曲调。

因为龙凤琴来历不俗，又知名于世太久远了，后人在知道凤琴灭失之后，便

将龙琴叫做了龙凤琴。

传言，能够拥有龙凤琴并且让龙凤琴喜悦的人，无一不是天生命贵之人！

于此，大评委等知情人士，在看到洛芷珩随手就选择了一把来历不俗，甚至可以说是大赛极重要物品的宝琴之后，无不面色巨变！

洛芷珩却好像魂游天外了一般，这一刻，她手抚长琴，这把古朴到不起眼的古琴带给她的是一种很微妙的感觉，就仿若这把古琴之中住着一个灵魂，一个孤独了千百年的灵魂。它那般的孤傲，蛰伏沉默了太久，才让这把琴黯然失色了多年。

她的手就好像抚摸着一个已经心死之人的心房，那里不再狂热不再跳动，但她却能感觉到，这死寂的灵魂，还活着！

太诡异了！原本准备这一关继续耍无赖蒙混过去的洛芷珩，却在这一刻，那么不忍心用这把琴来为自己作弊和耍赖，她甚至想，她不能因为自己的主意而玷污了这样一把好琴。

琴音悠扬中泛着一种厚重，嗡鸣间四周寂静，都被笼罩在了这琴音之中。

可洛芷珩真的不会弹琴！纵然她在还是大家闺秀的时候学过古琴，但那个时候已经有钢琴了，她的老师也教过她许多钢琴曲目，她会弹奏古琴的曲目，一只手也数得过来，而且还都不全。

这场大赛，洛芷珩一直是不紧张的，她口中常自信满满说她会是第一名，可是她自己都不确定的，但她只能全力以赴。但这一刻，她口中的全力以赴，变成了一种莫名的责任的时候，她不想输。也输不起。

是努力一把，不辜负这把给她莫名感动的古琴？但这样必然会让洛凝霜那些人提前对她防备起来，那么她后面的路就绝对不好走了。还是继续装傻充愣，用白痴的形象冲到最后，再异军突起？可是那样的话就注定要辜负这把古琴了。

思量了半天，她就好像忽然与那把古琴连在了一起，都成了静物。

过去，她不相信鬼神，所以无法无天大言不惭。但现在她自己都是一缕孤魂，还附体在了古代洛芷珩的身上，鬼神真的不存在么？也许这把琴里真的就藏着一个孤寂的灵呢！

很奇怪的感觉，她竟然会因为这把琴而有诸多犹豫。可是当她摸到这把琴的时候，脑海里就想到了穆云诃是怎么回事？总觉得这样本应该光芒四射的琴，却因为心死而暗淡无光，就好像穆云诃，本应该活在阳光下，肆意快活潇洒不羁，却因为心死而活死人一般地躺在床上。

心口，弥漫着一种无法言喻的疼，憋闷得她发慌。

大评委真不希望洛芷珩来祸害这把琴，若是这把琴能被洛凝霜选中多好？他们爱琴之人是绝对无法忍受有人来这样对待琴的。

“洛芷珩，大赛决定再给你一次机会，你可以换一把琴来弹奏，这把琴不适合你。”大评委用还算平静的声音说道。其他人都明白，大评委这样做其实就是在挽救那把琴，在洛芷珩手中，那把琴就完了。

尚书千金脸上一喜，要是能换回来就好了。

扬起一抹善意又温柔的笑意，尚书千金道：“我将手中这把好琴换给洛大小姐用可好？”

洛芷珩回神，抬起眼皮看尚书千金，手轻轻地抚摸着这把琴，话语犀利又调皮：“尚书千金当我是傻子么？我手中这把琴好啊，你想用它赢了我？我怎会那么傻的和你换。”

尚书千金的脸色瞬间花花绿绿地变换着，红彤彤的不知道该怎么辩解了。

“洛大小姐不要以小人之心度君子之腹好么？我只是看你可怜，竟然选择了一把最不好的琴，到时候你落选了，可不要怪别人没有给过你机会！”尚书千金讽刺道。

洛芷珩那双大眼睛隔空看向尚书千金，静静的目光仿若实质一般凌厉霸气，看得尚书千金有种恨不得低下头不与她对视的冲动。

“是你先来还是我先来表演？”洛芷珩吊儿郎当的语气。

尚书千金眼馋地扫了一眼洛芷珩的琴，却也只能不甘地开始弹奏，她终究是相信洛芷珩什么也不会，根本就不会赢过她的。

尚书千金弹奏了一首相当温婉舒服的曲目，虽然全神贯注，但她弹奏到得意之处的时候，众人也会有喝彩的声音，她就不免更加得意，就想要看看洛芷珩的难看表情，于是她抬头，然后只觉得对面一阵刺眼光芒射来，她下意识地闭紧眼，手下一顿，弹错琴弦，声音乱开来。

一首原本绝对完美的曲目，不可避免出现了瑕疵。

众人难免面露失望，就连大会评委们也是遗憾地摇头。但所有人都知道，就算是这样，尚书千金也一样能胜过洛芷珩，因为洛芷珩应该是连一首完整的曲目也弹奏不出来的。

而尚书千金知道是洛芷珩在对付她，她不甘心又气愤，暗恨自己竟然被洛芷珩这个卑鄙小人给暗算了。一边努力地想要挽回这首曲子，一边还是没忍住地抬头，想要瞪洛芷珩一眼警告她。

然而，她刚小心抬起眼皮，这一次虽然没有那种刺眼的强光了，她却发现洛芷珩的手妩媚地划过鬓角，而后她的手指间竟然多出了一个锋利的刀尖，使尚书千金震惊至极，只见洛芷珩将手指按在了琴弦上，琴弦忽然向后背拉动，那尖锐的刀片便仿若被拉满弓了蓄势待发的利箭，只要洛芷珩放手，刀片便会对着她飞扑而来！

尚书千金面色巨变！就连曲目也弹不下去了，手已经离开了琴弦，整个人因惊骇而猛地向后倒去，看上去可笑又突兀。

洛芷珩嘴角含笑，手指已经收回来，刀片也被她不着痕迹地在抚摸面纱的时候放进口中。就算尚书千金指控她用危险物品威胁她，找不到危险物品，也没有人敢给她定罪。

她承认她是卑鄙的，但她为了生存可以做很多事情，她不做夺人所爱的事，不做违背道德和底线的事情，不无故杀人。但这场比赛于她而言已经不单单是一场比赛了。还是她和洛凝霜之间的较量，是她和穆云诃站在世人眼前的契机，是她向世人宣告，她洛芷珩不再是那个花痴白痴的转折！

大赛于她而言是改变命运活下去的机会！而对于那些来镀金的大家闺秀们而言，没有这场大赛她们不会死，甚至她们可以因为参加大赛而得到一个好的姻缘。

如此想着，洛芷珩心中那一点愧疚也就被压下去了。毕竟这些人都不喜欢她，还很厌恶她，她没必要圣母般去爱每一个敌人。

尚书千金的忽然跌倒，让全场哗然。众人惊呼四起，而后都将愤怒的目光看向洛芷珩，不用问，必定是洛芷珩又做手脚了，不然怎么会好好的尚书千金就摔倒了？

“怎么回事？”大评委猛地站起来怒道，这场大赛明明应该顺利举行圆满落幕的，可是因为洛芷珩的出现，大赛充满了危机和变数，这简直是不可容忍的。

“你、你竟然要暗杀我！”爬起来的尚书千金惊恐地躲在琴案后面，尖锐地怒吼道。

此话一出，众人都面露惊色。谩骂指控洛芷珩的声音更是毫不犹豫和毫不吝啬的。

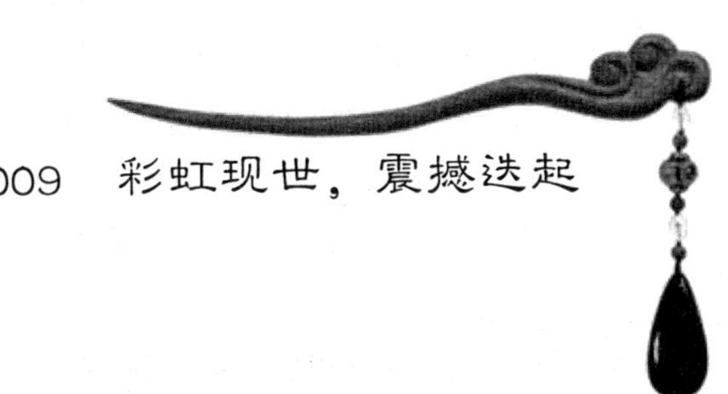

009 彩虹现世，震撼迭起

“滚下去吧！别在这害人了！你这个扫把星。害了自己的亲妹妹，害了本应该是你亲妹夫的小王爷，昨天还害了知府大人的千金，今天又来害尚书千金，你简直就是个扫把星啊，走到哪里害到哪里！”有人愤怒地指控洛芷珩，声音清晰，在众人中瞬间领导了谩骂洛芷珩的风潮。

而洛芷珩清清楚楚地听见了，只用眼角扫了那站在擂台下面靠前的男子，可这一眼角的扫射，却有着不可忽略的锋芒毕露！

好一个托！只是不知道这是洛凝霜的托，还是李家的托呢？不过不要紧了，期待她洛芷珩死和丢脸的不在少数，她不在乎。

“洛芷珩你又做了什么？”大评委怒问道，这还是第一才人大赛么？因为洛芷珩，这场大赛简直变成了有史以来最混乱，骂声最多的赛事。这是洛芷珩的批判大会吧！

人们见洛芷珩在如此谩骂和指控中依然淡定自若地坐在那里，不禁气结。

洛芷珩只是坐在那里，声音不大，刚好能够让周围的人听清：“我这不一直乖乖地坐在这欣赏尚书千金演奏么？怎么？我乖也有错了？”

周围的人愣了一下，旋即喧哗谩骂声简直要惊天！纷纷指责洛芷珩厚颜无耻，指控大赛太不公平，接连两次发生这样的事情，竟然还不将洛芷珩除名赶出

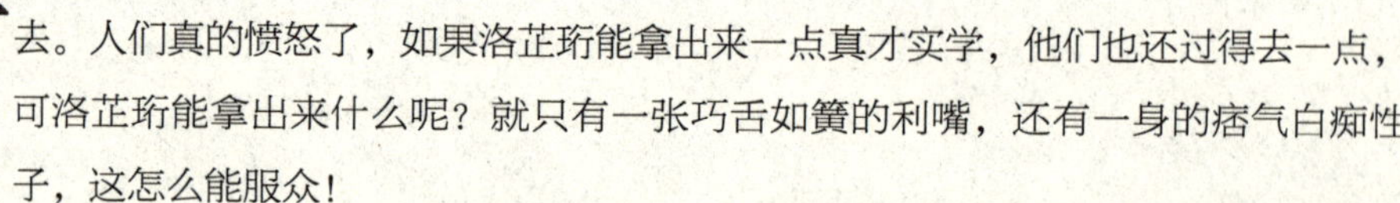

去。人们真的愤怒了，如果洛芷珩能拿出来一点真才实学，他们也还过得去一点，可洛芷珩能拿出来什么呢？就只有一张巧舌如簧的利嘴，还有一身的痞气白痴性子，这怎么能服众！

大评委和管理秩序的人控制了场面，让即将失控的场面安静下来，大评委问道："你没做什么为什么尚书千金说你暗杀她？"

洛芷珩胸有成竹，距离她最近的尚书千金能看清楚她的动作，评委们太远却看不到，而那周围的观赛者刚才都全神贯注地倾听尚书千金的演奏，谁会注意她的小动作呢？

"为什么你们就要对我这样有偏见呢？我乖乖地坐在这里明明什么都没做，为什么你们就是要指控我呢？为什么你们就不想想，也许是她忽然忘记如何弹奏了，怕丢人，才会这样诬陷我企图骗取你们的同情，还能将我一网打尽，那么这一场比赛不就是她获胜了么？这么简单的道理为什么你们就不懂呢？"洛芷珩猛地站起来，大声委屈道。

她的话……还真有那么几分道理！

安静的场面更加安静了，评委们的脸色一个比一个难看。虽然有道理，但他们怎么就感觉这小狐狸就有种得意的气势呢？这洛芷珩后面就是没尾巴，不然此刻还不翘起来了？

洛芷珩用金光闪闪的手扶住额头，掩藏住她眼中已满的笑意和乖戾。暗叹，原来做个坏女人也这么不容易的啊。洛芷珩哭笑不得，她如今竟然成了个人见人恨、人人喊打厌恶排斥的恶毒配角了呢。

"你们……不要再冤枉我了啊，我好难过的。"洛芷珩哽咽道。

诅咒，这里面竟然有人诅咒她守活寡！她虽然没有听清是来源于哪里，但这话却让洛芷珩有点不能忍受。

你大爷的！俺家小诃诃一定会长命百岁的，你才守活寡呢！

忍着怒火，洛芷珩说："我的比赛还是要继续吧，虽然她冤枉我，想要借此来打压我，但我知道这是她没自信能赢过我才会这么卑鄙的，我会原谅她的。"

评委们嘴角狂抽，觉得昨天晚上吃的东西都几乎要吐出来。他们没证据，又让洛芷珩钻了空子。骤然发现这个洛芷珩竟然能一次次从他们手中蒙混过去，是真的巧合，还是她运气太好了？

洛芷珩淡定地要了一桶凉水放在琴案边，然后坐下，她将帕子打湿，仔仔细细地开始擦拭那把琴，这个举动让评委们一愣。

这把琴，渐渐被她擦得发亮，但只是如此而已。然而令人没有想到的是，她忽然用帕子沾满了水浇在琴弦上，那把古琴不一会儿就湿漉漉的了。

此刻阳光正好，干净的水浇在仿若白骨般洁白的琴弦上，在乌黑的琴身的照耀下显得格外的晶莹剔透。这一刻，也许是因为洛芷珩的安静和不再争辩，众人也都安静下来。

“你的这个姐姐啊，可真是太不知道天高地厚了。”一个参赛者给出评价。

洛凝霜面纱下的笑意更浓，但口中却迟疑地道：“姐姐她只是有点紧张罢了。”

洛凝霜满眼的期待，期待着洛芷珩快一点出丑。

“这个洛芷珩太胡闹了！她会毁了龙凤琴的！我去抢回来。”一位评委实在忍不住了，猛地站起来道。

“坐下！洛芷珩不懂大赛的规矩，你难道还不懂么？先生既然将龙凤琴拿出来，就必定已经想到了龙凤琴会有损伤，虽然这宝物落在洛芷珩手中实在可惜，但我们不能破坏大赛规矩。”大评委严厉地道。

“这场比赛过后一定要将洛芷珩给赶走！她不能继续留在这里了，你们应该知道，接下来的比赛才是重头戏！关系到我们穆王朝和其他国家对抗的结果。”评委们一致同意这个说法，大评委也点头了。

于是，洛芷珩不管这一局表现得怎么样，都注定了要离开大赛了。当然，他们肯定洛芷珩这一局绝对必败无疑。

当那把琴几乎都泡在水中之后，洛芷珩的双手按压在琴弦上，将琴弦完全压在了下面的水上，而后在所有人目瞪口呆中十指飞快地拨动琴弦，只听比之前更加悠扬迷人的琴音便快速地流泻出来。

这是一首不知道什么曲目曲风的乐章，听上去凌乱，但仔细辨认却隐隐有一种金戈铁马的肃杀与壮丽。她的手指用一种人们从未见过也没有尝试过的速度在拨动琴弦，说是拨动，倒不如说是在弹动，一上一下，弹性十足地在那些白骨一般的琴弦上跳动，轻盈灵动，可爱俏皮。

日光下，她的手指上有水花飞溅开来，从她每一次按压琴弦，在勾起琴弦的时候，从琴弦上被劈开成无数瓣的水珠，飞射开来，那把琴，忽然之间就仿若有了灵魂一般，好像泉水敲击在琉璃上，叮叮咚咚十分悦耳。猛然间，又好像海浪击打在礁石上，沉重强势得令人心潮澎湃。

然而，这独特的弹奏风格，还有杂乱却有章法的壮丽曲调，还真让人们对洛芷珩刮目相看了一小下！

当人们看见，在洛芷珩的手指和琴弦之间，一点点，从朦胧到清晰，从虚无到存在的那些色彩斑斓的东西的时候，全场一片鸦雀无声，每一个人甚至都因为这神奇的一幕而屏住了呼吸，用力揉搓着眼睛，不可置信的，震惊骇然的，茫然无知的，甚至是错愕惶恐的，一个个的情绪在众人的脸上眼中出现，撞击着心里深处那对神明的敬畏！

赤、橙、黄、绿、青、蓝、紫……

一个个颜色，渐渐出现，她白嫩的手指飞快地穿过那些神奇的颜色，在日光下，水雾越来越多，她的手苍白得几乎透明，只剩下她手指上那些在日光下同样色彩斑斓的宝石戒指在发光，映衬着那些凭空出现的七彩光芒，这一幕，无限神话！！

"那是……什么啊？！"

这句话，被许多人惊讶地低喊出来，就连洛凝霜这一刻都惊呆了，有人更是猛地站了起来，痴呆一般的痴迷："好美啊，那是什么？"

那个神奇的东西越来越多，越来越大，在那把一米二三左右的古琴上，从头慢慢浮现到尾，就仿若凤凰的尾巴一般，渐渐覆盖整个琴身！

洛芷珩，却仿若已经融入了无人之境，她手中那曲不知名的甚至算不上曲章的乐曲已经不重要了，就连她也已经成了陪衬，人们的感官中，都被这渐渐出现的壮丽一幕震撼冲击到了一种极限。

洛芷珩的眼睛越来越亮，手指越来越快，按压，弹奏，勾起，放开，水花，四溅！

她的动作渐渐成了一道道残影，那些彩色越来越艳丽和浓烈，终于，有人认出了，并且有人愿意承认了这神奇的一幕是什么！

"那是……天虹！！"

此言一出，震惊住的人们，无不惊呼起来，但却因为对苍天的敬畏而将那惊呼硬生生卡在了喉咙里，可一个个却再也掩藏不了脸上心中的惊叹与震撼！

这个古代，叫彩虹为天虹，他们承认天虹是天创造出来的吉祥静物，是造物主的恩赐！是祥和、平静、安宁、美好的东西！

可是这种天上奇观却只有在雨后初晴的时候才会偶尔出现，这是天的赏赐，人为是不可能创造出来的！

但是这一刻，这和雨后天虹完全一样，不过是小了许多的奇异景物却出现在了洛芷珩的琴案上！

是那琴太奇妙，还是洛芷珩这个人不简单？怎么能弄出来天虹？！

再也没有谩骂声了，因为这一刻，在这种让他们敬畏的奇观之中，他们的亵渎之心只会变得渺小卑微。

不论下一刻怎么样，但这一刻，洛芷珩，用她自己的能力和智慧，铲平了一切恶毒的谩骂！

曾经的洛芷珩就很喜欢彩虹，但后来她的洋师傅回来后告诉过她，彩虹出现的原理，而对于信仰上帝的洋师傅来说，彩虹，是神创立天地与人之间的契约！

天下奇观出现必有一个原因，洛芷珩愿意相信天地最初这彩虹是来源于神的手中。而她的洋师傅也告诉过她，水蒸气也可以弄出来彩虹的景象。

今天，不镇住这群人是不行了，她知道，她现在的成绩太危险，而她真的不会什么旷世神曲，所以她只能另辟蹊径。

如果能给人们带来一幕视觉上的强大冲击和震撼，从而让人们忽略了她的乐曲，再加上尚书千金弹奏得也是漏洞百出，那么她不是没有获胜的可能的。就看这一幕能不能让人们震撼了！

她是真的拼命了，不到关键时刻她不能用上全部能力，但此刻，她在努力，她用这把古琴带来的曲调和彩虹，怕也不会辱没了这把古朴的古琴了吧。

她恍然间有些志得意满，猛然抬手，清冷的目光扫过对面的人群，落在目瞪口呆的尚书千金的脸上，洛芷珩微微一笑，眼波流转间，她手指渐渐缓慢下来，轻柔的琴音流淌在彩虹间，穿过空气直达云霄！

只听她用一种轻盈、庄严、神圣的嗓音，轻轻吟唱着一首古老大气的描写天象的千古名句，她配合得很好，渐渐将人们带入了一种天人合一的壮丽天象之中。此刻，天公都在作美，那天上厚重的云层遮挡住了太阳，将日光分割成了千万道，一缕缕震撼而又壮阔地冲出云层，在仿若流泻而下的日光之中，狂烈殷红如火种的洛芷珩，渐渐收音。

她的曲子开头不算大气，但结尾，洛芷珩用上了她唯一一个会一点的古曲中壮丽而庄重的曲子的结尾做押韵，高亢的琴音仿若龙吟一般直冲九霄之上，震撼收场！

这是一曲她东拼西凑出来的多元素的曲子，可单凭那凭空出现彩虹的这一幕带来的震撼和视觉效果，却绝对可以说是第一才人大赛百年以来的第一人！而洛芷珩最后那个千古名曲的押韵收尾，绝对是点睛之笔！震撼全场！

轻轻抚摸这还很湿润的琴弦，这次的弹奏简直就是群魔乱舞，可是这样的胡乱弹琴，却让她真真正正发泄了一场，心里也平静了好多，安静下来的心里却都是穆云诃，穆云诃的保护和维护，穆云诃的矜持和灰暗人生。她犹不自知地呢喃出声：“穆云诃，总有一天，我也会让你在我手中如此的——光芒四射！”

没有人能听到她的话，而在洛芷珩表演期间一直没有声音的人们，在洛芷珩表演结束之后也没有动静。可是洛凝霜却不敢相信这群人是在讽刺洛芷珩了，因为就连她，都不得不承认，洛芷珩刚才的表现，简直太颠覆了！！！

精彩绝伦也许还够不上，但精妙绝伦，视觉震撼还是当之无愧的！

一个不学无术，游手好闲，只知道美色的洛芷珩，怎么会忽然之间就能弄出来这么震撼人心的一幕？

她到底是有备而来，还是只是好运气瞎猫碰到死耗子赶巧了？！洛凝霜心头震荡，她只愿意相信洛芷珩不过是走了狗屎运而已！洛芷珩耍无赖赢的，她很开心，但如果洛芷珩是凭真本事赢的，那她决不允许！

“天啊，太神奇了！”终于，不知道是谁惊呼出来。然后整个赛场都陷入了一种狂热的赞美声中。

当然他们赞美的不是洛芷珩，而是这神奇的一幕，还有赞美着老天爷！祥瑞出现，不管是不是和洛芷珩有关，他们都不会轻视。而洛芷珩这样的人应该也不会做假做出来祥瑞这样的宝物的。那么就是洛芷珩好运气了？每一个之前骂洛芷珩扫把星倒霉的人，这一刻脸色都相当精彩。

大赛方面不得不立刻做出讨论，洛芷珩虽然弹奏得不怎么样，但是如果那天虹是她弄出来的，那她带来的表演确实很出色。而尚书千金也是表现得不算太好，那么这一场的比赛胜利者是谁他们还真应该好好考虑一下了。之前说想让洛芷珩比赛完这场就走的评委们，这一回也不说话了。

也是洛芷珩太讨厌了，他们也不知道洛芷珩以后会给大赛惹什么麻烦，所以经过了很激烈纠结的讨论之后，评委们一致决定，还是让洛芷珩落选。

而此刻的洛芷珩，忽然之间就平静下来后，对结果反而看淡了，如果真要证明自己的话，那么刚才的一场比赛也能给自己降低一点仇恨值了吧。至于和洛凝霜之间的争夺，洛凝霜是小人，她要是继续较真，岂不是和洛凝霜一样了？

心灵上的提升和开阔，让这一刻的她想过去的都可以过去，她可以不计较陷害和伤害了，但是未来洛凝霜或者是其他任何人，胆敢冒犯她一点的话，或者伤害穆云诃，她都不会再放过！

一个人灵魂上的升华是很难的，但洛芷珩很幸运，她因为一把有灵的古琴，和一次彩虹面前的弹奏，心灵上得到了一些释放，看淡了仇恨，看淡了争夺，她更愿意放下一些过不去的。她的心灵成长了，变得更加坚定了，也更加善良了。可同时，她也变得更加维护穆云诃了。

君待我付出真心一二，我对君只有掏心掏肺，没有狼心狗肺！

这一刻，她只想回到穆云诃身边，想尽一切办法治好穆云诃，这一刻的洛芷珩，将会秉承人不犯我我不犯人，人若犯我我决不手软的原则！

评委们正准备宣布这一局的胜利者是尚书千金的时候，一把苍老却略带激动的声音骤然响起，第一次听仿若远在千里外，却眨眼间就近在咫尺间："咦？龙凤琴上怎么会有天虹出现？"

骤然听到龙凤琴这三个字，洛凝霜的脸都变了，狰狞扭曲又充满了懊恼和贪婪。

那声音的主人在众人惊愕的瞬间从人群上飞过去，一串残影后唰地出现在洛芷珩面前，伸手就抓那把琴。

洛芷珩瞳孔一缩，以为这人是来抢琴的，下意识地伸手一挡，那人却竟然转手攻击起洛芷珩来，她也来不及反应，下意识地就还击，手指间骤然出现锋利刀片，她向前一划，那人惊讶了一下猛然后退一步，洛芷珩猛地站起来，一个利落华丽的跳跃翻越过琴案，一脚将那人逼出几米远，挡在古琴前，妖艳似火的她瞬间毫不掩饰的锋芒毕露！

来人是个灰衣白发的老头，面色红润略显富态，看上去有些老顽童的格调。

"小丫头啊，刚才是你用龙凤琴弹奏的曲子？你那是什么曲子啊？这收官之音着实令人惊叹。"原来老头来得晚了，于是只听到了洛芷珩后面那几个千古名曲的押韵结尾，却没听到她之前那群魔乱舞般的凌乱曲调。而对于爱琴的他来说，洛芷珩虽然满身胭脂味，但洛芷珩的"才华"已经能让老头青睐有加了。

老头看了一眼那龙凤琴上还很绚丽神奇的天虹，心头难掩震撼。就算他走南闯北这么多年，却依然只在今天见过这样奇妙的一幕。天虹出现在龙凤琴上，绝对是祥瑞之兆！

她故作一种浩然大气的姿态，仰着小脸道："是我弹奏的，不过如此惊世之音也不能出现太多次，不然档次不就低了么。"

洛芷珩略显狂傲好像低调，但她可不想再有人让她弹奏一下那乱七八糟的曲子，她的目的是为了弄出彩虹的景象，可不是弹琴！

没想到老头却一脸赞同连忙点头："说得对，像刚才那样的曲子，怎么可以被那群凡夫俗子拿来听？你就再给我弹奏一遍怎么样？这首曲子的作曲是谁啊？"老头爱曲如命，只听到了那几个押韵之音就已经心痒难耐了，之前的曲子不知道是何种的壮丽震撼呢。

曲作者？那一首能让群魔乱舞的神经制作当然是她这个音乐白痴做出来的。洛芷珩一脸高傲地道："作曲自然是我！不过你是谁啊，我凭什么再弹奏一次给你

听？你又不给我钱。”

老头眼睛一亮：“你要钱啊？我可以给你啊，你要多少？”老头说着就要宽衣解袍……

洛芷珩瞪圆了眼睛：“你个老不正经！我可是好人家的姑娘，你竟然敢光天化日之下做出如此猥琐下流的动作！我要让我家小诃诃废了你！”

“洛芷珩不得无礼！”大评委那威严的声音忽然出现，洛芷珩扭头去看，就见大评委带着一群评委急匆匆地走上擂台来，一行人面色严肃隐带恭敬，对老头行了一个华丽而奇怪的礼，开口道：“不知先生大驾光临，有失远迎还望先生恕罪。这洛芷珩向来是个混不吝的人，她的话先生可不要当真，大赛自然会给先生一个交代的。”

大评委向来高傲，自恃有些才能就目中无人了。但此刻他这严谨小心的样子，倒让洛芷珩心里面活络起来。

洛凝霜猛地向前两步，满眼放光地看着擂台上那没有站相的老头，心里面是掩藏不住的激动和狂喜。她没有想到，竟然会遇见传说中的琴圣！

当今天下，喜好琴棋书画诗词歌赋的人绝不在少数，战争虽有，但作乐也从未消失过。世上有许多自诩各种高手的人，但没有敢在这一方面自称为圣的人！因为圣人是天下各国的大儒者们共同选定推崇出来的，每一位圣者都有相当不俗的眼界和能力！而圣者，是拥有天下各国不可追杀伤害，可以四海为家受各国贵宾接待的高贵身份的！

当今世上仅存的圣人不多，王妃佟家，是世代的书香大儒，而佟家百岁高龄的老祖宗就是圣者中的一位，名为书圣！一手大字写得已经出神入化，举世无双！

传说中的琴圣从未有人见过。今日这龙凤琴一出，洛凝霜就觉得眼熟，原来不是眼熟，而是她听说过这琴的样子，所以当老头一出现，大评委又是这般的恭敬姿态，洛凝霜当即断定，这人便是当今四圣之一的琴圣！

琴圣的身份可是相当之高的，琴棋书画琴在第一位，若能得到这样的圣者的看重，那么她以后身份地位上都将有大大的提升，并且要受到各国的礼遇，以后她若是能够成为琴圣的弟子，那么继承师傅的琴圣之名也不是不可能的！

洛凝霜想了很多，每想一点她的心就激动起来，简直好像看见了权势地位财富在向她挥手一般！

“洛芷珩，我代表大赛宣布，这一局，你输了！”大评委的声音掷地有声。

但，这一次人群中没有立刻爆发出那种惊天地的欢呼声，一个个的脸上都还有着被奇异天虹震撼的色彩。他们欢呼不出来。大赛应该是一个公平的赛事，洛芷珩本应该出局的初赛让洛芷珩上来了，可偏偏这一局洛芷珩有所表现，反而让她下去了。她也确实该下去，只是她的落选就证明那道天虹也随之落选。

众人第一次为洛芷珩而陷入了两难的选择。

不成想老头立刻大声反对起来："你说什么？老头子我可真没听清楚啊，你是不是宣布这丫头获得第一名啊？？"

"先生？！"大评委等人面色均是一变，有些茫然失措。

"你们这群小家伙啊，是不是老年痴呆啊？还是眼花耳聋啊？要是不行就赶紧撤退换人啊，别在这耽误事！"老头很恶毒地说道。

洛芷珩咧嘴就笑，忽然觉得老头很对自己胃口："你说得对！我早就发现他们几个老得不行了。好坏都不分了啊，而且还总是冤枉我，你都不知道我参加这大赛多憋屈，下面那群人骂我编派我，他们这群人还跟着打压我，早就巴不得我赶紧滚蛋了呢，传说中公正又美好的大赛，原来只是个捧臭脚，需要看别人脸色做决定的大赛啊，那我不参加也罢，省得丢人！"

"洛芷珩你胡言乱语什么？明明就是你……"大评委暴怒的指责被老头打断了。

"你吱哇乱叫什么？说你还不对了？这丫头明明就应该是第一的，就凭她刚才那首曲子，获得个天下第一也不为过！你们几个是怎么商量的？难道真的该回去养老了？还是你们真的已经开始给自己做裹脚布，需要甩给那群庸俗之人捧臭脚来攒裹脚布？"老头继续恶毒地说道。

评委们脸色灰白，不仅仅是因为老头骂他们的话，还因为老头的审美怎么一落千丈了？就这样还天下第一？要不是那道天虹神奇出现，给她个倒数第一还差不多！

洛芷珩完全不给面子地哈哈大笑，俏皮地给老头加油道："老头你说的真精辟，我洛芷珩甘拜下风啊！你继续啊，我也好学个三招五式回去对付我家那群极品女人啊。"

老头那张喜庆的圆脸立刻就笑眯眯的，甚至还有点讨好洛芷珩的感觉："你要学啊，那好说，我一定将我会的经典语录全部传授给你。不过吧，你要将你刚才那首曲子再弹奏一遍给我听。"

再弹一遍？早忘了好吗！她冷哼一声，傲然道："我已经决定退出这场比赛了，今日大赛给我的羞辱我绝不忘记，你们如此逼迫我，如此羞辱我，今日我洛芷珩在此发誓，永生不再弹琴！"

这个誓言对洛芷珩来说啥也不是，但老头却面色大变！

老头是琴圣，是琴中的教父，更是当今琴曲中的领军人物。他爱琴曲自然是痴狂的，好不容易碰上一个“才华横溢”又能作出如此惊世之曲的人，他当然就起了爱才之心，洛芷珩不弹奏了，那不是琴曲领域中将有可能少了一位中流砥柱般的人物？

怎么可以！

老头怒了，满眼冒火地怒道：“你们几个成事不足败事有余的废物！赶快给我重新宣布比赛结果，这丫头第一！”

此话一出，全场震惊！

一个人单凭自己的一句话，就能改变比赛结果么？他以为他是谁？

洛凝霜震惊过后便是暴怒！凭什么啊？这究竟是为什么？！

洛芷珩自己也愣住了，不由得上上下下打量了一下老头，老头也有趣，见洛芷珩打量，立刻挺直了腰板，一脸讨好的笑。

大评委硬着头皮辩解道：“先生容禀，不说这洛芷珩有没有担当第一才人的资格，就说这样做也是不公平的，到时候才人大赛还能是天下间那个最公正的比赛么？第一才人是要靠自己的真才实学得来的。”

大评委用威胁的目光看洛芷珩，奈何洛芷珩正高傲着呢，鼻孔朝天完全无视大评委，差点将大评委的鼻子气歪了。

琴圣也知道大赛规矩，讨好地对洛芷珩笑道：“那要不你就和他们玩玩，反正你的才学我是相信的，这局比赛你获胜怎么样？第一什么的你自己赢来？”老头又一脸冷酷地问大评委：“这局比赛的第一名总可以了吧！”

大评委一口恶气卡在喉咙里，皮笑肉不笑地道：“这个咱们要商量一下。”

“商量什么！就凭人家弄出来的那天虹，这个第一就名副其实！也就你们这群二愣子还在这不知天高地厚地找茬，赶紧滚蛋，我宣布，这局比赛洛芷珩获胜！”老头一语定乾坤。

洛芷珩震惊至极，因为评委们没有一个反驳的，而群众们也没有声音。她，竟然又莫名其妙稀里糊涂地胜利了一场？也太……狗屎运了吧！

这一场比赛又淘汰掉了一半的人，最后剩下的竟然只有二十人而已。而比赛还有两场，一场是角逐冠军的决赛，还有一场就是名次的角逐，正式比赛的第二场就会选定前十名，随后两两对决，剩下的五人里面必定有一位是上一届的冠军，这是规矩，然后就是决赛的打擂！

冠军将不参加比赛，剩下的四人两两对决，各自胜利的一方再继续比试，最后剩下的一人将会挑战上一届的擂主，擂主守擂成功，便会成为这一届的连任冠军，而这个擂主自然就是洛凝霜！她这一次一旦守擂成功，那么就是连续十届冠军，荣誉不可言喻的高。

而挑战擂主的人获胜，那么就会推翻前任擂主的一切，获得的成绩也是有目共睹的。

但今年这一届比赛有一个最大的看点，那就是洛凝霜这位资深的擂主，并且有望获得蝉联十届的擂主，如果这一次有人能打破洛凝霜这个传奇的话，那么今年的这位新擂主的实力和名望一定会高达到无人能及的地位。

因为新擂主可是踩着连续九届擂主的所有名誉声望爬上去的！

洛芷珩脚步急匆匆回到了王府，兴奋异常回到房间里，一下子就愣住了。

只见昏暗的房间里，那皮肤苍白到几乎透明的穆云诃，裹着一件淡紫色的亵袍，领口微微打开，精致瘦弱的琵琶骨若隐若现，一头墨发蓬松的被一根玉簪盘在头顶，几缕长发跌落在脸颊，随着他微微低头偶尔轻颤的睫毛轻轻晃动。

他正在看书，脸上似乎有种艳丽的红晕，全神贯注的样子安静而缥缈，好像跌落凡尘的云中仙，与四周的黑暗是那么的格格不入，他本该属于光明，那俊美的绝世容颜不应该是隐藏在这丑陋的黑暗之下的。

洛芷珩不知道这一刻穆云诃这番模样带给她的是怎样一种感觉，只觉得心口又酸又胀，好想伸手摸摸他，就怕他哪一刻就会羽化成仙，毫不留恋地回到他的国度去。

穆云诃只觉得一阵强烈的香风迎面扑来，他猛地抬头，正好被人撞了个满怀，下意识地收紧胳膊抱住怀里的娇躯，口中担忧的呵斥已经溢出："总这么冒冒失失的，就不怕磕着碰着？"

洛芷珩咧嘴，在他怀里仰着小脸嘿嘿傻笑："这不是有你接着我么？"

因为是你，所以我才放心扑过来的。

穆云诃心中一软，看见她眼中的喜悦和促狭，穆云诃的脸就有点发烫，不自在地清咳一声道："赶紧起来，重死了。"

"你手里什么？"穆云诃扫见那琴眼底闪过一抹疑惑。

"哦，我的第一件战利品！送给小诃诃。"洛芷珩连忙献宝，满眼喜悦地看他。老头将龙凤琴送给了她。她却只想把琴送给穆云诃。

穆云诃也能猜出来一点她殷勤的原因，但他帮她不是为了她的献殷勤，可他也说不上来为什么要帮她，反正就是不想她受到一点伤害。

到底还是接过了琴，入手的感觉让穆云诃瞬间就爱上了这把琴。那种苍凉，孤独，绝望和黑暗的感觉，穆云诃统统都能感觉到！这把琴，竟然仿若有了灵魂一样，瞬间触动了穆云诃心底所有的情绪。

他觉得，他和这把琴是如此相似。

洛芷珩一看就知道穆云诃喜欢这把琴，赖皮似的黏在他身上哼唧道：“你都不知道我今天有多惨，不过不要紧，赢得了这把琴也值得了。我就知道你会喜欢它，因为它给我的感觉就是第二个穆云诃呢，今天它都发光了，我相信我的小诃诃也一定有一天会发光发热的。”

穆云诃心中莫名柔软，抱着她的手下意识想拍拍她。

转了一圈，确定今天也安然无恙，洛芷珩回到房间，这昏暗的房间让她一阵憋闷，就试探地说道：“穆云诃咱们能不能让这房间见见阳光啊？你就算不愿意出去走走，但是见见光还是可以的吧？咱把帘子都拿下来，窗户开开行不行？”

穆云诃昏迷的时候，洛芷珩曾经擅作主张地将帘子撤下来还开了窗户，穆云诃醒来之后只冷冷地说了一句：“立刻封上！谁再打开就滚出本王的院子。”

那时候洛芷珩和穆云诃还没有这么友好呢，所以很不在意穆云诃那种霸道的口气，但现在不一样了，穆云诃要还敢那样说话，洛芷珩必定翻脸的。

穆云诃的脸色就有些僵硬发冷，他冷冷地看着她问：“本王说的话你忘记了？”

穆云诃最近说话很奇怪，有时候会说我，有时候自称本王。洛芷珩也发现了，他高兴或者心情好的时候就说我，不开心或者生气的时候就用本王。而这种特别对待只对洛芷珩这样。

这就生气了？洛芷珩万分不解，但还是笑呵呵地劝解道：“其实多晒晒太阳是很有好处的。”

“你没什么话要对本王说么？”穆云诃完全不理会洛芷珩的话，自顾自地问道。深邃的目光里有一种别样的期待。

洛芷珩一愣：“说什么？没有啊。”

穆云诃的情绪忽然狂躁起来，他压抑着却止不住地冷下了脸色：“真没有？你在外面待了一天，真没有什么要对本王说的？比如关于比赛的事情？”

洛芷珩想到了那些对她很不利、让她十分压抑气愤的流言蜚语，这个不用让他知道，免得徒增烦恼。她笑道：“真的没有什么啊，不过我今儿又胜利了，嘿嘿，你的吻果然是能让我好运连连，明天继续啊。”

穆云诃就连目光都彻底冷了下来，洛芷珩只觉得周围的空气似乎都因为他态度的转变而瞬间阴冷。

她骗他！或者她根本就不愿意和他分享她的喜怒哀乐？外面那么大的事情，

有关于她的名节和声誉，这么重要，可是他都问得很清楚了，她却竟然只字不提！是不是在她洛芷珩的心里，他穆云诃其实什么也给不了她，也帮助不了她，她也是瞧不起他的？所以宁愿自己扛着那么多的负担和委屈，也不愿意告诉他，让他帮助她一起扛？

穆云诃心思细腻又生性多疑，他不是一个爱猜忌别人的人，只是他的病让他与世隔绝，他没有那个自信会得到洛芷珩的过多在意。以前他无所谓，可现在，他想要洛芷珩更多的目光和在意在他身上，想要知道更多洛芷珩的心声与秘密。

可是她不愿意将这些摊开在他面前！

忽然间觉得好难过，很烦躁。心口发闷得慌乱疼痛。穆云诃的脸色相当难看，阴冷得让人不寒而栗。

他时刻关注她的进展和安危。他让人快速地将洛芷珩的消息传回来给他。他知道了外面那些几乎可以毁掉她的流言蜚语。他心疼得一整天惶惶不安。他甚至准备了一肚子安慰她的话。

可是……

因为洛芷珩云淡风轻的一句话而一句也用不上了！

洛芷珩的察言观色在穆云诃这就有点跟不上思路，穆云诃变脸太快了，洛芷珩完全摸不着头脑，就依然继续之前的话题："小诃诃房间总不见光要长毛的，你看你现在脸色苍白，要是经常见光的话，到时候皮肤就会是健康漂亮的小麦色了，你知道嘛，男人有那样的肤色是很迷人的。"

要放在之前，穆云诃顶多嘲讽她色女本性，但这一刻穆云诃忽然就不能忍受听到她口中说别的男人，更忍受不了她将他和别的男人做比较。

穆云诃言辞激烈地讽刺道："小麦色肌肤？你喜欢那样的？那就去找那样的吧，何必费尽心机嫁给本王？本王就这病态，好不了了。"

这场纠缠了他十几年的病是他这辈子最大的痛，他以为他能够平静面对了，但近日从洛芷珩的口中说出来他不健康，穆云诃就有种天塌地陷的恐惧感。

洛芷珩脸上的笑容凝固，愣愣地说："我没有别的意思的。只是你总这样也不是办法，总要迈出来一步不是？我们两个不是说好的一起努力？你不也说过要努力好好活下去么？你总这样一成不变地持续这种错误的生活方式，我们什么时候才能成功摆脱这种被束缚的生活啊？"

"本王就这样了，不是说本王绝对活不过二十岁么？那还挣扎什么呢？怎么？你现在后悔嫁给本王了么？洛芷珩，后悔还来得及，趁着本王还没死，你想要什么就告诉本王，只要本王能给你的一定给你，也省得本王他日死不瞑目，总觉得

欠了你什么！”穆云诃每一句话都很消极，每一句话都带着尖锐的刺。

穆云诃这么尖锐，冷厉的态度也激怒了洛芷珩。她在外面身心俱疲地折腾了一天，回来还要看脸色？听嘲讽？她猛地站起来语气生硬地道：“那冒牌货的话你也记住了？那你怎么就没记住我们之间的交易？你答应了的好好活下去，也说过一些事情会听我的，怎么现在我才和你商量一下打开这几个破帘子就不行了呢！”

“交易？！”穆云诃本来垂下的眼眸骤然抬起，那目光太过于凌厉和冷锐，直逼洛芷珩的眼，口吻阴森，“你将我们之间的事情当做交易？你一直口口声声和本王站在一边，就是因为你在和本王做交易？”

能言善辩的洛芷珩忽然就词穷了！她被穆云诃那苍白的脸色质问的口吻给惊住了。

穆云诃忽然就发火了，阴狠着口不择言道：“那么洛芷珩，你口中所说的交易现在进行得怎么样了呢？你保护我活下去，我为了我们几个人的命活下来，其实说白了就是我努力活下来，这样你就能活下去了。但，你在其中付出了什么来做这笔交易呢？你口中所谓的保护么？是，你做到了，可是本王忽然觉得你所做的还是不够呢，你的那条命难道还不值得你多付出一些么？”

他的手死死地抓着被褥，青筋暴跳骨节分明，明明紧张难过得要死，可偏偏他却在笑，那笑蜿蜒在他绝世无双的精美容颜上，却好像成为了一种禁忌的诅咒，再慢慢破裂开，层层龟裂之后，有着说不出的悲伤和孤绝。

她受不了穆云诃那样悲戚嘲讽的态度和神色。她本就不是个好脾气的女子，压抑了太久的脾气这一刻也终于爆发。她踹翻了椅子，火大地道：“你觉得亏本了是不是？你觉得这场交易你不值是不是？你不想继续做下去是不是？你想散伙是不是？”

她每问一句，穆云诃的瞳孔就紧缩一点，忽而，洛芷珩冷笑道：“可以！姑奶奶成全你！咱们一拍两散！”

她踢飞了凳子带着火气决然离去。穆云诃眼底勒紧的弦砰地支离破碎！满眼血红！

穆云诃冷着脸坐在床上，双眼中似乎也被冰封了一般，死死地冷冷地看着房门。门口还有被洛芷珩踹倒的凳子，突兀地在那里提醒着穆云诃，就在刚刚他和洛芷珩吵架了。

一个很新鲜很陌生的词语，他活了十九年第一次和人吵架。以前他就算脾气倔，却不会和他的父亲争吵，顶嘴是有的。但真正意义上的争吵这还是第一回。可是吵架的感觉竟然是如此地不好。

“主子！主子！小王妃她……”小喜子气喘吁吁地从外面冲进来。

穆云诃猛地坐直了身子，浑身都绷紧了打断了小喜子的话：“阿珩怎么样？她真的……走了是不是？”

小喜子脸色苍白地站在远一点的地方，都快哭了：“没、没走成！被奶娘给拦下来了，现在在奶娘的房间呢。”

穆云诃骤然松了口气，才一下子软倒在了床上，这才恍然发现，刚才他说话的时候嗓音都在发抖。

没走就好，没走就好……

他无意识地呢喃着，但到底是不放心的。他刚才怎么就钻牛角尖了呢？

小喜子见穆云诃脸色变化个不停，战战兢兢地低声道：“虽然暂时拦下了小王妃，可小王妃说了她一定要走，而且、而且……”

穆云诃脸色阴森地道：“而且什么？”

“而且她好像说一定要和您一刀两断，她还骂人。”小喜子那张喜庆的脸已经皱巴成一团了，声音小得几乎要埋没在尘埃里。

但穆云诃还是听见了，他的脸色也唰地一下就白了。沉默了一下，穆云诃忽然冷笑着怒吼一声：“那就让她滚！立刻滚！别在本王面前摆谱，本王不需要祖宗伺候着！”

穆云诃这辈子也没有这样怒吼过，虚弱的身体发出了惊人的爆发力，那声音孱弱却也有很大的力量，怒吼着传出去好远。

洛芷珩还没平复呢，理智还很欠缺，耳朵又好使，听到这话她也是一愣，而后猛地蹿起来，这一次是谁也拦不住了，直直地冲到了门外，阴沉着脸就往院门走。

姑奶奶惹不起你，姑奶奶走还不行么？姑奶奶才不在你这受这窝囊气呢！以为你穆云诃真是祖宗呢？姑奶奶不干了！

“完了完了，真的走了啊，主子您干吗呀，小王妃真的走了，还带走了她的奶娘和小丫头。”小喜子紧紧地趴在门框上，见到这一幕终于哭了出来。他长这么大也是第一次见到这样的场面，吓死人了。

穆云诃也不知道是气的还是后悔的，胸口激烈地起伏着，大手攥紧了被子几乎拧劲儿了。他知道自己不该吼出来那句话，可洛芷珩的一拍两散着实刺激了他，他心里知道他不想和洛芷珩分开，但洛芷珩的倔犟也让他没面子下不来台。

但如今搞成这样，他后悔又能怎么办？狂躁的心情此刻更是鼓胀得难受了，不知道该如何是好。心里面其实是害怕洛芷珩真的走掉的，穆云诃只能希望门卫能

拦住她，不让她出去。

见小喜子还在那趴着，穆云诃满腔的火气算是爆发了：“还杵在那干什么？滚出去看看情况！要是……要是洛芷珩真的走了……”沉默了一下，穆云诃忽然冷笑：“本王就打断你的腿！”

小喜子一愣，脸色唰唰地变白，哭咧咧地委屈道：“为啥啊？小王妃明明是被您气走的，为啥要打断奴才的腿？”

“还废话！还不快滚去看，你真不想要你的腿了？”穆云诃几乎要咆哮了，真是猪一样的奴才！竟然连他的意思都不能弄明白，还在这里哭个什么！

小喜子连忙扭着肥屁股飞快地冲了出去，一边跑一边哭一边抹泪一边委屈地想：为啥要打断我的腿？要快点跑，不然拦不住小王妃，以后都不能跑了啊，呜呜呜……

穆云诃已经知道洛芷珩被母亲拦住了，心里面也不那么担心了。见到母亲，他还是那个孝顺温润的儿子：“娘，您怎么来了？吃过饭了？”

王妃对儿子是狠不下来心的，叹息道：“我要是不来，你媳妇可就跑了。”

穆云诃的脸色有些不自在，憋了好半天，才低声缓慢地说道：“这事不怪阿珩，刚才是我钻牛角尖了，也不知道哪里来的邪火就对着她发出来了。”

穆云诃嘴上这样说，但心里却不认为全是自己的错，他能这样说实在是不想让母亲误会和厌恶洛芷珩。

“被她气着了，你竟然还帮着她说话？云诃啊，这样的媳妇，要不咱就……”王妃知道儿子善良，也有意要刺激他一下，可她话没说完，穆云诃却激动地打断了她。

“娘！您说什么呢？阿珩是我妻子，我既已娶了她了，就不会不要她，如果哪一天我真的死了，那您就只剩下阿珩了，您不应该只当她是您的儿媳妇，更应该当阿珩是您的亲生女儿，那样在未来没有我的日子里，阿珩才能更孝顺您。她人不坏，谁要对她好，她一定会对别人更好的！儿子不能因为自己毁了她的名声啊。”穆云诃黯然的眸子里是浓浓的忧愁和紧张。

王妃被他说得心头难过，她总是害怕白发人送黑发人，偏她的儿子还用死这个字来刺激她。

“我说什么了你就弄出这么大一堆？我对你的阿珩不好么？”王妃故作轻松地打趣道。

一句你的阿珩，冠上了穆云诃的所有权，让穆云诃耳尖有些泛红发烫，可嘴角是控制不住上扬的，语气扭捏故作不屑地哼道：“谁稀罕她？”

“傻孩子，珩儿那孩子娘也是喜欢的，娘也发现了这孩子有股子韧劲，越是困难危险，她越是不害怕地往前冲，这样很好，有她在你身边这些日子，娘觉得到处都是光明的，就连我的云词好像也阳光了许多。”王妃摸摸穆云词的脸，柔声道。

穆云词一愣，被母亲抚摸着脸颊，他只觉得平静而温馨，再无其他感觉。可是当被洛芷珩摸着脸和头的时候，他却会心跳加速，浑身发麻，那里也会有种紧绷着坚硬起来的感觉。

没比较不知道，这有了对比，穆云词心里对洛芷珩的感觉就更加不一样了。母亲的抚摸是很温暖，可他似乎更喜欢洛芷珩那样触摸他……

穆云词连忙打断了自己这龌龊的思想，刚被她气得半死，还想她干什么？一个说翻脸就翻脸的坏女人！

“娘，您也觉得我应该……见见光？”穆云词很不甘心地问道。

王妃眼睛一亮，欣喜地道：“当然！云词愿意出去透透气么？这房间确实有些暗沉了，你可以尝试着改变一下，你看你的阿珩，天天在阳光下跑来跑去的开心快乐样，我敢说这不开心的人啊，看见她那样青春阳光的女孩子就都会变得很快乐的。你难道不想看看你的阿珩每天在阳光下的样子么？你不想参与到她全部的生活里么？”

也许是母亲说话很容易让人接受，又或者是洛芷珩之前闹腾得太厉害，穆云词这会倒是能听进去了。可他还是没有勇气活在阳光下。他这样即将死去的人，有资格活在阳光下么？

一夜很快就过去了，但对于穆云词来说这一晚却非常地煎熬，他一整夜睡不着觉，不是以往那样痛苦地睡不着，而是因为身边少了那具软软的香喷喷的小身子，安静孤独得让他绝望，他一边抗拒一边又控制不住地抱着有洛芷珩香味的枕头，彻夜难眠。

天刚刚亮，穆云词就坐起来招呼人进来打扫房间伺候他梳洗。和她道歉？这个问题他想了一晚上也没想明白，但这不妨碍他迫切地想要见到洛芷珩的心。

果然不一会儿外面就响起了声音，穆云词精神一振，凤眸眯着不在乎的弧度，但眼光却忍不住地盯着房门。可是进来的人却让穆云词愣住了。

“小王爷，小王妃让奴婢回来取她需要的东西。”奶娘恭敬请安，态度也不复以往的热切。

穆云词的心紧跟着就是一沉，期待在脸上层层碎裂。他紧抿着唇，不让自己说出违心和更让洛芷珩生气的话，只能自己憋着气，淡淡地哼了一声。

然后奶娘利落地开始收拾东西，眼看着越拿越多，穆云诃心里的害怕就越来越多，可能害怕这个词用在男人身上有点弱，可穆云诃就害怕洛芷珩真不回来真不管他了，还害怕得要死。

“她还真要常住在本王母亲那？脸皮是有多厚？”穆云诃冷酷地道，这两句话他可是在脑子里翻腾了好几个个才敢说出来，怕说轻了洛芷珩听不懂，怕说重了洛芷珩更生气。

奶娘手一顿，很想笑出来，小年轻人看不懂弄不明白这些错综复杂的情感，可她这经历过的人懂啊，穆云诃那明显口不对心的话分明是在阻止她拿东西嘛，为啥要阻止？东西都拿走了，洛芷珩更有理由不用回来了啊。这小王爷分明是担心大小姐不回来吧？

板着脸，奶娘面无表情地道：“可能是要住几天的，小王爷休息吧。”

眼看着奶娘捧着一大堆东西走了，穆云诃有点傻眼，气得他扔了洛芷珩的枕头，半天，他又费劲地下地，默默地将枕头捡回来抱在怀里，沉着脸也不知道在想什么。

过了好一会儿，小喜子回来了，道：“主子，小王妃已经出门了。”

穆云诃回神，见小喜子脸色不对，一个激灵地道：“是不是外面出事了？”

“嗯，流言更加厉害了，说什么的都有，还有那不要命的竟然连您都编派上了，您是没听见啊，那些谣言能把人逼得去跳海啊，这帮人怎么这么损呢？也不知道是谁放出来的谣言，干什么就这样攻击小王妃啊？”小喜子愤愤不平地怒道。

穆云诃脸色阴森地狞笑起来：“他们有胆子放流言来攻击洛芷珩，就是想要让洛芷珩害怕，心神不宁，然后落选。可是他们不知道，洛芷珩那人心大得能装下沙漠，他们这点流言算什么？毛毛雨罢了。”

小喜子不懂他家主子的意思，但大概是说，那些害小王妃的，最后都会被小王妃给收拾了吧？

“死女人，今儿没有本王的好运之吻，输了可别怪本王，谁让你今儿不回来。”穆云诃瞪着大枕头，口气恶狠狠又很幽怨地嘀咕道。

“主子您说啥？”小喜子颠颠上前侧耳问。

“滚！”穆云诃冷喝一声，震得小喜子捂着耳朵连忙逃之夭夭。

洛芷珩的心确实很大，但是再大也装不下太恶毒的尖锐话语。

比如，今天的流言蜚语就有人说，洛芷珩是妖孽，竟然能弄出来天虹那样的天空异象，应该将洛芷珩烧死！

比如，昨天佟将军的请示来袭，穆云诃的那些话语和维护，在众人看来，那就是穆云诃知道自己命不久矣，愧疚于会留下洛芷珩年纪轻轻就守活寡，所以为她撑腰，想着等他死后洛芷珩能好过一点。

于是针对这两个点，今天的流言更加狂猛，甚至有人说洛芷珩之所以敢这么猖狂，是因为有小王爷在撑腰，而一个病弱的埋藏于世多年的小王爷，说不定还是受到了洛芷珩的逼迫和威胁，不得不站出来帮助她。这一点也更加说明洛芷珩有可能是个妖怪！

她不知道烦躁的是什么，只是听到有人说穆云诃快死了，她就好烦躁，想要砍人！

“这群人也太可恶了吧！如果真的是妖孽的话，能出现那么漂亮的天虹么？人家还好好地活着，他们竟然就敢胡言乱语了。怎么别人胜利了就是天经地义的，得到众人的欢呼和敬仰？我们大小姐胜利了就是妖孽了？就是该天诛地灭的了？”奶娘冷笑森森地道。

“花开，你去找梁神医，告诉他……”李侧妃阴森森地在花开耳边吩咐着，目的不过就是让还留在王府之中的梁神医给穆云诃加点料，让穆云诃病情恶化而已。到时候一定会有消息传来给洛芷珩的，到时候她倒要看看洛芷珩还能不能继续嚣张？

忽然，李侧妃心念一动。如果在洛芷珩比赛的时候，传来了穆云诃即将死去的消息的话，那么洛芷珩……

李侧妃眼睛亮得瘆人，这个疯狂的想法让她很开心，也很兴奋。

二十名选手最后的对决，将会落选十人，每一个人都很紧张。大赛其实除了洛芷珩总是状况百出之外，一直都是紧张而激烈的，并且残酷而生动。每一个女子都要拿出真才实学来。

也不知道是不是天意，洛芷珩和洛凝霜就没有碰到过成为对手比试。洛凝霜上场后，选中了表演舞蹈。一段华丽华美的舞蹈迎来了山呼海啸般的掌声与喝彩，毫无疑问，她的对手落选了。

洛芷珩再一次在人们看了许多精彩的表演之后成为压轴。洛芷珩知道这其实是评委们的杰作，不就是害怕她再弄出什么混乱么？不过不要紧，她已经被这群人的鄙夷和谩骂，威胁与杀机逼起了斗志。

“下一场，洛芷珩对阵国公府大小姐孙云筠。请你们抽选表演项目。”管事在台上大声宣布。

孙云筠身份高贵，自然与洛芷珩不同，但她的才艺一直表现平平，可却一路通关到现在，她漂亮极了，气质又好，轻盈地站在洛芷珩旁边，看也不看洛芷珩，

选择了一封密封的信。洛芷珩也选择了一封。

打开一看，也不知道是不是孽缘，洛芷珩和洛凝霜的比赛题目一样，都是舞蹈。更巧合的是孙云筠也抽到了舞蹈，而且对孙云筠很不公平的是，这两道题竟然是连在一起的，要两个人一起跳一段舞蹈。

众人已经开始为这位国公家的小姐默哀了，也有着急地在下面大喊不公平的。毕竟洛芷珩这个人很邪门啊，和她一起比赛的人，明明没有接触到她，却以各种稀奇古怪的方式落选了。

白瞎一个冰清玉洁的大美人了。

那孙云筠半点表情都没有，提着裙子优雅地走上擂台。

怎么着洛芷珩感觉挺厉害的样子啊？笑眯眯地几步跳上了擂台，咋呼道："我洛芷珩，想必不用太多的介绍你也知道吧？我的名字你是不是已经如雷贯耳久仰许久了？"

孙云筠嘴角有点抽搐，垂下睫毛说："废话少说，开始吧。你要跳什么舞？"

孙云筠心里面也很郁闷，碰上谁不好？偏偏碰上这个家伙。虽然她不喜欢竞争，但输给这家伙的话她也接受不了。

洛芷珩一耸肩，吊儿郎当的样子，笑道："舞蹈？我不会跳舞啊。"

"什么？"孙云筠猛地抬头，没什么表情的脸也终于维持不住她的错愕，问："不会跳舞你还上来？"

言外之意就是不会跳舞，你就等于是输了。

洛芷珩的话也让下面密切关注她的人们起了反应，一个个的恨不能群起而攻之。太可恨了，拿人当东郭先生耍着玩呢？

洛芷珩好脾气地摆摆手，很有范地大声道："唉唉唉，你们吵吵什么啊？我不会跳舞有你们什么事呢？消停一点啊，不然等我晚上回家挨个去敲你们家的房门。"

于是全场迅速安静下来，只剩下一双双大眼睛愤怒地瞪着，恨不得用眼皮子夹死她。

大评委威严地道："洛芷珩！你放规矩一点！这里是第一才人大赛，不是你家玩闹的地方，给我规规矩矩地比赛。如果你真的不会舞蹈的话，那么这场比赛就不用比了，你输了。"

"停！"洛芷珩一摆手，严肃地说道，"我还没比赛呢，你就宣判我输？这是什么道理？我虽然不会跳你们那种舞蹈，但不代表我不会跳别的啊，你现在要做的就是宣布比赛可以开始了。”

大评委被气得一哽，不耐烦地喊道：“比赛开始！”

音乐起，完全是按照孙云筠的风格来的音乐。洛芷珩忽然就来范儿了，几个漂亮的步伐来到孙云筠面前，见孙云筠满眼戒备，她便笑道：“你知道初选的时候我是怎么赢的么？”

她扭动着身子，是古代人不曾见过的大幅度摆动，热情，火辣，奔放，也很放荡！最起码在古人们的眼中，洛芷珩那种舞蹈的风格就是胡乱扭动，但扭动得非常好看，惹人眼球，同样也很让人不齿。

她几乎是围着孙云筠在舞动，而孙云筠的动作就是古代的那种甩袖子，玩腰肢柔软的舞蹈，有洛芷珩这个大障碍在眼前根本就施展不开，但没有人阻止，因为她们两个的题目就是共舞一曲。

“没兴趣。”孙云筠冷着脸道。她想要和洛芷珩分开，但洛芷珩好像个狗皮膏药似的，一路贴近，孙云筠的脸色就更加地冰冷了。

洛芷珩满眼笑意，她忽然一把抓住了孙云筠的胳膊，一个用力将孙云筠拽得猛地跌落到她的怀里，一手已经抚上了孙云筠的腰肢，一手强制地抓住孙云筠的手，动作一气呵成，华丽流转间，她带着孙云筠两个旋转硬生生地将孙云筠所有的舞步和姿势打乱。

她动作太过于轻佻浮夸，又这么突然，纵然大家都是女孩子，孙云筠还是觉得毛骨悚然，有种毁灭了感官的感觉。

“你干什么？”孙云筠有些控制不住音量，但洛芷珩却非常有力气，而在女孩子里，洛芷珩的身高绝对是让女人们仰望的高度，孙云筠站在洛芷珩面前就是一个字，矮！

洛芷珩嘿嘿坏笑，用轻飘飘的声音说：“告诉你我是这么通过初选的啊！其实很简单的，我只不过是告诉了那姑娘一个我深藏多年的秘密而已，其实，我是喜欢女人的！”

孙云筠瞬间如遭雷劈，只觉得人都聋了，眼睛瞎了，天雷滚滚，地动山摇。脑海里都是洛芷珩那轻飘飘的话在不断地重复着……

喜欢女人，喜欢女人……

“你这个变态！”孙云筠到底还是比那姑娘稳重成熟的，虽然害怕和恶心，却依然苍白着脸怒视洛芷珩。

洛芷珩心中感叹，用这一招吓唬不住她？那可咋办呢？

洛芷珩是个头脑灵活的姑娘，一招不成还有下一招，她能做到对付敌人不重

复地循环式地坏招百出，就不知道孙云筠能不能承受得住。

洛芷珩带着孙云筠继续满场旋转舞蹈，虽然被孙云筠猛踩不断，但她却笑容满面，这舞蹈看上去没有章法，就连和音乐都是不符合的，但洛芷珩这个主导地位的却忽然整个人气质一变，那被她抱在怀里的女子立刻就有一种娇小的被人保护着的感觉，而洛芷珩浑身散发出来的气质是忧郁的，是贵气的，是举世无双的绅士风度。

简直要帅气到刺瞎众人的眼目！

怎么就忽然之间变得这么和谐起来了呢？明明两个女人抱在一起跳舞，其中一个还穿着庸俗的大红衣裳，可怎么给人的感觉就这么惊艳呢？！

孙云筠几乎要被洛芷珩转迷糊了，但她聪明，几圈下来就抓住了这舞蹈其中的规律，也努力控制身体尽量不踩到洛芷珩了。

“你快点放开我，我可以不把你的秘密说出去。”孙云筠很快冷静下来，但掩藏不住满眼的惊怒。

“我若说我偏不放呢？”忽然，洛芷珩眯起了那双大眼睛，她这样一眯眼，整个人给人的感觉竟然是风流又邪魅的，眼角带着满含笑意与宠溺的光，好像个多情的公子哥在调戏心爱的姑娘。

孙云筠就被洛芷珩这双做作出来的狐狸眼，还有那种魅力四射的眼神给煞到了，只觉得心口猛地狠狠一跳，说不上来的感觉。

洛芷珩见她脸色莫名潮红，那小脑子里就开始往外冒坏水了，怎么邪恶怎么玩，她学着她前世那土匪风流大哥迷惑那群纯情少女的样子学了个十足，声音也骤然低沉下来，好像个……可以隐藏身份的男子！

“那么你愿不愿意继续为我保管我更大的秘密呢？”她问，声音低沉迷人，是故意压低出来的磁性的中低音。

孙云筠被她问得惊呆住：“你还有更大的秘密？不！我不想知道！”

“嘘！冷静点宝贝，乖乖听我说。”洛芷珩的手学着她土匪大哥调戏女孩子时候的样子，轻轻地在孙云筠的脊背上滑动，暧昧的、凌乱的、又勾人的，低笑道：“那天我也是对那女孩说我喜欢女人的，但她不听我说完就跑了，其实我还有一句话没说出来呢，今日，我只想对你说呢。”

孙云筠敏感地察觉到了有什么不对劲的地方，她冷着脸低声问：“为什么要对我说？”

洛芷珩俯低脸颊，将唇瓣落在孙云筠的耳边轻声地、神秘地说：“因为……你是我看上的女人！”

“什么？！”孙云筠惊呼，或者可以说是尖叫。惊恐而尖锐。

众人也在她的尖叫声中回神，却猛然看见洛芷珩已经将孙云筠抱得更紧，不让她有丝毫的退避。众人大怒，这洛芷珩一定是又在玩什么花样了，难道要迫害孙云筠了？

于是大骂声、咆哮声四起，烂白菜帮子臭鸡蛋不要钱似地对着洛芷珩砸去。人们都有经验了，前几天洛芷珩比赛他们没准备，今儿可不一样了，对待坏蛋必备武器他们都带着呢，一带一麻袋！

“洛芷珩你在干什么？快点放开孙云筠！”大评委厉喝道。

但洛芷珩却没有放开，反而抱得更紧了，她满眼笑意地看着脸色惨白的孙云筠，轻声说：“别怕，我会保护你的！”

眼看着白菜帮子臭鸡蛋都扔来了，洛芷珩心里暴怒大骂“你们大爷的啊”，一面却不得不继续装成翩翩贵公子的样子，带着孙云筠猛地一转身，在孙云筠不可置信的眼光中，那些本该落在她身上的烂白菜帮子和臭鸡蛋就都砸在了洛芷珩的身上。

如此几次，洛芷珩都保护着孙云筠没有被砸，众人扔东西的速度就缓慢了，也看出门道了。他们不想伤害到孙云筠，而洛芷珩的做法显然也是不想伤害孙云筠的，于是众人就惊悚了迷茫了，洛芷珩究竟在干啥呢？她不是要害孙云筠么？怎么又处处保护她？

洛芷珩就是太做作了，她自己都承认她做作。将保护孙云筠做得这么明显，可她又有点好笑，这群观众也太会给她安排戏份了，她正需要点表现，他们就送来了表现的机会。

孙云筠亲眼看着这一切，看着洛芷珩从庸俗变成狼狈，手摸着她的肩胛衣服，都是滑腻恶臭的味道，孙云筠说不出心里面是什么感觉，声音却不再尖锐：“你为什么要这样做？”

洛芷珩痞痞地笑道：“那些本就该是他们赏给我的，怎么能让我的女人跟着我受苦？”

孙云筠脸刷地通红，咬牙切齿地怒道：“你别胡言乱语！谁是你的女人？一个女人怎么能说这样的话？”

洛芷珩含笑的明媚目光猛地黯淡了一下，自嘲地轻笑道：“这就是我要告诉你的秘密啊。其实我……是个男人呢！”

男人、男人？男人！她说她是个男人？！

孙云筠目瞪口呆，她博学多才的脑袋瓜子里已经没有言语可以形容她这一刻

的感觉了，比被雷劈还要惊悚，比被猪亲还要恐怖，比被父亲大人拿来当做联姻的利器还要颠覆！

“这不可能！洛芷珩你疯了么？”孙云筠立刻否决，其实她更加不能接受的是，如果洛芷珩是个男人的话，那她这么多年究竟都在干吗啊？洛芷珩的那些风流情史，追着男人满大街乱跑算怎么回事？如今她还嫁给了个男人！

“不是玩笑的，这个秘密除了我父亲就只有你知道，就连我那同父异母的妹妹都不知道的。你要为我保守秘密知道吗？知道我为什么来参加这场才艺大赛么？其实我就是来寻找我的爱的，我实在是太孤独了，直到遇见你，我才知道，什么叫做人活着的价值和意义，你，就是我的春天。”洛芷珩说得很煽情，但其中还有一种很明显的忧伤。

孙云筠惊呆住了，只觉得浑身血液都逆流了。这太不可思议了不是么？她不停地重复一句话：“你不可能是男人的，这么多年来为什么没有人发现？更何况你家人为什么要让你用女儿身来活着？”

洛芷珩满身的忧伤全然放开，两个人进入忘我之中，她口吻带着淡淡的嘲弄道：“因为我娘一直想再要一个女儿么？我娘在没生我妹妹之前生下我，那个时候她就已经很虚弱了，我爹那么在乎我娘，就发狂似的用这种方法来欺骗我娘啊。生怕我娘着急上火再出事，就说我是女儿，可我娘还是没了。你难道不知道我爹在我们小时候就不喜欢洛凝霜偏爱我？那是因为我是‘男儿身’啊，更因为我爹觉得愧疚我这个儿子要委屈做女儿。”

见孙云筠目瞪口呆，洛芷珩猛地说道：“你要是还不相信的话，那你就摸摸我的胸，你没看这么小么？胸是假的！是小馒头做的。”

孙云筠忽然满脸涨红。

见她这样，洛芷珩满眼坏笑，小样，还吓唬不住你？看我拿出大杀招让你心甘情愿地认输吧！

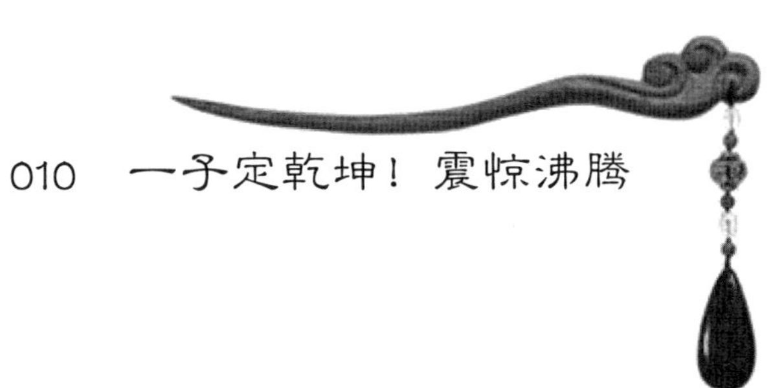

010　一子定乾坤！震惊沸腾

她抱着孙云筠，轻声说：“别怕，你若不信就来摸摸吧，对于你，我不会怪罪的。”

“为什么会这样？我还是不相信。”孙云筠涨得满脸通红。

洛芷珩感叹，这女人确实漂亮，不过怎么也漂亮不过她洛芷珩的。

“你为什么还不相信呢？你没发现我比一般女子高很多么？你看洛凝霜，我们是双生子，可洛凝霜却那么矮。还有，你知道我为什么谋面么？因为我不想让人们看见我过于女性化的脸啊，而且，我因为厌弃自己长得太过于漂亮了，还刻意将自己丑陋化了，我把自己的脸弄得面目全非，就是不想因为我的过于美丽而打击到其他女人。”洛芷珩惆怅地说道。

孙云筠只觉得嘴角狂抽起来，饶是她再淡定，也经不住这么大个深坑和雷击了。

“那你为什么要追着男人跑？还让人们说你是花痴？”这个疑问卡得孙云筠难受，她似乎也接受了洛芷珩是男人的事实了。

洛芷珩帅气地一挑眉，宠溺地捏着她的手指道：“那是因为我要和我老爹对抗啊，谁让他好端端地把我弄成女儿了啊？”

我未曾谋面的老爹啊，请恕女儿胡说八道抹黑你的不孝的罪吧，等女儿飞黄腾达稳坐第一了，女儿用奖励中的金子给你打造一件牛逼哄哄金光闪闪的黄金战甲啊！

洛芷珩亲昵的动作让孙云筠不自在地红了脸，虽然觉得匪夷所思，可洛芷珩表现出来的和说出来的也太男人了，还是个贵族男子那种的绅士和温柔。

她红着脸扭捏道："快点放开我吧，你、你是个男人怎么还能对女孩子做出这样的动作啊？"

洛芷珩乐了，暧昧调戏道："那还不是因为你实在是太美了么？我已经被你的迷人魅力和内心散发出来的清贵之气给迷倒了，哼，台下那群男人算个什么东西？竟然还妄想要染指你？只有我，才配得上你。你愿意和我在一起么？"

洛芷珩口口声声说喜欢说爱上，孙云筠毕竟是个常年养在深闺的名门之女，哪里经得起帅气迷人的公子哥如此大胆直白又狂热的深情告白？当场就软了身子，她那些故意表现出来的清高和冷傲，这一刻在洛芷珩面前有些崩塌。

她很矛盾，也觉得太诡异了。但她有点抵挡不住洛芷珩的触碰和话语。一个男子抱着她，对她说着爱语，她也觉得太快太蹊跷了，但还是止不住地面红耳赤心乱如麻。

"你、你先放开我，有什么话咱们慢慢说。"孙云筠还想冷着脸抗拒。

毕竟洛芷珩这么多年太惨了，好端端一个小青年，好男人，却偏偏要当成女人的样子，她于心不忍，连忙低声道："我不是不答应你，只是我们还在比赛，有什么话我们下场再说。"

洛芷珩一愣，眼珠一转，连忙苦笑道："你是不是以为我逗你玩呢？你不会还以为我只是想要获胜欺骗你呢吧？你知道我来参加这场大赛还有一个真正的原因是什么？是因为洛凝霜。"

"她？为什么因为你妹妹？"孙云筠惊讶。

"因为我们两个的嫁妆，你不知道，我老爹给我准备的嫁妆哪里是嫁妆啊，是我娘给我这个儿子准备的媳妇本啊，我老爹这些年又给我攒了许多，那是以后给我娶媳妇的，可是洛凝霜那个死丫头，嫉妒我的东西比她多，陷害我替她嫁人不说，还想用这种方法来得到我的媳妇本，她说我只有赢了她，她才愿意和我把嫁妆换回来。我也是被逼无奈，毕竟是亲生妹妹，我又不能杀了她，就只能答应她荒唐的要求了。"

洛芷珩一边狠狠地说，一边又表现得很无奈和自嘲。孙云筠怒了，抓紧了她心疼又气愤地道："你妹妹怎么这样？她竟敢一点不尊重你这个哥哥！"

"她不知道我是她哥哥啊，她还逼着我给她发毒誓来着，要是这件事情我和别人说的话，就让我一辈子不举！”洛芷珩几乎在话音一落就后悔了，因为她说错话了。

可孙云筠因为同仇敌忾的愤怒而忽略了那句明显漏洞的话语，只是表情尴尬又羞涩地怒道：“她怎么能这么毒？”

“她最恶毒了，最毒妇人心么，不过好在云筠是个善良的。”洛芷珩连忙附和。就在她以为自己躲过一关的时候，孙云筠却忽然反应过来了。

“不对啊，你不说她不知道你是哥哥么？怎么还会、还会说你不……举啊？”毕竟是个女儿家，那两个字确实难于出口。

洛芷珩打哈哈道：“她说我相公的……”

对不住了穆云诃……

孙云筠脸上红晕，憨着笑道：“还好还好。”

“云筠，如果我不想要这个第一的话，我可以帮你的，大不了我不要那些嫁妆了，就让洛凝霜嚣张得意去好了，我可以为了你而退出这场比赛的。不管你最后会不会选择我，和我在一起都不要紧的，我可以默默地祝福你。”洛芷珩深情款款地说道。

孙云筠就觉得好心酸，又好感动，竟然会有一个男人愿意为了她做到这一步，以前不知道追求幸福，但今天洛芷珩这个男人给她的感觉真的很强烈，她不可否认有些动心呢。那……要不要就反抗一次家族，争取一下自己的幸福呢？

“你放心吧，你的这两个秘密我不会和任何人说的，死也不会说出去。”孙云筠还是很仗义的，保证之后就红着脸低着头道：“你快放开我吧，也不能一直跳下去啊，这哪里是舞蹈嘛，整场转圈圈。”

洛芷珩以为自己的魅力和胡言乱语没能骗过孙云筠，心里面正懊恼和想招呢，脸上却笑意满满地道：“好，我放开你，不管你的决定是什么我都会支持你的。我愿意为你放弃一切。”

最后搏一把，再恶心的话她也能说出口。

一舞终了，洛芷珩还是善始善终地将孙云筠给安稳地放开，等她站好了她才分开几步，表情淡然。

孙云筠偷偷看了洛芷珩几眼，控制不住地有点脸红。

众人面面相觑，这就完了？跳的究竟是啥啊？昨天洛芷珩一曲琴音堪称群魔乱舞，今儿一支舞蹈简直是张牙舞爪。这都什么玩意？

大赛评委们一片死寂，其实是他们也不知道究竟该怎么评判了，这哪里是表演比赛呢？

洛凝霜冷笑，洛芷珩啊你可真不争气，这场比赛怎么着都是你有错在先，不会跳舞在后，你输定了啊！

可就在评委们为难，洛凝霜看好戏，众人风中凌乱的时候，孙云筠忽然开口了，羞涩的语气还带着冰山的气质，但格外地坚定：“这场比赛我输了，我技不如人，输给洛芷珩……我心甘情愿！”

这个结果，全场哗然！

洛芷珩猛地看向她，震惊又略带着点得意，可当孙云筠那双漂亮的眼睛看向她的时候，洛芷珩就笑不出来了，她觉得自己是不是演戏过头，招惹麻烦上身了啊？那女人的目光怎么有点吓人呢？

她的魅力该不会已经出神入化到……男女通杀了吧？！

真不知道洛芷珩究竟是走了什么狗屎运了，竟然会遇见主动认输的？

三场比赛，没有一场展示过才艺，第一场很扯淡，第三场很诡异，就第二场还算有点看头，但也太离谱了。可就是这样的一个人，竟然还一路杀到了最后，进入了总决赛，这简直匪夷所思。

大赛最终给出了结果：这场比赛，洛芷珩获胜！

这是一个令人极其郁闷和崩溃的结果。这还是才艺大赛么？改成捣乱大赛算了。

今天是一场连环赛。十强落选五人，五强再进行两组对决，其中洛凝霜不用参加连环赛的对决，就等着那最后一人和她巅峰对决就好。

而洛芷珩，将会再参加两场比赛！

而今年最诡异的事情发生了，这四个人里面就有两个走后门进来的，竟然一路高歌地打进了总决赛前的连环赛。

洛芷珩简直就是歪打正着一路摇摇晃晃惊险百出地进入了决赛，对于洛芷珩，大赛上的任何人不做出任何评价，原因就一个，她没有任何可取之处，没有任何值得人点评的地方。

下午开始，洛芷珩等四人抽取对决人选。四个人坐在选择台前，除了洛芷珩外其他人显得都很紧张。

洛芷珩拿着她迷人的猫眼瞥向了对面的女子，那是镇国公家的姑奶奶，是镇国公的小妹妹，比镇国公小了将近三十岁，万千宠爱，身份尊贵，更是个性情活泼开朗的大美人，这里面剩下的人，就这位岁数小辈分高的姑奶奶最欢快和最高贵，所以当然她先选择。

此刻她正用那双勾人的大眼睛看着洛芷珩，有兴趣极了，见洛芷珩也看她，她大大方方地笑道："你很有趣，我挺希望能和你对决一场的。"

洛芷珩修长白嫩的手指风骚地勾起一缕长发，笑得花枝乱颤地道："我也正有此意，不过就看我们是不是有这个缘分能痛快地大战一场了呢。"

镇国公复姓慕容，这位姑奶奶名叫慕容纤雪。一听洛芷珩的话便笑起来："真可惜比赛规则我们不能打破，不然的话我一定直接拎着你上场比一场了。"

洛芷珩喜欢她那性子，古代女子没几个这样性情豪爽的，她瞬间有种兴趣相投的感觉。坐直了身子道："没什么是不可能的，我来抽，必定能抽中的。"

旁边的评委们眼神犀利地瞪着洛芷珩，大有她敢不按套路出牌玩赖，立刻就将她扔出去的气势。

而洛芷珩坐在那，笑容满面地伸出戴着亮晶晶首饰的手，在那四张信封上随意地来回游移，其他三个人的目光就紧张地跟着她的手指头动，显得都很紧张。

"就……这张吧！"洛芷珩的手忽然落下，选中了第一张。她轻慢地随手撕开信封，取出那张纸，动作快得让人阻止不及。

大评委脸色极其难看，别看摆了四封信，但其中有两张纸是空白的，也就是说四个人中有两个人会谁也抽不中，这样就能保证不会抽到空，两个人抽中了就可以组队比赛了，而这轮先抽取的人绝对不应该是洛芷珩这个成绩最差的人。

洛芷珩看着那张纸，三个人包括评委们都眼巴巴地看着她。她故意瞪大了眼睛不可置信地看了眼另一人，目光唰地阴冷下来，那人的脸色也跟着惨白起来。

不会这么倒霉吧？竟然让她遇见了洛芷珩这个贱人？她是有信心打败洛芷珩的，但前提是洛芷珩不要耍赖啊。

洛芷珩逗够了那女孩，便响亮地吹了个口哨，牛气哄哄地晃荡着那张纸，对慕容纤雪挑眉，口气嚣张："怎么样吧？姑奶奶我说我能抽中就一定能吧，姑娘，你准备好被姑奶奶我收拾得落花流水了么？"

慕容纤雪眼睛一亮，竟然也不生气洛芷珩那欠揍的口吻，一把扯过了那张纸，上面秀美地写着四个大字：慕容纤雪！

"哈哈哈！老天有眼啊，死丫头你就等着被姑奶奶我揍得落花流水吧！"慕容纤雪仰天大笑，口吻竟然比洛芷珩还要嚣张。

这俩人疯癫的模样让人们风中凌乱了。

连环赛有一个令人很喜欢的规矩，那就是可以自选项目来比试，但必须是两个人都会的。这个条件对于两个臭味相投的家伙来说简直是格外开恩的。

洛芷珩和慕容纤雪都是武将世家，女儿家家那一出她们弄不来，但舞刀弄棒她们很在行啊。洛芷珩很感激这个对手的父亲是个武将，这样她那点看家本领就有

得要了，还不会被人怀疑。

大赛决赛前连环赛第二场正式开赛。

先比试的是文艺类的，因为怕洛芷珩这个破坏王会再弄出什么惊天动地的动静来。

另外二名实力派女子比试的是作画。

“下一场，慕容纤雪对战洛芷珩，比赛项目，比武！”大赛管事无力又无奈地宣布道。

众人哄堂大笑起来，还比舞蹈？洛芷珩跳的舞蹈能看么？简直很可怕好吗？怎么会有这么不自量力的人呢？人们还想扔白菜帮子臭鸡蛋，但奈何这一次是慕容大小姐亲自上场，他们不敢太造次。

洛芷珩依然是一身火红，但已经换成了轻便的纱裙，很方便肢体动作，脸上还戴着面纱，头发上金光闪闪的东西少了很多，却依然闪亮亮。

她稳健地上了擂台，和对面的慕容纤雪抱拳。

慕容纤雪却是一身正规的练武装，不过是家族的那种纯白色的，让慕容纤雪看上去更加俏丽了。她笑道：“真想看看你面纱下的脸，到底长什么样？大胆的花痴，该不会是个没人要的丑八怪吧？”

洛芷珩嬉笑道：“大姐我就怕你看见我的容貌吓得花容失色啊，不过这样吧，等比赛结束，我就让你看怎么样？”

“不，我比较喜欢自己争取来想要的，我现在想看你的脸，你可要保护好你的面纱了，被我抓下来你的面纱你可就输了！如何？”慕容纤雪狡黠地笑道。

洛芷珩抚额，一副非常为难的样子，好半晌才咬牙道：“好，就这样定了！希望到时候你不要后悔你的决定！”

“你放心，我从来不会后悔自己的决定，那么，开始吧？”慕容纤雪说完，整个人气质一变，仿若一把凌厉出鞘的宝剑，嚣张地带着杀气，肆无忌惮地杀向洛芷珩。

洛芷珩嘴角一勾，终于碰上一场能让她愿意大显本领的比试了。慕容纤雪，你可要有承担结果的胸襟和意识才好呢！

她脚步猛地顿开，整个人给人一种无坚不摧的厚重感，稳稳地站在那里，就是一种倔傲不倒的气势。任你千万利箭袭来，她自岿然不动，稳如泰山！你是利箭，她便是举世无双的宝盾！

“啊！”慕容纤雪气势全开，沉稳地大喝一声，整个人向着洛芷珩就冲了过来。

她一动，地下上万人也跟着动了！

轰轰轰！人群中发出了一阵不可思议的惊呼声，连成一片，变成了震可喧天的声量。

原来比武不是比舞，而是拳脚功夫？！这可是大赛举办百年以来，第一次将功夫给搬上擂台来啊。女人们的场子，竟然会弄出来爷们的功夫？这太颠覆了！

洛芷珩脚步轻盈连续后退，慕容纤雪招式凌厉步步紧逼，洛芷珩坚守得体，不愚笨但也不出彩，看上去平平常常。

可慕容纤雪却万分不敢轻敌，她越是靠近洛芷珩，越是和洛芷珩交手，就总觉得这个洛芷珩好像深不可测一般，让她抓不着看不透，总觉得这个女人十分危险。现在的一点点上风却完全不能让慕容纤雪放松和得意，她总担心洛芷珩会在她最大意的时候反扑回来。

所以慕容纤雪越打越谨慎，明明洛芷珩有好几个破绽就在眼前，但她总是会想，这么明显的破绽洛芷珩会主动留给自己么？她不应该这么傻，要不然也不会一路乱七八糟都能过关斩将了。那么就是洛芷珩的阴谋？

慕容纤雪来了兴趣，谨慎中还带着一点的试探，一脚踹向了洛芷珩的下盘，可是那一脚刚刚踹过去，慕容纤雪就后悔了，想要收都收不回来。因为她看见，洛芷珩忽然笑了！

不是用面纱下的嘴巴笑，而是洛芷珩的大眼睛都笑了起来，诡异而危险！

洛芷珩出手如闪电，露出了一个看上去薄弱的下盘给敌人，却在敌人伸脚来试探攻击的时候，立刻迎上去了，一把抓住了慕容纤雪的脚踝，漂亮的手立刻成了爪，狠狠抓住慕容纤雪的脚踝一个用力的旋转，就将慕容纤雪整个人给转了一圈悬空。她手掌用力打在慕容纤雪的脚掌上，惯性作用慕容纤雪整个人都直直地飞了出去，然后擦着地面砰地落地，向后又滑出去几米，径直地撞在了擂台边缘的柱子上，半个身子都探出了擂台。

慕容纤雪大惊失色，连忙抓住了柱子，才稳住了身体，还没来得及稳住心神，懊恼竟然大意了被洛芷珩摆了一道，迎面就有轻如泉水重如擂鼓的脚步声快速传来。她猛地抬头，身子连忙一跃而起，躲开了那迎面而来的霹雳一掌。

洛芷珩乘胜追击，一掌落空她也不气恼，见慕容纤雪喘息着站在擂台另一旁，她掰动手指关节嘎嘣嘎嘣响，目光狂放野性如狼，扭动着脖子，似乎刚才不过是个热身运动而已，她已经全然放开，这一战，她依然是主导地位的霸主！

“慕容纤雪，你很好，挑起了我的战斗欲望，如此，便大战一场吧！”洛芷珩藏在面纱下的眉目生花，语气狂傲。

她一挥手，两边立刻有人抬上来了兵器架子，陈列着各种真材实料的尖锐兵器。砰地一声落在了擂台最边缘。

全场压抑而静默，洛芷珩这一刻前后的巨大变化在他们眼中是如此明显。

凌厉、强势、霸气、果断，甚至是杀气肆意！

她现在如同一只战意熊熊的苍狼，全面爆发出了她孤傲，但独孤求胜的心！这一刻的她，没有人敢小觑，只因为现在的她，已经不是之前的痞子无赖洛芷珩了。

这一刻的洛芷珩，妖艳似火，展示出来的气势，霸气肃杀地就是那几个字：我敢杀人！

洛芷珩目光凌厉地扫了一眼兵器架子，脚出现在一把长枪下面，脚尖用力一踢，长枪猛地窜出兵器架子，洛芷珩利落地抓住长枪。

土匪老爹说，长枪乃战场忠魂。

她将带着红缨的尖锐枪尖对准了慕容纤雪，目光里再没有了往日的笑意，只剩一片冰冷与战意。向着慕容纤雪直冲而去。

慕容纤雪被洛芷珩这突如其来的满身煞气与凌厉震慑住，反应过来的时候洛芷珩的枪已经近在眼前。她瞳孔紧缩，只来得及随意抓住一把兵器，迎面一挡，只听咣当一声，慕容纤雪的武器被洛芷珩的长枪直压落地。

枪不曾收回，洛芷珩越战越勇。慕容纤雪也被她这股强大的气势给压倒了，身子压在兵器架子上连番躲闪，洛芷珩的攻击几乎是如影随形地落下。

一时之间慕容纤雪只有狼狈躲闪的分，竟然是毫无招架之力！

所有人屏住呼吸，这一刻才猛然发现一件他们不愿意承认的事实。

原来洛芷珩不是一无是处，只是她将女子才德方面的心用在了舞刀弄剑上，原来，洛芷珩的身手竟然如此了得！难怪她敢那么猖狂了，只怕就是被几个男人堵住了，挨揍的那个也不会是她吧！

评委们都被洛芷珩这招招凌厉狠辣的攻势震住了，同样的也因为洛芷珩年纪轻轻竟然身手如此了得而震惊。但更让他们惊心的是，洛芷珩对决的人是镇国公的宝贝亲妹妹，不能有丝毫损伤的！

评委们还看见四周已经越过人群涌进来了许多士兵和家丁，眼看着这场比赛即将失控，大赛评委们也都紧张得站了起来，可他们还是忍住没有开口，只是一颗心都紧张起来。

随着洛芷珩一枪枪地落下攻击，慕容纤雪狼狈地躲避，惊险的场面让下面的观众们也跟着紧张得惊呼声迭起。但这些都不能打扰到洛芷珩。

砰地一声！

洛芷珩的长枪太快地落下，犀利的枪尖扎进了擂台木板，她用力地向上一挑，那一排的木板连番被她掀翻，整个擂台瞬间满目疮痍！

慕容纤雪也因为洛芷珩这一耽误时间而快速地逃离洛芷珩恐怖的攻击圈，她猛地抓起洛芷珩兵器架子上的一把弓箭，快速搭上箭，拉满弓瞄准，对准了洛芷珩的大腿，在洛芷珩冲过来的瞬间，嗖地放箭！

箭矢迅猛地射出，直逼洛芷珩的腿下！

众人大惊，这两个女人哪里是在比赛？简直就是在玩命！这可是真刀真枪货真价实在厮杀，这两个女人身上绽放的那种豪放狂野的气场，是这群安逸生活在大后方的人们所没见过的。

洛芷珩双眼轻眯，眼看着利箭飞驰而来，她忽然将长枪狠狠扎在了木板上，整个人矫捷地蹿上了长枪杆子，利箭也几乎是从她脚下蹿过去的，就差那一点子洛芷珩就要鲜血肆意了。

她干净利落地从长枪上跳下来，从背后将长枪给拔出来，带起了一片木板，她的长枪借着威猛的力量直直地对着慕容纤雪的脑袋砸了下去。

慕容纤雪此刻已经缓过神来，只觉得热血沸腾，哪里还会惧怕？反而兴奋起来。她跳跃着躲避，一把抓起了长刀，迎面横空一刀划过去，只听叮地一声，刀枪相撞，空气中竟然擦出了激烈的火花！

两个女人相视一笑，都从彼此的眼中看见了酣畅与爽快。

不仅仅是男人们的友情是上战场上拼出来的，女人的友情，也能在争斗中打出来！两个人都有种惺惺相惜的感觉。打得这么痛快，真是相见恨晚！

但，她们不会对彼此客气的！

“洛芷珩，你很好！”慕容纤雪喘息着道。

洛芷珩一挑眉，满眼激烈的情绪在涌荡：“你也不错，慕容纤雪。”

两个人忽然间收起了笑意，只听空气中叮叮咣咣刀枪碰撞的声音，忽然就激烈急促起来。二人动作竟然旗鼓相当地快准狠，你出手我防守，我攻击你闪躲。一来二去，也不知道是大战多少回了，慕容纤雪终于有些后力不足了。

但洛芷珩却越战越勇，她和养在家里面的慕容纤雪不一样，这具身体本身就是整天东奔西跑，不务正业的。体力自然好得不得了。

洛芷珩趁着慕容纤雪手软的那一瞬间，长枪唰地祭出，直逼对方肩胛。

可慕容纤雪已经认命了，她只是无力地躲闪了一下，洛芷珩的长枪就顺着她的肩膀划过去，慕容纤雪却忽然一把握住了这根让她频频丢脸十足狼狈的罪魁祸

首，一直光明正大的她竟然玩起了偷袭。出其不意地一把就抓掉了洛芷珩戴了三天的面纱！

可是这一摘掉面纱，慕容纤雪脸上的得意与笑意立刻就僵硬了，甚至是凝固破碎了。她目瞪口呆地看着洛芷珩，嘴巴也张大了，一脸惊悚！

洛芷珩没想到慕容纤雪会玩这一手的，忽然想起来慕容纤雪的话，面纱被摘掉了她就算输了！立刻怒从心头起，在慕容纤雪没反应过来的时候，一脚就将慕容纤雪给踹倒在地，犀利的长枪直指慕容纤雪的胸口，危险而致命！

"慕容纤雪，你输了！"洛芷珩先抢占的杀机死穴，按理是洛芷珩赢了的，洛芷珩惯会耍赖，当然不会承认之前的那些戏言来了，更何况慕容纤雪还使诈呢。

慕容纤雪还没有回过神来，就愣愣地问了一句："我怎么输了呢？明明我扯掉你面纱是我赢了。"

洛芷珩大怒，枪尖用力向前一戳，看得众人心惊肉跳，她却怒道："我没有想到你会使诈，早知道你是这样的人，我不会答应你之前的话。你可恶！"

慕容纤雪说不出来她是什么感觉了，这女人一路走来都在玩赖使诈啊，竟然还敢理直气壮地指责她？不过她不生气，反而觉得有趣。回过神来，当她清清楚楚地看清洛芷珩那张脸的时候，她不禁再也忍不住地爆发出了一阵惊天动地的大笑来："啊哈哈哈！笑死我了！怎么会有人长得这么搞笑啊，哈哈哈，简直比戏文里的小丑还要难看啊。"

洛芷珩的脸色一黑，用枪尖轻轻戳了戳笑得快晕过去的慕容纤雪怒道："你笑什么？本姑娘我可是闭月羞花沉鱼落雁的，你眼睛瞎了么？"

闭月羞花？沉鱼落雁？这两个词让慕容纤雪惊呆了，她仔仔细细地打量洛芷珩那张脸。看那，弯弯的眉毛大大的眼，确实挺好看的。可是为什么洛芷珩摘下面纱的整张脸，这么具有挑战性和颠覆性呢？

那嘴巴简直是吃了死孩子似的，通红如血。那张惨白惨白的脸蛋上却通红通红的，一看就抹了厚重的胭脂水粉的。就这个鬼样子，还沉鱼落雁闭月羞花呢？简直像个母蛤蟆！或者女鬼？

慕容纤雪毫不留情地取笑着，笑得在地上直打滚，也不管洛芷珩的枪尖还在自己身上晃悠来晃悠去。反正她好久没有这么开心过了。

洛芷珩回想起刚才慕容纤雪被她打中时候的惊悚表情，再结合现在的状若疯狂，便明白了。她自己也笑了起来，可是她不笑还好，一笑吓死一片。

场下众人距离近的本来被这一场全武行吓得心惊肉跳的，但当洛芷珩的面纱被扯下后，这场比赛的结果就不重要了！重要的是他们见到鬼了么？！

慕容纤雪正笑得起劲，忽然瞥见自家人上来，便知道他们的用意，立刻忍住笑意厉喝道："不准动她！都滚下去。"

洛芷珩见慕容纤雪如此坦荡和正义，一把扔了长枪，坐在慕容纤雪面前，嬉笑道："你真不怕我是妖怪啊？他们可都说我很邪门的，更何况我鼓捣出了天虹呢，你不怕我？"

慕容纤雪也坐起来，笑得不能自已："嗯嗯，太惊喜了，差点没惊死我。"她说着伸出手在洛芷珩脸上挖下来厚厚一坨，嫌弃地问："你干吗这么自毁形象？"

洛芷珩大方点头："是啊，我要制造一个震撼人心的效果，不过这几天没机会把面纱摘下来，本来等着赢了你之后用这张脸去吓唬洛凝霜的，不过现在可惜了。你刚才是不是也被我吓到了？"

慕容纤雪笑道："我不后悔。你和我认知里那个花痴白痴是不一样的。洛芷珩你能告诉我，你为什么能顶着这么大的压力和攻击言论还能如此淡定？还能坚持参加这个比赛吗？"

"这个嘛，我能说是因为我看上大赛第一名的奖励吗？"洛芷珩摸摸下巴笑眯眯地道。

慕容纤雪一怔，而后大笑着站起来，扬声道："这场比赛，洛芷珩胜！我认输！"

洛芷珩惊讶："为什么认输？"

慕容纤雪爽朗一笑道："因为我不缺钱啊，既然你喜欢那奖励，那我就当送给我第一个朋友的见面礼好了，等你拿下冠军，记得请我大吃一顿！"

洛芷珩被涂抹得乱七八糟的脸上露出一抹吓人的笑容，爽快地道："好！馆子随你选！"

惊悚中的人们再度被狠狠地打击到了！为什么会这样？怎么每一个和洛芷珩比赛过的人不是逃跑就是认输？这像一个可怕的恶性循环。

洛芷珩交到朋友了，两辈子加在一起第一个真正意义上的女性朋友！

今天是一个值得纪念的日子，但洛芷珩却没有时间去开心去和新朋友谈天说地，因为今天她还有一场硬仗要打。

那就是和另一个人的对决！

没有错，洛芷珩还是和李仙儿对上了，李仙儿千般不愿万般不想，可还是倒霉地逃不过去。李仙儿便是李侧妃的侄女，李家到底是为李仙儿弄来了参赛名额。

这场比赛将会是大会所有比赛的倒数第二场比赛，也是竞争很激烈的一场，

这场比赛获胜的人，就是要和上一届冠军角逐这一届冠军的人了。

今年的比赛很偏门，洛芷珩和李仙儿这两个因为走后门进来的人，竟然一路杀到最后，还有可能和洛凝霜对决巅峰，果然是看点多多，搞笑多多。

穆王府那边来消息了，李侧妃要对穆云诃动手了，这可真是太好了，估计现在已经要来消息了吧？

李仙儿紧张备战，琴，她不敢动。而画她虽然擅长却因为已经做过了而不能再用。书是她从来都不擅长的，那么剩下的就只有棋了。

棋这方面她自认为还是很厉害的，但怎么才能说服洛芷珩和她比赛下棋？

洛芷珩多聪明，心里面已经将李仙儿的心思猜得八九不离十了。但她不能说出来，不然到时候李仙儿必定会反口，她便冷笑着嚣张跋扈地道：“李仙儿我让你先选。”

李仙儿心里暗喜，道：“我选下棋。”

洛芷珩眼睛一亮，故作为难地道：“你可想好了，下棋呢，你别后悔啊？”

“哼，对付你这种蠢货白痴，我自认很有把握！”李仙儿目中无人地道。

双方商定后，最后竞争的二人上场。桌椅已经摆放好，棋盘也摆好。洛芷珩李仙儿先比子数，李仙儿持白子，洛芷珩持黑子。

比较女子棋艺是很有看头的，一个女人娶回家有没有乐趣还是很有讲究的，会下棋的女子一般智商都不低。

洛芷珩一如既往地是不被看好的那个，因为琴棋书画中，就只有琴棋比较考验智商。

但众人还是很期待李仙儿的，毕竟李仙儿身份贵重还是个姑娘，这要是娶回家多有面子。

李仙儿一样是自信满满的，而洛芷珩却依然优哉游哉，与李仙儿的紧张恐惧却又得意忘形不一样，洛芷珩就和玩似的，每一子落下都看上去很随便。

在他们身旁有记录的人，会很快地将她们的每一子落地的局面画出来传给擂台外的人，擂台外是有四个面向四面的纵向大棋盘的，会第一时间将棋局布出来给大家看，这里懂棋的人不在少数。

已经退场的慕容纤雪对于洛芷珩的评价还是那四个字：深不可测！

混乱的棋局，似乎李仙儿走到哪洛芷珩就跟到哪，棋局简直是凌乱不堪，洛芷珩这种做法根本就是不会下棋的表现，还害得李仙儿不得不打乱心中的棋局。

刚开始洛芷珩这样走，李仙儿还在鄙夷和轻慢，可是她发现她竟然越走越吃力，明明洛芷珩每一步都很可笑，但却渐渐地露出端倪了。李仙儿发现她竟然被逼得退无可退了，就只能前进！

猛然回首，她才忽然发现，她的棋子都被洛芷珩给断开了，没有一颗可以连接。

李仙儿忍无可忍地抬头怒视她："你无赖！哪有人这样下棋的？你要不会就快点认输，不要等一会儿被我逼得落花流水没面子。"

洛芷珩用那张可怕的脸对李仙儿笑，漫不经心中带着一股鄙视地道："那我就等着你将我逼得落花流水了。"

话落，洛芷珩一子落在李仙儿白子之后，又一个断尾劫杀将李仙儿快要布成的局给破了。

洛芷珩这一步棋终于让李仙儿脸色大变！

"你！"李仙儿怒火中烧。

洛芷珩却慢悠悠地笑道："你再不好好下，就要死了哦。"

李仙儿惊疑不定地看着满盘凋零的局面，心里面很惊恐，这洛芷珩应该不会下棋的啊，而且她走的每一步都是错乱的，她自己也连接不起来的。但是洛芷珩乱下竟然都能将她的棋局给陷入围城？

李仙儿下棋的步伐更加谨慎，并且终于知道要注意洛芷珩的棋子了。

洛芷珩想也没想，看似在玩似的一子落在李仙儿白子旁边。再一次看似不经意地将李仙儿给拦截了。

场外一片哗然！

本来还在鄙夷洛芷珩捣乱的人不说话了。等着看洛芷珩热闹的洛凝霜笑不出来了。以为自己看错人的慕容纤雪也猛地坐直了身子！

洛芷珩这一子很关键，因为这一子忽然之间使整盘看上去如散沙的棋局就好像有了连贯了，但人们还是看不出来究竟哪里不同。这其中也有精通棋艺的人，努力思考着洛芷珩的步伐。总感觉洛芷珩这一手棋走得很玄妙。

慕容纤雪眯着眼呢喃道："洛芷珩果然不简单么？这是要……通杀？"

评委们一个个瞪圆了眼睛，终于从郁闷中走出来，也不禁研究起洛芷珩这棋局了，甚至有那精通棋艺的评委，拿出了随身携带的宝贝棋谱开始快速翻找起来，究竟玄妙在哪里呢？

李仙儿额角冒汗，她再一次被逼得没有退路，这一刻她才猛然发现，她好像一路走来都是洛芷珩在逼着她走，她起初是想着先在自己这边安营扎寨，再一举进攻洛芷珩，到时候必定势如破竹一举拿下洛芷珩的残局。但哪里想得到她走过的每一步棋都不是她的心意，猛然看清，才发现她每一步都是被逼迫得不得已之举。

李仙儿惊出了一身冷汗！举着白子的手控制不住地轻颤，纵观全局，竟然不知道该将自己的棋子落在哪里。

洛芷珩挑眉，灵活旋转着一颗亮眼的黑子，轻柔又蕴涵杀气地道："落在哪里你的命运都是一样的，那就是被我……杀无赦！"

"我不信！"李仙儿惊怒，一子啪地一声落在了角落空地！

这一子落下，李仙儿的棋子倒有一股可以连在一起，但依然薄弱，可是与洛芷珩的不成章法相比，李仙儿依然可以算胜利了。

"不会吧？李仙儿赢了？"慕容纤雪不满地呢喃。

所有人也都松了一口气，就说洛芷珩这草包不会赢的嘛，她要是下棋都赢了，那么其他人是不是都该去死了？还什么棋局玄妙，简直就是可笑。

远处有飞驰而来的马蹄声，越来越急促，越来越激烈……

洛芷珩不理会场外的欢呼嘲讽，不理会李仙儿的得意。脸上挂着又痞又猖狂的笑容，慢悠悠地将黑子往棋局中送去……

马蹄声轰然而至，还有那划破长空的尖锐凄厉的报信声："小王妃，小王爷病危！！"

尖锐的声音仿若凌厉的刀剑，瞬间射中洛芷珩的心，她抬起的手一僵，啪地一声，黑亮的棋子跌落在棋盘之上，跳出棋局之外。

可洛芷珩却来不及想其他的了，她猛地站起来，因为动作过猛凳子都被撞翻。她脸色青白不定，大脑有那么一瞬间是一片空白的，心里面说不上来什么感觉，只是那么疼，那么空。等她反应过来之后，便立刻抬脚向擂台下跑去。

她边跑边想，脑海里闪过许多想法。怎么会好端端地忽然就病危了呢？这其中会不会有诈？也许这个消息是假的，也许是真的。可不管真假她都不能忽略这个消息的威力。而这个后果也是她根本无法承担的。

"洛芷珩！你一脚踏出了这个擂台，就代表丧失了比赛资格，等同是你主动放弃了比赛。"大评委猛地站起来大声道。

洛芷珩的一脚都已经抬起来了，眼看着就要落到台阶下了，却不得不僵住收回去。脑海里都是穆云诃有可能会痛苦万分的样子，甚至是无助的，或者穆云诃正在被人迫害？

而身后那场残局只剩下一步，她就胜利了！她就可以打进总决赛，再用自己的实力将洛凝霜彻底地打败！她一路厮杀进来，得到的都是嘲讽与鄙视，打压和伤害。她好不容易走到这一步，真的要放弃么？

然而想了这么多，迟疑也不过就是那么一瞬间的事情，她再次抬起脚，选择了奔向穆云诃的方向。

什么比赛都没有穆云诃来得重要！

这是她脑海中最后最坚定的想法！穆云诃不能死！

“慢着！”慕容纤雪忽然开口，在士兵们的簇拥下快步走来，制止住了洛芷珩的脚步，冷声道：“洛芷珩，你不觉得小王爷病危来得太过于巧合了么？在你走到最关键的时刻出现，你难道就没有想过，这有可能是一个阴谋？”

“就算是阴谋我也要回去见他！”

“那你就差这最后一哆嗦了么？这盘棋一看就接近尾声了，你却连这么一眨眼的功夫都等不了了吗？还是，你其实也发现了你已经输了，你不愿意承认自己的失败，所以要临阵脱逃？”慕容纤雪讥讽地冷笑道。哪有一点朋友该有的样子？

洛芷珩目光变换，她并没有反驳，而是看向了那突兀立在人群中，骑在马背上的报信人，她的目光仿若有如实质的刀子一般，隔空都能将人厮杀个稀巴烂。

洛芷珩的目光落在那人的马匹和穿着上，冷静下来的她，也终于发现了不对劲的地方。这件事情确实来得太巧合了，而且这报信之人她没见过，身材魁梧，一点不像是王府里那些瘦弱的太监和外院的小厮侍卫。

洛芷珩只觉得眼皮子一跳，狂躁不安的心忽然就冷静下来了！她的目光唰地看向了在一旁看热闹的李侧妃，依然是犀利的目光，李侧妃脸上的笑意那么刺眼，刺眼到洛芷珩恨不得立刻上去抽她几个大嘴巴！

虽然她担心穆云诃，但这不代表有人可以利用穆云诃来刺激她、糊弄她。

“说得也对，我洛芷珩可不是那种临阵脱逃的人，这盘棋，我会下完再走。”洛芷珩故意这样冷静地说道，但她的身子却没有立刻动，她的目光紧紧地盯在那报信之人身上。

那人立刻就凄厉着急地大喊道：“小王妃不可啊！小王爷危在旦夕了，王府已经乱成一团了，王妃让属下立刻请小王妃回去见小王爷最后一面！”

洛芷珩指着那人立刻破口大骂：“你给我闭上你的狗嘴！王府哪里来的属下？你又是谁的属下？你是受谁的命令跑到这里来扰乱我心的？你竟然还敢诅咒小王爷？你不要命了是吧？好啊，姑奶奶今儿就成全你！”

洛芷珩一通发作来得太突然，让还震惊在穆云诃忽然就要死了的人们猛地回神，不禁愤怒起来，这洛芷珩也太无情了吧？

但洛芷珩却不在乎别人怎么说，她对慕容纤雪说道：“慕容姑娘，可否请你的人帮我抓住这个胆敢冒充王府之人谎报假情的家伙？我下完这一步，立刻就回去。”

慕容纤雪很欣赏洛芷珩能这么快冷静下来，虽然觉得洛芷珩这盘棋注定输了，但洛芷珩有这份胆量气魄和胸襟，倒让她觉得自己没看错人。

“有我在，他跑不掉的。”慕容纤雪爽快地笑道，一挥手，她的人一拥而上，将那不停反抗挣扎的人给抓住了。

李仙儿原本幸灾乐祸的表情瞬间就僵硬掉了，她不自然地咧开嘴，想笑又有些惧怕洛芷珩。

洛芷珩现在看李家的一切人都是那么厌恶和憎恨，站在棋盘前她阴狠地道：“你笑什么？是在笑你们李家有可能即将大祸临头了么？”

“你胡说八道什么？不准你诅咒我们家！”李仙儿张牙舞爪地怒道。

洛芷珩就露出洁白的小牙，但那阴森的表情，通红的嘴唇，让她的牙齿看上去尖锐犀利仿若獠牙，她毫不掩饰声音的恶毒道：“最好不是你们李家的人对穆云诃做的手脚，不然你们加诸在穆云诃身上的痛苦，我会百倍地奉还给你们！穆云诃要是真的有什么三长两短，和这件事情有关的人，我会连他祖宗十八代的祖坟都给刨了，将他和他祖宗们的骨灰一起挫骨扬灰，丢到云江去喂海怪！！”

李仙儿开始哆嗦，洛芷珩的目光表情太可怕了，她就是在用这样的态度来告诉李家人，她说得出就做得到，李家在她洛芷珩眼中，从来都什么也不是！

太猖狂了！

四周的人听见这话了，都迅速安静了下来。李侧妃听见了这话，只觉得洛芷珩太猖狂了！

洛芷珩拿起黑子，眼看就要落下，大评委却忽然开口：“慢着！你不能先走，你刚才那颗黑子已经落在棋盘上了，就要算数，所以这一次轮到李仙儿走。”

洛芷珩心头一哽，火气更烈！

洛芷珩笑得不能自已，无所谓地耸耸肩，拿着棋子的手轻轻地握紧，上面全是隐忍暴跳的青筋，指着李仙儿笑呵呵地骂道：“行，你先下，省得一会儿我赢了你，有人还要因为看我不顺眼。我真他大爷的见识了，这么不通人情的狗屁评委！”

她满身流里流气的痞子气息，虽然在笑，可看上去还真是可怕邪气。

慕容纤雪也不满地看了一眼那大评委，确实不通人情了。

大评委怒指洛芷珩狗屁不是。洛芷珩冷笑起来，郑重而严肃地道：“连算上这一局，再加上明天的冠军总决赛，我就告诉你我洛芷珩一定会大获全胜！”

她说得自信满满，但满场却没有得到一丁点信任。

可洛芷珩却不在乎，她指着大评委，霸气地高喊道：“我今儿就把话撂在这了，但凡我洛芷珩输掉任何一场，洛芷珩的脑袋亲自送到你面前，随便你砍杀。我就让你看看你口中狗屁不通的洛芷珩是怎么用事实让你无地自容的！”

大评委自然鄙视洛芷珩，冷笑道：“狂妄小儿，我等着你让我无地自容！”

只要李仙儿赢了洛芷珩，那么就是洛芷珩在自己打自己的嘴巴了，她等着看热闹就好。再一次纵观全局，虽然李仙儿的棋局很诡异危险。

洛芷珩阴恻恻地道：“你还不赶快走？大评委可是给你争取了好大一个机会呢。不过多走几步也不能改变你满盘皆输的局面！”

李仙儿不敢看洛芷珩，但在心里面却是咬牙切齿的，她知道自己这一局会赢，虽然赢得危险。李仙儿执白子落在了本应该被洛芷珩截断的地方，让她的棋局看起来更加的连贯。不得不说，洛芷珩少走了一步，她的胜算还真是多了一些。

李仙儿露出了满意的微笑。与洛芷珩那满盘散沙的棋局比起来，她虽然断续得多，但好在已经连上了。

场下的人们也都在这一刻欢呼起来，因为在他们看来，李仙儿已经赢了，这样的局面，能落子的地方已经不多了，洛芷珩不管落在哪里，都是个输，还是输得最彻底的那一个！

人们毫不掩饰他们的兴奋，开心地欢呼着，赞扬着李仙儿的聪慧和敏捷，也讽刺着洛芷珩的无能和可笑。

大评委笑容满面，接受着来自同伴们的恭贺与慧眼识珠的赞美。

洛凝霜在笑，嘲笑着洛芷珩的自不量力与目中无人。

李侧妃也在笑，笑着洛芷珩的丢人和失败。但是很快花开回来了，在她耳边轻声几句，李侧妃的脸色就变了。

慕容纤雪没有笑，只是可惜地摇摇头，但看着洛芷珩依然如青松一般挺拔地站在擂台上，她的心里倒升腾起了一股敬意，这家伙就算有点目中无人，很自大，但这份胆量和勇气倒是值得赞扬的。

然而在山呼海啸般的赞美狂潮与讽刺狂潮中，只有洛芷珩一个人是安静的，她用讥讽的目光嘲弄地扫了一眼眉飞色舞的李仙儿，然后沉淀下了自己，手执黑子，在四个记录棋师不太看重的目光中，带着一股所向披靡的气势，啪地一声，黑子落下，落在最边上那个明显而又令人忽略的空位上！

瞬间，整盘残局，满盘散沙，仿若盘卧在深海沉睡千年的巨龙，就待洛芷珩手中这乾坤一子落下，仿若一条被穿针引线，接连筋骨的游龙一般，从死海中傲然浮现！

这盘洛芷珩亲手布下的残局，在她手中瞬间苏醒，带着一股强大到令人窒息的生命力与霸气，横空崛起，傲然现世！

起初还不在意的记录棋师们在看到那一子落下后，整盘散沙般的棋局发生的翻天覆地的变化后，完全都惊愕了，目光都死死地盯在棋局上面，死死地看着洛芷珩那缓慢抬起来的手，还有那落在最中间的棋子，不可置信与震惊渐渐浮现在了四名记录棋师的脸上。

紧接着四个人满眼狂热的看好着那盘棋，兴奋地开始在纸张上落下与洛芷珩同样位置的棋子，然后疯狂地跑向四面给人们看的竖着的棋局旁，将纸张交给摆棋的人，他们就都冲回了洛芷珩的身边，看着那盘精妙绝伦的棋。

“太神奇了，竟然用一子就让这盘棋起死回生了？！”其中一人还不可置信地呢喃着。

那棋局是真的太过于玄妙和精密了，本来是残垣断壁的，却偏偏就因为这一颗棋子，瞬间就将四面八方的黑棋都给连上了！这盘棋到了这一步，根本不用再点棋子数，洛芷珩赢得毫无悬念，赢得干净利落！赢得精彩绝伦得让人想要发难和怀疑都不能！

她竟然，用一子，定乾坤！

形势逆转，全盘翻过来的清晰棋局时候，懂棋的人先是一愣，继而就是不可抑制地惊呼起来。

然后整个赛场围观群众上万人的惊呼开始一点一点地蔓延开来。不明所以的人会抬头看着目瞪口呆之人看的棋局，看懂了的人无不用一种震惊诡异的目光看那盘棋局，热爱下棋的人，更是用一种狂热的目光来钻研这精彩绝伦的棋局。

于是刚刚还掌声雷动欢呼祝贺李仙儿获胜的人们，不到一会儿工夫就完全倒戈了，这一刻他们倒戈的不是洛芷珩，而是这盘玄机精妙的棋局！

“怎么会这样！”大评委也看见了那盘棋局，她虽然精通的是琴，但老才女怎么能不懂得棋局呢？正因为懂得，所以当这一盘棋洛芷珩的最后一招出世的时候，她才会震惊到猛地站了起来！

大评委满脸惨白！

“妙！真是太妙了！”评委席中一个头发花白的老者终于看清了那盘棋局，颤巍巍地站起来，激动得不能自已，在他小徒弟的搀扶下快步下了评审席，朝着擂台冲了上去。

评委席的评委都有这样的反应，那么观看的人又是何种的振奋呢？人群之中达官显贵绝对不在少数，精通棋艺之人也绝对是多如牛毛。可以预见的结果就是人们在越看越精妙的棋局之中拜倒了！震惊了！沸腾了！

这世上就没有相同的棋局，每个人走出来都是不一样的。更何况洛芷珩走的每一步都在人们的眼中。没有一步玩赖和诡异。这种棋局，完全掌控在布局者的手中，若不是胸中有丘壑，若不是脑中有布局，若不是一直自信满满棋艺高超，是绝对不会走出来的！更别谈是运气好碰巧就靠着那一子获胜了。

所以这一次，没有人怀疑洛芷珩是不会下棋的。没有人不承认，这盘旷世孤本般的棋局是出自洛芷珩之手。

人们看洛芷珩的目光不一样了，也许不是敬畏和赞美，但绝对是一种认可！

无视身边那四个记录棋师狂热的目光，洛芷珩的脸上带着一丝嘲弄的笑意，轻描淡写地瞟了一眼对面已经目瞪口呆的李仙儿，随后就将目光直指评委席上的大评委，她毫不掩藏嘴角悠扬、得意与狂傲的笑意，笑看大评委的面如死灰，心情却不是开心的，只有沉重和压抑。

“老家伙，你记住了，吃的盐多的后果不一定就是博学多才慧眼识珠，也可能是吃太多盐齁着了，以至于体力不支老眼昏花生命垂危！不过你给我挺住了。这……才是我的第一场胜利，下一场，就是你彻底颜面无存的巅峰决赛！”洛芷珩一贯的牙尖嘴利，但这一次她那轻描淡写的话却相当有分量，以至于完全震撼全场！

当她这颗被世俗和谣言、亲人迫害和伤害遮蔽的绝世明珠，终于愿意展露自己的光芒的时刻，便是狂风暴雨，流言蜚语，艰难险阻，也将再也不能遮挡住她的流光溢彩，惊世光华！！

快步冲下擂台，这一次她没有再犹豫片刻，今天她的成绩已经很明显了，这一次胜利，是谁都不能反驳和抗拒的。

“这一场，洛芷珩获胜！”这次宣布的不再是大评委，而是那位年纪很老的老者，他在擂台上亲眼看见了那盘棋局，激动得声音都有点沙哑，却还是迫不及待地宣布了这个结果。

老者宣布的不仅仅是一个结果，更是一种态度。一种对待棋艺界后起之秀的维护和看重！

看到这一幕，看到大赛的幕后负责人对这盘棋的重视和态度，所有人都知道，洛芷珩在第一才人大赛的幕后者眼中将再不一样！

就连大评委，也不能奈何洛芷珩了。

这，就是用个人实力征服一切的好处与魅力！

李侧妃只觉得好丢脸，这就是她选中的儿媳妇？输了不可恨，可恨的是输了之后竟然还敢哭，应该拿出个狠劲来，以后想办法整死洛芷珩才对。可是现在她没空管李仙儿，她问花开：“你刚才是什么意思？”

花开在李侧妃耳边详细地嘀咕一番，李侧妃控制不住的声音里充满了错愕和震怒："什么？失败了！那个丫头将梁神医给扔出来了？！那怎么还有人来报信？"

花开满脸诡异地小声道："这不是按照主子的话去做么？找了个人冒名顶替来送信啊。没想到洛芷珩竟然没上当。"

"该死的！不是说越老的家伙越狡猾么？怎么这洛芷珩比老狐狸还要狡猾？真可恨！"李侧妃咬牙切齿的，忽然想到梁神医会不会被洛芷珩给堵上啊？万一再从梁神医的口中套出来她可怎么办？

"走，回府！"李侧妃也不管李仙儿的死活，转身就快速离开。

"主子！小王爷不见了！"奶娘声音绷得很紧，脸色难看至极欲言又止的样子，"和梁神医有关……"

"说！我倒要看看这个什么梁神医能弄出来什么幺蛾子？"关于梁神医的事情，洛芷珩原本是打算等比赛过后找机会铲除梁神医的，但既然这个冒牌货自己忍不住了，那她还有什么好客气的？大不了撕破脸，她也不能让穆云诃身边再有这样一条毒蛇了。

奶娘立刻毫不避讳地当着众人说道："小王妃可能还不知道，这件事情没有惊动王妃，之前是梁神医忽然来院子里给小王爷送新研制出来的药，因为您吩咐过丫头，不准梁神医进院子靠近小王爷，可是梁神医竟然发怒要闯进去，所以丫头直接将要擅闯进来的梁神医给扔出去了。"

"扔出去之后呢？"洛芷珩的声音越发冷了。

奶娘的脸色就很不好了，丫头也忍不住泪流满面，仔细一看，丫头的身上竟然也有好多伤口！伤口啊，不是利刃哪里能划出来那么清晰整齐的伤口？小喜子身上还在流血，这一切都在告诉洛芷珩，在她不在家的这段时间里，发生了什么可怕的事情。

在王府之中，很有可能上演了一场惊心动魄的杀戮之战！

众人大惊失色。什么人竟然敢如此胆大包天地欺负到穆王府头上来了？！就算穆王爷不在家，但这个家还是穆王朝最显赫尊贵的王府，一般人敢如此放肆大胆么？

然而就在这一刻，她忽然想到了什么，让人将这三个人绑起来等在外面，她已经迫不及待地冲进了王府。

房间里穆云诃神秘消失了，丫头又说她守在门前没让任何人进去。穆云诃怎么可能凭空消失？难道房间里有秘道？或者是暗室？

可是当洛芷珩跑到了院门口，看着那满院子的狼藉和空旷，她还是有些心口发紧。窗子破了，尤其是他们的房间那扇门上面竟然全都是血，地上甚至还有一只断臂，那是被硬生生的撕扯下来的，一看就是丫头的杰作。

他们房间的台阶上还有各种兵器和血液。下人们的房间都门窗紧闭，显然是都躲起来了。洛芷珩甚至可以想象，当时那样危险的状况中，只有她的丫头和小喜子两个人并肩作战，苦苦守在穆云诃的房前，一个为了她的吩咐而誓死不退缩，一个为了穆云诃而拼死抗敌！

说不清的酸涩在眼中流露，这满目疮痍的场景在告诉洛芷珩，这个院子明显是经历了一场非常激烈残酷的厮杀的。在告诉她，她有多么势单力薄。在嘲讽她，她所谓的保护依然是漏洞百出的！

可是王府内院竟然会遭遇这样的事情，这简直是骇人听闻的。也是让人措手不及，想都没想过的。

一步步上了台阶，他们的房间门是打开的，她走进去，里面没有丝毫的杂乱，依然是她离开时候的样子，那么昏暗和沉闷，混合着一丝血腥气，轻易就能挑动洛芷珩骨子里的那股狠劲。

她仔细地看了一圈，窗户没有打开的痕迹，门是后来奶娘她们打开的，房间里确实没有穆云诃，也好像没有暗室之类的地方，那么穆云诃究竟哪里去了？

洛芷珩有些失魂落魄，凭空消失不在她的接受范围里。忽然她在柜子上拍打起来，将之前她珍爱的值钱古玩旋转拿起，然后统统扔掉。她在找机关，人不可能就这样凭空消失的啊。在她摔了一地的碎片残渣的时候，只听一声轻微的响声从头顶而来。

洛芷珩瞬间头皮发麻警惕地抬头看去，只见好端端的房顶忽然出现了一个正方形的天窗，神奇的是之前她竟然一直没发现那个位置竟然是可以打开房顶的天窗！

然后有两人轻飘飘落下，其中一人，不是穆云诃还有谁！

穆云诃脸色惨白疲惫，但眼角眉梢却都是抑制不住的笑意，他甚至有些站不稳地摇晃身躯，却还是缓慢地向洛芷珩走来。

洛芷珩只觉得那一瞬间，她的世界里就只剩下了一个穆云诃，就算他柔弱到让她鄙视，就算他漂亮到让她嫉妒垂涎，就算他那么别扭倔犟到让她生气。可是眼前他还在，他回来了，他还能对她笑，她只觉得满腔的怒火和怨气一下子就散了，再也聚集不起来了。

“你死哪里去了？我刚刚叫你你没听到啊！”洛芷珩怒吼，声音里也不知道是哭腔还是笑意。

穆云诃也不生气，反而觉得通体舒坦，还好这女人依然生龙活虎，还好她回来了！刚才忽然降临的灾难一般的击杀，穆云诃最先想到的就是母亲的安危，然后就是铺天盖地不可控制地担心洛芷珩会被人伤害。

“我总得确认了是你回来了才能出来，别人我怎么能放心？我若落到别人手中，你不是麻烦更多？”轻声在她耳边叹息，穆云诃被冲过来的洛芷珩扶住，他忽然就有种劫后余生的感觉，出于本能一把用力地抱住了洛芷珩，抱着她香软温热的身体，似乎就能将刚才那场危机四伏的厮杀给淡化，还能将那令人作呕的血腥味给冲淡。

只有把我自己交给你，我才放心！

这样一句和浪漫都不沾边的话，听在洛芷珩的耳朵里却十分熨帖和舒坦。

“那你有没有受伤？”洛芷珩紧张地想要查看他，却被他抱着动弹不得。撇嘴，这病秧子男人力气还挺大。

“没事，我没事，阿珩呢？有没有受伤？”穆云诃低头看她，眼里是浓浓的担忧和心疼。

“我能受什么伤？我又没有被人围杀。梁神医怎会突然向你发难？”洛芷珩磨牙霍霍。

穆云诃一挑眉冷声道：“我觉得与李侧妃有关，会不会是李侧妃看准了时机，趁着你不在想要做掉我？她已经没有耐心等下去了么？李侧妃不是和梁神医有关系么？”

洛芷珩惊悚了：“你怎么知道？”当初奶娘发现这个秘密的时候，她可没告诉穆云诃。

穆云诃轻弹了洛芷珩脑门一下，冷笑道：“你当本王是白痴么？还看不出来他们两个那点腻歪？当初你和父王都求梁神医留下都没留住，李侧妃轻描淡写一句话人家可就留下了呢，没有腻歪梁神医那样眼高于顶的人为什么要给个妇人面子？”

洛芷珩揉着脑门，对穆云诃刮目相看了。

洛芷珩冷笑，这一次好惊险，只可惜李侧妃算漏了一步。她早在王爷离开前就请求过王爷给穆云诃留下点可靠的暗卫什么的来保护穆云诃，不过王爷没告诉她到底留没留，现在看来她当初的盘算还是很有用的。那个站在穆云诃背后的人明显是暗卫。

她会让李侧妃知道，算计到最后她会让李侧妃将自己都算计进去的！欠收拾的玩意！

011　凌空挥毫！帅字现，霸主出

穆云诃心里感动洛芷珩心里想着自己，目光越发离不开她了，还鬼使神差地问了一句："你是不是接到消息就赶回来了？头发衣服都乱了。"

洛芷珩胡乱点头，她得想想接下来的残局怎么收场。

李侧妃敢搞出这么大动静来么？当然不敢，她也不会！她要做，应该是那种在背地里下手的阴招。也许李侧妃今天对她做的事情怀恨在心，但这样明目张胆的来杀人却不会是李侧妃那个多疑而小心谨慎的女人会做的。

这种张狂目中无人的做法，应该是出自男人的手笔！

那么就只剩下梁神医那个冒牌货了。他很有可能这样做，找人冲进来，弄得好像土匪抢劫一般，还能有借口说帮助李侧妃弄死了穆云诃。如今与梁神医算是撕破脸了，那么就必须快刀斩乱麻地将梁神医给解决掉，否则后患无穷。

洛芷珩心里有了计较，快步走到她装宝贝的柜子前，打开锁拿出了王爷临走前留下的那个盒子。

穆王爷说，这盒子里的东西能让她在王府横行，甚至就算拿着这东西到了皇帝面前，也有话语权。虽然心里面有疑惑，但穆王爷也应该知道，这东西他留下的不是一件搪塞的宝贝，而是给他儿子留下一个保命符！

本来以为这个东西不到最后关头她用不上的，也一直以为凭着自己的能力，也不会用到这东西。但今天这场杀戮着实吓到洛芷珩了，也让洛芷珩看清了她自己的能力和实力。更认清了一个从未走出的谜局。

她，已经不是过去那个一声吼一挥手，身后就有成千上百土匪保驾护航的洛芷珩了！

如今，她要依靠的绝对不再是自己的力量，还有这个时代能够震慑群雄的力量！

“你要动用他留下的东西？”穆云词诧异，虽然他也感到了危机，但却没想过要出动这方宝物。

洛芷珩脸上是少有的严肃和庄重。纤细的手指抚摸过那个长盒子，轻声道：“我们已经被人欺负到了头顶上了不是么？我们已经走投无路了。说好了要杀出一条血路，但敌人不给我们这个机会呢，他们想让我们死在成长之中，他们想要对我们除之而后快，那么我们又为什么还要仁慈地给他们这个来杀害我们的机会呢？”

洛芷珩抬头，对穆云词笑道：“谁都能在王府里兴风作浪的话，王府还是王府么？谁都能对你明目张胆下毒手的话，你还是独一无二的小王爷么？我还是能依靠你活着的小王妃么？什么都不是了！今天这件事情必定会传出去，我们如果不能快速给以反击和雷霆出击的话，明天，我们就有可能是各种死法！”

洛芷珩的轻声细语却给人一种毛骨悚然的感觉，她明明在笑，可是那笑容里有太多的无奈和隐忍，还有忍无可忍的狠辣与暴戾！

“既然他们不给我们活路，那我就来送他们一程！我要用他们的鲜血来祭刀！从今天开始，就让他们知道，洛芷珩的手不仅可以打人，还可以砍人！”她狠辣地笑着，猖狂的语言打碎了她遮掩的笑容，露出了她铁血的一面！

穆云词眉眼间带着耳目一新的震惊与满足。他看惯了洛芷珩嚣张，多少了解一点她凶残的本性。暗卫被洛芷珩惊着了，更被洛芷珩那一身强大的杀气给震住了！

洛芷珩一手缓慢打开那方盒子，今天，她就要用这方宝物打杀冒牌神医，震慑李侧妃！

盒子打开，顷刻间，一种厚重大气的光芒扑面而来，满室光华！

穆王府门前，已经聚集了一些人驻足，虽然人们并没有距离穆王府很近，但他们张望着穆王府却是真的。

也就在这时候，王府门口又传来一阵骚动，原来是王府之中走出来了一位红衣女子，女子大步走来，很有气势，门口立刻有人迎上去，态度恭敬。众人只觉得精神一振。更加目不转睛了。

洛芷珩站在台阶之上，目光看向四周，见到很多人她不仅不赶人反而还很高兴，今天的事情就是要闹大，越大越好！她已经没有退路了，那么每一步就都要成为绝路，绝处逢生才可以！

“将五人绑好了押在一旁，那个报信的人也和他们放在一起，把路让开，咱们等着李侧妃回来，王府出了这么大的事情，李侧妃这个掌家的人怎么能不知会她一声呢？”洛芷珩指着之前被擒住的匪徒道。

“奶娘，你去梁神医的门前守着，给我守住了别让他丢了。等我和李侧妃知会一声，我就亲自去见梁神医。”洛芷珩突兀地吩咐道。

其他人都愣住不明白的时候，只有奶娘淡定自若，虽然她也很好奇洛芷珩怎么就这么放心让她自己去，但洛芷珩现在不一样了，聪明机灵，还很有心机。

“让大夫来，给丫头和小喜子治伤。”洛芷珩吩咐道。

不一会儿大夫就来了，当场为小喜子和丫头治伤。因为丫头是女孩子，不方便脱衣服，只不过是象征性地上点药，但小喜子就不一样了。洛芷珩故意让大夫将小喜子的衣服扯开，手臂上那深可见骨的伤口立刻狰狞地出现在世人眼中。

那一瞬间，惊呼四起。

洛芷珩就是要让所有人都知道，王府出事了，还是动刀动枪见了血的大事。而她，也不打算善了了。

包扎后，洛芷珩就那么不顾身份坐在了王府门前的台阶上，一腿蜷起放着她的手臂，一腿伸直，随时可以站起来的利落姿态，她的另一只手一直按在右边的腰间，似乎那里顺着长腿隐藏在裙子里有什么东西。

王府大门相当气派威严，台阶两边是威严凶猛的石狮子，都瞪着滚圆的眼睛，獠牙呲嘴，好像能震慑一切妖魔鬼怪的煞气。再配合上洛芷珩那大马金刀的架势，力大无穷的丫头站在她前方左边，孔武有力的两个婆子站在她前方右边。

瞬间，王府门前一片联合了天地威严与庄重的骇人之势！

很快，有马车吱咯吱咯的驶来，而且来的不是一辆，三四辆的马车一起回来，证明王府看热闹有身份的女人们都回来了。

很好，刚好萝卜白菜，她一锅炖了！

王府大道很宽敞，并驾齐驱三辆豪华马车不是问题，但后面的马车并排前行，前面的马车却一马当先，走到哪里都要彰显自己的身份地位是不可超越的，这就是李侧妃的显著特点。

马车很快都抵达了王府门前，后面马车里的女人们迟疑了一下，到底是不敢得罪李侧妃的，纷纷下马车，花枝招展的女人们都被洛芷珩这架势给吓着了，一个

个花容失色地围在李侧妃的马车旁。

洛芷珩抬眸，眼底是一片冰冷的嘲讽，却没有动弹。可是手却抓紧了腰侧。

李侧妃在马车之中等了一会儿，感觉没什么问题了，但还是不放心，洛芷珩太乖戾了，自己不能先出去，所以她让花开先出来。

花开出来的时候，洛芷珩终于动了。她站起来缓缓走下台阶，每一步都走得危险至极，但却极其优雅，她目光看着马车，马车里李侧妃喊花开，马车上的花开想要开口告诉李侧妃洛芷珩来了。可她不敢。

这一刻的洛芷珩，满身杀气，那张凌乱的脸上却清清楚楚地刻画着一句话：你敢开口，我就宰了你！

静！极其安静的场面里，每一个人都屏住呼吸，期待又或者是不知道洛芷珩接下来要做什么。

只见洛芷珩缓缓抬手，那群围绕在马车旁的女子哗地一下集体后退几步，那凌乱又仓惶的步伐仿若遇见了鬼魅一般。什么时候开始，他们竟然如此惧怕洛芷珩了？！

洛芷珩将手落在那匹马的头上，轻轻抚摸着它。

“花开你这个死丫头，没听见我说话么？洛芷珩走没走？”李侧妃不耐烦的声音从马车里传出来。

洛芷珩勾唇浅笑着缓慢后退：“你出来看看不就知道了？”

李侧妃的声音瞬间寂静下去，几乎是与此同时，马车华丽的帘子被用力打开，贵气逼人的李侧妃走出马车，居高临下地俯瞰洛芷珩道：“你到底在玩什么玄机？王府发生了什么事情？”

李侧妃忽然看见那几个被看押的人，心中一紧，有些心虚，声音就越发凌厉起来。

洛芷珩笑道：“终于舍得出来了啊，为了等李侧妃回来和你知会一声，我可是等了好久呢。”

“你等我做什么？”李侧妃警惕地问道。

“等着告诉你我要——大开杀戒了！”洛芷珩缓慢又清晰的几个字落下，她的动作忽然凌厉起来，那一直按在腰侧的右手忽然抬起，一阵刺眼的光芒闪过，火红的夕阳下，洛芷珩的手中已经出现了一支精致华丽的手杖！

有些人只是被手杖的光芒四射所惊艳，但李侧妃却有种不好的预感，总觉得这东西有什么诡异之处，但当着这么多人的面她就不信洛芷珩敢杀了她，她还讥讽道：“哦？大开杀戒么？就用这根中看不中用的手杖？”

洛芷珩无言，却忽然快速地转动了一下手杖的顶端，只听一阵清脆的金属摩擦声后，洛芷珩忽然做了一个拔起的动作，一阵刺眼的刀光剑影闪过，洛芷珩动作毫不迟疑地忽然高举了那手杖分开的部分。

赫然是一把锋利无比的独特尖刀！

“睁开眼，好好看着我是怎么大开杀戒的！”洛芷珩目光冰冷，毫不犹豫地对着那匹马的头直劈而下。

刹那间血花四溅，干净的王府台阶上一片滚烫鲜血！那匹马连叫都没来得及叫一句，就被洛芷珩一刀直接劈开，迎着刀气的威力瞬间劈成两半。马车翻塌，李侧妃惨白的脸和惊恐的尖叫，从高端滚落到地面的狼狈，全部淹没在四周掀起的惊呼之中！

犀利的刀锋，霸气的态度，狠绝的目光！这一刻天空下的穆王府，就算一地鲜血也再也没有了丝毫温暖！

这一幕来得太突然，也太过于残忍和血腥，以至于让一群没见过这种狠绝场面的人们不由得大惊失色。

马匹被一分为二，鲜血狂流，狰狞地摊开倒在地上，华丽的马车瞬间成了带着人跌入血海的刽子手，那原本居高临下仿若站在云端的李侧妃，和她的丫鬟花开一起跌落下来，滚落在死绝的马匹的血泊之中！

周围尖叫四起，那群刚刚还依附着李侧妃的姬妾们纷纷后退，一个个唯恐避之不及，竟然没有一个人上前扶她。

洛芷珩的身子还维持着那惊天霸气的一劈姿势，手中只有成年男子食指粗细的尖刀，锋芒毕露地直指李侧妃的方向，那尖刀上面银光四射，竟然是没有沾染上一丝血迹，只有刀尖上，有一滴血珠子饱满地凝聚，最后承受不住重力一般地坠落！

直直地滴落在了李侧妃的额头上，还是温热的，却让李侧妃全身如坠冰窖！

静！穆王府门前聚集了许多人，但在这一刻，却安静得仿若黑暗山谷中的乱坟岗！

众人眼中的洛芷珩，红衣似血，眉目冷酷，手握尖刀，一招劈开骏马。这一幕，让看见的人无一例外至死都不能忘记，甚至成为许多人的梦魇。

李侧妃确实被震慑住了，洛芷珩刚刚那毫不犹豫、毫无顾忌的一刀，虽然没有劈在她身上，但那和劈在她身上有什么区别？洛芷珩这是在警告她，是在打她的脸面，是在向她示威！洛芷珩是在告诉她，她已经不会再忍耐了么？

李侧妃狼狈地想站起来，但也不知道是马血太滑，还是她的腿太软，几次都

只能跌倒在地，李侧妃一巴掌打在一旁花开的脸上，尖锐地怒道："你是死的么？还不快点扶我起来！"

李侧妃瞬间将愤怒的火焰直指洛芷珩，理直气壮地怒道："洛芷珩你好大的胆子！竟然敢如此羞辱我！你的眼中还有王法么？还有尊卑么？你还敢如此理直气壮地在门口堵着我，今天你要是不给我一个合理的理由来解释你这猖狂放肆的举动，我就进宫面圣，向皇上说一说你的种种恶行！"

洛芷珩嘴角向上一挑，全是嘲讽的弧度，她缓缓站正了身子，一手放下，可一手却还举着那锋利的宝刀，轻佻而放肆地指着李侧妃，刀尖几乎要戳在李侧妃的脑门上。

吓得李侧妃不敢乱动，只能对她僵硬地呵斥道："洛芷珩你什么态度？快点放下这东西，不然你的罪名上面还会加上一条故意杀人！"

"哦？故意杀人么？那么知法犯法的你应该被判个什么罪名呢？斩立决么？"洛芷珩轻松的口吻，乱七八糟的小脸上还挂着玩世不恭的笑，态度嚣张，言辞放肆。是一点不将李侧妃放在眼中的。

李侧妃的脸唰地一下就白了，她极力表现得很镇定地道："你、你胡说八道什么？我听不懂你在说什么！现在是你不对，你还不给我磕头认错？你若现在跪下乞求原谅，说不定我还会放你一马。"

"哈！看看我今天听到了什么天大的笑话啊？李芳菲！你够了吧。我今儿在这劈死了你的马，就是有足够的理由，就算你真的上告皇上我也不怕的，反而我很希望你立刻就去见皇上，顺便带上我啊，让我也有机会和皇上亲自聊聊天？再和皇上说一下，穆王府里的血案？"洛芷珩冷冰冰的声音好像千古魔音一般，窜进每一个支棱着耳朵听的人耳中。

李侧妃惊呆了，不可置信地惊呼道："什么血案？"

洛芷珩面色阴沉地道："什么血案你心里应该清楚得很，现在，我只是要给你一个警告，今天出了这样的事情，我不会再忍耐了，从现在开始，别人动我一分，我就砍她一双，别人想要我洛芷珩的命，那她就要先将她的狗命放在这里被我砍！洛芷珩从不吃亏，别把我洛芷珩的善良和宽容当做是你们无休止争夺的踏脚石！"

"你究竟在胡说八道什么？我什么也不知道！"李侧妃也担心是洛芷珩要诈套她话，所以她死不承认。

"他们你认识吗？"洛芷珩指着那几人道。

面对洛芷珩的质问，李侧妃只能极力地辩解道："我并不认识他们，而且我刚刚也不在王府，你就因为这个给我难堪？你不觉得这个理由太牵强和可笑了么？”

“你别着急，我会让你哑口无言的。不过在这之前我要先解决这几个人。”洛芷珩又用刀尖指着那几个人：“再给你们最后一次机会，再不说出来是谁派你们来刺杀小王爷的，格杀勿论！”

轰隆隆！

洛芷珩那句刺杀一出口，不仅李侧妃，就连其他人都惊悚了。大白天的，严禁幽深的穆王府中，与世无争的病弱小王爷竟然遭人刺杀了？！这绝对是爆炸性的消息。

“不说是么？好硬的骨头！就是不知道你们的脖子是不是一样的硬气，能挨住我钢刀的砍杀。”洛芷珩冷笑，忽然下了一条残酷的绝杀令：“既然你们不开口，那就带着你们的秘密去地狱找阎王哭诉吧！杀掉他们！我要用他们的鲜血来为穆云诃压惊！”

此话一出，风靡整个穆王府门前的是无尽的血腥与蔓延的惶恐！

知情人还剩下三个人，包括那个管事和报信人在内。而那三个人也被同伴溅了一身血，愣愣地看着那满地乱滚的头颅，还无法回神。怎么也想不明白，刚才还鲜活的人，怎么说死就死了呢？

现实就是这么残酷，而人的忍耐力，也并不是那么坚不可摧的！

洛芷珩瞬间被冠上了残忍、铁血、狠戾的词语！

可她却依然能笑得花枝乱颤，憨态可掬地问另一个人：“你说不说？究竟是谁指派你们来刺杀穆云诃的？”

那三个人都吓得脸色发白了。

洛芷珩拧着眉头笑，阴森得仿若地狱来的修罗：“还不说是吗？好忠心啊，不过你们也只是愚忠。你们在这里被打被杀你们那位主子可曾出来维护你们一下了？你们已经没有活下去的价值了，可以去死了！”

她手指做了一个落下的动作，那么利落，是杀人的号令！

三个人只觉得脖子后面冷风飕飕的，惊恐席卷全身，再也忍不住的就有人要开口了，但有人反应慢，还没来得及说出来，就被砍掉了脑袋！

“是梁神医让我们来……”那管事只来得及说出这一句话，便倒地身亡了！

机会，洛芷珩给了，只可惜，他们没有一个人能抓住！

在最关键的时刻，那个管事说出的这句话，对洛芷珩而言相当有用！她笑了，回头就看李侧妃，便发现李侧妃已经面如白纸了，显然也被这残忍血腥的一幕

吓呆了。

要比心狠手辣是吗？她不出手则以，出手必见血！

今天，她就是要用这种雷霆手段来告诉李侧妃和众人，洛芷珩是惹不起的，洛芷珩不会对任何人心慈手软！再敢来犯，身首异处，这就是下场！

“听见了吗？是梁神医让他们来的呢，这人是梁神医的人，怎么会打着你的名号来穆王府横冲直撞的？李侧妃，你和梁神医很熟悉么？还是你们关系好到可以不分彼此，可以让对方的人随意来穆王府走动？”洛芷珩自然不会放过李侧妃和梁神医。

而她的话，更是暧昧又令人遐想，有些人太糊涂想不明白，她不介意直接点名。李侧妃和梁神医有暧昧。这个是事实，洛芷珩问心无愧，至于别人怎么想，她就不管了。

“你不要胡说八道！我没有！我并不知道这一切，究竟发生了什么？”李侧妃早就被洛芷珩强悍疯狂的手段吓住了。

李侧妃连忙转变态度，对洛芷珩也和颜悦色起来，极力和梁神医撇清关系：“小王妃你相信我，我真的什么都不知道，云诃究竟怎么了？”

看了洛芷珩似笑非笑的表情，李侧妃也只能硬着头皮往下说：“我与他并不认识的。我对他宽厚，完全是因为云诃啊。他是神医，他能医治好云诃的病，那他就是穆王府上下的大恩人啊，可是我没有想到，这个人竟然如此的人面兽心，丧尽天良。实在是可恨至极！”

“这样啊，既然这个梁神医这么罪恶滔天罪大恶极，那我杀了他怎么样？”洛芷珩等的就是李侧妃和梁神医反目。

李侧妃想和梁神医撇清关系，还要彻底！

李侧妃身体有些摇晃，差点摔倒，眼底是浓黑色的阴霾，不得不将喉咙里的腥甜咽下去咬牙开口：“好！”

洛芷珩一副很狂躁的样子，来回地走动，眉宇间都是杀气：“如你所愿！”

假神医被奶娘用手段逼问出了和李侧妃的关系，然后带出来，当着众人的面杀了。至此，总算解决了穆云诃身边一大危险，而他们也有了能致死李侧妃的有力证据。等待王爷回来将李成功交给王爷处理。

洛芷珩手持手杖，脚步践踏在已经凝固的血液之中，一步一个血脚印地走上台阶，进入王府，挺直鲜艳的身影渐渐消失在人们视线之中，留下的，就只有那一排触目惊心的血脚印！！

微风吹过，卷起一片浓重的血腥味，将穆王府别有用心的姬妾们那些小心思，给震击得支离破碎，再也掀不起来兴风作浪的念头。

一辆华丽的马车穿过了人群来到了穆王府门前，马车里走出来的是第一才人的管事王夫人。眼前这恐怖的一地鲜红也让她吓了一跳，抬头望去，只见那站在台阶上负手而立的红衣女子，却淡定自若。

洛芷珩见王夫人出来，便笑容满面地迎上去：“您怎么来了？快请进去喝口茶。”

王夫人脸上带着谦卑的笑意，连声说不敢客气，但却一路被洛芷珩搀扶着进了王府：“洛大小姐别忙乎了，我这次来是因为有关明天比赛项目而来。”

“是这样的，每一场打进总决赛连环赛最后一场的人，按道理是不能那么快离开的，因为大赛的最后一场比赛是有要求的，比赛项目要大赛来出。可是洛大小姐今儿走得实在是太急了，所以大赛委派我来和洛大小姐仔细说明。”王夫人笑道。

“哦？这我还真不知道，夫人说，我洗耳恭听。”洛芷珩也重视起来。

明天，是她与洛凝霜之间的较量，这么多场比赛走到最后，多不容易她知道。明天的较量，她不会再保留实力了。那外表柔弱骨子里都快冒坏水的洛凝霜，明天也该尝试一下，什么叫做失败的滋味了。

“这一次的比赛题目和战争有关。现在我们穆王朝可谓是内忧外患，也许你并不懂这些，我也不和你多说什么，战争在你们这个年龄段的女孩子心中，可能只是可怕与遥远的东西。可是既然大赛指出来这一次要你们比赛的题目与战争有关，那你就要好好想想了。”王夫人一开口就让洛芷珩愣住了。

见洛芷珩发呆，王夫人心里面叹息不已，这孩子估计是被难住了吧，这个年龄的孩子，哪里能懂得战争的含义？

这一次的题目是主子亲自出的，能符合主子心意的才算赢。洛芷珩凶多吉少。

洛芷珩感激地说道：“我知道了，我会努力准备比赛的。”

成败，就在明天一战了！

不过此刻王府外面已经聚集了许多人了，高官贵族，王孙子弟，不乏一些老人和眼光独到有见识的人，目光都落在洛芷珩腰间的那根特别的手杖之上。

洛芷珩自己都不知道，从她将手杖拿在手中的第一天开始，这根手杖这辈子都没有再离开过她！

皇宫之中，几十人加起来几千岁的老家伙们不约而同来叩见老皇帝，一时之间倒让整个宫廷之中弥漫起一股严峻的气氛。

——

美滋滋地站在日光里的她，与往日故意丑化的她不同，今天的她，精致美丽到可以战胜所有女人！

那是穆云诃的心里话，在洛芷珩转身的那一瞬间，穆云诃的心脏就不受控制地停顿了一下，她的笑容更是让他觉得呼吸急促。不知道是懊恼还是不满的话就脱口而出：“狐狸精转世啊？弄成这样出去祸害别人你也不怕天打雷劈！”

洛芷珩很没有天良地嘿嘿笑，几步跑到他面前忍不住双手捧着他的脸颊用力揉，逗猫似的自恋道：“小诃诃啊，你承认吧，其实是在嫉妒那些能够在今天，有幸看见我美丽光辉形象的人们吧？你是不是已经被我的无敌美丽帅气所倾倒了呢？你害怕外面的人也迷恋上我是不是呀？”

穆云诃只觉得脑门一热，也不去计较洛芷珩手的放肆了，也抬起手来揉捏她的脸蛋，目光冰冷，咬牙切齿：“你是不是转世狐狸精？昨天调戏人家小姑娘，今儿这是要调戏谁家小媳妇去了？”

洛芷珩被穆云诃莫名其妙又忽然的王霸之气给惊着了，她发现旷世宝物似的拼命地揉穆云诃的脸，撒娇般地哼唧道：“你乖啊，我今天要和洛凝霜决战去呢，不要闹了，快给个好运之吻，我要走了。”

洛芷珩亲吻了他，然后和他说……

阿珩说，她想让他在现场陪着她……

阿珩说，她想让他出去见见阳光……

脑子里只剩下洛芷珩的话语，穆云诃眼底有深深的对光明的恐惧，还有一丝迫切的挣扎。

阿珩说，今天对她很重要……

那么，在她人生中这重要的场合里，他适合出现么？他可以出现么？以什么身份呢？

今天无疑是穆王朝最热闹的一天，大街小巷上人声鼎沸，一个个一大早就拖家带口地往皇家狩猎场去。第一才人大赛的总决赛，向来是最受人关注的一天。而今年更加不一样。

今年的总决赛有两大看点很被人关注，第一就是洛凝霜能否再创佳绩、打破常规蝉联世界冠军创造神话。第二就是与洛凝霜对决的孪生姐姐洛芷珩。

马车刚刚进入皇家狩猎场的范围内，就听到了热闹喧腾的喊声，而人们口中清一色呼喊的只有一个名字，那就是洛凝霜。

奶娘担忧地看洛芷珩，可洛芷珩却淡然自若，丝毫不受影响。

洛凝霜似乎专门与洛芷珩作对，不然不会这么巧合的，洛芷珩刚到，即将下车，洛凝霜就到了，并且抢在洛芷珩之前下了马车。

瞬间，山呼海啸一般的欢呼声响起，每一个人喊着洛凝霜的名字都是那么兴奋。

洛凝霜戴着面纱，依然是清纯飘逸的纯白装扮，轻轻柔柔的声音却瞬间安抚下了狂热的喧哗声："感谢诸位的支持和鼓励，凝霜能做的不多，这场比赛我只能尽力而为，不管比赛结果如何，我都同样好开心，因为我的姐姐洛芷珩，她终于愿意站出来，和我一起展示洛家的风采！"

洛凝霜轻看右边的华丽马车，她知道洛芷珩就在里面。她用一种感性而又激动的声音说道："也请诸位多多地鼓励我姐姐洛芷珩，这场比赛，就算是输给了姐姐我也心甘情愿。不管怎么样，都是洛家的荣耀。"

现场的人群被洛凝霜这种高风亮节宽容大度的气节所感染，没有人理会洛芷珩，纷纷赞扬洛凝霜。

昨天穆王府门前的血案，洛芷珩的手段和震慑，何止震慑的就只有一个穆王府？还有天下人！所以他们今天就算说穆王府的事情，也说得很委婉。

"她参加个比赛才几天？就各种麻烦层出不穷，更可怕的是她的霉运竟然已经祸及到小王爷身上了。可怜的小王爷啊，还在为她撑腰保护，却保护不了自己吧。昨天洛芷珩那样震怒，该不会是小王爷……"

"奴婢出去赶走他们。"奶娘气得脸都青了。

洛芷珩伸手拦住了奶娘，嘴角带着冷笑，她没有说话。今天她穿了一件金色的斗篷，她将后面大到能遮住整张脸的兜帽戴在头上，将她的容颜遮在兜帽的阴影之下，手按在右侧的腰间，那藏在裙子里面的是她的保命手杖。

如今不管前面有什么她都要勇往直前的往上冲，一点点流言蜚语就想打击她重伤她么？洛凝霜，你太小瞧你姐姐了！

"不用理会他们，我们走。"洛芷珩淡然说着。

场面迅速安静了下来，那刚才还滔滔不绝的贬低和讽刺洛芷珩的声音也戛然而止。火热的气氛因为洛芷珩的骤然出现而急剧降低。

洛凝霜很满意洛芷珩的出现，她知道洛芷珩的性子是最受不得激怒的。她用甜腻和亲切的声音喊道："姐姐我们一起进去吧。"

洛芷珩并没有理会洛凝霜，虚伪到令人作呕的东西！她扶着奶娘的手臂下了马车，面前的人群就立刻自动避开她，好像她是洪水猛兽般可怕。

洛凝霜眼底闪过一丝冷酷，忽然急促问道："姐姐为何将自己全部遮蔽在斗

篷之下？可是因为昨天之事受伤了？”

有人轻声议论道：“该不会是昨天被王妃惩罚了吧？所以身上有伤没脸见人那？”

“估计是的，可怜了洛凝霜姑娘，关心她，她还无动于衷，果然传言不假，洛凝霜姑娘善良宽厚，洛芷珩就小肚鸡肠，心胸狭隘。”

洛芷珩忽然阴森森地开口，阴暗下的脸缓缓地转过来，没有人看见她的容颜，只听她冰冷的话带着嘲弄地说道：“请你管好你的嘴巴，你并不能代表洛家的任何荣耀，你的事情你的行为都只是你自己的而已，与洛家无关。这场较量，是我们之间的事情，在这个赛场上，我不需要你的手下留情和心甘情愿，因为上了这个赛场，我们两个就是敌人！”

“拿出你的全部本领来吧，因为我不会对你手下留情的。”洛芷珩掷地有声的话充满一股决然大气，似乎有磅礴的力量从她身上正在散发出来，那金色斗篷下的她神秘而强大。

洛凝霜似乎摇晃了一下，好像被洛芷珩打击到了：“姐姐你为何要这样说？我知道你心里面有怨气的，我不想让你讨厌我啊，我们是亲姐妹，不是说上阵父子兵么？那就算是在擂台之上，我们也是亲姐妹啊，你怎么能如此……”

她欲言又止，但却迅速获得了同情和帮助。众人帮她骂出了那句没有出口的话。

无情，冷酷！你洛芷珩太不是人了！

“那么亲姐妹的你，你姐姐我现在想要这个冠军，你直接宣布放弃比赛吧，让你的亲姐妹的我直接获胜好不好啊？这样我们之间绝对不会伤感情的。”洛芷珩用一种嘲弄的口吻凉凉地道。

洛凝霜瞬间被噎得说不出来话！让她主动放弃比赛，这怎么可能！她还要在这场比赛上面狠狠地践踏洛芷珩，再从洛芷珩的手中得到那些属于洛芷珩的嫁妆呢！这也是她最大的目的不是么？

擅自就拥有了洛芷珩的嫁妆，虽然她是占据情理的，但法理之上她还是站不住脚，她要用一种全天下人都会偏向她的方法，来夺取属于洛芷珩的东西。所以今天她故意在这里等着洛芷珩，就是为了要让洛芷珩落入陷阱，自己乖乖将嫁妆交给她。

“姐姐你为何就是对我成见如此之深呢？我从未抢夺过你什么啊，我知道了，你是不是因为嫁妆的事情？你之前来家里管我要嫁妆，我不知道该如何是好，所以你才会这么生气的是不是？你参加这场大赛，其实也是赌气来参加的，你是为了那些嫁妆是不是？”洛凝霜哽咽地说道。

这些话一石激起千层浪！

“二姑娘你不要胡言乱语！再这样侮辱编派我们大小姐，当心我……”奶娘的话忽然就被洛凝霜打断了。

“你要如何？从小就是这样的！我一句话也不能说，说了你就会维护姐姐。我小的时候你不是也奶过我么？按道理你也是我的奶娘啊，为何处处偏袒姐姐？就因为姐姐是父亲大人的爱女，而我是父亲大人口中的丧门星么！”洛凝霜忽然变得极其激动。

一瞬间，洛芷珩被千夫所指！

洛芷珩不申辩也不理论，只是平静地问洛凝霜：“你想怎么样？把你的目的说出来吧，想让我再承担一个贪得无厌不知廉耻索要嫁妆的罪名么？好，我如你所愿！”

“虽然那份嫁妆父亲表明了说是我的，我也曾经明确说过，我们两个只是将嫁妆换回来，你的我一点不动，我的你也要如数奉还，但你拒绝了不是么？今天你在这里给我下刀子，洛凝霜，我就如你所愿！我们就来赌一场，就赌你我的嫁妆，一局定胜负！你可敢？”洛芷珩狠辣地说道。

洛凝霜精神一振，她知道她今天是一定会胜利的。

在人们怒骂四起中，洛凝霜摇摇晃晃地问：“姐姐你为何非要这样？那些嫁妆本来就是你的啊，你要我会立刻双手奉上的，我们姐妹之间为何一定要斗个你死我活呢？”

“我不过是顺了你的心意而已，你答应不答应？公平竞争的机会就一次，你若放弃，你将一无所有！”洛芷珩已经毫不掩饰自己的愤怒了。

洛凝霜做出一副很害怕的样子，胆怯地说：“姐姐你别生气，你想怎么样霜儿都不会有意见的。所有人都看着霜儿呢，霜儿说话算话的。”

好个阴险又诡诈的贱女人！洛芷珩兜帽下的脸已经黑了。道：“那么赌局设下，按照输赢，我赢了的话，我的嫁妆你不仅一点不能动，还要原封不动给我还回来，你的嫁妆我一分也不会给你！你若赢了，我两份嫁妆都双手奉上，你可同意？”

当然同意！洛凝霜兴奋极了，暗骂洛芷珩不长脑子。

“口说无凭，我们立字据，到时候谁不承认和抵赖的话，谁就是乌龟王八蛋！”洛芷珩的匪气又上来了，不骂人不足以让她平息一点怒火。

洛凝霜脸色难看地和洛芷珩立下字据，当着所有人的面，这一回洛芷珩反抗

不了了，等着输吧。

她行走中不客气的鄙视也随之响起："洛凝霜，洛家是武将世家，洛家的夹缝绝对不是舞文弄墨附庸风雅，你的言论代替不了洛家，也改变不了洛家彪悍的门风。连自己家族是什么门风都搞不清，你还有脸站在那里宣扬你是洛家人么？可笑之极！"

洛凝霜高兴的心情瞬间破碎！

热烈的赛场上，华丽的擂台在最中央，那座威严森冷的瞭望台伫立在一旁，评委席上大评委面色严峻地带领众人入座，擂台是被加高了的，所以四周的人就算最靠后也能看得到擂台比赛。

赛场中央坐着许多白发苍苍的老者，老人们一个个都板着面孔，对其他人的恭敬视而不见，大赛擂台的一方竟然显得格外空旷和紧绷。

皇帝穿着便装在佟将军的护送下坐在老者们中间。挥退了评委们，就等着看今天这场决赛。

他们的忽然到来给大赛带来了一种紧迫感，没有人再敢喧哗，举目望去，一位位威严苍老的老人形成的是一种不可抵抗的威力。

而就在此刻，远处又是一阵轰动，只见标有佟家大贵族徽章的马车缓缓驶来，佟将军诧异极了，得到皇帝首肯下快速走向马车，只见马车中走下来的同样是一位白发老者，不过这位老人看上去极其慈祥和蔼。

佟将军满目震惊，恭敬而激动地喊道："祖父！您怎么来了？"

这位赫然便是佟家老祖，一代书圣！老人笑道："圣上和那群老家伙都来了，我能不来么？更何况，我也想看看我那外曾孙媳妇是个什么样的人物，竟然能走出一副孤本。"

佟将军连忙恭敬地将老者请到了法老之中，一群老人看见佟老无不震惊，这位可是有几十年不闻窗外事了，今儿竟然也出现在这，可见他对洛芷珩的态度很不一般。

因为这样一群诡异的老人，大赛的气氛紧张起来，大评委更紧张，今天可关系到她的生死存亡了，更何况这么多贵人出席，也超出了她的预料。这可能是百年以来第一才人大赛最最蓬荜生辉的一次，说是四方雷动也不为过！

咚！咚！咚！

随着强烈的战鼓声响起，整个赛场一片森然杀机！

这场结合了真实环境战争为题目的比赛，也瞬间变成了战场！万众瞩目中，洛凝霜身姿曼妙自信满满地走上擂台，却迟迟不见洛芷珩的身影！

穆王府，穆云诃愣愣看着窗外出神，脑子里都是小喜子刚刚传回来的话，洛芷珩再一次被人围攻了，言语上的攻击，比穆云诃知道的以往的每一次还要可怕与犀利。他的阿珩，怎么能忍受得住，怎么能一而再地独自承担呢？

手紧紧抓着被褥，他内心激烈挣扎的不过是一种从未见过光的恐惧和排斥。

但阿珩在孤军奋战，在看不见的血色中厮杀，他又岂能一次又一次让她失望，让她独自面对？更何况，他是那么渴望参与到洛芷珩的生命中去！

狠狠闭上眼，穆云诃额角青筋暴跳，再睁开眼，却目光清澈而坚定：“小喜子，备车！”

大赛还没有开始，就已经迎来了一个高潮，诸位一看就很了不起的人物坐在这里，让百姓和观众们兴奋不已，同样也让洛凝霜兴奋不已。

她虽然不认识眼前这些人，但她却看得出来这些人都很厉害，而且有佟将军亲自护送的人，再结合年龄，不难猜出来他的身份就是当今皇上。她的比赛竟然能让当今皇上亲自来观看，就这份荣耀，将来都是她走向更高地位的筹码了。

洛凝霜迫不及待想要展示自己了，但是洛芷珩却迟迟不出现，这让洛凝霜很费解，难道洛芷珩是害怕了，所以不敢出现了？

场下还有许多人都在议论，言辞间与那群老大人一样不看好洛芷珩。

“哼，那丫头不会是临阵脱逃了吧？真给武将世家丢脸。”慕容清城怒道。

“再等等，来都已经来了，就当是松散一下我们这把老骨头。”占海南倒是很沉稳，实际上他有多期待见一见这个洛芷珩，没人知道。

“我说佟老儿，你这曾孙媳妇好大的架子啊，还要我们这群老骨头等她？你也是，出来干什么，一会丢人了可没有人给你留面子。”慕容老将军嘿嘿怪笑道。

佟老却悠闲得很，大气地道：“我们都是一把老骨头了，面子值几个钱？那丫头既然是我那苦命的曾外孙的妻子，老头子我来瞧一眼又有何妨？更何况，李家没人决赛都来人了，我佟家不来人岂不是令人笑话？”

皇帝听得笑眯眯的，法老们都不说话了。

今天的比赛，满朝文武都来了，皇帝来了，法老来了，李家来了，该来的不该来的都来了，哪一个不是冲着洛芷珩来的！

慕容纤雪拉着好像她老爹的老哥，叽叽喳喳地和铁面无私的大将军阁下赞扬着洛芷珩，好半晌，她老哥才面无表情地说：“你夸奖了那么久，我只看事实，可事实就是比赛开始了，你口中那个巾帼却没出现，她该不会是临阵脱逃了吧？”

慕容大将军的话和他爷爷的一样。慕容纤雪愤怒地指责道：“你不要看不起我的朋友，我慕容纤雪不交朋友是不交，但凡我交下的朋友都是了不起的人，你就

等着看吧，洛芷珩一定会让你大吃一惊的！”

她说得理直气壮，心里却发虚，暗骂洛芷珩，你要敢让姑奶奶我丢脸，咱就绝交！

议论纷纷中，形势有了很大的变化，大赛评委们等了一会不得不宣布：“比赛开始！至于洛芷珩，在比赛期间她完成比赛就算参加比赛，若是在比赛时间之内她还没出现，那么就撤销她的比赛资格！”

大评委很满意，洛芷珩最好一直不出现，这样她的脸面就保住了。

洛凝霜狂喜得差点没尖叫出来。

洛凝霜要表演的是曲艺，而且她已经练习了很多次了，这首曲子就是一首和战争有关的，曲调壮观恢弘，上一辈子的这一届比赛，就是慕容纤雪用这首曲子获得了第一名的！不过这一辈子慕容纤雪都没有进入决赛，她用这首曲子自然也没有不可。

琴音开场就是激烈的，忽而又带上了一种女儿家的悲伤与期盼，柔软下来，然后渐渐地，曲子就有了高亢的音节，一次次旋律渐渐升腾起来，每一个手指拨动的瞬间，都好似在较量一般。

这首曲子，非常符合这次比赛的题目，而且洛凝霜毫无疑问弹奏得非常好，很振奋人心的曲子，当然，若是这其中能没有那一段儿女情长的曲调就好了。

然而就在众人被这样一首声势浩大的曲子震撼的时候，忽然有人开始惊呼，紧接着，那二十多米高的瞭望台上骤然落下了一道金光，再仔细一看，竟然是一件金色的斗篷！

曲子再迷人再震撼人心，可是人们的注意力还是被分散了。就连那群同样因为洛凝霜的曲子而来了点兴趣的大人物们，也不禁颤巍巍地抬头望去！

一时之间，惊呼迭起！更多的人将目光都望向了那森严古朴的瞭望台！

不知何时，瞭望台的最上面已经出现了一直横着的原木，两道红绫拴在其上，当金色斗篷终于落地的一瞬间，瞭望台的石窗之中忽然飞出来一根木头样的东西！

大评委奇怪地道：“那是怎么回事？”然而下一刻大评委惊呼起来：“那是什么？！”

只听嗖地一声，那木头飞快窜出，众人还没来得及惊慌躲避，紧接着就见一道鲜艳似火的人影也跳了出来，竟然十分精巧地一把抓住了下落的木头，也是在这一刻，众人终于看清了那是什么东西！

“是一支毛笔？！”书圣大儒者佟老先生对于这类对象可是相当敏感的。

众人震惊，怎么会有这么巨大的毛笔？！而后毛笔在人群中迅速传递开来。每一个人都震惊那毛笔的巨大，但下一刻，当那火红的身影在空中仿若神仙一般轻盈利落地反转的时候，众人就震惊得说不出话来了，只能愣愣地看着那抹红影，依天离地，潇洒泼墨！

红色人影忽然一个转身，两道红绫被她抓在手中一根，另一根则是缠在脚上，这般高难而危险的动作，还是凌空而做，让下面的人不自觉地惊呼出声，更是随着红色身影的每一个动作而不断惊呼！

巨大的毛笔被她灵活运用，一下敲开了那横着的木头，哗地一声，在众人震撼的目光中，一卷火红的厚重巨布当空落下，布匹在风中猎猎作响，而那女子要做的事情也一目了然！

“这人竟然想用这种方法在半空中作画？这不可能完成的！”一百来岁的占海南再镇定此刻也不禁惊呼道。

所有人的目光更加迫切震惊地看着那倒在半空旋转的人影，恰巧在此刻，洛凝霜的琴音反转出的是最激烈的音调，策马奔腾，横扫战场上的千钧一发感，无形之中，竟然成为了那半空红影的点缀之音，反而令半空中的人看起来更加的惊险。

她力道运转，完美地结合了武艺与书法的各种要领，用武功来挥毫，大开大阖间，她运用自如，潇洒无比！

第一笔落下，利落精美！第二笔落下，后续有力！第三笔落下她的身子也在半空之中起伏不定。

巨大的毛笔相当耗费墨汁，只听她当空喝道：“泼墨！”

众人精神一振！这把声音出自于那半空之人，清脆利落，干净有力，但却有着让人忽视不了的气势与音韵！这是个女子？！

还不待众人反应过来，瞭望台上有人泼出来了墨汁出来，浓墨的墨香随风而来，但墨汁却竟然丝毫没有落下。

泼墨之人力道分寸掌握得绝妙，但那当空挥毫的女子却更为绝妙，游刃有余地转动那只巨大的毛笔，竟然将墨汁完全沾染到了毛笔之中。再度挥毫，她气势全开，笔锋犀利，一个渐渐成型的大字，纵然是千米之外也能让人清清楚楚地看见上面的字是什么！

她的脚忽然放开了缠着踩踏的那根红绫，而后左手抓着红绫，一手挥毫，气势恢弘地一笔落下，她整个人竟然快速顺着红绫下落，而她的毛笔也快速下落，直到这一刻，众人才看清，她不是握着毛笔杆子，而是如一位将军紧握枪杆子一般攥在手里，威严霸气！

这是一场武力与文化相结合的恢弘之作，当最后一笔笔画被写下，当那精妙刚劲有力的最后一竖写完，她的身影也终于离开了那张红布，上面还泛着水润墨色的黑色大字，震撼而又惊艳地出现在人眼前！那个字，大气狂傲，力量十足，却又震撼人心，一个字中展现出来的是一种刚正不阿，所向披靡的豪情壮志！

帅！

百万大军，不过一良将一元帅的带领，这一个帅字，是军队中的魂！是战场上的魄！是战争中的表率！绝对符合了战争的题意，更因为她表现出来的那种霸气强劲的震撼与战士独特的武力美感，这个人，她绝对可以成为这一场较量的霸主！

这个字，惊艳四座！这个人，惊动天下！

而此刻，她的身份将伴随着她不断落下的身体而渐渐揭开在人眼前！巨大的毛笔被她忽然甩开，快速降落在她的面前，她裙摆飘摇，猎猎作响，秀气的足落在那支巨大的笔杆子上，仿若踏着毛笔落下，威风霸气！

砰地一声！她一抬脚踩着毛笔杆子上飞一般地落下，身后是那火红旗帜上霸气无比的帅字，场面一派震骇！哗地一声甩开红绫，脚尖勾起巨大毛笔，她一个华丽转身，毛笔长枪般竖起，笔墨冲天，笔杆紧握在她手中。红绫被风吹开，露出她缓缓转身的绝世容颜！

一丝不落的光滑马尾，头戴黑色束发纱帽，修剪得英气上扬的眉，犀利的目光，似笑非笑的唇。满身火红，修长身形！

雌雄难辨这个词语瞬间冲击着每一个观众的眼！

最惊艳的，不过是那回眸一瞬的绝代风华！

全场静默，每一个人都好像被马缰勒住喉咙的井底之蛙，在轻蔑地展望天空之际，却被天空下忽然俯冲而下的苍鹰震撼到五体投地，心神俱颤！凹凸的眼睛里是浓浓的不可思议与惊艳震撼。

洛芷珩站正了身子，而与此同时，洛凝霜的曲子也弹奏完毕。但这一刻，没有人再关注洛凝霜做了什么了，就连洛凝霜自己都被眼前这一幕给震惊了。

洛芷珩的目光扫过了众人，对于面前那两排白头发老人们略微诧异了一下，但旋即就一脸淡然地看向了评委席。她那目光里的嘲笑和高傲毫不掩饰。

血腥、冷酷、无情、狠戾，甚至是嚣张与斗志！

“比赛时间之内完成了参赛，大评委，你会给我一个最公平的结果吧！”洛芷珩开口，是不可一世的态度！

大评委抓着桌角的手青筋暴跳，心脏都快跳出喉咙了，她早就站起来了，此刻心里面有一个可怕的名字在旋转，但她怎么也不愿意承认这个人竟然是那个人。

“你、你是……”

洛芷珩轻笑，一字一字地道：“我是你口中那个一事无成的洛、芷、珩！”

话落，死寂的赛场上瞬间涌起了一股山呼海啸般的喧哗声，整个赛场瞬间沸腾了！

洛芷珩！这个长得倾国倾城的女子竟然是洛芷珩？那昨天那个丑八怪是谁？前几天胡作非为没有一点才艺的人又是谁？

“洛芷珩？她竟然是洛芷珩？奶奶的这么厉害，还是个练家子啊，哈哈哈，他奶奶个熊的，果然是给咱们武将世家长脸啊，这场比赛看得过瘾！小丫头身手不错啊。”慕容老将军一拍大腿，竟然是满口赞赏。

佟老也是很激动的，洛芷珩这手大字写得绝对是精彩纷呈的，更值得表扬的是她在那种不可抗拒的艰难环境中写字，还能将一手大字写得如此精妙，这在这么年轻的年纪就能做到，就凭这一点，这孩子也不是个凡人！

“果然谣言不可信，老夫今日没白来。”佟老笑得满脸褶子，曾外孙媳妇表现得如此出色，才艺双绝，他这个老祖宗自然与有荣焉。

“恭喜佟老啊，得一如此文武双全的孙媳妇。”老头子们开始恭维，但每个人都不掩饰他们口中的酸劲。一群老头子有时候也很孩子气的。

大评委的脸色唰地一下就一片死灰！

这一场，最可悲的莫过于洛凝霜！

洛芷珩表现得非常好，一手漂亮硬气的书法，再加上华丽的精彩演绎，成为压轴，也抢走了洛凝霜所有的光彩和目光。而洛凝霜那一曲荡气回肠的琴艺表演，反而成了洛芷珩的陪衬和伴奏。

两个人的最后才艺都极具震撼力，并且非常出色，可洛芷珩太坏，她要想收拾谁，那个人就算抱了佛脚，也得给她虐！她专门挑在洛凝霜表演的时候出场，就是为了吸引目光，并且让洛凝霜怄死。也真是天公作美，洛芷珩命太好，歪打正着地就碰上了洛凝霜这首大气震撼的曲子，于是洛芷珩的表演就有了锦上添花之笔！

洛芷珩的字，刚正不阿，大气有力，不见一丝一毫女儿家的娇态和婉约，硬气利落得给人一种凌厉又激烈的视觉感，足以看出洛芷珩的骨子里绝对是个正派人。

洛芷珩精心筹划的震撼和颠覆效果达到了，但她却不知道她同样也不经意地祸害了一堆纯情的少男少女。

“宣布结果吧，这一届你们以为是谁能坐上这冠军首位？”已经有人迫不及待想知道结果了。

评委们立刻在一起商量起来，毫无疑问大赛冠军非洛芷珩莫属。

洛凝霜却不甘心，她不相信凭她的身份和所掌握的一切竟然会输给洛芷珩？

洛凝霜给人群中投去一个隐讳的目光，立刻就有人在热烈的议论中大喊道："她不能当冠军！谁知道她是不是洛芷珩？洛芷珩自来就没有任何能耐，整天不务正业，忽然又会下棋又会写字你们不觉得奇怪么？这个人说不定是冒名顶替的！"

"对！她之前来可都是花枝招展毫不避人，今天来却将自己包裹严实不让人看真面目，想来她应该是洛芷珩找来骗人的，代替她赢得比赛！这种人怎么有资格问鼎冠军？"

"不错！昨天洛芷珩在穆王府前大杀四方，小王爷出事了的消息全天下都知道了。洛芷珩一定是出事了，她本就是不祥之人，是个灾星，小王爷就是被她克的才活不过二十岁！而今小王爷更是因为这个灾星而灾祸不断，昨天更是遭遇了杀身之祸。试问小王爷若是出事了，那么洛芷珩能逃脱一死么？必定是洛芷珩也出事了，现在这个人绝对不会是洛芷珩！"

这几个声音的出现，立刻引领了赛场。误导了人们，更让没见过洛芷珩模样的人怀疑起来，今天这位这么惊艳很有可能不是洛芷珩本人啊。

洛芷珩哭笑不得，真是绝了啊，竟然还有人能用这件事来攻击她，她扫了眼安稳坐在那的洛凝霜，虽然她很不愿意承认她们的长相，但她不得不道："你们不用怀疑，我是不是洛芷珩，你们让洛凝霜摘下面纱不就知道了？毕竟我和洛凝霜可是孪生姐妹！"

洛芷珩说得对。虽然有的人见过洛凝霜的真面目，但那最近的也有一年了。而洛芷珩的容貌与洛凝霜虽然很相似，但两个人的气质完全不同。洛芷珩那么张扬好似火焰，洛凝霜却柔软得像水，就算两个人放在一起，所有人也能一眼就分辨出来谁是谁。

有人就喊着让洛凝霜快点摘下面纱，但洛凝霜怎么可能如洛芷珩的愿呢？她委屈地坐在那，用一种很绝望的目光看着洛芷珩，问了一句谁都能听得清的话："你真的是我姐姐洛芷珩么？"

轰地一声，人群中爆发出了惊呼声！

难道眼前这个文武双全的绝世美人真不是洛芷珩？！

人们再一次爆发出了攻击的言论，但不是攻击站在这里的她，而是攻击洛芷珩，骂洛芷珩卑鄙无耻的，命里带煞的，更有那可恶的人竟然大喊道："洛芷珩不会已经死了吧？难道是小王爷也没了？穆王府昨天那么混乱，洛芷珩这个扫把星丧命也是正常啊，给小王爷陪葬啊！"

“何人胆敢诅咒小王爷？立刻拿下！”皇帝怒了，立刻沉声喝道。

与此同时，洛芷珩也怒了，暴喝一声：“你找死！”她手中的巨大毛笔立刻被她当做了利器，对着那在前面胡言乱语的人狠狠砸去！

众人都对洛芷珩的突然发难不解和愤怒躲避，洛芷珩却张扬地毫不遮掩自己的狠，阴狠地指着众人怒道：“我再说一次！骂我可以，但敢诅咒穆云诃的，必须给我留下他的狗命来！”

她一路厮杀过来，忍辱负重，明明才学兼备，却偏偏插科打诨，她所有的隐忍只为了今天的胜利，却不是为了让人们三番四次的诅咒和欺辱穆云诃！

洛芷珩嚣张狠辣的话着实让人们震住了心神，那人被砸中肩膀，感觉骨头都快断了，暴怒骂道：“你个冒牌货！有种你让穆云诃出来啊，他要还活着，为什么不出来？你要真是洛芷珩，穆云诃怎么不出来给你证明？”

洛芷珩哑口无言，第一次竟然被人堵得心口发闷！因为她确实没能劝服穆云诃出来。没事实她说再多真话也是枉然。

洛芷珩目光黯然，却在这一刻，一个沙哑薄冷的声音穿过人群，字字清晰抵达洛芷珩的耳中，冰冷覆盖全场：“阿珩，本王将他这惹怒你之人碎尸万段，用他来祭祀为你庆功可好？”

那冰冷的声音轻描淡写却有一种不可抗拒的魅力，人们迅速寻找那声音的来源，人群最后那华丽的马车之上，颀长站立的男子目光穿越人海，带着惊艳、震撼、心疼、愤怒、阴冷，全部涌向擂台之上的洛芷珩！

那一眼，缠绵似海！

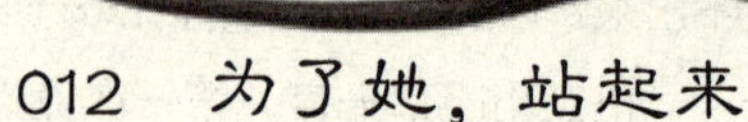

012 为了她，站起来

洛芷珩震惊而不可置信地举目望去，站在擂台之上的她，一下就看到了马车之上的锦衣男子，他就站在日光之下，沐浴在那明亮的光芒中，可光芒这一刻也暗淡下去，全不及他那满身的风华与惊世容颜！

他来了！！

这个事实让她的心脏不可抑制地狂跳起来，两辈子加起来，洛芷珩第一次品尝到了心跳如雷的感觉。还有眼角的朦胧湿意与鼻尖的酸楚，还有那溢满了心房的不可抗拒的喜悦！更有一种从黑暗走向光明的狂喜与震撼感随行！

她读懂了他的目光，就算隔着千山万水，就算横着人海万千，但当他那复杂到无人能懂的目光穿越人海投来的那一瞬间，她就是懂了！无法言喻的温暖瞬间包裹着她的感觉，暖洋洋的是来自于穆云诃的维护和保护。

两个人对望片刻，而全场的人也将目光投向了那声音的来源处，何止是百姓，那些百岁老人，那些达官显贵，那些隐藏在人群之中的大人物，乃至于皇帝，全都投去目光，却无不震惊！

男子蟒袍加身，冰冷的气质是与生俱来的王者霸气，他墨发与袍裾在风中飞扬，挺拔的身子站在马车之上俯瞰众生，一时之间，全场静默，压抑来袭！

而静默之中，每一个人脸上的表情怎能用一个惊艳来形容？也许有震撼，也许有不可置信，但更多的却是对这个男子容貌词穷的表达，还有一种或自卑或爱慕的流露。

男子眉目如画，薄唇带着冷厉的轻抿，细长的眸子掩藏着比日光还要华丽的光彩，而他苍白到几乎透明的肌肤更是给人带来一种不真实的虚幻美感。这个人，魔魅且虚无！那不是人间应该有的绝色姿容。

明明一个全身都透露着黑暗气息的人，应该是幽冥中王族的气质，但偏偏他站在日光下，整个人就属于了光明，俊美无双。

抽气声惊呼声议论声狂热而起，老臣们也诧异不已，就连皇帝也是愣住了。这个天下有几个人能够有幸一睹穆王朝穆王府小王爷的风采呢？更何况，这一刻没有人认为眼前的人是穆云诃，因为穆云诃是一个病入膏肓的人，是一个绝对活不过二十岁的人！

这样的人，应该已经病倒起不来床才对的。那么眼前这个俊美得令人眩目还自称本王的男子，他是谁？他与那个自称是洛芷珩的女子又是什么关系？

议论四起，人们便狂热起来。当今天下，堪称年轻男子中的第一美男子，非穆云锦莫属，这是天下公认的。而穆云锦的容貌早已经流传于世，画册更是不少。但是谁能想到，今日这种场面忽然出现的一个男子，竟然那容貌就绝对远胜于穆云锦百倍。如此人间绝色，为何之前没有人见过说过？

穆云诃面目平静地站在那，然后扶着小喜子的手臂缓缓下了马车，步伐沉稳，倒也看不出什么虚弱之处。可随之，小喜子就拿出了一把青花油纸伞，为穆云诃撑开，主仆二人步伐缓慢地走到了马车前。

所有人都愣愣看着，穆云诃走在地面上，那些距离他最近的人，在看见他面容之后便都低下了头颅，没有人再敢近距离地多看他一眼，似乎多看一眼都是对他的亵渎。

小喜子今日也穿着得体大气，穆云诃之前就交代过，不能搀扶他，于是此刻他一手撑伞，一手向后一划，那跟随在他们周围的士兵便冲向人群："速速将那胆敢辱骂小王爷与小王妃之人拿下！"

一队人装备齐全满身肃杀地冲进人群，瞬间将气氛带到了一个紧张的临界点。

"你凭什么抓我？天下人都知道小王爷快死了，你又是哪里来的冒牌货？你们没有权力抓我！"那个出言不逊的人死不悔改，依然在叫嚣。

但他这样一起哄，人群中就爆发了质疑声，忽然出现的自称是本王的人，究竟是何方神圣？

穆云诃抬头冷锐的目光落在那个挣扎叫嚣的人脸上，话语很冷，很重："就凭你对本王出言不逊！就凭你胆敢羞辱本王的王妃！就凭你妄论皇族子嗣！就凭本王是穆云诃！"

掷地有声的话语，铿锵有力的气势，他用一种最直白与震撼的态度，宣布他显赫而尊贵的身份！

那人傻眼，众人傻眼，全场震惊！女人们傻眼，大臣们傻眼，皇帝震惊！

他是穆云诃？！这怎么可能？不是说穆云诃病入膏肓了吗？不是说穆云诃活不过二十岁吗？不是说穆云诃昨天遭遇重创了吗？种种迹象和事实表明，穆云诃快死了！可一个快死了的人如今却用一种震撼人心的方式站在人眼前。

一个几乎与岁月一起不经意消失掉的生命，一个从不曾出现在人眼前的人，忽然就出现了，彻底颠覆了众人的思想。

"不！他说的都是假的，他不会是穆云诃的，穆云诃一定是要死了的人！"那人已经被强壮的士兵们抓住了，还在负隅顽抗。

穆云诃目光森冷。小喜子见到主子的手势，便立刻从腰间拿出来一枚金灿灿的令牌，声音洪亮高亢地喝道："穆亲王令牌在此，小王爷亲临，凡平民官员当立刻跪拜，凡违抗不尊者，就地处决！"

那金光闪闪的令牌一出，所有人都只剩下震惊不已了。

谁也不会愚蠢到偷盗或者用穆亲王的令牌来闹事，穆亲王是当今皇上的唯一亲弟，身份一人之下万人之上，皇帝更是对穆亲王宠信有加。穆亲王的令牌现世，就如同穆亲王亲临，就算是普通的王族也要跪拜，更何况其他人等？

而今，一枚令牌，再加上穆云诃的身份，一切已经不用质疑。

而后，只见人头攒动的赛场之上，以穆云诃最近距离的范围开始，有人跪拜，而后连锁反应似的，海浪一般接二连三的人在跪拜，一个个恭敬而惊慌地跪下去！

转眼间，本来还凌乱到压抑的赛场之上，四面八方都是黑压压的人头，跪拜在穆云诃面前的人口中随着那些官员山呼千岁！

尊贵，崇高，不可抗拒的皇权控制力，一份最最尊荣的地位，一声最最独特的称呼，将穆云诃瞬间高举！

小王爷，千岁！千岁！千千岁！！！

海浪般的声音，呼啸着拔地而起，瞬间席卷了每一个人，每一寸土地，在人们的心中狠狠印刻上了穆云诃三个字！威严的、惊艳的，不可忽视的！

整个场面，绝对臣服！

眨眼间，穆云诃站在那里，语言和质疑的攻击没有将他打倒。洛芷珩站在那里，再也不用穿越人山人海，他们之间，仿若隔了一道忽然塌陷下去的崇山峻岭，在他们面前再没了阻碍，只剩一马平川，可以任由那孱弱的男子，不再多费半点力气，直达他牵肠挂肚的女子面前！

“之前就有人敢伤害小王妃，本王请求舅舅给予教训的，不过看来在你们的心中本王的惩罚是可笑而可以随便忽略触碰的是不是？既然如此，那本王只好再一次用行动告诉你们，本王的洛芷珩，是你们冒犯不得的！”穆云诃沙哑的嗓音里弥漫着阴霾的寒冷，可洛芷珩那三个字，却在他唇齿间被温柔地揉碎了一般，缠绵着流露出来。

洛芷珩的眼底笑意更浓，人站在那里，听着他说话，看着他做事，不再言语，不再强悍地为每一件事情出头。因为她的头来了，她只要服从，只要看着他为她来做每一件事就好。

那感觉，让她一度以为幸福得置身天堂！这就是依靠与并肩作战的力量和美好！

穆云诃恨不得立刻飞到洛芷珩身边，但他要将一切危害到洛芷珩的人处理干净。目光冷锐地扫过众人，最后落在他单膝跪地的将领身上。

“佟将军可在！”穆云诃忽然开口，目光却准确地落在了距离皇帝最近的那位将军身上。

就算不认识舅舅，但凭感觉猜测和推理，穆云诃还是很准确地认定了一位。

佟将军也立刻抬头，铁血的目光也有了一丝激动，看了眼皇帝，皇帝点头后，他立刻抱拳而道：“末将在！”

穆云诃嘴角勾起一抹浅淡的自信笑意，目光越发明亮，声音又狠又决然：“本王再请佟将军帮本王一次，亲自将今日这人处死！本王要用他的血来为本王的妻子庆功！”

轰隆隆！每个人的心中只觉得乌云压顶，风雨欲来！他们，可都是羞辱过洛芷珩的。一瞬间，那些逞口舌之快的人都面如死灰。

佟将军很喜欢穆云诃这股狠劲和血腥气，这才是个好男儿！他爽朗地笑道：“这群乌合之众。末将就是为小王爷杀一辈子这种蠢货也不嫌多！”

佟将军说着就提刀上前，穆云诃不是开玩笑，佟将军也不是闹着玩，场面瞬间紧迫起来。一场震惊全场的惊险比赛，到最后真的要用血腥来收场么？

可他们还来不及多想，穆云诃已经淡笑着开口：“那就多谢舅父大人了！只怕我们夫妻俩以后要少不了大开杀戒了，以后就要多多仰仗舅父大人了。”

佟将军血腥地笑道："好说！你一句话，舅父可以为你杀出一条血路来！"

穆云诃云淡风轻地看着那个已经吓得面如纸张的男子，悠扬道："冒犯洛芷珩的，身首异处就是下场！"

几乎在穆云诃话音刚落，佟将军就已经手起刀落，溅起一片滚烫的鲜血，伴随着那个人的头颅滚出去好远！距离近的人群发生一阵小骚动，每个人都更加紧张惊恐地不敢动弹，身子匍匐得更低。

他是真的杀人不眨眼，狠辣又护短的人！

而穆云诃今日为了洛芷珩做到这个份上，简直让人震惊之余，又让男人们觉得不可思议，也让女子们嫉妒羡慕不已！

穆云诃收拾好心情，终于将目光再度落到了洛芷珩身上，心头所有的情感瞬间便爆发了！

她那惊艳的凌空挥毫，超出想象的力量与才艺，挥毫时候的英姿飒爽雷厉风行，都是那么的迷人。她在红绫之后落地一回眸的瞬间，他整颗心都在不规则地跳动，激烈得仿若要跳出胸膛！

从不知道，她是这么美丽，这么惊才潋滟，这么叫人移不开眼！

而这个女人，今日是为她自己而战，更是为他而战！

脚步不受控制地走向她，虽然缓慢，纵然疼得身体发抖，但他走的每一步都是那么坚定和从容！他为了她而站起来，为了她才走出来，为了她勇敢地站到了阳光之下。他摒弃了黑暗，她便是他的光明，他再没有了退路，只有紧紧地抓住她这颗明珠，汲取她生命中的光芒来供养自己，他才能活下去！

洛芷珩，你总说我是你的命，有我你才能活下去。

可你知不知道，今天开始，你也是我的命，没有你，我同样会走向灭亡！

我们，真的再也密不可分了，所以，即使毁灭，即使湮灭，你也只能与我一起同行！

脚底仿若有无数尖锐的钢针在扎他的脚心，那么疼，那么尖锐。可他的脸上却渐渐有了笑容，那笑是风华绝代，那笑是天下无双！

他所过之处匍匐在地的人群恭敬地分开，那俊美无敌的男子缓缓走在众人眼前，远处偷偷打量他的人被他的绝世容颜几乎晃瞎了眼。他们从未见过这么美丽的男子。而那男子的眼光却只在洛芷珩的身上。

他的出现，谣言不攻自破！为洛芷珩挽回了名誉的同时，还为她撑腰震场子，此刻压抑的人群，可不难想到，稍后能够掀起上京一片八卦热潮。

站在擂台之下人群之中，与擂台台阶只有十几步之遥，身体上的强大痛苦让他再也走不下去了。可穆云诃不想一切的努力付之东流，更不想洛芷珩担心害怕，便落落大方地站在原地，温润的目光里是无人能及的宠爱纵容。

他说：“阿珩，还不过来，我们回家！”

老天，他就这样温温润润的一句话，亲昵带笑，就有一种能够淹没所有血腥与狠辣的力量！这个完美到让人心醉的男人，不知道又掳获了多少女人心！

洛芷珩感动而震惊，他竟然愿意为了维护她而勇敢地站出来，这是穆云诃的第二次维护，却叫她感动得几乎落泪。

洛芷珩是多淡定的人，可此刻她僵硬地走了几步，然后就几乎是飞奔地扑向了穆云诃。台阶在她脚下飞快后退，人们在她身前快速倒退，那群古怪威严的老人们都成了眼前浮云。火红的裙摆哗地一声扬起，掀起了一片浪漫的红潮。

她毫无矜持地冲进了穆云诃的怀里，十七岁的女孩，纵然再成熟，可今日这番场面中，穆云诃所说所做的一切事情，都让这个热血而充满豪情的女孩甘愿为他肝脑涂地！

穆云诃被撞得倒退了一步，第二步的时候就被机敏的洛芷珩抱住了腰身，给硬生生地稳住了。她刹那抬头，明亮的大眼睛里是来不及散去的喜悦和措手不及的担忧懊恼。

穆云诃的脸色似乎更加苍白，只是那精致的唇瓣上却扬起了洛芷珩从未见过的优美弧度，双臂将她抱在怀中，外人看来是亲密无间，但洛芷珩知道，他，要坚持不住了！她的眼瞬间就红了！

“好遗憾，没能亲自走上去牵着你的手回家。”穆云诃笑着在她耳边轻声呢喃，沙哑在话语中好像是能够勾起人心底最柔软情感的钩子，一字一句暖人心脾，让人流连：“还有，阿珩对不起，我……早该来的！”

洛芷珩的眼底瞬间控制不住涌落出晶莹泪珠，她连忙低头，以为逃避开了他的眼，却不知他的眼因为那些泪光已经慌乱。她将脸埋在他怀里，他华丽蟒袍上的金丝划痛她柔嫩的脸，却止不住她眼底汹涌的泪水！

蹭干了眼泪，再抬头眼睛红彤彤的有些小可怜的媚态。她抱紧了穆云诃的腰身，扬脸微笑：“不要紧，我扶着你一起回家，我们还在一起！”

穆云诃眼底瞬间划开了层层冰霜痛苦。他高大挺拔的身体将她高挑，可在他面前略显娇小的身体搂在腋下，她也紧紧地抱住他的腰身，日光下他们拥抱，安静温暖得让人心醉。看上去亲密无间的动作，可众人却不知道，洛芷珩忍着心痛和担忧搀扶着他，穆云诃忍着痛苦与战栗依靠着她，两个人，才能继续走下去！

这崎岖不平的道路，艰险不断，危难四起，可他们两个依偎在一起，彼此扶

持，总能走下去！

成千上万的人看着他们携手离去，日光正暖，渐渐模糊了他们的背影。

此时此刻，比赛结果已经不重要了，洛芷珩也从不真的看重名利，她已经用实力证明了她自己，天下人将都会知道，洛芷珩不再是个草包花痴，这就够了。

“你们宣布结果吧。”皇帝再一次开口，他看都没看洛凝霜一眼。

本来应该是大评委宣布结果的，但大评委此刻已经面如死灰地瘫软在那了。

副评委沉声宣布道：“这一次决赛，洛芷珩的表现可谓精彩绝伦，堪称当之无愧的冠军。第一才人大赛第一百零三届穆王朝冠军——洛芷珩！”

这个第一，实至名归！当之无愧！

整个赛场瞬间沸腾起了欢呼声，不管其他事情，他们只看表现，洛芷珩刚才的表现确实令人惊艳与震撼。

不过还是有许多人可惜洛凝霜，要没有洛芷珩这匹黑马横空杀出来，洛凝霜就会蝉联十届冠军，创造神话！

洛凝霜一句话也没有说，她憋着一口气，下了擂台上了马车，那口憋着的气再也忍不住了，她噗地一声，一大口鲜红的液体喷落在车帘之上，震惊了她的眼！

“嗬嗬……洛芷珩，你好样的，我一定让你死得很难看！”洛凝霜面目扭曲地咬牙切齿。

紧张持续了多天的第一才人大赛，也在今天圆满落幕，比赛结局超乎想象但绝对精彩。

而最大的热门却只有一个洛芷珩，当然后来还有一个横空出世的穆云诃！

多年以后，再有人谈论起这场有洛芷珩参加的第一才人大赛时，还是会有人说起来，那场大赛中啊，有一位让人爱恨不得却又不得不承认她的第一才人！虽然她怪招百出，又狠又坏，但经年之后，整个穆王朝，洛芷珩三个字，将会在千年厚重的史册中，成为最浓墨重彩精彩纷呈的一页篇章！

怪才这两个字，也在这场大赛随着洛芷珩冷门而震撼的获胜，惊艳四方！

——

整个王府之中俨然是一种严阵以待的气势，有许多穿着古怪但可怕的武士，三步一人五步成行地将整个王府大厅给团团包围。每一个人都全副武装，手持兵器，大厅仿若一个隔离区，二十米之内无人能靠近！所有王府的下人们也被驱赶到了包围圈外很远。

这种阵仗让洛芷珩也有些不能淡定了。她更是戒备起来。

大厅内，王夫人正与一位衣着华贵面容严肃的贵妇，在王妃的陪同下坐在那里，气氛谈不上好，但总比李侧妃接待的时候强许多。

洛芷珩刚进来，忽然一道凌厉的目光就好像刀子一般落在她的脸上。她也看去，赫然就是那个陌生的贵妇正用一种类似于扫视的目光看她，好像她那样一眼就能看穿洛芷珩的骨头，直到灵魂！

洛芷珩心生警惕，却表现得落落大方，给王妃请安后，便笑着对王夫人道："王夫人好，不知这位是？"

王夫人笑道："这位是咱们穆王朝赛区的管家，洛大小姐可以叫她宋夫人，她是来和洛大小姐说大赛冠军奖励事情的。"

洛芷珩参加第一才人大赛并不真的是为了奖励，所以淡然道："宋夫人有礼了。"

宋夫人眼底却闪过一丝惊讶，底气十足地傲慢道："洛大小姐想要什么奖励？"

洛芷珩不着痕迹地看了眼王妃，王妃表情淡然，似乎一点也不为之惊讶。她只好淡笑着问出来："大赛的奖励不是提前就安排好的吗？"

她一直以为自己获得冠军能得到奖励，而按照第一才人大赛背后的那个势力的强悍实力，奖励必定是价值连城的。不过她从未想过自己要什么奖励。

宋夫人脸上露出来一个称之为骄傲的笑容："第一才人大赛的冠军奖励，自古以来就是……一个愿望！"

"愿望？"洛芷珩心头一跳，一个不可思议的想法油然而生，而宋夫人也随之为她揭晓谜底。

"不错！第一才人大赛从来不准备固定奖品，就看这个冠军有多大的胆和能力了。第一才人大赛的奖励百年来从未改变过，那就是满足获胜者一个愿望，而百年来所有获胜者的愿望，第一才人大赛从来没有失诺于人过！你可以是任何愿望，大赛都会为你达成的。"宋夫人自信地说道。

洛芷珩彻底震惊了。

见过狂傲的，可没见过这么狂傲的！可是他们既然敢说，那就是有这个实力！

可第一才人大赛背后的势力竟然全都能帮助完成！

这样的实力，这样的霸气，这样的手段！难怪百年来第一才人大赛会受到如此的追捧和长盛不衰。难怪第一才人大赛的冠军奖励有史以来只能被冠军一个人知道！难怪第一才人大赛会毫不留情地杀死那些透露秘密的人！

那么曾经获得过冠军的王妃的心愿是什么呢？

洛芷珩震惊之余看向王妃，只见王妃脸上的笑容是苦涩而黯然的。

洛芷珩忽然想起来了什么，警惕地看着对面二人："第一才人大赛不是有规矩只能冠军自己知道奖励的事情么？一旦冠军泄密或者被别人知道，你们就要进行追杀？你们为什么要当着我母亲的面说这件事情？"

王妃愣住了。她没想到洛芷珩在触手可得的美梦成真面前，最先想到的不是自己的得失，而是她的安危！心里面有感动是说不出来的，但更多的还是庆幸和喜悦。她认为洛芷珩这样维护她，完全是因为爱屋及乌。洛芷珩在乎穆云诃，所以才会也在乎她这个做母亲的。这样一想，王妃感到很满足。

宋夫人本来还很高傲的，可洛芷珩这明显维护和防备的样子，她轻蔑地道："王妃曾经是冠军，获得了一个许愿的权利，她既然已经知道了，而且是冠军，自然就不必隐瞒，只要她不将你的愿望说出去，她自然安然无恙。反之一旦她说出去了，她必定会身首异处！"

"那就请你们让我母亲离开这里。"一切的危险若是能够排除在最开始，洛芷珩会不遗余力。

王妃是穆云诃的一根软肋，也可以说是穆云诃活下去支撑了这么多年的唯一支柱。王妃一旦有什么三长两短，那穆云诃会怎么样？

"已经晚了，在我们离开这之前进来的人都不能再出去了，你若是不想让她知道你的愿望，我们可以免费赠送你一个优惠，先帮你杀掉她！"宋夫人说着手中已经多出来一把锋利的匕首。

洛芷珩的脸彻底冷下来了："如果是这样的话，那么我不要这个冠军奖励了，你们可以离开这里了！"

"珩儿不要！你只管放心，母亲是不会将你的愿望说出去的。"王妃惊呼，很怕洛芷珩真的因为她而放弃了一个这么好的机会。

她当年做了一个错误的决定，导致一生不幸。而她的儿媳妇却奇迹般地获得了冠军，多神奇的一种传承！

"母亲你别管，我既然能说出来放弃，那就是不在乎这个奖励的重量。"

"你真的决定放弃？我们会满足你任何愿望的。你就没有什么特别想要的？"宋夫人的声音再也不是轻蔑和高傲，而是满身杀气。

洛芷珩这种奇葩，不见利忘义，为了婆婆的安全竟然放弃了得到一切的机会，大赛百年来都是仅此一位。而且是出在她宋夫人的手中，这不是让她丢脸么？

"珩儿！你可千万想好，不要做让自己后悔的决定。"王妃紧张地抓着洛芷珩的手劝道。

洛芷珩安静下来，她真的不缺什么，也没有什么愿望，也许有，但都是一些小事情，她自己就可以做了。那么她还缺少什么呢？

忽然她眼前一亮，眼中那种光芒不是一般的亮，而是贼亮贼亮的！那是一种看见生命延续下去的希望的亮光。让眼前紧张看着她的王妃都不由自主觉得眼前一花。

她猛地转身又确认了一遍："真的我的愿望是什么你们都能答应，都会做到？"

宋夫人眼中的轻蔑回来，还以为洛芷珩能有多了不起多有骨气呢，还不是抵抗不住人世间的诱惑？她狂傲地道："当然！只要你敢说出来，我们就一定能做到。"

"好！我的愿望就是让穆云诃活下去，身体恢复健康！"洛芷珩兴奋地道。

一句话，震住了所有人。

"你的愿望不是为自己求？"宋夫人再也掩饰不了震惊了，她经手的姑娘们求的愿望从来不是好姻缘，就是荣华富贵，要不就是求世间的各种古玩孤本，求什么的都有，但从来都是为自己求。

今天，竟然让她碰到了一个不为自己求的人。求活下去，可穆云诃的情况天下皆知，宋夫人也不敢轻易回答了。

"你可别后悔？你真的要求这件事情吗？"宋夫人第一次接二连三地确认冠军的愿望。

洛芷珩见她没有否认和表现为难，一下子就好像看见了生命希望一般："我不后悔！我求穆云诃能活下来，健健康康的一直到他白发苍苍的时候，还可以拄着拐杖笑着看天。这就是我的愿望，你们能够做到么？"

宋夫人震惊得说不出来话，与王夫人对看一眼后，又问了洛芷珩一句："这个愿望我一旦答应你了，你再想反悔可就没机会了。"

"不错。穆云诃的状况什么样我们并不清楚，荣华富贵我们可以轻松许诺你，甚至你想要一个好的姻缘，我们都可以让你改嫁给一个学富五车才华横溢的健康男子。但是你一旦选择了用这个大好的甚至可以改变命运的机会，给穆云诃续那很有可能挽救不回来的命的话，那么成败你就只能自己扛着，我们不会给你承诺什么！你的这个愿望，实现可能只有二成里的一成！"

"也许是全然失败，到时候穆云诃死了，你也就一无所有了。如果你现在还坚持要将这个能拯救你自己脱离王府和悲惨命运的愿望给穆云诃的话，你可能最后真的竹篮打水一场空了。"王夫人将事情陈列得明明白白，不夸大其词。

整个房间里都因为王夫人这一番话语而压抑到紧绷，三个人全都看着洛芷珩，目光里是不一样的情绪。王妃的震惊、恐惧和期待。

她勾唇浅笑，满脸喜悦的光芒，坚定快乐而爽朗地道："这个机会于我而言只不过是锦上添花，但于穆云诃而言很可能是救命良药，我舍了一个机会，但得到的可能会是我在乎之人的生命，值得！再没有比这个更值得的了！！"

"我的愿望，就是它了！！"她一语定音，绝不更改！

"珩儿！！"最过于震惊的莫过于王妃了。她是想尽了一切，却怎么也没有想到洛芷珩竟然会将这个愿望许给了穆云诃，她竟然为穆云诃求一个生存下来的机会！

穆云诃活着，不仅是洛芷珩的希望，更是她这个母亲的希望啊！

这是一种舍的精神，难得而可贵，稀少又令人尊重。

而谁又能说洛芷珩傻呢？这也许才是大智慧！舍得舍得，从来都是一体的，有舍才有得！一个如此简单的人生哲理，但看透的，摸到的，拥有的，做到的又有几人呢？

她沉稳之余又古灵精怪，脾气火爆但总是有条不紊，心机深沉可又总怀着一颗善良的心。一个多变的女孩，掀起来的是一个王朝颠沛的命运风暴。

纵然是宋夫人那样高傲的人，此刻也不禁动容了。

王夫人自是不必说了，眼底流露的都是浓浓的笑意和激赏。

"好，既然你确认不更改了，那就签字吧，你的这个愿望我们第一才人大赛接下了。不过能不能救活穆云诃，我不敢保证，但第一才人大赛既然答应了，就绝对会全力以赴！"宋夫人也郑重地道。

宋夫人拿出来一张鎏金的帖子，那样薄如蝉翼的上下两张纸片样的金片子上，竟然还雕刻着精致华美的图案，放在桌子上打开，里面赫然是几个金字，上面只有几个字。

心愿，许愿人。然后就是大片的空白了。

宋夫人又拿出一方小盒子，打开竟然是一种金黄色的黏稠液体，再拿出一支金色的毛笔，蘸墨汁一般的蘸那金色液体，然后递给了洛芷珩："写上你的愿望和名字就可以了。"

"这是银月国的规矩，也是给你的保证，你们签字了，就等于是银月国有了来帮助你的权利，然后你就等着心愿达成。"王夫人解释道。

洛芷珩很郑重地写下了心愿和名字。这就是能够带来穆云诃康复新生的希望！

心愿：穆云诃恢复健康，长命百岁。许愿人：洛芷珩。

宋夫人拿出一个印章，满满地印在了洛芷珩的名字上，只见那本就薄如蝉翼的金纸塌陷下去，最后留下一方印章四个霸气复杂的大字：银月国主！

这就证明这是银月国主允许并且承诺的事情了，从另一个角度来说，这也是展现了银月国主实力雄厚，雄霸天下的资本和傲气。

洛芷珩并没有将这个消息告诉穆云诃，她在不确定真的有人能医治好穆云诃之前，不想让他知道，这样就不会抱有太大的希望，也就不会太执着，就算不能治好，也就不会太过于失望了。

几天后

“大小姐，前面来报，第一才人大赛的管事又来了，要见您。”奶娘道。

“让小喜子扶着你再练习一会好不好？或者是直接回房去休息？”洛芷珩问穆云诃。

看出来她的迫切，穆云诃心生不满，忍不住讽刺道：“见他们的人很重要？还是他们的奖励让你很动心？奖励比本王还重要？你这个贪财鬼有往财迷方向发展的前途呢。”

穆云诃心想在你心里本王还不如一堆破铜烂铁重要，他当然会生气。

洛芷珩嘟嘴，道：“我是财迷，以后有钱养活自己啊，要不然我以后什么都没有，再流落街头，一分钱没有，那我岂不是惨死了？”

穆云诃轻佻的嘴角就僵住了，脸色阴阴沉沉地说：“你为自己的以后发什么愁？有本王吃喝用度，就不会少了你的。什么流落街头？什么养活自己？洛芷珩你把本王当什么了？一直当死人啊，连自己的妻子也养活不了？”

洛芷珩咬住嘴唇，忽然就有些难过，她和穆云诃之间，有以后么？她是签订了协议的，等穆王爷回来之后，她就走！可现在还没走，她怎么就舍不得他了呢？

“说话！哑巴了？”穆云诃冷喝，“知道自己说错话了？以后小心点，再让本王听到你这种话，就教训你！”

洛芷珩下意识双手捂住小屁股，反应过来自己的举动，她一张脸通红，见穆云诃还敢不厚道地轻笑，气得她甩掉了穆云诃的手扭头就走。

穆云诃见她气呼呼走了也不着急，目光里的笑意渐渐深邃。

他不是一个善于表达的人，所以当洛芷珩说出那样疏离的话的时候，穆云诃的心里是莫名难过和慌张的。

依然是戒备森严，进入大厅，宋夫人王夫人和王妃之外，还有一位面善的老妇人。

“废话少说，这位是我们银月国国主的御用医人，火云夫人。她的医术举世之中也就那么一两个人能比肩，我想让她来医治穆云诃的病，应该是不在话下。”宋夫人开门见山。

洛芷珩和王妃忐忑的心，在她那有强大自信的话语中霍然开朗安稳！

“那我也不废话了，我就将穆云诃交到火云夫人手中了，只要穆云诃能恢复健康，我必定……”洛芷珩郑重的话忽然被王妃打断。

“只要穆云诃能够恢复健康，穆王府必有重谢！”王妃站起来，神色激动但理智还在，她知道洛芷珩刚才是要说她自己有酬谢，但她怎么能让洛芷珩自己掏腰包？

“这是我的责任，既然这是洛大小姐的心愿，那我自当尽力而为。”火云夫人慈眉善目地笑道。

洛芷珩心情激动忐忑，立刻带着人去后面见穆云诃，这一次，只希望苍天保佑，让她的努力不要白费。

对于洛芷珩带来的这个妇人，穆云诃虽然奇怪这人是谁，但他也不问，因是洛芷珩带来的人，所以他会全然地信任。

穆云诃并不知道，就这样安静的一会儿工夫里，洛芷珩和王妃却紧张得浑身都是汗，婆媳二人抓在一起的手心都是汗，好像彼此给彼此依靠力量。

紧张中，火云夫人终于放下了手，又在穆云诃身上看似随意地按了几下，但洛芷珩却清楚地看见穆云诃很痛苦，虽然他没有叫出来。

但当火云夫人回过头来的时候，洛芷珩才知道什么叫做恐惧。火云夫人那没了慈祥笑意的脸色，让洛芷珩恐惧即将到来的答案。

“怎么样了？”到底还是王妃，年纪大了也更沉稳。

火云夫人叹息一声：“晚了一步。”

王妃的身体一僵差点倒下。洛芷珩也没有好到哪里去，僵硬地问道：“什么意思？”

火云夫人看了那二人一眼，又看了穆云诃一眼，但发现穆云诃眉宇之间虽然有淡淡的失望，很坦然，似乎早就已经接受了这个命运一般。

“虽然从未见过这样的情况，但我不得不说，穆云诃是一位值得尊敬的人。身上最少有十余种剧毒在吞噬着他的身体，每一种剧毒都会给他带来巨大的痛苦和折磨，虽然这些剧毒都是慢性的，而且在最近之前的这么多年里，应该是每天都有接触服用剧毒的。若是心志不坚定的人只怕早就自杀了。”火云夫人的结论，震惊了所有人！

十余种的剧毒？！在最近之前的每一天都接触服用？！从不曾间断过的话，那从穆云诃生病到现在，只怕最少也十几年了。十几年的光阴里，还是孩子的他就日复一日地被越来越可怕的剧毒折磨着？！

为什么之前就没有人能看出来这些？下毒之人一定就在穆云诃的身边啊！而且还是可靠可信之人！不然怎么会这么轻易得手？并且还能不间断地给穆云诃下毒？可究竟凶手是谁？

李侧妃？洛芷珩几乎第一个就想到了她！只有她有合理的动机和能力来这样做！

几乎恨到了骨头里，洛芷珩被强大的无力感与震惊劈碎，她哆嗦着问："那么……您有办法解毒吗？"

火云夫人摇头道："若是能早一年看，也不会落得如今这般田地，虽然一时半刻是死不了的，但是死对于他来说，已经成为必然！时间早晚而已！而我能做的，只是利用一些强力的药物，来帮助他减轻以后每一天的痛苦！"

王妃当场就栽倒了，洛芷珩将王妃扶到软榻上，她自己都有点身子发软。

"没救了吗？不管用什么办法，不管有多难，我们都会努力去做到的，还请夫人指给我们一条明路。"洛芷珩急切抓着火云夫人的手，眼睛发红地说道。

"阿珩！你别这样，早已经注定了的，又何必太过于执着？"洛芷珩的样子让穆云诃难受极了。

洛芷珩走到穆云诃的身边，抓着他的手道："不会的！我相信一定会天无绝人之路的，我们一路走来什么困难都遇到了，我们不也坚持下来了吗？不要放弃，就一定有希望的。"

穆云诃摸摸她的小脸，目光里有破碎的光闪烁，痛苦和绝望闪现，可他却能云淡风轻地笑："可是阿珩……你们越是这样抱有希望，我就越会觉得有负担，若是哪一天我就这么死了，你们可怎么办？让你们如此失望的我，只怕也会死不瞑目的。"

他这个笑容，一瞬间就刺痛了洛芷珩的心，一下子就戳在了她的肺管子上！疼得她觉得五脏六腑都扭到一起打了结。

所有强装的淡定，瞬间土崩瓦解，分崩离析！

"不是说好了吗，要是在我们放弃希望之前你就死了，那还有我陪着你一起呢，你要是死不瞑目了，估计我也会跟着不瞑目的，别忘了咱俩是一根绳上的蚂蚱，你死了我也跑不了。可我贪生怕死啊，所以我得努力活着，我也要努力拉着你和我一起活着。对不起了啊，自私的我要拽着你跟我活受罪了。"洛芷珩一边痞

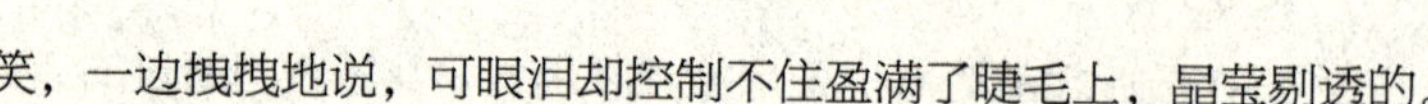

笑，一边拽拽地说，可眼泪却控制不住盈满了睫毛上，晶莹剔透的。

铺天盖地而来的绝望！瞬间就击碎了洛芷珩的坚强。

多痛也不哭，多难也不闹，多累也能笑着说，不怕，我们还有彼此，我们还能相互依赖着走下去！不管何时，回头看看，那个笑容淡然的男子一直就在她的身后。默默地支持她，鼓励她，并且艰难地一步步紧跟着她的脚步前行。痛到全身抽筋也能笑着牵起她的手和她说“阿珩，我们回家”的男子，不知何时，已经在洛芷珩的心里重要到了只要一想到当她疲惫时再回头，却找不到他俊美挺拔的身影的时候，就会心痛到窒息的地步！

眼泪就好像决堤的洪流，一瞬间崩塌，冲塌了堤坝，汹涌落下。

笑容再也支撑不下去，惊慌失措的她大哭着扑进了穆云诃的怀里，这一刻，她哭得像个孩子，也是这一刻，她才记起来，原来她，只有十七岁，一个最脆弱敏感、纯真的年纪！

她一哭，穆云诃就慌了。僵硬地抱紧她哭得发颤的身子，那云淡风轻的脸，也终于再难维持云淡风轻的笑，紧紧抱着她，就好像抱住了全部希望和生机。

可他，注定无法给她一个完整的人生和守护。

渐渐猩红的眼，沉重闭上，隔绝了别人同情和难过的目光，眼底里流窜的是一种凶残。毁灭这个让她哭得如此伤心绝望的人吧！

“为什么会这样？穆云诃！我不要你死，你好好活着，我把我的寿命给你一半，你好好活着，我们一起活着！”她喊得歇斯底里，哀求着，是心里面对穆云诃再也不能忽略的在乎。

穆云诃听见自己心都疼得嘶嘶抽冷气，她每一句话每一个字都能将他的心连皮带肉给撕开一道口子，鲜血肆意狂流，狂热的、奔腾的、凶狠的！都是在为她咆哮抱不平的震怒！

“阿珩，别哭……”多不甘和无能为力，他纵然再痛恨自己，纵然想要安慰她，却一句谎言也说不出来。他无法骗她，更骗不了他自己。千言万语，就只剩下一句惨淡的：“阿珩，别哭！”

“我不要！你死了我怎么办？在这里我就只有你了啊。我就只有一个穆云诃了……”没有人知道洛芷珩真正的意思是什么，在这个陌生的世界里，洛芷珩，真的就只有一个穆云诃！

“真的就没办法了吗？”很出乎意料的，傲慢的宋夫人竟然开口了，“你最好仔细一点，这不是普通的找你治病。”

因为是洛芷珩的愿望，而银月国从未辜负过冠军们的愿望，所以穆云诃若是真的死了，那就是他们银月国的一大瑕疵。

火云夫人却很淡然地说道：“我不是解毒圣手，你们最开始就找错人了。若一个专门攻克毒药的人，说不定对穆云诃的病情还有一些建树。他的毒已经蔓延到了五脏六腑里面，除非有人愿意自断筋脉自毁性命地为他易经换脉，换血续命！而且这个人还要是个最起码有一甲子功力的超级高手，你认为哪个人脑袋抽筋了会为别人自杀？”

她的话让泪眼朦胧满腹期待的洛芷珩一下子暗淡了目光，窝在穆云诃的怀里不再言语，哭泣的声音不再那么激烈，但她就是抑制不住心中的伤感。

是啊，谁会那样做呢？为了别人而牺牲自己？

“不过既然这次的事情特殊，我就会尽力而为，虽然不能彻底地为他保住性命，但凭我的能力，将他的寿命延长一两年还是可以的。”火云夫人自信地道。

但，洛芷珩要的是穆云诃能一直活着，不是只有那可怜的真的要数算日子的一两年生命！

晚上王妃不得不回自己的院子去了，洛芷珩和穆云诃都没胃口，什么都没吃就拥抱在一起睡觉了。但这个时候哪里睡得着？洛芷珩就好像黏米似地黏在穆云诃的身上，她的脑海里男女设防什么的都很模糊，她喜欢的就可以这样不忌讳地抱着搂着霸占着穆云诃。

穆云诃心情很复杂，对于洛芷珩这样黏人的缠抱他心里是有一种说不出来的喜悦的，但是因为洛芷珩的这种拥抱是源于伤心，所以穆云诃也不敢乱动，他也开始很悲观地想，这样抱着她安静地等待天明的日子还能有多少？也许今天闭上眼睛，明天就再也睁不开眼了，死亡就来了。

如果他真的那样死了，那洛芷珩会怎么样？

心很酸涩，浓浓的哀愁笼罩着他的心，只能将她温热的身体拥抱得更紧。两个人的胸膛，隔着衣服骨肉，感受着彼此那轻微缓慢的心脏跳动，一下一下，卑微而清晰地提醒着，此刻他还活着。

“穆云诃！”洛芷珩在夜色中小心翼翼喊他的名字。

“嗯。”穆云诃回应了一句，可是半晌没有等来洛芷珩的回应，他便扬起了尾音：“阿珩？”

洛芷珩开口就是霸道和惶恐的声音：“我真的就只剩下你一个人了，你不能丢下我一个人离开这。”

今天，洛芷珩猛然发现，她在这个陌生的世界，第一个拥有的和值得信赖的人，就只有一个穆云诃而已。之前她还一直想着离开，可是今天她才恍然明白，她

离开了穆云诃，又能去哪里？

只要一想到会失去了穆云诃，洛芷珩的心就拧成了麻花似的，疼得她浑身抽抽。她好舍不得穆云诃。不想他一个人孤零零地离开这个世界。穆云诃，这个干净到让人心疼的男子，甚至没有见过外面广阔的天空，深蓝的大海。他的一生，真的就要拘禁在这王府的一片小天地里吗？生在这，死在这，留下一个个挥之不去的遗憾。

怎么舍得让他这样风华绝代的男子，就这样抱憾终生？

穆云诃心口火烧一般疼："傻阿珩，就算没有我，你还有疼爱你的父亲，还有我们母亲，她也一定会加倍疼爱你的。不管未来是什么，我们都要勇敢走下去不是么？这是你说的话啊。"

洛芷珩摇头，扯着他的衣服爬到了他的胸膛上，双手环着他的脖子，好像一个依赖着母亲的孩子一样，低声哭道："那不一样的，我只有你，就只有你。那不一样的……"

穆云诃不明白她无助地来回重复着这句话是什么意思，可是洛芷珩从来没有这样失控过，这么的悲痛和绝望，不停地说只有他。

很荣幸她将他当成唯一，很遗憾他将不能再做她的唯一！

"穆云诃！"黑暗中，她忽然抬头看他，水润的大眼睛在黑暗里也是亮晶晶的充满水光，里面是穆云诃看不懂的情绪，只听她清楚说道："我们别放弃，就算维持两年的生命也好，这两年里面我们努力地寻找办法，多一天的生命延续，就多一天的希望，你说对不对？"

有些事情，换一种思路去想，就会和之前所想的事情截然相反全然不同。

洛芷珩等人之前听到无药可救，听到只能延续一两年的生命，那时候他们全都是绝望的，全都是崩溃的，以为世界都坍塌了。他们一直在这种悲凉的气氛中苦苦不能自拔，好像明天穆云诃就会死去一般。

但洛芷珩却忽然想到了另一种希望。

之前他们不能确定穆云诃的生死在何时，可是火云夫人今天却给了他们一个明确的期限。

两年！

这个两年是他们能够知道的，确保的穆云诃可以生存下来还活着的时间，那么在这段时间里面，他们就可以心无旁骛地去寻找医治拯救穆云诃的办法。如此一来，洛芷珩忽然就感觉又看到了希望，人也不哭了，满怀希望地在穆云诃怀里沉沉地睡去。

穆云诃心口重重地似乎被什么东西给击中了，瞬间五脏六腑，四肢百骸都酥麻酸痛起来，但那颗心，却怎么也平静不下来了。洛芷珩能为了他做到这一步，穆云诃是怎么也没想到的，但正因为今天洛芷珩的失控和情绪崩溃，才让他清楚地发现，他也早就已经离不开洛芷珩了。

所以当听着她那些天方夜谭一般的话的时候，穆云诃就一个感觉，她在自我安慰，而她的自我安慰，让穆云诃瞬间被无力与绝望淹没。

漫漫长夜，安心睡在他怀中的女孩像只不谙世事的小白猪，穆云诃却睁着眼睛一夜到天亮。

洛芷珩走到前厅的时候，只觉得眼皮猛地一跳，她的心律就有些失常，整个人都有点恍惚似地站在那不动了，茫然地摸摸心口，突如其来的闷痛感让她不由得用力喘息起来。

“你怎么了？”大厅门前不知何时站着王夫人，她奇怪地看着洛芷珩。

洛芷珩不着痕迹地放下手，边往里面走边淡然地笑道：“没事，不知王夫人今日前来有何贵干？”

王夫人见她气色不好，昨天又那样难过，今日却还能笑出来，倒是个理智很强大的人。也不枉她帮她一回。

“我将穆云诃的事情告诉了我们王爷，当然，也说了你的情况。王爷得知这是你作为冠军的愿望，而银月国却没能完成之后，感到很愤怒。王爷说银月国是绝对不会失信于人的，也许他有办法能救穆云诃，但，王爷想在这之前先见见你，你可愿意去见见我们王爷？”王夫人简直是给洛芷珩又带来了一个希望！

“见！立刻就可以去见！”洛芷珩毫不犹豫地说道。

王夫人的表情就有些奇怪：“见是可以，但你也有心理准备，我们王爷……性子有些不太好。而且王爷……很爱美人！”

洛芷珩的脸色瞬息万变！

很爱美人，就是说，洛芷珩去了很有可能会吃亏？！

王夫人见洛芷珩的脸色难看，便苦笑道：“当然啦，这是你自己决定的。虽然我们王爷有些个……不太正经，但能力还是有的，王爷若想做成什么事情，必然是难不倒王爷的，你想好吧，对于你们来说，现在你去见王爷，就等于是又多出来了一条新路。”

洛芷珩僵硬地站在那，从未想过有一天，她竟然会遇见这样的一个大难题。真的是进退两难了。一面是自己的清白名誉，一面是穆云诃的生死存亡。两边都很渺茫飘摇，但两面都很重要。她若做出选择，必然就会失去一样。

上辈子她是为什么当土匪的？不就是为了保命保住清白？恶人逼得他们有家不能归，大街上到处都能看见尸体鲜血，女人们很少有能够在死前是衣服遮体的。而她，就在逃亡的时候，差一点被那群魔鬼抓住糟蹋。

两难抉择！洛芷珩觉得自己快要崩溃。

“如果你觉得不好决定的话，你也可以和王妃商量一下。”王夫人缓缓说道。

洛芷珩的手心冒冷汗，她纠结的眉头都快要拧到一起了，然而她还没有作出决定，王妃的声音已经在背后响起了：“不用商量了，我坚决不同意！”

王夫人倒也不生气，只是深深看了洛芷珩一眼，而后就离开了前厅。

洛芷珩还在天人交战，脑子里都是穆云诃的影子，她就觉得她脑袋是不是让驴踢了？在王夫人离开的那一刻，她真的有那么一股冲动，想要开口喊出来：“我愿意去见那个王爷！”

可是喊出来真的就可以了么？她有可能会失去很多东西，救回来了穆云诃，万一再被人误解是她用自己的身体做的交易，那么她以后怎么做人？穆云诃还会原谅她么？

洛芷珩有多难，旁人是无法理解的。但她却不得不做出选择，穆云诃必须救！见那个王爷也未必就会有损失，只要她小心一点，灵活一点，想必也能有点胜算的吧？

“在哪里能见你们王爷？”洛芷珩忽然开口，是孤注一掷的味道。

王妃愣住了，不可置信地说道：“珩儿你疯了？！”

“我没有疯，我只是想清楚了。穆云诃等不了了，我不能再浪费一丁点的时间。今天我去，也许找不到一点生机，但也许这就是个转机，能让穆云诃活下去。而且我会保护自己的，我想穆云诃能活下去，我不想因为自己的胆怯和自私而放弃这个机会。”

洛芷珩说得恳切而直白，她脸上打着勉强的笑容，那种强颜欢笑，让身为母亲的王妃终于忍不住潸然落泪。

王妃一把将洛芷珩拥进怀中，痛苦又震动地哭道：“你这个傻孩子！你这是何苦呢？我们母子两个亏欠你的，哪辈子能还完啊？”

洛芷珩苦笑，是啊，她怎么变得越来越圣母了啊？为了别人而牺牲自己，这么二的事情她洛芷珩竟然也会做出来？简直要笑掉人大牙了。

僵硬地扯了下嘴角，她想，倒也没什么，如果她保护不了自己，真的被怎么样了，大不了就当做善事了，等穆云诃好了，她就自杀，将这个身体还给人家，她再继续做个孤魂野鬼呗。

“洛大小姐要和我去见我们王爷？”王夫人似乎一点也不意外洛芷珩的最终选择。

“是，我要去见他，不过我不是去求他，而是去和他谈交易的。我不会白白地受他恩惠，若他真的有办法医治穆云诃，那么我可以付报酬。”就算是那么多被动和绝境之中，但洛芷珩还会逆袭反击一下，她不会让自己一直被动下去。

王妃眼睛一亮，道：“对！我们可以与你们王爷谈交易，穆王府可以尽可能地满足他的要求，只要他能想办法救治云诃。”

王夫人大笑起来：“我们银月国的亲王有什么需要会让你满足？知道银月国为什么叫银月国么？银月是圆满月亮之意，是代表盈满丰盛不缺！不缺！什么也不缺！只要我们想要的，就会有！亲王阁下能够破格亲自会见你，还是因为你决赛那天的出色表演，若是不然，纵然你再漂亮，又怎么能比得过亲王阁下的一个姬妾？”

王夫人说话不带一丁点的嘲讽和高傲，她的笑声里，只是一种直白与描述事实的真诚。

洛芷珩的心一下子就放进了肚子里，这一刻她是多么喜欢听见这样的话，她不如人家的一个姬妾，那个亲王只要不是很饥渴，就一定不会看上她的，那她还怕什么？

“带我去见你们王爷吧。”洛芷珩这回就完全是着急了。

王夫人点头：“好。”

穆云诃早就看出来母亲的不对劲了，但他以为母亲还是因为昨天的事情，可是这么长时间母亲明显坐立难安，还频频往门口看，明显是在等人的。

“娘，您在等谁？”穆云诃冷不丁问了一句。

王妃的脸色一变，慌忙举杯饮茶掩饰道：“没、没等谁啊，娘就是想在这陪着你。”

穆云诃蹙眉，忽然状似不经意地说了一句：“阿珩又跑哪去了？怎么还不回来？”

王妃拿着茶杯的手一抖，茶杯落地而碎。

他的试探母亲给予的回答让他心里忽然生起了一股不好的预感，他猛地坐直了身子，眸光森冷厉声道：“娘，阿珩呢！”

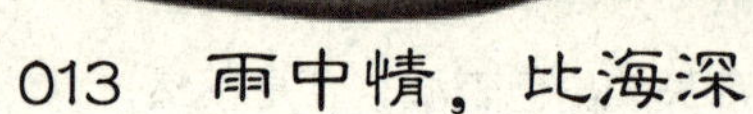

013　雨中情，比海深

洛芷珩在王夫人的带领下来到了一座山庄门前，山庄大气威严，依山傍水，就建立在山脚下，四周都没有人家，安静得很。

“洛大小姐请随我来。”王夫人将洛芷珩扶下马车，带着她进入别院。

径直来到一间独立的阁楼里，四周竟然都是淡薄的水汽，将那间伫立在池水之上的竹楼团簇，仿若人间仙境一般。

“您自己进去吧，王爷不喜欢我们靠近这里的。”王夫人将洛芷珩引到了竹桥之上后离开。

洛芷珩心里面怦怦乱跳，缓慢地向前走，走到了门口的时候敲门，门响起了半天里面都没有回应，洛芷珩却并不着急，只是等待，过了一会儿继续敲门，如此反复足有半炷香的时间，里面忽然响起了一个邪魅的雌雄难辨的轻笑声：“是不是本王不开口，你就会一直如此敲下去？”

是他！

洛芷珩一下子就认出来这个声音，是大赛第一天插手她被鞋砸事件的那个人！

他竟然就是银月国的亲王？！

洛芷珩脑海里过了许多想法：“我可以进去么？”

“嗤！你来不就是为了进来的？”轻慢又轻佻的声音。

洛芷珩蹙眉，这男子竟然如此说话，丝毫不忌讳男女之防？

轻轻推开竹门，里面竟然摆设得非常简朴，但是地中央的那个大香炉却非常精美华贵，还在不停地冒出淡青色的香烟。

洛芷珩往里面走去，并没有看见人影，她刚想站在那，忽然右边传来了男子年轻好听的戏谑声：“美人，本王在这呢。”

洛芷珩却被这突兀出现的声音吓了一跳，猛地转头，就见右边竟然有一个长长的走廊，而走廊尽头是一排紫色珠帘悬挂，珠帘后面是一张大躺椅，白色的柔毛上，一名紫衣男子正侧卧其上，那三千墨发泛着油亮的黑芒瀑布一般倾泻而下，悬在躺椅下方。

男子肤白如玉，眸长轻眯，红唇微挑，衣服肩胛裸露，蜿蜒而下的是他修长慵懒的身子，交叠的长腿。这无疑是一位真正的人间绝色美男子！他的美艳，已经到达了天人合一，雌雄难辨的地步！

此刻男子正一手托着侧脸，一手对洛芷珩伸出来轻轻勾着，似笑非笑地道：“别站那么远看本王呐，一点也看不清本王风华绝代的绝世容颜呢，来本王身边，本王让你看清可好？”

暧昧的语调，引人遐想的动作，懒洋洋的姿态，还有自恋的样子，简直和洛芷珩某些时刻如出一辙！

洛芷珩有那么一瞬间都感觉她好像看见自己了！但这个男人无疑是比她精致漂亮太多太多了。

洛芷珩的心肝有点抖。古代果然出美人啊！这个还是妖孽系的。

稳住心神，洛芷珩摆正心态，同时也更加防备起来，就怕对方万一给她用个美男计什么的，她万一一个没把持住，那不就对不起穆云诃了么？更何况，她不喜欢嫩牛吃老草！

“你就是银月国的亲王阁下？”洛芷珩要确认一下对方身份。

“你不是有事情求本王么？快来说说，本王现在心情好，说不定就答应你了呢。”男人笑道，还很女性化地眨眨眼，故作可爱的样子让洛芷珩只觉得头皮发麻。

洛芷珩瞬间就觉悟了！这人不仅不正经，还不正常！！一个大男人装什么可爱？

“其实你本来也应该帮助我的，我的心愿你们并没有完成，刚开始的时候你们还说就没有你们银月国无法完成的心愿，现在你们明明没有完成，如果你有办法的话，不是应该为了你们银月国的名声而来努力想办法完成我的心愿么？”洛芷珩一开口并没有示弱和求人的姿态，她只是很平静地阐述了一个事实，但这又何尝不是一个激将法呢？

男人眯起来的眼睛更是看不见眼中光芒，他忽然阴森森地道：“那你知不知道，完成你们心愿这件事情，是银月国的未来继承人负责的呢？本王只是银月国的一位亲王而已，可没有那个闲情逸致去帮助那个人来找补面子。”

洛芷珩立刻知道自己踢到了铁板上，原来银月国是有这样区分的，这个人和掌管心愿的人是不对付的，得罪这个人，只怕最后不仅帮不到穆云诃，反而会将她自己断送在这里。

她心念电转，当机立断说道：“我不知道你们是什么关系。但是既然您有方法帮助我，我们也可以谈谈条件的，如果您真的有办法救治穆云诃，我和穆王府会尽全力完成您的要求。”

男子忽然睁开眼，凤眸精光爆射是自信张扬的狂放，断言道：“本王已经知道穆云诃的状况了，本王可以很明确地告诉你，本王有办法能医治好穆云诃！而且，本王保证只要本王找的这个人愿意医治穆云诃，别说是区区几种毒，就算是泡在百毒之中几十年，那个人也必定能将这个人全身的毒给解得一干二净！”

他的话，让洛芷珩心跳都加速血液仿若都逆流了一般，看见希望的感觉，就是这样的，瞬间觉得什么都太美好了。可是那男子接下来一句轻描淡写的懒散话语，却让洛芷珩瞬间如坠冰窖。

“只是可惜，本王没什么想要你们做到的事情呢，所以这笔交易，谈不成。”

言外之意就是，他不管穆云诃死活？！

洛芷珩咬牙说道：“怎么样您才愿意帮助我们？”

男子的眼睛露出一种邪佞又贪婪的目光，黏在洛芷珩的身上，怪笑道：“为了穆云诃什么事情你都愿意做么？如果本王说，本王想要你洛芷珩……”

洛芷珩声色俱厉打断了男子的话：“你做梦！”

男子眯眼，立刻翻脸冷酷道：“那你也是做梦！想要治好穆云诃？门都没有！那就可以滚蛋了！”

洛芷珩胸口剧烈起伏，让她走她是绝对不甘心的，穆云诃的希望就在这里，她不能轻易放弃。

“我就不相信你没有其他想要的东西，我已经是穆云诃的妻子了，有什么值得你想要的？你说其他的，只要我能做到，我就是断头流血也一定会努力做到。”

洛芷珩的声音都有些战抖。

“嗤！你难道不知道男人之中有一句话，叫妻不如妾，妾不如偷，偷不如偷不着？你，与本王而言，就是那个偷不着的，吸引力可大着呢，怎么样啊？考虑好了，这算你唯一的选择，真那么愿意为穆云诃断头流血了，怎么还会连自己的身体也舍不得交换出来？你不用任何损失，只要乖乖地躺到本王身下，穆云诃的性命本王保他长命百岁！”男子邪恶又无耻地说道。

洛芷珩的脸色都青了，双手攥拳，强忍着一拳挥过去打死那人的冲动，心头那种难以言语的耻辱感与悲凉是说不出来的痛。

“不行！除了那件事情，我真的什么事情都能答应你。”洛芷珩不得不放下身段，忍辱负重地请求道。

男子眯着眼睛倒在了软椅上，嘴里哼哼着一听就知道的淫词滥调，不再理会洛芷珩了。

洛芷珩是真的没办法，她的骨气傲气让她恨不得掉头就走，但她的理智却让她不得不僵硬而屈辱地站在那。满心暴怒，满腹无奈，撞到一起让她不得不做出了一个大胆而决绝的举动！

“你非要如此逼迫我么？你不是拥有许多美人么？她们每一个都比我漂亮不是么？”洛芷珩的声音渐渐冷静下来，听上去似乎还带着一种几不可察的轻颤与颓废。

软榻上的紫衣美男慢悠悠地扭过头来看她，鲜艳的红唇勾起似笑非笑的弧度，声音柔软而暧昧：“可是本王就喜欢吃着碗里的看着锅里的，你就是别人锅里的那一块肥肉，本王要是吃不到嘴里，就难受呢。”

洛芷珩气得浑身哆嗦，差一点没本性暴露地冲上去一掌拍死他！

但她再一次忍住了，咬着唇瓣，脸色凄凉哀婉，声音哽咽地道：“如果我答应你，你真的愿意帮我们吗？”

紫衣美男眉头一挑，霍然半抬起身，手肘支撑在软榻上，半截身子探出了洁白的软榻外，紫色的长袍滑落得更多，隐隐约约可见他的半个胳膊和锁骨。他暧昧地道：“怎么？你改变主意了？”

“如果这真的是你答应帮助穆云诃的唯一条件，那么我……答应你！”洛芷珩满脸的屈辱和委屈，但那张干净的小脸上还带有孤注一掷的倔犟。

她的话冰冷而凄凉，里面带着强大的怨气，让男子一愣，紧接着就眯起了眼睛。在他渐渐冰冷的目光中，洛芷珩一点一点地解开了自己的腰带，将肩膀上的衣服缓缓褪下一大截，露出了里面浑圆莹润的香肩……

就这样一个短暂的动作，但是洛芷珩却做得如此缓慢，她的屈辱和不甘，无奈与绝望，全都毫不掩饰地展现在这个简短的动作中。

她终于还是屈服了么？就这样轻易地屈服？是，无奈和抉择交替在一起，艰难的磨难面前，每个人都要有所牺牲的不是么？可是当他看到洛芷珩终于对他妥协的时候，王爷的表情却渐渐淡然起来。他并没有阻止洛芷珩的动作，只是嘴角却牵起了一股暧昧的笑。

洛芷珩只脱了一点点，就一个肩膀露出来而已，但这样已经足够了，充满了诱惑力，让她看上去纯白无辜软弱可欺得到了极限。她不堪重负一般摇晃着缓慢地走向王爷，越来越近的距离里，她感觉到自己的喉咙里几乎要跳出来的咆哮。

终于到达了王爷的面前，他们之间只隔着一道珠帘，如此近距离面对那王爷，更能轻易地从他的身上感觉到肆无忌惮的邪气与放荡不羁，那双眼睛里的暧昧光芒也令人浑身不舒服。

可洛芷珩还是打开了珠帘，一步走了进去，一手拘谨地按在腰侧，一手护在自己裸露在外的肩胛上，如此半遮半掩若隐若现更是能够吸引男人的眼光。她卑微而绝望地缓缓跪在王爷面前，他们之间不过一步之遥。

洛芷珩低垂着头，卑微地弯着身体几乎要低垂到地面上了，她在战抖，抽泣着道："我愿意臣服在你身下，求求你，救救他！"

当洛芷珩说出这句话的时候，软椅上的王爷瞳孔紧缩了一圈，他万万想不到，竟然真的会有女人，愿意为了另一个人而牺牲自己，牺牲的还是自己最珍贵的贞操！

虽然震惊于洛芷珩的妥协，但却更失望于洛芷珩的这么快妥协。他想过洛芷珩若是性子够强硬的话，有可能是宁为玉碎不为瓦全的，也想过洛芷珩若是更机敏一点的话，还会想着别的方法来引诱他，让他甘心情愿地想办法医治穆云诃。

但，洛芷珩却偏偏选择了这样一种最最屈辱和无能的方法。她是妥协了，别人可能会认为她多么的无私和慈悲，但在他的眼中，这样的女子，不堪重用！

冷下了目光，王爷眼中再无波澜，无情地道："既然你已经选择了臣服于本王，那就脱光了你自己吧。"

洛芷珩浑身一颤，而后缓慢地将腰带抽掉，她的右手抽掉束腰带，左手缓慢地打开合在一起的衣襟，右手交替着落下，去打开右边的衣襟，渐渐打开她的手也顺势而下！

忽然，她缓慢而伤感的动作变得凌厉无比，刀光剑影中一阵银白光芒刀锋一般地闪过，空气之中甚至能听到一种清脆悦耳的银器声音。眨眼间，洛芷珩挺直了腰身，右手直抵出去，那把锋芒毕露的手杖已然抵在王爷的脖子上。

王爷竟然是一点防备和还手之力都没有！

不是没能力防备与还手，只是因为洛芷珩的演技太到位，那么的柔弱和绝望到不得不妥协的样子，被洛芷珩演绎得入木三分，大大削弱了王爷的防备意识，完全出人意料，而她的反击又太过于干净利落，以至于美男王爷仿若跌入陷阱的虎豹一般，只能乖乖地呆在洛芷珩的刀剑之下。

洛芷珩擒住了王爷的第一句话是狠狠的呵斥："贱男，我鄙视你！"

有出了鞘的手杖长刀在手，还横在敌人脆弱的脖子上，洛芷珩自信在手，张狂回归，利落地站起来，一脚狠狠地踹在了美王爷性感笔直的大腿上，满口粗犷的土匪话："你大爷的比娘们还漂亮的贱男人，竟然还敢妄想玷污姑奶奶，我让你龌龊！我让你卑鄙！我让你威胁我！"

她每骂一句就狠狠地在他的腿上踹一脚，踹得王爷不是惧怕，而是惊愕！一声声地闷哼着，倒也没有还手，当然他也无法还手，脖子上锋利冷锐的刀锋就在这，随时能一刀要了他的命，这可不是开玩笑的。

洛芷珩踹了几脚犹觉得不过瘾，又用刀鞘恶狠狠拍打在王爷那张风华绝代的大俊脸上，阴森森地怒道："死贱男！竟然敢长得比我小诃诃更有味道一点点，你找死是不是？不对，还是我的小诃诃更青春貌美！你这个风骚男还敢威胁我，姑奶奶从小到大就没人敢威胁我，知道为什么吗？因为威胁姑奶奶的人都被我砍死了！砍死了！！"

她说到最后还很凶残地挥舞着刀鞘，噼噼啪啪地打在美王爷的脸上，将那张皮薄面嫩的俊脸打得红肿不堪。

"你想怎么样？"美王爷不愧是老草，如此劣势和被逆袭虐待的情况下还能这么冷静，慢悠悠地问道。

洛芷珩狞笑起来："你说老娘想怎样啊？老娘想要你小弟弟喂狗！你他大爷的还想着玷污我？不过姑奶奶很仁慈啊，你不和姑奶奶做交易，姑奶奶和你做交易啊，给你两条路，要么立刻告诉我怎么才能救穆云诃，并且帮助我。要么……"

她的眼神极其凶残又邪恶地瞥向了王爷的两腿之间，忽然阴险地笑道："要么姑奶奶就立刻剁掉你行凶作恶的孽根，让你一辈子当太监，永世不得翻身，受尽天下人嘲笑！"

"没第三条路可选么？"王爷依然慢悠悠地问道，竟然一点害怕的意思也没有。

"有啊，我说过的嘛我很仁慈的，我给你第三条路走，就是直接将你一刀刮

了然后剁成肉泥！你应该能感觉到我的刀有多锋利吧？我都无需用力，只要轻轻一下，你就立刻会血溅三尺，气绝身亡！”洛芷珩比他还要优哉地笑道。

王爷脸色一变，脖子上尖锐的疼痛让他终于不再淡定，他挑眉轻笑道：“本王选择第四条路！”

他微微一动，洛芷珩面色一变！

第四条路？！

王爷竟然对着她轻笑一声，只听咯噔一声，王爷整个人瞬间消失在了那张软椅之上！

“该死的！竟然让他逃跑了！”洛芷珩狠狠地拍了一下软椅，很不甘地低吼道。

“本王可从来不会逃跑的！”轻飘飘悠扬又冷冽的话语忽然在身后响起，让洛芷珩惊起了一身鸡皮疙瘩！

她猛然回头，人未完全转过来，但手中尖刀已经划出，在她的身前隔出来一个绝对安全的空间，直指不知何时已经站在她背后的人。

“银月国的王爷果然是厉害，洛芷珩佩服。”洛芷珩冷笑道，脸上已经不见丝毫慌张。

王爷也不见有丝毫生气的样子，风华绝代地站在那里，衣襟半开，只露出那精致得比女人还要美丽的锁骨和肩膀，风情无限地挑眉笑道：“你果然没让本王失望，知不知道，刚才你若真的选择屈服在本王身下，而不是绝地反击，那么你除了会失身之外，还会丧命！”

他说得风轻云淡，但他话语中那浓烈的杀机却毫不掩饰，洛芷珩知道，他说的是真的！

“哦？王爷莫不是要告诉我，其实你刚才那么卑鄙无耻阴险下流的逼迫，只不过是在试探我？”洛芷珩讥讽地冷笑道。

“正是如此呢。”王爷妩媚一笑，翘着手指卷起胸前的长发，眼神勾魂地对她邪魅地笑道：“你是本王选中之人，你若让本王失望，不管你是谁，都必须死。所以，你刚才的反击救了你一命呢。是不是该感谢本王这么有性格和仁慈？”

洛芷珩板着脸道：“能允许我先大战三百回合么？”

王爷一愣，下意识问：“为何？”

“因为太恶心！”洛芷珩不怕死地怒道，终于找到穆云诃为啥每一次都说她恶心了，原来自恋的人真的很恶心的！

从没有人这样说过他，王爷闻言大笑起来道：“你若真的想要救穆云诃的话，和本王做笔交易吧，只要你帮本王得到本王想要的，本王保证你的穆云诃长命百岁，百病全消！”

他说得自信无比，全然不将那令洛芷珩几个人绝望的疾病看在眼里的猖狂，却让洛芷珩的心里无比的明亮和期待着。

“是什么？”她问得有些迫不及待。

“参加天下第一才人大赛，并且获得总冠军！”

“每一年每个国家的冠军都会被邀请去参加真正的天下第一才人大赛，最终选举出来的那个人，才是名副其实的天下第一才人！”王爷声音缓慢地抛出了一个重头戏。

“如果我答应你，你真的能够让穆云诃健康起来吗？”这才是洛芷珩最关心的一点。

“自然能！本王既然说了就必定能做到，做不到的本王也不会说。但是你也别高兴得太早，如果你做不到本王期待的那样，那么穆云诃的生死依然与本王无关，其实也可以说，穆云诃能否活下来，决定权在于你。”王爷妩媚妖娆地说着残酷的话。

洛芷珩精神一振，咬牙说道：“好！我答应你！但是你必须让我知道你真的能够有办法医治穆云诃才行。”

“痛快！那本王也痛快地告诉你，这一次天下第一才人大赛的奖励之中有一样物品，叫做百年金蟾珠！本王只要吃下了那颗珠子，立刻就可以百毒不侵，而本王的血液也立刻能够解百种剧毒。这天下唯一能够解救穆云诃的人只有本王！”王爷眼睛都亮了。

原来，这才是这个王爷的真正目的！

“如果是为了那颗珠子，你大可以自己得到啊，你不是银月国的亲王么？那奖励不是银月国出的么？你又何必如此大费周章？”洛芷珩很怀疑地说道。

王爷冷哼道：“哼，你懂什么？天下第一才人的东西奖励向来是丰富和珍贵的，不是你想要就可以得到的。纵然是银月国主，想要那颗珠子也要通过正规的手段，而很不巧，今年那颗珠子偏偏就被划分在了天下奖励之中，本王只能通过你来获得。只有你这个穆王朝的冠军去参加比赛，并且赢得了天下冠军，才能得到那珠子，到时候你自愿给本王，谁也说不出来什么。”

原来是这样！银月国还真是财大气粗，竟然连这样的旷世珍宝都能拿出来当奖励。

“你就不怕我赢得了比赛将百年金蟾珠私吞？它既然能解百毒，那我给穆云

诃吃掉不是更好？”疑惑太多，不问清楚洛芷珩很担心自己一下就跳进这个神秘王爷的陷阱之中。

“嗤！你太异想天开了。那金蟾之珠本身是剧毒之物，只有本王这样练就了一身毒功之人用了之后，方可化解百毒成为人中圣品！其他人用了会立刻爆体而亡的。”他就差一步，就差那一颗珠子，立刻就能成为百毒不侵的体质，这怎么能不让他兴奋和期待？

洛芷珩打击道：“一旦你特殊的体质暴露了，你就不怕招来杀身之祸？”一个如此特殊的体质，身上的血液能解毒，只怕会很让人眼红吧。

“谁敢来？本王已经孤独太多年了，没有对手的日子实在是孤寂得很啊。”王爷自恋猖狂地说道。

见洛芷珩那鄙夷的目光，王爷笑道：“你也不用这样鄙视本王，希望你以后不要被本王鄙视才好。天下第一才人大赛高手云集，是四方最杰出的代表，你这个插科打诨一路获得冠军的人，未必就是他们的对手，但本王要你必须赢，因为本王必须得到那颗灵珠，而你也必须赢，因为你在乎的人的命运就在你的手中。”

“我虽然答应你了，但我需要你证明你的血液确实能够救治穆云诃才行。”洛芷珩又不傻，答应参赛是她目前唯一的出路，但不代表她就要时刻受限制和落入下风。

王爷倒是很好说话：“可以。”他一挥手，立刻有人抬上来三个笼子，里面竟然分别关押着强壮的狮子，老虎，犀牛三种体型庞大威猛的动物。他指着这三个动物说道：“认识这三种动物么？狮子，老虎，犀牛，本王这里有十八种毒药，随便你怎么弄怎么合在一起都好，给它们吃下，本王会让你看看本王的话语真假与否。”

这无疑是最好的证明了。结果证明王爷没说谎。

她双眼发光地看向王爷的身体，不知道王爷现在的血液能否也将穆云诃医治好？

王爷一眼就看出了洛芷珩的想法，无情打击道：“你可别胡思乱想，本王现在的血液可是含有剧毒的，虽然也能解毒，但穆云诃的体质太差了，而且五脏六腑已经受到了很严重的毒害，必须要等本王的血液功能更加的洁净之后才能用，而且用了也不是说立刻就能好的，本王还要请毒医圣手为他医治。”

洛芷珩立刻灭火了，但心里面的期望却高起来。

“好了，现在我们协议达成，你回去准备一下吧，还有半个月的时候就是天下第一才人大赛的正式比赛日子，今年依然是在去年的冠军国家南朝举办。我们从这里到达南朝的话，最快估计需要八九天的路程，给你三天时间去准备，三天之后我们立刻出发。没问题吧？”王爷问道。

洛芷珩想了一下，问道：“我可以带上穆云诃么？”将穆云诃放在家里，她是不会放心的，但是一路上的颠簸她又怕穆云诃会受不住。

“当然要带上穆云诃，毒医圣手那家伙是个老妖怪，你不带上穆云诃，难道妄想那家伙会来穆王朝么？放心，本王会让火云夫人一路跟着，保证你的穆云诃一路平安无恙。”王爷打趣笑道。

洛芷珩这才放下点心来。当她带着满心的兴奋出来别院的时候，天色竟然已经暗下来了，眼看就要风雨欲来的样子，天边黑压压的一片乌云，看不见一丝丝的阳光。但这样恶劣的天气，却不能让洛芷珩心里面升腾起来的明媚淹没。

穆云诃有救了！

她恨不得立刻飞回去告诉穆云诃这个好消息。

穆云诃爆发出一声雷霆般的怒吼声：“您怎么能让她去？！”

王妃心中一颤，一种委屈和难过涌上心头。儿子竟然如此指责她？！

“云诃啊……”王妃想安抚愤怒的儿子。

“您怎么能让阿珩去送死？”穆云诃暴怒地吼道，理智全无的他面对他的母亲，这一刻也是不能冷静的。他只知道，他的阿珩现在正为了他有可能受到凌辱和欺负。

这么长的时间，要发生什么事情的话，完全足够了！

穆云诃的心都在哆嗦，浑身战栗冰冷，那简直比绝望更恐怖的感觉叫做毁灭！

“你这说的什么话？母亲是那样的人么？”王妃怒道。

“都已经这么长时间了，她还没有回来，娘，您真的就如此心安理得么？”穆云诃额头青筋暴跳，整个人整张面孔都扭曲了，他激动愤怒得仿若血管都快要爆裂开来地怒道：“就算阿珩真的给儿子带回来一个生机，一个活下去的希望！可如果这是她用她的身体和眼泪尊严换回来的，您以为儿子能够接受么？你当阿珩是什么？是可以随时随地为儿子而牺牲放弃自己的东西么？”

“她不是！！”穆云诃暴喝出来，随后便是铺天盖地的剧烈咳嗽，那种撕心裂肺的几乎要将肺咳出来的感觉，吓坏了王妃和小喜子。

“好好好，都是娘错了，是娘不好，是娘该死，云诃啊你别生气，娘这就让人去将她接回来，当祖宗一样地供着她好不好？你别生气别着急。”王妃急得连忙

帮穆云诃顺气，眼泪落下。

穆云诃好不容易缓过来一口气，可此刻他的脸色已经苍白一片，悲凉地苦笑道："她不是一个可以被随时放弃的东西。娘，阿珩不是！"

穆云诃抓紧了王妃的手，指节泛白，眼神明亮又笃定地道："谁也不能轻易地就决断她的生命，她于我而言才是最重要的，洛芷珩在我身边一天，我就有活下去的勇气一天，她在身边，她还愿意拉着我的手走下去，她还能够有那份自信拖着我这个负担一路前行，那我就算撑不下去，也会拖住最后一口气，跟着她往前走！只要她不放开我的手，我就不会先放弃自己！"

用洛芷珩牺牲了自己换来的生存下去的机会，他不要！！

王妃的脸色也惨白着，她没有想到穆云诃对洛芷珩竟然这么看重，而此刻穆云诃表现出来的那种悲痛和惊慌，还有话里行间提到洛芷珩时候的不舍与在乎，不是喜欢，不是爱，还能是什么？！

她的儿子，竟然爱上了洛芷珩？！

她知道，一个男人一旦爱上了一个女人，那个女人很有可能会超越母亲的地位的。

"云诃你做什么？！"王妃惊呼，见穆云诃竟然踉跄着赤脚下地向外走去，吓得王妃连忙拦住他。

"我要去找阿珩！我就算死也要死得问心无愧！我已经拖累了阿珩太多了，不能在死之前还让阿珩背上一个不贞不洁的罪名！"穆云诃有生以来第一次和他敬爱的母亲对峙，坚定而暴怒的目光第一次没有因为母亲眼中的泪光而犹豫。

有些事情不能犹豫，犹豫一下，便会错过一生！

而王妃也被穆云诃那狂野冷冽的目光震慑到了。

"好，母亲不拦你。"王妃妥协了。

"娘，谢谢您。"穆云诃羞愧又感激，可这都不能抵消他满身的焦躁和着急。

天空仿若被一层层密集的乌云压下来，黑压压的一片，仿若敌人的铁蹄紧逼而来，疯狂将树叶房屋吹得呜呜作响，也将人心吹乱。电闪雷鸣中风声也凄厉起来。

崎岖的山路上，马车颠簸地前行着。

天空中不时落下的电闪雷鸣仿若野兽的咆哮，让洛芷珩心头一直萦绕着一股挥之不去的紧绷感。仿佛有什么可怕的事情即将发生一般。

她的眉头淡淡隆起，手不经意地抓紧了腰侧里隐藏的手杖，敏感的她不自觉地将全身的防备都竖立起来，忽然，马车剧烈地颠簸了一下，左右摇晃的速度非常大，洛芷珩撞在了车壁上。她道：“怎么回事？”

马夫在外面气息不稳地说道：“没啥，就是被一块大石头绊了一下，小姐没事吧？”

洛芷珩放下心来，毕竟是银月国的马夫，她说道：“我没事，你快一点赶车不用顾忌我。”

“好嘞！”马夫回应一声，还能清晰地听见飞快抽打在马身上的鞭子声，一切都那么平静。

车帘忽然一阵劲风袭来，洛芷珩全身汗毛倒立，还来不及反抗，便昏迷过去。

“本王倒要看热闹呢。这丫头为了那个病秧子穆云诃是真的敢玩命的，本王就不相信这个人世间有真情在，本王倒要看看那个穆云诃究竟值得不值得洛芷珩这样牺牲。本王倒要看看，世俗的爱情，是不是真的那么坚不可摧？这女孩的清白之身，究竟能不能击垮她与穆云诃之间的感情。”故意将洛芷珩的衣服弄坏，世王满怀期待的口吻听上去仿若一个十七八岁的天真少女，诡异极了。

王夫人满脸抽筋，干巴巴地说道：“穆云诃的身体真的太经不起折腾了，要不，王爷等他身体好点之后再试探他？要不然万一穆云诃刺激过大一下子死了，洛芷珩必然不会再帮您去争取天下第一的奖品了。”

世王满眼邪恶是阻拦不住的，他阴狠地说道：“真要那样，那本王就不要那奖励又如何？世间又多了一个虚情假意的薄情郎，洛芷珩跟着那样的男子也是不值得，穆云诃就是不死，本王也会亲自赐他一死的，滥情虚伪的男人，留着无用！”

王夫人一哆嗦，便不敢再说话了。

马车缓缓驶进了京门，宽阔的道路两边早已经没了贩卖的人影，熙熙攘攘的大街上此刻也是没有人迹，眼看大雨将至，沉闷的天气令人呼吸都压抑起来。

“主子！您快看那，那来了一辆马车，是不是主子娘娘回来了啊？”小喜子眼尖地看见对面风尘中渐渐出现的轮廓，欣喜地大叫道。

穆云诃猛地看去，眯着眼睛看着那越来越清晰的影子，直到看清那个赶车之人，穆云诃揪紧的心才猛地松了一下，可是笑意还来不及爬上眼角，一声震耳欲聋的惊雷喀嚓一声落下伴随着闪电，霹雳一般落在穆云诃的心头上，狂风将他的脚步吹得趔趄。

心，忽然就被狂风吹乱了节奏。

他抬头看着狰狞的天空，一瞬间有绝望爬上了眼角，胸口积压的惊恐情绪让

他再也无法顺畅地喘过气来。无望地看着那于他而言很遥远的距离，他还能否坚持住，走过去，见到阿珩……

王夫人下了马车，面无表情地对穆云诃道："洛大小姐我给你送回来了，请你自己先去看看吧。"

这句话让穆云诃的脸色瞬间紧绷了起来，他没有用小喜子搀扶，也挥开了母亲紧张的跟随，跌跌撞撞地走向马车，速度缓慢而又沉重，但他走得格外坚定。

轰隆一声！倾盆大雨轰然落下，眨眼间便将地面打湿，雨水在沙石地面上击打出一个个深坑。

扑通一声，穆云诃高大的身躯就那样毫无预兆跌倒在雨水沙泥之中，他却连闷哼的力气都没有，身后是迭起的尖叫与担忧，全被王夫人拦在背后。穆云诃觉得这一跤摔得他几乎断气，但是他的阿珩就在眼前了，雨水不能阻隔他奔向阿珩，狂风不能阻隔他冲向阿珩，什么也不能阻挡他奔向阿珩的脚步！

大雨无情地冲刷着穆云诃的身体面容，打进眼中的可能还有沙石，不然不会有那么尖锐的痛！但不怕，阿珩就在前面，只要见到阿珩，她就会抚平他所有的痛！

信念是一种可怕的动力。咬紧牙关，努力地爬起来，这样简单的动作于穆云诃而言却那么困难，一次次摔倒，闷哼声，雨水声，身体击打雨水的撞击声，那么清晰响亮，可是马车之中依然无动于衷！

若阿珩安好，便决计不会对他如此狼狈受苦而无动于衷！

除非，他的阿珩……看不到他，听不到他，感觉不到他的存在！

而这个事实，让穆云诃遍体生寒，只剩绝望！就连爬起来的力气，都那么支离破碎！

大雨冲刷着地面和穆云诃，他单薄的身体衣服紧紧黏在身上，可以清晰看见他全身骨骼的痕迹形状。站不起来，走不动，他就往前爬，心里面多少可怕的念头在疯狂涌出，眼底就有多么的坚定和勇敢！

他艰难地每往前爬一步，口中的冷气便接二连三地哈出，手脚都是冰冷的，全身几乎都要僵硬了，每一步他都爬得用尽全力，每一步他都离阿珩更近一点！

阿珩、阿珩、阿珩……

不知道多少个阿珩，伴随着一路爬过来的穆云诃在雨中消失，当他终于爬到了马前，一把抓住马蹄子努力地站起来，眼前的人再也看不出来是那位日光下风华绝代、锋芒毕露的绝色小王爷了。

他踉跄着前行一步，便狠狠地趴在了车辕上，一帘之隔，他的阿珩就在里面！可是这一刻穆云诃却胆怯了，他的手在疯狂地战抖，他知道他脸上的表情一定很难看，他没敢就那样冒失地打开车帘冲进去，而是轻声地笑道："阿珩，你看够了吗？本王都这么狼狈了，你还不赶快出来？"

只是他的声音很快被雨水冲刷干净，马车里依然是安静的没有回音。穆云诃的心瞬间跌落谷底！胸口有种沉闷的痛在聚集，疯狂地涌向喉咙，被他硬生生地压下去，喘息着、战抖的手小心翼翼地打开车帘，他站在最靠近的位置，向里面看，每一眼都那么的胆战心惊！

咔嚓一声！闪电骤然划过在雷声之前，混沌阴暗的天色下，穆云诃的眼前骤然被闪电落下的光芒照亮，就那么残忍地让他看清了马车之中，那满身狼藉昏迷的人儿！残酷的画面，冰冷的雨水，无法接受的现实，僵硬的身体！一瞬间在电光火花间全部凝固！！

那道闪电好像硬生生地划开了穆云诃所有的防线，那道雷声沉闷凌厉地似乎一下子就击打在了穆云诃的心口之上。

他瞬间狰狞的面孔比天空之中的乌云鬼面还要扭曲阴森！他猩红的眼眸里涌起了疯狂的暴戾与绝望！

胸口那股沉闷的痛与喉咙里的腥甜，再也压制不住地一口喷出！

他滚烫的鲜血喷洒在马车上，在雨水中被疯狂冲刷掉，摇晃的身体却倔犟地扶着马车艰难地站着，稀薄的呼吸几乎遏制住了他的喉咙，就连呼吸，在这一刻都成为了奢侈！

"云诃啊！"王妃惊恐哭叫，推开王夫人冲向了穆云诃。小喜子也惊恐地冲了过去。

"不准过来！！"穆云诃忽然回头，用力地挥舞手臂，衣袖上饱满的雨水被甩出了防备抗拒的银线。他此刻阴森狠戾的模样仿若苏醒的野兽，那么危险和可怕，似乎谁敢上前一步，他会立刻展开攻击。

"谁也不准过来，都后退！"穆云诃的眼被仇恨怨恨和自责淹没了，满身戾气！

穆云诃跌跌撞撞爬上了马车，在那么丧失理智的情况下，他却还潜意识不愿意让别人看到洛芷珩此刻狼狈凄惨的样子。

马车隔绝一小部分雨水的声音，可还是清晰地击打在马车之上。可是车上的小人儿却依然昏睡得无知无觉，干净的小脸上还带着愤怒的情绪一般，眉头一直是紧蹙的。

穆云诃就是再笨也知道，阿珩被人伤害了。有了母亲那番话，再加上洛芷珩

此刻的狼狈，暴怒中的穆云诃已经有了一个先入为主的判断，种种巧合下，他不得不相信，他的阿珩被人伤害了！

穆云诃身体发软，应该是要倒下的，可偏偏此刻的他倒不下去，身体僵硬地跪在洛芷珩面前，将她拥进怀里，那么软那么温暖的阿珩，此刻却也暖不了他心头的悲凉和苦涩！

这样拥抱在一起，他唯一能庆幸的是，他的阿珩还活着，终于回到了他的身边！

“傻阿珩，笨蛋阿珩，你不是很厉害么？你不是一直很了不起的么？怎么还会做这么愚蠢的决定？怎么还会自投罗网？谁要你的牺牲拯救？谁要你的舍己为人？本王不会感谢你的，你怎么能这么做？本王恨死了你，恨死了你！”抱紧她，抵在她的耳畔恶狠狠低咒着，说着凌乱的话语，伤心欲绝的男人脸上全是水，眼角一串串的晶亮滚落，泪水和雨水混合在一起，流落洛芷珩一脸。

“为什么不保护好自己？为什么要让我这么难过？阿珩，究竟要我怎么做才能不再是你的负担和累赘？你可真狠，让我就连死都要死得欠下一堆的情债么？”

“我只想你好好的，没有你我可怎么办？阿珩，阿珩……”穆云诃好像找到了发泄口，一遍遍呢喃着她的名字，小心翼翼地，恐惧绝望地，支离破碎地。

“阿珩，我们回家了。”细碎的吻从他战抖的唇上落在洛芷珩柔嫩的脸颊，只轻轻一下，穆云诃死寂的瞳孔终于有了一抹光彩。

穆云诃抚平她凌乱的发丝，固执又霸道地说道：“我会抱着阿珩回家的，谁也别想再碰我的阿珩一下！”

穆云诃咬紧牙关，弯着身体将她的身体抱入怀中，整个人从额头到脖颈再到手臂之上，清晰可见地青筋暴跳！

“看，我抱起你了。”穆云诃牙齿都在打战，却因为他能抱起洛芷珩而轻笑，只是眉宇间那种铺天盖地的绝望淹没了他原本清明的眉眼，一片山崩地裂的暴戾下，原本干净透明的穆云诃，还剩下什么？

当穆云诃抱着昏迷的洛芷珩走出马车的那一瞬间，外面响起了惊呼。

“主子！奴才来！”小喜子奴性使然，连忙就要伸手去接洛芷珩。

但穆云诃的目光太过于凶狠与暴戾，恶狠狠地看向小喜子甚至带上了杀机，似乎小喜子是敌人一般。目光的威慑力太大，以至于小喜子瞬间败下阵来，踉跄着退到一旁，给穆云诃放下脚凳。

王妃心头震颤，可怕的念头袭上心头，她眼睁睁地看着穆云诃摇晃着下了马车，明明自己都支撑不住，明明抱着洛芷珩的动作眼看着就要垮下去了，却还在苦苦坚持，不准别人碰洛芷珩一下，这种霸道和固执，让王妃又痛苦又心疼。

可是看洛芷珩昏睡的样子，还有她身上穆云诃的衣服，王妃迟疑着还是问出了声："云诃啊，珩儿她是……"

王妃的话没说完，穆云诃犀利目光已经落在了王妃的脸上，只听他清晰而决绝地说道："阿珩只是太累了，所以睡着了，她很好，非常好！"

王妃不可置信地看着儿子的容颜，那样冷硬的棱角，狠绝的目光，阴森森的语气，真的再也不是那个她所熟悉的儿子了。

王妃在这一瞬间是犹豫了的，对于洛芷珩，她喜爱不假，但一个会让儿子戴上绿帽子的女子，她真的不能做到心里没有隔阂。一个可能已经失贞的女人，王府还怎么能要？

"母亲，您在儿子心中是很重要，但阿珩同样重要。若她不能在王府里，那么这个王府里也没有您的儿子。您要她，就是还要您的儿子穆云诃，"穆云诃一眼就看透了王妃的犹豫想法，他毫不迟疑地将话说死，若王妃真的因为洛芷珩失贞而要驱逐洛芷珩，他做儿子的不能阻拦抗拒母亲，但他可以和洛芷珩一起离开。

王妃愣愣地接受不了。穆云诃从来没有这么狠绝地对她说过话，此刻王妃心头是恼怒而羞愧的，因为穆云诃也看穿了她的心。

"云诃你是在威胁母亲么？"王妃满脸哀痛地说道。

穆云诃淡漠地摇头："不是威胁您，只是阿珩为我牺牲太多，若我连一点尊严和地位都不能给她，您觉得您的儿子还有什么脸面活下去？"

王妃身体一震！只能沉默不语了。

穆云诃于心不忍，但不得不说明白了："小喜子记住了，阿珩好好的，什么事情也没有，她真的只是太累了而已。本王，绝对不想听到任何的流言蜚语。若谁敢触碰本王这条底线，那本王真的就要大开杀戒了！"

小喜子头皮发麻，连忙说道："奴才谨记主子令！"

"啊！小心主子！"小喜子忽然惊呼，一手撑着伞在穆云诃和洛芷珩的上方，一手伸手去扶穆云诃。

穆云诃腿发软，差点摔倒，但双手却依然用力地抱紧洛芷珩。他也是紧张不已，低头一看，洛芷珩还安然无恙，这才放下心来。抱紧她，站起来，继续走！

穆云诃的呼吸声都好像是从胸膛里散发出来的一般，啃啃的非常沉重，脸色苍白得几乎透明了。他的步伐不快，但很沉重，踩在地面上会溅起一片水花。但看到洛芷珩安安稳稳地在他怀里，穆云诃冷硬的唇角总会不受控制地翘起。

忽然他酸软的腿脚撑不住地软了一下，整个人不受控制地向前跌倒。穆云诃

大惊失色，只顾着用力地将洛芷珩抱紧在怀里，脑袋将洛芷珩的脸护住，他自己都不知道他扑向前方的台阶也很可能会摔得头破血流。

关键时刻，小喜子扔了伞抓住了穆云诃的手臂，这才稳住了穆云诃摔倒的趋势。但还是有清晰的嘎嘣一声传来，吓得小喜子惨白了脸惊呼道："主子主子，摔到哪里了？给奴才看看。"

穆云诃却只关心怀里的洛芷珩，看她还昏睡着，但是那张小脸却紧紧地贴在他的胸膛里，穆云诃就忍不住地开心满足。摇摇头，他的声音里都是不稳的抽气声："本王没事，扶本王起来。"

小喜子连忙扶起他，主仆二人继续前行，但走了几步小喜子就发现不对劲了，穆云诃的腿好像一跛一跛的，他疑惑地低头看去，瞳孔紧缩。

只见穆云诃的左腿膝盖上通红一片，白色的亵裤裤腿整个一截都是通红的血液，他猛然回头，就看见他们从台阶上走过来的这几步距离里，地面上都是混合着血液的雨水，看上去仿若一条小小的血液溪流，触目惊心！

小喜子心疼死了却不敢开口，只能更用力地扶着穆云诃，可小伙子眼泪却稀里哗啦地往外落。主子此刻抱着洛芷珩，好像抱着性命那样看重在乎！

王夫人看到这一幕，一把年纪的她都忍不住红了眼眶，心里面说不清道不明的酸涩。这样的穆云诃，紧紧抱着洛芷珩，就算摔倒也不放手，穆云诃的态度，已经说明了一切！

王夫人向着王府对面的墙上看了一眼，她知道她那个不着调的主子正在那看着呢，王夫人想告诉王妃洛芷珩是清白的，这样洛芷珩与穆云诃就能少吃点苦。但是主子没允许她说……

"啧，真让本王大吃一惊呢。如此坚韧的性子，救他一下倒也无妨。不过那个王妃估计就没那么容易接受洛芷珩失贞了吧？"世王站在高墙之后，将下面的每一幕都看得清楚。暴雨滂沱，但他就站在露天的墙上，可是他的身体却没有一点湿润，那些大雨仿若都绕着他。

"主子，要不就告诉他们吧，您看他们多可怜啊。"宋夫人不知何时出现在了世王身旁，一贯狂傲的她，此刻也被穆云诃这种不顾世俗，至真至性的情感所打动。

世王嘴角一挑，玩世不恭地道："那可不行，本王可还没看够呢。穆云诃现在是接受了，但以后呢？他有一个明显不接受洛芷珩失贞的母亲，这个女人以后必定会针对洛芷珩的。世间男儿有几个能闹明白婆媳之间战争的？男人嘛，总会有认不清的时候，本王的考验才刚开始呢，别急，咱们慢慢看。到时候他们若真的因为这件事情而走不下去，就证明穆云诃对洛芷珩的感情也不过如此，到时候本王给洛芷珩找一百个好的，甩掉穆云诃。”

宋夫人无言以对了。如此恶劣的主子，只期望那对患难夫妻能够经得住世间的种种考验磨炼吧。

世王嘲讽地又道：“早就看那个洛凝霜不顺眼了，将洛凝霜也带上去，去参加天下第一才人大赛！本王还想看一场双生子之争呢。”

穆云诃没有让大夫给洛芷珩检查身体，不需要检查，因为他的阿珩很好。他拖着羸弱的身体，亲自为洛芷珩擦洗身子更衣梳理头发，一切都亲历亲为，不要任何人靠近他的阿珩。

“主子，火云夫人来给您送药了。”小喜子在外面小心翼翼地说道。

“让她滚！”穆云诃阴冷地说道。

火云夫人站在门前，与宋夫人对看一眼，两个同样骄傲的人此刻也说不出来什么，谁让他们的主子这么玩人家小夫妻的？穆云诃算是将他们银月王国的人全都恨上了。

“主子，求求您让奴才进来吧，您膝盖上的伤口也需要包扎，就算是为了小王妃啊，不然小王妃醒来看见您受伤必定会心疼的。”小喜子豁出去地说道。

房间里沉默了下来，好半天才响起了穆云诃的声音：“你进来吧。”

小喜子连忙冲了进去，手脚麻利地给穆云诃的腿上药，打开裤管一看，小喜子倒抽了一口冷气。

穆云诃的膝盖刚好磕在了石台阶的棱角上，那么用力一撞，穆云诃的膝盖几乎皮肉翻飞，深可见骨！难怪之前流了那么多血。

小喜子一边上药，一边哭一边胡乱地擦眼泪。他很小心，但还是难免会拿捏不好分寸，但穆云诃却好像没了知觉似的，就那样半躺着，怀里紧搂着还在昏睡的洛芷珩，眼睛一刻也舍不得离开她，似乎这条腿已经不是他的了，又或者，他的心都在洛芷珩的身上。

“主子，热姜汤已经煮好了，要给您送来么？主子娘娘也淋雨了，您俩都喝一碗吧。”小喜子学乖了，知道现在啥事只要牵扯到洛芷珩就能让穆云诃多想想好坏，而不是一味拒绝。

果然穆云诃点头同意了。小喜子连忙亲自拿来了姜汤，然后又被无情的穆云诃赶出去了。一个人蹲在门外偷偷抹泪。

“阿珩，阿珩？”轻轻呼唤她，只可惜洛芷珩依然没反应。被点了睡穴，不到时辰是绝对醒不过来的，穆云诃并不知道这个，他以为洛芷珩被折磨得迟迟不

醒，心里面就更痛恨自己，更怨恨那个该死的王爷了。

穆云诃很费劲地才给洛芷珩喂下去了半碗姜汤，其他的全都撒了。但他也心满意足了。又整个地将洛芷珩抱在怀里，紧紧不放手还很防备的姿态，似乎生怕会再一次地失去洛芷珩。

“阿珩，你看，我一定可以保护你，就像你不顾一切地护着我一样，谁也不会多说一句的，因为敢说的人都要死。”穆云诃笑得极其温柔好看，战抖的手轻轻地抚摸着她的长发和脊背，一整夜里一直滔滔不绝地和她喃喃细语着。

洛芷珩是在一片闷热潮湿中难受地醒过来的，睁开眼就是一片带着凌乱擦伤的胸膛，她猛地抬头见是穆云诃，可穆云诃似乎还在熟睡，她压下疑惑仔细地触碰那些伤痕，但手指触及的是一片滚烫！

洛芷珩再也忍不住了，轻轻地摇晃着他：“穆云诃，快点醒醒，你发烧了。”

此刻外面天色已经亮了起来，经过一夜狂风暴雨的洗礼，今天的天空格外的晴朗明媚，纵使房间是遮蔽起来的，但依然能感觉到外面阳光的灿烂。

穆云诃睁开沉重的眼皮，好半晌眼中才有了焦距，看清了一脸担忧但脸色红润的洛芷珩。穆云诃忍不住勾起唇角，吃力地勾住她的脖子，将她的头颅拉低，在洛芷珩诧异的目光中，轻轻地吻在她的额头上：“阿珩，我好想你！”

不知道为什么，洛芷珩觉得穆云诃这句话说得哽咽又悲凉，弄得她心里也难受起来，却又不想穆云诃情绪不好，她大咧咧地笑道：“嗯，我也想小诃诃了，你怎么会发烧？有没有其他地方难受啊？我让小喜子找大夫来。”

“不要！”穆云诃急促地大喊一句，见洛芷珩目光疑惑，却不见一点伤感和难过的样子。穆云诃只觉得更加心疼了。

她一定是害怕他担心才会装出一副无所谓、好像什么也没有发生的样子！

可是阿珩，你知不知道你不说，他会更难受，愧疚和自责几乎要撕碎了他，仇恨在胸膛里仿若是火焰一般地灼烧着他的灵魂，他第一次如此痛恨一个人，恨不得立刻将那伤害你的男人千刀万剐了！还有什么比你的快乐更重要？既然你不想说，既然你选择隐藏，那他就不问，一句也不问，就当做什么也没发生好了。可是不想看你强颜欢笑，但却不得不对你强颜欢笑。

阿珩，我们该怎么办……

洛芷珩告诉了穆云诃关于治疗的事情，他将她又抱到了怀里，耳边是他低沉而坚决的声音：“阿珩，我不要你去参加天下大赛，我不要接受那个人的帮助，我就算死，也不接受银月国的任何帮助！”

不知道这样说会不会触动洛芷珩的伤心，但穆云诃没办法用阿珩牺牲了自己的方法来活命，那样只会让他鄙视死自己。

洛芷珩不愿意了："为什么啊？好不容易峰回路转了，这一次我相信一定可以的。你好好活着才能有以后，难道你想看着你母亲以后伤心难过？看着我被那群心术不正的人欺负？"

"不会有人再欺负你，以后我给阿珩做后台，我给阿珩撑腰，谁也不会再欺负阿珩。可是我不会再接受那边的帮助，哪怕没有两年的生命可以继续，哪怕只有一天可以活，我也不后悔。"穆云诃声音里的变化洛芷珩一下子就发现了，那算一种冷血凶狠的声音。

而也是从这天开始，穆云诃真的开始抗拒火云夫人的医治，拒绝接受任何有关于银月国的治疗。洛芷珩这才慌了。一定是发生了什么事情。

014 前往南朝，诀别之吻

穆云诃阴森森地说道："本王不接受他的帮助！本王不去南朝！"

"人家王爷也是好心啊，虽然我们要付出一点代价，但是到底是没有什么损失啊，就是辛苦一点而已，你干吗这么固执啊？还是说那个南朝有什么你不喜欢的？"洛芷珩已经将穆云诃的抗拒归纳到了南朝之上，一点没想到穆云诃会是因为世王而抗拒。

"一点代价？那不是一点！对于本王而言，那是全部！"穆云诃彻底被洛芷珩惹火了。

失身对于你而言只是一点点的代价么？洛芷珩你何以如此不爱惜你自己？又或者，你其实只是想要欺骗自己，安慰他穆云诃么？穆云诃对于这样的洛芷珩，只有更加心疼！

洛芷珩觉得与穆云诃没有继续沟通的必要了，既然王妃也不能说通他，那就别怪她出狠招了！

"好啦你别生气了啊，我不说就好了啊，已经很晚了，你睡觉吧。"洛芷珩将他的身体按下，起身要离开，手却被穆云诃一把抓住。

"你要去哪？"穆云诃好像忽然之间全神戒备一般，整个人都绷紧了，生怕洛芷珩离开。

“我去和奶娘说几句话，你先乖乖睡啊，我马上回来。”洛芷珩连忙安抚他，看着他不信任又可怜的目光，她忽然有一种说不出来的好笑感觉，穆云诃好像小兽似的，对她的依赖有种依赖母亲寸步不离的感觉。洛芷珩为这个想法笑了出来，还煞有其事地抚摸着穆云诃的额头道：“你乖乖的哦，姐姐一会儿就回来。”

“你是谁姐姐？赶快滚！”穆云诃别扭地躲开洛芷珩的爪子，侧开脸不让她看见他泛红的脸颊，不屑地冷哼道。

“真是一点都不可爱的家伙！”洛芷珩对着穆云诃的后脑勺挥舞着拳头，皱皱鼻子这才离开。

她交代奶娘秘密收拾东西，又安排好了院子里的事情，让那两个厉害的婆子看着院子，谁也不能进来，王妃掌管王府，只要李侧妃不作妖，那问题就不大。

都安排妥当之后，洛芷珩才回到房间，眼看穆云诃歪着头睡得正香，她蹑手蹑脚脱了衣服上床，刚钻进被窝整个人就被穆云诃收进了怀里，听他不满地咕哝道：“怎么去那么久？”

“奶娘年纪大了爱唠叨嘛，快睡觉吧。”洛芷珩很无奈地说道。

穆云诃似乎冷笑一声，却再没了话语，只是抱着洛芷珩的力气越来越大。这几天都是这样，洛芷珩也懒得反抗了。

洛芷珩一夜好眠，一大早就醒了，趁着穆云诃还没起来，她轻轻下地，打开门，果然奶娘就在外面站着，她招招手：“快来，他还没醒，你赶快。”

奶娘被洛芷珩做贼的样子逗笑，轻盈进屋，站在床前一下子点在了穆云诃的昏睡穴上，笑道：“好了！”

洛芷珩夸张地拍拍胸口道：“我的娘呀，可真是累死我了，为了带走他这个大包袱，你看看我多煞费苦心。不过昏睡穴能坚持多久？”

洛芷珩昨天找奶娘就研究这个事情。穆云诃死活不同意去南朝，王妃都不好使了，她就只能走捷径了，打晕了直接扛走！

“能持续两个时辰吧，等小王爷醒了，咱们也出了上京城范围了。”奶娘笑道。

洛芷珩神采奕奕，立刻打包，不过带的东西就是贴身换洗衣服，最主要的是带银子，银票和碎银子都带了很多。洛芷珩轻装上阵，一身利落的白色骑马装，英气逼人又精神漂亮。马尾束得高高的，手杖被她精心包裹起来，从外面看上去好像一根拐杖似的，一点不见手杖原本的奢华尊贵之气。

“丫头进来扛人！”收拾妥当，给穆云诃穿好衣服，洛芷珩吆喝一声，可爱的小丫头立刻笑眯眯地冲进来，小心地横抱起穆云诃跟着洛芷珩出门。

大包小包背着抱着的小喜子，早就倒戈到了洛芷珩那边，虽然洛芷珩虐他吓唬他，但洛芷珩太霸气了，小王爷又那么在乎她，很有眼力价的小喜子也毫不犹豫地成为了人在曹营心在曹营也在汉的一位。

主仆五人都带着一种不一样的朝气和活力走出王府，他们今天离开，是为了明天回来的时候，能够带回来一个同样朝气蓬勃的穆云诃，是为了迎接新生！那种感觉，让人特有干劲，特兴奋。

王妃早就在门前等着送行了，洛芷珩昨儿就和她说了，此刻见到穆云诃还熟睡着，王妃到底也是不放心。

洛芷珩和王妃告别，不再迟疑带着众人登上了世王派来的马车，正式踏上了出行南朝之旅！

马车在城门口的时候与世王的马车会合，世王的随从有很多，马车也有八辆之多，不知道里面都坐着什么人。

洛芷珩将他的头抬起来放到自己腿上，尽量稳住身体不让自己太颠簸，也能让穆云诃更舒服一点。她比以往任何时候都有耐心，轻轻地帮穆云诃打着扇子扇风。整个人都温柔沉淀了下来。

一路走到中午，天更热了，他们也离开上京好远了，此刻在一条寂静的官道上，世王下令原地吃饭休息。两个多时辰的赶路，家眷多的势必要停下来休息一下的。

穆云诃迷迷糊糊地醒了，可醒来之后却愣住了，看清了这是马车后，穆云诃勃然大怒："洛芷珩你将我带哪来了？"

他暴怒的样子因为前两夜沾染了血气而格外地暴戾可怕，眉目间都是腥风血雨的狠戾。

洛芷珩被吓到了，被穆云诃不大的力气拉得一下子跌坐在软榻上，愣愣地不能反应。

如此充满男儿霸气的男子，真的是穆云诃么？！

但是不能否认，这样的穆云诃，更加地有魅力，更加地令人移不开眼，不会再因为他病态的羸弱美而让人觉得软弱，只会令人忌惮惧怕！

穆云诃是真的被气到了，今天是洛芷珩口口声声出发的日子，此刻看来洛芷珩是给他下阴招了，让他反抗不了，只能跟洛芷珩去南朝了。

穆云诃根本不可能接受这次的救助，这是一种耻辱！让自己的女人为了自己而牺牲她自己的身体才换来的救命机会，穆云诃死也不要！但他不能和洛芷珩说明白，他不能在洛芷珩的心口上再划一刀，洛芷珩装做什么事情都没有，那他也会当做什么也没发生，阿珩还是他最干净快乐的阿珩，只属于他一个人！

可是他就是不能接受去南朝接受救治！

他忍耐着好几天的火气这一刻终于彻底爆发，他阴狠地、理智全无地咆哮道："本王的话你记不住是不是？本王说了不去南朝你忘记了是不是？你除了和本王阳奉阴违你还会干什么？洛芷珩你的眼中还有本王么？现在立刻回去！本王不去南朝，不用那个人的帮助！"

"你别闹……"洛芷珩很无奈地道。

"我要去杀了他！"穆云诃却忽然红着眼睛挣扎着起来。

"不准去！"洛芷珩吓了一跳，挡住了穆云诃，眉目都是紧张焦急，"我不准你去找他！"

穆云诃冷冷地看着她，他的心里几乎已经翻了个个，掀起的是一片血雨腥风般的痛苦和仇恨！

阿珩果然还是无法掩藏住她的心事吧。就算有痛苦和绝望，还是一个人扛着，受了委屈和欺负，却没有一个人能够分担和倾诉，她表现出来的无所谓，都快要将他也给欺骗了。但这一刻，阿珩眼中脸上的焦躁和抗拒，却让穆云诃心痛到窒息！

她不是不在乎，不是不计较那件事情，一个女人一生之中最重要的几件事情之中的一件的贞洁，那么痛苦无奈无助地失去了，怎么可能轻易地就忘记就抹杀掉？！

总要让阿珩知道，他是多么在乎她，多想要在他生命尽头为她做一点事情，哪怕微不足道，哪怕自不量力，哪怕明知道是去送死，可是他一个男人的血腥与尊严，还有那份对洛芷珩的心疼与怜惜，却让他义无反顾，无怨无悔！

"阿珩，乖乖让开。"穆云诃是从未有过的坚定与强势，一句话里却有太多百转千回的情绪，终究是复杂得无人能懂。

要不是那双猩红的眼眸里流露出来的一丝温柔，要不是他眉宇之间还有着洛芷珩熟悉的病态，要不是他伸出来的手还有她熟悉的温度，洛芷珩几乎以为眼前的男人不是她的穆云诃了！

"云诃，你不要去见他，那个人是个很危险的人，你去也会很危险，你有什么想说的告诉我，我去转达。"穆云诃的强势在前，洛芷珩忽然就软和了态度。

你去怎么能表达我的愤怒和仇恨！

穆云诃心里隐藏的野兽在咆哮，震怒之威强横无匹。他暴怒地喝道："那么你去就不危险了么？你去见他本王只会更加痛苦和难过！洛芷珩，你究竟明不明白

我的心？”

洛芷珩愣愣的，这样的穆云诃是那么的陌生和可怕。她绷紧了神经地娇吼道：“你喊什么？我就不让开，就不让你去！你还要杀了我啊？为什么你变得这么奇怪？以前的你绝对不会这么凶我！你心里有气是不是？你对我有意见是不是？你已经强悍到可以独当一面，用不着我了是不是？”

洛芷珩发怒，委屈又生气的样子让穆云诃迅速地冷静下来，同时也惊出了一身冷汗，他刚刚差一点就揭开了洛芷珩隐藏的伤疤！

“阿珩！我不是，好，我不去了，你说什么都好，我不去见他了。”穆云诃妥协了，他现在可以不去见世王那个人渣，但这一路上总有机会能见到的。不能把阿珩推到那个痛苦的回忆里面。

“阿珩，我不去了，你别着急别生气，你说什么我都听，我就在这里待着，哪也不去。”穆云诃紧张地拉住洛芷珩的手，柔和了声音，比洛芷珩还要紧张，又略显霸道和慌张地强硬道：“可是你也不能去见他，你要留下来陪着我。”

洛芷珩本来也没什么火气，实在是害怕穆云诃的美色被世王那个变态看上，所以穆云诃一松口，洛芷珩立刻变脸，笑容满面地道：“好，我也不去，就在这里陪着你。”

什么也没穆云诃重要。

什么也没洛芷珩重要。

两个人各怀心思，可是两个人双手缠绵交错在一起的那一瞬间，彼此心里都是那样相同的话语。而世王，也在这一刻成为两个人心里的危险禁区，彼此都不希望彼此靠近世王。

洛芷珩忽然惊奇地道：“你愿意留在队伍里了？你愿意和我一起去南朝了？”

穆云诃没有开口，仔细想一下，想要杀了世王，就必须要见到和能靠近世王，他的时间不多了，也不知道能否撑得住等到机会，现在是最好的机会他不能放弃。于是对洛芷珩点头笑道：“嗯，都听阿珩的。”

洛芷珩笑眯眯地很开心的样子，虽然不知道穆云诃为什么忽然之间就改变主意了，但只要他愿意跟她一起去南朝就好。

休息了一会儿车队继续上路，世王带的人虽然多，但只有二十几人而已，大多数是保护着世王，就连世王的那群美男姬妾们身边也只是跟着随身伺候的丫鬟而已。洛芷珩这边就一个赶马的马夫，其他的都要自食其力。

而这次路途上还有一个让人不开心的就是，洛凝霜竟然也在队伍里。

车队一路虽然走走停停，但耽误的时间都不多，而且从不住店，日夜兼程。这就等于是双倍的时间在赶路，距离天下第一才人大赛开幕的时间不多了，他们不能耽误行程。好在这两天的路程还算顺利，虽然战乱不断，但他们走的这条路还算安稳。

穆云诃这两天都在找机会靠近世王，但洛芷珩似乎看出来了他想要出马车的想法，看他看得很严，一点儿不让他在外人面前露面，马车里吃喝拉撒，虽然有人伺候，与在家的时候差不多，但还是让穆云诃感到不太好意思。

一直找不到机会刺杀世王，穆云诃最近几天很消沉。

"怎么了？"洛芷珩注意到穆云诃难看的脸色，不禁心中一紧。

穆云诃满脸凝重地道："若我算得不错的话，明天将有一场更大的劫杀！"

"什么？！"洛芷珩不可置信地惊呼，还是很迟疑地道："你怎么算的？"

"我没有告诉你，我以前和人学过一些天算，就是根据天象占卜一些东西，但之前一直身体不好，体力也不行，也就不用了，刚刚忽然感觉到有种不同寻常的感觉。"穆云诃不好意思地道，师傅教给他的东西，他也不知道行不行，他很担心洛芷珩把他当神棍看。

洛芷珩却眼睛亮晶晶地道："那你能算到具体的吗？"

"不能。"穆云诃摇头，脸色不好看地道，"难怪今天总感觉有不对劲的地方，这次的劫难我们都过不去，而且这场劫杀还会更加地凶猛。阿珩我要将这个消息告诉世王去。让世王早做防备。"

"对，不管是不是真的我们都要防备，不过我去告诉世王就好。"洛芷珩可不会让穆云诃见到世王的，万一世王那疯子伤害小诃诃怎么办？

"不行，必须我亲自去，你去的话世王不会相信，也一定会要求见我的。你放心，我只是告诉世王而已，不会有什么事情的。这件事情你不能阻拦我，这事关乎我们的命运，我知道如何能够躲过去的方法，可是这方法只能我亲自和世王说。"穆云诃将洛芷珩阻拦的话全都给堵住了。

洛芷珩脸色难看，她有她的苦衷，但穆云诃再这样坚持，洛芷珩宁可信其有不可信其无，所以就算她万般无奈，但也不得不勉强地点头答应了。

穆云诃嘴角轻轻勾起，眼底是看不见的阴冷寒光，终于让他找到机会靠近世王了，机会只有一次，他不会放过。要不是为了接近世王杀了他，他甚至都快忘记他学过的占卜术了。

"我会在今天天黑的时候去见世王。现在阿珩帮我准备一把锋利方便随身携带隐藏的匕首。"穆云诃风轻云淡地说道。有了匕首，才好刺杀世王。

“对，应该给你找一个武器的，让你防身用。奶娘应该能弄到的。”洛芷珩没有疑问反而大点起头来。她可不放心世王那个变态。

“可是你为什么要晚上去见世王？”洛芷珩好奇地问道，早一点告诉世王的话不是可以早一点准备吗？

穆云诃笑得高深莫测地道：“天机不可泄露！”

只有晚上刺杀成功的机会才能更大一点！

刚刚入夜，车队原地休息的时候，穆云诃拿到了奶娘送上来的匕首。

锋利的刀剑上寒光乍现，穆云诃的手指轻盈地在刀锋上游走，目光似乎也镀上了一层寒光，还有仇恨暴戾的决绝！他的心情竟然因为即将见到的血腥和死亡而兴奋得咆哮一般，他的血液在狂热地沸腾着。

马上，他就可以做一个男人该做的事情了！终于，他可以亲手为他的女人报仇了！那个人渣，他就是拼了性命也一定要拿下！

“我陪你去吧。”穆云诃的样子让洛芷珩有点摸不透，心里面有些发凉的感觉，总有一种不好的预感，让洛芷珩不敢轻易地让穆云诃离开自己的视线。

穆云诃抬头对洛芷珩轻笑一下道：“不用了，让小喜子陪本王去，你在马车里休息，养精蓄锐，到时候阿珩好有精神和力气保护本王啊。”

洛芷珩得意地挑眉笑，然后看着穆云诃发软的身体在小喜子的搀扶下站起来，明明摇摇欲坠，但却苦苦支撑着，这让洛芷珩很心疼，眼看着他们要下车了，洛芷珩忽然说道：“等一下！”

她连忙打开了一旁的暗格，拿出来一件斗篷，为穆云诃穿好后又将斗篷上巨大的兜帽戴上，从头兜下来将穆云诃的容颜彻底地遮挡起来。

“穿多点挡风，夜深露重要小心点，最好到了世王那里也不要脱掉帽子，记住了没？”洛芷珩仔仔细细地吩咐着。

看着她在眼前唠唠叨叨的喃喃细语，每一句话都是对他的牵肠挂肚，还有她脸上的担忧，都让穆云诃觉得心跳加速，又快又疼。有酸涩的液体在心底里流淌着，说不出来是什么感觉，只觉得恨不得将她拥进怀里狠狠地镶嵌在自己身体里，两个人能够再也不分开。

而他也确实这样做了！

用力地将洛芷珩抱紧在怀中，整个人都好像要窒息了一般用力地汲取她身上的香气。穆云诃的心在无声地战抖着，悲凉而决绝的。

今天，也许是他们这辈子的诀别之日！也许这个拥抱就是定格他们之间最后一面的拥抱。过了今天，这个世上将不会再有穆云诃，他可能会死在今夜。一场力量悬殊的刺杀，明知道去了也是送死，但他还是要义无反顾地去，什么也没有她重要！这是穆云诃在那天抱着洛芷珩回家的唯一信念！

这个信念注定在那一刻烙印在他的心底，终生也无法抹去。

“穆云诃，你今天怎么这么奇怪？我怎么感觉你有什么事情瞒着我啊？”洛芷珩感觉到他的不正常，还有他拥抱她的力气，都好像是用尽了全身力量在拥抱一般。

“阿珩，你要答应我一件事情，不论今后怎么样，我在或者是不在了，你都要坚强地走下去，活下来。我穆云诃这一辈子唯一值得庆幸、骄傲、开心的事情，不是我的身份有多么的尊贵，也不是我有一位疼爱我拿我当命的母亲，而是我遇见了你。”

“遇见你是我这辈子最美的意外！再也不会有这样让我快乐的意外了，虽然我们还很懵懂，但如果有下辈子，我一定还要遇见阿珩，我一定努力好好地活着，为了阿珩而活。不会再让阿珩整天为我而奔波忙碌和受苦，我会像一个真正的男人那样，为阿珩撑起一片天，让阿珩活在我的保护下，肆意妄为，比今生还要潇洒快活。”

仿若是来自远古的低吟浅唱，带着沉重而刺鼻的锈迹斑斑的沧桑，那声音明明是个青年人动听的声音，但话语里的沉重与幻想，似乎也因为今生的不能，来生的渴望若隐若现，在希望的边缘清晰，在绝望的边缘幻灭！

洛芷珩听到了只觉得心惊肉跳！

“你别胡乱说那些，我不要什么下辈子，你要是真的为我好，那这辈子就好好地珍惜我吧，这辈子为了我好好地活着比什么都重要。你也知道我为了你受苦受难？那你就更应该好好活着来报答我了！穆云诃，你要是再说一些奇怪的话，当心我对你不客气。”洛芷珩抱紧他的腰身，气势滔天地说道。

穆云诃被她看得眼睛都是酸涩的，蓦然低头吻住了她的唇瓣，满心的苦涩和绝望，却怎么也说不出来，怎么也无法开口。

要怎么告诉你，我们的今生注定是个悲剧，是个无法挽回的短暂！要怎么告诉你，我有多痛恨自己的无能，害得你失去了宝贵的贞洁！要怎么告诉你，我的心里已经有了一个魔，那就是势必要杀死世王的魔鬼，他若不死，我心难安！

我今生所渴望的，只怕也是生前这一点点的奢望和期盼了。自欺欺人地期待着这辈子不能与你长相厮守，那么下辈子我们一定要能够再度遇见，然后永不相离。

醉心的吻永远无法胜过苦情的吻。洛芷珩被吻得气喘吁吁，直到洛芷珩软下了身子，穆云诃才恋恋不舍地结束了这一个缠绵悱恻，象征诀别的热吻！

将迷迷糊糊的洛芷珩放在软榻上，穆云诃最后深深地看了她一眼，想要将她迷人的模样永恒地印刻在灵魂上，就算肉体死了，但灵魂还能记住她。

我的阿珩，让我用我这副残破的身体最后的这一口气为你做一件事情吧。如果我还能活着回来，我一定再也不会放开你的手，如果我不能活着回来，那么今夜，就请你将我彻底遗忘！

珍重，我的阿珩！

“穆云诃……”洛芷珩被吻得七荤八素的，红着脸目光迷离地看着穆云诃离开的背影，软软呢喃了一声，头脑才渐渐开始清醒。

早就有人通报穆云诃小王爷要来见世王，世王惊讶之余是饶有兴致的，等了太久，就想看看这穆云诃有什么反应呢，那天虽然穆云诃的反应很出乎他的意料，但男人嘛，总会有冲动和一时头脑发热的时候。世王就不相信穆云诃真的一点都不在乎洛芷珩失贞的事情。

看吧，终于找来了，还是忍不住了吧。

“传。”世王讥讽地笑着道，整个人慵懒地侧卧在软榻上，华丽的马车内仿若一个小型的黄金宫殿，明亮而奢华，世王好整以暇地在这光芒之中等待传说中的穆王朝第一美男的到来。

小喜子被留在了外面，穆云诃孤身一人上了车架，他的身体本来是支撑不了他走这么多路的，但心里面仇恨的火焰是抵挡不住的，也是支撑着他继续前行的动力。

当穆云诃终于出现在世王面前，两个男人的目光瞬间交错在一起，世王是打量探究和轻蔑。而穆云诃就是毫不掩饰的冰冷，但穆云诃没有单纯到一见面就暴露自己的真实想法，他要隐藏着仇恨的火焰，等到最容易得手的时候给世王沉重一击！

“穆云诃小王爷？共同在一个车队里面，你终于舍得露面了？不将兜帽拿下去？”世王漫不经心地说道，还给自己斟了一杯酒，又似笑非笑地道：“也让本王瞧瞧，被洛芷珩那丫头藏得严严实实的穆云诃，究竟是个什么样？”

穆云诃看见世王的样子也很震惊！这个妖娆的绝色男人竟然就是世王？穆云诃自己想法中的世王是一个卑鄙无耻的丑陋的畜生，怎么也无法将一个畜生和眼前这个人联想到一起去。

“本王的王妃嘱咐过，夜太深了，不让本王将斗篷脱下。”穆云诃到底还是个涉世未深的男子，一开口就是霸道地急切地宣布主权，就算一会儿他要杀死世王，但他也要让世王明白，阿珩是他的，是他穆云诃的妻子！

世王一愣，旋即讽刺地笑道："没想到穆小王爷还是个痴情种，竟然对自己的妻子如此的千依百顺？本王真是为洛芷珩感到高兴呢，她竟然能够得到小王爷的如此垂爱，就是不知道小王爷的这番柔怜蜜爱能维持多久呢？"

穆云诃被世王激出了火气，冷酷又坚定地道："本王与王妃自然是要天长地久，本王对王妃的心也绝对不会变！不管我们之间遇到过什么，经历了什么可怕的事情，不管任何流言蜚语，也不管有什么用心险恶的人从中作梗，本王会一直相信王妃，并且守着她爱护她！谁也不能伤害她分毫！"

他说得信誓旦旦，掷地有声，阴影下的人本来看不见脸，但那全身阴霾的气场却全都打开，直逼世王，声势浩大，令人不敢小觑！

世王来了兴趣，更加讥讽地道："男人的话是靠不住的，男人嘛，都见异思迁得很呢，今儿还能和一个女人甜言蜜语，明儿就能抱着另一个女人缠绵悱恻，后天就能对又一个女人表露衷肠。你今天的言论，谁能知道不是你明天的笑话呢？"

"本王这一辈子都只会有洛芷珩一个女人，本王也无需对你保证什么，谁都不能成为本王与王妃之间的绊脚石！"穆云诃开腔便带上了浓重的火药味！

"不论这个女人变成什么样，有什么名声，你都只要她一个？"世王眯起眼眸，妖娆妩媚地勾着唇角，声音渐冷。

"只有她一个！谁也不能代替洛芷珩在本王心中的位置！我们之间可以没有沧海桑田，但绝对会有忠贞不贰！"穆云诃的身体很弱，但气势太强，他忽然微微抬头，那尖瘦的苍白下巴露出来一道倔傲阴霾的弧度："所以那些胆敢破坏我们感情的人，我穆云诃都不会放过。"

"哦？你要怎么不放过呢？"世王心中是震惊的，第一次这么近距离和穆云诃接触，原本以为这个涉世未深的男孩子会很脆弱地被洛芷珩的事情给打击到，就算现在来也应该是立刻找他质问或者挥舞着刀子砍他的，但没有，虽然穆云诃其实强大言辞凌厉，但却一直很冷静，这样的人，一旦成长起来，绝对是个可怕的存在！

最可疑的是，穆云诃来的目的究竟是什么？生气吧也不像，要是真生气不会忍耐这么多天才来找他。要是为了其他的也不可能，他们之间没什么交集。只有穆云诃这最后一句话，让世王心里惊了起来。该不会真的是来和他拼命的吧？可穆云诃这单薄的身体……还真不是他瞧不起他，只怕就连他的一脚穆云诃也承受不住的。

"当然是要让那个人去死了！"阴影下，穆云诃性感的薄唇勾起一抹狠毒邪

魅的弧度，轻笑道。

世王漂亮的眸子唰地冷了下来，微微支撑起身子来挑眉冷笑道：“哦？你又怎么能让那个人死呢？就凭你？”

“本王是没那个能力，但有人有那个能力。本王今夜就是来给那个人送死亡通牒的！！”穆云诃冷冽的声音几乎是一个字一个字从牙缝里蹦出来的，字字清晰，句句带着催命的血腥！

世王那张绝色容颜上刹那间风云变幻，笑容也变得如苍狼一般地阴狠毒辣起来，用一种非常凶残阴狠的目光看着穆云诃，两个男人充满敌意和凶残的目光瞬间胶着在一起。

两个男人刚一交锋，气氛便迅速地上升到了白热化阶段，两个人都互不相让，言辞激烈暗藏玄机中又杀机四伏！

穆云诃嘴角带着诡异的笑容，世王的表情让他更加地兴奋，他一字一顿地道：“今夜，将会有一场更大的劫杀！本王很期待世王死在这一场劫杀之中。”

世王的脸色只是冷酷下来，声音听上去都仿佛带着丝丝寒气：“你以为本王会相信你的胡言乱语？一个病秧子的话，本王还真不相信。”

穆云诃不言不语，仿若真的是没话可说的样子，但站在那里的他身体笔直仿若一杆长枪，气势凛然。

世王是真没有相信穆云诃的话，他表情嘲讽地道：“你这点小伎俩是小男孩吓唬小女孩的把戏，也许能糊弄洛芷珩那样的小女孩，可惜只怕连洛凝霜你都会弄不来。你要为你自己的行为而负责，你知道本王对于你穆云诃而言意味着什么吗？你得罪了本王对你可是绝对没有什么好处的，你要为你自己的言行而负责，别到最后后悔可就没有机会了。”

“哼，本王从不稀罕你的帮助，也不会接受你的帮助。对于本王而言，你是一个灾难和祸害，本王期待你赶快死，自然不会怕得罪你。”穆云诃毫不客气地阴冷道。

“好一个狂妄大言不惭的东西！你真的以为本王不会杀了你么？敢这样和本王说话的人，这个世上还没有呢，就算有，本王也一定将他大卸八块，挫骨扬灰！”世王猛地坐直了半边身子，目光凶残地怒道。

“够了吧，你想收拾本王，那还要看看你有没有那个命！现在，就是死亡通牒兑现的时候了。”穆云诃忽然笑得更加地冷血诡异，他说完忽然指着马车外面道：“世王要不要现在出去看看，外面四周都有些什么东西啊？”

世王还是不相信穆云诃的话，但他实在是太自信了，难道穆云诃为了报复而暗中派人来了？也不可能啊，这么多天他的人一直严密地监视着洛芷珩几人的一举一动，根本不可能有时间让穆云诃通知别人的。

世王半信半疑，但还是打开了一点窗帘向外看，刚刚暗淡下来的夜色还能够看清四周的轮廓，所以世王也看见了那仿若蝙蝠一般安静诡异蛰伏在树枝里的鬼魅影子！

这一眼，世王大惊！！

放下车帘，整个人猛地坐了起来。目光犀利如刀一般地直射穆云诃，声音里都是浓浓的不可置信："你找来的人？！"

"当然不是，本王只是来通知世王一声，杀手来了，世王乖乖准备受死吧。"穆云诃阴冷地道。

"哼！天真幼稚！你以为这么几个杂碎就能奈何本王了么？没有人能够伤害到本王！穆云诃，你今日的行为必定要让你未来受苦更多！"世王凶狠地说道。他真的太震惊了，穆云诃怎么会知道外面有伏杀？而穆云诃这样做，摆明了得罪他，竟然就为了一个女人。

他刚开始设计这个局是临时起意，只不过是想看一个热闹顺便试探一下人心而已，但穆云诃从开始到现在，每一个表现都让他震惊和不可预测。他穆云诃还敢为了洛芷珩的清白来和他对立，来得罪他？活了这么多年，世王真是第一次见到这样的男子。

穆云诃沉默不语。他还有明日可讲么？他今天来就没打算活着回去。

世王甚至来不及交代安排，伏击的人便展开了进攻，疯狂的进攻！这些人显然是冲着世王来的。

"该死的！"世王虽然心里是镇定的，但脸上难免会有杀气，他竟然被个毛孩子摆了一道，他咬牙切齿地说："是本王小瞧你了呢，不过不要紧，咱们来日方长！"

世王的车驾很快就被攻开了一个缺口，有杀手从这边冲上来！

世王不得不亲自出马，他阴狠地扫过穆云诃，快速地向外走去。

穆云诃眼神渐渐阴暗到底，袖口里藏着的锋利匕首已经露出来，当世王错过穆云诃身体的那一刹那，穆云诃当机立断，毫不犹豫地快速转身，举起手来用尽全身力气地攥紧那把匕首，对着世王的后心狠狠扎去！

眼看着刀子就要扎进世王后心，穆云诃一直压抑着的暴怒与仇恨终于爆发，他残暴狠戾地咆哮道："畜生！去死吧！"

世王狠狠地一回头，只觉得刀光一闪，瞳孔紧缩，但却慌而不乱，宽大的衣

袖用力一挥，便有逆气流涌向穆云诃，空气中传来了嘶啦一声，与此同时穆云诃的身体狠狠地向着后面的矮桌摔去。

“嗯哼！”穆云诃摔倒在坚硬的桌面上，撞翻了上面的物件，整个人又不受控制地狠狠跌落在软台上，后背重重地撞在车壁上，砰地一声，穆云诃觉得自己的骨骼都快要散架了，原来这马车的车壁竟然是钢板所制！

世王看了眼自己被划破了的肩头，有血流出来，可见是被刺伤了。这简直是不可饶恕！从他成年开始这副身体就没有受过伤，大大小小的刺杀灾难数不胜数，但是他都是安然无恙地度过，不仅仅是因为他的身边有强大的随从和护卫，更是因为他本身的武艺精湛高强。

但是没想到这个记录竟然被一个病秧子，最不起眼的穆云诃打破了！

穆云诃竟然真的伤到他了！

伤口不大，但却很深，可见凶手力道之狠之毒辣！也足以想象到穆云诃对他的憎恨！而这伤口简直就是在打世王的脸面！堂堂世王，玩世皇王中的人中蛟龙，竟然被一个羸弱到随时可能会断气的病秧子击中了！奇耻大辱！

“你！你很好！穆云诃，本王果然还是小瞧你了！”世王指着穆云诃，额头青筋暴跳，脚步走向穆云诃溅起一片腥风血雨的阴毒。

穆云诃却丝毫不慌张，脸色虽然惨白如纸，但却笑得开心放肆。身上的斗篷几乎敞开，那洛芷珩亲手戴好的兜帽也几乎露出了他的半张脸，阴影下的侧脸更加苍白，仿若可以看见上面青色的血管纹路。

“好可惜，没能亲手解决了你，但很庆幸，今天，你也绝对好不到哪里去。�, 啊……本王一定会亲眼看见你这个畜生死去的，欺负本王的阿珩，就算不能亲手杀了你，但也要亲眼看着你死去，不得好死！”僵硬地抬起头来，他的唇瓣也苍白无血色，狠绝的话冷厉地溢出薄唇。

“你够狠！本王还以为你是只无害的绵羊，现在看来本王是大错特错了！在第一才人大赛上看见你的时候，本王还在想，如此坚韧的性子，倒是可以好好培养，后来洛芷珩为了你做出来的那些事情又让本王同情了你们，本王愿意帮助你们，让你们有机会长相厮守下去，但你既然自己不知好歹，那本王就收拾了你！从来没有人敢拒绝本王的帮助，你既然拒绝，那就去死！”世王一步一紧逼，一字一句都令人心惊肉跳地狠戾。他手成拳状，朝着穆云诃的头颅狠狠地打下去！

穆云诃当然不会坐以待毙，他看准时机，一把挥出了匕首。如此近距离的两个人，难免碰撞摩擦，穆云诃是真的拼了性命要和世王同归于尽，所以他什么也不怕。在世王身上多留下一刀他都是赚了！

世王满眼讥讽，以为你有匕首就能伤害他么？不自量力的黄毛孩子！世王冷笑着那拳头的力道似乎也带上了火焰般，丝毫不减地冲向了穆云诃的脑袋。

两个人的较量，刀锋与拳头几乎就要撞在一起，那一瞬间穆云诃甚至已经感觉到了死亡的气息，如此绝望与恐怖！也是在那一瞬间他知道，死亡离他终于如此之近，这一拳落下，只怕他会立刻葬身于此了！但他没有任何后退的余地！

也是那一刹那，近距离的世王终于看清楚了穆云诃的样貌！尽管只有半边脸，但也足以让这个久经风华场所和沙场的人惊艳震撼的了！

尽管曾经在决赛中远远看过他一面，但却没有看清，后来在那场带着阴谋的大雨中看见过，但那时候的穆云诃满身雨水污泥，狼狈极了，也没看清真容。但近日这半张脸却足以让世王阴霾血腥的眼底露出一抹惊艳之光了！

千钧一发的一拳就硬生生地卡在了穆云诃眼前，距离不过寸许！

但那拳头上火焰般凌厉的威势却足以将穆云诃重伤！

世王收拳但穆云诃的匕首却没有收回来，一刀狠狠地扎进了急忙躲避的世王的肩胛里！刀锋犀利无比，这深深的一刀一路扎进去，竟然没过了刀尾直到刀鞘，斜斜的一刀扎下去一下子捅漏了世王的肩胛，穿透到后面的刀刃上滴滴答答地流淌着鲜血！

“哼！”世王闷哼一声，整个人晃了一下差一点跌倒在穆云诃身上。

穆云诃也凌厉，一刀扎进去，不管其他的整个人立刻向里面滚去，躲开了世王的触碰！

阿珩说过，小诃诃是她一个人的，谁也不能碰！

穆云诃捂着剧烈翻滚着钝痛的胸口，蔓延在全身狂猛燃烧的痛觉，鲜血大口大口地往外喷，他想要止住，但却无能为力，身体在摇摇欲坠，但他的脸却露出了一抹美丽到惊心动魄的笑容。

就算这一刀扎不死世王，但也能大大减弱世王的战斗力，一会儿那群杀手将世王杀死的可能性也会更大！

“你找死！”世王不可置信地看着自己肩膀上的刀子，他刚才竟然被美色给诱惑得差一点丧命？！还被重伤了？！世王忽然抬头对穆云诃暴喝，却又忽然惊愕住了！

他重伤还没吐血呢，怎么穆云诃这个没事人却口吐鲜血？猛然间世王脸色一变，是他刚才的罡气！！

一定是罡气伤到了穆云诃！那已经被他及时散去的罡气对别人可能没有杀伤力，但对于羸弱的穆云诃来说只怕是一点都能要了他的命！

“你……”世王刚想上前，后面却传来了一股血腥杀气，世王回头，竟然是一名杀手冲了进来，世王的身影一闪立刻冲了上去。

几乎是眨眼之间，世王就将那杀手给活生生撕！碎！了！

血腥味迅速地弥漫开来，那个杀手的尸体七零八落地掉在马车里外。世王身上却一点血没有。凶残的世王是将他满心的怒火发泄到了这个人的身上。

世王回头看穆云诃，目光阴霾而危险，他一点一点地将匕首从肩胛里抽出来，然后带着鲜血扔向了穆云诃，鲜血在半空中划出了一道鲜艳的颜色，将世王冰冷的声音都镀上了一层血光：“用那把匕首保护好你自己，你要是死了，本王立刻也活撕了洛芷珩！”

世王一挥衣袖华丽的长袍在马车里掀起了阴冷的气流，他狂风怒龙一般冲了出去。

穆云诃跌落在马车角落，面前是那把染血的匕首，他口中滴滴答答地流淌着鲜血，全身痛到好像要被扯碎了，就连呼吸都那么艰难。好想睡过去，但他怕自己一旦闭上眼睛就再也醒不过来，那他的阿珩就会如同刚刚那个人一般的下场了。

“阿珩、阿珩……”穆云诃一开口，更多的血液怎么也止不住地狂涌出来，那些血液都不是红色的，是黑色的，乌黑乌黑，落到软榻上染红了那昂贵的兽毛，渐渐酝开一片乌黑的血色蔷薇。

他的身子再也忍不住趴在软榻上，脸对着门口的位置，眼睛里是浓浓的恐惧与不甘，他好怕自己会坚持不住，那个男人太狠了，他还担心世王真的活撕了他的阿珩！可是真的很痛苦，快要坚持不住了，心好疼，眼睛好沉重，眼前一片黑暗。

阿珩，快点逃……

外面此刻已经打成了一片，高手对决的声音不时传来一阵可怕的爆破声，还有女人的尖叫和求救声，穆云诃听不清楚，但他努力想让自己能听见哪怕多一点，会不会是他的阿珩？不，不会的！阿珩很倔犟，宁可站着死，也绝不跪下求饶！

就在穆云诃真的快要无法坚持的时候，耳边忽然传来了那熟悉又喜欢的声音：“穆云诃！”

那声音不再是淡定沉稳，也不是调皮自恋，更没有了发怒时候的凶残狠辣，那声音是着急惊恐的，好像还带着哭腔。

他的阿珩哭了么？

穆云诃疲惫艰难地睁开一点点沉重的眼皮，视线模糊中眼前似乎很混乱，有什么人在不停打斗，忽然脸上传来一片温热，眼前的视线都变成了殷红的！

血，鲜血！是谁的血？

洛芷珩凌厉地扫了世王一眼道："让火云夫人出来！"

她只要火云夫人，现在只有这个医术高超的女人也许能救穆云诃了。世王的话火云夫人一定听。

世王冷冷地挑眉道："你们夫妻果然不愧是夫妻呢，就连说话的态度都那么令人讨厌！"

世王现在看洛芷珩那叫一个不顺眼。他大名鼎鼎的世王，第一次在一个女人手中丢人，被摆了一道，被洛芷珩用刀架住了脖子。第二次被这女人的丈夫用匕首扎进了身体。这两个人是他的劫数吗？

"我没工夫和你废话，穆云诃若是死了，你也别想得到你想要的了。我不会帮助一个害死我丈夫的凶手！"洛芷珩眉目染血，那张小脸在月色下却有种妖娆邪魅的惊艳之感。

"你威胁本王？"世王冷哼一声，危险地眯起了眼眸。

洛芷珩大大方方承认："是！你若不救穆云诃，就也别想我帮你得到……"

"够了！本王依你就是！"世王忽然打断了她的话。

"不过你记住，你又欠了本王一个人情。"世王足够无耻。

世王抬起头来看着洛芷珩，似笑非笑地为难道："你一路上也给本王惹了不少麻烦，穆云诃刚才可还是给了本王一刀呢，肩胛上一刀扎漏！要是这个不给本王一个交代，本王就不让火云医治穆云诃。洛芷珩，你说怎么办？"

穆云诃将世王给刺伤了？！这不可能！

洛芷珩的第一想法就是不可能，但她猛地想到了穆云诃之前要匕首，难道是为了要刺杀世王？可为什么啊？他明知道世王是他救命的唯一希望，怎么还要杀了世工？

她抬头笑道："既然是我丈夫扎了您一刀，那我就自己扎自己一刀，以此来赔罪好了！"

洛芷珩的话让所有人大吃一惊，但洛芷珩接下来的动作更是让人震惊当场！

只见她话音刚落，便动作利落地举起尖刀，刀尖对准自己的左肩胛毫不犹豫的一刀从前狠狠地扎进肩胛，噗地一声从前到后瞬间扎漏了自己的肩胛！

这个女人是真的狠！她对自己都可以狠到不眨眼地自残！

所有人震惊得目瞪口呆，夜风吹过，众人只觉得浑身冰凉！她轻描淡写地举目抬眉，眉目间的鲜血将她的容颜点缀成妖娆！

如此一刀，痛几乎可以想象，而这一刀还是一个女人你自己扎下去的，就连世王看见这一幕都忍不住眼皮子一跳！

洛芷珩眉头都没有蹙一下："如此，世王可满意？"

她代夫赔罪，却也无怨无悔。

世王看着她那倔犟的眉眼里浓浓的讥讽和坚强，心口忍不住一缩："火云，去给他医治！"

"多谢世王。"她脸上身上冷汗涔涔，但人却优雅地转身走向穆云诃的方向。

所有人看着她冷傲地转身，背影倔犟而单薄，却在夜色中让人不能忽略她的魅力和霸气。

世王活了这么多年，经历了太多，这个年龄的他不会有太大的情绪波动了，但没想到世俗之中这一对原本不应该进入他视线的小夫妻，却一次又一次地带给他震撼与感动！

不是早就不相信人间自有真情在了么？可是洛芷珩与穆云诃之间的这种感情，究竟要怎么样用言语来表达呢？

漫漫长夜沉默走过，车队行驶在官道上的第十个早晨，经过一路耽搁他们终于到达了南朝境内。

南朝，一个风土人情都与穆王朝南辕北辙的地方，一个民风彪悍，百姓热情，商贸往来活跃密集的好地方，这里是天下最富饶的国家，这里是整个天下最安逸的地方。这里没有战乱，这里不需要成百上千万的士兵守护，这里是一个世外桃源般的存在！

因为这里拥有一位天下百年来独一无二的战神！

战神经历了战场厮杀多年，打遍了四方国土，在每一个地方留下了战神的名字，战神用他的鲜血和出神入化的用兵之威，迅速荡平踏碎了四方来犯之人的野心与胆量。

一个被历史镀上了神秘色彩的名字，奠定了这个国家的安定繁荣，四方国土永不来犯的撼人之约！

低头看着还在熟睡中的穆云诃，洛芷珩满眼的心疼，这一次穆云诃伤得很严重，火云夫人真的是在拼尽全力挽救他，才勉强将穆云诃的性命救了回来，但这两天穆云诃总会长时间地陷入昏迷之中，要不是他还有呼吸，她只怕都会崩溃了。

穆云诃不醒来，她就不能知道那天他与世王之间究竟发生了什么。小喜子这一次是死也不说，但每一次看着她的目光就总有一种心疼敬佩和感激的神色，弄得洛芷珩莫名其妙。

他们到达南朝刚安定下来，南朝皇宫便有人来见，邀请洛芷珩等人进宫。

穆云诃重伤不方便移动，洛芷珩带着奶娘进宫。他们此次进宫还有两国邦交的一个作用。

这南朝的皇后便是慕容纤雪的亲姐姐。

马车很快到达，在皇宫里是不能行驶马车的，洛芷珩下车跟着太监往前走，皇宫的风格与穆王朝的有很大的不同，这里的建筑多以明亮柔和为主，气势庞大但又有一种婉约含蓄的温和掺杂，典型的和平与没有战争渲染下的安宁建筑。

一行人很快到了后宫之中，在开满了鲜花的岔路口还没来得及转弯，就被一道轻快的声音拦住了去路。

太监连忙跪下道："奴才参见玉公主殿下。"

洛芷珩也转身，一位十七八岁的女孩子，容貌俏丽中多了一份女儿家没有的利落劲，看上去就是个性格直爽的人。

洛芷珩一下子就想到了慕容纤雪，也是一瞬间就确认了这位玉公主必定与慕容纤雪有着莫大的关系。那三分相似的容颜，微微仰着下巴的骄傲劲……啧啧，活脱脱的又一个慕容纤雪呢。

洛芷珩就忽然有一种他乡遇故知的熟悉感。人也要靠眼缘的，有些人，看上一眼就能喜欢上，有些人，看一辈子也是不顺眼。

玉公主一看便是古灵精怪的人物，围着洛芷珩乱转，问了许多刁钻又好奇的问题。洛芷珩耐心解答。

一个威严的声音凌厉地在众人后方响起："玉儿！你又在放肆欺负人么？"

原本还笑眯眯的小公主立刻气鼓鼓的。她连忙转身，娇声道："父皇！女儿没有！"

"你每一次都找各种理由来怪罪别人，每一次都让别人为你的过错和蛮横来顶罪！朕怎么会有你这样的女儿？你母后虽然霸道任性了一点，却也没有你这般骄纵放肆屡教不改。竟然还敢对别国来客无礼！你是不是又皮紧欠打了？来人，将朕的藤条拿来。"威严冷酷的声音丝毫不减怒火。

在一群人恭敬的簇拥下，阔步走来了一位看上去四十岁左右的中年男子，男子高大威武，但面容白皙，模样俊美中透露着男子成熟的睿智和儒雅，龙袍加身，又自称为朕，不用说就是南朝皇帝不假了。

"父皇不要！女儿知道错了啊，女儿再也不敢了，父皇不要惩罚女儿啊，求求父皇了。"玉公主听到藤条二字，那张小脸是什么倔犟都没有了，只剩下屈辱和恐惧。

"哼！你每一次都这样说，但每一次都欺负宫中的奴才，玉儿，你母后究竟是如何教育你的？怎么就把你教育成了这个德行？朕真的要亲自教育你了，不然朕的脸都让你丢到外国去了。”皇帝走到跟前，怒道。宫人送上了藤条，皇帝用藤条指着面如死灰的玉公主怒道：“跪下！”

皇帝大怒，实在是玉公主刚刚闯祸逃出来，皇帝一路追来教训的。

“我不！我没有错！父皇怎么可以不问青红皂白就冤枉女儿？”玉公主又怒又气，冲动地大吼道，“您还好意思说母后！是您处事不公，对母后不好，母后对您失望透顶了，不稀罕再对您霸道任性了，您还以为是什么好事呢？母后不喜欢您了父皇！”

皇帝脸色骤变：“你还敢顶撞朕！父母之事也是你可以胡言乱语的么！”

皇上被玉公主的话激起了盛怒之火，理智全无的一藤条照着玉公主的脸就横抽过来。

那藤条又薄又长，凌厉无比，甩在风中，风声都被抽打得嗖嗖作响。这一下打在女孩娇嫩的脸上，女孩这张脸只怕就要毁了。

“皇上不要！”洛芷珩急促惊恐的声音骤然响起。

皇帝听到那声音一下子理智就都回来了，原本被盛怒蒙蔽的双眼也都清亮起来，但想要收手却不可能了。

此起彼伏的惊呼尖叫声中，一根华丽的手杖从一旁斜插过来，千钧一发地挡在了玉公主的面前，啪地一声脆响，那根藤条瞬间击打在铁棍之上，无情断裂，落地！

场面似乎在这一刻都静止了，安静的诡异，每个人都屏住了呼吸，不可置信地看着这诡异逆转的场面。

玉公主惨白的小脸惊呆着看着眼前的铁棍，然后目光落在了洛芷珩的身上。这个女人竟然救了她？！

洛芷珩这突然插手，救了女孩一张脸，也可以说是一辈子。

“不知皇帝陛下可否消消火气，听小女子一言？”洛芷珩淡然的声音里有一种气定神闲的洒脱和气，任你再大的火气，听到这声音都气不起来。

皇帝很恼火。竟然忘记了穆王朝的小王妃在此。每一次他都能被这个顽劣的女儿弄到理智全无。

“小王妃但说无妨。”皇帝道。

洛芷珩却淡定从容地笑道：“刚刚公主殿下碰到我，觉得陌生就聊了几句，公主人很好，热情幽默又实在，告诉了我许多我不知道的事情，让我实在是受益匪浅呢。”

"真的是这样？"皇上还是有一丝怀疑的，他自己的女儿什么样他清楚，以前的玉儿可是个淘气包，经常欺负宫人的。但洛芷珩和玉儿不相识也没必要帮助维护玉儿吧？

"自然是真的，我初来乍到，根本不知道她是谁呢，她也没必要为难我啊。我还要赞美皇帝陛下呢，竟然如此的英明神武，教育出来了这样一位热情好客又开朗大方的女儿，可见皇帝陛下不仅仅是上对国家社稷有治国之道，下对儿女也是因材施教，所以才能教育得如此之好呢。"洛芷珩马屁拍得咣咣响，但她却说得好像就是大实话一般。

"哈哈哈！好个能言善道又机敏过人的小王妃，朕今日也见识到穆王朝贵族的家风了！"皇帝陛下什么火气也看不出来了，爽朗大笑，并且毫不吝啬地夸奖道。

这夸奖出自他国君王之口，便绝对不是给洛芷珩一个人的，而是对穆王朝皇族的一个认可！

洛芷珩这绝对是为国争光了。

"陛下过奖了，我只是说实话。"洛芷珩谦虚地笑道。

"朕这个女儿啊就是淘气太多，屡教不改，朕实在是头疼，你是纤雪的朋友吧？纤雪来了说过你，那你也是玉儿的长辈，以后若常在南朝，便多教教玉儿，这孩子哪都好，就是太容易激动。"皇帝笑道。

太容易激动……那不也是和皇帝您一样？虽然只是初次见面，但你们父女俩如出一辙的激动简直太让人大开眼界了。

洛芷珩脸上笑容更浓，心里却狂笑起来，姑奶奶来了一趟南朝，还长辈分了。

玉公主很震惊，完全不明白每一次父皇冤枉她，不听她解释之后还要怒斥她一顿，这次更是要揍她的啊，怎么这个女人几句话父皇就大变样了呢？不仅不惩罚她了，反而还夸奖她了吗？刚才父皇是夸奖她了吗？玉公主反应过来激动得眼睛都红了。百感交集地看看父皇又看看洛芷珩。一下子就觉得这个洛芷珩怎么那么可爱呢？

"玉儿！玉儿你有没有受伤？让母后看看。"忽然冲过来的女人抱紧了玉公主，紧张地查看着。女子身着一套练功服，一看就是个练家子，纤细的身体玲珑有致，还有一种力量感，很吸引人眼球。

怎么也没想到，南朝的皇后娘娘竟然会是这样的人！

皇帝看见皇后，表情就很复杂了，洛芷珩瞧着这皇帝怎么有点着急又不满的

情绪呢？

“皇后不得无礼，没看见有外人在么？”皇上轻声斥责一句。

那原本还在检查女儿的女子骤然转身回头，一张与慕容纤雪很相似的脸便出现在洛芷珩眼前，女子看上去三十来岁，很漂亮，再加上她脸上那愤怒的情绪，整个人的气质就是一把锋利的剑，寒气四溢！

“我们母女都给皇帝陛下丢人了，那皇帝陛下就别要我们母女好了，我也不想给皇帝陛下您丢人了，此次我会带着我女儿随着兄长回穆王朝去！总好过继续留在这里等着我女儿哪一天被皇帝陛下毁容的好！”皇后动怒，张口就是火气冲天，竟然是一点不怕皇帝的气势。

“休得胡言乱语！”皇上表情难看了，忍不住快速靠近了皇后几步，但皇后却抓着玉公主快速地后退，一脸防备。皇帝那张脸瞬间变得，让洛芷珩说就叫：比死了还难受！

凤歌当世

下

百里画纱 著

重庆出版集团 重庆出版社

哗地一声！人们惊呼迭起！震惊得瞪圆了眼睛，甚至有些没经历过人事的人茫然地看着这一幕，不明白这是要做什么，而有些人却是又期待又震惊又不可置信，但却又舍不得移开眼。
洛芷珩笑眯眯地道："不要紧，刚好我不喜欢象征失败的白色，吊唁一样的悲惨之色！我更爱黑色的霸道与刚猛！"
诸葛画栾脸色一僵。

众人终于明白为什么这一次的天下第一才人大赛的比赛场地要选在这个古战场遗址了。原来就是为了第三场总决赛而准备的。
强烈的光芒眨眼间减弱，露出了赛场中的画面。只见刚刚还一动不动的洛芷珩，此刻却艰难地双手撑着一把仿若会发光的手杖，手杖本身光芒四射惊艳流光包裹，高贵得仿若不似凡间之物，隐带怒龙之势，强势地抵挡住诸葛画栾这一剑！

洛芷珩竟然在生死垂危之际，反击了！！
可是她的反击却这么的惨烈！而人们却始终将目光落在那个仰躺在沙漠上的女子，她的手中究竟是什么时候多了一把散发着圣洁光芒的手杖的？从哪里来的啊？
"哼，你有半点长老和老师的样子么？"世王鄙夷地冷哼一声，命令宋夫人将洛芷珩的战利品全部送回世王行宫中，带着人追着洛芷珩去了。

世王行宫，气氛紧张。这里落座的每一位都位高权重，他们脸上表情凝重。最上首的位置坐着世王。他们就这样坐了半天一夜。此刻距离天下第一才人大赛已经过去了一天。
"不对，这叫对症下药，摸准命脉往死里攻！"棋圣摆手笑道。
慕容老将军阴森森冷笑道："狗屁！老子看他这就是牵着不走打着倒退，完全是属驴的。"

目　录
Contents

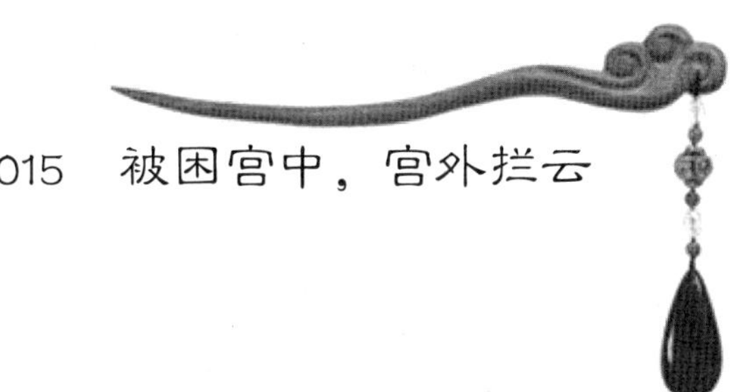

015 被困宫中，宫外拦云

“谢谢你救了我女儿，他日你若有什么需要帮助的，可以去穆王朝镇国将军府找我帮忙。”皇后对洛芷珩和蔼地笑道，然后扯着玉公主就走。

“唉唉，我叫玉儿啊，你叫洛芷珩对不对？我记住你了啊，有空找你玩啊。”玉公主被拉扯离开，一边跑一边回头对洛芷珩喊，说话都是快速的。

这尴尬的场面，洛芷珩也想找个地方土遁了，皇帝被皇后整得没面子又难堪，可好像还对皇后一脸没办法的样子。

“让你见笑了，皇后的性子一直如此。”皇上收回目光，颇为无奈地说道。

“我能理解，武将世家的人都这样。”洛芷珩善解人意地笑道。

与南朝皇族的人见面竟然是在这种乌龙之下，太搞笑了。但慕容纤雪的姐姐还真是厉害，竟然敢给皇帝甩脸色。太帅气了。不知道她要是给穆云诃摆脸色的话，穆云诃会是什么样？

皇帝道：“你去见见贵妃吧，朕让人送你去。”

南朝皇宫里有一个人是洛芷珩必须见的，那便是穆云诃的亲姐姐。南朝皇帝的贵妃。

洛芷珩顺从地跟着太监离开。

可在贵妃宫里，他们却没能见到贵妃。并且进来伺候的太监态度都很冷淡，

说贵妃娘娘太忙了。

“我们等一个时辰，若她还不见我们，那我们就回去。”等了约有半个时辰后，洛芷珩说道。

时间一分一秒地过去，天已经擦黑了，屋里也已经掌灯了，一个时辰到了，但是贵妃娘娘还是没有动静。洛芷珩便慢悠悠地站起来，对准备布善的太监说道：“这位公公，看样子贵妃娘娘是真的太忙了，我们已经出来太久了，实在是不敢叨扰太久，这就要回去了，明日再来给娘娘请安吧，还请公公和娘娘通报一声。”

太监不紧不慢地道：“只怕这个奴才无法答应，既然小王妃要走，那就请小王妃稍等片刻，奴才去禀告娘娘。”

洛芷珩不能拒绝这个说法，便只有等着，结果等来的是贵妃娘娘实在是太着急想要见到她了，只是很可惜今天注定是见不到了，因为皇上今晚要她侍寝！所以只能请洛芷珩今晚在这里小住一晚，明儿一早贵妃娘娘会来见她的！

一个又冠冕堂皇又光荣的理由，更是一个让洛芷珩说不出话来的理由。她洛芷珩能不懂事地说不行吗？所以走不了。

住一天就住一天，只要明天能走就行，只要不耽误后天的比赛就行！

“你们都退下吧，有我奶娘伺候我就可以了。”洛芷珩挥退了一群宫人，静谧的房间里瞬间就只剩下烛火噼啪的声响。洛芷珩的目光似乎也在烛光下散发着绿光。

“小姐，贵妃娘娘这是什么意思？”奶娘低声说道。

“我怎么知道呢？不是下马威就是真的脱不开身呗，不过我很为这位贵妃娘娘感到开心呢，这么多年依然盛宠不衰。”洛芷珩慢悠悠地夹着各种菜肴，玩味地笑道。

一夜无眠，洛芷珩一早起来就问太监什么时候能见贵妃娘娘，但太监却带给了洛芷珩一个不好的消息：“实在是抱歉啊小王妃，贵妃娘娘昨天太累了，今天身体实在是不舒服极了，现在正被御医们诊脉呢，恐怕今儿也不能见您了。但是贵妃娘娘在这样不舒服的情况下还是没有忘记您啊小王妃，娘娘说请您多住几天，今儿娘娘就让人将小王爷也接进宫来，你们好不容易来的，一定要在宫里面多住几天，娘娘十分想念小王爷，已经迫不及待地想要见小王爷了。”

“意思就是说，今天娘娘还不能见我是吗？”洛芷珩心头忽然有一个不好的预感。她好像掉进了一个坑里面，进来了，似乎就出不去了，而她还没出去呢，有人却想要将穆云诃也给推进这个大坑里来呢。

“是的，小王妃见谅，等今儿将小王爷接进来了，明天娘娘就能见你们了。”太监抬头，脸上的笑容可以称之为扭曲。

洛芷珩拒绝道：“不行！穆云诃刚到这，必须好好休息。”

“怎么不行呢？昨儿不是已经让小王爷休息一天了么？而且您一定也是思念小王爷不是？小王妃若是再多说的话，那可就有阻止贵妃娘娘见亲弟弟的嫌疑了。”太监冷着脸直直看着洛芷珩的眼，阴阳怪气地道。

洛芷珩被噎住，她怎么觉得这个贵妃娘娘这算是将她控制住了呢？可是贵妃娘娘控制住她要做什么？

洛芷珩手指敲击着桌面，一下一下，清脆的声音在房间里回响。奶娘看在眼里急在心里，她知道洛芷珩这一次是遇见难题了。奶娘试探地说道：“小姐若不想让小王爷来皇宫里，那要不奴婢想办法出去报信？”

“不知道这个贵妃娘娘究竟是个怎么样的，不可以轻举妄动，你离开也不行，咱们现在人生地不熟的，稍有差池很可能就步步都错了。让我想想，一定有什么办法的。”洛芷珩猛地站起来，来来回回地在地上走动，口中呢喃。

她现在困在这里，好像画地为牢，还偏偏不能有太过于激烈的反应，毕竟那贵妃娘娘并没有对她做什么，还好吃好喝地供着，而且不见面不放人的理由情理都有，她一时之间还真难住了。

但这个贵妃娘娘为什么一直用各种理由搪塞她呢？就算身体不舒服，但是只需抽空见一面就可以了，现在这样将她困在这里，她就有一种很强烈的阴谋感，很紧迫。

但这些还都不如穆云诃重要！绝对不能让穆云诃也进来冒风险。

“走！我们出去。”洛芷珩忽然眼睛一亮，带着奶娘就往外走，猛地打开门，她一愣。昨天这里可是没有人伺候的，但今天这院子里竟然有了宫人三五个。洛芷珩装做不在意地往外走，但是她却在院门处被拦住了。

“小王妃要去哪里？贵妃娘娘说了，小王妃刚刚来宫里，人生地不熟的，任何吩咐只管告诉奴才们，奴才们必定尽力去做。”门外的太监笑容满面地道。

洛芷珩也是一脸虚假的笑意，看起来天真烂漫的样子道：“哦，我就是想出去走走，都在房间里憋太久了呢，既然今天也回不去，那就瞻仰一下南朝的皇宫，既然公公肯带路，我自然求之不得呢。”

“是奴才的荣幸，小王妃这边请。”太监弓腰在前面带路。

洛芷珩一路上故意大呼小叫，为了她看见的那些景物和建筑而惊呼赞叹，引得一路上路过的宫人们对洛芷珩都投来了鄙夷的目光，要多瞧不起就有多瞧不起。就连前面带路的小太监都会忍不住低笑。

洛芷珩一路上尽情地嘻嘻哈哈，好像真的是个土鳖进城一般，一路张扬不已，人尽皆知。路过的宫女太监们对她的行为都是既震惊又嘲笑。

连二炷香都没用上，偌大的皇宫里上上下下都知道皇宫里来了一个冒失鬼。

她故意闹腾得人尽皆知，现在那玉公主应该也知道了吧？就是不知道玉公主到底能不能来找她呢？她现在只能赌一把了，赌这位玉公主能够帮上她的忙。

走到一个石桥上的时候，前面的小太监脸色难看僵硬地对洛芷珩道："小王妃这里可要走好了，这下面的水很深很冷，若是小王妃在这里冒失了，很容易出事的。"

谁也不会想到，没见过世面的土鳖竟然还是个惹祸精！小太监看洛芷珩更不顺眼了。

"行，我知道啦，你在前面带路吧，我这一次一定好好走的，其实之前的事情也不怪我啊，实在是南朝皇宫太美了。"洛芷珩没心没肺地嬉笑着道。

她抬头往前走的时候，那对面远处快速走过来的人让她眼睛一亮，果然来了！

她看着中间行走的小太监就觉得碍眼了，眼珠一转，洛芷珩忽然快速走到小太监之后，忽然大叫起来，身体也跟着摇晃起来，左右前后摇摆得好激烈。

"啊！小王妃小心啊。"前面的小太监一阵紧张，连忙伸手就要搀扶洛芷珩。

洛芷珩立刻凶狠大叫："不准你的脏手碰我！敢碰我就剁掉你的爪子！"

那小太监立刻缩回了手，心道谁爱帮你？

可突然，洛芷珩好像真的站不住了，整个人狠狠地往前一扑，重重地撞在了小太监身上，小太监扑通一声摔下石桥掉入水中，惊恐得大叫胡乱扑腾："救命啊！我不会游泳啊。"

"啊！天呐！奶娘，奶娘你怎么回事？竟然不来扶着我！"洛芷珩终于站住了，却很愤怒。

奶娘站在桥边，压根就没上来石桥，委屈地说道："小姐，奴婢害怕，奴婢不敢走石桥。"

洛芷珩气急败坏地怒道："蠢货！一群蠢货！现在怎么办？看着这个人死掉吗？我们都怕水啊，唉？前面有人诶，我去找人过来帮忙救人，你在水里面等一下啊。"

洛芷珩演戏绝对滴水不漏，说完就冲到了对面，一把抓住了赶过来的玉公主，紧紧抓着她的手道："快点救命啊，我现在是没有办法了，在这皇宫里我谁也不认识啊，就算求救也是无门啊，不会有人帮助我的。看在我昨天也帮你说好话的份上，你帮我救一下人吧。”

她暂时不能出宫，那么能阻拦让穆云诃进宫的人，现在洛芷珩就只能赌一把相信这个玉公主了。其实与其说是相信玉公主，还不如说是相信她那个志趣相投的好友慕容纤雪。只希望这玉公主能听得懂。

玉公主却一脸不屑地道：“不过是一个奴才而已，你着急什么？再说了昨天贵妃从我母后宫里抢走了父皇，我才不会管贵妃的人的事情呢，你别挡路，本公主还要去玩。”

玉公主傲慢地推开洛芷珩，在石桥上还嘲笑地对水里扑腾的太监做鬼脸，然后离去。

洛芷珩一脸欲哭无泪的样子，连忙跑过石桥，抓着奶娘的手期期艾艾地哭道：“呜呜呜，怎么办啊，我惹祸了啊，贵妃娘娘这一次一定不会放过我的啊，我要赶快回去找人来救人。”

“对，咱们赶快回去找人，一定还来得及的。”奶娘扶着洛芷珩连忙就走。

洛芷珩走得连头都没有回，将那个还在苦苦挣扎的小太监就扔在水里扑腾。然而她们才走出去没多远，小太监求救的声音就没有了。奶娘轻声在洛芷珩耳边道：“昨天那太监果然跟着咱们呢，他将那小太监救起来了。”

洛芷珩冷哼一声，一切她都了若指掌。

那边玉公主急急忙忙回到了寝宫，屏退众人，满脸通红激动地摊开了紧握的手掌，上面一根小树棍赫然在上，她奇怪地拿起来看，只见树棍上清晰地刻着四个字：宫外拦云！

玉公主眨眨眼，里里外外地翻看这根树棍，到底也是没看懂。她不禁汩气地道：“什么嘛，还以为是什么好玩的事情，一根树棍四个字，这是做什么？”

可是下一刻她忽然又想起了小姨说洛芷珩的话。

这个洛芷珩啊，你若有一天对上她，那就要小心了。她说话做事都有她的目的，哪怕她笑一下你也别轻易以为那只是个普通的笑容，这女人走一步看三步，危险得很呢。

“按照小姨的话，她应该不会无缘无故地给我一根小棍吧？找母后去！”玉公主不敢耽误，小姨的朋友，就是她的朋友，必须要照顾好才对。

当玉公主将那根小棍交给皇后的时候，皇后只看一眼就沉默了，然后琢磨了一会儿就脸色一变，表情说不上是愤怒还是可悲又或者是心痛。

皇后一脸戚戚然呢喃着，莫名伤感：“要怎么才能化解你心中的恨？他来了又能怎么样呢？你是否真的就能开心？得到又如何，失去又如何？我总不相信你会变得如此不顾一切。清雅，你究竟要怎么样呢？”

“母后？您在说什么啊？快点看看是什么意思啊，洛芷珩是不是遇到困难了？小姨之前说洛芷珩是她的朋友，还让咱们照顾她。她也挺聪明还知道有事找女儿帮忙。”玉公主兴奋地说道，一看就是被困得太久的金丝雀，太渴望刺激了，一丁点新鲜都能激起她强烈的兴趣。

“是，我的女儿最棒了。不过这件事情我们不好插手，你穆母妃要做的事情，我们插手太多的话，她会不开心的。”皇后迟疑地说道。

玉公主立刻不高兴地说道：“母后！您怎么总是让着她啊？她都欺负到您的头上来了，她还纵容她宫里的人来欺负女儿呢！她让父皇不喜欢您，还总是教训女儿，女儿讨厌死她了！她那副鬼样子怎么还不死啊？”

“够了！你一个小孩子懂什么？再敢如此说你穆母妃，当心母后也教训你！”皇后厉声呵斥道。

玉公主红着眼圈哽咽不服气地道：“母后就知道说我！每一次说到那个贱人您都维护她！她凭什么啊？她死了儿子怪谁啊？是她自己不小心，与您又无关，您何必总是处处忍让她维护她可怜她呢？您看看现在皇宫内外都是怎么说的啊？说这个皇宫是穆清雅的皇宫，她才是实至名归的皇后！而您不过是一个有名无实的替代品而已！”

皇后被女儿的哭声质问得没了脾气，深感无奈地说道：“大人的事情你不懂。”

“母后别再用这句话来搪塞女儿了！”玉公主大吼着，激动的样子理智全无，不断哭叫道，“丢死人了！我觉得好丢人！我怎么会有一个您这种只在乎义气，却不在乎自己女儿的母亲？母后我讨厌您！”

玉公主哭吼着冲出了皇后寝宫，皇后拦都没拦住。

“娘娘，要不要老奴将公主殿下带回来？”一旁的嬷嬷慢声细语地道。

皇后僵硬地坐在那，好半晌才摇摇头，一脸苍白。

任谁被自己疼爱的女儿说讨厌，也会心情不好吧。但她与穆清雅之间，爱恨纠缠太多年了，她一直坚定她们之间姐妹亲情还是在的，可穆清雅这么多年都做了什么？一桩桩一件件，疯狂至极！

她的自我麻醉，她的自欺欺人，她的忍让心疼，真的是一点也不能换回穆清雅的理智和善良吗？难道失去了一个儿子，真的就让穆清雅变得如此荒唐了吗？可是当年究竟发生了什么？如果小皇子真的是意外身亡，穆清雅怎么会如此性情大变？可如果不是意外，那在回去探亲的穆王府又发生了什么呢？

挣扎一番，终于，她握紧了手中的木棍，扬声道：“告诉杨枫，命他速速前往银月国世王居住府邸，路上遇到皇宫或者银月国马车，务必拦截下来，仔细查探，里面若是穆王朝小王爷，切记，就说洛芷珩传话，让小王爷安心等在世王那，没有她的亲笔信不能进宫！他若不听劝告，让杨枫告诉穆云诃，洛芷珩会因为他的轻易进宫而性命堪忧！”

嬷嬷脸色一凛，立刻应承，但却迟迟不肯离开，犹豫一下道：“娘娘这样做好么？要不在暗地里拦截一下？如此就算贵妃怀疑，但没有真凭实据，她也不敢讲娘娘怎么样。”

皇后刚正耿直的神色，温声道：“本宫玩不来那些个阴谋，就直来直往吧，这么多年来清雅对本宫只有恨意浓浓，再多一点也没什么。”

皇宫禁卫队中，一名身着铠甲的男子率领一支队伍纵马狂奔而去。刚巧，在距离皇宫千米左右的地方遇见了皇宫的马车。年轻男子刚正不阿地拦在路中间，声音威严充满力量：“莫将正前门皇宫禁卫队队长杨枫，奉皇后命令，请问马车里可是穆王朝的穆云诃小王爷？”

前面赶车的太监看见杨枫，脸色骤变，阴森至极。

穆云诃对于快要见到亲姐姐的期待兴奋的神色迅速冷却下去，挑眉不语。小喜子连忙回道：“正是我家主子，您有什么事？”

队长冷声道：“皇后娘娘有令，请小王爷原路返回世王府上，不得小王妃洛芷珩亲笔信，小王爷不得轻易踏入皇宫半步，否则洛芷珩小王妃性命堪忧！”

太监的脸色变了，大声道：“杨队长这是什么意思？我们娘娘难不成还会害自己的弟媳妇么！”

马车外的辩论声并不能让穆云诃英俊的容颜缓和下来，反而他的脸越来越阴沉，目光也冰冷得可怕，马车之中的气息瞬间暴跌，外面还在吵闹不休，只听马车里忽然传来了男子优雅动听但却杀机四伏的冷冽嗓音：“都闭嘴！那叫杨枫的回答本王话，本王王妃此刻可好？”

杨枫道：“莫将不知，但皇后娘娘素来仁爱，能说这样的话必定是有原因的，还请小王爷三思。”

丫头小喜子眼巴巴地看着穆云诃，丫头是迫不及待地想要冲进宫里去，救出小姐。小喜子就希望主子冷静点，弄不好小王妃就没命了，要仔细想好啊。

穆云诃全身的气息都能冻死人，此刻的他什么火热和期待都没有了，有的只是满腔的阴冷。但不管怎么无奈暴怒和不信，穆云诃都不会拿洛芷珩的性命开玩笑

做赌注！

好半天，穆云诃终于咬牙切齿地做出了决定："回世王府！"

贵妃的人到底是没能挽留住了穆云诃的脚步。眼看着穆云诃让小喜子亲自驾车决然离去，贵妃娘娘的人怒视杨枫。杨枫冷哼一声亲自护送穆云诃离开。

穆云诃回到了世王府，屏退了众人这才冷冽地道："暗卫出来。"

穆云诃终究是不相信别人的话的，阿珩的暗卫他必须要了若指掌，谁敢动阿珩就不要怪他不客气了。就算是南朝的皇后也不行！

眼前就这样诡异地不知道从哪里进来了一个黑衣人，他一直隐藏着跟着穆云诃，穆云诃早有吩咐，不吩咐的时候暗卫绝对不准出现。

"小王爷有何吩咐？"暗卫冰冷地道。

"你立刻去南朝皇宫找到小王妃，本王要确保小王妃的安全，若是小王妃真的有什么事情，你不要轻举妄动，自己无法救出小王妃的话，立刻想办法通知本王，本王会想办法的。但有一点，你要记住，本王要洛芷珩平安无事！"穆云诃目光阴冷地看着暗卫，全身的气势都冷到了极限。

"是。"暗卫立刻离开。

穆云诃全身的力气全都靠在椅子上，一张俊脸上风云变幻，细长眸中不时的闪过精光点点，看似镇定自若，但实则紧张万分。只要一想到洛芷珩可能在一个陌生的地方被困住，有危险，穆云诃浑身的血液都几乎要逆流冰冷了。

满目殷红的华丽宫殿里，长长的红毯走道从门口一直通往内殿，那张华丽的还有金光点点的大床上床幔倾泻而下，殷红的轻纱红绸遮挡住里面的曼妙身影。

太监小心禀报道："前去接小王爷的人回来了，小王爷却没有来，而是半路返回了，是皇后娘娘派人拦截的。"

大床里面的女子并没有丝毫动作，只能听见空气中的呼吸声急促起来，而后便响起了断断续续的咳嗽声，女子虚弱娇柔的声音听上去好像即将断裂的珠帘，令人惋惜担忧又紧张。

"娘娘要喝药吗？"太监阴冷的声音里似乎也终于染上了一层担忧和紧张，忍不住地上前几步。

贵妃娘娘喘息的声音终于停顿了下来，她轻轻摆摆手，声音似哭似笑地道："她竟然阻止我了，这么多年了，还以为她会一直纵容我的，但……终究是亲疏有别。她到底是更疼爱她的亲妹妹的。"

"我帮你杀了皇后！"太监忽然暴躁阴狠地开口，杀气毕现。

"闭嘴！"温婉的女子忽然厉喝一声，绷紧的声音里满是不容抗拒的狠辣，

“不准你再说这样的话，不准你动她！”

“可是她是你的阻碍，她当了这么多年皇后，一点也不帮你，她要是肯帮帮你，那群妃子早就都死了，那群贱人也不会接二连三地有孩子了，凭什么你不能有一个孩子，她们却能不断地怀孕生子？这不公平！”太监竟然敢与贵妃娘娘顶撞，还说得理直气壮。

“纳兰代百！”床上侧躺的女子忽然半坐起来，却又忽然跌落回去，凌厉的声音撕裂了温婉，急促的喘息变成沙哑的警告，“我再说一遍，你若还想留在我身边，就要听我的话！你该知道，这个世上我穆清雅唯一剩下的只有慕容纤尘与你了，我决不允许我最在乎的两个人互相残杀！我可以双手染满鲜血，我可以因为仇恨而疯狂，但我绝对不允许我最在乎的两个人是因为我而死！”

太监瞬间沉默了，愣愣地瞪大了那双阴霾的眼睛，阴阳怪气的脸上表情浓郁，是震惊，是茫然，是怀念，又或者是一种已经对过去的不确定，总之复杂难解。

“有多久没有听你叫我的名字了？啧啧啧，都快忘记我还有名字的。”纳兰代百阴森森怪笑道，比哭还难听。

“纳兰……”贵妃轻柔地呢喃了一句，“别伤害我姐姐，请让我保留心里最后一块净土吧，我今生注定下地狱了，可我不想拉上慕容纤尘。”

“那么穆云诃呢？你想让穆云诃怎么样？”纳兰代百忽然问道。

床上的贵妃忽然沉默了，再开口声音里已经没有了刚才的温婉，只剩下冰冷到令人汗毛倒立的阴狠：“当然不会放过他！我痛苦的来源都是因为他！他本就不应该存在在这个世上！”

“可是皇后现在明显是帮洛芷珩的，你娘家的李侧妃来的消息里可是说得清清楚楚，这个洛芷珩和慕容家的小小姐是朋友，你以为皇后还会对你的所作所为无动于衷吗？你觉得皇后是会偏向亲妹妹还是你这个义妹？”纳兰代百阴森森提醒道。

“谁也不能阻止我！就算是慕容纤尘也不行！”贵妃娘娘忽然咬牙切齿誓言般地怒道。

“穆云诃不来不要紧，那个李侧妃不是说了嘛，穆云诃很在乎这个洛芷珩的，就这样囚禁洛芷珩，本宫就不相信穆云诃真的能忍得住！他一天不来见本宫，那本宫就囚禁洛芷珩一天，两天不来就囚禁两天，一辈子不来本宫也能囚禁她一辈子！一个病秧子，还想要什么天长地久？”穆清雅温柔的声音里是充满了浓浓的矛盾，依然是一种似哭似笑的古怪腔调。

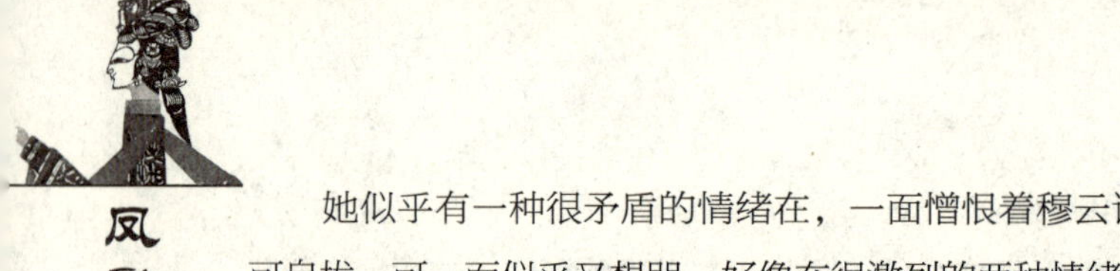

她似乎有一种很矛盾的情绪在，一面憎恨着穆云诃，恨得那么清楚强烈和不可自拔，可一面似乎又想哭，好像在很激烈的两种情绪里挣扎，但仇恨始终是占据上风的。

“明儿天下第一才人大赛就要开赛了，这样囚禁着她，只怕银月国会出面。”纳兰代百不得不提醒穆清雅。

穆清雅讥讽地说道：“一个臭名昭著，靠着插科打诨一路过关斩将走过来的冠军，只怕也是名不副实的，去了也是给穆王朝丢人，本宫只不过是帮穆王朝省一点面子而已。更何况穆云诃若是想让她参加，自然会来见本宫的。可本宫绝不会让洛芷珩参赛，绝不让穆云诃再有一点生存的机会！看好了洛芷珩，不准再让她接触任何人，本宫倒是小瞧她了，有点小聪明。”

“是。”纳兰代百下去安排。

穆清雅一个人躺在床上，愣愣地看着床顶，忽然她伸手从枕头下面摸出来三尊玉娃娃，显然是一个女孩两个男孩的玉雕像。她拿着其中两个轻轻抚摸，也许脑海里想起了什么，脸上不停地变换着表情，最终只能被那股红如血的床幔遮挡模糊得看不清。

洛芷珩这边奶娘已经与穆云诃派来的暗卫接头了，暗卫和奶娘都是高人，做什么都神不知鬼不觉的，暗卫在得知洛芷珩安然无恙之后便想带洛芷珩离开。洛芷珩拒绝了。

“我现在还不能走，一旦走了还不知道会有什么麻烦呢，你回去之后一定要安抚好穆云诃，告诉他只要不是听见我亲口说的，就算是我奶娘去让他进宫来，他也不要来。还有你告诉他相信南朝皇后和玉公主，但却不可以完全相信，可是除了皇后和玉公主之外，让他不要相信任何人。”洛芷珩说得很委婉，只希望穆云诃能听懂。

“是。”暗卫立刻离开。

“小姐，您想再不和他离开的话，明天比赛怎么办？看贵妃娘娘的意思是要长期留下您了，根本没有让您离开的打算啊。”奶娘担忧地道。

“不要紧，明儿她若再不让我出去的话，你以为世王是软柿子么？更何况，明天她若再不见我和阻拦我离开的话，我就有正当理由可以反驳并且指控她了，我若今天忽然不辞而别，还是通过这种不能示人于眼前的方法离开，咱们可能都不能活着离开南朝。”洛芷珩慢悠悠地说道，显然是早就想好对策了。

奶娘这才放心，转眼到了晚膳，洛芷珩这一次没有客气，在奶娘几遍确认之后，两个人终于吃了一点东西，再不吃，只怕不是囚禁死而是饿死了。

——

“洛芷珩是这样说的？她有没有提到本王姐姐？”穆云诃不敢置信地问道。

“没有。”暗卫摇头。

穆云诃的脸就显得格外苍白起来，他满脸疑云，很弄不明白洛芷珩话里的意思。她这是想要告诉他什么呢？相信皇后，但皇后是个外人，明明姐姐是自己人，是他同母的亲人，可为什么阿珩一句都没有提到姐姐呢？

阿珩是在告诉他不要相信姐姐的话吗？

——

天下第一才人大赛是一个盛举，天下高端人士人尽皆知。皇宫之中自然也不例外。今天闲下来或者做活的宫女太监们都在议论这场大赛。虽然他们无法出去看，但今天比赛之后，比赛盛况一定会非常激烈地流传开来，他们已经期待无比了。

可是准备参赛的洛芷珩却被困在这皇宫大院之内，这算不算也是一个笑谈？

“今儿可是要战斗了呢，不知道天下第一才人大赛是怎么样的，究竟会比什么？”次日清晨，洛芷珩倒显得挺轻松的，看见奶娘满脸的愁容，洛芷珩笑道：“别这样嘛，等我见到那个贵妃娘娘的时候，一定让她惩罚那个老变态，咱们今儿就能离开这个鬼地方了，多高兴的事情啊。”

“不是的小姐，奴婢担心的是今天的比赛，关于比赛的事情咱们现在全都不知道，就算世王在来的路上和您说过，但您毕竟没有参加过，每一年也是有不同的规矩，您这样被困了三天，再出去参赛，奴婢担心……”奶娘满脸沉重地小心道，“今天才是真正的高手如云，虽然比赛的人不会很多，但是这样的比赛都是各个国家选拔出来的真正精英，都是出类拔萃的，您若是……那可怎么办？”

洛芷珩咯咯地笑：“奶娘说话什么时候还会这么忌讳了啊？您的意思不就是担心我会输了比赛吗？您放心吧，比赛我会尽力的，不管是什么样的挑战，我今天都要全力以赴，因为我不是在为世王而努力，而是在为穆云诃和我自己努力。什么也不能阻挡我的脚步。”

“更何况，你小姐我从来不打没把握的仗呢，真没有点压箱底的技能，我敢答应来参加比赛吗？”洛芷珩得意地一挑眉，一脸张扬。

奶娘被洛芷珩逗笑，又道：“那咱们今天怎么离开？什么时候走啊？”

“现在，但走之前咱们要将礼数做全了，也好堵住别人之口，省得以后有人说我洛芷珩不懂规矩，不识抬举，竟然敢违背长姐贵妃的命令。”洛芷珩眯着眼睛道。

一大早上洛芷珩就要拜见贵妃娘娘，这一次她不是等着，而是让人直接将她带到了贵妃娘娘的寝宫外面，这里的人当然不会听她的话，她略施小计，就让一名打杂的小太监带她去了。

纳兰代百看见洛芷珩出现在贵妃娘娘宫殿外就很惊讶，阴森的目光扫了一眼那小太监，阴森森对洛芷珩道："小王妃怎么来了？娘娘并没有召您来。"

洛芷珩天真烂漫地笑道："我知道啊，只是我来了两天多了，贵妃娘娘一直身体欠安，我实在是担心急了，所以就不请自来了。不知道贵妃娘娘起来了吗？我这都到门口了，娘娘就算不见我，也请允许我在门口给她请安一下吧？"

让从未见面的送上门的弟媳妇，在门外行礼，只要这个贵妃娘娘还要脸面和道德，她就不敢这么做。

这几天洛芷珩看在贵妃娘娘是穆云诃亲姐姐的分上，凡事忍让三分，就算对方故意不见面和困住，她都忍耐住了，以为她是害怕你贵妃娘娘吗？

可是凡事忍耐都有个极限的，穆云诃这姐姐有点太目中无人莫名其妙了，她自然就不会再忍耐了。

纳兰代百显然也不是个白痴，当着这么多人的面，洛芷珩这样说话，就算堵住了贵妃娘娘不再见洛芷珩的理由。

"你们等着，奴才进去通报一声。"

很快纳兰代百出来了，阴阳怪气地道："贵妃娘娘还没有起来，实在是身体不适得很，所以这一觉每天都要睡到正午左右呢，昨儿夜里娘娘又是一夜未眠，想必小王妃也不忍心这个时候唤醒刚刚熟睡的娘娘是吧？"

洛芷珩脸上笑容不变，心里却已经掀翻了风云怒火！

你大爷的老变态！真当姑奶奶是猴可以随便你来耍呢？说谎也不看看你的功底如何，在姑奶奶面前你也敢睁眼说瞎话，真以为姑奶奶不敢怎么着你是吧？是可忍孰不可忍了！穆云诃，别怪我不给你亲姐姐面子了，是你亲姐姐一直将我的面子践踏在脚底下！

"公公说的是呢，既然贵妃娘娘身体这么不好的话，那我就不便多加打扰了，今天我必须要出宫，还请公公和贵妃娘娘说明白，我是真的想要拜见娘娘的，但娘娘这身体……我还是改日再来吧。就此别过！"洛芷珩这一次直接言明她要离开，并且说完就转身要离开。

纳兰代百瞳孔一缩，这胆大包天的小贱人，竟敢不将贵妃娘娘放在眼中！

纳兰代百扬声道："慢着！小王妃这是做什么？为何说走就走？小王妃来了没有见到贵妃娘娘就急着要走又是为何？没有贵妃娘娘的允许小王妃就擅自离开，

这话说出去只怕对小王妃的名声不好听呢。”

果然来了！她就知道这群家伙有后招等着她呢。

洛芷珩嬉皮笑脸地回头道：“那公公可能还真是不知道我的性格呢，我就是个没脸没皮的人呢，我从来不知道名誉名声是什么玩意，在穆王朝吧这些东西都是成斤成斤的上秤卖的！洛芷珩的名声多少钱一斤呢？你还真别拿这个来吓唬我好吗？”

“你、你这成何体统？”纳兰代百显然也没想到洛芷珩竟然会忽然变这样，一时之间很是反应不过来。

洛芷珩笑眯眯地挑眉大声道：“提桶是啥啊？我好端端的提桶干什么呢？我啊只会提刀提枪提棍棒，打人砍人杀鬼魅！谁也别想让我洛芷珩憋屈！今儿你要是再叽叽歪歪，你就算是贵妃娘娘身边的太监，我也不会对你客气的！”

“你敢！穆王府怎么会要你这么个东西？一点礼仪教养都没有！”纳兰代百被挑衅得有些理智丧失地冷声呵斥道。

“大胆！你这个狗奴才！竟然敢呵斥我教训我辱骂我？找死！”洛芷珩白嫩嫩的手指忽然指着他的鼻尖，嚣张跋扈地大声咆哮。她好像气急了一般地跺脚怒吼道，“还有没有王法天理了啊？一个狗奴才竟然也敢无法无天地指责主子了？我要去找南朝皇帝告状，我要告状！”

撒泼扮痴洛芷珩很在行，她就故意激怒太监，就故意找茬，贵妃娘娘不是一直不见她吗？她就不信她如此大闹还逼不出来贵妃娘娘！

“你闭嘴！贵妃娘娘在睡觉，吵醒了贵妃娘娘你担待得起吗？”纳兰代百低声呵斥道。

“担待？我不是贵妃娘娘的弟媳妇吗？贵妃娘娘不是拿我当自己家人吗？所以才一直不见我的呀，怎么我要是犯错的话，立刻就是承担不起了吗？立刻就不是贵妃娘娘的家人了吗？”洛芷珩抓住话柄连声质问。

纳兰向来不善言辞，一下子就被洛芷珩给问住了。

“怎么不说话了？还是你自己也知道你代替不了贵妃娘娘？大胆奴才，还不给我跪下！竟然敢阻拦我的去路！你知不知道今天我有很重要的事情要去做？就算你是贵妃娘娘的奴才，但你也没有权利限制我的自由！我和贵妃娘娘还是平等的呢，她是穆云诃小王爷的亲姐姐，你一个奴才凭什么来对我指手画脚呢？真是太高估你自己的身份了吧？”

“我洛芷珩想走就走，南朝皇帝来了也只会放我离去，你一个奴才竟然敢三番两次地阻挠我！要不是看在你是我丈夫亲姐姐的奴才的分上，你以为我会给你一点面子？早就用刀砍死你了！还在我面前嚣张个什么劲？以为你多了不起呢？混蛋！”洛芷珩流利的语速毫不客气地大声喊道，哪一句话都很不客气。

她很明白地说明白了，要不是看在贵妃娘娘是穆云诃亲姐姐的面子上，她洛芷珩还真的不会理会的！别太将自己当回事了、当盘菜！

洛芷珩这顿也算是指桑骂槐了，她嚣张跋扈得一点不掩饰音量，故意喊给房间里那个女人听，让她能仔仔细细地听清楚了，洛芷珩可不是那么好拿捏的，你想怎么样就怎么样？下辈子吧！

“我现在再告诉你一遍，我要离开这里，贵妃娘娘也不能没有道理地限制我的自由，说破大天去也不能！你若再敢阻拦我一下，我就直接去见你们的皇帝，请他砍了你的脑袋！”洛芷珩恶狠狠地满眼寒光，阴森森怒喝道。

纳兰代百气得胸口剧烈起伏，一张脸阴霾极了。但他眼看着洛芷珩真的转身离开了，他却不能就让洛芷珩离开，便命令宫人们将洛芷珩团团围住，并且阴狠地道：“这里是南朝，是贵妃娘娘的宫殿，贵妃娘娘是主人，贵妃娘娘说怎么样就怎么样。她没有让你离开，你就不能走！”

洛芷珩转身，冷嘲的目光看着纳兰代百，一字一顿地道：“好个忠心的奴才！原来这就是你们的待客之道呢，我明白了，见识了。也就可以安心地不客气了！”

洛芷珩忽然一撩衣袍，好像准备攻击的姿势，看样子是要出手了。围着她的宫人们都下意识地向后退开一步。纳兰代百也是全身心地戒备起来！他记得李侧妃在信里说过，洛芷珩是会功夫的。

难道洛芷珩真的敢无法无天地在皇宫里面大开杀戒？！那她也真是活够了！

然而令所有人大吃一惊目瞪口呆的是，洛芷珩竟然憋足了气，忽然张开嘴巴一声穿透云层的尖叫声，便瞬间嘹亮地响起，震耳欲聋！

“啊！！！”

这声音可谓是魔音入耳，刺穿耳膜般地痛苦！宫人们都捂住耳朵连连后退，纳兰代百脸色铁青，浑身僵硬，可见也是没料到洛芷珩竟然玩这一手。

洛芷珩中气十足，声音尖锐持续又响亮，一声咆哮喊了好久，然后换气，再来。这么大的声音，睡死了的猪只怕也会被唤醒的。何况贵妃娘娘只是一个人呢？

“够了你！”纳兰代百怒喝道。

洛芷珩不仅不停止，反而还尖叫着哭吼道：“救命啊！我被绑架了！他们不让我离开啊！一群土匪，死太监好猖狂，南朝的太监都是大坏蛋，没王法啊，我要哭死了！我好悲惨啊，谁来救救我啊！我好可怜啊，小白菜啊地里黄啊，太监也敢欺负我没娘啊……”

一群人下巴都快要掉到裤裆里去了，瞠目结舌！

“这是怎么回事？谁在咆哮？”一个威严的嗓音骤然响起。紧接着凌乱的脚步声来到洛芷珩背后。

洛芷珩听出来了这声音是谁的，她也不回头，像个小孩子似的不停地蹦跳扭动着，口中拼命哭叫：“呜呜呜，讨厌的坏人，破地方！我不要留在这里，让我来又不见我，我被她的奴才欺负她也不管我，我要告状，我要告状！我不要留在这，我要回家，谁拦着我谁是坏人。”

皇上站在洛芷珩的背后，简直目瞪口呆。他的儿女也不少，但是没有一个人敢如此放肆和荒唐的，玉儿虽然被皇后娇宠，但却也很有礼貌懂分寸，哪里会像这个，小疯子似的哭叫？

“有话好好说，穆小王妃。”皇帝开口，又不能呵斥，只能耐着性子道。皇上很无语，前天还以为是个温柔懂礼貌的好孩子呢，今儿怎么就被颠覆了呢？

洛芷珩似乎完全没听到身后有谁说话，继续哭闹道：“太可恶了啊，我洛芷珩活了这么大还没有被这样对待过呢。我现在也是穆云诃名正言顺的妻子，竟然被一个死太监欺负，我不要活了啊，我死在南朝皇宫好了。”

皇帝的脸色一变，抬高声音道：“这究竟是怎么回事？到底是谁欺负穆小王妃了？给朕一个解释！不然朕就将你们这群奴才全都拉出去砍头。”

“皇上息怒！”宫人们吓得都跪下。

洛芷珩这才好像忽然发现了皇上的存在，惊讶地转身，脸上还挂着几滴鳄鱼的眼泪。她一脸委屈哭道：“呜呜，终于来人了。皇帝陛下要为我做主啊。这个死太监他竟然不让我离开这。为什么要把我困在这里？我犯罪了吗？还是得罪了谁？为什么要限制我的自由啊？南朝皇宫好可怕。”

皇帝的脸相当难看，被人说成这样，任谁也不会开心的。

“究竟是怎么回事？说！”皇帝一声怒吼，整个贵妃宫殿外鸦雀无声。

“启禀皇上……”纳兰代百嘶哑地开口。

“你还敢说话？”洛芷珩忽然冲上去，一脚狠狠地踹中了太监的肩膀，将跪在那的纳兰踹得一下子摔倒，她这一脚又快又狠又重，踹得纳兰惊怒交加，一时之间收敛不住怒火阴狠地瞪向了洛芷珩。

洛芷珩现在是身后有皇帝就不怕。她今儿就要仗势欺人一回了。

“你看什么看？还要吃了我不成？”洛芷珩叉腰，一脸怒火一身骄蛮地大声质问道。

她不给太监说话的机会，继续大声咆哮道："我都告诉你了！但是你是怎么做的呢？一点不体谅我的难处，不让我离开，还不见我，就这么耗着我究竟是为什么呢？有意思么？要不这样吧，你告诉我你究竟什么意思，想让我干什么？只要我能做到我都做行不行？别限制我自由可不可以？我要离开这个皇宫，你们别拦着行吗？"

太监面色难看，恨不得冲上去立刻捏碎了洛芷珩。

"皇上您别听她的话，贵妃娘娘思念亲弟弟心切，但小王爷却因为皇后娘娘从中作梗而不来与贵妃娘娘相见，贵妃娘娘知道小王爷一定会来见她的，所以就想着让小王妃在这里等，不用来回折腾了。皇上您要相信奴才的话啊。"纳兰代百极力地维护贵妃娘娘。

"那也可以先让我回去啊，也可以先见我啊。总这么拖着不见是什么意思啊？真的身体那么不舒服的话，南朝的御医们都是吃干饭的吗？都两天了贵妃娘娘的不舒服还医治不好？"洛芷珩阴阳怪气地讽刺道。

南朝皇帝的脸好像调色盘一样，怒斥纳兰代百道："混账闭嘴！你是什么身份？竟然也敢对小王妃如此大不敬？不要以为贵妃看重你，你就可以在皇宫里无法无天了！来人啊，给朕重重地打这个奴才！"

"皇上？"纳兰代百震惊地看着皇上，眼中脸上满是一片片的不可置信与愤怒。

"打！"皇帝瞪圆了眼睛怒喝一声，宫人立刻冲上去抓住了太监纳兰，就按在地上，两个有力的太监就左右开弓，噼噼啪啪地打了起来。

纳兰代百一声不吭地咬紧牙关，但阴狠的目光却看着洛芷珩。

洛芷珩也不怕，她将事情闹大了就是为了要收拾一下这个死太监。临走前发泄一下心中怒气。

"让小王妃见笑了。"皇帝云淡风轻地说道，似乎刚才只是一场闹剧。

洛芷珩也懂得见好就收，立刻擦干了眼泪，乖巧温和地说道："感谢皇帝陛下对贵妃娘娘的宠爱，只是这样的刁奴怎么可以用在贵妃娘娘的身边呢？实在是给贵妃娘娘丢脸呢。"

皇帝淡笑，忽然看向太监道："你说贵妃娘娘想要见弟弟，但是皇后娘娘派人阻拦了？这是真的？"

"千真万确！"一直不让自己吭出一声的纳兰代百，咬牙回答道。

洛芷珩倒也佩服这个太监对贵妃娘娘的忠心，自己不求饶，反而在被打板子的时候还在维护贵妃娘娘。但他也是在污蔑皇后娘娘呢，洛芷珩不能不管。

洛芷珩笑眯眯地说道："皇上请听我一言，实际上不是皇后娘娘要阻拦，是我求皇后娘娘帮忙的，因为我今日要去参加天下第一才人大赛，贵妃娘娘昨天要接小王爷进宫就不合适了。我不在这的话，小王爷在这多少也是好说不好听，而且来回折腾我担心小王爷的身体也受不住。所以才请皇后娘娘帮忙告诉小王爷回去等我。"

"哦，是这样吗？"皇帝意味深长地笑了起来，忽然又道："对了，你是穆王朝这一届的冠军。那倒真是贵妃的人做得不对，贵妃也是糊涂，这比赛可是大事，她就是再想要亲近你也不差这一天两天的。朕这就派人送你直接去比赛场吧。"

"那就谢过皇帝陛下了。"洛芷珩笑眯眯地又指着纳兰代百道："这个人太坏了，多打几下要是也打不死的话，那就再多打几下。我看贵妃娘娘这一觉睡得也真是太沉了，这还没醒呢。那多打几下想必也不会耽误贵妃娘娘睡觉。"

皇帝脸上的笑意不断，微微点头，似乎是纵容了洛芷珩这个无礼的要求，但皇帝的心中却起了疑惑，穆清雅真的在睡觉吗？洛芷珩刚才的声音整个皇宫都能听见了，而在这么近距离的贵妃真的听不到么？

而洛芷珩的话也让纳兰代百阴霾的脸色霍地苍白，眼底有种无奈冰冷的绝望。屁股上一板子接一板子地落下，剧痛无比，渐渐血肉模糊！

她，终究是不在乎他的死活吧！

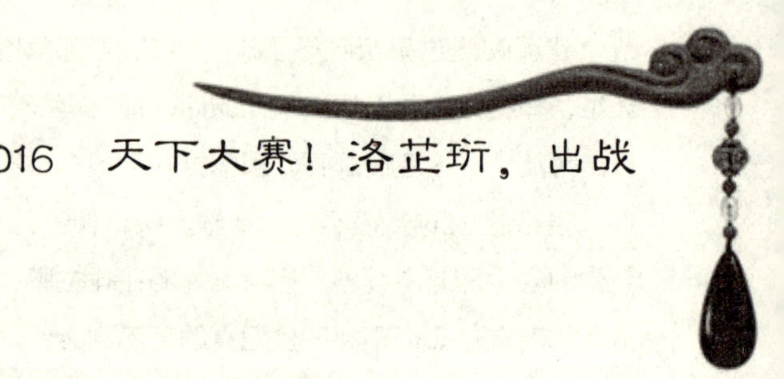

016　天下大赛！洛芷珩，出战

这一届天下第一才人大赛比赛场，南朝百年前战争遗址！

这里有着最最古老恢弘、气势磅礴的遗址。四周均是一望无际，蔚蓝的天空在四面八方仿若是与海面连接成一线，天与地均是看不到尽头！这里的土壤上漫漫黄沙，这里没有一滴水，没有一棵树，没有一座房屋建筑，这里有的只是一座座石碑上刻画出来的百年忠魂！

这里到处弥漫着烽火硝烟的味道，四处潜伏着危险，这里充满了战斗的味道，一马平川下的黄沙在日光下显得更加壮丽与震撼！

这里，是战神耶律苍生战役一生中最后一战的战争遗址，这里是神话的开启点，亦是传奇无人打破的终结点！今日，百年之后的天下第一才人大赛的各国冠军会集于此，今日的战神遗址，将会再度绽放一种光芒，沉淀了古老沧桑的地方，今日将因为那些出类拔萃惊才潋滟的女子而光芒四射！

空旷的战场，此刻四面八方已经聚集满了人群，多数是南朝的百姓，也有各国前来观看的百姓，自然，那些摆放着座椅茶杯的地方，是为了各国的重要人物而安排。今天这场比赛可是国际赛，各国来客都要照顾到。

今天的比赛是没有擂台的，空旷的战场就是参赛者们的擂台。

大批的士兵有条不紊地站在该站的地方，做着充足的保护。渐渐地马车多了起来，一辆辆华丽的马车里，走出来的都不仅仅是一个普通的人，他们代表的将是他们的国家。每一位有资格在这场天下赛事中的座位上占据一席的，都是各个国家里举足轻重的大人物。

比如，从那印刻着雄狮图腾的马车里走下来的白发老者，在魁梧男子和娇俏女子的簇拥下健步走来，前面自然有人自报家门，于是大赛主办方的管家们便齐齐迎上来，一声迭一声的通报声唱响，清清楚楚地回荡在古朴却热闹的战争遗址上空，告诉每一位激动等待见到各国大人物的百姓们。

“穆王朝，镇国将军府，慕容老将军，慕容大将军，慕容二小姐到！”

哗地一声！四面八方响起了极大的震惊抽气声。穆王朝是军事大国，穆王朝的镇国将军更是有百年历史的大贵族，穆王朝的老将军更是一位战功直逼战神最近的一位传奇人物。但慕容老将军年事已高，接近百岁高龄，谁能想到这样的舟车劳顿，这位传奇人物却能出现呢？

各国百姓们瞬间就沸腾了！无一例外地都觉得今年这场赛事绝对是最精彩的一场！

唱名的声音是三十个人分别站在每段距离二百米的地方，一个喊完另一个接连喊起的方式来报出光临者的身份，以便于让每一个在场的人都能听清楚。这也是每一年的天下大赛中人们最最期盼的一个环节。一群小人物，哪里能见到和知道各国的大人物呢？只有在第一才人比赛里他们才能远远地眺望一眼，但这一眼就能让人们兴奋一年半载了。因为这些大人物都是闻名于世的将相王侯！

而这种唱名的做法，更是将高潮一波一波地掀起，人群的欢呼声也几乎如同浪潮一般响彻。

“看来老祖宗声望很高嘛，都一大把年纪了竟然还能被人崇敬成这样！”慕容纤雪一脸骄傲地打趣着自家老祖宗。

“别没大没小的。”慕容大将军低声训斥，但声音里只有宠溺。

“说她干什么？老家伙我都没有想到我还挺有人气。嘿嘿。”慕容老将军得意洋洋地咧嘴怪笑，忽然张望着道，“咱们这群看客都到了，雪儿你那小朋友作为参赛者怎么还不来？老头子我要不是为了亲眼瞧瞧她还能玩出什么花样来，才不来活受罪呢。她要是敢给老头子掉链子，看老头子不抢回手杖来！”

慕容纤雪也着急地张望，她故意没有和洛芷珩说她也会来观看比赛，就为了今天能给洛芷珩一个惊喜，更重要的是为洛芷珩加油打气。可是老头子爱凑热闹也非要来，无奈之下哥哥担心老头子的安危，只能亲自护送着来了。

他们一家子老老少少可真是到齐了，算得上都是为了洛芷珩而来吧。故意比洛芷珩早到几天，她之前还进宫和皇后姐姐显摆她交了好朋友，吹牛说洛芷珩这次一定赢个冠军，那下一次天下决赛就会放在穆王朝了。要是洛芷珩真掉链子了，那她的脸可就丢到了国外了，玉儿外甥女也一定会嘲笑死她的。

“这家伙，跑哪去了啊？”慕容纤雪跺脚。

“她可别是临阵脱逃了吧？这么大的场面，又是在这种古老的战争遗址中举行，只怕你那小朋友已经吓得尿裤子偷偷回家去了，哈哈哈。”慕容老将军没个正经地嘲笑道。

“老头你不要乱说话啊！洛芷珩才不会逃跑呢！不仅不会，我还相信她一定会胜利的！你看着吧！我慕容纤雪这点眼光还是有的！”慕容纤雪倔犟地怒道，心里却没底，大骂洛芷珩怎么还不来啊？

几位落座，又有人来，场面本就热闹还没有退下呢，这辆有着古怪图腾的马车立刻吸引了周围人群的关注，那是一个精致的围棋盘，上面黑白子罗列着最简单的一种开棋布局，但却古朴大气。

这个标志刚一出现，稍有见识的人立刻惊呼起来，都不用通报了，周围的人瞬间用狂热的目光和崇拜的声音呼喊出了马车之中的人：“棋圣！棋圣！”

只因为琴棋书画四圣的标志是独有的，是独一无二不可模仿替代的，只有四大圣者本人可以享用！而这个标志，无疑是棋圣的标志！

这方还在不停呐喊，后面的人的声音迅速如同浪潮一般地退落下去，没看见看不清的人们都在屏住呼吸等待着唱名的响起，来宣布下一个出现的人究竟是不是棋圣大人？

管家们迎上去，里面缓慢走出来的白发苍苍的老者，不是棋圣占海南又是谁？

管家们狂热起来，唱名的人也狂热起来，一声连接一声地通报道：“棋，占海南圣者到！！”

轰！！

压抑等待的人群忽然就跟随着那通报声发出了一片片的狂欢声：“棋圣！棋圣！棋圣！”

四圣是天下人的圣者，他们也许是属于哪一个国家的，但在任何场合里，他们都只属于天下！所以他们不需要报上国家，只需要报上他们无与伦比的超然身份！整个天下人对琴棋书画的仰慕和崇拜喜爱那简直是狂热的。而四圣向来是神龙见首不见尾的，如今得以见到，哪怕只是一根头发丝，也能让人兴奋到血液沸腾了。

如果说占海南的到来只能让人们热血沸腾，那么接下来这位的出现就足以轰动全场了。

儒雅的马车低调中透露着奢华，一支毛笔一本书，最古典与文雅的结合，它的出现足以令所有人震惊。因为这一位自从成名以来就低调得可以，几乎不怎么游走在世上，而这位更是一位传奇人物，他经历过国家灭亡，他顶着叛徒叛国的罪名义无反顾地加入了新的王朝，他用自己的实力证明，他的眼光和他的人品，都是正确的！

“书，佟云霄圣者到！！”这一把通报唱名的声音里有明显的颤音，然而，第一个声音响起之后全场只有一片静默，然后第二个第三个第九个，足足经历了一千八百米的距离那么长的时间，安静的战争遗址中瞬间沸腾了！

“书圣！！”一声高过一声的呼喊狂热地从五湖四海的人们口中喊出来。

当今天下最最受人敬仰的大儒者，穆王朝佟家老祖宗，竟然也来到了南朝！还有什么比这更让人震惊和狂喜的呢？如果说这天下还有伟人，那么慕容老将军和眼前这位大儒者佟老，就绝对堪称是伟人中的典范！

然而让人们更加震惊的是一种幡然醒悟，这三位传奇人物，怎么会，怎么可能，怎么就这样齐聚一堂了呢？是什么让他们竟然都长途跋涉来到了南朝的天下决赛？又或者是什么人让这三位大人物愿意屈尊降贵亲自出动？

三位在各种各样的声音中落座，彼此挨着，彼此互看一眼，三位加起来有三百多岁的老家伙们彼此了然于心，他们，都是冲着洛芷珩来的！

只是，洛芷珩现在在哪？

佟老眯眯眼，他那个小小外孙孙也没来呢。佟老安心养神，心里却不禁有些期待，活了快一百岁了，本以为老了就等死了，哪知道竟然有一天会被一个小娃娃的惊天一战给勾起了浓厚的兴趣，总觉得这一战要是错过了，他这把老骨头也会有遗憾，所以就来了。只希望洛芷珩这小娃娃可不要让他老家伙丢人就好。

热烈的场面并没有结束，接下来出现的这位，再一次掀起了全场更加狂热的高潮！他有一张性感惑人的……

银月国对别国百姓来说也许是一个陌生的存在，但在南朝，银月国绝不陌生，银月国的神秘和富有，都是南朝百姓们津津乐道的。而银月国最最出色也是最最出名的两位，自然就是一对双生子皇王！

献世皇王！

献皇为长封太子，世王为幼封王爷，这二位献皇神秘莫测，从不轻易出现在天下，世王经常行走于列国，但却行踪不定，见过他的人也是少之又少，那神秘的银月国也因为这二位而更加的神秘。

眼前从那华丽富贵的马车上走下来的男子，他有一张性感惑人的俊美容颜，一身轻纱紫袍加身，贵气逼人，风流倜傥地走来，脸上带着玩世不恭的笑，身旁环绕着众多各有千秋的俊男，他的出现，瞬间掀起了一股对于美艳震撼的抽气声。

“银月国世王驾到！”唱名响起，久久回荡在战场上空，然而人们对于美丽又富有的男子的热情却将唱名的声音压到了谷底。

世王身后下来的人并没有特意让人通报，只见一男子全身都遮盖在宽大的斗篷之中，烈日炎炎，这人却戴着衣帽，让人完全看不见这人一丁点的容貌。身旁一名机灵的小伙子扶着，一旁的年轻女孩为其打着伞。

这个怪异的组合一经出现，迅速地抓住了人们的眼球，人们好奇死了，但是这三个人却没有任何唱名响起，没有人知道他们是谁。就在众人以为这几个人与世王是一起的，必定也会跟着世王坐在首位之上，但令人诧异的一幕出现了。

只见那机灵的小伙子和世王说了一句什么，然后这三个人就都拐弯了，走向了穆王朝几位大人坐着的方向。众人都抻着脖子用力地看，这位是谁啊，难道和那三位大人物认识？那必定也是一位响当当的大人物吧，可为何又遮挡着容颜？

穆云诃在刚刚得知自己外祖家的老祖宗竟然亲自前来了，是很意外震惊的。之前舅舅帮忙他还没有好好感谢，现在老祖宗出现了，他必须要来拜见。而且让穆云诃与世王那个人渣坐在一起，穆云诃会非常痛苦的。

穆云诃停在了佟老面前，在小喜子的搀扶下缓缓跪下，微微抬起头来道：“孙儿穆云诃给老祖宗磕头了。”

所有人的目光能看见这里，但听见他们说什么的就少之又少了。然而穆云诃这一跪，让所有人都认为这会不会是一个溜须拍马的人？要是这样的人都有机会拜见书圣那样的大人物的话，那他们岂不是也可以吗？

佟老淡然地看着穆云诃磕头，也没阻止，等穆云诃磕了两个头之后，佟老终于开口了，苍老的声音里有浅淡的笑意：“你身子骨不好，老夫就受你两个头就好，你那小妻子可是来了？”

穆云诃也不逞强。兜帽下的穆云诃脸色有些阴霾，但声音却很平静：“她没有与孙儿在一起，不过孙儿相信，她一定会及时赶到的。”

佟老虽诧异，但却没有多问什么，佟老招手让穆云诃过来，道：“你与老夫坐一块吧，那世王少和他掺和，不是个好东西。”

“孙儿正有此意。”穆云诃的声音里终于有了一抹笑意。他也觉得世王就是个混蛋，早晚杀了这个败类。

洛凝霜也来了，但是没有人搭理她什么，她就只能跟着世王，不然的话她今天准丢脸。当着这么多人的面，洛凝霜只想两件事情，怎么样才能在这场各国领袖云集的盛况上展现自己？怎么样才能让洛芷珩在今天名誉扫地，彻底沦为天下笑柄？

洛凝霜端坐在世王身后不远处，脸上一直带着柔和的笑意，她是有几分姿色的，甚至可以说是绝色美女，所以坐在那自然也是很吸引眼球的。

所有人都知道穆王朝的冠军是要与世王在一起的，那么眼前这位女子就是穆王朝的冠军么？那个叫洛芷珩的女子？！众人好奇极了，不由得纷纷将目光投向洛凝霜，只觉得眼前这女子端庄大方，端坐在那里从容不迫中又透露着一股女儿家的娇羞和自信，实在是标准了人们的审美观。

这样的女子，怎么可能是那个传闻中不学无术花痴成性的女子呢？

人们一个个交头接耳，天下是没有秘密的，而且人怕出名猪怕壮，洛芷珩的名声早就随着她的夺冠而漂泊到了天下各国。于是各种渠道挖掘出来的洛芷珩不检点的私生活也都出来了。各个国家的人都好震惊，天下怎么会有一个女子这么不要脸？这么不知检点呢？

男人三妻四妾就很正常，但女人若是左拥右抱那就是不要脸，是个贱人，是花痴，是该死的。

没看见眼前这位洛芷珩的时候，各个国家的天下第一才人大赛的铁杆拥护者们，都一致认为，洛芷珩那样的人要是能获得了冠军，那一定就是有猫腻啊，就是不公平不正确不真实的。没道理洛芷珩的亲妹妹连续九届冠军，最后却输给了一个在吃喝嫖上面臭名昭著的姐姐啊？

所以这群人都一致决定，他们要亲自监督洛芷珩的比赛过程，一旦有一点不符合规矩和不对的地方，他们就会立刻要求大赛取消洛芷珩的比赛资格，并且剥夺洛芷珩之前穆王朝赛区的冠军头衔！因为她不配！

但今天当他们看见他们认为的洛芷珩的时候，这样一个大家闺秀，端庄秀丽，气质脱俗，根本就不是想象中那样的啊，于是人们对洛芷珩的态度就减轻了许多敌意，但还是有好多人抱着一种探究和鄙夷的目光看着洛凝霜。

洛凝霜感受着从四面八方袭来的各种目光，她没有一点的焦躁和忐忑，反而理直气壮大大方方地接受着人们的注视。她太喜欢这种在各种场合她都是焦点的感觉了。万众瞩目，然后让所有人为她鼓掌和喝彩。她是最终胜利的那个人。

然而当各种各样的议论声也随之传来的时候，洛凝霜的脸还是有些挂不住的。

该死的！这群人竟然将她当做洛芷珩那个不入流的贱人了？！洛芷珩怎么可以和她相提并论呢？这群没有眼光的家伙！

古老的马车带着一股沉重的古朴之气缓缓驶来，领头的马车之上有一个鲜明的标志，一幅色泽艳丽的画作，上面是一个穿着红兜兜的可爱男婴。这幅画相当的生动，而这幅画也是天下唯一一个以自己的名号世袭延续的标志，它不仅仅是个人身份的标志，也是一个家族的图腾！这幅画鲜明张扬地告诉众人，这里面的人是谁！

南朝异性豪族，南朝异性王，画圣——诸葛画魂！

而后面那辆马车里坐着的，自然就是诸葛画魂的玄孙女，天下第一美人——诸葛画栾！

诸葛家的族谱必须占据一个画字，看上去分不出来长幼尊卑，但是在诸葛家凡能沾上画字的人，都是身份极高的。

当唱名的声音一声高过一声，喊着那南朝最古老的大家族族长和大小姐的时候，场面空前热烈起来。

“画，诸葛画魂圣者到！上届天下第一才人大赛擂主诸葛画栾到！”

画圣的到来让今天这个场面就变得极其微妙了，琴棋书画竟然到了三位！这是何等的盛况啊？简直是闻所未闻见所未见！这四位中能见到一位都是三辈子修来的福气了，见到三位，这让全场的人们都震惊兴奋到不能自已。

谁还会在乎什么洛芷珩洛凝霜的，目光全都被那几位老者吸引去了。当今天下，还有几个人能比他们高贵了去？

而天下第一美人的登场却是情理之中，惊喜之余的了。上一届的天下赛区的擂主，这一届是要接受新胜出的天下冠军的挑战的。守得住，诸葛画栾自然还是冠军，并且蝉联；守不住，那么冠军席位只能让贤。

现实很残酷，但也很激烈。

诸葛画栾不愧是天下第一美人，她一举一动都仿若大师画作中最最精美完美的一幅画卷，仿若从青山绿水之间走出来的仙女，衣袂飘飘，长发静玄，眉目如画，肤若凝脂，唇似朱砂。飘逸轻灵的女子站在白发苍苍的老者身旁，更显得明艳青春，艳光四射！

前来观看大赛的人们，尤其是男子们一个个兴高采烈，打了鸡血似的兴奋起来，跳脚蹦高地大吼着，尖叫着，诸葛画栾的名字一时间席卷全场！

“老王爷这边请，南朝的观看席安排在这边。”管家们殷勤地招待着。

“不用，老夫要去见见那群老东西们。”诸葛画魂声音沧桑，笑着向已经站起来的一位老者走来。并且大笑着道：“哈哈哈，咱们几个老不死的可是多少年不见了啊？没想到诸位也如我一般还活着呢？”

“是啊，你不先死，我们怎么敢死在你前头？怕你这小弟不好意思啊，我们这几个就担心我们先走了，留下你这老幺孤零零的可怎么是好？”棋圣占海南难得地开玩笑，但看他精神饱满，笑容满面，便知道他这是真的开心。

书圣佟云霄也忍不住有些激动地笑道：“是啊，还想着这一次来南朝，怎么也要见见你这小家伙。”

诸葛画魂冷哼道：“老头子我都一把年纪了，怎么在你们眼中还是小家伙？可别忘了，要不是琴棋书画这该死的别扭排行，在咱们四人之中，我可是能排在第三位的，云霄你怎么着也要叫我一声三哥的，哼，让那老疯子捡了个便宜，岁数最小，辈分最高。”

“奶奶个熊的，和他们比试一场啊，看谁厉害，谁第一谁就老大呗。”慕容老将军在一旁没忍住开了腔，一说完他还觉得自己说得挺对，嘿嘿怪笑着恬不知耻地道，“要不你们几个小家伙都认我做大哥，大哥我罩着你们，给你们分出来个一二三四，保证你们心服口服啊。”

三人都对慕容老将军这趁火打劫的行为感到鄙夷，但他们还没开口，慕容纤雪实在忍不住地嘀咕着打击她家老祖：“老不羞，连算盘珠子有几个都数不明白还给人家分一二三四，丢人脸了。”

“死丫头你胡咧咧啥呢？老子啥时候数不明白了？你找个算盘来，老子给你数清楚。”慕容老将军虎着脸，一脸不服气地回头嚷嚷。人家本来还没听见慕容纤雪说的是什么，被他这大嗓门一嚷嚷，反而全都听见了。

几个老家伙笑得挤眉弄眼，无情地嘲笑着慕容老将军竟然不会数数，气得慕容老将军吹胡子瞪眼。

“我说，你能不能不这么无耻？老头我才是这几个小家伙的大哥，是他们大哥！还轮不着你个粗鲁的老家伙来给分一二三四。”空气中忽然传来了一个着急不满的大吼声，惊得全场数万人猛地抬头寻找，哪来的声音啊？

这声音说远还远，但说快又快，几乎是眨眼之间，天边便冲来了一道人影，又快又狠地飞落下来，眼看着就要砸中那几个老人了。

下方的老人们听见这声音本来很惊喜激动地举目望去，但却被这忽然砸下来的人影给吓得一个个破口大骂。

“你个老不死滚一边去！”画圣怒吼，边吼边跑，刚才那宗师范瞬间全无。

“果然是个老不死的，你就不能正常一点？”棋圣咆哮，连连后退，生怕那

人砸到他一点。

只有书圣佟老最镇定，他还站在那，慢悠悠地对那眼看就要砸中他的人影笑道："我的身上穿着金丝甲。"

这一句话立刻引来了快要撞在他身上的人的怒吼咒骂："你个老腹黑！早就知道你最坏，蔫坏蔫坏的。老子要摔跤了啊！"

来人明显已经控制不住身体了，一句金丝甲让他立刻吓得转变了方向，但这时候身体已经控制不住了，眼看着就要摔到地上，摔得凄凄惨惨戚戚了，忽然佟老身后传来一个清冷的声音："丫头去！"

丫头听话地站起来，好像流星一般地冲了出去，娇小的一个小女孩，在所有人的目瞪口呆中一把抓住了那老者的手臂，然而丫头还没来得及将老人整个接住，老者有了一丝借助力的作用，便身法利落地一个筋斗安安稳稳地落在了地上。

惊险的场面眨眼间化为乌有。但全场依然安安静静的。

老者一身黑衣，看起来破破烂烂像个老乞丐，白头发白胡子，一脸通红气得胡子乱颤地指着那三位不管他死活的人破口大骂道："你们还有没有良心了啊？竟然都不管我死活？我是你们大哥，老大啊！你们这群没良心的混蛋，真要看着老子摔死吗？啊啊啊？"

眼前老者赫然便是那日大赛为洛芷珩赠琴的琴圣！

但他此刻已经快被气抽了，一点气质和宗师风范都没了，吹胡子瞪眼睛地将那三位响当当的大人物骂了个遍。骂痛快了，他才换了一种口气对丫头又惊又赞赏地道："姑娘好臂力！"

他从高空坠落，这小丫头竟然一点不怕地伸手接他，还接住了，并且看样子一点事情没有，这丫头的臂力惊人啊，要换做别人，此刻估计早就倒在地上抱着折断的手臂哇哇大哭了吧。

丫头害羞地憨憨地笑，不好意思地搔搔头。

琴圣连忙在身上一阵摸索，实在没什么好东西了，他只能打开了随身携带的两个盒子中的一个，拿出来一支精致晶亮的黄金簪子，这支簪子做工精巧，而簪子本身就是一种珍禽，浑然天成栩栩如生，一看就是价值不菲的宝贝。

琴圣笑眯眯地将簪子递向丫头道："姑娘仗义出手，让老夫没被摔伤，这小玩意儿就送给姑娘当做谢礼吧。"

丫头被那支金光闪闪的簪子吓到了，心里狂吼：好漂亮，小姐一定会喜欢！

但丫头却不敢拿，她连忙摆手，嘴笨又不会说，只得无措地看向穆云诃。

琴圣笑道："那是你的主人？你只管拿着，这是老朽给你的感激。你主人既然能让你帮老朽，自然也是心肠善良正义之人，不会责怪你的。”

“他才不是我主人！我主人是大小姐！”丫头义正词严地喊完了，却又不知道该说什么了，满脸通红地局促不安着。

琴圣一愣，旁边诸葛画魂嘲笑的声音插进来：“哎哟，老大也有出师不利的时候，不过你这个老东西还要不要脸啊？竟然随身携带这种女儿家的东西，随便就送给人家小姑娘，人家会要才怪。”

“可不是，看老大这样子就是个怪物啊，还敢对人家小姑娘笑，当心吓死人家啊。”占海南幸灾乐祸地道。

“许久未见，原来你竟然也会移情别恋了。据说你竟然将龙凤琴都送出去了，老朽再也不相信这个世上还有真爱了。”佟老苍老的声音里充满了幽怨，凉凉地说道。

“什么？这老不死的竟然将龙凤琴送出去了？有没有搞错啊！琴今朝！你对得起我姐姐吗！”诸葛画魂忽然狂暴地怒吼起来，竟然冲动地就要上来揍人了。

几个老东西闹成一团，乱七八糟的，整个壮观的场面安静极了，明明是悲壮的古战场遗址，但因为这几个好像老顽童的老家伙们，热闹欢快起来。

琴圣满脸通红地怒吼道：“胡咧咧什么呢？老子一辈子也不会背叛画情！只是龙凤琴是鸳鸯是金雕，是天生一对之物，如今凤琴没有了，我还留着龙琴干什么？还不如赠给有缘人，让那有缘人也能寻得一段旷世之恋，岂不妙哉？”

琴圣又非常鄙夷地看着那一二三个道：“你们以为老子和你们一样肤浅和没节操吗？老子道德高尚，就愿意造福更多的男女有情人终成眷侣。更何况，你们是没看见那丫头，那把琴给她，老夫是一百个放心。要不是老夫半路有事，一定能看到她决赛的，不过现在也一样啊，反正她是冠军，哈哈哈，老子就是眼光好。”

佟云霄神色一怔，偏头看向了穆云诃。而穆云诃也刚好抬头了，阴影下的脸无人能看清，但他脸上却是带着一抹惊讶和笑意的。

这老家伙该不会就是赠洛芷珩琴之人吧？那把琴还有这个典故？那把琴竟然象征爱情？穆云诃虽然不懂得爱情是什么样的，但却知道什么叫爱情，爱情就是一男一女一辈子幸福快乐地在一起。这一刻他忍不住心潮澎湃起来。

阿珩是不是知道这把琴的含义，所以才将这把琴转送给他的？阿珩是不好意思开口，所以才不告诉他的吗？但阿珩的意思，会不会是在告诉他，她想要和他在一起，在一起一辈子？

穆云诃觉得整个人好像瞬间充满了力量和兴奋，狭长的眸子在阴影里却明亮起来。竟然有一种迫不及待想要见到洛芷珩的想法，也是这一刻他才猛然发现，他

竟然是如此思念洛芷珩。已经有两天多没有见到她了。

穆云诃不禁又想起了之前暗卫带回来的话，而他，在记忆中温柔的姐姐和朝夕相伴的妻子之间，他选择的是相信他的妻子。

诸葛画魂的声音打断了穆云诃的思绪："哼，算你识相。不过既然能让你将琴送人了，那么那个人就必须要得到我诸葛画魂的认可才行，不然就必须将我姐姐的龙凤琴还回来。毕竟这天下不是所有人都有资格拥有那把琴的。就算你是我姐夫，是我义兄，但你也不能将我姐姐的东西随便送给一个虾兵蟹将。"

天下无人知道，琴棋书画四圣，本是义结金兰的异姓四兄弟！而琴圣与画圣竟然还是姻亲！

琴圣猖狂大笑，信誓旦旦地道："老弟你就放心吧，我看上这人绝对让你心服口服！这两件宝贝，这金簪，可是我千辛万苦弄来的，就为了讨好我未来的小徒弟啊。"

"你还要收她为徒？你还给她送礼？究竟是何方人物啊，竟然这么大面子架子？"诸葛画魂震惊得都快吐血，琴圣这自恋的老东西竟然这么上赶着一个人？那人究竟是谁啊？

穆云诃心中一动，脸色就有点古怪了，琴圣竟然要收阿珩当徒弟？这本是好事的，但阿珩那古灵精怪的性子，可没几个人能拿住她的。只怕这琴圣要有苦头吃了。

书圣佟云霄脸上毫不掩藏的得意，没想到洛芷珩这么长脸啊，竟然让这个自傲又猖狂的老家伙，如此煞费苦心地想要将她收为徒弟呢，只是不知道这老东西要是知道他看上的最佳徒弟，是他的外孙媳妇，还会不会这么猖狂得意？

"他这还不是收徒弟那么简单，没看到他这是求着人家巴结着人家吗？但人家可未必愿意答应给他当徒弟呢。"佟老故意讽刺道。他可不能先说出来和洛芷珩的关系，琴圣这老东西向来疯癫，从来不知道瞻前顾后，想必还不知道洛芷珩是他的外孙媳妇，以后他倒可以用这件事情来挖苦琴圣。

"你知道什么？你这老东西一辈子也没有个得意门生，看见老子找到佳徒你心里嫉妒是吧？老子知道你，你就是个老腹黑，一肚子坏水，脸上还要装成圣人样，恶心。"琴圣怒道。

棋圣也知道琴圣说的是谁了，心里面那叫一个不舒服，脸一变，冷扫淡定书圣一眼，得意个什么劲儿？不就是洛芷珩和你有那么一星半点鸡毛蒜皮的关系么？

冷哼一声，棋圣一本正经地对琴圣笑道："你可别太高看你自己了，就你那两件宝贝，确实是宝贝不假，但你以为这两件小东西就能收买了那小家伙？小家伙狡猾得很呢，能否看上你这东西另说，就说她未来的发展就会不可限量，就连老夫都要自愧不如，都不敢有收她为徒的非分之想呢，你这个老不死的也太把自己当盘菜了吧。”

琴圣面对攻击来者不拒，还洋洋得意地笑道：“你们几个也太酸了，羡慕老子吧？继续羡慕吧。她既然收了老子的琴，就已经算是答应了做老子徒弟了。我可警告你们，你们谁要是敢坏我的事，当心我不放过他。”

因为举世之中认识龙凤琴的人很少，而比赛当天知道那是龙凤琴的人也少之又少，所以这消息只有内部人知道，还真就没有传开了。琴圣认准了一个人，当机立断地出手了，这还真比其他人棋高一着，快了一步。

“哼！”棋圣和书圣不约而同地冷哼一声。

琴圣还真就没说错，他俩还真就羡慕嫉妒了。洛芷珩那一手棋一手书展现得那叫一个惊艳漂亮，让他俩都起了爱才之心，但洛芷珩毕竟身份特殊，他们也不好明目张胆地就和洛芷珩有什么太过的联系，反而让琴圣钻了空子，占了先机。实在可气。

“你们究竟说的谁啊？我怎么越听越糊涂了？你们都知道是谁？快给我也说说。”诸葛画魂着急地问道。太好奇是什么人竟然能够获得三位兄长如此高度赞誉和一致认可？这人不是人中龙凤，只怕也是地上豪杰了。要是可以，他倒是很想从琴圣手中把人抢过来，狠狠地杀杀琴圣姐夫大哥的锐气。

琴圣只是直白又不是傻子，此刻也反应过来了，又很了解这位妹夫画圣的性子，当然不敢说得太多，万一这老小子又和他抢怎么办？

“没什么，你一边凉快去。”琴圣轰人，惹得其他人哄笑。琴圣又将那簪子往前递了一下道：“小姑娘拿着吧，老夫不欠人情。”

“对，拿着吧，他不欠人情，就是喜欢上赶着搭人情。”书圣似笑非笑地道。本来娘家弱到配不上他们豪族的外孙媳妇，要是真能和琴圣扯上关系，那身份自然是与众不同的，倒也能给穆云诃长点脸。

丫头吓得连连摆手，不知所措地使劲看穆云诃，心道小王爷您倒快说话啊，丫头可不敢随便要别人的东西，大小姐知道会生气的。

穆云诃还来不及开口，一直静静含笑站在诸葛画魂身边的诸葛画栾便对着穆云诃开口了：“这位即便不是这位姑娘的主子，但她听你的，想必你也算她半个主子了。琴圣老祖都这样开口了，不收总是不好的，这位……公子？何不就让这姑娘痛快收下呢？”

诸葛画栾对隐藏在斗篷里的穆云诃好奇极了，这个男子从一开始就极其安

静，几乎要让人忽略了他的存在，但他又极其让人无法忽略，他只是一个清冷的声音，便让诸葛画栾更加地好奇了，声音听上去是个年轻男子，只是不知道为何要将自己隐藏起来。而最让诸葛画栾惊讶的，是这个男子竟然从始至终都没有看过她一眼！

这可不符合逻辑了！

也不知道从几岁开始了，只要她出现的地方，所有人的目光必然是都放在她身上的，她不曾自恋过什么，但天下第一美人的名号她却也实至名归。长这么大第一次碰到不会看她的男子，诸葛画栾心想，这人莫不是个瞎子？所以看不见她长什么样？

诸葛画魂很诧异，他这性子孤傲的小孙女何时主动和一个男子说话了？这个举动让他不由得看了眼一直安静坐在那的穆云诃。坐在书圣身旁，和书圣有关？想必是书圣的晚辈后生了。

穆云诃微微蹙眉，他能感觉到说话女子探究的目光，但他一点不喜欢有人打量着他看。他并不想回答女子的话，但碍于书圣祖宗也不得不开口。

然而就在他开口之前的一秒，一个俏生生的清脆声音直直地插过来，声音带笑但话里藏刀地道："天下第一美人果然是名不虚传呢，今儿我慕容纤雪看见都要自叹不如了，想必我那不争气的妹子见到了诸葛姑娘也是要大呼'人间还有真颜色'的。不过要稍等一会儿我那妹子才能来了，我妹夫一心挂念着他的爱妻，可没心情理会我们这群只懂得玩闹的女子，诸葛姑娘不介意的话，有话就和我说呗。"

慕容纤雪这话可谓是高明极了，将话里有话发扬到极限。说明了穆云诃是有主之物，外人可别碰。人家有媳妇，还是爱妻，不管你诸葛大美人有什么非分或者没什么非分想法，都要远离远离再远离！

慕容纤雪可是亲眼见到过穆云诃的容颜的，妖孽死了！诸葛画栾在穆云诃面前算得了什么呢？穆云诃那可是能当天下第一美男的料，万一被天下第一美人缠上了，那后果简直不敢想象。她可是亲眼看见过洛芷珩穆云诃夫妻俩对彼此那"情比金坚，激烈壮烈"的情感的，好不容易看见世间有一对真感情在，她哪里允许有危险人物的靠近？再说她也是为诸葛大美人好，穆云诃是个更危险的人物，你别靠近，小心被洛芷珩那个大雷炸个粉身碎骨！

"纤雪！胡说八道什么呢？哪都有你掺和。"慕容大将军觉得丢脸死了，忍不住训斥道。怎么那么爱管闲事啊你？哪有一个女儿家的样子？洛芷珩的丈夫，洛芷珩都不露面着急呢，你一个外人反而维护起来了，这叫什么事啊？

诸葛画栾一张俏脸一阵白一阵红的，她是个极聪明的女子，自然听出来了慕容纤雪话中的意思。但她只是好奇这个人而已，并无他意，此刻竟然被人误会和警告，心高气傲的诸葛画栾很不服气。

“敢问这位姑娘是？我只不过是好心提醒一下而已，姑娘的想法还是不要太激进吧，否则闹出来误会就不好了。毕竟我诸葛画栾不是一个随便的女人。”诸葛画栾声音轻柔，但话锋凌厉。想要警告慕容纤雪，她也不是吃素的！

这话可就严重了，明显是在暗指慕容纤雪侮辱她名声了。一群老人的眼神都微微暗沉下去，想法各异。

你不是个随便的女人，但只怕你见到穆云诃那张脸之后，会随便起来就不是人了！

慕容纤雪很狂傲地想着，但冷不防的她忽然被人轻踹了一脚，愤怒地扭头一看，竟然是她的亲亲老哥，慕容纤雪那张脸立刻变得嚣张无比，还学着洛芷珩的张狂样子，趾高气扬地道：“我也没说你是个随便的女人啊？想交个朋友而已，你有必要弄出来这么多的是非？诸葛画栾姑娘可真是让我大开眼界了。”

“慕容纤雪！”慕容大将军真恨不得一脚将这个胡言乱语惹麻烦的妹子给一脚踹老家去！

“哎呀呀，行啦，我不说我喝茶总行了吧？也真是的，自个的男人自个也不赶快来看着，玩什么神秘啊？”慕容纤雪一脸混不吝的表情，端着茶杯嘀咕道。

诸葛画栾被慕容纤雪弄得很没脸，心里面不服气又觉得下不来台，真是觉得穆王朝的人素质差极了。这样的人竟然也能来观看比赛，银月国也是越来越差劲了。

“一群女娃娃吱哇乱叫个什么劲啊？咱们老头子应该好好地聊一聊了。”棋圣笑着说道。

一群老家伙倒也真不将两个女娃娃的明争暗斗当回事，毕竟他们这个年纪把一切都看淡了，又都是从那个年纪走过来的，看着反而是个乐趣。

在书圣棋圣这边又加了几把椅子和茶几，几位老者落座，诸葛画魂还不死心地追问着琴圣那个打算倒追的徒弟：“到底是个怎么样的人啊？是哪家的贵公子？还是什么贫寒人家的好儿郎？快给我说说啊。”

琴圣闭口不谈，吊足胃口。书圣淡笑不语，面带得意。棋圣冷面朝天，满心不服。

一时之间反而没人搭理诸葛画魂，气得他心思一转佯怒道：“好啊你们，有好东西竟然也不和我分享，你们以为我是想要抢那个人吗？放心吧，我没心思教徒弟的。没看我这还有一个没出阁的小孙女吗？人间凡夫俗子有几个能配得上我这才艺精湛，样貌不俗的孙女的？姐夫看上那人若真是个有真才实学的，只要样貌过得去，那我就将画栾许配给他。我相信姐夫的眼光。”

“噗！！”

慕容纤雪一口香茶刚含在嘴里，没来得及咽下去就全都狂喷了出来。她愣愣地看着那几个看过来的老家伙，脑袋里就那么几个字来来回回地反复……

好东西不分享？把孙女嫁给她？

洛芷珩什么时候成了东西了？还有，她什么时候有能娶媳妇的技能了？

慕容纤雪是真的忍不住了，嘴角的笑容越来越大，眼睛看向一脸娇羞的诸葛画栾，想象着诸葛画栾依偎在洛芷珩怀里的画面，她终于不厚道地大笑起来，笑得前仰后合，也不顾形象了。

也不仅仅是她自己，就连在外人面前镇定冷酷的慕容大将军也实在忍不住地抽搐着嘴角，攥拳捂嘴掩饰唇边无法控制的弧度。

要说他俩夸张，那还是轻的，琴圣就笑得哇哇的，又拍桌子又拍腿，白胡子都跟着剧烈颤动起来。所有知道琴圣口中之人是谁的，没有不笑的。书圣更多的是哭笑不得，棋圣则是暗叹着“作孽啊”！

诸葛画栾本来蓦然听到自己婚事又惊又害羞，心里面对那个三位圣者交口称赞的人也是仰慕好奇起来，但这群人的反应实在让她觉得莫名其妙和难堪，难道他们是认为她诸葛画栾配不上那位公子吗？

“笑什么啊？怎么？难道我的画栾配不上姐夫看上的人？”诸葛画魂不满地怒道。

“没、没啊！配得上，太配得上了！不过吧，她俩要是在一起，是不是有点天理难容啊？而且我那徒弟啊性子太古怪了，对于……娶妻这恐怕是不擅长的。”琴圣恶趣味横生，大笑着故意意味不明地说道。

诸葛画魂这才脸上有了笑容，仔细一想这也真是个好办法啊，让画栾嫁给那人的话，那龙凤琴不就能名正言顺地回来了？而且还能收获一个人才，还能挫挫这三个老东西的锐气。本来只是随口一谈的，但此刻诸葛画魂却放在心里，当回事了。他觉得这一招简直太可行了。

“不懂男女之事不要紧，只要他是个好人就行。他今天会来吗？老夫到时候可要好好地考较一下他，好男儿只会弹琴可不行，还要能绘画，最好能文能武，这样才配得上画栾。”八字还没一撇呢，诸葛画魂就先设想上了。

他是理所当然地将这位人才当做男人看了，毕竟谁也不能一下子就想到这种有大才能，还能得到众多圣者称赞的人，会是一位养在深闺嫁为人妇的女子。

场面瞬间失控，众人笑得肠子都快拧了，其中慕容纤雪和琴圣笑得最欢。

而穆云诃，整个人都笼罩在了一片阴霾冰冷之中。他终于抬头看向了诸葛画栾，只不过这隐藏在兜帽之下的一眼，阴森，冰冷，狠绝！

恨不能将诸葛画栾立刻毁灭狠戾！

这个老不死的，竟然什么乱七八糟的东西也敢和他的阿珩放在一起！他是不会让任何人觊觎阿珩的，管他男女，敢来立刻杀无赦！

诸葛画栾感觉到了对方的目光，只觉得头皮发麻，她惊讶地看过去，刚巧看见穆云诃缓缓低下头。诸葛画栾很奇怪这人为什么会用那么冰冷的目光看她。

“画栾也找个地方坐下吧。”诸葛画魂温声说道。

“是，老祖宗。”诸葛画栾看了一眼，挨着自己老祖宗的话，就要坐在书圣和琴圣之后，她也不知道是怎么了，下意识走向了穆云诃。总觉得这个男人莫名危险，又看不到他的脸，但她就是走向了他。

慕容纤雪一直注意着她的动态，一看她的脚步明显是冲着穆云诃去的，立马跳了起来冲了过去。

“纤雪！”慕容大将军刚开口，慕容老将军立马怒道：“你老拘着她干什么？让她爱干吗干吗，一个小孩子总和我们一群老爷们老头子在一起干什么？”

慕容大将军连忙闭嘴，可眼神总是担忧地看向自家小妹。惹得慕容老将军又怒道：“规矩点。你再这么护着她，不知道的人还以为你是她爹呢。”

“也差不多，她本来就是孙儿带大的……”慕容大将军有点得意地嘀咕了一句，却被慕容老将军狠狠一巴掌拍在了脑门上，大将军彻底阵亡了脸上的骄傲得意。

“你干什么？”诸葛画栾惊了一下，旋即眼中闪过一抹凌厉地扬声道。

她看上的位置，这个慕容纤雪竟然抢先坐下了，还可恨地对她示威一般地扬起了脸。

慕容纤雪一脸不好意思地道：“我想和我妹夫聊聊我妹子，实在不好意思了。”

“我也很不好意思，我就想坐在这里，感受一下浓郁的文化气息，而不是浓重的武风。”诸葛画栾也不弱，一扬手就招来了侍者又添了一把椅子，而且就在穆云诃右边。然后在慕容纤雪的怒视中坐在了穆云诃身旁。她还得意地对慕容纤雪挑眉冷笑。

一瞬间，两位大美女一左一右地将穆云诃夹在了中间。三个人的气场是烈火，冰山，气海！

慕容纤雪火一般的恶气噌噌的，穆云诃全身散发着让两个女人心惊胆战的寒气，而诸葛画栾则是因为赌气而挑衅，就算心惊胆战也不妥协、不离开。她和慕容纤雪杠上了。

小喜子拉着懵懂的丫头连连后退，嘴里叨念着："快快远离，危险危险。"

"不能离得太远，那个陌生女子很危险，要保护小王爷。"丫头被小喜子的神经兮兮吓得也小声说道。

小喜子瞪眼："你傻啊，那俩女人一看就都不是善茬，这种状况只有小王妃能摆平，咱俩先躲得远远的，省得一会儿小王妃来了，血溅三尺溅咱俩一身，多晦气啊。"

"为啥大小姐一来就有血？"丫头迷糊极了，手里还抓着被琴圣强行塞过来的金簪，想挠头差点没自我毁容。

小喜子吓得连忙抓着她的手，大有一种我很见多识广，你问我就对了的风骚劲："你没听说过三个女人一台戏么？三个脾气都不咋地的女人搁一块，很容易引发战争的。"

丫头忽然大声怒道："你说我小姐脾气不好！"

"嗯？"穆云诃听见了便冷哼一声，长长的尾音极其危险生冷。旁边两位女子都一个激灵，不由自主地离他稍微远了一点点。

"不是不是！奴才没说娘娘脾气不好，奴才就是说娘娘性格真好，真真的好！哈、哈哈哈……"小喜子欲哭无泪，连忙干巴巴补救。真要被丫头这没心没肺的大嗓门给害死了。

"娘娘？"诸葛画栾心中一动。不由得再扫了眼身旁的男子，他的奴才口中说的娘娘和这男子是什么关系？

一时之间也想不出来个所以然，但两个女孩子的较量却开始了，前面几位老人聊得热火朝天，天南海北地说，后面几个年轻人却剑拔弩张，互看不顺眼。

场上又接连来了许多各国的高端人物，盛大的场面却再也没有掀起更高的浪潮，所有人的目光都只看着那四位圣者，可能这场比赛从这四位到齐之后，便不再是一场简简单单的天下较量了，而是一种巅峰对决！人们开始期待的也不仅仅是女子们的比赛，更有期待能看到圣者们大展才艺。

当银月国又来了几位王爷之后，银月国主办方的实力立刻明显了。众多王爷是在列国分布的王爷，但他们在世王面前明显是低下不止一二等的。

"皇兄带来的冠军就是这位姑娘么？"一男子有些害羞地问道。他瞥了一眼世王身后端坐的洛凝霜，眼底闪过一丝讥讽。

“不是她。”世王淡淡地开口，声音也有些冷，“她还没来。”

“哟！还没来呢？这是做什么去了啊？再等一会儿就要开赛了，再不来可就迟到了，到时候三声擂鼓响完之后，她就被自动淘汰了，就算来了也是白来了。”男子一脸为世王着急地说道。

他们是很紧张的，世王这么多年都没有率领过谁参加天下大赛，就算是那位传闻中极其出色的九届冠军，也从来没有出现在天下大赛中过。这忽然之间就带来了一个人参加，他们本来就胜率低，这回就更加没底气了。前有献皇，后有世王。一个掌管天下财运大国，一个掌控天下军事大国，还让不让他们这群小王活？

“她会来的，一定会！”世王并不动怒，语气沉稳中带着一股杀伐之气，他周围聒噪的声音立刻落了下去！

忽然，唱名声再度响起，这一届的南朝第一才人大赛的冠军来了。

“南朝白家，白明珠，白明月到！”

白明珠人气很高，但白明月人气更高。只不过白明珠是女子，白明月是男子。兄妹二人笑傲群雄一般地进场，作为东道主这一届的冠军，白明珠是压着点来的，就为了在不失礼的前提下晚到，以此来吸引人们的眼球。

比赛还没开始，观众们就已经热闹了起来，大赛已经准备得各就各位了。大赛是在战场上的，这战场又都是漫漫黄沙，偌大的赛场已经构成了一个大型的比武场，但因为这样到底是不能衬托诸位参赛者的地位，所以在赛场的四方分别有一个象征参赛者身份的小型高台，只能站一人。

天下之大，小国和诸侯国是不能算的，银月国很挑剔，只在大国举行第一才人大赛，而天下大国只有四国，所以天下比赛的冠军参赛人只有四位，算上一位上一届的擂台主，一共五人。

但这五个人却全都响当当，拿出来就能成为身居高位的贵人的。天下大赛之后，这五个人的身份更是会水涨船高，而天下冠军，就算是皇后也做得！当然，今年的冠军人们认为掺水极大，比如洛芷珩。

“安静！”今日天下大赛的司仪竟然是穆王朝的那位宋夫人，她衣着华丽地站在赛场正中央，高喊道：“感谢诸位今日的大驾光临，天下第一才人大赛感谢诸位的赏光，规矩大家也都明白，那咱们话不多说，接下来就有请四位各国选拔上来的冠军登台！”

掌声瞬间如潮水般涌来，三个衣着华丽姿色不同的女子婀娜多娇地缓缓步入人们眼中，缓缓走上高台，东南西，三个位置三个角落，站着三位妙龄少女，正仪态万千地对四周的人们挥手行礼，引来了更大的欢呼声。

然后渐渐地，人们的欢呼声就变成了质疑声，看着那悬空的北方高台，众人眼中带着茫然和奇怪，不仅议论纷纷。都到了这个点了，竟然还不出现，这女子立刻让众人觉得她时间观念好差，给人留下了不好的印象。

这场大赛万众瞩目，说有十几万人在这个战场上也不为过，一双双眼睛四处张望，不一会儿就将目光都落在了那还安安稳稳坐在世王身后的白衣女子身上。

“奇怪了，这位穆王朝的冠军怎么还不上去？她在等什么？”诸葛画栾奇怪地自言自语，显然她也是看见了正前方那端坐的洛凝霜。

“什么眼神，不知道别乱认人好么？”慕容纤雪不客气地讥讽道。

“哼，我自然不认识你们穆王朝的人，我认识的人里面不守时的可太少了。”诸葛画栾冷哼道。

“她一定会来了！不仅要赢得天下第一，还要将你打败！”慕容纤雪信誓旦旦，是对洛芷珩期望值太高还是为了气诸葛画栾，只有她自己知道。

“你的意思是她不在这？哈哈，一个如此不守时的人……她还是先来参加比赛再说吧。”诸葛画栾终于忍不住露出轻蔑的目光。

“你！”慕容纤雪还想帮洛芷珩说话，但锣鼓声忽然激烈地响起，她气得只能闭嘴。

锣鼓声激烈地响起，一声迭一声地敲击在人们心中一般，给人以震撼与严肃的紧绷感，全场迅速安静下来。

宋夫人看着那空缺的位置，她知道那个位置是谁。

洛芷珩！可她怎么还不来呢？眼看着时间就要到了，比赛开始，三声锣鼓一旦敲下，洛芷珩就是来了也将取消比赛资格。

宋夫人也不禁着急，看了一眼身后的香案，只剩下最后半炷香的时间了。

众人埋怨声也响起了，也不知道怎么回事，人群里忽然响起了一阵声音，那穆王朝来的冠军自知实力不行，看到今天这样盛大的场面吓得临阵脱逃了！

多可怕的一阵声音，将洛芷珩给冠上了临阵脱逃，若是洛芷珩真的不来了，只怕她这一辈子都要被人唾弃了。然而这种声音却越传越快，浪潮声里，洛芷珩临阵脱逃，穆王朝出了一个逃兵的舆论迅速席卷了整个赛场！

乱哄哄的议论声里到处都是鄙夷和哄笑，在穆王朝那样的军事强国里，竟然出现了一个逃兵，太可笑了不是吗？更可笑的是那个洛芷珩的父亲还是一位军人呢，军人世家出来的孩子，竟然是逃兵！

随着愈演愈烈的议论声，穆王朝的人和世王的脸都彻底阴沉了下来。

每一个人的手心里都捏着一把汗，脸上再也没有了风轻云淡的笑意，每一位大人物都安静下了表情，目光一致地沉寂了下来，他们都是穆王朝的人，洛芷珩要真的今天来晚了，不管什么原因他们的脸就都被洛芷珩给丢尽了。他们不是来丢人的！

世王阴沉的俊美容颜让一旁吃喝玩乐的男人们都闭了嘴，一个个都不敢轻易地再开口，但心里都在幸灾乐祸！

洛凝霜很幸灾乐祸，洛芷珩这一次丢人可丢大了吧。

“皇兄啊，要是实在不行的话，就让你身后这位姑娘代替那人上场吧，听说这位是那冠军的妹妹？听说她们是双生子？既然是双生那脸一定也是一模一样的，倒是可以以假乱真，最主要的是这位想必就是那位连续九届穆王朝冠军的洛凝霜姑娘吧？让她上场，皇兄的胜算更高呢。小弟这也是在为皇兄着想哦。”六王爷忽然一脸高深莫测地笑道。

洛凝霜心中一动，这可是一个太好的表现自己的机会了，就算她无法赢得比赛，但丢人的不还是洛芷珩吗？她要是赢了的话，那么她就将这件事情散布出去，到时候她是名利双收，洛芷珩可就惨了！

洛凝霜很心动，她一脸焦急心痛地道：“世王，要不然就让我去代替姐姐吧，姐姐还不来，我不能让穆王朝丢脸，更不能让我的父亲丢人！”

世王的脸色渐渐阴冷，攥紧了掌心，耳边是嘲笑声，明明是嘲笑洛芷珩的，但他却觉得这与嘲笑他无异！用洛凝霜代替洛芷珩的话，当着这么多兄弟的面，他颜面何存？但今天当着天下人的面，若他选择的人不来，他就不仅仅是在兄弟面前丢人了，还是在天下人面前丢人！

他不想丢人，更不想放弃那奖励中的宝物，他不能放弃使自己身体强壮的机会，为了能够百毒不侵，猛兽恐惧，他就算卑鄙一次，让兄弟们嘲笑又何妨？洛凝霜的话无疑是下下策，但到最后一步却是不得不走的了。世王暗恨，他何时被逼迫到这种地步？洛芷珩！你好样的！

“时间到！比赛即将开始，按照规矩，在时间内还未到的人，只有最后三声战鼓的时间了，若这三声战鼓响完穆王朝洛芷珩还不到，就算输！战鼓，起！”宋夫人不得不按照规矩大声道！

全场十几万人的呼吸都跟着这一声宣判而起伏起来。其中真正关心洛芷珩的又有几人？

所有人都不约而同地安静了下来，静静地看着那摆放在中间的一只战鼓，巨大的战鼓上布满了沧桑的痕迹，是战争遗留下来的狰狞与古老。二名鼓手一人手持一根巨大的仿若锤子的鼓棒，分别站在那巨大的战鼓两面。

宋夫人的目光看了一眼正位置上的世王，眼底暗暗心惊，洛芷珩今日若真不出现，只怕世王是不会放过洛芷珩了。再看穆王朝几位大佬那边，几个白发苍苍的老人家坐成一排，不言不语却自成一股强大的气场，令人在很远的距离也能感觉到一股无形的肃杀之势。

心里为洛芷珩默哀，只怕洛芷珩今天是在劫难逃了，现在必定是赶不及了，来不了，丢了人，就会得罪穆王朝和世王这两尊大仙，就算穆云诃也一定保不住她了。

宋夫人不能给洛芷珩太多的机会，她在众人的目光下不得不开口，声音嘹亮：“一！”

咚！

一声巨响无比的鼓声骤然响起，仿若金戈铁马践踏在铜墙铁壁之上一般，震耳欲聋。

绵延的鼓声传出去好远。人们的神经紧绷。佟老等人均是绷紧了面皮，他们是来看好戏的，但不是让人看他们好戏的。如果真的到老了，却因为洛芷珩而名节不保，被人嘲笑，那他们还不如一头撞死在这。

三位王爷姿态万千地笑看世王。世王冷着脸，心口紧缩，已经有多久没有这种紧张到头皮发麻，却不愿意放弃最后一丝机会的感觉了？他究竟还在期待着什么？为什么偏偏对洛芷珩有一种固执的期待和默许？世王不言不语，洛凝霜就着急地目光哀切。

“二！”宋夫人又高喊了一声。

咚！！

又一声巨大的擂鼓声响起，比之前更加地震耳欲聋，追随着前一声的鼓音飘远去。

“王爷！”洛凝霜沉不住气了，急忙低喊着。

世王狠狠地闭上了眼睛，他究竟为什么就感觉只有洛芷珩参加比赛，他才能得到那东西呢？现在看来，洛芷珩注定要叫他失望了啊。再有一刻，他连争霸那宝贝的资格都会没有了。

“这死丫头究竟在搞什么啊？我们一大家子来给她加油助威，她竟然真的玩临阵脱逃？”慕容纤雪觉得心都快要提到嗓子眼了，这种压抑的气氛让她再也忍不住抱怨起来。

“阿珩绝对不会临阵脱逃！”一直沉默的穆云诃，忽然开口，坚定而充满杀气的声音依然清晰可见地年轻动听。

诸葛画栾近距离地听到这声音，就感觉身子骨都酥麻了一瞬间，眨眨眼看向一旁的穆云诃，从他口中喊出来的“阿珩”二字，听上去竟然十分细腻动听。

穆云诃沉默着，但他依然坚定着阿珩一定会来。可究竟为什么会耽误到这种地步？阿珩，你知不知道你再不出现的话，就不仅仅是咱们两个人的事情了。前面那几位老祖宗，此刻可都代表着穆王朝，你若真的不出现，几位老祖宗只怕会怨恨死你的。你到底在哪里？怎么还不来？

白明珠高傲地站在洛芷珩站台的对面，嘴角勾着嘲讽的笑意。果然是上不得台面的臭花痴，估计是被她白明珠的威名给吓得不敢露面了。哼，算她识相，要不然就凭她洛芷珩敢比她白明珠晚到，她就有一百个理由灭了洛芷珩。

宋夫人沉默了一瞬间，终究还是忍不住看了眼世王，但世王依然无动于衷。

也不知道为什么，这一瞬间，所有人的心都跟着紧绷起来，所有人沉默，似乎都在跟随着这群大人物进行着一场豪赌，赌注就是这群大人物的名声、面子、尊严和国家的颜面！而赌的就是洛芷珩会不会出现！

为了一个洛芷珩搭上这么多大人物的宝贵东西，实在是不值。但这群大人物一个个的谁也不开口不阻止不解释，着实令人费解和着急。

宋夫人不能再继续耽搁，她终于一挥手，大声喝道：“三！”

那举着锤子一般鼓棒的壮汉向后抡鼓棒，再用力地向前砸去，目标直奔巨大鼓面的红心！

也几乎与此同时，在第三声鼓点还未敲响之前，世王大手一扬，身后的洛凝霜立刻站了起来，满脸激动地向前一步走，她知道，世王这是让她代替洛芷珩了！洛凝霜兴奋得眼睛都发光。然而她只往前走了几步，她的脚步就仿若被定住了一般，僵硬在原地，不可置信地看着前面那骚乱的场面。

穆云诃也在那第三声鼓点要敲响落下的一刹那，整个人猛地站了起来，他不能坐以待毙，必须为阿珩争取时间。因为这是阿珩千辛万苦想要的！

可能是他起来得过于猛了，羸弱的身子没有忍住地摇晃了一下，眼看着就要倒下去。小喜子距离太远，冲过来的半道就僵硬住了，只见他冰清玉洁的主子爷竟然倒在了那个天下第一美人的怀里！

不，是那个天下第一美人不要脸啊，竟然主动站起来去抱住了主子爷！

小喜子的表情瞬间比哭还难看，他用手捂住了双眼，口中念叨着：“主子娘娘不怪我啊，是那女人手贱手贱……”

紧张的最后时刻还是到了，几乎就在鼓槌落在鼓面之上的那千钧一发之际，众人身后，那黄沙漫漫的空旷战场边缘的青石路上骤然响起了不清晰的马蹄声，马

蹄声越来越激烈，越来越响亮，快速中带着一股凌厉的杀伐之气！

“慢着！！”世王猛地睁大了眼睛，那一直慵懒散漫的态度转眼间消失不见，他举起来的手瞬间握成拳，清亮的喝声仿若苍鹰咆哮，传遍赛场。

然而那鼓槌却不听使唤地奔向了鼓面，沉重的鼓槌眼看着已经划过鼓手的头颅。那策马狂奔而来的人儿显然是赶不及了。但这一刻所有人的目光都看向了那个狂奔在风浪中的火红身影，仿若一团烈火般，在人们惊慌让出的人形走道中席卷而过，狂奔而来！

洛芷珩满眼斗志，她很清楚那个鼓声代表什么，因为来之前皇后已经清清楚楚地告诉了她，她也知道，她晚一步，就等于是错过了拯救穆云诃的机会！这一步，只怕是她再跨越千年万年也换不回来的遗憾！

这一步，她输不起，也绝对不能输！

骏马之上的她忽然俯身，随着狂奔而过的骏马，眼疾手快地夺下一旁守卫士兵手中的弓，又快速地抽走了继续路过的士兵箭筒里的箭！

骏马狂奔在黄沙之上，溅起了层层黄沙，由远及近的人儿仿若率领千军万马而来的豪杰，马蹄践踏下黄沙将马背上矫健的人儿包围得若隐若现，恍惚中，只见马背上的人一把抓下了头上的红色发带，骏马在疯狂前进，马背上的人却将发带穿透在利箭之中，利箭搭弦，拉满弓，瞄准着前方空缺的站席。

她人在马背上颠簸，但手臂却稳，双眸一眯，屏息，放箭！

带着红色发带的箭羽嗡地一声狂射而去，带着一股飓风扫过众人面颊，眨眼间划过那打鼓之人的手臂，鼓手惨叫一声，手一松，眼看着就要落下的鼓槌直接掉了下去，第三声鼓声，注定永远销声匿迹！

嗖地一声！利箭准而快速地射中空缺位上，斜扎在木板上的箭羽上随风飘扬着洛芷珩鲜红似血的发带！

全场静默！十几万双眼睛里那一瞬间，就只有那狂奔而来长发狂舞的烈火人影，还有那一支惊天利箭！

空气中张扬地响起雌雄莫辨的狂傲声音：“洛芷珩，出战！！”

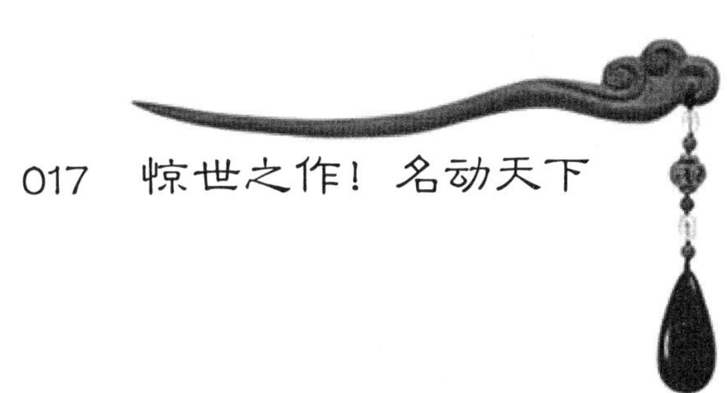

017 惊世之作！名动天下

漫漫黄沙被溅起腾飞，形成一层捉摸不透的雾气，仿若轻纱一般舞动在洛芷珩的四周。那狂奔而至的骏马，在洛芷珩熟练的掌控下被勒住停下，急速停下的骏马前蹄高高抬起，高大的枣红骏马仿若要两前蹄竖立起来一般，前蹄灵活地在半空中舞动刨着，响亮的嘶鸣声萦绕全场。

马背上的女子却依然稳如泰山，勒住马缰的姿势酷帅无比，随着马儿前蹄落地，热血躁动地原地缓慢转圈，洛芷珩也仿若巡视一般，泰然自若地环看四周，沙尘渐渐散去，清晰了散落着一头华丽的迎风狂舞长发的人儿。

她身着火红妖艳的骑马装，是她被困在皇宫里已经穿了几天的衣服，褶皱着、凌乱着，又因为之前那大开大放的动作，而露出精致的玉颈和锁骨点点，微妙地勾引人心。这身装扮在这种场合，在她那惊天一箭之后，反而有种洒脱不羁，慵懒妩媚的美感，着实夺人眼球！

凌厉的眸子扫过众人，一点也不怯场，更没有迟到伤人的觉悟和惊恐，反而腰板挺直地俯瞰四周。那居高临下不可一世的样子，这一刻不知晃瞎了多少人的眼！

在那样的紧张局势下，在那样的千钧一发中，在那样的不可逆转上，她竟然用一支箭劫杀所有麻烦和不可能！

慕容纤雪目瞪口呆，忽然咬牙切齿地低吼一句："早晚被你吓死！"

穆王朝神经紧绷的三位老人家，在安逸日子过了太久之后，在几十年之后的今天，再一次体会了一把什么叫做热血！

老人家的脸色从青转白，由白变红，一群老家伙本来直挺挺坐在那，都以为要丢脸丢到外国来了，哪知道洛芷珩竟然不负众望在关键时刻登场了。不管她之前干什么去了，她来了，而且还是以这样的方式出场，用洛芷珩特有的猖狂的姿态告诉众人，穆王朝没有临阵脱逃的逃兵！

慕容老将军是个军人，铁血一生了，这辈子已经没有任何事情能激起他的雄心和热血了。但此刻他却被洛芷珩那漂亮利落的一箭射出了火热的血液！老将军之前因为丢脸而几乎缩起来的腰板一下子就挺直了，一个没忍住，他还中气十足兴奋不已地大喝一声："好箭法！"

他这一声吼，让坐在一旁的慕容大将军也回过神来，眼中也是惊艳连连，看洛芷珩的目光就好像看着自己小妹那样疼爱喜欢，也跟着中气十足地大吼一声："好！！"

慕容纤雪早就激动得满面通红了，她有多兴奋看她那张几乎扭曲在一起的脸就知道了，笑得几乎合不拢嘴，见自家老祖宗和老哥都开口了，她更是猛地蹦起来，大喊着给洛芷珩助威道："咱们穆王朝就没有临阵脱逃的逃兵！洛芷珩威武！！"

洛芷珩环顾一圈，终于控制着马匹站定在那四个站台中央，将目光落在了那群老人家上，一一扫过之后落在了包裹在黑袍里的人，她知道，那是她几天未见的小诃诃。

但……她的小诃诃此刻正倒在其他女子的怀中，状态亲昵。

洛芷珩洋溢着自信的小脸瞬间附上了一层冰霜，微微眯着眸子，偏着头。目光仿若穿越过了人海，直达穆云诃的心里。

那一刻，时光仿若静止，骏马上的英气女子，目光痴迷缠绵着什么，但那周身缭绕着的冰冷气场，却无声地蔓延全场。她就那样一动不动也不开口地看着穆云诃和那个女子接触的身体。

穆云诃早就沉浸在终于看到洛芷珩的激动中了，只不过两天而已，再看见他才发现他竟然控制不住心里面的那种几乎强烈到要跳出胸膛的狂烈感，眼睛根本不能离开她的身体，只能看着她，缠着她，追随着她。

这一刻，穆云诃才忽然发现，他竟然是这么想念她，尽管只有两天，但短短两日的分别，于他而言竟然都如一日三秋。

穆云诃还痴痴地看着洛芷珩，真的忘记了他此刻有多不妥，也没感觉到洛芷珩的强大杀气。诸葛画栾是感觉到了，女人天生的直觉让她感觉到了洛芷珩的巨大敌意，但她不想放手，不知道为什么，就是不想。她诸葛画栾从来不会被人吓住，谁也别想用什么威胁恐吓的手段来吓唬她。

慕容纤雪注意到了洛芷珩的诡异举止，连忙看向穆云诃，这一看不禁大惊失色，劈手就是一掌，将穆云诃的身体扶正，还夸张大喊道："七丫头扶着你家姑爷，别让那些乱七八糟的人随便触碰啊，你小姐生气会杀人的。"

穆云诃这才猛地反应过来，虽然他很虚弱了，但他还是好像被什么不干净的东西碰了似的，略显激烈地用力推开了诸葛画栾，然后被小喜子和丫头扶着坐到了另一边，换成了慕容纤雪坐到中间。慕容纤雪对洛芷珩摆摆手。

洛芷珩勾起了唇角，似笑非笑地看穆云诃。她在前面为了他出生入死地拼命，他在后面竟然左拥右抱，美女在两侧，好享受嘛。不过慕容纤雪看样子是在帮她，但旁边那个女人是谁？

洛芷珩收回了目光，暂时不能去计较穆云诃的花边，因为她还要处理另一件事情，只怕她来晚了又引起了什么纷争了，不然慕容纤雪不会那样说话，慕容老将军不会那么激动地喊话。一定是又有什么针对她的言论出现了。

洛芷珩并没有下马，而是纵马慢悠悠地来到了战场围绕的中央里，居高临下地对另一个没受伤的鼓手伸出了手，那鼓手被洛芷珩满身风华震住了，不知道洛芷珩要干什么，但还是本能地将鼓槌放在洛芷珩手中。

鼓槌很重，但洛芷珩还能拿住。众人都不明白她究竟要干什么，只见她忽然抡起鼓槌照着大鼓就是一下。

咚地一声巨响响起，人们不禁捂住耳朵，看着她的目光里就带上了错愕，这是干什么呢？

"我，洛芷珩！"她冷着眉峰看向洛凝霜，忽然高亢郑重地喊道，"出身军人世家，我的父亲虽然不是什么大贵族，但在我的心里，他就是一位大英雄！他带领千军万马上阵打仗，出生入死都不怕，只流血不流泪。我是他最疼爱的女儿，长大后我看着我父亲戎马沙场，从不抱怨一句，也绝对不会说一声苦，或者打退堂鼓说想离开军队！"

"军人家的孩子，绝对不是孬种！不管男孩女孩，只要出生在这样忠国忠君的家庭，她就知道永不放弃，勇往直前！我也许不够优秀，也许不够出色，但是我自问我行得稳坐得端，我洛芷珩拿出来不是个顶天立地的汉子，但也是个巾帼不让须眉的女中豪杰！临阵脱逃那档子孬种杂碎才干的事情，我洛芷珩绝不会做！"她

硬气地拍着自己的胸口大声喊道。

铿锵有力的声音也许还不足以覆盖全场，但她的表现和话语的震撼力却迅速传播开来。

她说得太义正词严了，又那样热血激情，瞬间激起了穆王朝随从士兵那颗火热的心。

其中以慕容老将军最激动，他甚至忍耐不住站起来大声道：“说得好！军人，就要有军人的坚持！军人，就要用军人的血肉铸就一个铁血从戎的事实！军人家的孩子，怎么可能是逃兵？洛芷珩，说得好！”

“好！好！好！”雄浑，狂热，力量的声音骤然响起！穆王朝所有跟来的士兵只觉得热血沸腾，站得笔直笔直的，不禁大声地喊了出来。声音一声响过一声，叠加在一起，竟然有一种势不可挡的力量，终于彻底覆盖在了这片战场之上！也彻底震撼住了全场百姓贵族！

洛芷珩女当家的气场全开，只需要一个眼神，无关凌厉几分，就那一份舍我其谁的霸气就无人能挡。她一摆手，士兵们雄浑有力的声音立刻落下，只听她用狂傲冰冷的声音警告道：“所以谁再敢用那样龌龊的言论来编派打压我，那就不要怪我用一个军人的解决办法来对付你了。”

洛芷珩来了，在千钧一发之际，用一种非常独特和引人眼球，令人震撼的方式出场。然而她的这些话，却更加地令人瞠目结舌。这个女子，竟然敢这样说话，她还有什么是不敢说的呢？

洛芷珩是毫不掩饰地讥讽和警告，洛凝霜暗恨却也没有办法。

本来以为自己可以代替洛芷珩去参加比赛的，到时候不论比赛结果什么样，她都有好处，结果没想到，洛芷珩竟然来了，还来得这么及时，以至于她的如意算盘又一次落空了。这让洛凝霜很接受不了！

“虽然是晚了一点，但好在没有迟到得太离谱。”世王终于开口了，他也看够了洛芷珩的耍帅了。心里的怒气因为洛芷珩那绝处逢生拼搏到底的一箭而彻底烟消云散。洛芷珩用她决不放弃的举动告诉他，她不是故意来晚，有这一点就够了。

世王缓步走下了几节木台，英俊潇洒的男人嘴角含笑，仿若宠溺地看着她道：“准备一下，就开始比赛吧。本王先提前祝你有好成绩。”

洛芷珩刚刚给了他一份期待。刚才她这一手漂亮的箭法，太让人惊艳了。而这场大赛的最后一战更是非常激烈的，是银月国早就内定好的，有洛芷珩这好身手打底，只要洛芷珩挺过前面两关，天下第一，不是问题！

洛芷珩在马上对世王抱拳，自信满满地道：“洛芷珩也不会让世王失望！”

“那么比赛开始吧。”宋夫人的脸上恢复了高傲的表情，只不过扫过洛芷珩的目光里也带上了一份心颤的惊艳。她道：“天下第一才人大赛与各国的比赛略有不同，想必大家也是知道的。这天下大赛只比拼三场，第一场和第二场是互选对手，比试的题目一样，不可自选，是要比试上一届天下第一才人大赛冠军获胜的才艺。而上一届天下第一才人大赛的冠军是诸葛画栾小姐，她获胜的才艺是作画。所以你们四个人今天也都要进行作画，用一幅画来一较高下。”

安静的场面开始出现了议论，显然还是有很多人不了解比赛的规矩，而这种规矩更是荒谬和古怪的。

比赛别人擅长的，不能自主选择自己擅长的，这对参赛人而言是相当苛刻和不公平的。运气好的人也许刚巧能够碰上自己擅长的，但运气不好的，就会碰到不擅长甚至是自己的劣势，这规矩，着实很不人性。但百年来天下大赛就这规矩，没有抵抗，只有服从。

穆云诃的心快要蹦出来了，脸色一阵阵地难看。作画，可不是阿珩的强项，还记得为了参加穆王朝第一才人大赛，他可是给洛芷珩恶补了几天的，其中却以作画最最惨不忍睹。洛芷珩能画会画愿意画的东西，似乎只有那一只只乱七八糟的乌龟王八……

而且这几天洛芷珩一直被困在皇宫里，只怕没有人和她说过这个规矩的，不知道阿珩会不会慌张？

穆云诃自己先紧张起来，斗篷下的双眼紧紧地盯着洛芷珩，虽然一直抗拒来参加这个比赛，但真的来了，却又被这里激烈的气氛给带得只希望洛芷珩赢！

几位老者还真没见过洛芷珩作画，不禁心里都有点七上八下的。他们可不是穆云诃，他们纯属是来赚荣誉的，他们虽然是为了看洛芷珩的精彩表演，但老家伙们可不想丢脸，在他们的心里，洛芷珩输了一项都是不对的。可是人无完人，要是比赛书法和棋艺，佟老几位老人家一定翘首以盼，但作画……

棋圣占海南就有点面色不佳了，悄声问佟老：“你这外孙媳妇作画如何？”

书圣佟云霄的脸色比占海南还紧绷，却笑着摇头道：“我怎么知道？不过就算会，应该也不擅长吧，毕竟哪里有人能那么全面发展的？”

琴棋书画，洛芷珩已经精通三样，而且琴艺他们还没听到过，只是琴圣不停地吹嘘夸奖洛芷珩的琴艺多了得，但琴圣说的应该就是真的了。可是一个人精力有限，钻研了那么多就不可能再有更多的才艺了吧？更何况洛芷珩才十几岁的孩子，也不太可能真的样样精通。

“我看未必。”慕容老将军开口了，说话声音简直比洛芷珩还要自信，他显然还没有从刚刚被洛芷珩煽动起来的热血情绪中走出来，他信任地笑道："我看着这孩子淡定从容的样子，一看就是胸中有丘壑，说不定早就有所准备了，咱们没看过她作画，却不代表她就不会、不好。"

几位老人举目望去，果然洛芷珩骑在马上还很镇定，但具体表情什么样，他们可看不清了。

"作画的话当今天下，她们这么大的孩子里面，画栾是其中翘楚，至于其他人，不论男女，只怕都赶不上画栾的，这叫洛芷珩的丫头是老三的外孙媳妇？气势不错，但就是有点粗啊，话粗。怎么感觉有股子匪徒之气呢？"诸葛画魂颇为骄傲地打趣道。

不是他夸口自家孩子，只是诸葛画栾确实优秀，一般人真的比不上。

"哼！少拿你家的长处和人家的短处比，有能耐你也用自己不擅长的和人家擅长的比较一下啊。不是东西的老家伙。"佟老真没客气，张口就讽刺道。

"还挺护短的。行了，她又不是和画栾比，就算输了也不会太凄惨的。画栾你来给诸位老祖宗说说其他三人的特点如何。"诸葛画魂得意地说道。

诸葛画栾从容不迫地站起来，浅笑道："是。这其中一位是乌金国的百花郡主，她所擅长的是琴艺。这一次能来参加天下大赛也是靠着琴艺。另一位所擅长的是则是书法，是西蛮国的阿蛮公主。"

诸葛画栾笑道："还有一位是南朝的白家小姐白明珠。她擅长作画。"

几位老者听了这话，就知道洛芷珩想要赢得这场比赛，最好就是能选中南朝白明珠之外的两个人，因为她们也同样不擅长作画。但能有这么好的运气吗？

就在众人都为洛芷珩担忧忐忑的时候，她却显得非常镇定自若，甚至她的眼中脸上都没有一丁点的压力和惊讶。

因为她在来之前皇后也简单地告诉了她今天比赛的规矩。世王之前也说过一点，但却没有说具体的，可能是想等到南朝后再说的，只可惜到了南朝后她就被召进宫了。好在还有皇后意外帮她一把。

虽然洛芷珩也对这个规矩感到很鄙视，但既然改变不了，那就努力适应。她只有背水一战了。

"以抽签的方式来决定比赛对手，我这里有四根签，两长两短，抽到长短相同的人为一组。"宋夫人走到正中间，让四个人过来抽签。

三位身份贵重的大小姐都在仆人的搀扶下下了站台。洛芷珩腿从马前面一跨利落下马，走到宋夫人面前。二人目光相对一瞬间，好像很平常。

宋夫人举着四根签，从表面看都是一样长短的，这里面的四个人三个都表现得很矜持和高贵，只有洛芷珩一脸云淡风轻，那三个人还在互相谦让着，洛芷珩小嘴一撇，暗道一声虚伪，便脆生生地笑道："既然三位都这么谦让，那就让我先选吧。"

她也没客气，无视那三人都有一瞬间难看的脸色，手指头在那四根竹签上转了一圈，最后选择了一根抽出来，她也没有故意掖着掩着，因为她也不知道她这个算不算长的。

"既然穆王朝洛姑娘如此爽快，那我也不客气了。"西蛮国的阿蛮公主凌厉的眸子挑起看了一眼洛芷珩，勾唇冷笑道。她也抽出来了一根，然后面色一变，眼底就闪过一抹狠色。

白明珠和百花郡主都抽完了，四个人的往前一摆，情况立刻分明。洛芷珩竟然与天敌国家的南蛮阿蛮一组！

两个人目光瞬间撞在了一起，眼底的目光仿若猛兽一般狂躁。

"阿蛮公主与洛芷珩一组，白明珠与百花郡主一组。共同比赛，时间一炷大香，用料可自备也可选用大赛提供，准备！"宋夫人宣布道。

她一摆手，立刻有人抬上来了四张作画用的大桌子，还有笔墨纸砚与颜料，这个时代的颜料已经很厉害了，各样色彩虽然不齐全，但颜色却是极好的。而又有人搬来了五个大屏风，分别阻隔了四张桌子，以免对方看见作画内容，但也只是阻挡了两边，其他人还是能从前后看见四位参赛者作画的。而且有监考官在一对一监督，极其严格。

洛芷珩并没有先进去比赛，而是走到站席上拔出了那支箭，取下了发带，然后散漫地将明亮柔顺的长发绑起来，看上去利落极了。

第三个位置，当洛芷珩站在自己的位置上的时候，她并没有如其他人一般立刻着手准备，也没有丝毫紧张，令人完全看不出来她究竟是擅长还是不擅长作画。

巨大的香炉摆放在四个人的正前方，让四人能清楚地看见香烛燃烧。

所有人紧张瞩目中，宋夫人大声宣布道："比赛，正式开始！焚香！"

有一人高的香烛立刻被人登高点燃，风一吹，还能清晰地看见上面缭绕的青烟。气氛，终于在这一刻紧张起来，每个人都安静下来。但当人们的目光落在还在悠闲站着的洛芷珩身上的时候，目光就不同了。

只见洛芷珩并没有作画，可是抬头看着正前方观看比赛的人们，但正前方却不是普通人，而是世王等银月国王爷男宠们。她的目光就落在了世王身上。

佟老等人真是捏了一把汗，诸葛画魂还忍不住地打趣道："我说老三，你这个外孙媳妇是怎么个情况？该不会是不会作画，所以傻眼了吧？怎么一个劲地看着

那群男人？”

“该不会是花痴的毛病犯了吧？”慕容纤雪也是蹙眉，想到了一种可能，紧张傻眼地惊呼了出来。

她这一惊呼，所有人的表情都变了。穆王朝洛芷珩，什么最出名？那不是美貌和才艺，而是花痴！她看见漂亮男人就走不动路的毛病人尽皆知。

佟云霄的额头好像都出来冷汗了，听着诸葛画魂的大笑声，只觉得好丢人。

而这一刻所有知道洛芷珩的人都有点没谱了，这洛芷珩不会真的这么不着调，关键时刻犯花痴吧？

“皇兄，你这位冠军好大的胆子呢，竟然敢如此看着你呢。莫不是她在向您求救？”六王爷似笑非笑地讥讽道。

几个王爷本来还挺惊艳洛芷珩那一箭的，但此刻却都笑了起来。洛芷珩输了就等于是世王输了，就等于是献皇赢了，他们自然是高兴的。

“洛芷珩会不会作画？”世王的脸色又有点难看了，世王不禁有些暴躁，冷冷地扫了一眼洛凝霜问。

洛凝霜吓了一跳，委屈小心地道：“姐姐她在家的时候根本就没有时间好好学过，姐姐……不擅长作画。”

这一句话看似小心翼翼，但却暗藏狠毒，算是彻底地在世王面前将洛芷珩给卖了！

众王爷笑着安慰世王，仿若已经看见洛芷珩惨败了。

然而就在人们心思各异地看着洛芷珩的时候，她却依然在观看世王，一炷香在燃掉了五分之一的时候，远处传来了马蹄声，飞驰的骏马狂奔而至，骏马上的人自然也是风尘仆仆。

“大小姐，您要的东西，接着！”奶娘无法进入比赛范围内了，只能勒住了马，将背上背着的东西狠狠抛向了洛芷珩。

“来得好！”洛芷珩眼睛一亮，稳稳当当地将那包东西接住，拍着那些东西笑道：“就等你了！”

她在知道今天第一场比赛的破规矩之后，就立刻想到了要比赛什么，于是和奶娘兵分两路，让奶娘去给她准备她要的东西，她来赛场。她用人不疑，所以一直胸有成竹，就是相信奶娘一定不会让她失望。

人们发出一阵骚动，正在比赛呢，怎么可以给洛芷珩东西？大赛的人立刻出来干预，要求检查洛芷珩的东西，洛芷珩大方地让他们检查，玩世不恭地笑道：“我只是要用自己的东西来比赛而已，别紧张啊。”

但大赛的人还是很铁面无私，来了三位，仔细检查过之后，确定洛芷珩不会有作弊的东西，便让她继续比赛了，只是很奇怪洛芷珩比赛弄几块炭来做什么？

场面很快安静下来，偶尔的窃窃私语并不能干扰到参赛者。洛芷珩利落地摆弄着自己要的东西。她从奶娘带来的东西里拿出几个简易的棍子，几下子就连接到一起，撑起来了一个架子，又在上面插了一个木板，然后铺纸，调色，研磨……

她有条不紊地做着各样准备，画桌成了摆放工具的东西。其他人的目光算是彻底被她掳掠来了，不管是好奇的，惊讶的，嘲讽她哗众取宠的，反正这一刻几十万双眼睛都锁住了洛芷珩。

“你这外孙媳妇是要干什么啊？作画还是做木匠啊？”诸葛画魂笑得很欢快地道。

“哼！”佟老重重地冷哼一声，心里也着急。五个老家伙坐成一排，也都微微伸着脖子，想要弄明白洛芷珩究竟要干吗。

洛芷珩好像听不到任何议论和讥讽，终于拿起了画笔，也就是那块炭笔。在那足有一米长半米宽的纸上开始描描画画起来，她的动作并不规则，也没有其他人作画时必须的心境和平整，她竟然是让画纸微微竖立着的。

这奇怪的画法和做法立刻吸引了众人，那一直监督她的管事也忍不住上前来，在她背后小心观看。一开始她还微微蹙眉很不理解呢，但渐渐地，随着洛芷珩一笔一笔描绘出来的轮廓形象，随着那单调的线条渐渐被丰满，渐渐被仿若雕刻一般地清晰起来，这个人终于大惊失色！

一笔又一笔，洛芷珩轻描淡写的每一笔都好像有奇妙的力量，能够改变一切丑陋一般，当那张不似于一般化之柔软的纸张上，渐渐露出来了一个仿若真人的画面的时候，在这个朝代的又一个狂热的风潮就注定了即将被掀起！

然而也就是这一刻，当洛芷珩时常地看上世王一眼的时候，这群大人物们也终于反应过来了，难不成这洛芷珩是在画人？还是现场画一个她不是很熟悉的人？！还是最捉摸不定的世王？

世王的弟弟们第一个反应就是，这个女人疯了！她找死吗？竟然敢拿世王当参照物！

世王也反应过来了，他的怒火噌地一下就起来了，因为在这个朝代里，有一种令人鄙夷的职业，那就是真人参照物！一些长相甜美俊美的少年少女因为家境贫寒，就会出去给人当做真人参照物，有些习惯特殊的有钱人就会买回去当做珍藏品亵玩。

洛芷珩胆敢给他作画，世王如何能不发怒？他猛地坐起来，慵懒不再，脸上

一片铁青。

然而他刚刚坐起来，还没站起来，只见洛芷珩立刻叉腰，理直气壮地指着世王大喊道："就刚才那姿势，摆出来，别乱动！"

"洛芷珩！"世王阴森森喝道，竟然还敢命令他！真是太无法无天了！

见世王发怒，洛芷珩立刻扶着画架表情愁苦又悲伤地道："战利品啊，我可能注定与你无缘了啊，我拿不出战绩，你们就只能花落人家了，什么金银珠宝啊，什么奇珍异宝啊，世王啊我对不起你。"

世王已经站了一半的腿就那么僵硬地卡在了半空中，他前倾的身子好像机械一般条件反射地坐了回去。咬牙切齿地瞪着变脸的洛芷珩，死丫头竟然敢公开威胁他了！他不给她做真人参照物，她就不努力赢得比赛了？死丫头，你果然够狠！

心里暴怒极了，但世王还是不得不又躺了回去，谁让他必须得到百年金蟾珠呢？谁让他被洛芷珩抓住了软肋呢！

洛芷珩得意一笑，立刻精神抖擞地绘画起来。

世王的弟弟们男宠们，一个比一个震惊，一个比一个惊骇。这还是那个心狠手辣，阴晴不定的世王么？这还是那个只因为下人不小心打碎了一只杯子，就暴怒杀人的世王吗？竟然被一个小丫头指着鼻子命令，不仅不发怒，反而还硬生生把怒火给忍回去了！最可怕的是世王竟然真的就不动了，给那丫头当真人参照物了？！

一瞬间，这群美男子的目光全都落在了洛芷珩的身上，打量的、探究的、算计的，层出不穷。

王爷们想不明白，其他人也想不明白，穆王朝的老骨头们瞧着这一幕也是眼皮子直抽搐。

这洛芷珩也太胆肥了吧，什么人都敢命令？

"你这小外孙媳妇不简单啊，虽然一看她作画就是外行，但她这胆子可是大极了，就连银月国的世王也敢命令，你那小外孙孙能受得了么？"诸葛画魂再一次地嘲笑道，不禁又看了眼端坐在后面的诸葛画栾，感慨又骄傲地道，"还是我这后辈好啊，省心又招人疼。"

"哼，这么好怎么还没嫁出去？"佟老毫无顾忌地也讽刺了一句。

诸葛画栾的脸色唰地就沉了下来。

诸葛画魂立刻看向琴圣："这不等着我姐夫把他看上的高徒介绍给画栾嘛。姐夫，你看上那人究竟怎么样啊？要真是好的话，那可肥水不流外人田啊。"

慕容纤雪不给面子怪笑起来，忍不住插话道："诸葛老祖宗，琴圣看上的那人啊可谓是才貌双全，当今天下举世无双，而且风流潇洒，最最主要的就是这个人现在身在皇室，死后那也是要入住皇家陵墓的，身份自然不是一般的尊贵。”

她说的基本上是事实，但她就是不说洛芷珩的性别，铆足了劲地拱起诸葛画魂想要把孙女嫁给洛芷珩的热火，就等着一会儿当真相揭开的时候，诸葛画魂和诸葛画栾这两个讨厌的家伙傻眼惊呆的样子呢。想想都好玩。

诸葛画魂想着把孙女嫁给的人竟然是他百般看不起的洛芷珩，而且还不是男人，让诸葛家的人品尝一下自己打自己脸的绝妙滋味。

“哦？真有这么好？”诸葛画魂相当心动，心想真有这样的人，那真的是人中龙凤了，画栾嫁给他不吃亏，两个人也是门当户对，于是画圣更心动了。

琴圣本来正为这个总是讽刺他看上的宝贝徒弟的人而恼怒呢，此刻见他竟然这样问，恶趣味便横生，得意骄傲地道：“你想太多了吧，我那徒儿可是成亲之人了，你孙女就是真的跟了她也得当小。”

“什么？也对，你们看上的优秀出色之人，想必早就被人看上了，不要紧，就凭我异性王的身份和棋圣的名头，就不信那人会不动心，到时候让他休掉家里的妻子，迎娶画栾为正妻。”诸葛画魂信以为真，霸道十足地说道。

一群人都静默了，每一个人都在为诸葛画栾默哀，你祖宗这话只要传到洛芷珩耳朵里，那倒霉的可定是你了。招惹了洛芷珩不可怕，但招惹了洛芷珩的穆云诃那就可怕了。洛芷珩连前朝皇室的贵女都敢打，可以拿人脑袋当球踩，你个南朝的异性王还真不能让洛芷珩惧怕什么。

穆云诃冷冷看着诸葛画魂的背影，那目光若是刀子，诸葛画魂此刻只怕已经千疮百孔流血身亡了。

时间一分一秒过去，因为奶娘晚来和他们的检查，所以洛芷珩耽误了将近五分之二的时间，但好在她作画奇快，描绘出来了轮廓，丰满了人物特色和神态，使开始上色！

洛芷珩这种作画方式完全是从洋师傅那学来的。在民国的时候，洋人什么的横行，西洋的各种传奇色彩的东西便进入了人们眼中。洛芷珩今天作画的手法其实就是古老的西洋画，但因为洛芷珩选择用上色的方式，不是简单的素描，所以要更浪费一点时间，可是画出来的东西也必定会更精美好看。

此刻洛芷珩画中的人物便已经具有了非常强烈的立体感，是一种这个时代从未有过的真实感。画中的人物虽然还只是黑白，但那神态与目光，还有绝美的样貌，只会让人惊艳不已！

如此传神的一张画作，竟然就被洛芷珩看似轻描淡写画出来了，这实在不能不让人震惊不已！所以当洛芷珩回身准备调色的时候，看见的就是两位已经仿若石

化了的监督人。

她微微一笑并不叫醒他们，也不刻意隐藏什么技能，安静地调好了色彩，便用奶娘找来的制作差一点的小毛笔开始上色，制作差的小毛笔毛发硬并且参差不齐，这样的毛笔是不会被有钱人用的，但洛芷珩却很需要，只要掌控得好，这种毛笔能够在这幅画上发挥很大的作用。

其实为世王的画作上色很简单，因为只需要两种重要的颜色就好，一种是紫色，一种是黑色。世王衣服和头发的颜色最重要。

一切颜色她都只涂抹得不重，以便于干得快，但有些地方就不得不浓墨重彩一些了，为了让世王的五官在画作里更凸显一些阳刚和立体，洛芷珩便不得不采用一些阴影在容颜上了，比如睫毛，比如鼻翼。

可是只需要两三笔的勾画，这幅画里的人便立刻不一样了。

时间飞快，洛芷珩竟然是率先放下笔的一个，而且还有剩余时间。众人已经不是惊讶而是哄笑了。果然还是不会作画的人，完全没有作画人该有的步骤，构思、提笔、想象、布局，一切的一切她都没有，提笔就画，举止怪异，画得最晚，落笔最早。

在人们的心中，这一次的最后一名没悬念了，必定是不会作画的洛芷珩啊，因为在他们眼中，洛芷珩不仅是不会作画，还不诚心。一点尊重天下大赛的感觉都没有。

当时间终于到了，宋夫人高喊落笔的时候，就算你没画完也必须要落笔了。

天下大赛自然有新的评委，之前穆王朝的评委洛芷珩再没有理会过，但世王却已经让大评委滚蛋了。才人天下大赛的大评委，自然是更公众的。她带着一群评委亲自下来看画，从第一个人开始，二十几个评委对白明珠的画作赞不绝口。

四个参赛人已经站到了一起，统统退出了比赛的隔间，屏风撤了，四个人离开自己的桌子，互相看了一眼，其中白明珠用轻蔑的目光看向洛芷珩，又用充满挑衅的目光看阿蛮公主。目光说明一切，白明珠认定洛芷珩输，认定她自己赢，认定她会和阿蛮公主有一战。

洛芷珩轻笑不语，人啊，还是不要太自负吧，到时候丢人了可没地方给你哭。

百花郡主的画作就没有得到评委们太高的点评了，毕竟是不擅长的，在这吃亏，百花郡主也是着实无奈。但百花郡主想，她就是得不到第一，也不会是倒数第一。毕竟还有洛芷珩垫底呢不是吗？

评委们在走向洛芷珩的画作的时候，均不约而同先看了一眼世王。毕竟之前世王对洛芷珩的与众不同，让他们不得不格外慎重一点。他们还是公正的，但世王的面子也要顾及。不过洛芷珩表现太次的话，世王也不要怪他们不给面子了。

二十几人走到洛芷珩那古怪的画架子面前，原本每一个人的脸上表情都是不悦和漫不经心的，他们也怕洛芷珩会画出一些千奇百怪的玩意来玷污了他们的眼睛，但当那幅还没有干透的画作就那样毫无缓冲地进入他们瞳孔的瞬间，所有人的目光都在那一刻被这幅画给紧紧抓住了，每一个人脸上的表情，都叫震撼惊艳！！

评委们站在原地足足有几分钟的样子，就好像被定住了。一直期待和好奇的众人再也按捺不住地喧闹起来，都伸着脖子往这看，笑着议论洛芷珩是不是画出来什么怪物了？

但前面已经猜出洛芷珩是画世王的大人物们却不敢笑，虽然他们很想嘲笑世王会被画成什么不知名的丑八怪，但看世王那明显紧张在乎的目光，他们就不敢笑了。笑话，找死吗！

世王的心都快提到嗓子眼了，但他却偏要装出一副漫不经心的样子问道："究竟画得如何？为何不给评价？"

一群人这才如梦初醒，可他们的第一反应不是回答，而是集体向后退了几步，一个个表情惊疑不定的，好像看见了什么可怕的东西，然后他们的目光还不确定地看向前方的世王，再看画，再看世王，如此反复多次之后，一群评委脸上的表情终于出现了裂痕，寸寸龟裂开来的都是不可抑制的惊骇欲绝！而他们也做了一个令人迷惑不解又震惊的举动，他们冲向了那幅画！

是冲！争先恐后地冲过去！

本来一个个评委都不打算靠近那幅画了，本来那幅画都已经被他们的惯性给钉死了，但这一刻他们却是如此迫不及待地冲过去，只因为那幅画简直太惊艳了。这不仅仅是一幅画，在这群才高八斗学富五车的评委们眼中，这更是一种前所未有的才艺和创新！

因为这幅画给他们的感觉实在是太强烈了！

只见那幅长一米宽半米的画纸横开而立，一打眼望上去，给人的第一感觉就是恐惧和惊艳！恐惧来源于那画作之上的画本身带着的一种威严与冷酷，惊艳则是这个画作上的竟然是人物，一个仿若真人，好像活了的生命！

自古以来作画，画人其实是最难的，因为人本身就难以捉摸，性格不定，又因为人的情绪神态实在难以抓住最精彩和最传神的一刻，所以人最难画。成名的画家一般不会轻易尝试画人，因为一旦掌控不好这个人的最真实习性和神态，这幅画就死了。

但洛芷珩这幅画，简直完全颠覆和跌破了所有评委的认知感官和心理！

只见画中男子慵懒地侧卧在软榻上，一手随意地撑在金色的落手上撑着侧脸，男子细腻的肌肤在这里被勾勒得极为巧妙，凌厉的眉梢减掉了些许阴柔，却又因为那双凌厉轻眯的眸子而多了几分狠戾霸气。

一头长发如墨般泼下，垂直悬吊在软榻之外，发丝似乎都有一种令人触手便能穿过的丝滑柔顺之感，极具真实性！

男子紫色长袍一眼看上去就知道是质地极好的锦缎轻纱，慵懒地微微敞开，胸襟露出性感而妖娆的锁骨。这个男人正侧卧在那里看着你，你能从他的目光中看出他的凌厉与威严，也能从他看似慵懒散漫的姿势里看出他骨子里的狂傲不羁。就连那简朴低调的软榻在他身下，都变得奢华精美起来！

最最重要的是，这幅画让人一眼看上去还以为是真的世王在看着你，让你有种浑身发汗又不得不立刻起敬的感觉，真真的是抓人心，锁人眼，让人就算面对这幅画也不敢对世王有不敬之心！

太狠了！

竟然能画出来这样的一幅画，用如此特别又利落的手法，最短的时间，最快的动作，最精妙的布局和创新，最最令人赏心悦目的色彩，艳丽，鲜明，却不艳俗。整体结构大气完整，线条流畅不见一丝瑕疵，人物形象生动，仿若另一个世王！将世王的神态完全抓住了。

这种画作，这种手法，这种视觉上的强大冲击力，简直前无古人！当世之中只怕就连画圣也无法完成吧！

惊世之作！

这幅画作，绝对堪称惊世之作！！

评委们一个个激动不已地用一种欣赏膜拜的目光看着这幅画，这一刻这幅画在他们眼中没有创作者，只有新意，全新的概念，作画领域的全新的一页篇章！

评委们热烈讨论着，议论着，惊叹着，却没有一个人敢碰这幅画，只因为他们害怕弄坏弄脏了这幅画。

“到底怎么回事？这群家伙羊癫风了？”慕容老将军可没有耐性，忍不住站起来怒道：“老子去看看。”

棋圣和书圣没有动，两个人真担心洛芷珩究竟是画出来了什么怪物啊？怎么把那群家伙刺激成这个德行？一个个好像就差跪地大哭了。真那么恐怖？

“我也去！”慕容纤雪也按捺不住了，虽然她挺生气洛芷珩失败了，但洛芷珩是她朋友，那群老不死的要敢欺负、嘲笑洛芷珩，可就别怪她不客气了。

穆云诃也想去，但他知道自己的身体怎么样，他不能在这种时候给阿珩添乱，只能忍着焦躁的心着急地张望。

“哼，不自量力，你们国家的军队不自量力，你们国家的女人也一样的不自量力。”阿蛮公主看着场面便也不忍耐地嘲笑洛芷珩。本来她还是有点担心的，毕竟作画不是她擅长的，但现在看来洛芷珩已经败了。她高傲的性子让她很鄙夷洛芷珩。

“也别伤心，毕竟胜败乃是常事的。不擅长而已，以后多练习一下吧。”百花郡主虚情假意地装好人，但心里面也挺高兴，最丢脸的那个是洛芷珩呢，她就可以全身而退了。

“真可惜啊，还期待能够和你较量一番呢，现在看来是没机会了，不过你可以在南朝多玩几天。”白明珠目光里有毫不掩藏的得意。

洛芷珩一直淡定的容颜上，终于出现了一抹情绪，她轻蔑地看着白明珠道：“评委们还没有宣布结果，你们就在这高谈阔论是不是过早了？”她扫了眼阿蛮公主，狂傲地道，“穆王朝的军队是天下最强的，谁敢与之争锋？穆王朝的女子别人我不知道，但我洛芷珩却也是强悍的，我说我要的，便是某个蛮子国家的皇帝来了也夺不走，何况一个什么公主？”

“你！洛芷珩你放肆！”阿蛮公主怒指洛芷珩咆哮，就要挥鞭子了。

洛芷珩一把抓住了阿蛮公主的鞭子用力一拽，几乎贴在阿蛮耳边阴森森地轻声细语道：“是你放肆，要知道我们两个的身份是不分上下的，你是西蛮国公主不假，但我也是穆王朝的王妃，别在我面前太放肆了，我这个人记仇。”

阿蛮公主被洛芷珩的话惊得头皮发麻，可她压根就瞧不起洛芷珩这个烂花痴！推开了洛芷珩，阿蛮公主猖狂地道：“那咱们走着瞧。”

慕容老将军暴喝一声：“奶奶个熊的，见鬼了啊！”

世王也刚巧走过来，目光阴冷地扫过明显已经不正常的评委们，这群人怎么表现得非常狂热？他冷哼一声，还沉浸在画中的评委们迅速安静下来，但看着世王的目光明显带着祈求。他们很担心世王要是生气这么多人围着他的画像看，会不会一怒之下毁掉这幅画？

世王往前走一步，这群人就后退一步，很维护保护那幅画的样子，难道他们是害怕这画太难看，怕他看见会生气？世王心情更差，暴喝一声：“都滚开！”

评委们吓得不得不让开，世王带着满腔怒火终于看到了那幅画，可是看到的那一瞬间，世王自己都愣住了，他还以为在照镜子，但铜镜看到的自己都是模糊和没有其他色彩的，可眼前这幅却充满了绚丽的色彩，就连他自己也是第一次看见过

这样的人，一个面对别人时候的自己。而这幅画，绝对不是他刚才的姿态动作，这是他初见洛芷珩时候的样子吧！

这个该死的洛芷珩，刚刚竟然被她耍了！但也正因为想到了这一点，世王就更加震惊了，因为洛芷珩竟然将那么长时间之前的自己给这么生动地画出来了。

可不得不承认，这幅画绝对是画中经典！世王眼底流露着骄傲满意的笑意，怒火散去，漫不经心地道："让画圣亲自前来观看，给个评价，然后就定出这一局的获胜者吧。"

众评委们都围着这幅画，谁也不愿意去找画圣过来，都想要多一点的机会研究一下这幅画的手法，那一个个就好像饥渴的求知者，甚至忘记了还有一幅画等待着他们的鉴赏和品评。

"究竟是怎么回事？"阿蛮公主奇怪不满地嘀咕道，她也想上前去看看，但大赛规矩是参赛者不可以参与评委们的品评中。她横扫了眼洛芷珩，见她竟然一副信心满满的自在样，便不由得怒气横生道："得意个什么劲？一会就让你好看！"

洛芷珩淡笑不语，她微微抬头，刚好看到世王漫不经心看过来，两个人对视一瞬间，洛芷珩清晰地从世王的眼中看到了笑意和阴冷。

这个小心眼的男人。明明看见画作就很高兴，偏偏还要警告她，这么闷骚，这一点倒是和穆云诃有得一拼了。

大赛因为评委们都聚集在一处，无法继续品评而躁动起来。所有人都在等待一个结果，也都在好奇这四个人究竟画了什么，洛芷珩又画出了什么，竟然让评委们有这样大的反应？

很快那一直监督洛芷珩，而被洛芷珩的画风画法惊得目瞪口呆的人，就被评委们推搡出来，命令着去请画圣来。

为什么要请画圣？因为众人都很清楚，对于作画方面，画圣当属天下第一人！凡是从他口中眼中鉴别出来的，自然要比别人高出好多档次。而这种画风画法闻所未闻，见所未见，这是一种创新和更新，许多人已经仿若看见了未来这种画风风靡天下的壮观场面了。而画圣因为长时间浸淫在画作领域，他一定会有更高超的判断和评论的。

这场比赛，看到洛芷珩的作品这里，其实就已经无形地宣告了结果。不论别人画得再好，再出色，但都不会比洛芷珩的更与众不同，更不会有洛芷珩画作中的创意和新意。这场比赛，因为洛芷珩这幅画的好品质，而无形中提高了多个档次。

它将不单单是比赛作画了，还是一种智慧与创意的结合，让人莫名地震撼，莫名地觉得热血澎湃！

“请我去？”画圣感到很意外，莫不是洛芷珩画了什么千奇百怪的东西了？画圣扫了一眼佟老，好笑地开口道：“老三的外孙媳妇好厉害啊，竟然能让那群眼高于顶的老家伙请我去给她的画作做评价，老三你可是知道我这个人对待画作的态度的啊，我只看画不看人，她要是真的说不过去，也不要怪我不给面子了。”

“哼，你什么时候口下积德过？”佟老脸色终于露出来一分难看，一直云淡风轻的老人家眼中也流露出了一种忧愁。

画圣得意洋洋地笑道，终于站起来：“行，就和你们去看看，就当给世王一个面子。”

诸葛画魂话里话外是真的没将洛芷珩和这幅画当回事，心里面可能还觉得简直是小题大做，这个世上只怕已经很少有画作能过得了他的法眼了。

诸葛画魂走几步又回头招呼诸葛画栾：“画栾跟我去，也好见识一下其他人的画风，据说那白家小姐的水平就不错，有时间你也和白家小姐切磋一下。”

“是。”诸葛画栾连忙起身跟上去。

祖孙两个人的态度里赫然是不将洛芷珩的作品放在眼中的，因为他们自己就是画中的圣者、佼佼者，谁能比他们强呢？谁又能让他们长见识呢？他们亲自去看洛芷珩的画，这就是一种施舍的态度。

几人终于来到了比赛场上，几十个评委们连忙给画圣行礼，然后纷纷让开，在画界权威的面前，他们自然是不敢胡乱发表意见的。

“诸葛老来了，请您给点评一下吧，洛芷珩这幅画究竟如何？顺便也请您看看其他人的画作，然后给出个冠军吧，本王想，让画圣来宣布这一场比赛的冠军，谁也挑不出来什么。”世王的脸色太好看了，因为心情舒畅，他的笑容都似乎更加光彩照人。

世王此言一出，其他参赛者均是一阵窃喜和高兴。

能够得到画界的泰山北斗点评，并最终亲自给出结果，这无疑是一个天大的荣耀！

其他三人都跃跃欲试激动期待，但洛芷珩却面无表情，目光落在那紧跟着画圣的貌美女子身上。眼中充满了冷锐和敌意，毫不掩饰。

诸葛画栾感觉到洛芷珩的目光，她不由得抬头看去，近距离看见洛芷珩，诸葛画栾也不禁一愣，眼底闪过一丝精光。

原来传闻中的花痴洛芷珩，竟然也生得一副好皮囊。虽然不及她美丽，但洛芷珩也算是上等姿色了。虽然洛芷珩臭名昭著，但就凭这张脸，嫁给一个将死的病秧子，也着实是委屈她了。

洛芷珩的坏名声和可悲命运，让诸葛画栾很看不上她。觉得高贵的自己是洛芷珩比不上的，便露出了一种上位者骄傲的姿态，那笑容也是充满了怜悯。

诸葛画魂闻言捋着胡子爽朗笑道：“世王有话，那老夫就看看。不过老夫对于画作一向是态度严谨的，看到好的自然不吝夸奖，但看到不好的也不要怪我口下不留情了。”

他说完还特意看了一眼洛芷珩，对于佟云霄的后辈，他还是要留一点面子的。

“您老人家尽管说，好坏我都听着，只要您是秉着公平公正的态度来点评我的画，我就接受。”洛芷珩倒是笑得大方说得敞亮，一张小脸很虚心的样子。

画圣对洛芷珩的态度微微点头，虽然名声不怎么样，但这态度倒还算可以。

诸葛画魂举步走向画作，当世王微微侧身让出了身后的画作的那一刹那，诸葛画魂脸上的笑意便瞬间凝固了，映入眼帘的那一幅色彩清晰明丽的画卷，就这样低调却嚣张地占据了诸葛画魂的所有眼球，和他对艺术对画作的狂热的心！

诸葛画魂脸上的表情格外郑重和震惊，活了将近百年了，还真是第一次看到这样独特的作画手法和风格，这样艳丽和分明的色彩竟然也可以用来画人，简直是惊世之作！但画圣毕竟是画圣，他能看到许多别人看不到的地方，这幅画的好坏在他的眼中都能一一暴露。

他的手忍不住地想要轻轻地触碰一下画作上的色彩，但他的手还没有碰到画面，诸位评委的惊呼声便响起来，一个个心惊胆战可又不敢阻拦画圣，但又害怕画圣将这幅完美的画作弄坏，于是一个个极其紧张地靠近画作。

世王眼底划过笑意和阴冷，他高兴这群人如此在乎这幅画，但也不满画圣竟然想要触碰这幅画。那感觉就好像这个老得快要掉渣的老头子，在触摸他的脸一般，世王只觉得恶心。

只能说这幅画实在是逼真传神，以至于让世王觉得那个画中的自己已经活了。活着的他，怎么可能让别人随意触碰？

“洛芷珩，这幅画能碰么？”世王漫不经心地问洛芷珩。

世王不想让人碰自己的画像，但又想让画圣给这幅画一个最高评价，这样才能显示他世王的高贵和气质。这已经不仅仅是比赛了，只能说洛芷珩是个真的很会窥探人心的女人，抓住了所有人都会有的虚荣感。

洛芷珩心里暗骂世王腹黑，但表面上却一片天真烂漫地说道：“现在还不能啊，因为用了湿润的颜料，还没有干透，所以还不能触碰，触碰一点的话都有可能弄坏了，破坏这幅画的美感，让这幅画出现瑕疵。”

此话一出，诸葛画魂都不用人说，立刻自己就收回了手，还一脸暴怒地回头瞪洛芷珩：“你怎么不早说？要是破坏了这幅画怎么办？你们赶快让开，都让开！”

诸葛画魂激动了，确切说是狂热了，为这样一幅惊世之作而狂热起来。久久安静的血液已经缓慢地感觉不出来在流动了，但这一刻，对画作喜爱痴迷的他，竟然被眼前这幅画给惊喜得血液狂热起来。

只要一想到他刚才竟然差一点毁掉这幅画，而这群人也有可能毁掉这幅画，他爱画的心就忍不住地暴怒。活生生的好像自己的孩子差点被人捏断了胳膊，弄没了小命地愤怒心疼。

一群人也是惊吓不浅，连忙后退，好像对待几万年出土的易碎文物一般珍而重之。也都出了一身冷汗，差一点闯下大祸啊。

画圣的反应，完全不像是不在乎和不满这幅画的举动啊，怎么感觉好像很在乎这幅画似的呢？其他三个参赛者的心里这一刻终于有了一种不祥的预感。而画圣的激动，也让群众们激动起来，议论喧哗更激烈，每一个人都迫不及待地想要看看这幅画究竟是什么。

洛芷珩乖乖巧巧地笑道：“画圣前辈，不知道我这幅究竟怎么样啊？下面还有一位西蛮国的阿蛮公主的画作没有品评呢。”

洛芷珩是个坏孩子，明知道自己什么水准，偏偏还要无耻地占便宜和卖乖，可看在喜爱她的人眼中，反而率真可爱。但看在敌人眼中，这就是陷害了。可洛芷珩的想法就一个，让我没面子，我也让你们品尝一下面子连鞋垫都不如的憋闷感。

诸葛画魂似乎是沉浸在这幅画中，目光流露出来的是对于新鲜画风的崇尚与喜爱，他用这辈子从未有过的高度评价，激动地点评了这幅画：“画风细腻流畅新意浓厚，人物逼真色彩鲜明，极为传神，神态和动作拿捏得恰到好处又格外生动，令人感到世王就是近在眼前，人物眼中的情绪也清晰地展现出来，阴柔之感还有，但阳刚之气却入木三分，将世王威严的气势也画得十分惊人，就连软榻上的金色扶手上的虎皮兽头都画得惟妙惟肖。细节精巧完整，整幅画看来用色大气活泼，却也有一种婉约低调的柔美在里面，但任何色彩都没能夺走突出世王这个人的绘画主题。”

最后，诸葛画魂按捺下来满腔的热血激动，忍不住看着洛芷珩，高亢地说了一句他这辈子都没有给自己用过的评语赞美：“这个人，这幅画，被画活了！”

场面迅速安静下去，诸葛画魂的声音被流传出去很远很远，唱名的几十人在这一刻，将诸葛画魂这位画圣的评价，一句句地传唱出去，没有起伏的声音里却流

露出一种最直观的震撼！

画活了！这三个字也瞬间掀起了全场第一波对抗结局的热潮！

每一个人都震惊不已！十几万人虽然没有看到那幅画，却也因为画圣这位泰山的话语而激动起来。这里不是穆王朝本土，这里只要没有人故意使坏，是不会有人故意针对洛芷珩的，所以在这里，人们看的是成绩，是结果，是让他们折服和惊艳的战绩。而画圣对画的评价，在人们心中就是圣旨，就是最高标准，所以画圣的点评，一瞬间就将洛芷珩三个字在十几万人的心中推上了一个狂热的高度！

画圣看了眼自己一直引以为傲的小孙女，看着画栾脸上震惊惊艳和不可置信的表情，只能自己黯然叹息，狂傲到头来，才终于见到了天外天，人外人。若是单单比较这样的画法和创意，画栾与洛芷珩，完全不在一个档次之上。

坐在观看席上的佟老等人听到这话，还是很不可置信的样子，好半晌，佟老猛地站了起来，快步走向了比赛场，棋圣紧随其后。

“嗤！一群井底之蛙，激动个什么劲啊，她的才艺必定是琴最好，最好！”琴圣可不愿意去看这幅画，他酸溜溜地在后面冷哼着。

穆云诃看着洛芷珩的背影，满眼的宠溺和温情。这场比赛仿佛已经没有悬念了，而阿珩，也用她的实际行动再一次地证明了她说过的话。

只要我洛芷珩想做的事情，就一定会努力去做，成功与否，我都不会放弃勇往直前！

而洛芷珩的坚持不懈，才是她一次又一次获得胜利的关键吧。当然，这里面还有她那千奇百怪的鬼点子和聪明才能成就她一次次的荣耀。

佟老和棋圣来到那幅画前，用一种惊疑不定的目光去看，然后那脸色简直就是五花八门的。佟老一个没忍住，回头看了一眼世王本人，又和棋圣对看一眼，都在彼此的眼中看到了惊骇。

这也太像了啊，简直就是从世王脸上拔下来一张皮，贴在画纸上的一般。

世王无法掩饰自己的春风得意，本以为被洛芷珩当成真人参照物画是一种耻辱的，但哪能想到这幅画被她画得这么震撼人心，又美丽夺目。看着众人被这幅画深深震撼，没有一丝亵渎的样子，世王觉得炫耀够了，他得让那群对他阳奉阴违的弟弟们也看看，他的眼光有多毒，选中的参赛者有多么的……独领风骚！

“行了，宣布结果吧。”世王声音带笑地说道，然后走向洛芷珩，俊美的男人大手温柔地放在洛芷珩的耳畔，看似亲密地在她耳畔轻声切齿道：“你赢了一个明明本王吃亏，但却不会杀你的机会。”

“那谢谢王爷了。”洛芷珩笑得云淡风轻。

画圣看完了阿蛮公主和其他人的画作，眼中没有丝毫的波澜。看过洛芷珩这幅画之后，实在是看不下去其他画作了。画作也在这一刻快速地被人骑马传遍全场让人们看，但只有三幅画是如此传递的，洛芷珩的画却是被两个人抬着，十几个人护送着在马车上游走给观众们看的。小心翼翼地仿若保护国宝。而这幅画不论走到哪里，都是掀起了一片疯狂的惊呼声。

那几位王爷最先看到，看到之后一个个脸色都震惊极了。完全没有想到世王带来的这个人竟然真的有如此能力！而且他们之前还那样嘲笑世王，现在洛芷珩的一幅画，就等于是狠狠地打了他们每一个人一巴掌，又狠又疼，几位王爷只觉得脸上火辣辣的！

而更可恨的是洛芷珩赢了第一场，就代表世王这一场赢了。连续缺席九年的世王，在刚一出场，就大获全胜，这对于一直暗地里取笑世王，讨好献皇的他们来说，绝对是一种羞辱！

而洛凝霜的脸上只有一片不可置信！这样一幅画，给人的何止是震撼，只怕还有一种巨大的压力。

这幅画游走了一圈，人们的惊呼和抽气声便此起彼伏地不断响起，场面隐隐有些失控。

终于到了宣布结果的时候，根本不用商量了，画圣就代表大会了，在几次三番的示意众人安静之后，画圣才直接大声宣布道："这一届天下第一才人大赛、第一场作画比试的获胜者是——洛芷珩！！"

答案，其实早已经不言而喻，但当洛芷珩三个字从画圣口中清晰地传出来的时候，全场四面八方还是爆发出来了一阵热烈的欢呼呐喊声！

洛芷珩的名字，这一刻，席卷全场！！！

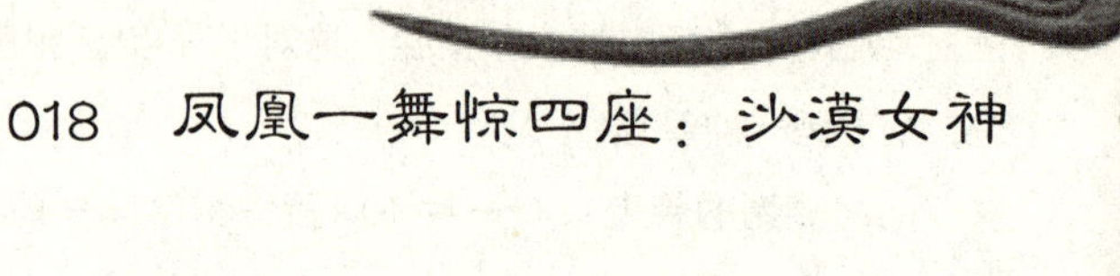

018 凤凰一舞惊四座：沙漠女神

“我都快被你吓死了！这一出出的，你还敢不敢更惊险刺激一点啊！不过好在你赢了这一场，我果然没看错你啊珩儿。”慕容纤雪毫无形象地勾着洛芷珩的肩膀大笑道。

洛芷珩对她那句肉麻兮兮的“珩儿”感到无奈，打趣道：“惊险刺激一点不好吗？你的到来对我来说更刺激，之前竟然没告诉啊。”

“想给你惊喜嘛。诶，你就安心比赛，你那宝贝疙瘩我帮你看着啊，保管给你看得好好的，任她什么狐狸精也无法靠近。”慕容纤雪似笑非笑地轻声道。

洛芷珩不动声色，但目光凌厉：“你就把我的宝贝疙瘩看到别的女人怀里去了？”她目光看了眼前方失魂落魄的诸葛画栾，从这个女人看过了她的画之后，就一直是这个样子。

慕容纤雪不满地嘀咕道：“那女人自己往上贴啊，我也快气死了，你放心，这一场我一定看好啊。不过，那女人哪好看啊？竟然被封为了天下第一美人！我怎么觉得她还不如你好看呢？你刚才那一箭简直帅死了！”

“我看她看到骨，我说她是深藏不露。纤雪你信不信，这个我最后要挑战的女人，绝对会让我们都大吃一惊的。”洛芷珩轻声说道，却说得极其肯定。

慕容纤雪笑着推她道：“为什么这么说？她柔柔弱弱的，而且擅长作画，这样的人除了长相和绘画，还有什么出彩的？不过，你挺有自信啊，你就知道你一定能够能战到最后？”

“没办法，谁让我别无退路呢？战败，就死！所以我只能胜利。”洛芷珩轻松愉快地将一个悲壮的事实说出来。慕容纤雪也沉默了。

“全场安静！第一轮两组对阵，第一组白明珠胜出，百合郡主淘汰！第二组洛芷珩胜出，阿蛮公主淘汰！现在比赛继续，请参赛者以外人退出赛场。”宋夫人站在裁判席上大声说道，她的声音不用传，自然而然响彻全场。

“我会给你加油的。还有啊，你的男人可是随时关注你的，他可没多看那狐狸精一眼，哎哟喂，等着回去我可要找你讨教一下你的御夫之术！”慕容纤雪不害臊地说完，用力地抓紧洛芷珩的手，这才雄赳赳气昂昂离开！那高兴劲好像她获得了胜利一般。

洛芷珩心情也因为伙伴的同在而飞扬起来，她回头看向穆云诃的方向，此刻穆云诃正站在赛场外，他并没有脱掉斗篷，她看不到他的表情，但她却仿若顺着那温暖的日光感觉到了来自穆云诃的温柔专注的目光，是记忆里面纯净腼腆又别扭的微笑！

黄沙漫漫，人声鼎沸中，他们隔空对望，日光强烈，将空气都染成了金色，他们在这金色的距离中无言，心却彼此贴近。

洛芷珩爆了一个大冷门，第一战就掀起了全场的热潮。

阿蛮公主很是不能接受，脸色都变得惨白，因为离开了这个赛场，就证明一路过五关斩六将的路也到头了，与天下大赛的冠军无缘了。她不可置信地看着洛芷珩，洛芷珩对她笑得自然而平静，那一瞬间，阿蛮公主终于明白了一个词！

蔑视！

原来洛芷珩不是不争夺，只是在这场较量中洛芷珩一直知道自己的优势和结局是什么，所以她从容不迫，所以她不在不重要的人身上浪费一切表情和话语，她，竟然是从头到尾蔑视了她这位西蛮国公主吗？

在她拂袖而去的那一瞬间，她轻声细语地道：“其实我也不是很擅长作画的。”

“你！”阿蛮公主骤然转身，怒不可遏的样子。洛芷珩这是赤裸裸的轻蔑讥讽她！

“阿蛮公主，请你立刻退场！”宋夫人严肃地说道。阿蛮公主这才不服气地瞪了洛芷珩一眼愤然离去。

赛场之上瞬间就剩下洛芷珩与白明珠了。

“真是久仰洛大小姐的大名呢，您能以已婚女子的身份参加第一才人大赛，也是前无古人了，这样的恩赐，只怕这百年来也就只有你有呢。”白明珠开口便是充满讽刺挑衅的。

洛芷珩挑眉笑道：“老天格外厚待好人而已。”

白明珠无语。

“接下来的比试是第二场，比赛规则是自由选择，可以选择自己擅长的来比试，只要是能够展现才艺，一切都不限制。给你们二人一炷香的准备时间和休息，时间到了之后比赛开始。”宋夫人说完，就迫不及待地走向了世王，她也没来得及好好看看那幅画呢。

洛芷珩和白明珠双双进入了给参赛者休息和准备的房间里，这两个房间好像是两个蒙古包，里面很简朴，但一应物件倒也齐全。二人分开后，奶娘进入了洛芷珩的房间。将另一个包袱交给了她。

“小姐怎么样？刚刚作画虽然是用右手，但你的伤口也要小心啊。”奶娘担忧地说道。

“放心吧奶娘，我有分寸的。这一刀虽然伤得深，但只是才艺比赛而已，不会裂开伤口的。”洛芷珩打开这个包裹，拿出里面的衣服一愣，满眼惊叹地道：“这是？！”

“是皇后娘娘为您准备的，您突然要样式特别的衣服，奴婢一时之间也不知道到哪里去找，还是皇后娘娘说她那有一套，让奴婢拿来给您。这个白明珠是能和诸葛画栾争锋的人才。您就凭着这些东西，能行吗？”奶娘担心地说道。

洛芷珩笑得好像偷腥的猫儿，故作神秘地说道：“你知道我为什么能每一次都有惊无险地获胜吗？我靠的就是每一次都能够出其不意！其实我并没有什么特别出色的才艺，你也知道我每一次要小聪明的成分更多，除了这一场比赛我是真的认真以外，但运气和出其不意下的震撼效果，才是我获得胜利的不二法门。这第二场比试，我还是要用这样的方法。只有让他们完全想不到，我才能抓住他们的心和情绪，只有在我掌控住他们的情绪之后，我想要赢，那还不是易如反掌？”

奶娘恍然大悟。

洛芷珩身上竟然裹着一件大大的斗篷，兜帽遮盖到额头，露出那张精致的容颜，全身上下就一张脸露在外面，令人很奇怪她火红斗篷之下究竟穿着什么。

宋夫人在站在裁判席上高喊的时候，声音都有点不稳定，她竟然一直是看着洛芷珩说话的：“这一场比赛是自由发挥，你们可以挑选这里有你们需要的任何东西，也可以用你们自己准备的东西来辅助你们比试，但不准有任何伤害他人的东西出现。你们准备好了吗？”

“准备好了。”白明珠自信满满地笑道。

洛芷珩说：“我需要的是一把琴，还有辅助的也已经准备好了。”

宋夫人那张骄傲冷漠的脸，竟然奇迹般地出现了一抹笑意，点头道：“好，这场比赛没有时间限制，自由发挥即可，评委们会根据你们的个人才艺表现来评分，你们二人抽签决定谁先展示。抽到长的那个人先。”

二人来到宋夫人面前，白明珠这一场完全没有谦让地先选了一支，然后看向洛芷珩，那得意的样子好像她先选择就代表会赢一般。

洛芷珩面色平静，一个目光都没有赏给她。拿过了宋夫人手中的另一根，二人一对比，白明珠的长，她先。

白明珠得意地一挑眉。洛芷珩觉得很好笑，只不过是先表演而已，有什么好得意的。

“白明珠先表演！”宋夫人宣布道。

全场安静！

洛芷珩走到一旁的座位上坐下耐心等候，奶娘此刻已经不在她身边，悄悄地到了穆王朝法老们的身边，找到了慕容老将军，悄悄地和慕容老将军说着什么。

慕容老将军脸上一会吃惊一会诧异一会又错愕的，最后凝重地问了一句：“这能行？”

“行，大小姐说行就行，大小姐说只要您发话，她就能成事。”奶娘非常信任洛芷珩的话，她又说：“大小姐还说了，她现在就是要靠您老给她撑腰的时候了，这场比试能否成功，就看您老了。”

慕容老将军沉默了一下，又觉得很刺激，沉默再三，看到洛芷珩淡定地坐在远处也不看她，而其他人都好奇地看着自己，慕容老将军一咬牙一拍腿道：“行！老子就掺和一下，但先说好了，她要是赢不了这场，可别怪我这撑腰的变行凶的，揍她这个淘气包！”

奶娘笑道：“大小姐说了，您就请好吧。”

二人这边神神秘秘地嘀咕着，白明珠那边也已经展示上了，她表演的，是琴艺！

在洛芷珩明白地说她需要一把琴之后，白明珠竟然也选择了弹奏，如果白明珠之前就想表演琴艺的话，那还有情可原，但如果白明珠只是想要打压洛芷珩才临时起意的话，那她未免太自信了。

可是不得不说，白明珠的琴艺确实高超，虽然不是自创曲目，却弹奏了一曲

曲风鲜明大气的乐曲，而这首乐曲明显十分曲折难弹奏，想要将这首曲子弹奏好，还应该要有一种心情，一种求而不得，终身遗憾的苍茫感。

但很可惜，白明珠没有弹奏出来这首曲子里面的那种情绪和心意。但好在这首曲子白明珠还是演绎得十分精彩生动。全场都在仔细聆听，凡是了解这首曲子的人，都会不由得对白明珠肃然起敬，而对这首曲子也会充满喜爱，只因为这首曲子的原创者，就是琴圣！

洛芷珩并不知道这首曲子，但耐不住她有后台啊。世王在听到这首曲的那一瞬间就觉得大事不妙，胆敢弹奏这首曲子，还是在琴圣面前弹，白明珠的心思和洛芷珩之前画世王没有区别，都是打的名人牌。

洛芷珩挑眉，刚好抬头看向了白明珠，刚巧白明珠也抬头看了她一眼，那表情中的得意挑衅非常明显，毫不掩饰地就是在告诉洛芷珩，我就是在打压你，你不是要表演琴艺吗？那我就也展现琴艺，让你输得一败涂地！

洛芷珩脸色就变得古怪起来，似笑非笑地看着白明珠，眼底一片狡黠。她兜帽下的容颜让人看不清楚，她微微抬头看向世王，笑容里充满了自信和得意，迎着世王冷冽的眼眸，笑得没心没肺。

“可恶！这个白明珠简直过分！她的下人明明就准备的是笔墨纸砚，她明明就是要展示书法的，竟然临时改变弹琴了，她一定是知道珩儿表演弹琴，所以才会故意这样做的，太过分了！”慕容纤雪气愤地捏着一旁丫头的衣角，恶狠狠地怒道。

丫头眼巴巴看着自己的衣服，眼泪汪汪地想，这件衣服要是报销了，大小姐会给丫头再做一套这么漂亮的新衣吗？

“是挺可耻的！这白家的人怎么这么多年了还是改不了这个习惯，看着别人好的就想要抢过来，老老少少一个德行，果然是上梁不正下梁歪。”诸葛画魂竟然开腔了，一开口就是对白家人的不齿。

佟老也是微微蹙眉，虽然说比赛是自由的，但白明珠明显原来是展示书法的，这样临时改变明显是有意图的，毫不掩饰地挑衅洛芷珩和打压洛芷珩了。这种做法确实称得上卑鄙了。

一直脾气火爆的慕容老将军这一次反而最淡定，笑眯眯地捋着胡子摇头晃脑地道：“白痴！”

众人诧异，这老家伙是骂谁白痴呢？

“你怎么看？这白明珠明显是冲你而来的，你这曲子她弹奏得虽然不达琴意一二，但三四却有了。”棋圣问一旁悠闲的琴圣。

琴圣在听到洛芷珩说需要一把琴的时候，就断定洛芷珩是要表演琴艺的，他可得意了，他理所当然地认为洛芷珩果然还是最擅长琴艺的，真给他老人家长脸啊。一会儿等洛芷珩一支曲子惊艳四方吧，让诸葛画魂这老家伙好好看看，洛芷珩够不够资格当他的徒弟。

“弹奏得不怎么样，但在她这个年纪能弹奏成这样也算不错了。不过，一定不如洛芷珩就对了。”琴圣得意地说道。

“你怎么知道白明珠不如洛芷珩？你听过洛芷珩弹奏？”诸葛画魂诧异道。

佟老和棋圣就又高深莫测地笑了起来。慕容老将军和大将军也是跟着笑。弄得诸葛画魂丈二和尚就是摸不着头脑。

而一直被那幅画惊得面色难看的诸葛画栾，此刻也终于回神了。她一直以为白明珠会是她维持天下冠军的绊脚石，一直也以为自己要对付的人是白明珠，但偏偏没想到，竟然半路杀出来一个洛芷珩。

曲子进入了高潮，白明珠聚精会神地表演，那首曲子本就大气，在这浩瀚的沙漠表现出来，更是充满了一种肃杀之气，悲怆里面带着淡淡的伤感与迷茫，着实动听，令人陶醉。

一曲终了，白明珠最后那个尾音的琴弦还在轻颤发出一种动人心弦的颤音，仿若少女梨花带雨的哭泣，着实令人心中悸动。

全场静默，似乎都沉浸在这动听的曲乐之中，久久无法回神。直到白明珠站起来，优雅谢幕，四面八方这才响起了雷鸣般的掌声！

她确实演奏得好，这曲子也选择得好，她确实有能力。也有骄傲的资本。同时，也注定成为洛芷珩的宿敌，给予洛芷珩很大的压力。

白明珠从正中央的比赛场优雅走来，到了洛芷珩面前的时候站住，居高临下地轻蔑道：“想要冠军，先赢过我这首曲子吧。”

白明珠自己都不打自招了她的险恶用心，洛芷珩自然不会再对她客气了。对付这种恶毒的女人，洛芷珩有的是方法！

她站起来，骄傲地比白明珠高出了半个头，究竟是谁居高临下呢？眼皮下放，轻蔑的味道十足：“以为你有点小聪明，我就是白痴吗？你都知道不将你要表演的东西说出来，我难道就不知道这个道理？难道你就不觉得我说出来需要一把琴的话很奇怪吗？”

白明珠脸色一变，她绷紧了声音道：“你什么意思？”

“嘘！”洛芷珩俏皮地嘟嘴，微微低下她的脸笑看进白明珠的眼，忽然一瞬间的目光狠戾地笑道，“意思就是你被我耍了！上了我的圈套，掉到了我的陷阱中，被我狠狠地玩了，还敢颐指气使地来和我装。白痴！”

在白明珠脸色苍白难看的那一瞬间，洛芷珩已经站直了身子，和白明珠分开距离，她笑得又是纯白无瑕的乖巧模样，温婉地大声笑道，“恭喜白姑娘啦，你的琴艺之高明我真是自愧不如呢，但我还是会全力以赴的。”

洛芷珩裹好了斗篷，在全场热烈的欢呼声中一步步走上比赛场。

身后，白明珠的脸上已经没有了刚刚的那种得意挑衅和趾高气扬，剩下的都是惊愕与不可置信，怎么会这样呢？不可能的啊？洛芷珩怎么可能会算准她会临时改变主意？她怎么就知道她会用她选择的才艺来镇压她呢？

“第二场，洛芷珩展示才艺。”宋夫人高声宣布道。

全场迅速安静下来，那声音也仿若浪潮退潮一般，一片片平静下去。

在洛芷珩第一场惊艳表现之后，所有人都很期待她的第二场表演，不知道她还会带给他们怎么样的惊艳。

洛芷珩将自己包裹得很严实，从外面看上去就是包裹在鲜血中一般。火红的斗篷在金黄的黄沙中移动。天，忽然起风了，她的脚步似乎也缓慢下来，每走一步都仿若是迎着狂风前行，步履艰难，但却极具美感，每一个步子都好像要走出花来似的。

比赛场正中央已经摆放好了一张琴，她站在琴案前，这一刻，万众期待！

洛芷珩一直是笑看着自己亲友团那边的，看着慕容纤雪对自己用力挥手，玉儿公主竟然不知何时来的，也学着慕容纤雪用力挥手，兴奋大叫，她也觉得动力无穷，随着宋夫人再一次宣布表演开始，洛芷珩缓缓坐在了琴案前。

场面再一次静了下来。

洛芷珩端坐琴案前，那一直隐藏在斗篷下面的手终于伸出来，她手指轻按琴弦，勾起的瞬间带起了一个清脆的音调，然后接二连三的单调的音节被弹奏出来。每一个音节似乎都很迟缓，仿若衔接不上，沉重厚实，每一个音节都仿若打击在众人心口之上，沉重发痛，每一个人都似乎憋闷着一股气，发泄不出来的痛苦。完全没有任何美感。

但她安静地坐在那，整个人包裹在斗篷下，日光下，红色的斗篷仿若一团乌黑的血液一般，将她笼罩。她也变得阴暗、神秘，与世隔绝，带来一种绝望的孤独！

众人面面相觑，不禁有人失望透顶。这首曲子甚至可以说算不上是一首曲子，单调，沉重，苍白，麻木。如果这就是洛芷珩的展示，那么她已经输了！

“怎么会这样？”慕容纤雪震惊极了，忍不住紧张地抓着玉儿的手。

玉儿也一脸茫然地道："洛芷珩在干什么？她不会弹琴吗？"

琴圣不淡定地砸杯子了，气急败坏地道："干什么玩意呢？什么时候她学会弹棉花了？"

穆云诃却目光紧紧看着洛芷珩，他相信洛芷珩一定有她的目的，虽然这琴音听上去简单平直没什么新意，但洛芷珩这个人就是新意，他对她有信心。

然而不管众人怎么想，洛芷珩的曲调并没有任何改变，这不由得让信心满满的世王也紧张起来。坐直了身子，看着洛芷珩。

其他的王爷们紧张的神经终于放松下来，看洛芷珩这表现，注定与冠军无缘了，只要冠军不是世王管辖国家的人就好。几位王爷又不禁幸灾乐祸起来。

渐渐地，议论的声音开始越来越大，嗡嗡地在赛场响起。这样沉闷平板令人压抑的声音他们是不想再听下去了，身体里的热情和欢乐都被这首曲子给弄没了。

然而就在人们情绪各异，都想要开口让洛芷珩停止弹奏的时候，忽然那沉闷阴暗的琴音变了，仿若是潜到了海底的巨龙，忽然之间一飞冲天，直逼云霄，龙吟之声高亢地响彻苍穹！

琴音忽然变快令人们精神一振，紧接着众人再一次迅速安静下去。只见洛芷珩的手忽然全部按在了琴弦上，嗡地一声，她整个人忽然从琴案之上翻腾过来，一只手越过了琴案，人已经跪在了沙漠之上！

众人大惊！以为她发生了什么事情的，一时之间惊呼四起，穆云诃更是猛地站了起来。

在杂乱的声音之中洛芷珩的身体静静地跪在黄沙之中好一会儿，以至于大赛都以为洛芷珩发生了什么状况，要开口干预她的比赛了的时候，忽然之间，从远处传来了一声特别的声音。

那声音类似于琴弦，柔中带刚，音色明快悠扬。众人纷乱着循声望去，目瞪口呆地发现，那白发苍苍天下闻名的慕容老将军竟然手拿一把瓢形类似于琵琶的东西，那是一把乐器无疑，但慕容老将军那双拿刀拿剑的手，此刻竟然拿着那东西，在弹奏！！

普天之下，何人能有这样的荣幸和面子，让慕容老将军弹奏一曲呢？又有谁能知道大名鼎鼎的将军大人，竟然还会弹奏那个奇怪的东西？

人们的心情瞬间不再沮丧，不再压抑，反而随着慕容老将军那渐渐连成一线的曲调而开放，而喜悦，而沸腾！

然而这还不算完，更震惊的还在后面。

众人蓦然发现，那一直跪在沙漠中的女子终于动了！有人惊呼，所以越来越多的目光再一次放到了洛芷珩的身上，而她的动作，每一个都仿若是跟着慕容老将军的音乐而发出来的，这明显的一幕告诉众人，慕容老将军竟然屈尊降贵地为洛芷珩伴奏！

而洛芷珩的才艺展示在这一刻霍然开朗，原来，她是要跳舞！而且她还请了一位大牌给她伴奏，而这位大牌还是做着与他身份很不相符的事情！一切都是那么的诡异，却又那么的惊喜连连，震惊过后，几乎所有人都沸腾了！

这就好像看裁缝做饭，看士兵带孩子，看铁匠种地一样，什么都变得不合逻辑了，但却充满了新奇和喜感。

一位手握兵权的天下名将弹琴，一位画出惊世之作的才女跳舞，而这放在一起，冲击力不可谓不大，视觉效果绝对是震撼！一瞬间抓住人心人眼，叫人们再也不能从这独特的老少组合中轻易出来。

慕容老将军也收起了他的玩世不恭，粗糙苍老的手指弹动挑起按下那几根弦子的时候甚至是战抖的，可见他对这个乐器的陌生，但他每一个音节都弹奏得那么的老练自然，仿若在脑海里练习过千百遍一般熟悉。

老人家也激动着，花白的头发轻轻飞舞在空气中，老者闭上眼睛，将他刚刚的紧张与别扭完全摒弃，全心全意地投入到这久违的旋律和气息之中。

以他的身份，洛芷珩这个要求完全是失礼和过分的，他虽然可以不计较名声，但洛芷珩一旦输掉了这场比赛，那么他的声誉也会受到影响。他本来是想拒绝的，但他性格使然，又对乐器实在是怀念，再加上洛芷珩能知道他擅长这乐器，必定是纤尘那孩子说的，显而易见的是纤尘要帮洛芷珩，综合以上他似乎没有拒绝洛芷珩的理由。

但是当洛芷珩的奶娘将这东西交到他手中，当熟悉到让他激情澎湃回忆泛滥的旋律从手中出来，什么也不想了，就当过一把瘾，最起码这一刻他也是享受的。好像多年的老伙计又回来了。

旋律，从缓慢清脆渐渐到悠扬，到宽广，似乎是流连在大草原上的快乐牧羊人。蓝蓝的天一望无际纤尘不染，绿绿的草原广阔无垠，随处可见的蒙古包，马儿的嘶鸣，牛儿的憨哞，还有那草原美丽的姑娘温柔而多情的歌声……

然而，旋律安放到那缓缓起来的女子身上，却带上了一种神秘的色彩。她，就好像一朵红到发黑的曼陀罗在沙漠中缓缓盛开，缓慢站起来的身体妖娆地扭成一道又一道的玲珑曲线，紧密的斗篷再也包裹不住她的傲人身躯。

她洁白的双手仿若莹润的玉，雪莲花一般地伸出来，迎着光渐渐开放了花蕾，蔓延过了脸颊，举过了头顶。她脚步轻移，一步一生莲。

咚！咚咚！两声鼓声骤然响起，沙漠中的舞者好像踩着鼓点一般转了个身子。

嗡！

骤然间慕容老将军手中的曲子高亢起来，绵延的声音里带着一种神秘感，高亢，振奋，紧迫！

众人便只觉得眼前一晃，那一直包裹在血色斗篷下的女子忽然快速旋转起来，只一圈而已，再转过来，众人只感觉看到了光芒四射的太阳一般地刺眼，不由得眯眼，但再睁开眼看，一个个冷气频频，震惊得目瞪口呆，只仿若看到了驾着金光的仙子坠入凡尘。

哗地一声！她展开了她的红色斗篷！终于露出来了她血色红袍下的身段。

压抑不再，绝望不再，阴暗不再！

她满身的贵气逼人，那漂亮的长发被一头金叶子串连成的头饰点缀，她戴着金项圈，戴着金耳钉，戴着金手镯。她穿着华丽的刺绣着金凤凰的窄腰长裙，衣袖是精密漂亮的金色轻纱，腰间是金叶子镶嵌满了的腰链，随着她的动作全身上下的金叶子都在叮叮作响，悦耳好听。

这满身的金黄，却没有给她带来一丁点的俗气，珠光宝气，形容她最为合适。

这个时间正值中午，是日光最为强烈的时候，这里又是满目的黄沙，日光照耀下就仿若一片闪烁着金光的戈壁滩。而这个满身金光的女人站在戈壁滩上，仿若与这戈壁大漠连成一片融入一起，也变得美轮美奂，但却若隐若现不真实起来。

她的美丽一瞬间飞跃九天，神秘而高贵，优雅又冷傲，冷漠地看着戈壁上的漫漫黄沙，风卷起了一片沙浪，金黄绝艳，正如她此刻这美得惊心动魄的浑然大成的气质！

全场十几万人在这一刻屏住呼吸，努力地想要看清那在金色光芒中若隐若现的容颜。也是这一瞬间，洛芷珩终于凭借她的精准算计和谋划，将所有人的目光赢了回来！

在人们惊艳的目光中，她舞动腰肢，渐渐将黄沙溅起飞腾，她在黄沙之中曼妙如妖，伴随着慕容老将军的独特曲子，轻轻吟唱……

她声音婉转如莺，悠扬细腻，眸轻眯的时候，声音便如哀伤的少女，在苦恼着什么一般，如葱玉指在胸前摆出朵朵妖娆花朵，却仿若静静地哀伤，莫名地惆怅。她的发丝在风中飘零，满头金叶子夺目耀眼又带着凄凉的响声。

她口中轻喃，是吟游诗人那多愁善感的悲伤咏叹："我等待的郎啊，你在何

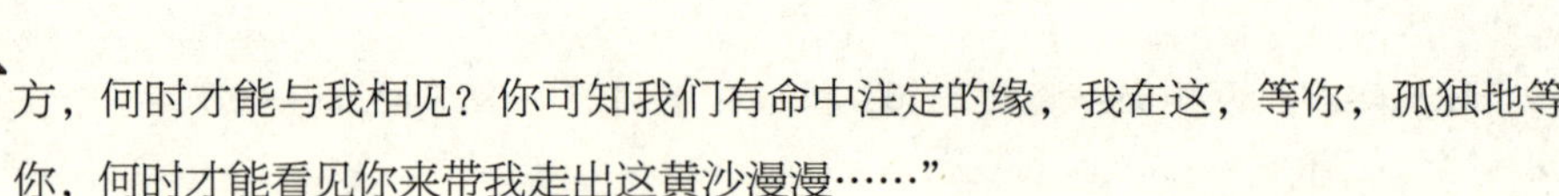

方，何时才能与我相见？你可知我们有命中注定的缘，我在这，等你，孤独地等你，何时才能看见你来带我走出这黄沙漫漫……”

众人瞬间就被她这哀伤凄婉的独特表现力，还有那似歌非歌，似诗非诗又非词的吟唱深深打动。洛芷珩表现的独特，若是一般的舞蹈，即便跳得再出色，也只是舞蹈，但她这种表现的手法却极其吸引人。让人一看就知道这不仅仅是一个舞蹈，它还是一个故事，一个优美而神秘的爱情故事！

她将一个怀春的少女演绎得淋漓尽致。所谓哪个少女不怀春？她这样的表现手法大胆而张扬，她就好像是一个禁忌，明明知道不应该，却还是忍不住地被她吸引，被她迷惑，被她征服！

慕容老将军的曲调似乎也哀伤，然后莫名地便有一种明快出现。

洛芷珩也在这一刻换了舞蹈的风格，她像一个欢快游走在人间的精灵，轻盈地在戈壁滩上跳跃旋转，满身的金饰撞击出轻灵好听的声响，少女欢快的笑声蓦然传来，仿若一道甘泉一下子填满了人们的忧愁。

她妖娆的身段旋转，再旋转，忽然站住，那纤细的透着荧光的手腕轻抬在眼前，半遮容颜，娇羞的面容遮挡在手掌背后，纤细的手指轻轻打露出缝隙二三，仿若一个不谙世事的少女忽然看见了什么令她非常惊喜又忐忑的东西，偷偷打量，却又满眼含春，窃笑不已。

她旋转着，将她那表情和细腻的动作展现给每一个方向看，她在舞蹈，讲述着一个舞蹈中的故事。她感情细腻，羞涩少女初遇心仪男子时候的怦然心动和小猫乱撞，似嗔似喜，娇羞躲闪。

她又忽然放下了手，俏脸上带着高贵女子特有的小骄傲和矜持，美丽的明眸里却透露着点点羞赧的流光，仿若不服气的高贵公主，害羞又不愿心仪的男儿笑她胆怯羞涩。

她惟妙惟肖的动作神情，都是那么让人怦然心动和惊艳不已。

娇俏的公主却渐渐地暗淡了容颜，她躺卧在黄沙之中，慵懒舒适的姿势仿若躺在公主柔软的床榻上，静静地托腮望天，满目惆怅的思念，她再次吟唱，唇齿间犹带着女儿家动心的清冽酸甜：“他从哪来？又向哪去？他可曾思念我？何时还能再见到那俊美的郎……”

公主仿若在思念中睡去，她倒在黄沙之中，安静，渺小，神秘，诱人心动。

忽然，曲风转变，豪放，热情，火辣，就像那多情的小伙子在大胆向妩媚的姑娘表露爱意。节奏轻快激烈，撞击人心，叫人忍不住地怦然心动！

黄沙上的女子忽然滚了一圈，拿起了一旁的斗篷，哗地展开，里面对外，赫然是一件金黄色的斗篷。她将斗篷在身前优美地摇摆，脸上挂着幸福而满足的笑容，吟唱着叫人一听就知道的幸福羞涩曲调："多情的郎啊，我在这，你爱我如风中的沙，你爱我金色的妩媚，你爱我回眸一瞬的妖娆，心儿啊，你为何如此狂热跳动？我该答应郎的示爱么？我的臣子啊，我的朋友，我沙之国的亲人们呐，我该答应他么……"

也许是她表演得太过于精彩和生动，太引人入胜，也许是人们看得太过于投入和被她表现的爱情故事所打动，竟然有人在她问出来之后，激动无比地大声喊道："答应他！"

而且喊的人还不是一个两个，也许是成千，也许是上万！而其中就数玉公主喊得最大声，小姑娘甚至激动得站了起来，挥舞着拳头用力大喊，似乎生怕那矜持高傲的公主会因为迟疑而错过了爱慕她的好儿郎。

人们这情不自禁的一声喊，完全就是一种深入其中的不由自主的回应，就好像是两个人是朋友，他们在彼此交流一种问题，一人问，一人便自然而然地回应，如此理所当然。

但这是在比赛！洛芷珩的问话不需要回应，这成千上万人的回应放在一起，声音绝对不小，而且在那样情绪激动亢奋之下回应，凝聚在一起的声音里都带上了一种迫切，焦急，喜悦的感觉。竟然莫名地让这场表演更加真实和有带入感，仿若每一个人都在参与，而不是观看！

而这些声音也终于让沉浸在这美轮美奂、前所未见的精彩表演中的人们猛然清醒！有些人只是觉得亢奋，有的人是觉得丢人，竟然被迷惑得不可自拔，有的人则是痴迷地看着洛芷珩。

惊讶的表情，但旋即她就一脸羞涩又傲娇的模样，华丽地牵着裙角一转，裙裾便在风中飞扬起来，一层一层，似乎也在展示着公主的骄傲和矜持。

她自然而然地吟唱着，是喜悦和佯怒的样子："答应他？可他是外邦人呐，我的臣民啊，你们可否愿意接受他做你们的男主人？"

洛芷珩竟然将这种突发状况给巧妙利用上了！她竟然将所有人拉入到了这场比试之中了！这种互动，前所未有，无与伦比！

世王眯眼，云诃瞪眼，圣者傻眼！众人开眼！

如此与众不同的表演，如此无与伦比的创意，本来还尴尬的人们此刻忽然就好像被点燃了热血一般狂热激动起来，在这样华丽绝美震撼的舞蹈中，他们竟然也有幸参与，而每一个人此刻的感觉不是参与，而是一种荣幸！

在他们眼中，此刻的洛芷珩不是洛芷珩了，也不是穆王朝的穆小王妃，更不

是今天的参赛者。这一刻的洛芷珩是他们的王！是他们的公主！是他们的女神！洛芷珩将他们带进了一个神秘的金色国度！沙漠！洛芷珩就是他们的沙漠女神！

他们疯狂地膜拜她，那身体里的血液都为她而狂热起来，她如此美丽高贵，仿若九天而下的金凤凰，在沙漠之中游走，寻觅千年，终于寻到了一位让她心动的男子！他们是她的臣民，女神问话，他们便荣幸之至，狂热回答："愿意！"

洛芷珩便在沙漠之中一跺脚，纤细挺直的身子娇俏着毕现了玲珑婀娜。她哗地摆起金色一面的斗篷，再落下，脸上的容颜已变！

不再是刚刚的幸福甜蜜和骄傲，也不再是刚刚的娇俏活泼与灵动。她一脸愁容，仿若一个了无生趣的将死之人一般，在挣扎着什么。她脚步踉跄，轻轻摇晃着头，美丽的眸子里竟是那么哀伤和愁苦，她的手那么美，似乎要抓住什么，眼前似乎有一个人，一个她心爱的男子。

众人只觉得呼吸都快要停止了，女神脸上的愁容让他们也感到巨大的悲伤，一瞬间全场竟有种浓郁的阴霾气息。

风，乍起，吹乱了女神闪着金光的长发。她舞动着一种凌乱却散发着忧伤凄美的舞姿，然后伸出手，却抓空了，那战抖在空气中的手紧紧握住，目光从难过到惆怅再到默然，最后妥协。她的手，终究缓缓放开，垂落在空气之下。

她孤独地站在沙漠之中，整个人好像都被世界遗弃了，只听她哀伤痛苦地低吟浅唱："你走吧，走吧，既然你选择了战场，我不拦你，可我会等你，等你回来，你不能剥夺我等待你的权利，你不能。我要等你凯旋，再为我心爱的郎舞动……"

忽然之间，她转身望去，孤零零站在一望无际的沙漠，整个人都仿若天旋地转一般，旋转，再旋转，疯狂旋转，优美的舞姿都变得狂乱。她金色的凤凰长裙裙摆展开，飞舞，飘扬，终于，她倒在了戈壁滩上。

"啊！"人们忍不住发出一声惊呼。坐着的人也忍不住站起来。那一瞬间，众人的心都跟着揪紧，似乎已经忘记了她只是在表演，但到了这一刻，谁还记得今夕是何年？谁还能独善其身将自己排斥在这一场视觉盛宴之外？

洛芷珩好像一个终于失去依靠的孩子，所有的骄傲支离破碎，她终于掩面哭泣，执着深情地吟唱："我要等你回来，我会等你回来，一直一直，纵然黄沙被风卷走干净，我也还会在这里，等你……"

当洛芷珩这句话说完，整个场面彻底失控！

全场响起了一种令人伤痛的绝望的哭泣声，也许每一个人的哭泣声不大，但汇集在一起的哭声却那么骇人，可他们好似还怕惊扰到了伤心欲绝的女神，他们哭得呜咽，就变成了一种哀悼的压抑哭声。

一段舞蹈，一个爱情故事，神奇地将人们的情绪完全抓住，让人们跟随着洛芷珩的情节而开心，而苦恼，而流泪。这一刻，洛芷珩其实是成功的。

但，洛芷珩不爱悲剧，爱喜剧!

人们的情绪在崩溃，在这片金黄的大漠之中，在这阵阵卷起的狂风之中，在这有血有泪有真情的战场之上，哭泣已经成为了一种最最真实伤感的语言。

那匍匐在戈壁滩上的金色女神，缓慢地缓慢地在伤感的曲风之中蜷缩着身体，静静地将自己包裹起来，狂风卷乱了她的发丝和长裙，看上去那么苍凉和凄绝。人们的心在这一瞬间都被狠狠揪起来，痛成一团。

女神心爱的郎走了，远赴战场了，相爱的两个人被无情的战争分开，他们彼此思念，他们相互挂牵。

洛芷珩柔软的身体在风中缓缓起来，那么凄凉，她遥望天边和无尽大漠，似乎在等待她心爱的郎快快回来，她曼妙的身体在风中舞动，柔软轻盈得仿若被风吹得左右摇摆，她还在舞蹈着，用这段惊心动魄的舞蹈来诉说着她的思念和痛苦。

忽然，一阵狂风席卷而来，将金色女神吹得摇曳不停，她在一阵急促悲壮的曲调之中，整个人忽然满脸震惊地看着抬头，纤细的手指妩媚战抖地拂过额头和面颊，妖娆的眼神展露绝望，她忽然高声吟唱着伤心欲绝的情话：“不！他怎么可能死去？他答应我一定会回来的，我爱他啊，我爱的郎啊，这个侍者的话是谎言，谎言！你一定在那里，等着回来我身边，寻找着回来我身边的道路，我要等着你，等你回来……”

她伤心欲绝地跌倒在黄沙之中，猎猎作响的风，将她哽咽的吟唱吹得支离破碎，她仿若一蹶不振了一般，良久良久地匍匐在沙漠上。人们的心再一次被揪紧了！

女神心爱的郎啊，他竟然战死沙场了吗？女神该何等伤心啊？她等了这么久，等了这么久啊……

全场就连压抑的哭声这一刻都没有了，只剩下风声，十几万双眼恨不得黏在洛芷珩身上，一动不动地看着她，担心着绝美的女神能否振作起来？男人们的心都在抽得发痛，女人们泪流满面，仿若这一刻他们感同身受，仿若是他们心爱的郎君再也无法回来他们的身边，他们哀伤，他们绝望，他们哭泣。

这一刻，全场没有男女老少之分，无不被洛芷珩展示的这段舞蹈给牵引着心绪和思想，热泪盈眶，心酸绝望，席卷全场。每一个人都被这舞蹈中的故事揪紧了心，接受不了这样唯美的爱情就因为男子的战死沙场而结束，舍不得女神失去心爱

的郎，之后千万年一个人孤独挨过！

洛芷珩柔软地抬起手臂，仿若一条藤蔓在妖娆地生长，然后又猛地落下，她似乎已经起不来，她温柔地抚摸黄沙，脸颊也轻轻地摩挲黄沙，仿若正在抚摸着爱人的容颜，她思念的话语在绝望的哭腔中吟唱：“郎啊，我在这里，我会留在这里等你，若你千年不回，我便孤独寂寞为你在此驻守千年，我愿为你埋葬在这漫漫黄沙之中，化为石像，留在这里思念你。我愿为你埋葬在这，埋葬，埋葬……”

女神最后的哀叹仿若放弃了挣扎的千古绝唱，咏叹在了那句埋葬上，悠扬沧桑，流传千年……

女神为了爱情放弃了一起，找不到她心爱之人的身影，她不敢独自离去，不敢出去寻找，只能留在这里等待，哪怕成为石像，她也宁愿埋葬在这片有着她和她的郎美好回忆的地方，纵然沧海桑田，她亦痴心不悔！

整个古老战争遗址上的所有人，在这一刻终于爆发出了一种惊天动地的哭声，那种再也压制不住的悲伤，还有武力对抗命运的挫败与绝望，被洛芷珩表现得淋漓尽致，完美无瑕！也勾起了人们心中被私欲和阴暗面遮挡住的那一片柔软，让人们不禁为这段演绎出来的舞蹈爱情如泣如诉，痛彻心扉，牵肠挂肚！

所有人都几乎认为，这段爱情故事只怕就是个悲剧了。自古爱情故事万万千，却没有哪一个能展现得如此大大方方，如此感天动地，让人打心眼里就觉得伤感，只要一想都会心痛，心里面空荡荡的痛。

玉公主从来没见过这样的表演形式，也被洛芷珩的演绎给带入其中，仿佛穿越千年，来到了最最荒凉神秘的戈壁滩上，亲眼看见了沙漠女神这段刻骨铭心的爱情，被故事情节和舞蹈吟唱弄得几乎哭死了，泪流满面地扯着她小姨的胳膊大声地问：“为什么他们要分开？不要这样啊，让他们在一起啊，让女神心爱的男人回来吧。不要让她心爱的郎死去啊。”

慕容纤雪也是眼眶子通红，望着那匍匐在沙漠之中的女子，久久无法回神。心口里一阵阵的痛。她甚至有了一种错觉，洛芷珩就不是真实的，她会不会真的是女神？一个真正的，来自远古沙漠寻找她遗失了千万年的爱郎的女神？

这已经不简简单单是一段舞蹈了，更是一段故事的精彩演绎，还有动人心弦的低吟浅唱，那动听的声音用一种悠远苍茫的音调说出来的每一句话，都那么让人如痴如醉，深陷其中。仿若跟随着洛芷珩那缥缈的话语声音而进入了一个神秘的国度。

这满目的金色之中，洛芷珩更是仿若已经与这片大漠融为一体了，大漠就是她，她就是大漠，她就是主掌这片金色沙漠的女神！

虚幻，真实，不切实际，感人肺腑，真的，假的，一切掺杂在一起，早已经分不清了。

几位老人家里面，有几个人是没有故事的呢？虽然洛芷珩所表现的形式匪夷所思，见所未见，但这并不能妨碍他们接受这种独特的方式，并且，在他们心中，这一刻的洛芷珩是光彩夺目的。

压抑的情绪还在流转和传递，整片大漠都在哀凉的狂风之中哭嚎。

诸葛画栾骄傲，但也不得不被洛芷珩给带入了其中，这种意境令人身临其境，也让诸葛画栾觉得自己也在这里面，和主人翁一同哀戚。她也被震撼着。

世王静静地看着洛芷珩，看似漫不经心的样子，但那双眼睛里的惊艳之色却是浓郁的，更多的是一种欣赏和赞美。他对洛芷珩从来只是一种另眼相看而已，因为这个世俗之中，没有人能够让高贵的来自银月国那天上月亮之国的世王殿下特别对待的人。可是当洛芷珩一次又一次刷新了自己的价值和展现了才能之后，世王不得不承认了这个女孩子。

他也不得不对洛芷珩高看一眼！

穆云诃僵硬地站在那，目光深深地看着洛芷珩，有痛苦，有挣扎，有不满还有浓浓的心疼。

他真的没想到洛芷珩竟然会如此来演绎，一场惊心动魄精彩绝伦的表演，同样让他感同身受，并且因为洛芷珩是他的妻子，他很自然地就将洛芷珩口中那心爱的郎想象成了他自己。

穆云诃的心情是很复杂的，他不希望洛芷珩将这样美丽的自己展现给这么多人看，这么多双眼睛看见的是属于他的阿珩，他恨不能将她藏起来，不让任何人窥探。但他又忍不住为他优秀的阿珩而自豪骄傲。忍不住地就想让天下人知道，他的阿珩不是草包，不是个废物，不是他们口中那个一无是处不学无术的花痴！

他也被洛芷珩的精彩演绎带进了这场震撼世界的旷世之恋里面，渐渐地脑子里一片空白，什么也不愿意想了，眼中就只有金色的洛芷珩，还有那片金色的沙漠。她哽咽的吟唱，让他也跟着胸口发痛。本就疼痛不已的身体更加难受，已经有些承受不住这么强烈的负荷了。

穆云诃苦苦支撑着身体，不让自己倒下去。他多想走进他的阿珩，扶起她，拥抱她，亲吻她，告诉她，他回来了……

穆云诃也在那一刻忘记了这是一场比赛，是一段舞蹈演绎，他也和众人一般，陷入了这苦痛纠结的倾城之恋中。渐渐失魂落魄，心痛心动着，一步步着了魔一般地走向赛场中央的洛芷珩。

于是，又一个突发状况出现！并且这一次穆云诃的进入，很可能会将洛芷珩的精心策划和演绎弄砸锅，因为两个人的言辞一旦对不上，那之前洛芷珩带来的一切美感和精彩也有可能被破坏，出现瑕疵。

众人看着那裹在黑色斗篷下的男子，缓慢走进了赛场，每一步都似乎走得那么沉重和疼痛，步履艰难地前行着。众人惊讶极了，却又不敢开口，难道这个故事到了这还有什么转机吗？

慕容纤雪没来得及阻拦穆云诃，其他人也不敢阻拦，都以为这是这场表演中安排好的呢，一个个都等待着看。然而知情人奶娘却震惊得脸色都变了。

乐曲没有停下，洛芷珩也终于缓缓爬起来，她想要将这场表演结束了，只要再跳一段舞蹈就好，这个舞蹈表演就可以圆满落幕，爱人归来，幸福结局。

但是当她抬头的那一瞬间，就愣住了。她还以为自己是太投入了，出现了幻觉了，要不然，她怎么会看见那在漫漫黄沙狂风之中，缓缓向她走来的挺拔身影？

全场鸦雀无声，每一个人都在期待着这峰回路转的一幕，难道女神的爱郎回来了吗？难道这个爱情故事将不再是一个悲剧？人们哀伤的血液似乎在这一刻冻结了，蛰伏着，等待着，等待解开答案的那一瞬间，他们的血液将会为之沸腾！

洛芷珩就那么愣愣地看着一步一步走近她的穆云诃，脑袋里一片空白，这个意外确实干扰到她了，以至于她一直完美的表演在这一刻短路。

但，这绝对不是她演绎之中的瑕疵，而是另一个传奇之恋的开端！

安静的空气里，似乎有什么沉重的声音在疲惫地响起。

嗬……嗬……

听！那是人类的呼吸声么？粗哑的、低沉的、缓慢的，每一个声音都似乎在肺上狠狠地敲击了一下才不甘愿地流出来，似乎不将肺敲碎就不罢休一般，一声一声，男子破碎的呼吸声被狂乱的风和卷起的金沙吹得漫天飘零。

穆云诃同样脑海里一片空白，只有一个念想，到洛芷珩身边去，他的心，正疯狂地思念着她，再也不能因为距离而压抑这种思念了，再也无法为了等待而压抑下去。他的情感就仿若爆发了的火山，来之凶猛，势不可挡，足以燎原！

爱情，是人生中的最不可控制。两个感情激烈的人一旦相爱，那种渴望对方，思念彼此，就算拥抱在一起也会想念的强烈情感，是不可抗拒的。

穆云诃曾经也许不懂爱情是何物，但他却知道要顺服自己的情绪和心。他的心在咆哮，那么地渴望她，想要在她这脆弱崩溃的时候，快速地出现在她身边，安慰她，拥有她，不要天长地久，只要此刻拥有！因为他已经要不起天长和地久了。

身体越来越沉重，越来越痛，就连呼吸都好像是陷入了泥潭沼泽之中，沉重得拔不出来。无力的双腿走在细软的沙漠上，每一步都更加吃力费劲。人家可以在沙漠之中奔跑，他却连行走都如此缓慢和踉跄。

穆云诃一手按着那好像积聚着千斤巨石的胸口，一边抬头，真的快要坚持不住了，可能下一刻他就会倒下去，但看着那就在不远处的人儿，她也正在望着他，他便在那一瞬间有了力量。

穆云诃迈开腿，却在那一瞬间腿脚发软，一个趔趄，险些栽倒。在那一刹那，外表坚强内心强大的穆云诃，忽然有种想要落泪的冲动。

为什么他们之间的每一步都这么难？都这么崎岖？！让他害怕自己倒下去，就再也没有站起来的勇气和力量了。

"啊！"洛芷珩被他踉跄的身子吓到了，忍不住惊呼一声。

穆云诃灰暗的目光蓦然明亮了起来，听到了洛芷珩的声音，她就在前方。他猛地抬头，看着又近了一步的洛芷珩，眼底的黑暗便迅速地被光明驱散，他半跪的身子战抖着站起来，咬紧牙关，额头、脖颈上的血管几乎要爆裂开来地突起。

无穷的荒漠之中，那个神秘的黑袍男子，倒下，起来。与沙漠女神交错在一起的目光，是让他充满力量的来源，他阴暗的人生不用多言表达，便能让人体会得到他身上散发出来的那种深深的绝望气息。人们的心也被抓紧了，大气都不敢喘地看着那沙漠中的两个人。

穆云诃就看着洛芷珩，才有能力一步步地往前走过来，不管呼吸有多么的沉重和痛苦，不管眼前有多么的昏花和不清楚，他都能勇往直前。

然而他越来越沉重的脚步却让他力不从心了，他知道自己快要坚持不住了，眼中的坚定和思念便渐渐碎裂。他惆怅地看着洛芷珩，明明就要近在眼前了，却要因为他的无能为力而不得不终止！

也就在那一瞬间，苦苦坚持的穆云诃终于再也无力支撑地一个趔趄，整个人都向前扑去，狠狠地倒在了漫漫黄沙之中，身体刚好摔在了一个小沙包上，狼狈得整个人从那处沙包滚落下来。

所有人紧张的心也紧绷起来，甚至人们因为穆云诃这太过于逼真的一跤而惊呼起来。

"穆云诃！"洛芷珩吓坏了，也忘记了要表演了，猛地站起来向着穆云诃狂奔而去。

但在软沙之上，每走一步都很费劲，她的奔跑是可以想象的缓慢，但缓慢之中还有一种美感。她的长发和凤凰长裙，都在风中因为奔跑而飘扬起来，看上去美轮美奂，那一瞬间，满目的金色沙漠都不如那奔跑移动的女子耀眼漂亮！

也终于在这一刻，当洛芷珩终于喊出了这个人的名字，那些知道穆云诃，也了解穆云诃的人，终于忍不住地清醒过来，猛地站了起来！也许在这一刻还有好多人沉浸在这个美妙的故事之中，但知情人却知道，麻烦来了！

穆云诃的身体状况，洛芷珩绝对不会让他出现在这个舞蹈之中。但穆云诃出现了，而洛芷珩显然情绪失控了，这场表演，明明是精彩绝伦完美至极的！但这一刻，却硬生生地出现了一道裂痕，咔嚓一声，在知情人的心中，表演破碎。

世王的脸色难看至极，那嗜血的双眼恨不得将穆云诃大卸八块！

诸葛画栾同样惊骇至极！那个一直被她关注的神秘男子，竟然就是穆云诃？！是了，她怎么就没有想到？那样关注洛芷珩的年轻男人，除了穆云诃还会是谁？

洛芷珩扑倒在穆云诃的身边，小心紧张地将他的身子抱进了怀中，心疼地看着他兜帽下苍白的容颜，冷汗涔涔，苍白得不见一丝血色，干裂的唇瓣再也不见之前的饱满诱人。整个人都好像被抽干了最后一丝力气一般，脆弱得让洛芷珩心疼得一句话也说不出来了。只能哆嗦地将他抱紧，抱得紧紧，湿了眼眶！

穆云诃挺过了那一瞬间的头晕目眩，脑子里才渐渐地清醒一点，感受着柔软的身体熟悉的香气，那一刻他冷冽的眸子里真的忍不住发红。手战抖地环住她的腰肢，紧紧地不想和她分开一下。

好半晌，彻底清醒过来的穆云诃才苦笑着在她怀里闷声道：“阿珩，我……好像给你惹祸了。这个舞蹈，你的努力，可能被我彻底搞砸了！”

洛芷珩瞳孔紧缩，也终于在这一刻清醒过来。她不如穆云诃放得开，穆云诃可以将他的生死置之度外，但是她不能，她不想让穆云诃死，她这么努力，就算做不到的，她都拼了一切去做去努力，她一直在冒险，走到这一步，她不能让自己功亏一篑。

洛芷珩抬头，不经意地看着面前的人们，可是让她发愣的是，这群人竟然没有其他什么反应，只是在看着他们，她能感受到来自这群人的目光里没有什么排斥和抵触。

而就在这一刻，玉公主却哭着大喊道：“在一起！你们一定要在一起！他回来了，沙漠女神，你看好啊，你的爱郎回来了啊！”

洛芷珩脑袋一木，电光火花间好像被雷劈了一般地瞬间明亮了起来！

是了！这群人竟然以为这一幕也是她事先安排好的！这样的话只要她将这个抖动巧妙地给圆场回去，那么这个大瑕疵反而可以作为这场舞蹈表演最最圆满的高潮收场！

“嘘，什么也不要说，一切就都交给我就好了，你要做的就是给我好好活着。穆云诃，在这片茫茫沙漠之中，你既然向我走来，那么在我没有放弃的时候，在外面即将走出荒漠找到绿洲之前，你就必须给我坚持住。”洛芷珩在穆云诃耳边轻声呢喃，谁也不知道沙漠女神这一刻亲昵地在神秘爱郎的耳畔旁述说着什么绵绵情话。

穆云诃不愿意洛芷珩失望，便轻点头，看着她的目光那么温柔，那么纵容。

既然这是她看重的，坚持的，那么他就算再难受也会坚持住，为她坚持到底！

洛芷珩在慕容老将军的曲调中婉转着声音，用一种苍凉又虚幻的声音，不可置信地吟唱着：“是你么？难道是我出现了幻觉么？你是否是知道了我的思念，听到了我哭诉了千年的呼唤，所以你才回来我的梦里？”

还有戏？！

世王那张都快扭曲的俊脸瞬间错愕起来，松下了表情看着洛芷珩，但他此刻也真的就一个感觉，高潮起伏，状况不断，可依然精彩纷呈！就看洛芷珩这么将这个漏洞给圆回来了，她可不要妄想那群评委们会和那群看客一般肤浅！

人们的心再一次被洛芷珩的话给吸引了，忍不住迫切地想看接下来的发展，这个男人，果然就是女神心爱等待的男子吗？

洛芷珩动作优美得仿若展翅的蝴蝶一般，双臂柔软地腾起，手指灵活地舞动，她缓缓抬起头来，脖颈优美地划出一道动人心魄的弧度，她哀伤的目光静静地仰望天空，仿若祈祷天神一般地虔诚：“在天之上的神明啊，请可怜我思慕他的心，若他已离去，便请天之神也将我的生命收走吧，但请将我的灵魂，送到他的身边，我只愿意生生世世陪伴在他左右，哪怕他不知道我的存在，哪怕我们相见不相识，恳请天之神垂怜我苦守千年的灵魂……”

赛场之外已被洛芷珩的吟唱和表演，都已经震撼到无与伦比了，而这样近距离看着洛芷珩，那一丝不苟又鲜活到骨子里的演绎，让穆云诃狠狠地震撼到了灵魂深处，满眼惊艳赞赏！

忽然，她仿若沉睡千百年，又苏醒了一般，猛地跪直了身体，那漂亮的手指完全张开，放在耳朵旁，一张精美的小脸在金色日光中带着虔诚，渐渐地，她似乎听到了神明对她的指示和话语，她脸上的愁苦与哀伤渐渐地消失不见，取而代之的是浓浓的喜悦和惊喜。

笑容，终于在经历了相爱离别生死两茫茫之后，再度出现在这位沙漠女神的容颜之上！

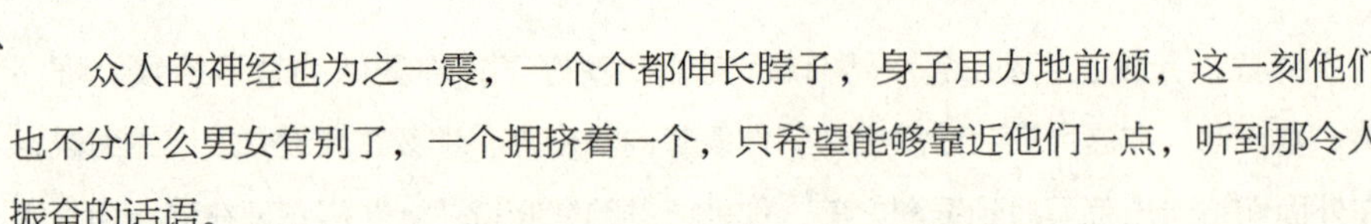

众人的神经也为之一震，一个个都伸长脖子，身子用力地前倾，这一刻他们也不分什么男女有别了，一个拥挤着一个，只希望能够靠近他们一点，听到那令人振奋的话语。

终于，女神放下了手，愣愣地看着面前的男子，她的手战抖着，金色的光芒便从她的手上射出，将那黑袍下的神秘男子都镀上了一层柔和的金光。她的手轻轻地捧起男子硕大兜帽下的面容，目光从陌生到震惊到思念再到彷徨，最后是浓浓的喜悦！

她忽然像一个快乐的白天鹅一般，站起来，围绕着这个男子载歌载舞，欢快的动作流露出女神喜悦的情怀，她动作轻盈，一如千年之前少女时代的她，初遇心爱男子的那份活泼！

她脸上的笑容是那么的明媚，她手上的动作是那么的绚丽，她的身体似乎也在发光。她满身的金叶子叮叮作响，煞是好听。

慕容老将军手中的曲调也默契万分地转变了曲风，变得悠扬，宽广，明快，喜悦！

大漠之中，仿若枯萎了千年，终于在沙漠女神找回爱郎之后，终于因为女神的快乐而再度充满了生机，金色的大漠不再荒凉，不再惆怅，不再恐怖，而是充满了喜悦和甜蜜的芬芳！

她张开双臂，仰望苍穹，日光下的她神圣而高贵得不可侵犯，但她却带着万分的虔诚，轻快又感恩地吟唱：“哦，天之神，感谢你、赞美你，感谢你将我心爱的男子送回我身边。赞美你用千年的时间来打磨我，历练我，感谢你的恩赐，赞美你的大能，万物之主啊，我愿用我最最敬虔的心灵来赞美你，仰慕你，我愿献上我自己作为活祭，我愿成为你牧养的羔羊，神啊，赞美你的赏赐与恩典！”

她如此振奋人心的声音和话语，带动了那些完全陷入这段故事里出不来的人，也跟着她虔诚地赞美那位看不见的神，高声欢呼：“神啊，感谢你，赞美你！”

全场十几万人，虔诚的声音一同响起，直冲九霄！

女神的爱郎回来了，这个故事不是悲剧了，女神在感恩，他们自然也要感恩，他们比女神还要兴奋，因为他们的沙漠女神，将不会再孤零零一个人，往后的千百万年里，他们的女神将不会再继续孤独守候！每一个人的呼吸，在这一刻，变得急促起来。

洛芷珩欢快地笑着，忽然，她跪在了穆云诃面前，温柔而多情地抚摸着他的脸颊，她并不褪掉他的兜帽，就让穆云诃继续保持神秘感好了。但她深情而妩媚欢快的样子却那么明显。她几乎将半个娇软的身子贴在穆云诃的胸前。

这一幕，简直要了男人们的命，要了女人们的心肝！

她如灵蛇一般舞动在男子身上，热情，火辣，大胆，张扬，却还带着一股女儿家娇滴滴的羞涩。那总是不肯看着男子的娇羞容颜，那一直坚强地仰着的妩媚小脸，此刻都微微垂下，嘴角的笑意却那么明显。但她的动作却一点不迟缓。

她嫩白的手指在金镯子光芒的照耀下漂亮极了，却贴在男人的胸膛上，那温柔的温度好像燃烧着每一个男人的心，将每一个女人心中渴望爱情的火焰点燃，这一刻，因为这段撩情的舞蹈，全场男女不分老少，心都热了起来！但他们的目光却没有丝毫的亵渎与邪念，只是一种对于美好的来之不易的神圣爱情的渴望和祝福，还有期待和向往！

向往爱情，不是罪！

洛芷珩与穆云诃的目光一直是在彼此对视的，他们不是两个没有感情的白痴，他们能够感受到从彼此目光中传递而来的情绪，而他们轻颤的手指胸膛，似乎也在因为这份轻颤而绽放着某种热情。

吻她，吻她！他的心在如此咆哮！疯狂而热烈！

虽然知道这是不对的，是伤风败俗的，是惊世骇俗的，但穆云诃就是忍不住自己的情绪，管不住自己的思想。她如此妩媚动人，她如此精致娇羞。她是他的妻子，是他在乎的女子！

“阿珩，过来！”穆云诃声音沙哑缥缈，在热烈的气氛中无人能听到，但洛芷珩听到了。

她也看到了穆云诃狭长凤眸中的火热和情火。她本该拒绝的，但她却好像着魔了一般地红着脸颊，轻轻地俯下身去，她的胸口越过他的头顶，越过他的鼻梁，越过他的唇瓣，越过他的胸膛，终于，她俯瞰着他仰望的脸，彼此的距离可以触碰到彼此的鼻尖……

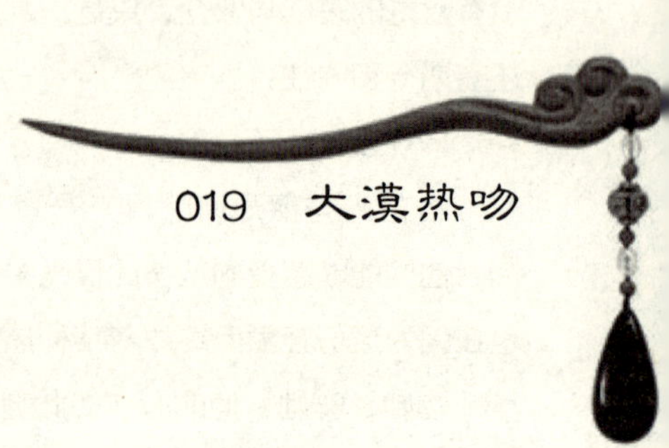

019 大漠热吻

哗地一声！人们惊呼迭起！震惊得瞪圆了眼睛，甚至有些没经历过人事的人茫然地看着这一幕，不明白这是要做什么，而有些人却是又期待又震惊又不可置信，但却又舍不得移开眼。

他俩，该不会真的那么大胆热情吧？！

这又是一个巨大的禁忌，但同样又是一个巨大的诱惑，让人们明知道这是不对的，应该非礼勿视，却又实在是忍不住地想看。

沙漠女神献吻，想想都是一个令人心动的一幕！

洛芷珩就那样双手捧着他的脸颊，缓缓低下头去，莹润饱满的唇瓣终于落在了穆云诃的唇瓣之上！

这一吻，是洛芷珩主动的！

两个人的吻就好像是燎原之火，刚一接触到彼此的那一瞬间，便不可控制地燃烧掉了他们的理智。她捧着他脸颊的手被他的大手握住，反客为主，一把将她的身体拉下来，将她拉进怀里，用力地延续这一个仿若跨越千年之吻！

轰隆隆！

人们心中那紧绷的一根道德底线的弦在这一瞬间彻底崩断，轰然坍塌！

蛰伏在人们身体里的凝固的血液，在这火辣辣的一吻之中，在这火热大胆的表演之中，彻底被点燃！人们瞬间爆发出了一阵惊天动地震耳欲聋的欢呼声，一声大过一声，仿若在为他们的女神庆贺，终于找到了有情人！

声浪一声迭着一声，沸腾的人们也不禁在慕容老将军欢快且充满异域风情的乐曲中，快乐兴奋得手舞足蹈。仿若这一刻，这里来自四面八方五湖四海的人们，是同一国度的子民，他们都无法控制他们的热情和兴奋。

血液在燃烧，在这段可歌可泣感天动地的艰难爱情中，什么都不重要了，去他的世俗管教，去他的道德礼仪，滚他的于理不容，滚他的伤风败俗！什么都不重要了，这一刻，喜乐兴奋还有欢呼庆贺才最重要！

人们压抑到极限的情绪，在这一刻全部释放，快乐地狂欢着，蹦跳着。他们谁也不认识谁，却在这一刻可以放开心扉地拥抱彼此，互相握着手，激动地共同大喊，高声欢呼。

这热闹到失控的场面，着实令人震惊极了！只怕普天之下，能让这么多人一同为之落泪，为之感动，为之难过和狂欢的人，也只有洛芷珩做到了吧！

这是一段传奇，一个神话，已经不需多说了！

能将舞蹈表现到这种登峰造极，又充满创意，还能抓住人们的情绪，又如此地充满梦幻与真实，悲伤与喜悦，大起大落，跌宕起伏，精彩绝伦！

洛芷珩这个名字，从这一刻开始，注定被世人传唱，银月国百年之后的史册之上，洛芷珩的名字，将会毫无疑问地列入其中！

就凭这一曲惊天之舞，她也会成为天下不可代替的第一人！

若舞蹈之中也有圣者，那么她，当之无愧！

因为她的舞蹈，有了灵魂。是用生命，用情感，用故事在演绎！

唇齿交缠着，彼此的味道和气息，软软地传递给彼此，那么热情，几乎要融化对方。而洛芷珩，也是第一次这么主动热情大方地回吻穆云诃。

穆云诃心满意足，却还是不愿意放开她，但他再不好好喘息只怕会晕死在这一个火热缠绵的吻中了。那还不被洛芷珩笑死？

他恋恋不舍地放开她的唇瓣，手臂激动地战抖，却紧紧地抱着她软成一摊水的身子，轻笑着蹭她的鼻尖，宠爱无限地道："阿珩好热情，我真是受宠若惊。"

洛芷珩再大胆也不免有些害羞，红着脸蛋，却不想被他看扁，便嘟着红润润的唇瓣骄傲地冷哼道："你不喜欢？我看你比我还热情呢。"

"喜欢，喜欢死了。"穆云诃觉得胸口的剧痛好像也不那么疼了，他情不自禁地蹭着她发烫的脸颊，用他自己都不知道的温柔，霸道地道："好喜欢这样的阿珩，可是好舍不得阿珩，也不想这么优秀的阿珩被别人看到，阿珩是我的，是穆云

诃一个人的。”

洛芷珩觉得更害羞了，但她又忍不住地得意和快乐，矜持的笑着拥抱他，听着人们在狂欢开心地喊着他们的名字，竟然是女神王子。洛芷珩笑得更欢畅了，轻声在穆云诃耳边道：“我什么时候成女神了？不过你还是王子，嘿嘿。”

“阿珩本来就是女神！是我的女神！”穆云诃郑重地看着她，漂亮的凤眸轻佻着动人的线条，眼中流转着清澈至纯的润泽，仿若要看进洛芷珩心底一般。

洛芷珩的心狠狠地被什么东西撞了一下，不疼，却又麻又痒，软绵绵地软了一大半。

世王简直是容光焕发！洛芷珩这别出心裁创意不断的火热一舞，只怕在所有人心中已经是当之无愧的天下第一了！简直太给他长脸了！

连续两场，洛芷珩连续两场用她如此独特出色的表演，赢得了无数的掌声欢呼，更是创下了一个又一个的震撼传奇！

一个很老套的故事，一个很温馨的结局，众人满足了。

雷鸣般的掌声四面八方巨浪般响起袭来，淹没得了他们的笑声，淹没不了他们的热情和笑容！

洛芷珩心里也着实松了一口气。她必须要谦虚地承认，她不太会跳舞，但能取得这样的成绩，还是因为她的智慧。她懂得怎样取长补短才能让自己发光发热。她将自己不擅长的结合在一起，便成就了今天的一切。

她从一开始就防备白明珠，一个又一个圈套往白明珠身上砸。

先是挑衅，再是将自己包裹得严实，毕竟她若不在休息的时候换好服装的话，她是没有时间来装备自己的，但如果先让白明珠看见她的穿着，那她想跳舞的想法就暴露了。故意说自己需要一把琴，但她又没有说明她要弹琴。

如此，一个不着痕迹的圈套就将白明珠给牢牢地困住了。就算白明珠想要反驳她，指责她，她也有足够的理由能让白明珠颜面扫地。

洛芷珩不可谓不狠！她的心机城府又怎能是一个自负狂傲的白明珠可以窥探猜测的呢？

为了穆云诃，她只能拼了！眼看着还差两步就走近成功，就能在世王那里求来一个活命的机会，她怎么也不可能放弃的。

但这一刻，她晓得从容矜持，这一场危险合作之中，这一次豪赌之中，她还是赢了！

“沙漠女神！”忽然，人群中响起了一个非常激动的呐喊声，人们的欢呼声便是一顿，旋即更加狂热的呐喊声铺天盖地地响起：“沙漠女神！沙漠女神！！”

人们看着洛芷珩的目光是那么狂热，他们还不能从这场轰轰烈烈的精彩演绎中走出来，乱七八糟地呐喊着这个他们认为，最最配得上洛芷珩的名称。

沙漠女神!

一场舞蹈，换来了一个充满了神秘色彩的神圣称呼!

洛芷珩笑得就有点得意和小傲娇起来，忍不住地看穆云诃，那目光里点点碎碎的光芒绚丽迷人。

穆云诃就站在她身边，忍不住伸手勾住她柔软的腰肢，目光专注而温柔，轻声笑道："沙漠女神？我的阿珩，当之无愧！"

洛芷珩本来是炫耀给穆云诃看的，可穆云诃一夸奖，她反而有点害羞，正如她演绎的故事那样，有点羞涩但又不想被爱郎看扁，那模样最是令人怦然心动!

两个人目光无声地交流，甜蜜温馨的气氛即便看不见却感觉得到是在二人之间流转，让别人看了都觉得好美好舒服。

"在一起！在一起！"又有人忍不住大喊，于是今天完全失控的人们也不顾忌什么以往坚守的伤风败俗了，跟着狂热大喊。虽然他们不知道这个黑袍男子长什么样，但这一刻看着他们两个站在一起，就理所当然地认为他们是应该在一起的恋人，什么也不能让他们分开!

玉儿也不知道黑袍人是谁，可却兴奋得拍手大叫："在一起！女神和王子，幸福地在一起！"

完全被震惊住的评委们这一刻都是站着的，站在评委席里面，一个个满脸通红，眼中都是赞赏，已经不知道要用什么语言来形容今天这场视觉盛宴了!

百年大赛，各个赛区，以至于天下大赛，从未有过今天这么热烈狂欢的场面，也从未有过这么让人惊心动魄的表演。看着四面八方沸腾的人们，评委们的心里也已经有了答案。

然而谁也不是冲动的人，他们没有忘记白明珠之前表演的那首曲目，按道理来说，白明珠表现得更正规一点，并且那首曲子弹奏得着实不错，但和洛芷珩的表演来比较，就有点黯然失色了。

洛芷珩胜在创新，胜在与众不同，胜在不会循规蹈矩。她更胜在有一位手握百万雄师的老将军的亲自助阵！更胜在琴圣也为她伴奏！强大的阵容！她这种表演点燃了全场几乎所有人的热情。今天这一幕是必定要记录在银月国的史册之中的。

但白明珠的表演，让评委们唯一拿不定主意的是，她弹奏的是琴圣自创的曲目，并且弹奏得也不错，而且琴圣今日就在现场。而琴圣的身份，对于银月国的人来说，是一个不能忽视的强大存在，他们哪敢轻易否决白明珠。否决了白明珠会不

会让琴圣觉得他们是否决了琴圣的自创乐曲？

可以说白明珠和洛芷珩今天都打了一副名人牌，让人很难轻易下结果。

“你小小外孙子娶了一个好媳妇。”棋圣不禁有些感慨地对佟老笑道，满眼羡慕。

“是啊，就他最得意了，你看他笑得嘴巴都快咧到耳朵根子后去了。”画圣酸溜溜地说道。

佟老其实挺想笑得矜持一点的，但没办法，谁让他家崽子们太争气，他想矜持也不行啊。爽朗地哈哈大笑道：“过奖过奖，云诃这孩子就是天养活着，正如他媳妇刚刚吟唱的那样，感谢赞美天上的神吧。至于珩儿这孩子，是不错！哈哈哈！”

佟老实在没忍住话刚说完，就又哈哈大笑起来，惹得其他人对他各种白眼和鄙视。自然还有羡慕和嫉妒。

“安静吧！安静一下！”大评委兴奋过头了，看着还很热烈的场面，不得不站出来主持一下，但是没人搭理他。大评委就看了眼宋夫人。哪知道宋夫人正一脸笑意看着洛芷珩，可那脸上明显有过流泪的痕迹。大评委叹息，洛芷珩也太狠了，这是勾起了多少人酸楚的回忆啊。

但宋夫人很有时间观的，她也觉得人们狂欢的时间太久了，便站到裁判席上，用内功将声音传出去好远：“安静！！”

站满了沙漠围栏内外的十几万人这才将声音减小，但依然很大。只怕就算再安静，也回不到刚刚洛芷珩跳舞吟唱时候那般的境界了吧。

洛芷珩看了一眼，便上前一步。

洛芷珩默默无闻十八载，一朝崛起，便势不可挡强势无比！一炮打响，可比洛凝霜那十八年的苦心算计要省事得多！

洛凝霜一口老血硬生生地卡在了喉咙里。真的快要被活生生地气死了！

噗！

洛凝霜满脑子里乱哄哄的一团，什么也想不明白，被洛芷珩和穆云诃刺激得终于忍不住一口血吐出来，但她连忙用手绢捂住了，不敢让自己发出一点声音来。

第二次了！她已经第二次被洛芷珩气吐血了！

前面的世王众人下意识回头看去，只见洛凝霜正脸色苍白地半捂着脸，那双大眼睛里还有来不及掩饰的阴狠的光芒，刚巧被世王看了个正着。皇帝自然也是看见的了。

两个人一瞬间对洛凝霜充满了厌恶，这副柔弱要死的模样和健康的充满活力的洛芷珩一比，简直是太不讨人喜欢了！

评委们展开了热烈的讨论，结果不好轻易公布，他们看向琴圣，目光举棋不定。最后由大评委亲自来和琴圣说。

天下大赛的大评委，相当牛的一个人物了，但很可惜，在琴圣面前，再狂也得憋着，也得夹着尾巴小心奉承着。

大评委看着琴圣满脸来不及收起的伤感，就头皮发麻，知道这不是一个好差事，但又不得不硬着头皮上，委婉地将评委们的想法全都告诉了琴圣，琴圣一瞪眼，又迟疑了一下，便点头了。

大评委如蒙大赦，连忙回到评委席上，大声宣布道："这真的是一场精彩绝伦的表演，二位参赛者都很优秀，我们也实在是难以评判了，刚好这次二人的展示中都有琴圣的参与，所以大赛评委一致决定，这一次就请琴圣来亲自点评，选出这一次的获胜者。"

此话一出，人们便拥护起来。

本来就傻眼惊呆了的白明珠，这一次更是有种浑身拔凉拔凉的感觉。

她本来知道琴圣在此，便刻意演奏了琴圣创作的曲目，以为能够得到琴圣的青睐，如此必定会对她有加分的。而她也有自信能打败洛芷珩。但洛芷珩这一拨又一拨的惊人演绎，实在是让她手脚发麻，心里没底。

而琴圣最后更是不请自来加入了洛芷珩的阵营，亲自为洛芷珩伴奏。这就充分说明了琴圣对洛芷珩就算没有喜爱，但也一定有看好！这让白明珠不由得心里发毛，若再让琴圣来评判，她很可能凶多吉少。

"我不服！表演才艺，洛芷珩这种说是舞蹈却还不是纯正的舞蹈，乱七八糟完全不合规矩，怎么能算是才艺展示呢？大赛应该取消洛芷珩的参赛资格！她不尊重大赛的规矩和评委们，用这种不正经的方式来迷惑众人！"白明珠出口伤人，完全不顾及了。

人们几乎全都被噎住了，她这否认不是单单否认洛芷珩一人，还有他们这群被洛芷珩动人的故事带动的人们啊。谁也不愿意无端端被人责备，一瞬间，那些支持白明珠的人，也不禁对白明珠厌恶起来。

评委们还没开口反驳，洛芷珩便笑着开口道："白姑娘口才不错，但请白姑娘口下积德！你还没出阁吧？一个未婚的女子张口就不正经，那你是有多正经呢？又或者，一个正经人家的姑娘，怎么就知道不正经这个词了呢？你知道什么叫做不正经吗？"

"洛芷珩你别跟我牙尖嘴利，说破大天去，你也不合规矩！你那个四不像的

表演不能作为天下大赛的参赛节目！”白明珠几乎是指着洛芷珩怒道。

洛芷珩不怒反笑，只听她用漫不经心的语气说着令人心惊胆战的话：“不合规矩？什么是规矩？大赛评委们在这，十几万双眼睛在这，甚至世王殿下也在这，他们一位位还没有开口说我不合规矩呢，你是个什么东西？就能代表他们，或者是越过他们来评判我如何了吗？还是说，在你白明珠的眼中，这些人还不如你身份高贵尊贵吗？”

此言一出，白明珠一张俏脸惨白。

洛芷珩太狠了！竟然当着全天下的面，当着南朝皇帝的面说这样令人猜忌和诛心的话，这不是在将白家往死路上逼么？

“洛芷珩你太过分了！”白明珠怒吼道。

洛芷珩不置可否。

琴圣嘴角一抽，心想好你个洛芷珩，竟然比他还狂，本来想要立刻宣布洛芷珩获胜的琴圣，就想为难一下她了。便故作神神叨叨地道：“洛芷珩，老夫觉得这白家的小姑娘说得也不错，你表演的舞非舞歌非歌，虽然精彩好看，但你也要让我们知道你表演的这叫什么，是什么名字？”

洛芷珩的表情不着痕迹地变了，变回那个娇俏可爱的丫头，她开口说话，众人狂热的声音便在宋夫人以及评委们目瞪口呆的表情中迅速安静下来。

“我称这舞蹈为歌舞！任何事也不能千篇一律，有创新才有进步！我觉得天下第一才人大赛之所以能长盛不衰举办这么多年，完全是因为它一定也在与时俱进，不断更新、创新和改变着。如果大赛连新形式新创意都接受不了，那得埋没多少人才呢？”洛芷珩也不紧张，反而侃侃而谈。

“这段舞蹈献给天下所有有情人，希望每一个男女都能大胆追求属于他们的爱情，希望每一段爱情都能修成正果，希望每一对恋人都能够一生一世一双人，白首不相离！这支舞蹈它叫——沙漠红颜！”

琴圣眯眼，口中呢喃着“沙漠红颜”四个字，觉得贴切极了，一边感叹着自己眼光怎么就这么好，找了个这么厉害的徒儿，一边又装模作样沉吟道：“嗯，不错。但白姑娘表演的才艺也是不错的。”

一句话可算是给了白明珠希望了，白明珠期待地看着琴圣，就等着琴圣判定洛芷珩输呢。

哪知道琴圣话锋一转，笑眯眯地道：“可是今日洛芷珩的这个歌舞却震撼到了老头子我，若要我说，这场比试的获胜者，洛芷珩当之无愧！”

场面被老头子不正常的语气和思路折磨得转不过弯来，但下一刻，人们爆发出了一阵惊天动地的欢呼声，为洛芷珩庆祝她的胜利。

白明珠傻眼了，整个人一下子颓废下来。

洛芷珩连续两场干掉两个强劲对手，真真的给穆王朝长脸，也不枉费穆王朝几位泰山北斗集体出动来给她捧场，老家伙们想，这孩子怎么能这么招人稀罕呢？

这个结果已经不能让洛芷珩太激动了，但当她拉着穆云诃的手的时候，她却有点忍不住想哭，她说：“穆云诃，我们终于离成功又近了一步，你不夸奖我一下？”

穆云诃满心苦涩，脸上却是最清澈温柔的笑容：“嗯，我的阿珩最棒了。”

低哑的嗓音在两个人之间流转，让人莫名的感伤。

二人没有过多时间去温情，宋夫人的声音响起：“第三场比赛也是天下大赛的巅峰对决，洛芷珩，挑战诸葛画栾！”

挑战！

最后一场比赛竟然用的是挑战二字！也就是说当洛芷珩将诸葛画栾打败了，她就会成为继诸葛画栾之后的新一位天下冠军，反之，洛芷珩若是输了，那么诸葛画栾就是蝉联冠军！

这是天下大赛的重头戏了，因为天下大赛的参赛人都是各强国冠军，人数相当之少，所以比赛可以一天比试完成。所以洛芷珩没有太多的时间休息，就要投入到第三场也是最最重要的最后比赛之中了。

穆云诃在慕容纤雪和玉公主的搀扶下回到了座位上，小喜子连忙上来端茶倒水捏肩捶腿，就怕他主子一个激动再晕过去了，那就惨了。

“请上一届天下冠军诸葛画栾上场。”宋夫人按照程序喊道。

诸葛画栾目光复杂地看了一直神秘的穆云诃一眼，心里面很奇怪，怎么就对他有些特别呢？是因为他总不搭理自己吧，可是很好奇，这穆云诃眼睛有毛病吧？她明明比洛芷珩好看太多了，为什么他的目光却不在她的身上呢？据说穆云锦是穆王朝第一美男子，据说穆云诃比穆云锦还要俊美，会是这样吗？

诸葛画栾一直是一个非常骄傲并且一生顺利的女子，她有一个强大得足以让她傲视群芳的家族背景，还有一个疼爱她的老祖宗，更有一身强大优秀的才艺，她是当之无愧的才女和天下第一美人。

这个记录，一直以来无人能打破！

犹记得当初她说自己想要参加南朝的第一才人大赛，于是老祖宗就同意了。其实按照她的身份和家族来说，不用参加这个大赛也是没几个人能比得上她贵重的。但她参加就是为了图个新鲜，展示一下自己，她来了，并且一路轻松过关，先是南朝赛区的冠军，再是天下挑战赛的冠军，都是她的囊中物，她认为这些都是理所当然。

一直以来，她并不看重天下大赛的冠军名头，也从不将那些挑战者看在眼里，就算是背景也很强悍的白明珠，也不被诸葛画栾放在眼中。

但洛芷珩出现了。

一个让诸葛画栾猜不透看不明白的女人，一个又一个巨大的震惊接连袭来，简直让她目不暇接，同样也是惊骇不已！

天下，竟然还会有一个如此优秀的女子么？！她已经就够优秀了，但洛芷珩却让她压力巨大。她不会瞧不起洛芷珩的，因为她有良好的家教，告诉她骄傲可以但不要轻敌。所以当知道了洛芷珩厉害以后，诸葛画栾反而是起了极大的好胜心理。

一定要战胜洛芷珩！洛芷珩越强越厉害，她就越兴奋。因为她可以通过战胜洛芷珩来证明她自己，让世人，让这群对洛芷珩赞不绝口的老祖宗，还有让这个一直将她当空气一般无视的穆云诃都好好看看，她才是最强者，才是女人中的翘楚！

款款起身，诸葛画栾落落大方地走出来，每一步每一个笑容都是经过大家贵族训练出来的，很秀丽迷人，但在洛芷珩眼中却少了一分灵透。

“今日你们二人的对战是天下赛区这一届的最后一战，获胜者将要得到的奖励你们已经有资格知道了，但在知道奖励之前你们要双方见礼！”宋夫人严肃地说道。

见礼是一种礼仪，洛芷珩与诸葛画栾二人之中必定有一个人是今天的最终获胜者，这个见礼其实就是一个友好的表示，在比试中友好不伤人，在比赛后友好不做仇敌，这是大赛的规矩。是大赛防止最终冠军遭遇不测，或者落选者暗中伤人。因为能够走到这最巅峰一步的人，都是有背景的人。百年历史，无一例外！

二人规规矩矩互相行礼，彼此微笑，看上去一团和气。

但洛芷珩知道她的笑容是不真诚的。这个女人对她是充满敌意的，虽然也是满脸笑容，但诸葛画栾一定不简单。而且这个女人之前还敢抱着穆云诃，刚才还一直用那双讨人厌的眼珠子看穆云诃，洛芷珩心里面很不舒服。好像专属自己的东西被人肮脏的目光窥探玷污了一般，恨不得灭了眼前人。

“本次天下冠军的奖品是两个，但冠军只能得到一个，从中二选一。一个是由多种珍稀物品组成的一份礼物，一种是……”宋夫人说到这故意停顿了一下，看向了二人，见洛芷珩满眼放光地看着自己，她心里好笑，若不是早就知道洛芷珩这么拼命是为了救穆云诃，她都会鄙夷洛芷珩见宝眼开了。

她缓慢而清楚地说道："另一个奖励就是，主动放弃上一种奖励，并且自愿奉上自己生命中的三十年，任由银月国来支配这三十年，那么获胜者就可以进入银月国游历一年！"

轰隆隆！

大人物们的心中瞬间被宋夫人这平静无波的一句话，激起了千层巨浪！纵然是那么淡定如佟老，此刻也不禁瞳孔紧缩！

进入银月国一年？！那代表着什么？代表着权力，地位，财富，生命，甚至是一切！！

没有人知道银月国在哪里，没有人完全了解银月国，但所有人都知道那个国家是一个世外桃源。而大人物们却知道得更清楚一些。银月国有着数不清的绝世高手，有着永远挥霍不尽的金银财宝，有着高于世俗皇权的权力！而银月国的人还有着能令人长生不老生命延续的神奇传说。

看世王就知道，没有人知道世王多大了，但几位老人家却知道，这个看上去不过二三十岁的漂亮男人，他的年龄绝对不会小于六十岁！可是偏偏世王却拥有一张倾世容颜，不老之谜在世王身上是最最直白的证据！

还有什么能比这些更有诱惑力呢？纵然是一群活了长达百年的老人家，也不能窥见银月国二三，更是百年之中无人了解银月国的一切。银月国的神秘令人向往。有人说，银月国其实就是天上，那里居住的都不是人，都是有着不死之身的神仙，所以他们高于皇权，所以他们掌控列国！所以他们长生不老，富可敌国！

但，事实是什么样的，谁又知道呢？银月国也从来没有给过任何人进入那个神秘国家的机会。

今日这个举动简直举世震惊！是前所未有的荣誉和成就，更是一个令人不能抗拒的诱惑。

可究竟是什么让银月国有了一个这样特殊又重大的决定呢？

佟老等人不愧是百年的老人了，激动狂喜震惊的心瞬间冷静下来，几人互看一眼赫然发现几人的眼中都有一种莫名的惊骇。他们不约而同地将目光落到了还浑然不觉的洛芷珩身上，这一眼，便真的是惊心动魄了。

也是那一瞬间，他们便终于明白也确定了一个想法，银月国这是冲着洛芷珩去的！

洛芷珩一路过五关斩六将大杀四方，凭的除了真本事还有她那令人惊叹的智慧。要不是她步步为营的算计筹划，她不可能走到今天。而今天洛芷珩的表现一次比一次更加漂亮惊人，并且表现出来了极大的创造力和魅力。

若说有什么能让银月国的人改变主意，愿意招人进入那神秘之地，那么必定是这场比赛的最大变数的洛芷珩了。显而易见银月国下了一个巨大的诱饵，他们看上了洛芷珩，并且非常看好洛芷珩能够战胜诸葛画栾。他们想要洛芷珩，今天这个巨大的诱惑，甚至可以说是只为洛芷珩一个人准备的！

这绝对是一份殊荣，但，谁又知道这不是一个巨大的陷阱呢？三十年啊，一个人有几个三十年？一旦离开了世俗，真的还有机会回来吗？还是将自己的三十年完全交给银月国支配，要是银月国让洛芷珩当奴隶去卖身，难道洛芷珩也要去吗？可尽管如此，只怕还是有人会拎不清想不明地往上冲吧。

几位老人瞬间冷汗满身，紧张地看着洛芷珩，大有洛芷珩若敢答应，他们立刻冲上去抢人回来的架势。

绝对，不能因为为国争光而毁掉这个孩子的大好人生！

“诸葛画栾，要加油了。”宋夫人傲慢地道。

诸葛画栾可比洛芷珩知道得多，她早就已经兴奋了，能进入银月国的话好处多到数不清，那么矜持的她也不禁连忙点头：“我一定全力以赴！”为了进银月国，一定要战败洛芷珩！

“洛芷珩，你也要……”宋夫人似笑非笑地看洛芷珩，可她的话却被洛芷珩打断了。

“抱歉打断一下，我会努力比赛的。”她笑道，评委们和宋夫人一下就笑了，但洛芷珩却又无比郑重地说了一句，“但我不卖身！”

这是什么奖励？三十年换一年？还要牺牲那么多的奖品，不纯有病吗？她又不是傻子，才不卖身！

评委们面色骤变，宋夫人脸色瞬间阴沉下来了。

在这个充满了巨大的诱惑力的奖励之下，洛芷珩竟然轻轻松松地就说出“不卖身”这样的话，这无疑是拒绝的意思了。洛芷珩是真豁达豪迈，不在乎银月国这个神秘的国度，还是洛芷珩白痴到根本就不知道银月国里走一年代表什么？

“洛芷珩，你可要考虑好了，仔仔细细的。现在我不需要你的答案，你最后的答案是什么还要等你最后的比赛结果。”宋夫人劝道。

洛芷珩淡笑不语，悠悠然然地一点不被外在的诱惑力吸引。

诸葛画栾心中冷哼，洛芷珩要有战胜她的实力才可以呢，不过她这一次看来要使出真本领才可以了呢，她绝对不可以输，因为她非常非常地渴望进入银月国。只要进了银月国去，在那里面得到了长生不老的窍门，付出三十年算什么？以后她可以有太多的三十年来自我挥霍。

世王眯起眼睛，神色终于发生了一丝变化，和其他王爷一样，世王也有震惊与诧异，他们事先都不知道这个奖励的。银月国有规矩，绝对不允许世俗之人进入银月国，更不允许银月国之人爱上世俗之人，不论男女，都不能相爱，相爱的或者进入银月国的世俗之人，将会被银月国主追杀到底，直到灭杀那人为止！

但，今日为什么会突然有这样一个奖励了？这不是不符合国训吗？而他们也很清楚，宋夫人虽然有些地位，但却绝对不是可以擅作主张发布这样奖励之人，整个银月国，能有这个资格的，只怕不超过三个人！

而这三个人中的一人，此刻正在他们中间，便是世王！其他人看向世王，眼神变幻莫测，难不成真的是世王要邀请洛芷珩去银月国？可他怎么就有那个信心说洛芷珩一定能战败诸葛画栾？

大人物们不禁都捏了一把冷汗，就连不谙世事的玉公主也被四周凝聚的若有似无的严肃紧绷气氛吓得不敢说话。

宋夫人眼神晦暗地看了洛芷珩一眼，再度扬声道："冠军赛的比赛规则是由大会来决定比赛题目，你们二人必须服从，并且必须尽全力去完成，天下冠军的角逐中不允许有人中途退场，或者半路放弃，谁若敢不尽全力，就是不尊重银月国，后果自负！"

所有人放下了刚刚的震惊，全神贯注地听着宋夫人的话，每一年的天下总决赛，是最精彩的一幕，而最后的挑战总冠军也是最最惊险刺激的一幕，因为最后的巅峰对战比赛题目是银月国的太子殿下亲自出题！不知道这次这位神秘的太子殿下会出什么样的题目呢？

上一届诸葛画栾胜利是因为比赛棋艺，题目出得平平，又是诸葛画栾的擅长之处，所以人们都觉得诸葛画栾命很好，却没有人想是那位太子殿下刻意放水，毕竟神秘莫测的银月国未来国主在人们眼中可是相当高贵威严的。

宋夫人看着场中的两个妙龄少女，大声宣布道："这一次的比赛题目是——对战！"

此言一出，全场震惊！

一时之间每一个人脸上都是茫然不解的，对战？怎么对战？对战什么？才艺比赛可是没有过什么对战的，不就是琴棋书画诗词歌赋和女红吗？女孩子家家的你让她对战她也得会啊。怎么会好端端的出一个这样的题目？

诸葛画栾惊了一下，是真的没有想到怎么会出这么古怪的题目？但旋即她就镇定下来，脸上有一种非常古怪的笑意，似乎还有一点羞涩。

去年她赢了比赛，但比赛题目却是她最最擅长的棋艺，那个时候她只是想着

也太巧合吧，怎么感觉好像专门针对她擅长的出题呢？该不会是故意帮她吧？后来知道是银月国太子殿下亲自出题，她就知道太子不可能帮她的，他们也不认识。

但今年呢。竟然是一个冷门的对战，从字面上看就是打仗了吧。她禁不住想笑，谁会知道堂堂天下第一美人，看上去千娇百媚，实际上骨子里却是个不折不扣的马背上长大的孩子？她有一个来自草原的母亲，她的母亲擅长各种兵器和武艺，而她自小耳濡目染，更是被母亲培养这方面的功夫，早就已经是个小小高手了。

今天这个题目，不论是打仗还是其他什么，都仿若是对着她的口味来的，好像是为她量身定制的，专门给她打开方便之门，将胜利送给她的一般。接连两年两次都是对她非常有利的题目，诸葛画栾再也忍不住地想象着，不会是那位神秘的太子殿下……见过她？对她有意思？

诸葛画栾心里面害羞，但脸上却是洋洋得意的，这一次她要拿下洛芷珩简直是易如反掌了，银月国一年，也是她的囊中之物了，还可以狠狠地打压洛芷珩，向天下证明她比洛芷珩要优秀，这让诸葛画栾更加兴奋，甚至是迫不及待。

相对于诸葛画栾的胡思乱想，洛芷珩表现得就很平静了，她除了刚开始诧异地一挑眉，其他时候都是平静的沉思。就连诸葛画栾挑衅的目光她都没注意到。

“对战，顾名思义，就是大会给你们二人每人五千精兵，让你们在这片沙漠之上带兵打仗！这一场比赛可以没有技巧和战略，可以不用发挥真正的军人们的素质和谋略，但你们必须要战斗到底，比赛结束后，死伤最多的一方为败！若双方的军队全军覆没，那就以将领为标准，谁身上的伤多，谁就败！五千精兵任由你们二人掌控，随便你们怎么打，但记住这一次是真刀真枪，虽然你们不能真的将对方打死，但也是刀剑无眼，要自己小心，听懂了吗！”宋夫人大声说道。

“明白！”诸葛画栾立刻回答，声音兴奋。

洛芷珩飞快扫了一眼诸葛画栾，这个女子看似柔弱，又娇美得很，应该不会喜欢这种比赛的，若是别人，哪怕是白明珠的那样的，只怕都会愁云惨淡得期期艾艾的吧，为什么诸葛画栾会是这种表现？从她的情绪里，洛芷珩感觉到了兴奋。

她兴奋什么？又或者，她对这场比赛很有信心吗？

心思急转，洛芷珩瞬间明了，该不会这个诸葛画栾也是个深藏不露的家伙吧！早就知道诸葛画栾不简单，却没有想到这家伙还有可能是个练家子。洛芷珩倒是不害怕，只是……

她慢悠悠地说道：“这不公平吧，让两个女孩子来比赛这玩意，你们想干吗啊？挑选两个能够带兵打仗的上战场啊？”

洛芷珩的质疑正是许多不明白之人的疑惑，宋夫人自然愿意给予解释：“之所以出这个题目，不是为难你们，而是早就已经选择好了这个题目。你在穆王朝的时候，最后的决赛是以战争为背景来表演才艺，你的表现不就获胜了吗，而且那一次就和战斗有关了。真的这个题目不适合女孩子，但年年都是一些琴棋书画的比拼，你不觉得无趣吗？正如你所说那样，若是不能改变和更新，只怕天下第一才人大赛早晚有一天要被淘汰了！所以大赛才会出和当下最最热门话题有关的题目。”

“可这对我来说不公平。诸葛画栾一直优哉游哉地在那坐着休息，我却一场接一场地比试，体力消耗很大，又饿又渴又疲惫，体力上自然就比不过诸葛画栾了，到时候要是输了，我也会不甘心的。”洛芷珩说了一个听上去很客观的理由。

总之，她得为自己争取一点时间去了解一下这个诸葛画栾，总觉得她很诡异呢。

宋夫人一愣，觉得这话也太对了吧，但洛芷珩脸上可看不见一点疲惫，她无奈，却还是回头看向了评委们。

评委们商量了一番，最后大评委说道：“你说得也对，大会给你半个时辰休息可够？”

洛芷珩点头，然后退场，由始至终再也没有看诸葛画栾一眼。

她径直走向了法老们面前，先来到慕容老将军面前一行礼，乖巧感激道：“感谢慕容老将军的帮忙了，今日要不是您的鼎力支持，珩儿就没办法了，等回到穆王朝，珩儿一定请老将军喝酒。”

慕容老将军闻言哈哈大笑：“这话可是你说的，这顿酒我可就等你来请了。不过我也不敢居功太多，你今天也是给了我一个回忆过去的机会啊，没有我，你也可以很出色地完成，后生可畏啊。”

“您过奖了。”洛芷珩笑得很甜，将一个乖巧的少女演绎得惟妙惟肖，她又给佟老行礼笑道：“给老祖请安了。”

“好孩子，这里都是自己人，不需多礼，你且快快去休息吧。接下来的比赛可要好好地比，但却不可太过急于求成，也不要马虎大意，有些事情顺其自然，冠军什么的，不要也没什么，你尽力就好，别强求，别伤到自己。”佟老的话就很中肯和语重心长了。

主要还是佟老不太希望洛芷珩赢了，万一银月国真的是打洛芷珩主意，再抛出其他的诱惑来，洛芷珩经不住真的和他们走了，穆云诃怎么办？他可不认为这是一件好事，洛芷珩在穆王朝也可以发光发热，不一定非要去银月国。

洛芷珩心里苦笑，她真不在乎冠军的虚名，她只是想要冠军奖励中的一颗珠子，她只是想救穆云诃。可这话她也不能说，她答应了世王不对别人说的。所以今

天这场比赛，她只能尽力，必须拿下！

“你很不错啊，老夫活了这么多年，还真没见过你这样的，画功一绝，舞蹈也是令人惊艳不已。你可以和画栾成为好朋友的，画栾这孩子很不错，你们两个在一起，那可真是一对才貌双全的姐妹花了，对不对哥哥们？哈哈哈。”画圣自说自话着，还一副感觉良好的样子。

穆王朝的老人们心里面冷笑，你家诸葛画栾明显将洛芷珩当他人了，还朋友呢，活了一大把年纪的人了，竟然连这么点事情也看不透。

洛芷珩却并没有表现出来任何不满，笑道：“只怕我福薄，不配做诸葛小姐的朋友呢，再说我们要是朋友的话，上了战场也不好办啊。”

画圣刚要开口，琴圣已经一句话插了进来，很倨傲地鼻孔朝天地道：“都感谢慕容了，怎么不感谢我？”

洛芷珩刚才就奇怪这老头怎么在这，怎么是琴圣？但她莫名地就看不惯琴圣这老头那一脸倨傲，好像对她多大的恩惠一般，而且又有点孩子气地偷偷看她，洛芷珩故作惊讶地道：“啊？感谢您什么啊？”

琴圣怒道：“我刚才也为你伴奏了啊。”

“是我请你伴奏的吗？”洛芷珩反问。

琴圣一下子哑口无言，可不是吗，刚刚是他情不自禁主动伴奏的……可洛芷珩也不能这么不尊师是吧，太没规矩了！琴圣提起一口气来，刚要开口教训这个没规矩的徒弟，可是洛芷珩已经利落地从他面前走过去了……琴圣这一口气没上来，面色通红。这也太不给他这个师傅面子了吧！

画圣很没同情心地哈哈大笑，棋圣同情地拍拍他的肩膀，小声地在琴圣耳边道：“你快收起来你那一副师尊的嘴脸吧，人洛芷珩又不知道你是个什么玩意，在人面前摆什么师傅的谱啊？”

琴圣一下子恍然大悟，是啊，他还没告诉洛芷珩他要收她做徒弟呢，所以这才不知道要尊重他，嘿嘿嘿，差点错怪丫头。

“你们俩嘀咕什么呢？”画圣好奇地伸过头来问道。

棋圣刚开口，就被琴圣打断了，琴圣笑容满面地道：“再说我看上的那徒弟呢，她今儿也来了，现在就在这现场，我那徒弟可真是惊为天人啊，只要她一出场所有人都会为之尖叫的，而且她简直是太厉害了，就连我这个师傅的面子她都不给，我真的太喜欢我这个徒弟了，你刚刚不是说要将你孙女嫁给我徒弟吗？我看你孙女是没戏了的，我徒儿怎么能优秀成这样啊？简直是惊天地泣鬼神啊。”

琴圣心里面却在怒骂：老小子，竟然敢笑话你姐夫，看她今天怎么让你郁闷死。

棋圣连忙走开了，他怕自己一下子没忍住喷笑出来，这老家伙好不正经，竟然又开始玩人了。

画圣立刻满眼锐利地看过周围，疑惑地道："也没听见什么惊呼尖叫啊，你那徒弟要真这么好的话，倒也配得上画栾，到时候我先看一眼，要是真的好，那就让两个孩子把亲事定下来，你到时候可别从中作梗啊。你要知道到按照辈分，画栾还要叫你一声外祖呢。"

琴圣一脸得意地道："那是你们的事情，我那徒儿要是看不上你家画栾，可别怪我。"

"哼，不是我夸自己家的孩子，我家画栾在哪里不是被人追捧争抢的？不过那人也还不是你徒弟呢，他要是有兴趣的话，我倒是也可以收个徒弟。"画圣冷笑道。

"你敢和老子抢人！"琴圣怒了，瞬间翻脸。

画圣吓一跳，毕竟是自己姐夫，他冷哼一声没有呛声。但他还是得罪了琴圣。

"阿珩，累不累？"穆云诃伸手拉过洛芷珩，柔声问道。

洛芷珩笑道："不累，一会儿我比赛你不要着急，要是累了的话就去马车里休息，不要担心我，反正也是比赛而已，不会有事的。"

穆云诃摇摇头道："我哪也不去，你在哪里我就在哪，你比赛，我就在这等着你。"

洛芷珩笑得便如花灿烂，却被一旁的慕容纤雪打趣道："知道你俩恩爱，可也不用这么肉麻吧？真是的。"

"我觉得很好啊。"玉公主连忙天真无邪地说。却被她小姨又一巴掌拍得眼泪吧嚓。

"小孩子家家的知道什么啊就很好？赶快一边去。"慕容纤雪教训道。

"你又比我大几岁啊？干吗总打我？"玉公主不服气地尖叫，却不敢还手，可见她早就屈服在了慕容纤雪的淫威之下。

洛芷珩好笑地摇头，看见丫头小喜子站在穆云诃身后眼巴巴地看着她，那表情里都是满满的崇拜和仰慕，洛芷珩笑着指他俩："不给我好好地看着小王爷，你们两个是不是皮子紧了？"

小喜子一哆嗦，立刻给跪了，哭咧咧地道："主子娘娘诶，奴才好冤枉啊，主子爷自个去的，奴才不敢拦啊，再说奴才刚刚已经被您的惊天之舞给惊艳得都啥

也不知道了，求您饶了奴才吧。”

“嗯嗯，小姐跳舞太好看啦，比以前还要好看。”丫头实诚地连忙点头，可一句话却让洛芷珩惊住了。

以前？曾经的洛芷珩也会跳舞？！可以前的洛芷珩不是一无是处什么也不会吗？洛芷珩心里疑惑，但又不能现在就问，会引起别人怀疑的。

“你起来吧，这一次就饶过你，但一会儿的比赛你必须要看住小王爷，不能让他再走动了。现在去找奶娘来。”洛芷珩对小喜子道。

小喜子如蒙大赦，连忙屁颠颠地跑了。

奶娘来得很快，洛芷珩在她耳边轻声道：“能不能想办法搞到诸葛画栾在家的时候的消息？比如她擅长什么，还会什么，性格怎么样这些？”

奶娘想了一下道：“可以，奴婢这就去想办法。”

“那要快，必须在半个时辰内回来告诉我。”洛芷珩吩咐，奶娘离开后，她就和穆云诃上了马车，既然要休息，那就有个休息的样子，更何况穆云诃坐了这么长时间也需要躺一会儿了。

两个人在马车里相拥躺下。小喜子丫头把守车门，不时能听见小喜子闹腾丫头又让人啼笑皆非的话语。洛芷珩眯着眼睛忽然笑道：“要是小喜子和丫头在一起的话，也挺好的。”

“那就让他们在一起。”穆云诃搂紧她，这一刻安逸又温馨，穆云诃舒服得恨不得什么事情都顺着她。

洛芷珩笑道：“可惜不行，小喜子不能给丫头幸福。”

穆云诃疑惑地睁开眼：“为什么小喜子不能给丫头幸福？小喜子不好吗？”

洛芷珩瞪眼，干巴巴地道：“你傻了啊，小喜子是太监啊，太监怎么能和女子成亲？”

“为什么太监不能成亲？不是一个男人和一个女人就可以了吗？”穆云诃也迷惑了，茫然地看着洛芷珩。

洛芷珩大窘，简直风中凌乱了，穆云诃你是太单纯还是傻瓜啊，太监怎么能和女子成亲啊？那不是害了人家女孩子吗？

“太监不能生孩子啊。”洛芷珩说话声音都有点颤。

“生孩子不是女人的事情吗？”书上不是写女人生孩子吗？穆云诃蹙眉，阿珩怎么连这个也不知道？

洛芷珩咬咬嘴唇，要哭不哭要笑不笑地道：“小诃诃啊，孩子是女人来生不假，但没有男人是生不了孩子的，一个女人是不能生孩子的。”

“所以让他俩在一起，小喜子也是男人啊。”穆云诃理所当然地说道。

洛芷珩觉得自己被干败了！而且是完败。她眼巴巴地说道：“小诃诃你知不知道太监是什么啊？”

穆云诃道：“太监是男人啊。”

洛芷珩一下子就瘫软在了床上，她觉得有必要给穆云诃整一本学前教育什么的，这样下去她也会崩溃的，该明白的穆云诃真的一点不明白。

“阿珩你是不是累了？”穆云诃心疼地摸摸她的脸，要不然也不会糊涂到忘记小喜子也是个男人。

“是啊，我好累，心累。小诃诃，你知不知道男人没有……没有那东西的话，是不能和女人生小孩的？小喜子是男人不假，但他没那东西，小孩子是不会自己从丫头肚子里爬出来的啊。所以他们不能在一起，我刚刚只不过是感叹一下的。”洛芷珩脸红地道。

“没有什么东西？我给小喜子找来不就行了。”穆云诃完全弄不明白了。

洛芷珩磨牙霍霍，终于豁出去地道：“没有这个东西，你有他没有！所以你可以和女人生小孩，但他不能，有这个才能生小孩，明白了没！”

她一手指着穆云诃下面静悄悄了好几天的家伙，一边气势汹汹地说道，其实只是为了掩饰她的面红心跳而已。

穆云诃只觉得全身一阵火热，莫名其妙地觉得不好意思，可又说不出来为什么，他呆呆地看着洛芷珩，奶娘的叫声让洛芷珩立刻冲了出去。只剩穆云诃一个人愣愣看着车顶，脑海中都是洛芷珩的那句话……

有这个东西才能和女人生孩子，没有这个东西就不行？原来生小孩要用男人的这个东西啊，可是怎么用？要男人和女人一起才行？要怎么一起？父王和母妃在一起才有了他吗？那他要怎么和阿珩在一起才会有属于他们的孩子？

穆云诃忽然觉得心痒痒的，有种期待和迫切的感觉。孩子什么的他可是一直没有想过的，但这个话题今天突然出现，却让穆云诃火热起来，一瞬间就抓住了他的所有感官，让他放不下了。

他好想好想和阿珩有一个孩子呢，可要怎么做？穆云诃俊脸紧绷满眼疑惑，找谁问问呢？

洛芷珩脸红着听奶娘带来的消息，不禁对奶娘竖起大拇指：“这样也行！你竟然给诸葛画栾的婢女下迷魂药？那这个婢女的话都是真的？”见奶娘点头，洛芷珩怪笑道：“难怪了，她听到是战场对战竟然不怕反而很期待，原来是深藏不露啊，这是期待着在战场上一鸣惊人，用踩着我来往上爬呢，好想法！可她是当我洛

芷珩是吃素的吗？她还真不知道，她得意的东西我也有，并且我会让她知道，她这一脚算是踢到了铁板上了！”

洛芷珩回头看了眼马车，转身说道：“咱们现在就去，不用休息了，就战她一场，我也想看看深藏不露的诸葛画栾究竟藏得有多深！”

“可是您的伤？”奶娘担忧地道。

“不碍事。”洛芷珩脚步毫不迟疑，很快到了赛场之上。

还在休息等候的人们看见她来，瞬间又热闹起来。

“我已经休息好了，随时可以开始比赛。”洛芷珩对宋夫人道。

宋夫人二话不说一扬手，就有人送上来两套战袍，一黑一银白让二人选。

洛芷珩还没开口，诸葛画栾率先开口了，对洛芷珩笑道：“本应该是让洛姑娘你先选的，可是不巧这里面有一种我实在最爱的颜色，那我就不客气地先选了，我要银白色的。”

洛芷珩笑眯眯地道：“不要紧，刚好我不喜欢象征失败的白色，吊唁一样的悲惨之色！我更爱黑色的霸道与刚猛！”

诸葛画栾脸色一僵。

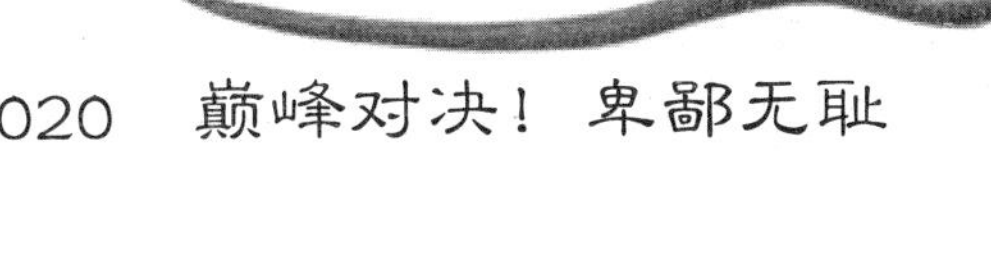

020　巅峰对决！卑鄙无耻

众人终于明白为什么这一次的天下第一才人大赛的比赛场地要选在这个古战场遗址了。原来就是为了第三场总决赛而准备的。

当一万人的军队踏着整齐一致的步伐千军万马而来的时候，所有人都被那两队人身上的肃杀之气给镇住了。

巨大的大漠之上，被圈出来的战场也是看不到边际的。观看比赛的群众被大赛的人往遗址后面赶去，以至丁战场之上 片空旷。

黑白两个方阵站立两边，彼此面对，二千骑兵三千步兵，不偏不倚。炎炎烈日下，大漠变得更加炎热，火红的日光仿佛要燃烧起来，炙烤着下面的人们，但这一刻，每一个人都感觉不到热量，反而觉得心惊胆战般麻木。

因为这个场面实在是可怕！

这里的人多数是普通人，哪里真的就见识过战争是什么样的？可是今天当一万人的军队枕戈待旦站在那里，荒凉的戈壁滩上似乎也因为他们冷酷的气息而变得寒冷袭人。

两方军队阵前有大片的空地，足够他们战斗。两方军队之后有身穿战袍的两人纵马而来，凌驾在军队之上，站定在军队最前方。

银白色的方阵之中诸葛画栾狂傲地看着对面的人，心里面知道这一局她赢定了。于是她看着洛芷珩的目光似乎都是在看死人。可是当她看见洛芷珩身上的战甲似乎都在发光，她的瞳孔一缩，终于发觉了不对劲。

她的战甲虽然是银色的，但却没有任何出彩，而洛芷珩身上的战甲，在烈日下却熠熠生辉。不是只有白色才会发光，黑色一样可以，甚至，黑色散发的光辉象征着更加辉煌的神秘色彩。诸葛画栾见识广，自然一眼就看出来刚刚还不出彩，此刻却亮晶晶的战甲竟然是乌金制成！！

眼底划过一丝嫉妒，更多的却是懊恼，刚刚竟然看走眼了！可是银月国也太夸张了吧，一个普通的对抗赛，竟然就拿出来天下人求之不得的乌金战甲，还能不能更炫耀银月国的富有？

洛芷珩身着乌金战甲，非常合身，将她修长的身材衬托得干练霸气，整个人看上去非常精神。一头长发飘逸在脑后，单臂拖着一个帅气无比的头盔，英气的眉眼目视前方，女土匪转眼间化身巾帼女将，一股正气纵然是这一身黑色掩饰不了的。

“洛芷珩，战场上本就刀剑无眼，若是在打斗的过程中，不可避免地伤害到了你，还请你不要介意。”诸葛画栾正气凛然地道，说得很有道理。

洛芷珩清冷的小脸上也是前所未有的严肃，这身战袍加身，她唯一的感觉就是热血沸腾！似乎又找到了当土匪时候的那股气势和天下无敌杀灭侵略鬼的霸气！她挑眉，红唇似血，含着殷殷的笑，又美又妙：“彼此彼此，我不求你手下留情，但你也别期待我会怜香惜玉，咱们，战场上见！”

“好！”诸葛画栾眼中战意熊熊。

洛芷珩头盔上手，郑重而帅酷地戴在头上，那一瞬间的她，竟然是雌雄难辨的!

“请选择你们要用的兵器。”宋夫人的声音传出去好远，让远在仿若天边的观众们也能听见。

诸葛画栾一扬手，赫然是一把锋利无比的利剑：“这是我的兵器。我自带可以吧。”

“自然可以，那么洛芷珩？”宋夫人道。

洛芷珩倒真不知道用什么兵器，诸葛画栾的兵器是她用惯了的，她想用手杖，但手杖的话会不会有点欺负人？

正在这时，远处有人跑了过来，赫然是玉公主，她手中拿着一根婴儿胳膊粗细的金色铁棍，洛芷珩知道那是玉公主的玩物。

“洛芷珩，你用我的兵器，这根铁棍可是精金制成，别看它钝，可是却无坚不摧，只要打开这里，就能变长了。”玉公主非常期待地站在洛芷珩的马下仰头看她，眼中全是崇拜和惊艳之色，她从不给任何人碰她的武器，因为这根铁棍是南朝国库里面的宝贝，无价之宝，但若是能让洛芷珩拿着这根宝贝战天下，她却非常愿意。

洛芷珩不忍心让这个善良的女孩子失望，便轻笑伸出手，郑重其事说道：“好！我一定用它战胜敌人，不让它的金色蒙尘！”

玉公主兴奋地将铁棍放到洛芷珩手中，临走前又非常期待和振奋地大声说道：“我想你一定可以胜利的，洛芷珩你要加油，我和小姨还等着给你摆庆功酒呢！”

“好！”洛芷珩心里温暖洋溢，这就是朋友，不用多少年的友谊，更不用什么金钱财富来维系关系，他就愿意无条件地信任你。她何其有幸，身边人从无到有，每一位还都为她如此倾尽所有，她又怎么能让爱她的人失望呢？

洛芷珩目送玉公主离开，再抬头，目光里已经没有了以往的调皮顽劣，缓缓流淌的是足以掀起风云的戾气与战意！她用手抚摸那根铁棒，终于找到了机关，用力一扣，原本只有一臂长的铁棍瞬间弹出来一大截，足有一米二三，但分量却不会增加，好巧妙的设计！

赛前最后一步，安排布阵，才能更好地指挥这群人，洛芷珩作了安排，这个她不陌生，之前她当土匪打劫的时候可是经常搞突袭的，这一次也不例外。

洛芷珩信心十足，轻轻一挥铁棍，只听哗地一声带起一阵不寻常的利器破空之声。她抬头，清喝道：“我军听令，目标对面敌人，目的全部歼灭！务必将这一次的战斗当做是真正的战斗，战，就要一战到底！”

“一战到底！一战到底！”五十精兵跟着她的清喝而高呼，绝对拥护的声音从真正的军人口中喊出来，响彻大漠！

一瞬间，洛芷珩这边气势滔天！军人们的战意与豪气被带动起来，在气势上就绝对镇压住了对面的敌人。

诸葛画栾并不知道打仗还需要什么气势，所以也不管那些，也不喊不带动，她甚至不知道要吩咐这群人整顿队形和作战部署，她的母亲虽然常在草原擅长打仗，可却没有教给她管理军队。诸葛画栾甚至觉得洛芷珩这是在自己给自己打气，明显心虚的表现。她嗤之以鼻。

“比赛，正式开始！”宋夫人一声令下，战鼓起！

咚！咚！咚！

巨大的战鼓被敲响，一声大过一声，号角也在呼啸，整片远古战场之上在百

年之后再一次迎来了战争的号角，战斗的火焰，还有军人们冲锋陷阵的咆哮！

这里，也许没有真正的豪情壮志，这里也许没有真正的奋不顾身。但这里一样有一群热血的儿女，在为自己的目标而奋斗拼搏！

“驾！”洛芷珩一声呼啸，胯下战马狂奔而去，她在战马之上目光清冽，直奔目标，身后五千精兵只有两千骑兵紧随其后。三千步兵原地待命！

但两千骑兵在这片大漠之上却卷起了一片黄沙，烟雾瞬间席卷了赛场，再一次清晰而生动地描绘了百年之前的战场中，耶律苍生带领千军万马与敌对战的场面。

而诸葛画栾那面见洛芷珩动了，她也一声大吼冲了出来，还命令她身后的人全部上！一瞬间五千精兵如同奔腾的乌云一般齐齐冲出，溅起来的沙尘简直将他们瞬间淹没！

洛芷珩见状立刻勒住缰绳，大声命令道：“停！二千骑兵听我命令，全部散开，二十人一组，击杀冲过来的敌军，杀他个片甲不留！”

二千骑兵果然不愧是精兵，虽然和洛芷珩是刚刚合作，但他们今天就是来配合二人完成这最后的比拼的，自然要听洛芷珩的话。洛芷珩一句话虽然不专业，但他们却立刻就明白了，连忙分散开来。两千人二十人一组那也要分很多组，而且还是分散开来的，可在这片战场之上依然是渺小的。

看着对面冲过来的漫漫黄沙，洛芷珩勾唇冷笑，就让你知道什么叫出师不利！她慧眼轻眯，纤长的遮挡住漫漫沙尘，看准时机，当对方已经冲到了距离他们最近的距离，洛芷珩当机立断一声厉喝：“杀！！”

二千骑兵瞬间按照分好的组队冲了出去，一下子就与对方的人胶着在了一起，打杀声刹那响起，洛芷珩身在沙尘中，看得清清楚楚，她的人一冲进去的瞬间就将对方几乎粘成一团冲过来的士兵砍杀了无数。

而对方的士兵遇见敌军明显慌乱起来，没有秩序的对战只会是无谓的挣扎和过多的牺牲。惨叫声一声高过一声，对方甚至有自己人误伤的状况。洛芷珩的兵出手快准狠，并且都是骑兵，居高临下的骑着战马杀得快闪得也快！

开战第一战术，她就让人分散开来，却还乱中有序，不会造成自己人误伤，还能有效地在这种看不清敌友的状况下斩杀对方，一举多得。洛芷珩的开战第一次对战可谓是棋高一着，目光高远，刚一开始便稳稳地占据上风，拔得头筹，压了诸葛画栾一大截！

二人高低立竿见影！

洛芷珩准备乘胜追击，在对方还来不及做出整编和反应的时候，给对方一个不能喘气的冲击！

“我黑军听令！对方所有骑兵快速歼灭，以打落马为目的，全速前进，将敌军打回他们老窝去！”洛芷珩敞开了嗓子大吼起来，战鼓喧天风烟弥漫中，她的声音就是一面旗帜，就是一种看不见摸不着但却听得到的方向！

黑方气势更浓，精兵们跟着呼啸着，二千骑兵越战越勇，将领用兵有方，治下利落，士兵们自然也是能够有效发挥战斗力！

黑方骑兵在弥漫的沙尘之中咆哮着“杀”，专门攻击对方高头大马之上的骑兵。其实两支军队都是一个军队里出来的真正的精兵，实力相当，并且是非常团结的战友。但他们更是军人，服从命令是天职，所以这一刻他们杀红了眼，但他们也知道，这不过是一场比试而已，他们是配角，但他们也会全力以赴。可他们要完全听从将领的指挥作战而不是自行作战，因为这是表现双方将领的时候。

可黑方元帅作战部署是千变万化的，很会变通，而白方敌军的指挥能力就差了许多了。所以黑方战斗力惊人，白方如同一盘散沙。这也只能怪诸葛画栾指挥不力。

噗噗噗！

一刀刀刺穿衣服的声音在打杀冲天的战场中响起，两千精兵勇往直前，斩落了一个又一个的白方骑兵。一个个落地的声音，一道道马匹嘶叫声，将这片大漠彻底点燃了。热血来袭，孤寂了百年的大漠再一次有了壮士们滚烫的血汗。

倒下去的士兵不是真的死了，他们穿着的战袍是特制的，刀剑不会穿透衣服伤害他们，但会清晰地留下痕迹，凡是伤在重要部位的就算死，伤到不是要害的地方就是伤，死的人不能再动，伤的人看情况，重伤的等同死人。所以不一会儿工夫，凌乱的战场上便躺了一片活死人。

真可谓是“黄沙漫漫躺忠骨，遍地死尸无人埋”！

诸葛画栾冲到了一半便不得不停下来了，她是擅长武艺，但她不擅长带兵打仗。沙尘被卷起的那一瞬间，她大小姐的矫情来了，连忙捂住脸，受不了地哼哼，可是等了一会儿当她的人一个个倒下不再起来的时候，诸葛画栾才真正意识到这场对战的含义是什么。

不是玩的，是真正的残酷！她若想要胜利，就不是一个人的事情，而是要带领这么多人一起战胜才可以！诸葛画栾着急，觉得这太不公平了，但洛芷珩那一方势如破竹，她这面眼看就溃不成军，哪里还有时间给她矫情？

她立刻要下令，但一张嘴竟然是进了一口沙子，恶心得她连忙呕吐，等她呕吐得差不多了，她冲出去的士兵已经被逼得节节败退。诸葛画栾心高气傲哪里受得了这个？连忙克服困难怒吼道：“不准退！给我上，他们怎么打你们的，你们就怎么打回去，给我杀！”

哪有将领这样喊话的？一瞬之间，全场内外举目震惊！

“混账！”慕容老将军暴喝一声，指着画圣怒道：“这就是你的好孙女？简直可笑之至！这是两军对垒拼死搏杀吗？这是玩赖无耻下作！有本事别和别人学战术啊，打不过别人就要耍赖了？这场比赛简直没有比下去的需要了！诸葛画栾这一句话就可以判定她输！”

“不仅是输了这场战斗，还是输了她的人品，输了你诸葛家的颜面！”佟老在一旁凉飕飕地跟了一句。

诸葛画魂一张老脸那叫一个白里透红与众不同！憋得都快和猴屁股“媲美”了。他梗着脖子怒道：“女孩子家家的哪里懂得这个？就算她不对，你们也不用这么刻薄吧。”

“这不是刻薄！本来看着挺好的一个女娃娃，但这就暴露了吗？简直是给圣者家族丢人。洛芷珩也是女孩子，人家就懂得前后兼顾，指挥有方，怎么你家孩子就不行了？”慕容老将军讥讽地呛道。他是个军人，一辈子铁血，最看不得就是这种小人，尤其是在战斗之中，没那个道理。

“够了！别孩子们还没有分出个高下，你们先打起来了。究竟怎么判定大会那边会有说法的。”棋圣态度中肯，但看向诸葛画魂的目光里也有着不赞同。

诸葛画栾要是真的那样做了，那就是不道德，这不过是在比赛而已，可是比赛场上却能看一个人的品行究竟如何，洛芷珩为什么就不学人家走自己的路？因为洛芷珩的心里有一个道德底线，人家的终究是人家的，你就算学来了拿来自己用，那也是人家的。你那就是偷盗，偷了人家的东西，你迟早要还的，眼前的一点利益就能让你放弃本身的道德与价值观，可见这个人也不是什么好东西。

诸葛画栾的话也是一时激动，她感觉得到那一瞬间她的士兵愣住了不动了，就知道大事不妙，便连忙补救道：“不是让你们学他们，而是要比他们更有气势，不要怕，冲上去，杀了他们。”

士兵们勉强接受她的话，只是气势却依然不如洛芷珩那方的人。

洛芷珩找到了曾经策马扬鞭雄霸山寨的气势，爽朗地大笑道：“兄弟们冲啊！别怕他们，一群孬蛋而已！咱们要用最短的时间拿下他们，让他们阵亡，砍下对方将军的首级，回去咱们畅快喝酒！”

一个女土匪的本性彻底暴露了，和男人们打成一团，将士兵们看做是她的兄弟，与他们共饮三百杯，这份豪气和爽朗劲一下子就触发了士兵的热情，更让士兵们瞬间就接受了洛芷珩的说话方式，一个个更有干劲，怒吼着往前冲，将对方打得兵败如山倒。

然而白方一上来就被黑方稳稳地压制住，根本就没有好起来的气势。

“杀啊！”骑兵们剑拔弩张咆哮着，气势全开。

洛芷珩指挥有方还很会鼓舞气势，自然是开门红，诸葛画栾只想着自己的得失，不顾着整体合作，导致全军气势受挫，瞬间一蹶不振！

黑方真的是沙漠中的黑马冲出去就个个骁勇善战，直接将对方剩余残兵败将杀得节节溃败，白方不得不放弃听从指挥官的话，开始后退。黑方一路镇压，白方一路颓败，直接将白方逼回出战前的位置，也就是他们的营寨！

沙漠中安静了下来，就连沙尘暴般的灰尘也都沉寂了下去，人们也终于从艰辛中看清了这场战役的初步结果。

漫漫黄沙中，身着白方战袍的士兵们横七竖八躺了一地，从前到后一路延续，可以预见刚刚的厮杀有多激烈，更可以想象刚才黑方势不可挡地一路将白方杀回老家的雄霸之威！

“穷寇莫追！”洛芷珩恰巧在这一刻高亢的大吼一声。

前方战马之上的骑兵们立刻集结着冲了回来，一路卷起沙尘滚滚，在大捷的号角声中一个个仿若将军一般凯旋归来！队伍里一直未动的三千步兵们欢呼雀跃的喊叫着，场面一瞬间欢腾起来。

“这是赢了？”人们共同的疑惑，虽然刚刚不能完全看清，但洛芷珩的几次喊话他们却能听见，洛芷珩的指挥作战他们也听到了，而现在眼前的这一切他们也都看到了。

“好厉害啊！”玉公主小声地惊叹了一句，一点不敢大喘气，可见洛芷珩竟然在方阵前好像没动过的样子，她沮丧道：“真可惜，洛芷珩没用到我的武器。”

“别沮丧，比试才刚刚开始呢。”皇后不知何时来到了玉公主身边，柔声说道。

“真的！那洛芷珩会赢吗？”玉公主眼睛一亮。

皇后笑得意味深长地看向洛芷珩：“那就要问你老祖宗了。”

玉公主连忙跑到慕容老将军身边问了原话，慕容老将军摸着胡须，高深莫测地给了四字评价：“兵贵神速！”

玉公主不明白这四个字的意义，也不知道这四个字对于洛芷珩这一次的表现说，是多么大的肯定和赞扬！能从兵马大元帅的老战魂口中得到这四个字，那绝对够洛芷珩狂傲地对天下宣布了。

双方统计伤亡情况，白方折掉步兵一千三，骑兵一千一，重伤八百，共计三千二！也就是说白方第一战就损失了过半之人，只剩下一千八百可用士兵。而洛芷珩这方步兵三千完好如初，骑兵二千折损七百！可参战人数高达四千三！

这个数字绝对地惊到了所有人！洛芷珩虽然指挥有力，但也不是很精密，能有这样的战绩那绝对是好运气作祟，因为诸葛画栾完全就没有做出任何战略部署。但不管怎么样，洛芷珩第一局赢了，这个无可厚非！

按道理来说这场比赛可以结束了，因为从双方损失兵力来看，诸葛画栾已经输了。

但诸葛画栾却横眉冷对地挑衅道："我不服！双方主将还没有进行战斗，就不能算对方赢！我要与洛芷珩在进行一场一对一的对战，若她能赢了我，便算她赢，若我赢了她，那这场比赛就是我赢！洛芷珩，你敢接战吗？"

大赛方还未作出反应，洛芷珩却已经驱马上前站定，风吹起金沙打在她吹弹可破的脸颊，她却连眼皮都未眨一下，自信的话语在洋溢着轻蔑笑容的从容下缓缓溢出红唇："有何不敢？今日，我就让你输得心服口服！"

日头缓缓下垂，此刻已经斜挂在西方天界，火红的太阳将整片天空染红，殷红如血的天空又仿若一张铺天盖地而来的巨大血泊之网，将这片风沙古战场笼罩。人们仿若一瞬间就被淹没在了一片血雨腥风，场面紧绷压抑，战役一触即发！

一银白战袍一乌金战袍的两个女子驱马上前，缓缓走向中央，两军对垒，白方气势颓败，黑方气势滔天，黑方精兵一声高过一声的助阵之吼，仿若九天怒龙仰头长啸般传遍大漠："杀！杀！杀！"

诸葛画栾其实是被眼前这一幕惊到了的，但她却不害怕洛芷珩，洛芷珩能指挥得了千军万马，单打独斗却不见得能胜过她，她有自信能让洛芷珩今日狼狈颓败！

洛芷珩也看着诸葛画栾，二人越来越近，她自然也看到了对方眼中那得意和狠辣的挑衅。她容颜平静却严肃。当二人在距离十米左右的地方停下来，彼此看着对方的时候，黄沙被风吹起，仿若一张轻纱一般遮挡住二人的目光。

"这一次我不会手下留情。"诸葛画栾冷酷喊话。

洛芷珩凌厉开口："你有手下留情的机会吗？"

"哼！少在那耍嘴皮子了，咱们功夫底下见真章！"诸葛画栾讥讽一呵，手持长剑猛地驾驭战马冲向洛芷珩。

洛芷珩目光一冷，也不废话，呼喝一声战马狂奔向前，风骤然变得凌厉起来，仿若钢刀刺脸一般地刮过脸颊，生疼，却也刺激得洛芷珩全身血液沸腾，战意熊熊！

她手中的金色铁棒伴在身侧，十几米的距离在骏马的狂奔下眨眼间便到，二人在交错而过的一刹那纷纷亮出兵器，铛地一声！利剑与精金铁棍在空气中交错撞击出了清脆的响声和刺眼的火花。

二人第一次交锋快速擦肩而过，互相掉转马头重新来过，再一次胶着在一起，诸葛画栾眉目带上了一股不属于南朝婉约女子的凶狠与蛮横之气，招招狠辣，全都攻击向洛芷珩的重要部位。没有一点点到为止的自律！

洛芷珩知道这应该是来自诸葛画栾母亲的草原的野蛮之气了！真想不到诸葛画栾看似柔弱，但却出手不凡！这一招一式让洛芷珩都不禁刮目相看，甚至隐隐有了一些紧张感。

她虽然上辈子厉害，但这辈子的洛芷珩的这个身体实在是差劲，她能坚持是不假，但对手若是太厉害，只怕她也是要吃亏的。而且诸葛画栾越打越猛，越战越勇，大有要将洛芷珩狠狠压倒在地永远爬不起来的气势。

洛芷珩咽下一口闷气，手中铁棍猛地挥出，将一直近身作战的诸葛画栾逼得不得不后退，这才有了喘口气的机会。

“没想到你还挺厉害。”洛芷珩微微喘息，她应付得实在是疲惫，她毕竟没有经过太专业的训练，而且她的路数与这个时代相差太多。诸葛画栾出手的剑法一看就是一套的，招招连环紧扣，能将敌人逼得喘不过气来，而且威力很大，这样的剑法用来对付根本不了解剑法的洛芷珩，简直是一种克星。

“哼，现在怕了？太晚了。”她狂傲轻蔑地说。诸葛画栾上了战马拿起刀剑就没有了大家闺秀的温柔，只剩下一片阴暗的杀气，简直与刚刚判若两人！

洛芷珩哈哈大笑着，铁棒在手中换了一个漂亮的花样，她大声道：“我洛芷珩这辈子真没有怕过谁，你诸葛画栾更是没那个资格让我怕！本来以为你柔弱不想欺负你的，但现在看来你是很有心机城府的，我也就没必要和你客气了！”

洛芷珩实在是在为自己助威和打气，她口上说得漂亮霸气，但心里面却知道，在单打独斗上，她不是诸葛画栾的对手！若是一场持久战的话，她很难战胜诸葛画栾，这女人的功夫确实厉害。若是她之前没有受重伤，也许她还能有打败诸葛画栾的机会，但现在一番交锋下来，激烈的动作已经牵扯得她左肩胛的伤口剧痛不已了，她已经开始冒冷汗，汗湿的手掌就连抓着铁棍都有些滑腻！

她之前跳那样缓慢不激烈的舞蹈，有一部分也是为了伤口着想，毕竟刺穿了的肩胛活生生一个血窟窿，她每一次笑着对穆云诃说不疼，暗地里都不知道疼得眼眶红了几次。

可是输人不输阵！她能坚持的就会坚持，今天她也不能放弃，胜利就在眼前，用尽任何办法，只要战胜了诸葛画栾，她就能救穆云诃了！所以她今天无论如何也要赢！

信念有的时候真是一种可怕的东西，能让人变得坚强、变得强悍、变得势不可当！

“那就来吧！”诸葛画栾冷笑一声，交手过后她便更不将洛芷珩放在眼中，她知道，洛芷珩刚刚应付得很吃力，洛芷珩完全就不是她的对手，她还有什么好怕好客气的呢？

诸葛画栾再一次杀过来，这一次洛芷珩没有再被动地等待迎战，而是主动地一棍子打出去，利用了棍子的长度，既将诸葛画栾隔离在了安全的距离外，又能找机会重伤她！

眼看棍子就要打在肩胛上，诸葛画栾连忙向后仰了一下，堪堪躲过这一棍棒。但就当她松了一口气的时候，洛芷珩手中的力气一变，本来冲向一旁的棍子飞快地返回，将刚刚要起来的诸葛画栾打了个正着，一棍子打在了诸葛画栾的胸口护心镜之上！

铛地一声！无坚不摧的铁棒将诸葛画栾的护心镜打得层层碎裂，眨眼间破碎掉落。

诸葛画栾面色一变，一剑挡开了洛芷珩的棍棒，纵马飞快地连续后退几步，防备地怒视洛芷珩，胸口剧烈喘息着，胸口隐隐作痛的感觉太强烈，以至于让她很是心惊肉跳！没想到洛芷珩竟然也挺厉害，先伤了她！该死的！

诸葛画栾稳住心神，再度纵马迎了上来，手中利剑变换着种种花样，剑气逼人，凌厉无比。

洛芷珩瞳孔紧缩，又来这招！

她静静地站在原地，目光紧紧地盯着那变幻莫测的剑花，却始终找不到破解之法，洛芷珩听着那嗡嗡的剑气越来越近，只觉得头皮发麻，手中铁棒利落地劈出。

铛铛铛！

空气中只听一连串钢铁碰撞的声音此起彼伏，火光四射！

两匹战马似乎也被巨大的火花和剑气吓到，纷纷惊恐不安地嘶叫着走动着。导致马上的两个人一瞬间距离更近，洛芷珩难免被剑气所伤，衣服被划破，但也因为这种近距离，让她看清了这把飞快变化的利剑之中的一个破绽。

洛芷珩眼中精光大盛，棍棒一下子祭出，直接捅进了对方的剑花中心。

“哈哈！洛芷珩你上当了！去死吧！”诸葛画栾忽然诡异地大笑一声，手中剑花瞬间变换，利剑眨眼间明亮刺眼，剑花消失不见，剑尖对着洛芷珩的喉咙直逼而来，又快又猛！

“阿珩！！”穆云诃在场外看得心惊胆战，看到此处再也忍不住猛地站了起来，低吼一声。

全场数十万人都看得入神紧张，此刻也不禁跟着尖叫起来。因为这一剑实在是太犀利，太不留情了，没有半分减缓，反而越来越快，眼看就要刺中洛芷珩了！

洛芷珩同样是瞳孔紧缩，好在她很冷静，慌而不乱，千钧一发之际，她放弃了战马，整个人向后一倒，顺着马背跳了下来，在沙漠上滚了几圈后强忍住疼痛，看准了对方的战马，铁棍狠狠挥出，一下子打在了马蹄子上。

战马疼得激烈嘶鸣，瞬间就毛了。来回前后跳动，马背上的诸葛画栾还来不及从这巨大的转变中反应过来，整个人就被自己的战马从马背上给颠了下来，一样狼狈地摔在了沙漠上。

“你好卑鄙！”诸葛画栾怒吼道。本来以为自己将洛芷珩打下马了，还没来得及高兴，自己竟然也紧随其后落马了，这让她怎么能不怒？

“彼此彼此，你不也使诈了吗？”洛芷珩喘息着冷笑道。

“哼！下了战马我依然能赢得漂亮！”诸葛画栾怒道，利落地站起来手持长剑对洛芷珩冲了过去。

洛芷珩也怒了，诸葛画栾这分明是要斩尽杀绝的态势啊，哪里有一点比武的样子？既然如此她又何必再忌讳什么？

“那就放马过来吧！”人家要战，她还能惧怕不成？洛芷珩憋着一口气站了起来，这一次两个人可都是近身作战，是真刀真枪地打起来，凭的是力气，凭的是功底。

可洛芷珩的好运似乎用尽了，力气和功底，此刻的她都不如诸葛画栾！

“哼！没想到诸葛家真是深藏不露啊，看看这架势啊，一上来就让人大吃一惊，不是天下第一美人吗？老夫看叫天下第一凶神恶煞臭婆娘还差不多！”慕容老将军可真是看诸葛画栾不顺眼极了，一个柔柔弱弱的女孩子一直也没听人说过会什么功夫，谁会想到这样的女孩子这么厉害呢？好端端的隐藏自己的真实实力，这着实让人奇怪和猜忌。

“老祖宗老祖宗！到底怎么回事啊？他们两个打成一团，到底是洛芷珩厉害还是那个诸葛厉害啊？快告诉玉儿啊。”玉公主紧张地摇晃着慕容老将军的手臂大叫。

慕容老将军心气不顺，但对于这个玄孙女还是很疼爱的，便放缓了语气说道："看到没，人家诸葛大小姐是招招凌厉狠辣地往丫头身上招呼，一口喘气的余地也不给丫头呢。在战场上真要这么拼命我也叫一声好，但是在这种女孩子家家的比赛场上这个德行，老夫又不是瞎子，是故意还是不小心我看不出来吗？"

"啊？那就是说那个诸葛画栾在故意针对洛芷珩啊？"玉公主大叫起来，狠狠怒道："坏蛋！"

诸葛画魂也看出来孙女的动机不纯了，但是小孙女私下练武却从来不为外人所知，也确实让人诟病，这样一来他反而不好说太多，但终究是不舍得有人说自己孩子的，诸葛画魂道："谁还没有点秘密？洛芷珩之前不也是臭名昭著的吗？现在不也是才艺惊人吗？有什么可说的，画栾这孩子有分寸，不会伤了洛芷珩的。"

"最好是这样！洛芷珩是我们佟家的外孙媳妇，要是真的她被有心人伤到分毫，那我老头子也不会眼巴巴看着不管的。"佟老看似漫不经心的一句话，却隐含讥讽和警告。

几个老兄弟为了两个孩子能瞬间闹得不愉快，可见他们也确实是老小孩。

洛芷珩堪堪地躲过了诸葛画栾当头砍下来的一剑，可是她耳边的发丝却被那锋利的长剑削落一缕。她跌落在一旁，扫了一眼那缕长发，眼底波涛汹涌。粗重的喘息声不正常地急促起来，她已经快没力气了，前胸后背都湿透了，粘腻的感觉，还有一股子浓浓的血腥味。

洛芷珩心里苦笑，他大爷的，伤口竟然裂开了！

然而诸葛画栾却看出来洛芷珩的虚弱，不仅不放手，反而逼迫更紧，再一次对着洛芷珩一剑砍来。脸上露出了狰狞的笑意。

洛芷珩瞳孔紧缩，但她却并不怕，既然不能硬拼，那就智取！

她快速地在沙漠之中翻转，诸葛画栾就像疯了一样，一剑一剑地快速落下，总在洛芷珩刚刚滚开了的地方狠狠地一刀扎进了沙漠之中，每一剑的力道都让剑身没过沙漠到底，可见她用的力道之大，之狠！

"她究竟要干什么？"世王唇齿间散发着一种阴寒，面色不悦。天下大赛的比武是不准许有伤害的，他多厉害，一眼就能看出来诸葛画栾的力道是真的痛下杀手的，世王也不能淡定坐着了，阴冷地扫了眼宋夫人。

宋夫人也是紧张极了，但毕竟没有造成太大的伤害，而且洛芷珩每一次都能够躲避开来的，他们现在也不能喊停。

全场众人都被这惊心动魄的紧张一幕弄得心情紧绷，大气不敢喘。

洛芷珩滚出了十几米，诸葛画栾似乎也是累了，似乎是不耐烦了，总之这一剑落下的速度慢了些许。洛芷珩却当机立断，抓起一把黄沙猛地扔到了诸葛画栾的脸上。诸葛画栾一时之间没反应，眯了眼睛，方寸大乱，洛芷珩便一棍子狠狠地扫出，重重地打在了诸葛画栾的脚踝上。

“啊！”诸葛画栾痛呼一声，整个人跌倒在地。

洛芷珩立刻翻身直上，扑到了诸葛画栾的身上，她没有用手中兵器，而是重重一拳打在了诸葛画栾的肩胛上，避开了重要位置和心脏，她并不想重伤诸葛画栾，但不打她一顿，洛芷珩也是气不顺得很。

诸葛画栾要反抗的时候，洛芷珩却快她一步，一手按住了诸葛画栾的手腕之上的穴位，酥麻的感觉袭遍全身，诸葛画栾痛得拿不稳剑，洛芷珩一把遏制住她的脖子，若真的在战场之上的话，洛芷珩只要一个用力，诸葛画栾就能断气了。

“好啊！”慕容纤雪大叫起来，高兴地大喊，“洛芷珩好样的！”

穆云诃一直紧绷的心看到这一幕总算是放了下来。

“哼，看见了吧，这就叫兵不厌诈，也叫智勇双全。你那孙女暗下黑手，就不要怪别人以其人之道还治其人之身了。”慕容老将军洋洋得意的嘴脸，骄傲得不得了。

诸葛画魂沉默，毕竟是画栾先不讲究的。但他却心里怒骂：这群老王八，穆王朝的人一赢了他们就猖狂起来了。

世王缓下了神色，脸上露出了一点笑意，洛芷珩这一局赢了，那么百年金蟾珠就是他的囊中之物了。小丫头不错，干得漂亮。

“你服不服？”虽是午后，但炎炎烈日依然令人酷暑难当，可洛芷珩脸上却冷汗涔涔，那不是累的而是痛的。她问，声音里没有得意，只是平静。

诸葛画栾近距离地看着洛芷珩，真的很不服气，竟然被洛芷珩使诈赢了，这让她怎么能服气？

“你可真够卑鄙无耻的了。竟然用这种下三滥的方法，但我不服气！”诸葛画栾怒道。

“呵，不服气没关系，但你认为你现在落在我手中，我还会放过你吗？你还有翻身的机会吗？别做梦了。站起来，现在你是我的俘虏！”洛芷珩一手抓着她的手臂，一手钳制住她的脖子，将她拽起来。

可猛地用力，洛芷珩却牵动了撕裂的伤口，忍不住闷哼一声。

诸葛画栾眯起眼睛，靠近了洛芷珩才猛地闻见了一股子血腥味，她见洛芷珩这样，分明是受伤虚弱啊，她疯狂挣扎的心里又有了激动，眼睛猛地落在了洛芷珩的胸口，乌金战袍并不能遮挡住她的汗水和……血液！

只见有血珠子已经渗透了洛芷珩的战袍，在左面肩胛上！

她的身上竟然有伤！而且一定是重伤！

诸葛画栾在确定了这个事实的时候，心里面是狂喜的，但随之就是滔天的嫉妒与憎恨！她不得不想到，洛芷珩竟然一直带着重伤和她比武对战，并且她很清楚，这么长时间，她一剑也没有刺伤过洛芷珩，所以这伤口不是她所伤。

带着重伤还能坚持这么久，还将她生擒了，诸葛画栾可没有那么大的肚量和气魄来赞美洛芷珩，反而会觉得洛芷珩做作和犯贱，甚至觉得洛芷珩是瞧不起自己的。她只会更厌恶洛芷珩。

眼眸一转，诸葛画栾仿若不知道一般，随着洛芷珩的力气站了起来，她被洛芷珩钳制着脊背靠着洛芷珩的胸口，一步步地往前走，却在走了几步的时候，以出其不意的姿态猛地抬起一直抓着洛芷珩手臂的手肘，狠狠地顶在了洛芷珩的左肩胛上，这一下她用尽了所有的力气，表情都隐约狰狞。

"唔！"剧痛，瞬间席卷而来！洛芷珩整个人几乎是条件反射地放开了手弓起身体往后踉跄着退去。

在她还没反应过来的时候，早有准备的诸葛画栾已经转过身来，一脚狠狠地踹在了洛芷珩的左肩胛上！

噗地一声！洛芷珩的身体狠狠地倒在了沙漠之中，痛苦得满脸苍白，蜷缩在地上有那么一刹那是大脑一片空白，全身疼痛到麻木的地步，不能控制自己的身体和思想的她，像一只待宰羔羊一般蜷缩在地上，一手抱着左面肩胛痛得牙齿打战！

诸葛画栾却觉得爽极了！总算找到报仇的机会了，总算看见洛芷珩痛苦的样子了！她不是在她面前狂妄无礼吗？她不是在她面前厉害张扬吗？她继续厉害啊，继续狂妄啊！

诸葛画栾才不管其他的什么，总之洛芷珩抢了她的风头，得罪了她，刚刚还让她颜面尽失，她就绝对不会放过洛芷珩！

一步步地走向洛芷珩，她高贵狂傲得好像胜利者，毫无怜悯地看着洛芷珩苍白的容颜，那一瞬间，她甚至觉得洛芷珩这苍白的脸凌乱的头发，有一种惊心动魄的美！甚至……超越了她！

诸葛画栾瞬间有了一种紧张的危险感，似乎自己的地位受到了威胁，新仇旧恨一块算，全部涌上来。激怒了诸葛画栾，她目光阴狠地看向了一旁跌落的铁棍，刚刚洛芷珩用那根铁棍子打她，现在她也要让洛芷珩品尝一下这根铁棍子的滋味！

诸葛画栾拿起了铁棍，对着洛芷珩举起。

此刻的洛芷珩还被那股巨大的疼痛麻痹着，并不知道灾难即将到来。

仿若是天边传来了穆云诃阴冷暴怒的咆哮，窜带着他破碎的心疼："阿珩！！！"

洛芷珩的脑子一瞬间清明，可是眼前落下的棍棒她却再也没有机会躲开，她紧缩的瞳孔里印刻着的是诸葛画栾那本来漂亮的容颜此刻却狰狞扭曲，可怕至极！她只来得及护住脑袋，紧接着一声重击骨肉的声音响起，洛芷珩似乎听见了自己牙齿要咬碎的声音。

诸葛画栾毫不迟疑地一铁棍打在了洛芷珩肩胛的伤口处！

洛芷珩的脸色瞬间惨白得一丝血色也无，不知道用了多大的力气才没有喊叫出来。可是痛疼到四肢百骸的撕裂感却那么的强烈！

轰的一声！随着诸葛画栾这一棍子的落下，全场哗然！

"她疯了吗？！"佟老怒吼。

"奶奶个熊的！这叫什么玩意？暗地里下毒手，太无耻了吧！她明明已经输了，这场比赛已经结束了，怎么还偷袭？"慕容老将军暴怒道。

穆云诃的身体摇摇欲坠，那一棒子就好像跨越了距离，一下子重击在他的身上，洛芷珩有多疼，他只会比她更疼！穆云诃满身阴霾的气息几乎能肉眼可见，他好像一瞬间就被黑暗吞噬，战栗的牙齿紧抿的薄唇，还有那双带着阴狠暴戾的血红眼眸！

"主子爷！您不能去！"小喜子也吓傻了，可是却发现他的主子，一直以来就连走路都会摇晃的主子，这一刻却好像神魔附体了一般，快速地奔向了战斗场！可穆云诃就算走得再快，也能看出来他的摇曳与踉跄。

"放手！本王要杀了她！"穆云诃的怒吼声甚至盖过了这片范围内的喧哗，阴冷的，残暴的，疯狂的杀气席卷全场！

小喜子吓得脸色惨白，都快哭了，却不敢放手。

"还不快点拦住小王爷！"佟老毕竟没有失去理智，虽然愤怒，但却不能让穆云诃再上去了，穆云诃此刻的状态明显不稳定，很容易出事。

"放开本王！你们都想死吗！"穆云诃在这一刻却像理智全无一般，咆哮着，那一直温润的形象瞬间被洛芷珩的疼痛撕裂，他可能都不知道自己在干什么，一巴掌挥出去，竟然也有普通男儿没有的力量，将上来阻拦的士兵打得跌倒在地。

"你冷静一点，你去了能做什么？你看世王，他已经亲自干预了。"佟老亲自劝穆云诃，可是近距离才看见穆云诃兜帽下的容颜竟然是惨白如雪，可那双眼睛竟然是一片血红。佟老活了一辈子，也不禁被这么大的怒气杀气给惊住了。

眼看着诸葛画栾疯了一样地第二棒子也要落下了，世王冰冷的容颜已经可以冻结成冰，猛地扔了折扇怒喝道：“干什么？当本王死了吗？告诉那个诸葛画栾，再敢伤她一下本王灭了他诸葛世家！”

大会评委管事们噤若寒蝉，连忙吹哨中断这场比赛，也有人冲进了比武场，但却为时已晚，诸葛画栾的第二棒子，已经狠狠地砸在了洛芷珩身上，位置依然是洛芷珩的伤口之上！

诸葛画栾发了狠，抓住了洛芷珩的痛处，就专门往洛芷珩的伤口上不停攻击，她想，反正洛芷珩这里有伤口，刚好可以让洛芷珩更痛！

然而这一刻，疯狂的诸葛画栾却不知道，在人们的心中，她再也不是那个知性美丽的天下第一美人了，而是一个不折不扣的疯子！一个趁人之危痛下杀手的女屠夫！

嘈杂混乱的场面，却依然不能阻挡那一铁棍狠狠击打在洛芷珩身上的声音，沉闷，破碎，柔弱，痛！

人们的神经似乎也随着那一铁棍的落下而狠狠的一颤，洛芷珩的后背肩胛处，似乎有什么东西喷了出来，溅起，落下。那颜色，在夕阳余晖下格外清晰，是殷红的！

“啊！”破碎的呻吟终于从洛芷珩的口中发出，她再也忍不住接二连三的重创。整个人都软成了一摊烂泥一样被打倒在地，脊背暴露在敌人面前，她半跪着蜷曲身体，血液就那么一滴两滴三滴地滴落在金黄的沙漠之上，转瞬之间就被卷起来的沙尘覆盖，消失无踪。

然后，鲜血染透了战袍，在战袍都吸收不了过多的血液的时候，终于随着诸葛画栾的重磅一击而凝聚成血流，滚滚淌下，这一刻，就是封杀也不能瞬间将金沙上的血液覆盖抹杀。

洛芷珩是真的被打蒙了，她全身上下现在就一个感觉，那就是疼！撕心裂肺的剧痛！

她的伤口本就是重伤，被人接二连三目的性很强地重击同一个位置，就算是普通人，那个位置只怕也会疼痛难忍，何况是受了重伤的洛芷珩？那一刀是完全捅漏了整个身体，贯穿了胸膛的！一个三角血窟窿此刻还清晰的在身体上，没有几个月是不可能完全长好的。如今，这般重创，这条手臂不废掉都算洛芷珩命大！

沉重的呼吸声破碎不堪，她从未有过这么狼狈的时候，也从来没有被人逼到这种地步，眼前一阵阵的发黑，她觉得头晕目眩，好像下一刻就会死过去一般，汗已经不叫汗，是水一般地从她的脸上身上往下流，流入眼睛里边沙眼的疼，流到伤口里就是受不住的疼。

洛芷珩想，她究竟在坚持什么啊？这里的人性怎么能丑陋成这个样子？不是说好的点到为止？她已经手下留情了不是吗？如果她也不遵守赛场规定，如果她也无缘无故地发狠，刚刚她就能一个用力活生生地捏死诸葛画栾，甚至捏断诸葛画栾的脖子！

可她没有！

她遵守着比赛规定，所以就算她那么讨厌诸葛画栾，那么厌恶这个抱过穆云诃的女人，那么鄙夷这个对她三番两次挑衅的人，她都没有痛下杀手。在最关键的时候，她只是俘虏了她！可是太可笑了，她的点到为止却竟然成了别人伤害她的理由了吗？

堂堂女土匪，心狠手辣再正常不过了，竟然在这里，在一个女人手中狠狠栽了一个跟头，洛芷珩自己都咒骂自己太窝囊，太妇人之仁！战场之上，竞争之中，哪里来的真正的和平与公正？善良和同情心更是足以毁掉自己的奢侈品！

她嘲笑自己，却终究是提不起来力气再继续对抗了，她真的很累，很累……

洛芷珩在人们的眼中被这一棍子打得彻底趴在了沙漠上，人们的眼睛紧紧看着她，之前还那样惊艳美丽的女子，沙漠女神，此刻却竟然被人伤害至此，而他们一群人却什么也做不了。人们开始躁动，开始怒吼，渐渐地怒吼汇聚成一片，变成惊天动地的咆哮。所有的指责冲向诸葛画栾，谩骂的，讥讽的，怒吼的，却始终不能换回诸葛画栾的理智。

战场很大，就算干预的人要冲进来也要跑上一会儿。

诸葛画栾看着洛芷珩终于趴在了自己面前，满身鲜血流淌，染红了金色的沙漠，她眼里只有兴奋和自豪。母亲那教给她的东西果然管用，抓住那个对手的软肋，就朝着那个人的软肋上扎刀子，一刀接一刀，直到对方彻底死去，再也不能成为自己的绊脚石和对手为止，这叫斩草除根！

诸葛画栾看见不远处跌落的自己的佩剑，她从未杀过人，但洛芷珩给她的危机感太大了，她又厌恶洛芷珩，眼前这些鲜血刺激得她很兴奋，根本无法控制自己，心里面就有一个声音在对着她说，充满诱惑：杀了她，用那把剑杀了她！杀了她你就是胜利者，你就能去银月国！

诸葛画栾着魔了一般地走向那把佩剑，猛地拿起来，看了一下，然后便走向了洛芷珩，就觉着佩剑在洛芷珩的头顶上，锋利的剑尖垂直悬在洛芷珩的脑袋上方，只要用力落下，洛芷珩就会瞬间脑浆迸裂，血染黄沙！

洛芷珩几乎陷入了一种半昏迷状态，疲惫的身体终于得到了一瞬间的缓解，绷得紧紧的神经也终于放松了一下。她凌乱地喘息着，脑袋里嗡嗡作响，整个左边的身体都好像不能动了一般没有知觉。她讥讽而笑，没知觉不是更好？最起码不会痛到她想哭。

“阿珩！！你站起来，回来，不要参加这该死的比赛了，回来，我们回家！”

“阿珩！阿珩……”

迷迷糊糊间，洛芷珩好像听见了有人在不停地呼唤着她的名字，一声一声，又急促又凌乱，还伴随着阵阵撕心裂肺的咳嗽声，那每一声咳嗽都好像即将把肺叶咳出来一般，洛芷珩觉得自己的胸腔更痛了。

于是，那穿越人海而来的熟悉呼唤，唤醒了洛芷珩的痛觉，也唤醒了洛芷珩的知觉！

是了，不能放弃，最起码现在还不行！还有穆云诃，那个干净到纤尘不染的别扭男子，还在那里等着她。他说过的，她在哪里，他就在哪里，就在那一直等着她。怎么忍心让他一个人孤零零地等着她？怎么忍心让他在黄沙漫漫中孤寂地眺望？怎么能忍心让他羸弱的身体被烈日过多暴晒一刻？怎么能忍心他因为她的放弃而毁灭？

穆云诃……

洛芷珩从来不是一个柔情似水的女子，她短暂的十七八年的岁月里只有侵略，逃命，打劫，快乐与爽朗。她不知情为何物，也许她是九天的仙子，静静看着人间痴男怨女千百年，终于忍不住疑惑了情爱之事，才落入凡尘，遇见了穆云诃，便在心里渐渐地有了守护他的念头。就是纯粹的，想要守护住那男子没有尘埃的笑容和目光。

所以当她的心里呢喃着穆云诃的名字的时候，汹涌着恨意与暴怒的胸口不再那么闷痛，平静了，安稳了，正如那时初见，穆云诃眼底寸寸星光清冽干净的眸光，直接落入心底，化作记忆里那永远不愿抹去的安心。

麻木的手指吃力地抓紧松软的黄沙，右手缓慢地下移，不到最后一刻，就不能认输！洛芷珩，永不言败！

她吃力地睁开眼睛，眼前是一片模糊的金黄，她能看到眼前头顶上方站着一个穿着白银战靴的人，那是诸葛画栾，她就是化成灰她也能认出来！

“洛芷珩，怪就怪你招惹了我，比我优秀还敢得罪我，找死也是你自找的！”诸葛画栾轻描淡写的声音里透露着丝丝邪气与狂妄。

洛芷珩只觉得眼前白光一闪，似乎有什么东西正阴冷地悬在她的脑袋上，她瞬间警铃大作！

人们大惊失色，世王再也坐不住了，猛地站了起来，脚步一顿便冲向了赛场。这一刻他哪里还顾得上什么规矩？说不清为什么，但总之，不能让洛芷珩死！

世王命令道：“诸葛画栾究竟是怎么回事？立刻让她老祖宗进去干预一下，一定要确保洛芷珩安全……”

他的话还没说完，赛场四周就传来了一阵阵惊慌失措的尖叫声！骤然看去，世王的脸色不禁骤然巨变！眼底掀起的是一片片惊涛骇浪与不可置信！

只见赛场之内，诸葛画栾疯狂地对洛芷珩举起了锋利的长剑，高高地举起，不顾众人惊呼怒吼，重重地落下，对准了洛芷珩的脑袋，满身都充斥着极大的阴霾杀气！

人们的惊呼尖叫此起彼伏，所有大人们更是头皮发麻，就连画圣也终于严厉地暴喝起来，但是此时此刻，还有什么能够阻止诸葛画栾呢？没有！没有任何人能阻止她了！赶去阻止的人包括最快速度的世王，暴怒而起的慕容大将军和老将军，都硬生生地晚了好多步，只能眼睁睁地看着那把利剑刺向洛芷珩！！

然而，就在人们屏住呼吸汗毛倒立的千钧一发之际，众人只觉得一团明亮的圣洁光芒骤然从赛场之中爆发出来，眨眼间就将洛芷珩淹没在那光芒之中，随后便是一声清脆的撞击声。

强烈的光芒眨眼间减弱，露出了赛场中的画面。只见刚刚还一动不动的洛芷珩，此刻却艰难地双手撑着一把仿若会发光的手杖，手杖本身光芒四射惊艳流光包裹，高贵得仿若不似凡间之物，隐带怒龙之势，强势地抵挡住诸葛画栾这一剑！

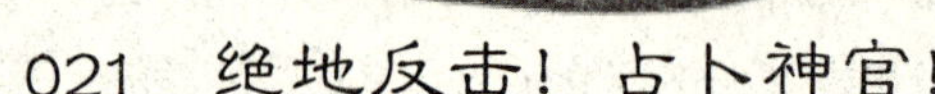

021　绝地反击！占卜神官！

洛芷珩竟然在生死垂危之际，反击了！！

可是她的反击却这么的惨烈！而人们却始终将目光落在那个仰躺在沙漠上的女子，她的手中究竟是什么时候多了一把散发着圣洁光芒的手杖的？从哪里来的啊？

谁也不会比诸葛画栾看得清楚了，就在刚刚那一瞬间，她看见了洛芷珩竟然奇迹般地动弹了，转过身来，并且手中忽然抓出来了一个明亮的东西，她的眼睛在那一瞬间好像被强烈的光芒刺瞎了一般，手一抖，剑就偏离了刚才的轨道，再睁开眼的时候，却发现她这稳稳的一剑却没有杀了洛芷珩，反而被洛芷珩手里的东西给抵挡住了！

“你以为你能抵挡我几招啊？一把破手杖就想对抗我？可笑！”诸葛画栾掩下心中的莫名惊恐，阴沉冷笑着抬起长剑再一次狠狠地朝着洛芷珩劈去。

洛芷珩也在她抬起长剑的刹那猛地一个翻身，忽略掉了身体的疼痛，麻木得只剩下一个信念。

干掉她！！

她只来得及爬起来，半跪在沙漠上，一双凌厉染血的眸子紧紧地盯着诸葛画栾，眼看着那把长剑杀来，她也不慌不忙，却猛地转动了手杖把手，手杖的把手便如同螺旋一般飞快地转动了一圈，流光溢彩的光芒便四射开来，在诸葛画栾奇怪而警惕的目光中，洛芷珩冷笑着勾起优美的唇形，哗地一声将隐藏在华丽表面下的长刀拔了出来！

这是一把无价之宝的手杖，更是一把锋利无比的凶器！

洛芷珩用尽全身力气，迎着诸葛画栾的长剑猛地砍去，长刀对上长剑，瞬间有削铁般的声音响起，全场安静到针落有声。在人们惊骇欲绝的目光中，只见洛芷珩竟然用那把令人震惊的美丽宝器毫不费力地就将诸葛画栾那把剑给劈开了！并且剑气强横地划过诸葛画栾的战袍，扫开一道整齐到看不见的裂缝，渐渐地，有鲜血溢出，染红了那件银白色的战袍！

如此锋芒毕露的利器！

将一把剑，劈开了！！！

世间竟然真的有如此削铁如泥的利器？！那必定是价值连城的宝贝！洛芷珩必定是随身携带的，可比赛之前大会明明让她们自选兵器，诸葛画栾选择了自己带的长剑，那长剑被诸葛画栾舞动得活灵活现，一看就是她用惯了的。

可反观洛芷珩，她手里面有如此利器，却在可以自行选择时放弃了使用，而是用了不顺手的铁棍。众人能想到的就是洛芷珩必定是知道这宝器的厉害之处，不愿意拿出来伤人，所以她才自己吃了大亏。

二人放在一起，前后一比较，人品贵贱高低一目了然。人们瞬间对洛芷珩都有一种肃然起敬的敬佩和尊重。

一个人调皮顽劣不要紧，只要她心地善良，而洛芷珩不仅才貌双全，机敏过人，更是在顽劣活泼的表面下隐藏着一颗善良的心，这一点，却并不是所有人都能做到的。而今天洛芷珩也是被逼到了退无可退的地步，不得不为了自保才亮出了自己的武器，这种隐忍和宽厚的性格品质，更是让全场十几万人对她赞不绝口，尊敬无比。

这场比武对战赛，到目前为止，比较的不再是个人能力，还有个人魅力和道德底线。不比不知道，一比吓一跳，原来被他们一直追捧夸赞羡慕的天下第一美人，竟然心如蛇蝎，如此卑劣，和真正的强者比较，瞬间就原形毕露了。简直是狠狠地打了所有支持过诸葛画栾的人一个嘴巴！

“干得漂亮！”慕容老将军在短暂的震惊之后，便爆发出一声大吼。

他这句话也说出了其他人的心声，也更有力量地被人们一个个地交口大喊出来，老家伙们一个个兴奋鼓舞的大喊干得漂亮，就连世王也不能免俗地嘀咕了一句：“干得漂亮！”

洛芷珩总有这样的能量，垂死挣扎这个词不适合她，她是永不放弃，顽强到底，绝处逢生，逆袭反击。

“竟然又被她躲过了一场，这人是不是漫天神灵都在庇护啊？”六王爷眼底有着惊艳，但心里面口中却讽刺地冷哼道。

诸葛画栾只觉得自己的胸口丝丝地痛着，她的眼底还有浓浓的震惊存在，到此刻还惊愕地疑惑着，怎么她的剑就被劈开了呢？不可能啊！那是她母亲送给她的佩剑，是百年玄铁炼成，无坚不摧的，能活活地斩断百斤重的寒铁啊，怎么可能会被洛芷珩给废了？

胸口的疼痛传来得非常迟疑，她僵硬地低下头去，看见的就是破裂的战袍里一汩一汩不停往外流出来的鲜红血液，她这辈子都没有这么流过血，脸瞬间惨白了。可她还来不及触碰伤口，疼痛便终于席卷了她，这一刻，她疼得仿若抽筋扒皮！

“怎么可能？！这不可能的！你不可能伤害得了我的！”诸葛画栾还不敢相信地怒吼着。

洛芷珩半跪在那里，手中锋芒毕露不沾一滴鲜血的长刀被她扎在沙漠之中，用来支撑身体不倒下去，但她使出了这一刀，却真的再没力气去宰了诸葛画栾了。洛芷珩勾起嘴角笑得散漫而又狠辣：“它不仅仅是手杖，还能杀人越货做凶器！你能挨它一刀，是你的荣幸！不过可惜，今儿不能亲手剐了你了，但你也别得意，咱们来日方长，今日之仇，不报不休！”

诸葛画栾脸上终于泛起了一丝丝惊恐，仿若这一刻她才彻底清醒过来，才终于知道了自己刚刚做了什么，她惊恐地看着几乎成了血葫芦的洛芷珩，眼底的绝望越来越浓。

而前来阻拦的人们也终于到了，画圣一巴掌狠狠地打在了诸葛画栾的脸上，痛心疾首地怒斥道：“你疯了！！”

诸葛画栾被打得跌倒在地，胸口的伤口便如同破裂开来一般，涌出了更多的血液。

穆云诃从马车车辕上冲下来，与刚好抬头的洛芷珩四目相对，他的眸子里所有的光辉都刹那间破碎，什么也顾不得地冲到了她面前，他想拥抱她，一如他们曾经无数次的亲密拥抱，但入手的是一片片不停涌动的温热，抬起手来，便是一片片触目惊心的鲜血！

穆云诃的喉咙里似乎发出了一声压抑的咆哮，阴冷缠绵的目光落在洛芷珩苍白的脸上，清澈和纯粹，一寸、一寸，终于支离破碎！阴暗来袭，恶魔滋生，狠戾暴怒的小王爷终于压制不住内心咆哮的猛兽，冲出了牢笼！

洛芷珩看着穆云诃眼底的光芒，下意识地有所察觉，猛地抓住他的手，笑得再不能如以往那般调皮顽劣，却努力维持着平静："没事的，你别这样……"你陌生的样子，真的好可怕！

可恶魔已经被仇恨与心痛激怒，撕裂了伪装，谁又能阻止得了呢？

穆云诃的声音再也不是之前那无能为力的嘶哑心痛，他冷静得周围的气流似乎都随之凝固。战抖的手臂将宽大的斗篷解开，一直遮挡着他容颜的兜帽，这一刻，终于被他缓缓退下，那隐藏在兜帽阴暗之下的神秘容颜，终于让人们有幸得以窥见他之容颜！

四周惊艳的抽气声已经此起彼伏，他的目光却毫无波澜起伏，只是专注地褪下斗篷，温柔仔细地将满身鲜血的洛芷珩包裹起来，抱着她，小心翼翼地，在她耳边轻声说："阿珩乖，坚持一下，和本王一起站起来，我们离开这。"

他的声音太平静了，里面还带着一丝令人毛骨悚然的寒冷，正如他此刻那过于冷静，甚至令惊到阴沉的俊脸，优美的唇形紧抿下沉，他又说本王，他很生气！

洛芷珩忽然就有一种不好的预感，她吃力地站起来，在别人的搀扶之下，她不敢在穆云诃的面前表现脆弱，她怕若是她倒下了，穆云诃所有的支柱也会坍塌，他们两个，有一人羸弱便是沉痛了，无须更多的痛来伤害他们了。

"云诃，我真的能坚持。"洛芷珩不敢说大话，因为她知道这一次她真的是惨极了，伤口被铁棍剐肉馅那样的重击，只怕已经血肉模糊了吧。

"本王知道，阿珩靠着我就好，等我给阿珩报仇了，我们就离开这。"穆云诃平静地扯出一个压抑的笑，手伸向了她手中的长刀，柔声道："给我！"

洛芷珩瞬间大骇："你要干什么？"她似乎已经预见到了穆云诃要做什么，但他疯了吗？他若真的那样做了她是会高兴，但他们的麻烦也会随之而来，毕竟，诸葛画栾的背后还有一个能够成为诸国座上宾的画圣！

穆云诃平静的容颜瞬间扭曲，是再也掩藏不了的血雨腥风，口吻已经充斥着不容抗拒的威严冷冽："给本王！"

洛芷珩险些被他的煞气刺激得晕倒，一个踉跄软软地靠在了穆云诃怀里，那一瞬间，穆云诃的手臂环住她的身体，是前所未有的有力和安全，他在她最脆弱的时候，就变得坚强！

手，蓦然松开了。手杖被穆云诃接了过去。洛芷珩疲惫地闭上双眼，罢了，一切就随他吧，就算以后千难万险，有他今日不顾一切放下身份的维护和保护，她也有勇气与他共同走过。

迎面，传来了诸葛画栾惊恐至极的尖叫声！

诸葛画栾的尖叫声激烈至极，但激烈之中却带着浓浓的震惊之色！

因为穆云诃已经挥出手杖，直指倒地的诸葛画栾！而他的容颜也终于面向诸葛画栾，那一刻，不仅仅是诸葛画栾，所有他对面的人，都终于看到了这位与沙漠女神共舞的神秘男子的庐山真面目！

火红的残阳下，云层渡日，泻下金红色光芒，笼罩在他的身上，他冷峻的容颜在这般魔魅变换的光芒下显得越发的深邃。汗湿的凌乱发丝有几缕贴在脸上，被风吹动，衬托得他苍白的容颜几乎透明，美得不真实。

然而此刻的他与以往的他还不一样，曾经的他是温润的，是可以笑着说痛的，是可以眼中盛满清澈单纯的。但近日的他是黑暗的，是阴霾的，阴鸷着的容颜仿若俊美魔鬼一般，用冷傲暴戾的目光俯瞰众人。

他满身煞气阴暗地蔓延，席卷了整片火热的沙漠，令四周的温度都在下降一般。他一手紧紧搂着虚弱到站不稳的洛芷珩，是触目惊心的温柔体贴。可他还可以一手举着锋芒毕露的长刀，目光阴戾表情阴冷地怒视诸葛画栾，是惊心动魄的狠辣决绝，不死不休！

他好像瞬间被巨大的怒火点燃，烧灭了所有伪装的温润如玉，瞬间化身恶魔，前来索命！

没有人不震惊于这个男人的绝世容颜，那美得让人窒息的感觉，让人流连痴迷，脆弱中偏偏带着一股强大到令人压抑的气势，整个人干净却阴霾地矛盾而挣扎。他利刃一出，全场死一般地迅速沉寂下来。

诸葛画栾就那样跌倒在地上，苍白的脸上却有着不正常的红晕，仰着脸愣愣地看着就这么不可阻止地闯进她视线里的男子，眼底的惊恐与愤怒渐渐被惊艳和痴迷所取代。她甚至有那么一瞬间忘记了，眼前这个男人正在对她举起钢刀。

“小王爷！冷静一下，让他们给我们一个交代，这件事情还可以通过别的渠道解决的！”棋圣虽然鄙视诸葛画栾下黑手的做法，但是毕竟这件事情牵连了两个国家，还有一位圣者，穆云诃一旦冲动，很容易引起很大的麻烦和纷争。

“这件事情是画栾不对，我会让画栾给洛芷珩赔礼道歉的，你们想要谈条件也可以，但是你们不能伤害诸葛画栾，毕竟这是一场较量，真刀真枪的难免有误伤，画栾也可能是不小心。”画圣到底还是偏向诸葛画栾的，他可以谈条件，但前提是诸葛画栾不能受到伤害。

穆云诃阴冷的目光仿若极地而来的那么冰冷，乌黑的瞳仁缓慢地看向画圣，就那么一直看着，冰冷的，狠戾的，嘲讽的，直将画圣看得也不免心惊肉跳地微微移开目光，穆云诃阴冷的声音才仿若从气管里直接爆发出来：“谈条件？伤害了本王的王妃，你认为你凭什么来和本王谈条件？以为这里是你们南朝，就可以为所欲为了吗？就可以肆无忌惮地欺负本王的妻子了吗？你们也太高看我穆云诃的肚量了！本王没那么宽广的胸膛，本王只知道，伤害洛芷珩的人都要死！”

他此言一出，就连身经百战的慕容老将军也不禁眼皮子一跳，看向穆云诃的目光里就带上了一种心伤，不论穆云诃身体怎么弱，但穆云诃的这份胆魄和狠劲，却让人不敢小觑！

画圣也不禁心虚，但他毕竟位高权重了那么久，怎么可能被一个小孩子威胁？他板起脸道：“这件事情是我们不对，对于补偿我们会做到你们满意的，但没必要伤了一个又伤一个，伤了两国的和气就不好了。”

“你这话就不对了吧！”佟老忍不住怒气地开口，就算是自己多年的老兄弟，但他也不能看着自己的后辈被欺负：“你们诸葛家的人故意伤人就不是伤两国和气了吗？更何况这是两个孩子的事情，我们这些受害人的大家长还没有开口说什么呢，你们这些伤人者却在这里义正词严夸夸其谈，一点悔悟和歉意都没有，这对吗？”

“诸葛画魂，你也一大把年纪了，不会连这点道理都不懂吧？你护犊子，老夫我难道就是死的吗？洛芷珩是我们家的孙媳妇，穆云诃是我老头子的亲外孙，怎么？你的诸葛画栾就是心头肉，就是人了，我们佟家的人就都是畜生了吗？”佟老震怒道。

画圣脸色一变，他实在是被穆云诃的气势惊到了，那种不达目的誓不罢休的狠劲，让他敏感地察觉到穆云诃要做的事情，所以他才会一时之间口不择言、方寸大乱，因为要是穆云诃真的做出了什么事情，那画栾的下辈子可就惨了。

“三哥！我并不是这个意思，但是现在事情已经这样了，画栾是不地道，但是几棍子打在洛芷珩的身上，她也不会有多大的问题吧，怎么这件事情就不能过去呢？”诸葛画魂不禁头痛地说道。

“过去？不地道？几棍子打在身上不要紧吗？”穆云诃忽然阴沉沉地笑了起来，唇齿间呢喃着这几句话，忽然眉目凌厉阴郁地看向诸葛画魂暴怒道：“你是瞎了吗？你看不见这满地的鲜血和阿珩身上的血液吗？你应该是真的瞎了，也是老糊涂！但你的孙女却一点不糊涂呢！”

“你不知道，但是你的孙女可是清清楚楚地知道，阿珩的身体上有伤，所以她卑鄙下贱地一下一下专门往阿珩的伤口上去打！本王问你，这叫不地道吗？这叫下作龌龊！叫卑鄙无耻！这件事情可以过去，那就是本王也扎她一刀，然后对着她被穿透胸膛的伤口用铁棍用力地攻击！直到她流出了比阿珩还多的血液，否则，本王就断她一臂！没有第三条路可选！”穆云诃阴狠的声音渐渐平静下来，但越平静就越冷酷，每一句话都令人汗毛倒立，噤若寒蝉。

“你说什么？！”佟老不可思议地惊呼起来，看着洛芷珩那脆弱苍白的容颜，还有身上滴滴答答流淌的血液，终于明白穆云诃为什么会如此暴怒了。佟老最看不惯这种落井下石的阴险小人了。

他怒道：“诸葛画魂你怎么会教育出一个如此阴险的后辈？明明说好是点到即止的，就不说其他，就凭我们两个的关系，你的孙女也不应该对我的后辈如此痛下杀手！今天洛芷珩安然无恙我尚可原谅你，但若洛芷珩有丝毫损伤，而你又一再地维护诸葛画栾，只怕我们多年的兄弟情谊也不会有了。”

所有人都沉默了，意外一个接一个，阴谋一个连一个，诸葛画栾的卑鄙无耻这一刻被无限扩大，甚至连累得位高权重的画圣也跟着里外不是人，这样的女子，简直就是一个祸害，早死利索，省得祸害别人。

人们议论纷纷，谩骂鄙夷狠狠朝着诸葛家的人射来。诸葛画魂一辈子都有个好名声，没想到今天竟然被个晚生后辈给毁于一旦了。但他又不能不管不顾，毕竟诸葛画栾是他们家这一代宠爱长大的唯一一个女孩，自小娇养，他更是带在身边养育，那感情绝不是假的。

画圣也看出来了今天的阵仗了，穆云诃是真的被激怒了，而洛芷珩确实占据了道理和情意，是诸葛画栾不好，面对舆论，画圣知道他今天必须给一个交代，否则后患无穷，而最好的交代就是遂了穆云诃的意愿，从今往后这件事情就翻过去。

但毁了诸葛画栾一只手臂这个未免太阴狠了一点，他暗恨穆云诃的心狠手辣，但又不得不做出选择，与其毁了手臂彻底废了，还不如自捅一刀，然后让他们打一顿出气，以后诸葛画栾养好了伤口，还可以和以前一样。

“没有别的办法能化解你的仇恨了吗？”诸葛画魂最后不甘心地又问了一句。

穆云诃眉宇间皆是阴戾的气息，闻言讥讽地道：“有，第三个选择，本王一刀杀了她！”

他的狠戾和决绝无可争议，他满身强大而冷冽的气场震慑全场，每一个人都被这个仿若精灵王者一般的男子给狠狠震慑住了。并且为他而惊艳！

诸葛画魂瞳孔一缩，阴狠地看着穆云诃，从来没有人能将他逼到这一步，退无可退却又不可抵抗，他当画圣这么多年，还是第一次遇见敢不给他颜面的人，然而对方的身份也足够显赫和尊贵！让他不得不审时度势，妥协地后退一步。

“选第一个！你可以给她一刀，也可以将她打在洛芷珩身上的悉数打在她的身上！但是你要记住，洛芷珩现在没死，也没残，诸葛画栾也就不能死，不能残！否则的话……”诸葛画魂还是有一股子狠劲的，他看得开，懂得将损伤降到最小，但话语中却也有浓浓的威胁。

若说穆云诃真的敢过多地伤害到画栾，那就不要怪他也不顾念佟三哥的颜面了，毕竟他在皇帝面前有说话的资格，他相信只要他开口，就是南朝皇帝也会给他援助，站在他这边的！

“本王自有分寸。”这一刻，穆云诃勾唇浅笑的样子邪魅俊美，仿若混世魔王终于挣脱了光明的牢笼，一出来就是无法无天地作乱，肆无忌惮地随心所欲。目光诡异流转。

诸葛画栾听到老祖宗竟然任她受伤害，并且不管她了，这才从对穆云诃的美貌痴迷中清醒过来。她惨白着脸狼狈地爬过来抱着诸葛画魂的腿，梨花带雨柔弱无比地哭求道：“老祖宗救救我啊，画栾不要被打，好痛的！画栾并不知道洛芷珩受伤啊，刚刚画栾只是一时鬼迷心窍而已，真的不是有心的啊，我可以给洛芷珩道歉的啊，她知道我不是故意的啊，老祖宗画栾不要被打啊！老祖宗救命啊……”

诸葛画栾这一刻哭得撕心裂肺，以往的柔弱婉约全都回来了，哭得那叫一个漂亮，若是放在过去，那必定会让人动心和怜悯，但在今天，再也不会有人动心怜悯她了，因为人们已经看到了她丑陋邪恶的一面。所以她此刻的表演简直令人作呕！

而她的没担当，和遇到事情了就反水还拉上别人的没骨气的样子，简直让人恨得牙痒痒，人们甚至不愿意多看她一眼，多看一眼都恶心。

诸葛画魂也很心疼她这样，从小到大没受过苦的孩子，今天却要经历这一切，确实让人心疼。但有些事情自己做错了，就要承担后果，她不能因为她有一个豪门撑腰就肆意妄为。更何况穆云诃这个穆王朝的贵族，门第也是不低的，两家势均力敌，就必须有一个能说得过去的解决方法了。

“好孩子，别哭，坚强一点。虽然你今天犯错了，但承担起来，咱们诸葛家的人也是堂堂正正的，有错误并不可怕，只要你有勇气承担，就还是老祖宗的好孩子，老祖宗依然会疼爱你，不疼，很快就会过去的。”诸葛画魂毕竟不是真的理智全无，他甚至放缓声音安慰他惊慌失措的小孙女。

但诸葛画魂之所以敢嚣张，完全是因为仗势！因为仗势所以欺人！而她仗的自然就是诸葛画魂的势！老祖宗从来没有不管过她的！为什么今天却忽然放手不管了？还让那群人来合伙欺负她？诸葛画栾觉得很绝望，因为她知道她打洛芷珩的时

候是什么心态，是什么力道，她是完全下死手的，她很害怕洛芷珩也让人那样对待她！

“老祖宗不要啊！画栾害怕啊，画栾真的不是故意的。洛芷珩为什么要这么小心眼？我可以给你道歉啊，不要让人打我。”诸葛画栾所有的矜持骄傲全都没有了，她只剩下了埋怨，还有她的脆弱。

“哼！不知悔改，死有余辜！”慕容大将军都忍不住冷哼一声。怎么会有这么不知所谓的人？自己犯错却要理直气壮地让别人饶恕，还理所应当地让别人不要小气。你知道那些铁棍打在身上很痛，还专门往人家的伤口上打，怎么现在打你就不行了呢？

“贱人！竟然敢打洛芷珩，我让父皇教训你！”玉公主终于气喘吁吁地冲了过来，可是当她看见洛芷珩满身鲜血依偎在穆云诃怀里的样子，还是吓了一跳，小脸都跟着惨白惨白的，死死拉着同样面容苍白的慕容纤雪，带着哭腔地哆嗦道：“血、血！好多的血！！”

慕容纤雪自然看见了好多的血，她也说不清自己此刻是什么感觉了，反正很想抢过来穆云诃手里的刀，一刀刀剐了那个虚伪下贱的诸葛画栾。她恶狠狠看着诸葛画栾怒道：“果然是贱人！”

“你们凭什么都怨我？你们有什么资格骂我？洛芷珩刚刚也使诈了啊，她用沙子扬我，你们没看见吗？她就不卑鄙吗？”诸葛画栾还在强词夺理，在她看来她真的没有错啊，为什么这群人都要指责针对她？

“放屁！她要是不反抗她现在早就没命了！只许你疯狗一样地对她又打又杀，就不能她反击了？怎么会有你这种混蛋东西？更何况她俘虏你之后并没有伤害你，按理说你已经死了，比赛结束，可是你却暗下杀手，明目张胆地耍无赖，将人重伤不说，还是刻意在人受伤的地方反复为之，你这歹毒心肠人尽皆知，你还有什么好狡辩的？”慕容老将军忍不住火气地怒斥道。

诸葛画栾实在是不敢面对这些一心维护洛芷珩的家伙，她将目光看向老祖宗，可是老祖宗却缓缓地闭上了眼睛，诸葛画栾的心就一点点地往下沉，开始绝望，蔓延全身。她忽然嘲讽地大笑道：“老祖宗，您为什么不帮我？您是害怕了吗？您害怕我给家族惹麻烦是吗？您不愿意管我了是吧？您为了家族而放弃我了是吧？您被一个小小的洛芷珩给吓怕了吗？老祖宗，您怎么变成了这样？”

诸葛画魂不可置信地睁开眼睛，看着自己从小疼爱到大的孩子，他一生对待晚生后辈都是严厉的，但唯独对这个孩子他充满了慈爱，多一句也舍不得骂，多一下也舍不得打，真的是含在嘴里怕化了，捧在手中怕摔了，紧紧地抓着她的小手，养育她，教育她，培养她，伴随她一路长大，他对诸葛画栾倾注的心血和疼爱，明眼人都看得出来，他在将他的毕生所学倾尽全力地传授给她，他在培养下一代的画圣！

他不传儿子，不传孙子，不传曾孙，偏偏将自己的毕生所学隔了两代人跨越了七八十年的过渡，全都给了她！他对这个孙女的宠爱和看重难道还不够明显吗？今日他一直当做接班人培养的孩子，竟然大庭广众之下这般地嘲讽他，指责他，甚至……他不愿意相信她的话里面的诋毁。

他怎么能不震惊？怎么能不伤心和心痛？

“诸葛画栾，你知不知道你在说什么？”诸葛画魂有些阴暗地道。

“知道！我当然知道！你被穆王朝的名头吓到了！你不愿意救我，因为你害怕了，你怕穆云诃会对家族不利！你就是这样，什么也没有家族重要！我在你眼中算什么？你知道我的压力和痛苦吗？你口口声声地说疼爱我，可是你却让我在家族之中站在风口浪尖之上，所有的人都针对我，他们都讨厌我，他们恨我！就因为你要将那该死的画圣之位传给我！所以我的亲生父亲都巴不得我死！我恨你，我恨死你了！谁稀罕你的画圣之位？”诸葛画栾面容扭曲地咆哮着，将她一直压抑在心里面的话全都吼了出来。

她也许有她的苦，但她这样对待一直疼爱她培养她的老人家，却是万万不该了。老人都是希望子孙好，而画圣对她的期望更高，多少人想要这样的看重和栽培都求而不得，诸葛画栾轻轻松松就得到了，几辈子修来的福气，但她却不知满足和感恩。还一味地抱怨，自己毁了这一份厚重的恩情。

诸葛画魂脚步不稳，亲情向来是能轻易地就把人伤得体无完肤的。诸葛画魂脸色苍白地闭上眼睛。他怎么能不难过。要他怎么说他今天的妥协气势就是在拯救她了呢？他是怕了，但他怕的不是穆王朝，而是穆云诃！

这个男人有太强大激烈的怨气和怒气了，那双眼睛里充满了仇恨，是真的不死不休的狠戾与阴霾。以至于让他知道，今天若是不能让穆云诃将怒火彻底地发泄出来，那么以后诸葛画栾也会麻烦不断，与其让诸葛画栾在穆云诃的疯狂报复中死去，还不如让诸葛画栾受伤，丧命和受伤，两种截然不同！

也因为他看出来穆云诃是真的坚决狠辣之人，所以他妥协在了穆云诃这种不顾一切的疯狂怒火中，才会做出选择。但诸葛画栾不懂，而他又不能立刻言明！

人们都被诸葛画栾这不知好歹的话给惊住了，原来一个人无耻混蛋，还可以是这个样子的？！他们今日终于明白什么叫做金玉其表败絮其中了。原来劈开这张美人皮，露出来的竟然是血淋淋的阴暗与肮脏！

美人，蛇蝎，谁能分得清呢？

“说够了吧，本王的仁慈也是有限的。”穆云诃好像一直没有听到他们的对话，期间一直看着洛芷珩，目光清冷，眼底有魔的温柔。直到这一刻，他抬头侧脸，也并没有看诸葛画栾，而是问画圣。

他想，他是足够仁慈的了，因为他在报复之前，给了这祖孙二人足够的时间去谈话。

画圣狠狠地闭上眼睛，强忍心痛颤声道：“动手吧！”

“老祖宗！！”诸葛画栾震惊地尖叫一声，忽然觉得面前白光一闪，她头皮发麻，猛地看向穆云诃，只见那手持钢刀的俊美男子，用极其阴冷的目光看着她，那目光仿若是在看一个死人。她只觉得心惊肉跳！

“不要伤害我！我再也不敢了。求求你了，别伤害我！不要打我！我真的好怕。”诸葛画栾狰狞的面容忽然柔软了，哭得柔弱可爱，泪眼朦胧地看着穆云诃，似有千言万语要对他诉说一般。

美人计？

在场的人们忽然觉得诸葛画栾没救了。这种时候竟然还想勾引穆云诃，她还能不能更不要脸一点了？

诸葛画栾的样子让枕着穆云诃肩膀的洛芷珩都不禁嗤笑起来，但她实在是太虚弱了，动作牵扯了伤口，疼得她不禁倒抽一口冷气。

这口冷气也提醒着众人，诸葛画栾刚刚的恶行，也让穆云诃的脸色更加阴沉。

穆云诃眼底闪过一丝阴霾和邪佞的暴戾，他上前一步，洛芷珩就跟着走一步，诸葛画栾想要后退，但她又实在是退无可退。那一瞬间，看到这穆云诃惊世的容颜下那双暴虐嗜血的眸子，诸葛画栾忽然有一种大难临头的感觉，她惊恐地瞪大了眼睛，刚要向诸葛画魂求救，却为时已晚！她愣愣地瞪大了眼睛，只来得及看见寒光一闪，只见穆云诃一刀猛地抬起，用力落下！！

“不要！！”诸葛画魂一直密切注意着穆云诃的动作，当他看见穆云诃举起怪异的长刀的时候，就头皮发麻了，等落下长刀的时候，诸葛画魂终于骇然地惊呼出来，但，同样的为时已晚！

手起，刀落，血狂流！戈壁滩上没有残垣，却多了一条断臂！！！

噗哧一声！鲜血仿若逆流的瀑布一般狂奔直上，喷溅了穆云诃一身，英俊邪魅的容颜上也被溅上三两滴，不会给人一种威吓感，只有一种令人惊心动魄的凄美华丽之感！

他毫不犹豫地一刀落下，快准狠地斩断了诸葛画栾下意识抬起来阻挡的手臂！从根砍断，整整一条鲜活的手臂滚出去落在金色的沙漠上，那鲜血溅落得比洛芷珩流淌的鲜血只多不少。

而诸葛画栾也在那一瞬间凄厉至极地惨叫起来："啊！！！"

一个如花的少女，一个完整的人生，从此刻开始，彻底残缺！

静！全场死一般的安静！除了诸葛画栾那悲惨凄厉的哭嚎声！每一个人都被这一刀吓得眼皮子狂跳，心跳加速，血液逆流，全身冰冷！

本是最最惊恐残忍的场面，却因为穆云诃那强大的气场和冷傲的目光，还有他狠辣的一刀而鸦雀无声！仿若这种时刻，谁敢开口，谁就是下一个诸葛画栾！

诸葛画栾抱着缺少了一条手臂的肩膀，在沙漠之上来回打滚，鲜血殷红刺眼，落满了金色的沙漠，而她凄厉的惨叫声哭喊声，只让人们清晰地感觉到她的痛苦和绝望，人们似乎也陷入了那种无法体会的绝望之中，他们身体不疼，但浑身拔凉！

前车之鉴！这就是前车之鉴！

穆云诃用他的狠辣与残酷，再一次向天下人宣告，这就是前车之鉴！每一个人都看好了，谁再敢触碰他的底线，这就是下场！

他想做，便做。他敢作，就做！谁也无法阻止和改变他的想法和手段！无论那个人的身份地位背景如何，或高或低，在他眼中他只看到了洛芷珩的喜怒哀乐，其他的，做了就做了，谁敢把他怎么样？

就算手段残忍又如何？就算被骂残酷冷血又何妨？他在所剩不多的日子里，若还不能让阿珩随心所欲地活着，若还让阿珩有委屈和忍辱，那么他死后，他的阿珩将会是怎样的光景呢？岂不是更加被人欺负，没人维护吗？他绝不允许这种事情的发生！死后也许他管不到，但生前他必须要为阿珩做每一件他能做的事情，并且狠绝，凶残，不留退路！

总之，底线是叫洛芷珩的女人，在他的心里早就铸成了一道脆弱易碎的纯美花房，谁也不能碰他心里最后一线光明和救赎，谁碰谁完蛋！！

诸葛画魂终于从这场巨大的变故中回神，他踉跄地扑过去，看着浸沙的鲜血，那条断臂，受重伤的孙女，诸葛画魂目眦欲裂地转向穆云诃暴怒道："穆云诃！！你这个言而无信的小人！你答应过不会让她残缺的。"

穆云诃眨眼间弄残了一个人，却风轻云淡得连眼睛都未眨一下，冷傲地道："本王从未答应你什么，本王要做什么，怎么做，还轮不到别人来指手画脚。本王在穆王朝的时候就命人杀了一人，就死在了第一才人大赛的现场。知道那人为什么死吗？因为他想伤害本王的妻子，本王说过，伤害阿珩的人，本王会杀得一个不留！”

“知道诸葛画栾为什么现在还能喘着气地在这里叫唤吗？她伤害阿珩比那个死人还要重！但本王留她一条狗命，本王不怕你诸葛世家，也不妨坦坦荡荡告诉你，本王就是要让诸葛画栾活受罪，一辈子活在残缺的阴影里面，让她自己践踏自己的骄傲和尊严！看见世人对她的唾弃谩骂和鄙夷！让她一辈子就这么破破烂烂地苟且偷生，为她今日对阿珩的歹毒和残忍而赎罪！”阴冷的话好像来自地狱，冷清地，冷清地传遍全场！

如血残阳之下，那一刻的穆云诃，清冷狂傲如转世魔头，带着不可一世的耀眼光芒，阴霾地，霸道地警告天下。

“更何况，本王不是也在帮你的孙女完成心愿吗？是她口口声声喊着不要打她的！本王心善，答应她的祈求，不打她，但本王也不是那么慈悲的，她完好无损，本王实在心中恼怒，所以只能斩断她一臂，给她一点警告。你诸葛世家若有什么异议或不满，大可以来穆王朝找本王，只要本王还活着，必定奉陪到底！”穆云诃勾唇，浅淡的话语便从他优美性感的唇瓣溢出，淡漠得很，还有洛芷珩式的自恋幽默。

洛芷珩缓缓抬头看他，苍白的眉宇之间有细细碎碎的流光在凝汇，惊艳绝伦。她浅笑着抬手，擦拭他脸上溅落的鲜血。冰冷的手因为失血过多而苍白，落在穆云诃的脸上，夫妻二人仿若是埋藏在地下冰窖百年的不朽尸体，冰冷，苍白。

“一定不会死的，我这么拼命你若还会死，那就先一刀宰了我你再去死吧。”洛芷珩浅浅的话语里是浓浓的哭腔，笑容在嘴角蔓延，却那么的艰涩。

她从不是个多愁善感的人，刚刚灵魂附体在这里的时候，那般惊慌失措，终于惶惶不安，她都没有为自己掉过一滴眼泪，但她这辈子的几次落泪哽咽，却都是为穆云诃。

这个男人，一举一动都能让她为之心碎心醉，让她为他做什么都心甘情愿。她在为他而拼命的时候，他也在为她而不顾一切，哪怕声名扫地，哪怕身败名裂。

人生得一知己，足矣！

穆云诃不再看那跳梁小丑一般的诸葛画栾，他杀与不杀诸葛画栾问题都不大，因为根本问题都不在诸葛画栾的身上，而是在诸葛世家。因为他今天得罪的是诸葛世家，所以就算诸葛画栾死了，诸葛世家想报复的话，依然可以。而穆云诃却并不在意那所谓的报复，再没有任何人任何事情能打败他了！

除了洛芷珩！

而诸葛画栾他从未放在眼中，让诸葛画栾痛苦到不可自拔，穆云诃非常愿意看到。

“你们才是真正悲剧的人！”诸葛画魂咆哮道，诸葛世家隐藏的人瞬间从天而降，将洛芷珩穆云诃二人团团围住，每一个人身上都是一种肃杀之气，阴霾狠戾，双方瞬间剑拔弩张，大战一触即发。

可穆云诃却丝毫不紧张，眉宇间除了淡淡的阴戾之色，平添几分嘲讽与轻蔑，这一瞬间的穆云诃忽然变得神秘而高深莫测起来：“仗势欺人么？真以为本王是软柿子，可以任由你们诸葛世家随意揉捏吗？本王敢做自然就不惧怕你们诸葛世家，想要本王的性命，只怕你们还要再修炼个几百年。只要你诸葛画魂不是傻子，你就该知道，本王不仅仅是穆王朝身份显赫的小王爷！”

穆云诃此言一出让许多人摸不着头脑，只觉得他够狠，竟然连诸葛世家都不放在眼中。

但那几位因为穆云诃的疾病而忽略他太久的老者，却陷入了沉思。看穆云诃话里话外的意思，赫然是说他还有什么其他身份，但他有什么身份能让他不依靠在场的穆王朝法老们，不依靠穆王朝小王爷的身份来和天下画圣对话呢？并且还能有压制住画圣的气量能耐呢？

画圣自然也是不相信穆云诃的话，他冷冷狞笑道：“你以为我会相信你的话么？虚张声势？你还太嫩！一个病秧子而已，老夫今日就先送你上路，也免得你活在这尘世上太过痛苦。”

四周的人忽然气势全开，就要冲上来拿下穆云诃。

洛芷珩瞬间全身紧绷，想要保护穆云诃，却被穆云诃用力禁锢在怀中，周围的人都紧张成一片，准备开战了，就连世王都走过来了。可穆云诃却依然是风轻云淡高深莫测，只是当他偶尔轻眯眼帘的时候，眼底细碎的光芒仿若深邃的星空一般，睿智，自信，冷傲。

见人们或迷惑或不信，穆云诃没有多余的解释，而是仿若风马牛不相及，漫不经心地道：“马上就会有一阵龙卷风席卷而过，持续时间十个呼吸间，方向东南方八百米外的戈壁滩上，在这里，你们刚好能躲过一劫，却也刚巧能够亲眼目睹一场沙漠风暴！”

众人一愣，完全不明白穆云诃的意思，甚至觉得穆云诃这个俊美到仿若神祇一般的男子，是不是被吓傻了啊？开始说胡话了吗？

然而穆云诃却在这一刻抱紧了洛芷珩，一眼望进了洛芷珩担忧的眸子里，他脸上阴冷凶残的面孔便瞬间碎裂，却再也不复曾经的温润清澈，表情邪魅而迷人

地温声道：“放心，我在这里，坚持一下，等我解决了这个老麻烦，我们就离开这。”

“嗯。”这一刻，洛芷珩再也看不懂穆云诃的眸子，那双眼睛里她找不到曾经一眼能看到底的清澈，而是被挣脱不了的血腥与阴霾所笼罩，是智慧的光芒与神秘。可是却让她莫名地安心信任。

他把她抱紧，手按在她的伤口上，那么小心翼翼，企图阻止血液的流淌，可血液却阻止不了地流出来，于是他的眸色就更冷，更阴霾。

忽然整片沙漠有了一种令人惶恐不安的沉闷感，天空之上刹那间变换，一片阴霾，看上去就仿若整片天都要塌下来一般，沙漠之中响着一种呼呼的风声，由远及进，人们才刚刚感觉到，就有风沙卷起击打着他们的容颜。然后风声越来越大，仿若能撕裂绞碎一切的力量，狂风暴雨般出现。

瞬间，人们惊骇欲绝的惊呼声响彻整片沙漠！但却在刚刚响起的时候，就被东南方出现的一幕惊呆了，所有人或转身或回头，目瞪口呆地看着那骤然出现在远处的一幕，只觉得浑身血液逆流！什么语言能力都没有了！

不到千米的距离，在渺茫的大漠之上一眼望去，不算远也不算近，可当有灾难袭来之际，却让人手脚冰凉，仿若近在咫尺一般恐惧与毁灭灭顶而来，他们眼睁睁看着，连呼吸都快要停止了，然而也就是这么一瞬间，所有的一切他们就都看不见了。

黄沙，漫漫黄沙，飞舞狂卷的黄沙，呼入气管鼻孔里都是风沙的刺痛感，风声几乎撕裂他们，强大的风暴仿若魔鬼在吞噬生命一般席卷茫茫沙海，饕餮一般疯狂得恨不能吞掉范围内的一切！而人们站在原地，亲眼目睹了一场沙漠风暴的到来和离去！

冰冷的身体骤然回暖，一切都安静了，但他们到底是被波及了，满身风尘。这时，惊骇欲绝的人们才猛然回想起来，刚刚，那个拥有绝世容颜的男子说了什么？！

耳畔，似乎瞬间回荡起了他的声音，龙卷风，东南方，八百米，十个呼吸间，沙漠风暴！！

一切都那么的准确！如果说穆云诃不是魔鬼，能制造这一切，那么穆云诃就是先知，能预知这一切！！

人们显然是相信后者的！先知！这个世上哪里来的先知呢？那么，穆云诃是怎么知道的呢？

别说普通人惊疑不定地看着他，就连那群法老们世王和画圣都傻眼了！

在人们用各种奇异膜拜和惊恐的目光看着穆云诃的时候，穆云诃却冷傲地对诸葛画魂说道："本王本不愿意沾染世俗太多，但你诸葛世家若是敢来犯，相信本王，本王只会让你们，有来，无回！！"

轻到沙哑的声音里，却包含了浓浓的狠辣与自信，诉说着主人的说到做到。

法老们还在惊疑不定，穆云诃却裹紧了洛芷珩道："阿珩，我们终于可以离开这了。"

洛芷珩没有丝毫惊讶，仿若已经知道，又仿若什么也不懂。这一刻穆云诃是她的天，他说什么就是什么，无须多言，只需信任！

慕容纤雪从震惊中回过神来，看向穆云诃的眼中再也没有了以往的漫不经心和怜悯，而是多了一份敬重和敬畏。她确信，在穆云诃的身上一定有某种惊天秘密，只是穆云诃不屑暴露在人眼前，但这个秘密一旦被揭开，必定要天下哗然！而穆云诃一直隐瞒，只怕今天不是为了洛芷珩，他会隐瞒到死！

忽然觉得洛芷珩何其幸运，遇见了肯为她冒天下之大不韪的男子，穆云诃又何尝不是幸运至极，得到洛芷珩这样惊世潋滟的女子的呵护守护？

她上前想要搀扶洛芷珩一下，毕竟现在洛芷珩身负重伤，穆云诃也身体虚弱，但让慕容纤雪惊愕羡慕的是，他们二人竟然不约而同地一个躲避，一个收拢手臂，默契地躲开了她的帮助，还共同看向她，洛芷珩眉目苍白却温润如玉，穆云诃脸色苍白但冷傲中带着淡淡的暖，二人竟然是不约而同地对她道："不用，我们可以自己走。"

那一瞬间的默契天衣无缝，心有灵犀，仿若他们就该是天生的一对，夫妻一体。着实让人羡慕不已。

也许是太震惊了，所以当穆云诃和洛芷珩互相搀扶着要离开的时候，没人拦着，或者说，没人敢阻拦。因为穆云诃的话很准，让见过世面的人，想到了一种让他们心惊胆战的可能。

洛芷珩却忽然回头问世王："这场比赛是谁赢？"

世王已经被这高深莫测的夫妻二人震惊得不淡定了，他猛地看向宋夫人，目光逼迫，宋夫人连忙看向评委们，目光阴冷。评委们立刻异口同声："第三场比赛，洛芷珩胜！"

答案令人满意，世王含笑高声宣布道："天下第一才人大赛总冠军，洛芷珩！！"

大赛没有掌声，人们只觉得眼睛干涩，因为这一场决赛，洛芷珩胜得太惨烈了。谁都感动，可谁也欢呼不出来了。

洛芷珩终于松了口气道："那么我的奖励就都拜托世王帮我领取吧，我要大赛奖励的宝物。还请世王亲自将我要的奖励给我送来。"

反正奖励是世王的目的，她的目的是世王的血。她笑看穆云诃，这一瞬间她笑容安宁美好，身上从未有过的恬淡与宁静，是看到了生命希望的快乐！

这一刻，穆云诃眼眶湿润！

他湿润了眼眶，只因为他懂她，懂她的一切付出，全都是为了他！

他湿润了眼眶，只因为他知道，这个世上再也不会有一个女子会像她一般，为了他不顾一切！

他湿润了眼眶，只因为他明白，他的生命于洛芷珩而言，不仅仅是在乎责任和宿命，更是重要！因为是她看重的，所以她每一次孤注一掷的拼搏，都会有血有泪有缠绵！精彩并惨重！

邪魅阴鸷的目光终于在她这苍白的笑颜中无形破碎，一层层龟裂开来，绽放着穆云诃生命里最最妖娆盛开的昙花，盛开的也许是一瞬间就将死去的孤寂绝美，可这一刻，他的生命确确实实地为她绽放！！

他的语言和容颜，全部为了洛芷珩而盛开！

一把将手中的长刀扔给一旁侍立的奶娘，穆云诃甚至没有看一眼，便知道奶娘就在那里，然后他终于可以双手拥抱他的阿珩，眼角眉梢都是暖暖的令人眼眶发酸的苍白与绝艳，就那么暖暖地注视着她，也许情深不浅，但他却毫无所知："我注定无法如话本戏曲里的霸王那般抱你前行了，可我的肩膀一样可以为你遮风挡雨，做你依靠。可能羸弱，但只要你不嫌弃，我就绝不倒下！"

他仿若陈年老酒的醇厚嗓音，经历了鲜血和暴怒的洗礼，变得越发地醇厚甘冽，是瞬间成熟的酸涩，亦是男人最有魅力的乐章。

洛芷珩就那么红了眼眶，猛地将脸埋进他的胸膛，彼此依靠，耳畔中传来他缓慢的日渐冰冷的心跳，每一下都是随时停止跳动的危险，每一下都有诱人沉沦的吸引力。她点头不语，只因为她已经哽咽到喉咙干涩，仿若张口就有一口鲜血回应穆云诃。她怕，她不敢冒险，不敢再让穆云诃惊到怒到。

穆云诃就紧搂着她，不再言语，明明目光冷傲淡漠，偏偏嘴角是上扬的。他拥抱着她缓缓迈开步伐，细软的沙漠轻轻松松就能绊倒他们，他们一路前行磕磕绊绊，但彼此拥抱着就不会摔倒。

两个满身伤痕的人，拒绝别人的帮助怜悯，他们可以彼此搀扶，彼此做彼此的拐杖，彼此拥抱取暖，也许拥有彼此，就不再孤独，温暖才会更暖。

再没有人敢阻拦他们的步伐，强势的洛芷珩在这一刻柔弱得仿若风中摇曳的含羞草，安静地顺从穆云诃。传闻中病弱的小王爷，这一刻却仿若变身一般，变得阴霾强大到令人不敢轻易发声，生怕触怒他满身威严。

他目光再次没了温度，冷冷看着前方，四周的人皆不能进入他那双苍凉阴鸷的美丽眼眸，他气场强大，围绕着他们的诸葛世家的护卫们不敢靠前，不敢阻拦，他带着洛芷珩向前走一步，他们就连忙后退两步，一路如此。

全场十几万人静默地看着他们，有祝福，有羡慕，有惊叹，有惊艳，可是这一刻，也许这里面再也没有了嫉妒和仇恨。他们每一步走来都是踩着洛芷珩的血，踏着穆云诃的仇恨，一路走来，步步叫人惊心动魄。

“杀了他们！！”忽然，一把暴怒至极的嗓音在他们身后响起。诸葛画魂缓缓站起来，苍白的脸上充满了孤注一掷的决绝与狠辣。就算穆云诃说出了一场灾难的到来，但这也不能打消他要杀了穆云诃的决心！因为穆云诃不给他面子，彻底地激怒了他！

就算，他已经隐隐约约地猜到了穆云诃的另一个身份是什么，可是他仍然选择忽略，因为这是不可能的，那个地方，那里的人，怎么可能会在世俗之上？怎么会收一个世俗的人？而且这个人还是一个病秧子，还是一个尊贵的小王爷。一切都太不合逻辑了！所以他自欺欺人地告诉自己，不要紧的，杀了穆云诃，为画栾报仇，因为凭借他的能力，对抗一个穆王朝没问题！但前提是，穆云诃和那个地方没有任何关系，和那个身份没有任何关系！

“诸葛你疯了啊！”一直沉默的琴圣终于开口，却是暴怒不已！他想他已经知道穆云诃背后的神秘身份是什么了，他不自欺欺人，所以他旁观者清，能够准确地预言出那样一场转瞬即逝的灾难的人，普天之下只有一个地方一种人能做到这般神鬼莫测了！

而那个地方里的人，随便拿出来一个，都是这个世俗众人不可对抗的绝对存在！！！

穆云诃会是那个地方的人吗？他们不得而知，但他们不能冒险，因为穆云诃今天所展现的预言能力和他的自信气势，足以令所有人忌惮，望而却步！诸葛画魂在这种时刻竟然还敢对穆云诃下杀手，简直就是找死！

“你不要管！穆云诃今日如此猖狂放肆，将我诸葛画魂的脸放在哪里？诸葛画魂的脸面是让他穆云诃随意践踏的么？我已经允许他报仇了，但是他却得寸进尺，真的将我当做纸老虎了吗？今日不杀了穆云诃，我如何有脸面对天下人？”诸葛画魂怒声道。

“你放屁！你一个诸葛世家能对抗得了那个地方吗？你诸葛画魂在世俗之中

是强大的存在，但若你诸葛世家的命运就此改变，你觉得这个世上还会有诸葛世家这个名称吗？你什么时候是个为了颜面而放弃家族的人了？”琴圣怒不可遏，若不是因为诸葛世家是他心爱女子的娘家，是他的岳家，真当他愿意来趟这浑水吗？

诸葛画魂浑身一震，面色极其难看。而其他圣者老者乃至世王等人，也有惊骇之色慢慢爬上眼底。

他们都想到了，穆云诃预言灾难背后隐藏着什么，他们都是拥有不凡实力的人，但他们竟然还不如一个体弱多病的穆云诃的感知力，因为他们预测不了天机变幻！人家穆云诃却可以！

他们到底只是人类！但这个世上还有一种高深莫测的人类，最接近他们看不到的神明，是上天的宠儿，天神给了他们一种能力，一种叫人为之疯狂，为之恐惧，为之向往，为之膜拜的能力！

那就是预言的能力！

而拥有这种预言能力的人，他们甚至连提一下都要犹豫再三，不敢轻易叫出他们的称号。

可是这个种族的人向来高深莫测，深居简出，是比银月国还要更加神秘的地方。普天之下最最出名的就是那一位为战神耶律苍生逆天改命的大师，是那位大师冒着天谴的灾难，耗尽百年功力，孤注一掷地将全部希望给予了耶律苍生，让耶律苍生这个名字成为了一个传奇，成为了一个百年来的不朽传奇，成为了这个天下的拯救者！

拥有这样能力的人，谁敢得罪呢？百年之前，百年之后，没有人能够再见到那地方的人，甚至连听都听不到了！就好像一夜之间，那个拥有着令人最最敬仰的地方和人类消失不见了。随着天下战神耶律苍生最激烈的乾坤一战，骤然消失在了天地间！

从此以后，那个地方，那里的人再不曾出现，慢慢淡忘在了人们的眼中耳中思想中。可是他们却真实地存在过，并且参与了百年来沉淀的洪河与沧桑！

是那个地方的人，和耶律苍生共同创造了一个百年来无人能破的战神传奇！

凡是知道一点那个地方的人，这一刻看着穆云诃的目光，再也不敢有一丝一毫的放肆，再也不敢有一丁点的怠慢和亵渎。甚至，他们的目光里除了浓浓的惊骇，就是深深的敬畏！这一刻，就算是年纪苍老的法老们，就算是神秘身份的世王，也对穆云诃有了一种瞬间翻天覆地的目光改变！

他会和那个地方有关系吗？他真的懂得预言术吗？他究竟有着怎样不为人知的神秘？他还是那个世人讥讽的病入膏肓的小王爷吗？

“不！我不信！那个地方早就随着耶律苍生的消失而消失了，更何况，他们怎么会和穆云诃有关系？一个即将死去的人！他们能够逆天改命，若穆云诃与他们有关系，他们为何不给穆云诃逆天改命，让他好起来呢？”诸葛画魂忍住心里面的胆战心惊，大声咆哮道。

安静的赛场上，众人一片压抑的沉默，因为诸葛画魂的话让他们同样疑惑和迟疑起来。

难道，穆云诃真的是在虚张声势？难道刚才的那一幕会是巧合吗？自然不会是巧合！因为不可能有这么匪夷所思的巧合。穆云诃不是妖怪，更不是神魔，他就连走路都很吃力，他没有那个能够呼风唤雨的能力！

那么他，究竟是怎么回事？

穆云诃站住脚步，微微侧脸看向诸葛画魂，诡异之色在他迷人的眼眸里漩涡一般地旋转，他的黑色瞳仁里面仿若有一种沧桑的痕迹在流转，蔓延，让注视着他眼眸的人瞬间眩晕。

“你若真的想让诸葛世家因为你的愚蠢而一夕毁灭，本官可以成全你。本官从不轻易许诺，许诺必施！你此刻杀本官，本官便叫你死在本官之前。逆天改命么？本官姑且做不到，但本官可以叫你那可活一百零九岁的寿命，在此刻九十七岁之际立刻毙命！你，要不要尝试一下？”诡秘的，深沉的话语暗藏冷冽的利刃，一字一句，足以叫人碎尸万段！

他口称本官而非本王，他自信张扬杀机毕露，他张口断言他人寿命极限！可偏偏他每一句看似诡异不可信的话，却都……属实！

诸葛画魂的目光却在这一刻寸寸碎裂，看着穆云诃侧脸，听着他漫不经心的话的时候，整个人蓦然僵硬在原地，眼底浮现的是一圈圈浓烈的不可置信与惊骇！

众人看着他这个表情，便知道，穆云诃说的是对的，最起码穆云诃说的诸葛画魂的寿命年限是对的！因为四圣的生命年限早被批出来，何时寿终正寝他们彼此知道，所以其他三圣者与懂得察言观色的人们明白了，穆云诃并没有信口雌黄。

于是，震惊与恐惧迭起，在每一个知情人的心中掀起了滔天巨浪！

本官，除了那文武官员之外，天下会用本官自称的，便只有那列国秘史之中记载的百年之前的那个族类了。

占卜天宫！

占卜神官！

当这八个字在每一个人脑海中浮现的时候，别管他们多么位高权重，多么不可一世，他们均是被这八个字狠狠地震住了，那是一种无力感和惊慌失措，因为这一刻，他们终于承认并接受了一个事实，站在他们面前的男子，拥有一眼看穿他们寿命生辰的能力！在这个人面前，他们的一切都是透明的，还有什么能比一个能够左右和看透自己生死命运的人来得更加可怕呢？

诸葛画魂再也说不出来一个字了，因为他只觉得全身冰冷，血液逆流，这一刻，也许他就算对穆云诃屈膝下跪，恭敬匍匐，或许也无法消除神官的怒气了！也许，诸葛世家真的会因为他的一时之怒而眨眼间，灰飞烟灭！

穆云诃蕴涵着冷锐目光的眼角，轻蔑讥笑地扫了痴痴呆呆的诸葛画魂一下，便再无停留地带着洛芷珩继续前行。

面前，所有阻拦的人被他那强大的气场吓得面色惨白，手中的刀剑纷纷落地，仓惶退到两旁，匍匐在地，再不敢有丝毫不恭敬的举动。因为他们的主人都无力阻止了。

眼看着穆云诃洛芷珩越走越远，惊骇欲绝的人们才猛然回神。

慕容老将军惊叫的声音里似乎还有浓郁的寒气在颤：“我的个娘呀！这小子……小王爷这是深藏不露啊！老佟！你个老不死的，你们家怎么会出来一位神官？老不死的你竟然不上报咱们！”

也许是惊惧，也许是太过于震惊了。又或者有某种惊喜。佟老的脸色通红，被人扶着，第一次破裂了大儒的儒雅风范，暴喝怒声道：“滚你奶奶的！老子也不知道怎么回事啊，赶快跟上。让人保护好！你们别跟着我，快，快去，务必保护好小王爷！！”

“对对！快，赶快笔墨伺候，老子要写一千二百里加急给皇帝！”慕容老将军激动得连忙去追穆云诃，口里面甚至说出了心中的想法。

占卜神官是什么？往小了说叫算命的，往大了说能掌控一个国家的千百年兴衰！一个国家若是有一位占卜神官在，那么就算是一个最最末等的小国，占卜神官也可以让这个国家以最快的速度在最短的时间里疯狂崛起！或者说，占卜神官是每一个国家疯狂向往，却永远也求而不得的尊贵存在！

消失百年的占卜天宫再度有了消息，占卜神官的出现，势必要引起天下各国的轰动！甚至，慕容老将军已经可以预见，若是不能妥善处理，不能稳妥保护好穆云诃，那么一场血雨腥风，也绝对不会遥远了！

可是一想到有一位无价之宝般的占卜神官，竟然是穆王朝的小王爷，这会不会太爽太刺激了？！穆王朝本来就很强，保护住穆云诃不在话下，能让穆王朝更强，并且是因为穆云诃，这怎么能不让人振奋？！

世王此刻哪里还顾得上期待已久的百年金蟾珠？他也连忙跟了上去，可不能让穆云诃跑了，必须要想办法多跟穆云诃接触，世王的眼中是浓郁的兴趣和兴奋。他看着穆云诃与洛芷珩扶持着彼此走过，忽然就又站住了。

看着他们在漫漫黄沙之中缓慢前行，此刻都是那么脆弱的两个人，彼此依靠，彼此放弃却又彼此拯救，他们，是真爱吗？若是，为何他们从不说爱？若不是，为何他们又能为了彼此而这么不顾一切？

占卜神官，简直就是一块大肥肉，看见他的人都会瞬间变成饥饿的豺狼虎豹。占卜神官可以给穆云诃带来无上的荣光和尊贵，可穆云诃在可以拥有这么多光环和赞美崇拜的时候，却隐藏着自己，黯然失色，等待死亡。却偏偏在即将生命极限的时候，为了洛芷珩而亮出了这个身份。

难道他不知道，此刻在异国他乡这个危机四伏的地方亮出这个神秘的身份，也同样会给他引来灾祸吗？

不！穆云诃懂！他虽然在疾病中挣扎徘徊，但他什么都懂，他看尽了世间冷暖沧桑，他表面温润如玉，但他的心是冷的，冷到坚硬无比，冷到没有人能够窥探他的心，走进他的心。所以他隐藏着自己，在黑暗和病痛中孤独地等待死亡。

但洛芷珩出现了，就好像是一道光，一层层抽丝剥茧地把隐藏在黑暗里的他的心挖出来，再用她的热情和执着，一点点捂暖他的心，一次次奋不顾身，一次次暴怒维护，一次次携手共济，终于将穆云诃那颗冰冷的心给捂暖，给打开。

然后，那阴冷暴戾目光之后的维护，是穆云诃对洛芷珩的满腔狂热与回报。冰冷坚硬之下的心，却是这么的纯真与柔软。一下下即便是带着鲜血的疼痛，也努力地为洛芷珩而绽放着，打开着。

世王瞬间心有所触，似乎看见一幅最最干净唯美的爱情画卷，在这个肮脏、龌龊、贪婪、虚伪的世俗之中，本该不会存在，本来不能存在的爱情之花，就这样悄无声息地盛开在了熙熙攘攘的人群中，无声无息地散发着最最迷人的香气，真是美得叫人……痛彻心扉！

缓缓攥紧拳头，压制住心口那浓烈的窒闷感，世王一贯漫不经心的冷傲声音里多了一抹柔软，吩咐道：“火云！”

“明白！”火云夫人早已经原地待命，此刻立刻会意，一个闪身飞向了洛芷珩方向。

世王看着还僵硬在原地面色灰白的诸葛画魂，清冷的声音里带着一丝狠色：“诸葛画魂，既然这件事情神官插手了，那本王就不过问了，但你记住，从现在开始，诸葛世家对洛芷珩和穆云诃有一丝半点的伤害，就是与我琴银世为敌！”

在场所剩无几的大人物里就有琴圣，当他听到世王竟然用琴银世这三个字来

警告的时候，他就忍不住心惊肉跳起来，他知道世王用他的姓氏名字共同在一起的时候，便是真正动怒的时候，世王动怒，不会是一个没有结果的动怒。诸葛世家，真的完了。

“琴今朝，你还不跟本王走吗？在外面还没有潇洒快活够？”世王冷淡地扫了一眼琴圣，态度凌厉。

琴圣无奈地看了一眼诸葛画魂，一贯嚣张的他此刻却老老实实走到了世王身边，但却腰杆挺直，玩世不恭彻底从脸上消失不见了，是一种前所未有的正然之气：“世王就不能和老夫说话客气一点吗？怎么说我也是你半个老师。是长老。”

“哼，你有半点长老和老师的样子么？”世王鄙夷地冷哼一声，命令宋夫人将洛芷珩的战利品全部送回世王行宫中，带着人追着洛芷珩去了。

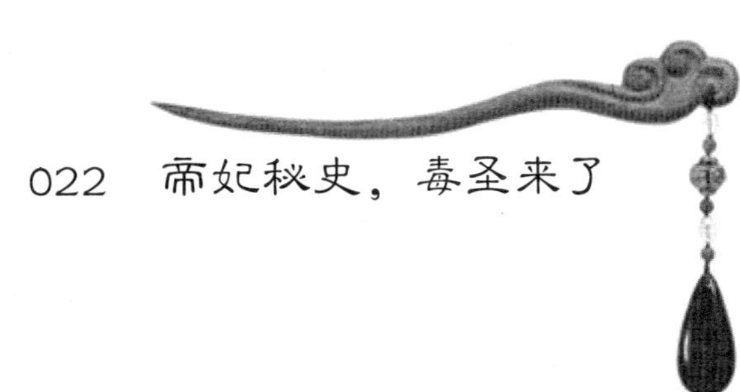

022 帝妃秘史，毒圣来了

世王行宫，气氛紧张。这里落座的每一位都位高权重，他们脸上表情凝重。最上首的位置坐着世王。他们就这样坐了半天一夜。此刻距离天下第一才人大赛已经过去了一天。

第二天的太阳依然升起，但第二天的洛芷珩却没有起床，没有生龙活虎地出现在众人眼前。甚至进去治疗的火云夫人在出来一次之后就一直没有出来过，所以他们除了知道洛芷珩性命无忧，左手臂可能永远残废之后，再也一无所知。

这里的每一个人都不敢乱动，不敢说话，甚至不愿意离开，他们在等待一个最后的结果。不论怎样，单单说洛芷珩这一次在大赛上的表现，便足以让他们非常关心了。甚至，他们喜欢这个足智多谋勇往直前的孩子。所以不希望洛芷珩会落下这样一个下场。但正是因为这样，他们在静默的时候，身体就有一种戾气浮现。因为这是一场完全可以避免的灾祸，但是突然从天而降，在座的每一个人都是自责的，尤其是世王。

世王此刻心里面的恼火简直无法言喻。他很清楚，若不是他逼着洛芷珩给他一个答案，洛芷珩不会那么决绝地给了自己一刀。就是这一刀，让世王对洛芷珩有一种全新的改观。他没想到洛芷珩会这么决绝利落，但他更没有想到比赛的最后竟然会有一道这样的题目！

世王的心情是复杂的。凭洛芷珩的能力，真的不至于落得一个如此惨烈的下场，若是洛芷珩全盛的状态下，诸葛画栾未必能将洛芷珩伤到这个份上。说到底，这次的事情确实是他有责任的。但是，那个背后出题之人，一样的可恶！

时间一分一秒的过去，压抑的气氛安静得几乎能听到每一个人的呼吸声，他们却不知道，此刻的外面已经沸沸扬扬，洛芷珩一战成名，名扬天下只是时间的问题，就是此刻，整个南朝，洛芷珩的名字已经流传到了大街小巷，而随之传开的，还有穆云诃的名字！

洛芷珩是天下第一的女才人，当之无愧。穆云诃是天下第一的美男子，实至名归！

仿若经历了那么多年的错误，终于正确出现了，一切都对了。男才女貌的时代里终于出现了反差，男貌女才，穆云诃高贵俊美，洛芷珩才华洋溢，他们，天生一对！

现在街上各种话题围绕洛芷珩展开，将她说得神乎其神，将穆云诃也夸奖得天上有地下无，这两个人在人们心中瞬间便成了金童玉女，天造地设，神仙眷侣。

世王行宫门前，有许多痴迷于洛芷珩才华的人慕名而来，他们知道洛芷珩受伤了，所以在门前守候，不敢声张。古往今来，名人效应实在不容小觑。

洛芷珩陷入昏迷中。穆云诃衣不解带地整日陪伴，每一次洛芷珩睡不安稳的时候，穆云诃都会在一旁温柔诱哄。

南朝皇帝今天请穆云诃进宫。

“本王不去！”房间里穆云诃清冷的声音幽幽传来。

房外的人精神一振，什么也没有穆云诃自己开口拒绝的好，法老们站在门前好像一尊尊年迈但厉害的雕像，威严霸气。

那太监的脸色就十分难看了，但是皇上再三吩咐过，无论如何不能让穆云诃不满意，也不能强迫他们。无奈，太监只有苦笑一声，立刻回去复命了。

当太监离开后，穆云诃将奶娘召唤进去，奶娘再出来的时候对几位说道：“小王爷说要立刻返回穆王朝，几位法老若要一起同行那边立刻准备去，若不然我们就先走了。”

法老们一听自然是和穆云诃一起离开，纷纷就要回去收拾东西，但世王却清冷地开口道：“阁下这是做什么？这么着急回去干什么呢？本王还没有兑现对洛芷珩的承诺，你就这么带着她走了，你不怕她醒来之后伤心吗？”

“你什么意思？”法老们站住脚，佟老不解地问道。

世王笑得舒缓但深邃，缓缓说着让法老们心头震骇的事情：“你们以为洛芷珩为什么会答应来参加天下第一才人大赛？你们认为她为什么这么拼死拼活，不要命地要拿下冠军？你们以为她是为了自己，还是为了给穆王朝争一口气？”

法老们被世王问得哑口无言，一个个正愣着，只听世王冷漠而又赞赏地道：“你们若以为她是为了自己，那你们就太小看洛芷珩的胸襟了。你们若以为她是为了穆王朝，就太将穆王朝高看了。在她洛芷珩的心里，恐怕穆小王爷才是关键，才是第一的。”

“你的意思是……洛芷珩参加天下大赛，是为了小王爷？！”佟老瞳孔紧缩，面容不是一般的惊骇和震撼。

这场比赛，过程多么的精彩绝伦，多么的惊心动魄。最后的惨重结局令人压抑得喘不过气来，可这一切他们原本只是认为这是洛芷珩在为自己争取好处。若一切不是他们想的那样，若一切是洛芷珩在为穆云诃而努力，那么，他们对洛芷珩的看法只怕还要跟着发生翻天覆地的变化。而这场比赛的意义，自然也就变得不一样了。

众人看世王，目光带着猜测和期待。世王不负众望地缓缓点头，那一瞬间，几个人的心里似乎瞬间被蒙上了一层沉痛的阴影，有点发酸，有些难过，更多的却是来不及舒缓就强烈碾压过去的感动和震惊。

“本王与洛芷珩之间的一个交易。她努力赢得比赛获得冠军得到奖品，本王会想办法来医治穆云诃，本王给洛芷珩的承诺是，将穆云诃身上的毒全都解了。”世王淡淡的声音，却说着一个惊天的秘密。

竟然真的是这样！！

洛芷珩为了穆云诃才来参加这个比赛，才会如此拼命，才会伤痕累累？！

几位年近百岁甚至过百的老人听到这话，都不禁一阵阵的心颤和震惊。几人互看一眼，自然都在彼此眼中看到了一种说不清的情绪，那是对洛芷珩竟然为穆云诃付出到这样一步的感激与赞赏。

但佟老立刻就回神了，脸色难看地问道：“什么叫将穆云诃身上的毒全都解了？全都，是多少？”

“目前看来是不少于十几种吧，但具体是多少，本王想火云也是无法准确判断的，因为这些毒都很诡异，普天之下只怕也只有毒圣能够诊断出来。但却只有本王有办法救治穆云诃。”世王这一刻倒是知无不言了，因为他要将穆云诃与洛芷珩暂时留下。

他一时半刻不能离开南朝，但穆云诃要走，他知道穆云诃恨自己，所以他的话穆云诃不会听的，就算现在告诉穆云诃他与洛芷珩之间是清白的，只怕穆云诃也

不会相信，反而会认为这只不过是他想要接近洛芷珩的借口。

世王一直知道穆云诃不在乎自己的生命，所以他要走世王知道自己拦不住，以前拦不住，现在穆云诃的神秘身份揭开，他就更拦不住了。所以只能让法老们知道这个世上只有他能救穆云诃，只有穆云诃留下来才有救。以前穆云诃只是穆王朝的小王爷，他们也许还不会太在乎，只会尽力，但现在的穆云诃对穆王朝，乃至对整个天下来说都是重中之重，万不能有一丁点的闪失，只怕法老们会想方设法将穆云诃留在这。

果然，几位法老们听到穆云诃身上竟然有那么多毒，一个个脸色难看地扭曲。穆云诃必定不会自己吓唬自己，这么多年他又深居简出地在王府后院里，能够伤害到他的人必定都是能够近他身的人。可是这么多年来穆王爷和王妃竟然没有抓住这个幕后黑手，让穆云诃一直沉浸在这种剧毒之中，实在是令人不寒而栗。

“你们不要胡思乱想了，这给小王爷下毒之人必定是个心思歹毒之人，御医们是根本无法诊断出来小王爷是中毒的，就连火云也是好不容易诊断出来的，而其中有几种毒药火云也只是差不多辨认，只是因为辨认出来了，所以很震惊，因为那些毒药都是很难得到的毒药。普通贵族都未必知道。”世王轻描淡写地再度抛出一个重磅炸弹！

佟老的脸色瞬间难看之极，儒雅的老人家此刻却不禁咬牙切齿地道：“普通贵族都不可以吗？那么就只有大贵族老贵族可以了！”

佟老显然是想到了李家，李侧妃！

穆云诃的存在一直是李侧妃的眼中钉肉中刺，李侧妃好多次都欲将穆云诃除之而后快。佟家不说不知道，但王妃一直不求救于佟家，就算求救了，佟家也不好插手王爷的后院之事。凡事要讲一个证据，他们没证据。

可能够毒害穆云诃，有理由并且非要除掉穆云诃的人，还有这样的能力的，除了是前朝皇族的李家，佟老实在是想不到别人了！于是佟老怒了！第一次火气大得恨不得立刻将李家给彻底覆灭！

“世王既然能够救小王爷，那还请世王竭力相助，穆王朝，就是我们几个老东西也不会忘记世王的大恩大德。”慕容老将军忽然郑重其事地说道。只要能救穆云诃，不论多大的代价都值得。因为慕容老将军太明白一个占卜神官对一个国家来说意味着什么。

意味着若有战争，占卜神官的存在也许可以让我方的士兵减少几万甚至几十万的损失。意味着若有灾难，占卜神官的存在也许可以让这个国家的百姓们提前做到防护，做到减少死亡的机率。意味着若有大劫，占卜神官的存在就可以让人避过劫难。

这样的人，国家怎么能不保护得稳稳当当，怎么能不想尽一切办法留住呢？现在要面临穆云诃的死，这对于他们来说可绝对不行。

世王并没有坐地起价，他并不屑于那样做："不用你们的感激，这是本王与洛芷珩的承诺。洛芷珩完成了她的承诺，本王自然也会完成对她的诺言。毒圣云游四海，本王早就派人积极寻找，就在刚刚已经传来消息，找到了毒圣，并且已经带他前来了，但路途遥远，毒圣那老毒物又脾气古怪，所以可能要等几日才能到来，刚好本王选中要立刻闭关练功，少则七天，多则一月，本王一定出来。这段期间毒圣会先帮小王爷调理身体和解毒，本王出关之后，会立刻亲手救治小王，所以诸位一定要说服小王爷留在这，耐心等候。"

法老们激动不已，穆云诃要是能多活几年，那简直是造福百姓的大好事，而世王找来了毒圣，他们就更有底气了，毕竟天下毒圣可是号称无毒不解的。

"只是世王也不是大夫，怎么会给小王爷解毒？为何解毒之前还要闭关？"棋圣心思缜密，奇怪问道。

世王并不想别人知道他的血能够解百毒，便换了种说法道："本王练就一种绝世武功，他的奇特之处就是能够解毒，但却需要一件绝世珍宝的辅助才可以炼成。炼成之后才能救治穆云诃，闭关自然就是为了最后的炼成。"

"若老夫所言不错的话，想必世王需要的这个东西就在这一次小王妃得到的冠军奖励之中？所以你们才有了那样一个交易？"佟老知道穆云诃有救了，也淡定了，缓缓说道。

"是这样。"世王点头。

"好，不管怎么样，世王能做到这一步言而有信，我们敬佩你。你只管放心闭关，我们会想尽办法留住小王爷，等待毒圣的到来和你的出关。希望那一天快点到来。"佟老抱拳说道。

世王交代完毕也放心了，一个闪身便消失不见。

几位法老此刻却忽然觉得肩上的担子重了。要说服穆云诃不难，但要说服占卜神官，他们似乎还有点不够格。几个人互看一眼，不由得纷纷将主意打到了洛芷珩身上。只怕现在能让穆云诃安心等在这的也只有洛芷珩了。

于是从这一刻开始，几个老头子想方设法地想要支开穆云诃，接近洛芷珩。可穆云诃却精明地发现了他们的诡异之处，不动声色看着他们，满眼寒光。

皇宫，贵妃寝宫内阁。

一阵断断续续的咳嗽声响起在床幔后面，有沉稳而快速的脚步传来，明黄的

身影一闪就掀开了床幔，坐在了床上。

“怎么咳得如此厉害？断肠没有给你请御医？”皇帝清冷中透着关切的声音。

“不……不用了。臣妾只是老毛病而已。皇上，臣妾只是觉得胸口发闷，那个孩子，我那么想念他啊，为什么他就是不肯来见我呢？已经几次了？臣妾已经记不清几次邀请了，但都被他拒绝了，您说，是不是洛芷珩在他面前说臣妾什么话了呢？”虚弱断续的声音响起，里面有明显压抑的哀伤和哭声。

皇帝的侧脸线条很柔和，温声道：“清雅不要乱想，你也知道洛芷珩现在身体不好，还在昏迷，小王爷自然要守护她，哪里舍得出来？再等几天吧，洛芷珩身体状况好一点的时候，咱们再让他们进宫，那个时候只怕他们也找不出什么理由再拒绝了，总不能就连离开了都不和你这个亲姐姐见一面吧？更何况，你外老祖宗也在，佟老是个明事理的人，会劝他们的。”

“是这样吗？”穆清雅飘忽的声音里带着不可置信和希冀，“我好想念他啊，他小时候我只见过一面，那么可爱聪明，会奶声奶气地叫我姐姐，我抱在怀里，觉得这个孩子就如同我自己的孩子一般，他和咱们的儿子只差一岁呢……”

穆清雅的声音忽然消失，偌大的宫殿之中瞬间一片死寂。偶尔有风吹来，吹动各种殷红的窗帘，都会让人有种凄婉惊悚之感。

皇帝嘴唇紧抿，好一会儿才声线艰涩地道：“还是放不下吗？瑞儿毕竟已经走了这么多年了。”

穆清雅忽然用一种悲伤至极，阴郁战抖的声音说道：“十四年！瑞儿四岁夭折，至今十四年了。皇上您能清楚地记得吗？只怕您国务繁忙，早已不记得了吧？可是臣妾记得，记得那么清楚，就算经过了十四年的光阴流逝，就算经历了十四年的痛苦煎熬，臣妾依然清楚地记得那一天的每一幕。臣妾依然记得瑞儿死的时候，脸上浓浓的惊恐之色，还有那双像您的眼睛大大地睁着，小脸青紫的样子！臣妾忘不了，那是臣妾一生的梦魇啊。”

皇帝如遭雷击！

猛地将她抱进怀里，却再也找不到当年怀里那温婉可爱的善良女子，有的，只是冰冷，和绝望！

“清雅，只要你养好身体，咱们还会有孩子的。”这话，无异于是自欺欺人，但皇帝还是说出口了。一日夫妻百日恩，千年修得共枕眠。他们之间的情意不是一个十四年的跨度，也不是一个他们丧失了儿子的绝境，而是将近二十年的夫妻情。也许最开始无关情爱，只是年少无知的意气用事。但到现在什么都无济于事，唯有继续往前走，因为回头看的时候，太痛了。

“皇上何必自欺欺人呢？若能有，咱们早就有了。当年生瑞儿，臣妾便是九死一生，好不容易捡回来了一条命，却得到了一个终生无法再生育的结果，可是皇上，臣妾那个时候不怨，真的不怨。因为臣妾今生有您，有瑞儿，就够了。臣妾谨守着两个我这辈子最爱的男人，便足矣。只是为什么，为什么老天要将我唯一的骨肉收走？他才四岁，还是一个什么也不懂的孩子，就那样死在我的怀里，您知道我有多痛吗？”

“朕明白，朕都懂。所以清雅更要坚强，为了瑞儿好好活着，他是个懂事乖巧的孩子，他一定也希望他的母妃能够活得快乐幸福。那一切都是个意外，你不是说已经放下了吗？那我们就放下过去好不好？”皇帝低沉的声音里有种艰涩的沙哑，不知道是在安慰穆清雅，还是在安慰他自己。

“意外吗？是啊，那是个意外，是个意外啊……”穆清雅依偎在皇帝怀中的侧脸，僵硬，孤独，凄美，阴霾！呢喃着垂下眼帘，她陷入了久久的沉默。

在岁月里孤独舔舐伤口的人，永远不会懂得日光的温暖，于是渐渐阴霾，被黑暗所吞噬，再也走不出阴暗的冷酷世界。她表面在笑，可心在淌血，有谁知道呢？

“皇上，臣妾……想念母亲了。”半晌，穆清雅才缓缓说道，叫了一声她阔别已久的母亲。只是这声母亲叫得她眼睛干涩得一点泪水也流不出来，叫得那么生硬与飘忽，仿若挤压在唇齿间的一个称谓，能轻易要了她的命。

皇帝身体一僵，自从瑞儿过世之后，已经有多久没有听到穆清雅说母亲了？曾经，母亲这个人是穆清雅年少时候心目中最完美温柔的慈母，穆清雅爱她母亲，胜过爱他这个丈夫。但穆清雅的爱与恨，一样激烈！

就算她从不说，但皇帝却敏感地察觉得到，穆清雅的生命之中，似乎一夕之间就消失了母亲的存在。从她从穆王朝探亲回来，带回来的不仅仅是瑞儿的夭折和尸体，还有彻底沉埋的过去与哀伤。

自然，还带回来了一个断肠！

“好，朕即刻命人安排，接你母亲来南朝。”皇帝阴沉地道。有些事情，不是他不怀疑，只是穆清雅只字不提，他便不能擅自插手，因为这是他对穆清雅的回报。于是即使答案就在遥远的穆王朝，他也触手可及的情况下，他依然选择不闻不问。

“让断肠去接吧，毕竟他是从那里来的。”穆清雅将皇帝抱得更紧了，似乎只有这样她才能不害怕，不孤独。可是只有她自己知道，只有这样，她才能不让皇

帝发现她眼中的恨意。

皇帝眼底闪过一抹阴霾。断肠，那个吸血鬼一样的太监的名字，在瑞儿死去的时候跟随穆清雅来南朝，从此便出现在穆清雅的世界里，逗留了十四年，似乎还要相伴一辈子，若不是亲眼确定断肠是个太监，皇帝都会认为断肠接近穆清雅目的不纯。

“你喜欢就让他去吧。”皇帝淡漠地道，而后吩咐，“断肠进来。”

纳兰代百便推门而入，他态度恭敬地跪在地上，苍白的脸有着比死人还要可怕的色泽，可偏偏嘴唇殷红如血：“奴才在。”

“你去穆王朝接贵妃娘娘的母亲来南朝，记住，速度越快越好，就说贵妃娘娘想念她了。”皇帝清冷犀利的目光落在纳兰代百的身上，仿若刀子。

纳兰代百猛地抬头看了穆清雅一眼，而后快速垂下，掩藏掉了眼底最后一丝惊愕。恭敬地道：“奴才遵命。”

时间转眼就过去了半个月之久，整整十五天，就在人们各异的情绪中焦躁的走过。

皇帝的各种赏赐仿若流水一般进入世王行宫，以各种名义，赏赐给穆云诃与洛芷珩的均有，自然其中也有贵妃娘娘赏赐下来的。但他们却没有再轻易地开口让穆云诃洛芷珩进宫了。

穆云诃还是留在了南朝，原因很简单，佟老轻飘飘和他说了一句话：“洛芷珩现在这样根本不适合移动，小王爷就能保证在中途，洛芷珩不会发生什么意外？那条手臂若真的因为路途颠簸而出现意外，您就不难过遗憾？”

就是这样一句话，让穆云诃放下一切重担，心甘情愿留下来等待洛芷珩伤势好转。

而洛芷珩醒来之后自然也不急着走，她势必要等世王和毒圣来给穆云诃解毒的。对于撒娇玩赖，穆云诃哪里是洛芷珩的对手，更何况穆云诃现在把洛芷珩当眼珠子，磕着碰着一丁点他都要心疼自责好久，怎么忍心看她不开心？于是宁愿屈辱，也笑着留下。

这半个月南朝疯了一般流行起来了一种歌舞，用述说低吟的方式来舞蹈，受人追捧的程度简直令人惊叹。而另一种流行无疑就是作画，一种惊世骇俗的作画方法，画出来的人物简直有了开天辟地的进步。

但，人们只是看见了一点洛芷珩才华的皮毛，哪里算得上精通，歌舞和作画就变成了不伦不类，反而将洛芷珩的身价追捧得更高，现在洛芷珩这个名字就值钱，洛芷珩的画作更是有价无市，一画难求的地步。文豪贵族们，追求风花雪月附庸风雅的才子才女们，一个个都伸长了脖子等着洛芷珩呢，无形之中形成了一种排号等待洛芷珩墨宝的形势。

这半个月来南朝比以往更热闹了，也比以往更危机四伏，暗藏玄机。南朝陆陆续续来了各国的商人与游人，每一个人似乎都很平常，但每一个人在南朝皇帝和法老们的密切监视下都是有目的而来。

无外乎是为了穆云诃而来！

就算想要保守住信息，但占卜神官这个大秘密还是泄露了。毕竟场上十几万的人，出来风言风语的半个月时间能够传遍很多地方，有见识的人自然便能猜测到什么，也自然不会错过这个传说中的存在。于是无形之中又开创了南朝开国以来另一种盛会的局面，真是天下英雄豪杰大聚集。

表面喧嚷热闹之下，却波涛汹涌。

穆云诃知道，洛芷珩也知道，但他们两个现在正在养伤阶段，别的与他们完全无关。两个人在经历了一系列事情洗礼之后，都很享受这难得的安逸与清净。

火云夫人医术着实不错，将洛芷珩治得很好，现在洛芷珩拿些轻巧的东西都没问题，肩胛上的伤口也愈合得很好，火云夫人说一个月痊愈，洛芷珩看再过个五六天就能好得差不多了。

穆云诃的身体也在洛芷珩的强迫下，在火云夫人的调理中得到了一些改善，但始终没有太大的起色。法老们看似每日都笑呵呵的，洛芷珩也每天和穆云诃腻歪在一起，但每一个人笑容下面都是焦躁。

因为毒圣竟然还没到来。世王没出关，洛芷珩不着急，毕竟世王给了一个期限，最晚一个月他一定出来。可是毒圣呢？世人都说这老家伙可是个脾气古怪得要死的老毒物，有的人还说碰到这老家伙可能不说话只看他一眼也会死，被毒死。很少有人能够支配得了他，为什么世王却可以？随着时间一天一天过去仍不见毒圣踪影，洛芷珩有时候甚至会想，是不是世王在欺骗她啊？

“干什么又皱眉头？哪里不舒服？”身体忽然被人从后面圈住，修长的手臂没有什么肌肉但却让洛芷珩感觉很安心有力。是熟悉的味道和清冽的声音。

洛芷珩眼睛一眨，所有坏情绪统统消失不见，她扭扭身子道：“后背伤口有点痒痒，你给我抓抓。”

“不行，你现在伤口正在结痂，抓坏了会落疤痕的。忍一忍。”清冷的声音，有穆云诃特有的冷傲在其中，却又带着千丝万缕的暖意。

洛芷珩嘟嘴瞪眼，扭头看他：“我痒痒，你给不给我抓！”

穆云诃清冷的眸子里闪过星光般破碎的笑意，迷人至极。看着她这么生龙活虎的样子，穆云诃才能感觉到她的真实存在，不再是那样冰冷战抖着的身体，不再是那样满身鲜血刺眼。

面色红润，目光明亮，气势惊人，伶牙俐齿。他的阿珩，可算回来了！

忍不住捧住她滑腻的脸蛋，在她饱满粉嫩的唇瓣上重重一吻，带着迫切，带着缠绵，带着心有余悸的惊颤与满腔怜惜和欢喜，他复杂的情绪在这个火热却不深入的吻中完全显露，凌乱得气息不稳，却又有种缠绵悱恻的细腻。

洛芷珩就被他偶尔的霸道给迷住了，清亮的眸子一下子就朦胧起来，脸蛋渐渐红晕，被他吻乱了呼吸，手臂不由自主地攀上他的肩膀，缓缓加深这个亲吻。

穆云诃并不着急的样子，逗弄着她，轻尝浅吻般的偶尔重重地吻住，恨不能停止了她的呼吸，让她只能如缺氧的鱼儿一般专心唯一地依靠他传递给她养料。可偶尔他却浅浅地离开她的唇瓣，轻轻啄吻着她，在她不由自主想要的时候还不给她。

穆云诃无疑是变了。变得更复杂难懂，变得更深邃迷人，也变得更加懂得控制和霸道了。洛芷珩在他手中，是逃不出他掌控的鱼，畅游在他这汪池水之中便可以无忧无虑地存活，想离开他，死都别想。

“唔。”她终于不满地睁开眼哼哼唧唧地瞪他，满眼雾水一般朦胧，娇俏可爱。

穆云诃便忍不住将吻落在她漂亮的眼睛上，温热的唇舌细碎地落在她的眼睛上，原来里面的雾水是甜的。他忍不住轻笑，低低浅浅的笑声与胸腔发生共鸣，低沉悦耳。

“笑什么？”洛芷珩终于发现他的漫不经心和眼底的戏谑，红着脸咬着牙，故作凶神恶煞地怒道。

“这么喜欢我亲你吗？原来阿珩是小色女的传闻是真的。”穆云诃笑着戏谑她，很有先见之明地率先抓住了她的手臂，让她一会儿不能反抗。

洛芷珩却忽然哇哇大叫起来：“疼！疼啊，疼死我啦！”

就这几个字，穆云诃的脸唰地一下苍白起来，连忙拿开手，小心拥抱着她，冷冽的声音紧张道：“碰疼了？那你还敢闹腾！要不要叫火云夫人来？”

“你是训斥我呢还是心疼我啊？”洛芷珩眼泪汪汪地看着穆云诃，可怜兮兮地问道。可是眼底那浮现的狡黠笑意却那么明显。

穆云诃一看就知道自己上当了，捏着她的脸蛋，颇有些冷傲地绝情道：“没看出来吗？本王这是嫌弃你，嫌弃死你了。心疼？你等下辈子吧。”

洛芷珩连忙大声呼痛起来，大有满床打滚的趋势，边滚边干嚎道：“疼死我了，穆云诃嫌弃我啊，小白眼狼啊，竟然要抛弃糟糠啦，我不要活了。”

她将一个泼妇哭闹的样子表现得惟妙惟肖，扯开喉咙大喊大哭，还用右手猛拍床板。她表演得这么生动完全是因为她的土匪二嫂，一和二哥吵架，二嫂指定就这样哭，把所有人都哭得前来看热闹，然后二哥受不了了，就会怒骂二嫂，以彰显他的男子汉气概。但是二嫂会更加大声地哭嚎，要死要活，要抱着孩子去跳井，二哥每一次都会被吓得连忙抱着老婆回屋里连哄带骗。

穆云诃看着这样的洛芷珩觉得新鲜有趣，一个女孩子怎么能哭成这个德行？简直是……有失体统。

可是放在洛芷珩身上吧，穆云诃就着魔了似的觉得，阿珩怎么样都好看。

洛芷珩干嚎了一会儿，也不见穆云诃跟二哥似的来哄她，她悄悄睁开一只眼睛看他，见他竟然好整以暇地似笑非笑地看她，她也不脸红，也没有被揭穿的窘迫感，反而沉思起来。难道是她哭得还不够大声？没有将别人招来？所以穆云诃不会像二哥一样害怕？

穆云诃这段时间变了好多，尤其让她觉得有点抓不住的感觉。有的时候她都是在穆云诃的引导下来思考的，这可不好，她堂堂女土匪怎么能败在一个小白兔手中？主导权得找回来，必须拿下穆云诃，找回以前那单纯可爱的小诃诃。

洛芷珩打定主意，便扯着脖子狼嚎一声：“啊！我不活了！我要抱着孩子去跳井啊！”

门骤然被人推开了，冲进来的人本来就紧张，一听抱着孩子去跳井，更是吓得一个踉跄，差点被门槛绊倒。

慕容纤雪稳住身体，抬头，看着那两个脸色红晕相拥在床上的一对璧人，她一点不害羞，反而奇怪地问道：“洛芷珩你要抱着谁的孩子去跳井？”

洛芷珩一下子就停住了干嚎，被慕容纤雪的质问给问得咳嗽起来。她一下子将脸埋进了穆云诃的怀里，丢死人了，怎么忘记自己没孩子，怎么能把二嫂的这句台词拿出来说？

感觉到脸颊紧贴的胸膛在震动，有充满磁性的笑声在头顶响起，洛芷珩轻捶了穆云诃一下。幸灾乐祸很快乐吗？我丢人你脸上是有多好看？

“你们两个到底在干什么？又哭又闹的。”慕容纤雪好奇地问道。

“没什么，就是……阿珩怕本王将她这个‘糟糠之妻’给抛弃了，在这和本王闹呢。”穆云诃言辞里透着一股疏离与清冷，可嘴角是扬起的，垂下的目光里只有洛芷珩配拥有的温柔呵护。

“糟糠？洛芷珩你果然是花痴，词义解释都葬送在美男子的容颜下了吧？糟

糠你也敢往自己身上用，简直有毛病，懒得理你。”慕容纤雪叉腰鄙夷地说完，扭头走人，似乎有洛芷珩这样的朋友太丢脸。

穆云诃浅浅的笑，惹来洛芷珩牙痒痒的目光。

“都是你害的。”她恨恨地说，心里面却泪流满面地想，为什么二嫂一说糟糠之妻，就能得到别人的同情怜悯和帮助啊？怎么她说就被慕容纤雪狠狠地鄙视？是她人品不好，还是她交友不慎？

“我害你什么了？是你自己说的！还有，本王也想知道，你准备抱着谁的孩子去跳井？”穆云诃眯眼，眼底有戏谑，有清亮。

“反正我自己没有，抢个孩子随便跳个井呗。”洛芷珩没心情演戏了。

穆云诃沉默了一瞬间，然后大手轻轻落在她的小腹上，唇瓣贴在她耳畔上柔声问她，有种诱惑的气息：“阿珩，若是生孩子的话，是不是孩子在这里？”

洛芷珩身体骤然一僵，她猛地看向穆云诃，眼底闪过一丝羞涩，但更多的却是恐惧与抗拒。

有些问题不拿出来说不代表不存在。洛芷珩一心想要穆云诃好起来，从最开始为了保命，到后来的心疼穆云诃，想为他做点什么，再到现在的一心就是希望穆云诃好。这是一个过程，缓慢而痛苦地经历了众多的磨合，才走到今天。

但她也知道，她的心里一直有一个信念，那就是离开王府，走出宿命，获得自由。

她想要新生，她想要潇洒地活着。她是天空的鹰，本该翱翔在天际，受不了半点束缚，更不喜欢勾心斗角的后院生活。她想过，穆云诃如果就这样死了，她还有希望，可以等着夏北松来带她离开，或者自己想办法离开。但后来这个想法慢慢地就被穆云诃强大而霸道的存在淹没了。

但，如今想来，她还想离开王府吗？

答案是，是的！

可她却再也舍不得离开穆云诃了。

她不是个傻子，她虽然不如穆云诃那样对感情迟钝，但她总归是看见过人间情爱是什么样的，她和穆云诃现在的感觉就很怪异，她越来越依赖穆云诃，越来越在乎他，甚至她会在偶尔想到就要离开穆云诃而恐惧难过。

穆云诃看着她的目光里浓浓的占有欲她感觉得到，他的霸道他的狠戾他的残酷他的温柔，一切，都只属于她洛芷珩。这一点洛芷珩清清楚楚地看见了，穆云诃也从不遮掩隐藏。于是，她就在这样特别而又独特的穆云诃的感情中，陷进去了吗？

胸臆间似乎有种疼痛在流淌，在她已经结痂的伤口上转了一圈，她便觉得全身疼痛，再也没有一点的力气，脸色惨白。

“怎么了阿珩？我说孩子，吓到你了？”微凉的大手落在她泛着细汗的脸上，温柔地摩挲，就连清冷的声音里都有一种细碎的疼痛，他是心疼她的，不言而喻。

洛芷珩顺着他的手臂进入他的怀里，触及的是她习惯的温度和气息，这才蓦然惊觉，什么时候开始，她竟然习惯了他的存在。

只是孩子，他们之间，能有一个孩子吗？两个错误开始，注定要分道扬镳的人，去哪里找一块多余的空白，来彩绘上一个注定不会存在的孩子？！

“害怕吗？就当本王没说过，本王有阿珩就够了。”收紧的怀抱渐渐令人窒息，穆云诃却仿若毫无察觉，只是渐渐冷沉下来的声音与称呼，冰冷了洛芷珩的心。

一直知道穆云诃是敏感的，是感情纤细的。她只是沉默，便让他敏感地察觉到了关键，这是她的幸，还是不幸？又或者，是他们两个的不幸？

“没有，我没有害怕。只是有点累了。”洛芷珩回答不出来其他，低哑的嗓音里有种破碎的惆怅。

曾经的自信满满，为何却换来了今日的彷徨不断？

穆云诃阴霾的目光似乎亮了一下，阴沉的嘴角缓缓露出性感的弧度，声线骤暖似甜：“嗯，那阿珩有没有想过，我们未来也会有一个孩子？你会期待吗？”

虽然他的身体不好，但是要一个孩子的话，应该可以吧？如果这样，等他离开人世那一天，留给阿珩一个孩子，那么这一辈子也证明他确实存在过，也给阿珩留下一些有关于他的记忆和痕迹，证明他们，遇见过。

会期待吗？洛芷珩不知道，她现在甚至不知道她和穆云诃之间算什么。一段错误的婚姻，早已被注定了的结局，本来很明白的，但洛芷珩却渐渐迷失在了穆云诃这个男人的温柔之中。

她矛盾得不知所措，一面为早晚有一天离开穆云诃而难过，一面又那么地渴望自由。而她却也在朝夕相处中，渐渐忘记了有一天她注定是要离开的。忘记了她和穆云诃没有未来，忘记了她一直坚持着的期盼。

心情有说不出来的沉重，她静静窝在穆云诃怀里，仿若睡着。

穆云诃也没有再问什么，两个人就这样拥抱着，仿若陷入沉睡，却又都清醒着，各怀心事。

夜幕降临，安静的房门外忽然传来了急促的脚步声，奶娘在门外压抑着惊喜地说道：“小王爷，大小姐，世王派出去的人回来了，毒圣来了！”

那一刻，洛芷珩几乎是从穆云诃怀里弹出来的！她迷茫的眼睛骤然清亮一片，放下了一切的纷乱思绪，脸上是掩藏不了的狂喜。

“穆云诃你听见了吗？毒圣来了！真的来了！快点，快起来，我们去见他！”洛芷珩气息不稳地抓着他的手臂大声说道。

穆云诃的表情却多了一抹阴沉。

毒圣来了，他却并不开心。接受毒圣的治疗，不就等于是在接受世王的帮助吗？而他，完全不想要和世王扯上任何关系，如果可以，他恨不得立刻杀了世王。但刺杀一次失败，穆云诃就不会轻举妄动再来第二次。世王于他而言，是耻辱，是痛苦，是他这辈子最大的愤恨！因为世王曾经狠狠地伤害了洛芷珩。

“明天再说，乖，来睡觉。”阴沉的声音里透着一种不可抗拒，但也带着一丝不易察觉的脆弱和暴戾。

洛芷珩看着那不见一点喜悦的脸，下意识地蹙眉道：“怎么啦？毒圣来了，终于可以为你解毒了，你怎么一点不积极？”

穆云诃闭上眼睛，才能将自己即将浮现的暴戾情绪给压下去，他冷漠地道：“明天再说，本王现在累了。你要不出去，要不过来躺好，别废话。”

洛芷珩被狠狠地噎住了。简直是莫名其妙，这个男人怎么可以别扭成这个样子？说翻脸就翻脸，还一点前兆都没有。洛芷珩也是有脾气的，再说她本就着急给穆云诃治病，于是真的就下床穿鞋往外走。

穆云诃猛地睁开眼睛，目光如利刃一般地射向洛芷珩的背影，咬牙切齿地道：“你要去哪里？”

洛芷珩回头哼哼道：“你不是让我出去吗？我现在就出去，如你心意了吧！”她说完就冲了出去，迫不及待见毒圣去了。

穆云诃胸口起伏激烈，脸色有些发白，努力快速呼吸，才将胸口即将喷薄而出的怒火压下去。

“死丫头，怎么不见你听我别的话！”冷冷开口，是薄怒与无奈的宠爱。

洛芷珩见到她“朝思暮想”期待已久的毒圣的那一刻，差一点嚎啕大哭。

完全是被吓的！

眼前正蹲在地上毫无形象地啃着一块肉骨头的老头，花白的头发乱糟糟的，上面几乎黏成一团，一张脸也黑乎乎的完全看不出来样子，身上衣服也破破烂烂的，还塞满了各种各样奇怪的盒子和葫芦。

完全看不出来什么道骨仙风的样子，本来以为毒圣是个高深莫测孤傲难搞的人呢，但是扫视整个大厅，除了一脸呆滞的法老丫鬟们，就这个老头是新面孔了。

洛芷珩的心猛地往下沉了一下。这该不会就是毒圣吧？她看看其他人，他们一样满脸震惊。佟老告诉她，这个人就是毒圣，但他却拒绝给穆云诃解毒，一来就开始吃东西，很排斥别人。谁说也不听。

洛芷珩回神。不给解毒还来干吗？既然来了不给解毒就别想走。谁说也不听吗？

她大胆地走到老头面前蹲下，钻入鼻孔的就是一阵刺鼻的味道，洛芷珩肯定那不是馊吧味，但却比馊吧味更难闻，她差点没被熏倒。

“丫头快回来！”慕容老将军被洛芷珩的大胆举动吓了一跳，连忙喊道。其他人更是纷纷色变。

原来他们竟然都距离老头很远，似乎不敢靠近，但不靠近不是因为嫌弃他脏，而是因为传说中的毒圣，性格阴晴不定，只要他想，一个眼神都能让人立刻中毒。洛芷珩这个举动和位置都太危险了。法老们胆战心惊地想要将她拉回来，但已经晚了。

洛芷珩不敢表露分毫不满，而是轻快地打招呼：“您好？”

少女轻快的声音还是让老头诧异了一下，他啃肉骨头的动作一顿，缓慢抬头看向洛芷珩，但也就是这一眼，老头蒙了一般紧紧地盯着她，狠狠地用油花花的老手揉揉眼睛，好像见鬼了一般地指着她的脸惊呼道：“我见过你！”

他一开口竟然是一口浓浓的西域味道，别扭的口音一听就是外邦人。而他的话，更是让所有人震惊了。

洛芷珩吓了一跳，这老家伙一抬头还真是吓死人不要命，完全看不出来长相的一张脸啊。

“您老在哪里见过我啊？”洛芷珩笑眯眯地说道，不是说这老家伙脾气古怪吗？那她要好好套近乎了，说不定能让老家伙喜欢她，从而好好给穆云诃治病呢。

老头似乎陷入了回忆里出不来，好半晌才忽然暴怒道：“人家有点想不起来了，但我一定见过你！你和琴银世那王八有什么关系？”

老东西你要不要这么语不惊人死不休啊？！

一句“人家”娇嗲得让洛芷珩差点没吐血，一句想不起来也让人哭笑不得，但重头戏是那句王八蛋，很有料啊有没有？这老家伙疯疯癫癫胆子可不小。竟然敢直呼世王名讳，还敢叫世王王八蛋……老头，你有种。

“关系就是我们两个做了一笔交易，我帮他做一件事情，他帮我做一件，他要做的就是找毒圣来，请他为我丈夫治病。老人家，您是毒圣吗？”洛芷珩循循善

诱道。

老头忽然冷笑道："老子是毒圣，但老子只毒死人不救人。你被琴银世那王八蛋骗了。对了，你丈夫是不是长得很漂亮？那你可要藏好了，琴银世这王八蛋专门爱抢人家丈夫，好好的家庭都被他给拆散了，琴银世不得好死啊！"

洛芷珩忽然觉得头很大。她抚额，果然是脾气古怪不是吗？世王该不会是看上这老家伙，把人家夫妻俩给硬生生地拆散了吧？不然毒圣怎么那么恨世王？

"那毒圣你会解毒吗？我丈夫需要解毒。"洛芷珩退而求其次，有点小心地问。

毒圣怒声道："你敢瞧不起我毒圣？老子能解天下所有的毒，但就是不给你丈夫解，和琴银世在一起的人都不是好东西。"

洛芷珩强忍住挥刀砍人的冲动，努力笑道："我们和世王没什么关系的，只是我丈夫的毒许多人都看不出来……"洛芷珩忽然顿住，因为她发现毒圣竟然很情绪化，激动地看着她，一脸不服的样子，洛芷珩心中一动，话锋一变，张扬起来："是啊，世王那个……混蛋，竟然敢欺骗我！我真不该相信他的话啊，他明明答应我找来毒圣给我丈夫解毒的，结果招来一个老疯子，还是个什么都不会只会吹牛的老疯子，世王这个大骗子，我一定要找他算账，我才不会将我丈夫交给一个狗屁不通的老疯子来掌管呢！"

她忽然变了态度，如此嚣张跋扈又大胆，惊到了法老们，佟老甚至压抑地低喝道："洛芷珩，你疯了？"

在他们眼中，这一刻的洛芷珩无异于是在将穆云诃的退路斩断，得罪了世王毒圣，穆云诃就彻底完了！

然而令人们震惊的是，毒圣听了洛芷珩的话不仅没生气反而大笑起来："对对对，琴银世就是个表里不一的人面兽心的禽兽！他就是个大骗子！欺骗感情玩弄感情，就是个人渣！找琴银世算账，揍死这个混蛋！"

洛芷珩站起来，居高临下地轻蔑地看着毒圣，也不开口，只是目光冷嘲。

她的目光刺激了毒圣，也让他想起来了洛芷珩刚才话里还有话，他面色一变，猛地站起来激烈地怒道："死丫头你竟然敢瞧不起我？我才不是老疯子，我也没有吹牛！我会解毒，什么毒都不能难倒我！但我就是不给你丈夫解毒，你别想激怒我。"

也不傻嘛，还知道激怒。洛芷珩轻蔑地笑："有本事你给我丈夫解个毒让我看看啊？你有能耐将我丈夫身上十几种毒都解了啊？没本事就别在这吹牛，谁相信呢？"

“十几种毒？那不可能！一个人身上怎么可能有那么多毒？有也早死了。我不上当！”毒圣老小孩似的冷哼一声，但目光里却闪烁着好奇。

洛芷珩压下心中跳动的希望之火，脸上越发地轻蔑讥嘲：“你懂什么？十几种毒就死么？我丈夫背负着这十几种毒活了十几年了，就连王朝最好的御医都束手无策，火云夫人也没有办法，看来天下只有那个未曾谋面的神秘神医才能医治我丈夫了，其他人，都是废物！”

毒圣好像瞬间被点了火的炮仗一般，猛地跳了起来，愤怒地吼道：“神医？狗屁神医！不过是我的手下败将罢了，现在都不知道躲在哪个犄角旮旯哭呢。哼，你别将我和那群上不得台面的手下败将相提并论，也不准你说我是废物！我就让你看看，什么叫做毒之圣手。带我去见你丈夫。”

洛芷珩反而懒洋洋地道：“不必了，我才不会让我丈夫见一个疯疯癫癫，又邋里邋遢的老废物的。等世王出来我会让他给我一个说法，他欺骗了我，找了一个老疯子来对付我，不能给我丈夫解毒，我不会放过他的。”

“你放屁啊！老子是毒圣，没有解不开的毒。赶快带我去见那个毒人。我非让你看看什么叫做化腐朽为神奇。”毒圣怒不可遏，围着洛芷珩直蹦达，急得抓耳挠腮的，恨不得立刻展现自己出神入化的解毒技能。

奈何洛芷珩用很不信任，很抵触，很嘲笑的目光看他，刺激得毒圣一脸通红，似乎下了很大的决心，很痛苦很憋屈地大声说道：“你不相信我？好，我发誓，我要是不能给你丈夫解毒，我就嫁给世王！”

此言一出，全场寂静！

嫁给……世王！！

一个男人竟然说嫁？！但这不诡异，毕竟世王是喜欢男人不假。但最诡异的是这老头是不是太自我感觉良好了？你一个死埋汰死埋汰的老家伙，凭什么有那个自信和勇气和世王的爱妃美妾们争宠啊？世王眼瞎才会要你……

三位法老默默地，默默地撇下嘴角低下头去，用力让自己别狂笑出来，这可事关穆云诃的生死。

洛芷珩稳住自己被吓得七上八下的心跳，哆嗦着道：“你要是不能给穆云诃解毒的话，你就是乌龟王八蛋。”

洛芷珩这话有些严重了，但她完全是对症下药，因为这老头就是个不抗激的人，洛芷珩只能以退为进诱他上钩，才能给穆云诃换得一线生机。

可毒圣却爽快地说道：“好！就这么定了，现在立刻去见你丈夫。”

洛芷珩眼底划过一抹狂喜，对佟老等人悄悄眨眼，在他们目瞪口呆中带着这

个难搞定的毒圣冲向穆云诃。

“这就搞定了？这都什么歪门邪道啊？咱们恭恭敬敬求他，他鼻孔朝天牛气冲天的，那小丫头一点好脸色不给他，就差指着他鼻子骂他了，他反而往上贴？”慕容老将军磨牙霍霍，显然还有些震惊。

佟老笑得讳莫如深：“这就叫道高一尺魔高一丈。”

“不对，这叫对症下药，摸准命脉往死里攻！”棋圣摆手笑道。

慕容老将军阴森森冷笑道：“狗屁！老子看他这就是牵着不走打着倒退，完全是属驴的。”

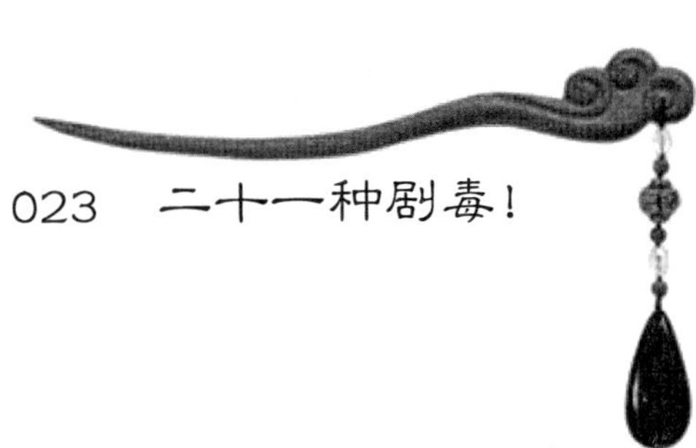

023 二十一种剧毒！

穆云诃目光清冷地看着对着他一脸惊呆的老乞丐，仿若不经意地扫了一眼一旁满脸期待的洛芷珩，那目光却仿若冰冷的刀子。明明足以冰冻任何人，就连法老们都被穆云诃杀伤力巨大的目光惊到了，但洛芷珩偏偏一脸没看见的样子。

“这是什么东西？”无奈，穆云诃只能开口，但却声音冷冽，直逼洛芷珩。

“啊？”洛芷珩一愣，见穆云诃修长的手指指着毒圣，她嘴角一抽，连忙走过去拿下他的手小声警告道：“不要这么没礼貌，他就是毒圣。”

“嗯哼。”穆云诃意味不明地笑了一声，讥讽而轻蔑地道：“毒圣？你确定你不是随便找个乞丐回来，谋杀亲夫？”

洛芷珩脸色难看，生怕穆云诃出言不逊得罪这个怪老头。她几乎贴在穆云诃面前咬牙切齿地低声怒道：“你到底在干什么？我在想方设法地救你命，你在想方设法地不要命吗？你是不是看好这我为了你做尽一切，煞费苦心，觉得我很白痴？将我做的一切都要毫不在乎抛在脚底下狠狠践踏？”

穆云诃俊美的容颜冰冷下来，隐隐有股即将发怒的冲动，他看着她，目光清澈却寒冷，眼底酝酿着仿若寒冬腊月里黑压压一片即将降落暴雪的乌云，阴霾，诡异。他清冷的声音听上去似哭似笑：“阿珩，你知道本王绝对舍不得你难过一点。你蹙眉，本王都会惊慌失措好久。你展颜，本王便如同饮了蜜汁一般心都甘甜。你受伤，本王便恨不能毁灭这个天下！于你，本王最舍不得你的付出，却愿意纵容你，你要做的，本王绝不阻拦，但……”

他压抑的声音第一次说了仿若情话一般的话语，那么生动，那么清楚，那么动听。可他眉宇间压抑着的都是戾气，与洛芷珩怎么也看不明白的恨意。

他缓了口气，努力压抑着他的恨意，平静地说：“但你又怎么会知道，本王不想要接受世王的帮助，死也不想！那对本王来说，是个屈辱！是本王就算死也无法抹杀的罪孽！”

罪孽！因为本王今日能活下来的希望，是你用你的身体换来的，你是被逼无奈，是走投无路，是病急乱投医都好，你有你的苦衷，你有你的无奈，你有你的孤注一掷！但本王也有本王的坚持，有本王不能放弃的底线！

让他怎么能心安理得地，用他最最在乎的女子的清白换来的机会去活命？那他穆云诃与狼心狗肺的畜生有什么区别？

洛芷珩不是个无动于衷的傻瓜，她感觉得到穆云诃身上的那种无力感与绝望，她的心一下就软得不可思议。

“我想你一定有你不能言明的苦衷，我不愿意逼迫你，可穆云诃你有没有为你母亲想过？那个苦苦坚持着的女人，她为什么还在坚持？我在她的眼睛里看不到一点的生存希望，她每天还能温婉地笑出来，你以为她依靠的是什么？那完全是因为你！”

“因为你还活着，所以她就必须坚持下来，因为她清楚地知道，她若死了，若放弃了，她的儿子便会立刻步她后尘，她因为舍不得你，所以就算在那个王府里有猖狂的李侧妃，有王爷的冷漠绝情，有下人们的阳奉阴违，但她还那么坚强地坚持着。”洛芷珩将他拥抱在怀里，温柔的声音里也有疲惫。

“所以请你就算再不情愿，再不甘心，也努力活下去。就算不是为了我，可是你真的舍得你的母亲白发人送黑发人吗？我的穆云诃，怎么会是一个这么狠心的人呢？也请你看看我，你若真的舍不得我，便请你想想我为了你一步步走来，每一步的艰辛和努力。我们一路走到今天不容易，你怎么舍得我难过？”她声音已经有了哽咽，不到万不得已，洛芷珩都不愿意和穆云诃打感情牌，但这张牌一旦打出来，她却不得不被感染其中。

穆云诃就那么僵硬在她的怀里，身体，一寸寸地冷却下去。阴霾的眼眸中有裂痕在龟裂，是心痛，是绝望，是永远说不出口的愧疚和难堪。

阿珩在口口声声为了母亲而劝告他的时候，让他怎么能有脸开口告诉她，她心目中那个温婉的母亲，早已经将她定罪，定在了一个女人一生的最大忌讳上，不贞之罪，罪该当死！

两个他生命中最在乎看重的女人，出现的时机不一样，可是洛芷珩却后来居上，不是没有原因的。穆云诃愿意为了洛芷珩而涉身险地不顾一切，不是不值得的。她的善良和包容，总会让穆云诃羞愧难当。

当他母亲说这个儿媳不干净要不得的时候，洛芷珩却在说，为了你的母亲，你也要活下去。

心口蔓延着毁灭般的痛楚，穆云诃狠狠闭上眼睛，用黑暗来埋没掉一切挣扎与仇恨，睁开眼，穆云诃仿若还是那个洛芷珩喜欢调戏的小绵羊，目光干净，只是眼底却再也不能留下不谙世事的纯粹了。

“阿珩，你说得对。”

“你答应啦？”洛芷珩与他分开，惊喜地问道。

穆云诃眉眼含笑，明明只比她年长一岁，可眉宇间却全是对她的宠溺与纵容：“我答应解毒，不是因为我想要活下去，只是因为，我舍不得你难过。”

两个完全不懂情爱的人，这一刻四目相对，眼底流露的都是最纯粹的，没有被丑陋的世俗吞没毒害的干净，是最最狂热和至诚的赤子之心，能够不需要任何力量，没有任何阻碍的一瞬间就到达对方心底最深处。将彼此埋葬在彼此的心里面，也许一瞬间，也许一辈子。

洛芷珩嘴角止不住上扬，眼底有暖暖的光芒温润流转，他一句轻柔的舍不得，便让她心头暖暖，浑身暖暖，只觉得脸蛋发烫，在他近乎直白的目光下有些陌生的羞赧，却不愿意移开看见他的目光。

“咳咳，差不多就得了吧，知道你俩恩爱，也不用这么刺激别人眼球吧？这还有孩子呢，别教坏小屁孩。”慕容纤雪鄙夷的声音很不合时宜地打断他们的温情。

玉公主愤怒的声音立刻响起：“我不是小屁孩，不是不是！”

洛芷珩恢复了她强大的玩世不恭一面，对这几天一直赖在这里的玉公主置之不理，问毒圣：“你现在能给他解毒吗？要不能的话……”

“谁说不能了！老子就是没见过这么好看的男人，琴银世那王八蛋看见他一定会有非分之想的！你怎么能把这个妖孽放出来祸害人？”毒圣忽然变得很激动，指着穆云诃哇哇乱叫，似乎在惧怕着什么。

洛芷珩在毒圣眼中，看见了嫉妒和恐惧。

一个老头子干什么嫉妒一个年轻人？

“你，你说你和琴银世是什么关系？你是不是也是他的小妾？你们究竟是什么关系！”毒圣忽然发狂了似的冲向穆云诃，双眼通红地怒吼，一直对世王骂骂咧咧的他，这一刻似乎很痛恨穆云诃一般。

“你干什么？滚开！”洛芷珩吓得怒吼，手杖一把抽出来，当空一斩，令毒圣不得不顿下一步，发疯了似的咆哮道：“我不会给他治病的！你和琴银世这对奸夫淫妇！你们不得好死，你们竟然敢欺骗我，琴银世竟然敢欺骗我来给他的小情人治病，统统去死吧，老子要毒死你们。”

洛芷珩瞳孔紧缩，连忙喝道：“你误会了！穆云诃是我男人，是我丈夫！世王敢碰我丈夫的话，我是决不允许的！他们之间什么关系也没有！”

毒圣似乎听了这话冷静了一点，也不管周围人对他剑拔弩张的防备，气息不稳地道：“真的？”

“比珍珠还真！我洛芷珩的男人，自然不能让别人觊觎，谁敢招惹我的东西，我就灭了谁。世王也不可以！你只管放心，不是所有人都会看上世王的，他又不是神仙也不是唐僧，没那么人见人爱。”洛芷珩狠辣地说道。世王可是有一大堆男宠的！好诡异。

毒圣似乎相信了她的话，但又用一种挑剔的目光看穆云诃，见他面色平静可深邃的眼中戾气逼人，毒圣忽然觉得从脚底升起了一股寒气，整个人一下子就清醒多了。他甚至有点不敢看穆云诃的眼睛，冷哼道：“那你也得保证你不喜欢世王，绝对不会和世王在一起，我才给你解毒。”

“本王没必要和一个老疯子保证什么，你爱解不解，不解就滚出去，别在这碍本王眼。”面对一个强壮的老疯子，穆云诃淡定自若，轻蔑的口吻下岂不是一种强大的自信？

“哼，你不敢保证，就证明你的心里面有琴银世！你也在觊觎嫁给琴银世做王妃是不是？你做梦！”毒圣怒吼道。

“滚出去！”穆云诃忽然低沉地咆哮一句，猛地睁开的双眸里仿若蕴藏着千军万马一般的杀气奔腾。显然毒圣的话对他是一种侮辱和轻蔑。

毒圣下意识地退后一步，心口泛起阵阵疼痛，很奇怪的感觉，一屋子老头子们个个实力强横的样子，他不惧怕。那小丫头手里拿着一个威严十足的手杖，他不惧怕。一旁的那个女人身体里蕴涵着浓厚的内力，他不惧怕。可偏偏这个所有人里面看上去最弱的一个男人，只一个目光，却让他有种就连灵魂都被穿透了一般的威慑力。

那一刻，迎着穆云诃的目光与咆哮，他的心里翻腾着一种名叫惧怕的情绪。

毒圣安静了，就在人们觉得他会更加发狂的时候，他静静地走到穆云诃面前，冷哼道：“伸手来。”

“本王说不用你。”穆云诃收回气场，懒懒地连眼皮都没有抬一下。

“那可不行。这丫头说我不能给你解毒，我偏偏要让她看看我的厉害，我才不要当乌龟王八蛋。”毒圣老小孩似的较真道。

穆云诃嘴角勾起一抹似笑非笑的弧度看洛芷珩，见她挑眉对他讨好眨眼，穆云诃就心软了，对毒圣道：“不准再说世王与本王怎么样的话，如果可以，本王恨不得一刀劈碎了世王那个人渣。”

如此狠辣的充满恨意的话，偏穆云诃说得如此漫不经心。

毒圣眼睛一亮，似乎穆云诃想宰了世王，他还蛮高兴的。于是更积极地凑近穆云诃，给他把脉，一屋子的眼睛都紧张地看着他们。时间一分一秒地过去，每一个人都不敢小声喘息，目光落在毒圣脸上，然后，他们的脸色，因为毒圣一点点阴沉下去的脸色而僵硬。

毒圣把脉很奇怪，他不仅把两个手的脉，还摸脚，几乎将穆云诃全身检查了个遍，将穆云诃的火气都快摸出来了，他才放开手一脸沉思和纠结地走到了一旁，看着窗外不知道在想什么。

洛芷珩觉得自己的呼吸都快要停止了，这老头高深莫测的也不说话，她就不敢问。可穆云诃却是所有人里面最轻松的一个，好像这场事关生死的大事与他无关一般。他伸手招呼洛芷珩：“阿珩过来。”

洛芷珩坐在他身边，立刻就被他的手臂缠上来抱进怀里，耳畔是他低沉的笑声，沙哑地呢喃：“害怕了？别怕，我现在不是好好活着么？”

洛芷珩想瞪他，话到口就变成了自我安慰般的话，十分坚定：“以后也会好好活下去的！”

穆云诃不置可否地轻笑一下，摸摸她的脸，并不忌讳掩饰什么，于他而言每一天活着都是上苍的厚爱，他要将每一天都活得轻松自在，将过去那么多年来的洒脱都抛开，就为洛芷珩而活。珍惜他们在一起的每一分每一秒。

所以穆云诃这种在世俗眼中也许是挑逗和不正经的拥抱抚摸，就在人们眼前不止一次两次地上演，穆云诃是看开了所以洒脱，洛芷珩是大方惯了不觉得羞臊。但别人不行，尤其是玉公主。

住在这里几天，可把玉公主刺激得都快神经病了。她一边觉得这俩人太大胆了，一面又觉得他们好浪漫，好甜蜜。感情上她也是一张白纸，在她最喜欢的一对情侣的渲染下，她甚至认为夫妻之间就应该如穆云诃和洛芷珩一般亲密无间。她的婚姻观也在不知不觉中被他们潜移默化影响着。

“这个……”毒圣沉默了好半天，忽然转过来，脸上不是一般的纠结道，“火云检查说是十几种毒？我检查的结果是，他的身上最少有二十一种剧毒！”

一言出，瞬间掀起千层巨浪！！

洛芷珩的脑袋轰隆一下，仿若被什么东西撞击了一般，一片空白，只剩下麻木的钝痛在提醒着她，她还活着，她听见的，不是幻听！

“怎么可能？！”佟老可能是最最震惊的人了，他苍老的容颜上满满的惊涛骇浪，看着穆云诃那云淡风轻的模样，佟老的心一点一点地下沉，浑身冰冷，就连话语都冒着寒气：“二十一种剧毒？这不可能！一种剧毒都能要人性命了，何况是二十一种？小王爷怎么可能还安然无恙活到今天？”

而有些话，佟老没有说出来，他想说，究竟是什么人竟然敢对穆云诃下此毒手？他想说，这些剧毒如果真的存在，那么究竟是什么时候，怎么毒害到穆云诃的？王妃难道就一无所知吗？王爷难道就从未察觉吗？

事情发现得太突然，真相永远是血淋淋般残酷，而面对真相寻找出穆云诃被迫害之后的阴谋，永远是需要巨大的勇气。可是谁有这种勇气呢？

“怎么不可能？陆陆续续地下剧毒，不用多，一点点就可以，每一种剧毒都有它的毒性，剧毒用好了也是能够救人一命的。我不知道该说他命大运气好，还是那个下毒之人别有心计，总而言之，他身体里的剧毒每一次存在都是刚好生生相克的，每一种都是剧毒，但却刚好都能克制对方，在不伤害对方的毒性下依然保持剧毒的威力，却又刚巧能因为克制而让中毒之人一时半刻死不成！我的话，你们明白吗？”毒圣凝重地说道。

这里的人，谁也不是傻子，这个答案从毒圣口中说出来，是一个沉重的打击，却又不可不信！而答案怎么可以这么残忍？

“我不相信有这种巧合，也就是说，有人故意给穆云诃下毒，却又不想让他立刻就死，于是，就这样活生生地折磨了他这么多年？”洛芷珩忽然抬头，清冷的声音里有某种紧绷着的压抑与怒意，双眼通红。

毒圣眸光一闪，下意识地点头：“看样子是这样的。毕竟我也不相信这么大的巧合，巧合到每一种剧毒下去，他都还能活着，如果不是故意的情况下，这种巧合根本不可能出现。”

众人的心里头瞬间就被一种惊骇欲绝所笼罩，压抑在心头的是一种不可言语的恐惧与怒火。在王府唯一的嫡子身上下毒手，还能不被人发现的，会是谁？动机是什么？目的是什么？

“能看出来时间吗？下毒的时间，穆云诃中毒多久了？分几次下的毒？这些能看出来吗？”洛芷珩紧紧抓着穆云诃的手掌，指尖泛白。他手掌很大，包裹着她的却显得那么骨节分明，手上的骨头硌得人生疼。于是，她就听见她的声音都有一种疼到了骨子里的战抖！

毒圣很专业地说道：“他身体里的毒存在最少有十三四年了，毕竟年头久远我不能确定准确的时间，但绝对就在这两个数字之中，分几次下的毒这个我判断不出来，但我能判断他第一次中的毒叫做千机散！千机散是一种会令人从气息上开始衰败的剧毒，他身体最缺的就是气息，元气被消耗得最为厉害。所以我断定他第一种剧毒是千机散。”

嘎嘣一声！

洛芷珩硬生生地掰断了床板上的一块木头，尖利的木屑扎进她柔嫩的手指尖里，鲜血涌出，尖锐的疼痛便从指节上蔓延开来。都说十指连心，她此刻深有体会，否则她的心怎么会仿若钝刀伐木一般地钝痛起来？

“阿珩！”低沉的嗓音里带着浓浓的不悦与阴霾，却无法掩藏那声音下的焦急和心疼。被放开的手落空，可受伤的手指却被穆云诃抓在手里，硌人的手掌却温柔地托起她的手，小心地将她手上尖利的木屑拔下，于是血液就更加多地涌出来。

穆云诃剑眉紧蹙，低头含住她的手指轻轻吸吮。

洛芷珩只觉得手指上传来了丝丝缕缕的酥麻和酸痛，她看不清穆云诃此刻的表情，她想问他，血液的味道是什么样的？会不会很腥甜？她也想告诉他，心也痛的，你能否也帮我舔舐？

“疼不疼？”洛芷珩抬起他的脸，莫名问道，目光柔怜。

穆云诃抬头，目光一闪，她的血液将他苍白的唇瓣染上了一抹刺目的红，却有种惊心动魄的美。他笑着轻吻她的手背，沙哑打趣：“疼傻了不成？是你的手指坏了，怎么问我疼不疼，嗯？”

洛芷珩牙齿打战的声音谁都能听到，她笑着的时候唇瓣都在战抖，用手臂拥抱住穆云诃，两个人相依偎地拥抱着，她说：“不疼。”

穆云诃便模棱两可地回答：“嗯，不疼。”

谁也不知道他们究竟在说什么不疼，是谁不疼？可是每一个人又都能感觉得到此刻两个人身上，涌落出来的那种疼痛，被巨大的阴霾笼罩着的两个人，就算痛苦，也只有他们两个，谁也无法介入他们之间。他们拥抱彼此，用令人心酸的自欺欺人互相安慰。

也许，洛芷珩说的不疼是安慰，所以，穆云诃便觉得真的不疼。

可是谁能想到，在这漫长的十三四年里，穆云诃从一个不谙世事的孩子，一路成长，都是在剧毒的折磨下，那是一种命运不被自己掌控的无奈与绝望，他活在地狱深渊之中，没有人发现，没有人能拯救他。他的疼痛，也许在年幼的时候还能哭叫出来。但长大后的穆云诃呢？他在常人永远无法想象和体会的剧痛中，有哭过吗？也许后来，哭对于穆云诃来说都是一种奢侈。也许他的眼泪早就流干了，在他还仿若一张白纸一般的童年里，白纸就被无边无际的痛苦撕裂，只剩下永远无法逃脱的黑暗。

十三四年之前的穆云诃，他才五六岁，还是一个什么也不懂的孩子，幕后黑手的无情与狠绝，钳制住穆云诃的生命，让穆云诃脆弱的生命在痛苦中煎熬，就算死也不被允许，狠毒到让穆云诃长达十几年的生命里品尝到了求生不能求死不得的绝望！

洛芷珩听着他说不疼，说着只有他们两个才明白的话语。一瞬间泪如雨下。

一句不疼，彻底击垮了洛芷珩的坚强和心理防线，眼泪便如同决堤的洪河，凶猛地砸在穆云诃的发丝里，被淹没，却滚烫地传递到他的头皮上，刺激得他脑子里一片混乱。

她抱着他，不再如第一次那般哭得歇斯底里，滚烫的泪水淹没不了她心里的仇恨与狂怒，她冷静的目光抵挡不住汹涌的泪光，可她却在哭得最伤痛的那一瞬间，想明白了一件事情。

她拥抱着他，在他耳边沙哑战抖地惨笑不已：“穆云诃，我想，我早该来的，来到你身边……”

早该来保护你，守护你。早该来将那个幕后黑手抓出来。早该来将你从地狱里拉出来。早该来，拥抱你，与你一起舔舐伤口，温暖你……

兜兜转转那么久，经历了各种各样的打击和挑战，洛芷珩在那一瞬间，被莫名丢到这个陌生世界的怨气便刹那间灰飞烟灭了。她在那一刻，相信了天上有神冥，相信了西方人口中的上帝的存在。

若不是冥冥之中自有安排，若不是公义的神知道在另外一个世界，正有一个无辜脆弱的灵魂，被无情地折磨和伤害，被阴谋笼罩着，也许她不会来到这里。那一刻，她宁愿相信，她来到这里，就是为了来挽救穆云诃。来找出那个令人不寒而栗的幕后黑手。

好像一下子找到了目标和方向，心里的怨气和彷徨，被心疼和怒火填满。她还理不清对穆云诃那复杂难懂的情感，只是她无比清晰地知道，穆云诃于她而言，很重要！洛芷珩眼底的熊熊怒火是泪水无法熄灭地，狂热地，激烈地，疯狂地燃烧着。

“告诉我这种剧毒的来历。”她的声音里再也没有了顽皮和不经意，沙哑的声音里，是说不清楚的冷静与……冰冷。

毒圣被洛芷珩强大的感情控制吓了一跳，连忙说道：“这种剧毒失传已久，只有隐士世家千机家族才有，但千机家族在十六年前已经被人灭了，这种剧毒也就失传了。早年江湖上议论纷纷，说千机散也被那灭族之人带走了，可后来再没有出现过。没想到会用在了他身上。”

“阿珩？”穆云诃脸上有朦胧的浅笑，叹息着擦掉她的眼泪：“早知道就不让他看了，我舍不得你难过，更舍不得你流泪。你是想让我心疼而亡么？”

洛芷珩只觉得心口钝痛感铺天盖地席卷而来！

穆云诃仿若是真的不在意究竟是怎么回事，好像也不想要知道他中毒的背后究竟隐藏着什么巨大的阴谋，他似乎已经痛到了麻木，痛到过了恨的那一层感触。他现在手捧着洛芷珩的脸，眼里不是冰冷的寒意，只有浓浓的笑意。

仿若在他眼中，生死与阴谋，不公平与毒害，都不如一个洛芷珩在他心里重要！

他说，阿珩，我舍不得你流泪，所以别哭，我这不是好好的吗？你哭得我心疼。难道我真倒霉得不是毒死的，而是为你的眼泪而心疼死的？

洛芷珩就擦干了眼泪，微微仰头，是她惯用了的嚣张跋扈样儿，她红着眼睛，眼角眉梢皆是挥洒不去的痛，却爽快地笑着说：“好，我不哭。反正你已经遭罪了，我哭也无济于事，以前你怎么样我管不了，现在我在你身边就不能不管。我要做什么你也别管，你就记住了，从今天开始，你好好活着就是我活着，你要是一不小心撒手人寰了，那我也不怪你，可你得记得，黄泉路上，等我一步。”

“没有商量的余地了？”穆云诃眼底涌动着讳莫如深的情绪，那么湍急，那么激烈，可却在爆发边缘收敛住，他问得嘶哑而破碎，无可奈何的笑意里有多少男儿不及的深情宠爱。

“没有。”她利落回话，表情郑重。

他知道，她的回答不是玩笑，他也知道，她的话说出来就算数！于是他控制不变的容颜瞬间便如同乌云压城风雨欲来。眉宇间汹涌的风暴到底没舍得对她迸发，他笑着打趣：“你这是在对我表白吗？愿得一人心，白首不相离？”

洛芷珩没否认，抚摸他完美到精致的容颜，清浅的话语落在沉重的气氛中，显得格外庄重，格外的破釜沉舟：“是生死契阔，与子成说，执子之手，与子偕老！”

“阿珩！”压抑的呼吸骤然尖锐，穆云诃风雪容颜上暴戾在肆无忌惮地破裂，他死可以，命中注定，无法改变。但她不可以死，可她的话，又让他全身上下每一块骨骼，每一寸肌肉都在战栗，都在咆哮，都在沸腾。

这一辈子，她对他许下这样生死不离的诺言，在他濒临死亡的时刻，让他如何还能拒绝？如何会不感动？有这样一个红颜知己，有这样一个结发妻子，他的人生也不是那么丑陋不堪的。此生足矣！

“我说过，我在这里什么也没有了，就只有你了。穆云诃，洛芷珩说过的话从来都算。从我来到你身边那一天，就注定了我们的命运被绑在了一起，既然挣脱不开，那就打碎它！任何阻挡我们活下去的人，一切的阴谋，都将破碎。我也许不够好，但我却有活下去的权利，这是上苍赋予我的权利，任何人不能剥夺。你，也一样享有这项权利。不论那个背后之人是谁，有什么身份地位和理由，你信我，我一定把他揪出来，将他碎尸万段，挫骨扬灰！”她的牙齿都能听见激烈的摩擦声，话语破碎地从牙齿中挤出来，是不可更改的决绝。

每一个人，都能从她的表情和话语中，感觉到她的坚决。

“好，我不拦你。若真有那一天，黄泉路上，我一定等你。”仿若无可奈何一般地浅笑着，明明那么哀婉伤感，却又因为他绝世容颜而带着一种出淤泥而不染的高贵圣洁，莲一般的清雅容颜上是浅浅淡淡的温柔宠爱，包裹着洛芷珩的目光，有穆云诃对她独有的包容和无止境的依赖。

阿珩，你记住你今天的诺言，我们两个，生死不离！

洛芷珩低头亲吻他的唇，他唇瓣上还有她的血液。那一刻，她才知道，原来她的血，是冰冷的。

穆云诃疲惫地陷入睡眠，洛芷珩不知道她此刻望着他的眼中有浓浓的缱绻眷恋，那是爱恋，是再也不能割舍下的一部分，也是她轻易对穆云诃许下那生死契阔的誓言的根源。

只是她还来不及感悟这份随着时间而日益更重的爱情的美好与存在，她的思绪就被阴谋与他的生死给打乱，只剩下满腔的仇恨与怒火在疯狂燃烧她的理智，她冷下来的血液，是以燎原的怒火也无法温暖的。

众人跟着洛芷珩离开房间，来到法老们的房间，洛芷珩请法老们落座，然后她忽然跪在三人面前。

“你这是干什么？万万使不得，快起来。”三人吓了一跳，连忙开口。

洛芷珩对着佟老砰砰磕了两个头，语调阴沉地道：“今天给老祖宗磕头，是想提前请罪，阿珩要插手过问穆云诃的过去了，阿珩不是个傻子，你们几位也不是傻子，咱们都知道，穆云诃被害得如此凄惨的背后，一定有一段丑陋肮脏的过去，阴谋不可能无缘无故就落在了还是孩子的穆云诃身上，说与大人无关，阿珩死都不信。”

说到这，洛芷珩紧紧地看着佟老的眼睛，猩红的眸子里酝酿着足以摧毁一切的风暴，她大胆地说道：“若是这事牵扯到了王妃娘娘，阿珩也只能说一句得罪了，但我不会放手不管，只要我活着，我就会一查到底！谁也阻止不了我。我不能让穆云诃的未来还活在被‘毒蛇’掌控中，只要一想到这十四年来，穆云诃的每一天都是活在别人的算计阴谋和拖累之下的，我就会觉得毛骨悚然不寒而栗。这种状况，必须打破！”

洛芷珩直来直往，那爽快劲着实令人欣赏，但这股爽快劲在这一刻却变成一把利刃，将这里每一个人的心都来来回回地戳了几刀，佟老伤势最重，心口翻腾着的羞愧与怒火并济。

但他们都清楚，穆云诃的中毒从儿时而来，还是在王府之中，最有可能就是王府后院女人们的争宠害的，这一点太清楚不过了。而王妃身为王妃，怎么可能就干干净净？洛芷珩这几个头磕得不冤，因为这几个头下磕的是王妃在外人面前维持的端庄与名誉，磕的是王妃母族，佟家的百年颜面，磕的是事先堵住佟老维护家族颜面的嘴！更磕的是在皇室辛秘保不住之下，招来皇族压迫的维护！

心思缜密，目光毒辣高远，有胆量和气魄，更是不在乎穆云诃的病弱与身份，只在乎穆云诃的生死，一心守护相随。只怕世间也只有这样的女子，才配得上身份高贵的穆云诃吧。

佟老稳住心神，面目沉痛，但目光冷锐，厉声道：“小王爷此刻身份不同往日，必须查明当年真相，你也无须顾忌太多，整个王朝换一个占卜神官都不亏，何况一个佟家女，一个……佟家！查，务必一查到底！凡是参与到陷害投毒小王爷的人，不论是谁，一个不留，格杀勿论！”

洛芷珩瞳孔紧缩再扩张，最后又给佟老磕了一个头，站起来道：“有您老这句话，我就能勇往直前。”

她看着在一旁哭得泪水不断的玉公主，温声道：“公主先回宫吧，我们这里要有得忙了，实在不适合你留下。还有，请公主务必别将这里的事情告诉任何人，你能答应我吗？”

玉公主虽然懵懂，却非常郑重地点头，哽咽道：“你和小王爷一定不会阴阳相隔的，我不允许你们分开，也不允许你们都死了。你放心，我会让父皇找天下名医来医治小王爷的，我这就走。”

洛芷珩来不及劝告，慕容纤雪就红着眼拍拍她的手僵硬笑道：“你且安心办你要做的事，我会看着玉儿不让她乱说的。你们……可得好好活着，我这辈子也不想再交朋友了，所以就你一个朋友，你可别让我孤零零地活着天天上你坟头去骂你。”

“放心，洛芷珩九条命属猫的，不会轻易死掉。”她重重地拥抱了慕容纤雪一下，看着纤雪离去，她才揉揉胀痛的眼眶，低声道：“奶娘，穆云诃从小到大的事情，以最快的速度，不论任何方法，最好全面地给我找来，记住，别惊动任何人，能办到吗？”

“奴婢尽力。”奶娘面容严肃回答。

“最快多久回来？”

“来回八天。”奶娘毫不犹豫回答。

奶娘的回答让法老们实在掩藏不住震惊的瞳孔紧缩。来回八天往返穆王朝与南朝，这对于普通人来说绝对办不到，但绝世高手可以！这个奶娘身法诡异他们早就发现，但她会是绝世高手吗？最主要的是，穆王府尘封多年的秘密，怎么可能短短几天就有头绪？她何来的自信？

相较于他们的疑惑，洛芷珩却用人不疑，她相信奶娘是不同的，奶娘敢承诺就有她的渠道。她说道：“快去快回，我们一时半刻必定是回不去的，不管查到了什么都别轻举妄动，回来告诉我，去吧。”

“是。”奶娘活着就是为了洛芷珩，所以她迫切的奶娘只会更加迫切。小主人不能做寡妇，陷毒害小主人丈夫的人，就必须要死！

洛芷珩将目光落在毒圣身上，她的手心在冒冷汗，紧张让她心口紧缩，却阴冷轻蔑地问：“你现在还敢说你能给穆云诃解毒吗？”

毒圣脸一沉，狂傲道：“自然能！但是……”

“我能将他身上二十一种剧毒解了十八种，可其他三种我无能为力，因为那三种剧毒早就绝迹。说也奇怪，剧毒这种东西放在哪里都是很珍贵的东西，怎么就一下子都用在了穆云诃身上？这些剧毒就算有钱也未必能买到的。”毒圣脸色不自然地说道。

众人脸色都猛地亮了起来，洛芷珩更是觉得霍然开朗，现在这些剧毒于她而言就是一种数字，二十一对十八，这在洛芷珩看来简直是天大的惊喜，减少一种剧毒，就能让穆云诃健康一点吧？

“那你现在就给穆云诃解毒可以吗？剩下那三种剧毒我们可以再想办法。”洛芷珩迫不及待地道。

毒圣冷笑道：“你确定让我这么做吗？我说过他身上的各种剧毒已经生生相

克，多一种他即刻丧命，同样的，少一种他也绝对活不成。减少十八种剧毒是可以缓解他生命衰退的步伐，但同样他会因为身体极度不适应而出现各种问题，在这些问题当中随时死去也不是不可能的。”

洛芷珩脸色一白：“那怎么办？难道明明能解毒，我们却无能为力了吗？”

“办法很简单，那就是一同解毒。找到这二十一种剧毒的全部解药，就能确保穆云诃活下来。但是你也别高兴得太早了，穆云诃现在就是一个毒人，他身体里包裹的所有东西都是剧毒，他的五脏六腑都被剧毒浸泡得损伤严重，就算解毒了，但之后他的身体可能会更弱。”毒圣说道。

洛芷珩只觉得一瞬间就蒙了，愣愣地看着他，忽然怒吼道：“你耍我是吗？说能解毒的是你，顾左右而言他的也是你！哪有那么多屁事，你就告诉我一句痛快话，能不能解毒吧，不能就滚！没本事就别在这说大话。”

毒圣怒了：“老子没本事能看出来他中毒二十一种吗？老子不是告诉你了吗，那三种毒药没解药的话，那一切就都是白搭。你要是想让他死得更快一点的话，老子现在就把他身上十八种剧毒解掉。但是毒解开了，他要是突然死了，你可别怪我。”

洛芷珩一下子跌坐在了凳子上，脑子一片混乱，好像走进了一个死胡同里，前进也不对，后退又不能，她跌跌撞撞地眼看要撞墙了，眼看要头破血流了，却只能眼看着。

“你别着急，天无绝人之路，我就不信凭着咱们穆王朝的势力还找不出来三种毒药的解药。这毒药既然有人用，那就势必有人能解开。”慕容老将军豪爽的声音里也不免多了几分飘忽。

洛芷珩猛地抬起头，红着眼睛问：“你知不知道要去哪里找这些剧毒和解药？”

毒圣不想回答，但又不想被洛芷珩看不起，便冷哼道：“能拥有这么多剧毒的，普天之下除了专门操控掌管剧毒的纳兰世家之外，我还真想不到还有谁家能有这样的大手笔，但是纳兰世家早就在二十几年前退隐江湖了，从此在江湖上消声匿迹，想要找到他们，难如登天。”

“就算难如登天我也会把纳兰世家找出来！只要有一线希望我也不会放弃。”洛芷珩咬牙切齿地说完就愣住了，她忽然有点异想天开地问毒圣，“这么多剧毒你说一种都是千金难买是吗？但它们却都出现在穆云诃身上了，会不会下毒的就是这个纳兰世家？不然上哪里一下子弄出来这么多剧毒？”

别说毒圣了，就连法老们都觉得洛芷珩是魔怔了。人家纳兰世家退隐江湖二十几年了，比穆云诃的年龄都大，与穆云诃甚至穆王府又没有关系，无怨无仇的干什么下毒害穆云诃？

“你别胡思乱想了，纳兰世家不可能的，人家简直把毒药当祖宗，舍不得一丁点的浪费，怎么可能用那么多顶级剧毒来害一个人？”毒圣冷声道。

洛芷珩绝望之际，忽然想到了世王：“有没有一种可能，有人的血百毒不侵？”

毒圣面色一僵，目光凌厉地看她：“有。”

“那这个人的血如果给了穆云诃服用的话，穆云诃能否一下子解开全身的毒？”洛芷珩眼睛似乎亮了一下，急切地问。

“那要看是什么程度的血液了，如果是被各种剧毒调练出来的血液，倒是可以。”毒圣说这话的时候脸色相当难看，也许，他已经意识到了什么，但他绝不相信那个人会舍得牺牲自己的鲜血来成全别人。那么自私阴险的人，哪有可能呢？

“如果有一个人的血液很厉害，你说穆云诃身上的二十一种剧毒，有没有办法解开？”洛芷珩连连逼问，目光隐隐带着一种绝望破碎之后的疯狂。

毒圣心惊肉跳，拥有那种鲜血之人的名字呼之欲出，毒圣却只觉得肝胆俱裂，他声音紧绷地道：“你别胡说八道了！我又没看见怎么知道？我会想办法看看能否调制出来那三种剧毒的解药，努力给穆云诃解毒的。”

终于明白世王和洛芷珩之间的那个交易，世王要付出的是什么了。毒圣却在知道之后，满脸寒霜，琴银世那一身宝贵的鲜血是他精心凝炼出来的，就算那么恨琴银世，却也不希望世王的血液被当做解毒的解药。看看他，多犯贱！

洛芷珩眼睛亮了亮，诡异地笑道：“那就有劳你了。不过你研制不出解药也没什么，世王已经答应我，要用……”

“我会尽力！给我点时间！”毒圣打断了洛芷珩的话，恨声道。

“但愿如此。”洛芷珩垂下眼眸，世王和毒圣之间果然关系不浅，只要能逼得毒圣救穆云诃，她不介意让自己别致一点。

她沉思着，想着穆云诃身边的每一个人，谁有这个动机来毒害穆云诃呢？李侧妃首当其冲，和王妃之间有最大的利益冲突，穆云诃又是穆云锦登上继承人宝座的最大障碍，李侧妃在王府里只手遮天，而李家又是根深蒂固的前朝皇族，时间地点目的条件，似乎一切看起来都是李侧妃做的。

可是也有不对劲的地方。李侧妃若要杀穆云诃，为什么这么多年一直不动手，只是让穆云诃这样半死不活着？这不像李侧妃的性格。她早就恨不得弄死穆云诃，想要登上王妃之位了。

而王妃也看上去很奇怪，王妃有强大的娘家背景，听王妃之前回忆穆云诃小时候的事情，听得出来那个时候王妃与李侧妃之间是水火不容的，那就证明王妃绝对不是个简单人物，不可能如现在一般心如死水地守着穆云诃过日子。可是究竟是什么让王妃放下了争宠的道路呢？难道真的是穆云诃生病了，她没有继续争夺下去的心了？

但王妃不争宠了，脑子还在，不可能就发现不了有人对穆云诃的身体做手脚啊，穆王爷也不傻，剧毒混合在一起变成了慢性剧毒，日复一日，又不是一次下毒，不可能一点蛛丝马迹都抓不到的，谁能神不知鬼不觉地在王府里，在穆云诃身上下毒手？还能让穆云诃就吃下去了呢？

如果以上的都不是，那么会不会是和穆王爷有仇的人，在伺机报复呢？

洛芷珩想得一脑子混乱，感觉每一个人都有问题，但一时之间却又毫无头绪。

南朝皇宫，皇后寝宫。

玉公主忘记了答应洛芷珩的话，将一切都和皇后哭诉完了，便难过地哀求道：“母后，快让父皇找人去救救他们吧，他们好可怜啊。”

慕容纤雪脑袋嗡嗡作响，这个大嘴巴，姐姐也是的，以前姐姐不爱管闲事的啊。

皇后脸色阴沉，想到了什么似的，手臂轻颤。女儿的哭声让她勉强笑道：“好，母后会和你父皇说的，但这件事情记住，不可以再对任何人说了，忘记这件事！和你小姨回去休息吧。”

玉公主没精打采地和慕容纤雪告退。皇后脸色一寸寸惨白下去，呢喃的声音里仿若也带着寒战：“十四年么？又是一个十四年啊。”

“皇后娘娘，宫中的小宫女离开了。”心腹嬷嬷快步走来轻声道。

皇后哀伤的眼底有绝望的光寸寸碎裂，她笑得近乎悲惨：“是吗？就这么不信任我这个姐姐吗？将近三十年的交情，却换来一个在我身边安插探子的下场么？”

“贵妃娘娘……变了。”心腹嬷嬷小心呢喃了一句。

“是啊，她变了，我又何尝不是变了呢？”皇后仿若瞬间疲惫极了，她缓缓站起来稳住战抖的心神道：“忽然好想念她，本宫有多久没去看看清雅妹妹了？现在去看看她，也省得咱们宫里不懂事的小宫女，在她面前挑拨我们姐妹的关系。”

“您现在去，不就告诉贵妃娘娘您早就知道她在您身边安插眼线了吗？只怕她会心生怨恨。”嬷嬷大急，贵妃娘娘已经变得心狠手辣，仗着皇上的恩宠无法无

天，皇后娘娘这么送上去，岂不是凶多吉少？

皇后满眼哀伤地惨笑道："她若真要撕破曾经的姐妹情谊，我又如何能阻拦？今日去，我只是想要一个证明，证明我曾经单纯善良的妹子还活着。如果曾经的穆清雅真的已经被仇恨改变，那么这段姐妹情也该到此为止了，我一个人维持这么多年，也累了。"

南朝皇宫，贵妃寝宫

殷红的床幔遮挡着里面的光景，奢华的大殿之上跪着一个小宫女，小宫女恭恭敬敬地将在皇后寝宫里头听来的事情告诉贵妃娘娘，而后就不再言语了，大殿之中，瞬间弥漫着一种说不出来的压抑。

好半晌，贵妃娘娘沙哑的嗓音里带着一种悲切与嘲弄地道："果然啊，那个洛芷珩这么拼命竟然是为了云诃。好一个情深似海，好一个伉俪情深。调查云诃中毒？绝不放过吗？究竟是谁不放过谁呢？"

贵妃娘娘的声音里并没有过多的惊讶与诧异，平静得仿若早就知道了一般。

"娘娘，断肠公公不在您身边，您要做什么就吩咐奴才，断肠公公临走前吩咐过，要照顾好您。"一旁一个面色发白的太监阴森森地说道。

贵妃娘娘迟疑了一瞬间，忽然有些凄厉地说道："我已经到如今这一步了，还有退路吗？总不能让人先置我于死地，那么，既然洛芷珩不要命地多管闲事往上撞，本宫就提前送她一程吧。"

"本宫记得过继白家子的事情已经谈了有一段时间了吧？通知白家，今晚本宫摆宴，会正式和皇上摊牌，将该通知的人都通知到了，去邀请穆云诃和洛芷珩的时候，记得说清楚，这一次他们若是再不来，那本宫就要拖着病弱的身子，亲自去请了。穆云诃要是舍得让他的亲姐姐亲自去请他们的话，可以不来。"贵妃娘娘慵懒地说道。

"奴才这就去办。"那阴森森的太监立刻下去。

床幔后仿若浮动着人影，里面有幽幽的声音听不出来喜怒地叹息道："本来想要留着你的，但谁让你多管闲事呢？洛芷珩，哼，都自身难保了，还想要插手其他人的事情，自不量力！"

"皇后娘娘请留步！贵妃娘娘在休息。"门外骤然传来了一声短促的惊呼，紧接着房门就被人用力推开了。

床幔后面的人影似乎因为太监的惊呼声而震惊了一下，猛地坐起来，又忽然躺了回去，丝被下的胸脯不规律地激烈起伏着。

有脚步声快速走进来，小宫女无处可逃地被皇后看个正着，当场就惨白着脸，瘫软在了原地。而皇后娘娘似乎完全没有看见小宫女一般，径直走到了正殿，站在小宫女前方直视床幔，静静的目光里流淌着一种深切的期待与哀伤。

两个人都在看着对方，但是谁也没有开口，她们之间有将近三十年的姐妹情，有长达十四年的隔阂，有不过寸许之间的距离，有一张轻盈的床幔，就是这些情意和距离，纠葛着她们两姐妹彼此珍重，也彼此忽视。

也许是太安静了，而穆清雅又一贯是安静的，皇后眼底划过一抹无奈，终于开口，艰涩的嗓音里还夹带着剪不断的关切："我来看你了，近来可好？"

短暂的沉默，床幔里传来了穆清雅不同于刚刚嘲弄的声音，变得温润婉转："我很好，姐姐可真是好久没有来看过我了呢。"

"我是想来，但来了能做什么呢？看着我最疼爱的妹妹，一步一步离我渐行渐远吗？还是再和她发生一次刺伤彼此的争执？"慕容纤尘控制不住声音里的嘲讽，明亮的眼睛里有读不懂的忧伤。

穆清雅忽然之间声音尖锐而冷嘲地道："最疼爱的妹妹吗？是我，还是慕容纤雪！姐姐说话最好说清楚一点，不然我会误会的，我已经失去了太多东西了，所以也看清了什么是属于我的，什么是我触碰了就不会被人抢走的。如果姐姐说的那个人不是我，那就请你不要说，否则我不知道当再失去姐姐的保护之后，我会变成什么样，我已经没有什么东西是能够被人夺走的了。"

"你在怪我之前帮助洛芷珩离开皇宫是不是？你以为我是看在纤雪的面子上才帮助洛芷珩的是不是？你认为我又在拆你的台了是不是？"慕容纤尘也忽然怒了，连声质问道。

"难道不是吗？"床幔后面的人忽然坐起来，恍惚中的人影看不清容颜，却依稀可以感到那股掩藏不住的怒气，"你已经多久没有管过我了？这么多年来你一直在放纵我不是吗？我做的事情你都绝不过问和插手！但慕容纤雪来了，对你说了洛芷珩的好话，于是你对洛芷珩有好感了，于是你开始插手，你又觉得我有错了，你又不站在我这边了。如果不是你，洛芷珩现在也不可能离开皇宫！"

"笑话！"慕容纤尘怒喝一声，"你说我偏心慕容纤雪，但她终究是我的亲妹妹！可是这么多年来，我为你做的还少吗？穆清雅你摸着良心问问你自己，我慕容纤尘哪里对不起你？从小到大，你那么软弱善良，就连一只小兔子也舍不得伤害，一群贵族的孩子在学堂里哪个不想方设法地消遣你一下，可是谁敢真的欺负你一下？"

"你生病我就连家也不回地守护你，你爬墙我给你当梯子，你不小心惹祸我给你扛着，你救了一个陌生男人，不敢带回家又不舍得扔下，我就顶着被家人骂的

风险把人扛回去帮你伺候，我连脸都不要了，被下人们议论着谩骂着不要脸，说我年纪轻轻就不正经。这些我都不怨恨，因为你，我被这个陌生男人要求下嫁于他，他说得天花乱坠是求娶，可是只有你和他知道，他那时候等于是强娶！我根本就不愿意嫁给他。”

穆清雅的眼皮狠狠一跳，蓦然抬头看着床幔外的慕容纤尘，眼眶渐渐泛红。

“明明是一个误会，说开就好，可你却因为害怕他知道真相会娶你为妻，这样你就不能和你喜欢的那个人在一起了，所以你哀求我不要说。好，我不说，成全你！就让误会延续。明明说好你陪我一起逃婚的，你却在那一天告诉我，你再一次遇见了他，你和他坦白了这个误会，他说他愿意娶你，你便答应了嫁给他！穆清雅，这不是一种对我的背叛吗？可我不问你为什么要答应他，因为我清楚你虽然善良却不傻，你这样做一定有你的理由。我愿意将这个位置让给你，我说我们换回来，只要对天下人说明白就好，但你那天说的是什么？我想你不会忘记吧？”

慕容纤尘红着眼回忆道：“你说‘姐姐，求求你，和我一起嫁给他吧，一个人嫁到那么远的地方去我害怕’，你知道我当时是怎么想的吗？我很讨厌这个男人啊，我不愿意嫁给他，我想要拒绝你。但是你当晚割腕自杀！我软弱善良的妹妹啊，你竟然也有这么狠的时候，可是你是对你自己狠，还是对我狠呢？这种方法，逼迫我答应，你知道我重感情，你知道只要你坚持，我就一定会答应！”

“这么多年，这段三个人的婚姻一直是一个谜，是我心中永远解不开的疙瘩。我葬送了自己的幸福，就因为你一个多么荒谬的做法，成就了一段多么荒唐的婚姻！因为你几次三番的改变和胆怯，弄成了我们三个人如今这种孽缘的局面！”

“穆清雅，这么多年来，你以为我为你一次次让步退步，是因为什么？因为曾经的穆清雅会拉着我的衣角，将她手里几乎攥化了的糖给我吃。因为曾经的穆清雅会在我惹祸的时候，和我一起扛着家人的怒火。因为曾经的穆清雅会帮我做每一次女红课上的课业。因为曾经的穆清雅会因为我练武跌伤之后难过得落泪。因为我们曾经说好，今朝结拜做姐妹，便一辈子肝胆相照，便一辈子都是姐妹！！”

“就这一句话，我葬送一生。可是你相不相信，我从来不怨恨你，因为我不能否认，在这段错误的婚姻里，我体会过爱情，但我的爱情，因为你的疯狂而彻底断送。”

回忆是那么的沉重和荒唐，显得扑朔迷离，慕容纤尘说到最后，满腔悔恨与多年来的压抑，儿时纯粹的友情，消耗掉后，只剩下浓浓的疲惫和倦怠。

“你的儿子死了，我便也不生孩子了，你明知道我身居这个位置要有一个男孩的，但是为了不刺激你，为了不让饱受丧子之痛的你更难过，我放弃了一个孩子。你不能生孩子，我就一直不生孩子。你以为我这样做究竟是因为什么？因为我想让我曾经善良可爱的妹子回来！我总在想，一个人再坏再改变又能坏到哪里去呢？迷路了，总会回来的，在原地站着一个等候她的家人，早晚有一天她会迷途知返的，但是清雅，你迷失得太久了，你让我在原地站得太久了。姐姐好像等不回来曾经那个纯善的妹子了。”

“姐姐……”穆清雅呢喃着，声音破碎而绝望。

慕容纤尘闭上眼睛，猛地睁开，今天情绪失控得太突然，但她不后悔，如果，曾经那段最最纯粹的友谊能够唤醒穆清雅，那么也值得。

“你还叫我一声姐姐，那我就当你还是那个我拼命也愿意维护的妹妹。清雅，你告诉我一句实话，穆云诃这一身的毒，可否与你有关？”慕容纤尘的声音紧绷，带着浓浓的紧张和战抖。她怕真相，却又恨不得找出真相，也许一切还有补救的地步，也许穆清雅还能够被从罪恶的地狱里拉出来。

穆清雅倒抽一口冷气，忽然尖锐地吼道：“不是我！我怎么可能害自己的亲弟弟？姐姐你怎么可以这么想我？你忘记了吗？从云诃出生开始，我就满怀期待想要见一下这个小弟弟，每一年云诃的生辰我都不会忘记，各种礼物，只要是好的我一定都会给他送去的啊，我那么疼爱他，怎么可能用那样恶毒的方法害他？”

慕容纤尘狠狠一愣，心里面所有的疑云，因为穆清雅这坚决而受伤的话语给镇住，击溃。

她有些恍惚地道：“真的不是你？”

“姐姐你怎么可以不相信我？我是恨穆王府的人，我是怨恨他们的，但是在你心中，善良的穆清雅真的就变得这么恶毒吗？云诃他，就像是我的另一个孩子啊，他只比我们瑞儿大一岁啊，那么可爱的孩子，我怎么会舍得伤害他呢？姐姐，穆王府我再也回不去了啊，那里已经不再是我的家了，我只剩下你一个亲人了，为什么就连你都这样怀疑我？”穆清雅痛哭起来，倒在床榻上，声音断断续续。

慕容纤尘脚步忍不住上前一步，却硬生生地顿住。愣愣地看着穆清雅，自嘲地笑道：“我……还能相信你的话吗？清雅啊，姐姐还能相信你吗？”

“我没有伤害云诃！我已经失去了一个孩子了，我怎么可能再去害等同于我另一个孩子一般的云诃？姐姐，你为什么不相信我？是不是有谁在你身边说了什么话？以前你绝对不会不信任我的。”穆清雅绝望地哭道。

“以前的你说什么话，我都会毫不犹豫地相信。只因为以前的穆清雅，会因为我的一句玩笑话就去跳河。就是这么傻的清雅，那么坚定地信赖我，也那么坚定地单纯着。可是如今的你，我敢相信吗？”慕容纤尘似哭似笑地问道。

“你信我也好，不信也罢，我还是我。这辈子姐姐对我的好，我清楚记得，我知道我辜负了姐姐的期待和好意，我知道我有罪过，可是在我心里，总有一块净土，那里面不装着亲人，只有一个真诚对待我的姐姐。你信我，就算是我死，我也不会伤害姐姐的。”穆清雅郑重地说道，“你看玉儿，断肠在皇宫之中特立独行，那么吓人，谁也不敢招惹他啊。但是玉儿却敢随意辱骂责罚他。虽然断肠有的时候会故意让玉儿难堪被皇上教训，但哪一次我不是让断肠拿着好东西去给玉儿赔罪？我为什么要对玉儿那么好？因为玉儿是姐姐的孩子啊。”

慕容纤尘的面容终于出现了龟裂，穆清雅一声一声地叫着姐姐，实在让她无法再狠心逼问，甚至她也有所动摇，也许穆清雅，不会坏到丧心病狂地伤害穆云诃吧？

忍了又忍，慕容纤尘终于没忍住问出了那个隐藏在心里多年的疑惑：“那么你当年，为什么逼着我也嫁给皇上？你又为什么会一夕之间改变主意，那么坚决地要嫁给他？那个时候你不是喜欢别的男子吗？”

穆清雅陷入了长时间的沉默，慕容纤尘的目光便一点一点地暗沉下来，她自嘲地笑了一下，也是啊，这么多年的困惑，明知道她一直想要答案，穆清雅若想说的话，这二十几年里每一天都是机会。只怕，她在穆清雅心里，不过是个可笑的傻子吧。

霍然转身，慕容纤尘的凤袍在空气中划开，有种撕裂空气的冷锐感，仿若狠辣地割断了某种联系一般，她脚步沉重地向外走去，再不多问她一句话。

这段姐妹情，只怕到今日为止，算是彻底画上句点了！

也罢，三十年的友情，终究是敌不过穆清雅心中的那段痛和那个孩子的逝去，她也做到仁至义尽了，今后穆清雅要怎么走，她再也不会干涉。

“姐姐！”穆清雅似乎被慕容纤尘的决然离去吓到了，她猛地往前扑了一下，整个人都扑空，扯断了火红的床幔，她整个人便如同断线的风筝一般跌落下来，缠绕在床幔之中重重地趴在地上，妖娆的身体在空气中瑟瑟发抖，华丽的墨色长发铺撒了一地，她的容颜在长发后若隐若现，只能看清她嘴角勾起的一弯凄厉的弧度，那么嘲弄，那么苍白。

幽冷的空气里，她的声音苟延残喘般飘忽，“我被他……强暴了！”

慕容纤尘坚决的脚步戛然而止！

她瞳孔紧缩，心脏似乎也狠狠地停顿了一下，猛地，她霍然转身，苍白的容颜上带着毁灭般的惊愕，战抖着问，一声比一声尖锐、破碎：“你说什么？你说什么？！”

穆清雅就趴在地上，娇弱得充满勾魂摄魄的魅力，她缓缓转头，汗湿的长发遮挡着她的容颜，她双眼带着毁灭的破碎光芒，似哭似笑，沙哑地用一种鬼魅的声音回答道：“我说，我被他强暴了！就在我和你商量好第二天陪你一起逃婚后回家的晚上，我遇到了他，然后，噩梦发生了。我挣脱不掉，我在哭，我在求救，我眼睁睁地看着他撕碎我的衣服，我被压住一动不动，我害怕死了，可是一直那么保护我的姐姐，那一天却不在我身边。你在哭，可是那一天，我陪你一起哭，我哭了好久好久，姐姐，你知道吗，真的好痛，好痛啊。”

“可是没有人来帮我，没有人来救我。因为我偷偷跑出来安慰我的姐姐。是我的罪孽吗？姐姐啊，你看报应多快啊，我才刚刚把你害得生不如死，把你害得即将走进你厌恶至极的婚姻，然后我立刻就得到报应了。姐姐，我叫天天不应叫地地不灵的时候，你知道吗，我也不怨你，因为这是我欠你的。”

“可是我已经不干净了啊，我不知道该怎么办了啊，谁还会要我呢？他说他会迎娶我，姐姐，你让我怎么办？我还有其他退路吗？一个失去贞洁的贵族女子，你以为皇族会让我继续活下来给皇族丢人吗？所以母亲让我必须嫁给他，所以我只能嫁给他。被他强暴，我还要感谢他愿意负责任，愿意娶我。姐姐，你说，当年的我，恨不恨呢？”

慕容纤尘的容颜寸寸雪白，看着穆清雅发丝下的目光苍白而扭曲，她听见她胸膛里破碎的呼吸声化作尖锐的利刃，砰地一声伴随着残酷的真相刺透了她的胸膛！一瞬间，那颗心，支离破碎，血肉模糊！

慕容纤尘步伐踉跄地后退，只觉得眼前模糊起来，耳边嗡嗡作响。

穆清雅被强暴了？！所以才有了逼嫁，所以才有了姐妹共嫁一夫的悲惨命运。

那一刻，脑海中沉浮了多年的谜团终于清楚，一切都变得顺理成章。

原来，当年穆清雅是真的想要陪伴她一起逃离这场婚姻。原来，当年穆清雅并不是故意背叛她们之间的姐妹情！原来，当年穆清雅竟然遭遇了这么残忍的重创！原来，当年穆清雅的割腕自杀，不是在逼迫她下嫁南朝皇帝，只是在自残，只是万念俱灰，想要了此残生？！

原来，一切的罪魁祸首是他！是她们的夫君，是南朝的皇帝！

而这个男人，在朝夕相处中，她竟然还爱上了这个男人！并且一爱多年，爱到痛，爱到无力。今天，终于爱到绝望！

真相，这么的残酷和血淋淋。被隐藏了多年，骤然揭开，就连伤口都是狰狞丑陋的。

“姐姐，你怪我不告诉你真相，你说我给了你一个荒唐的理由。可是你知不知道，那个时候那么彷徨无助的我，就连我的母亲看着我的目光里都带着浓浓的厌弃，是厌弃啊！她都嫌弃我被人强暴，我还能指望谁？我知道，我喜欢的人，我再也没有资格去喜欢了，我再也没有追求幸福的权利。”

“母亲说，我若想活着，那就只能嫁给他。父王说，不要给穆王朝皇族丢人，嫁给他吧，最起码不丢人。于是我是顶着救了他的名头嫁入南朝，成为一个贵妃。人人都尊重我，我人前笑颜如花，人后暗自流泪，还要在他身下一次又一次地体会那种绝望的恐惧和疼痛，谁能给我个公平？姐姐啊，你知不知道，我为我的善良付出的代价是被他无情地占有！！我还敢要善良这种可笑的奢侈品吗？！”仇恨仿若奔腾的河流，一经开闸便再也控制不住地狂奔而来，她的眼泪和她凄厉的声音化为一体，尖锐绝望！

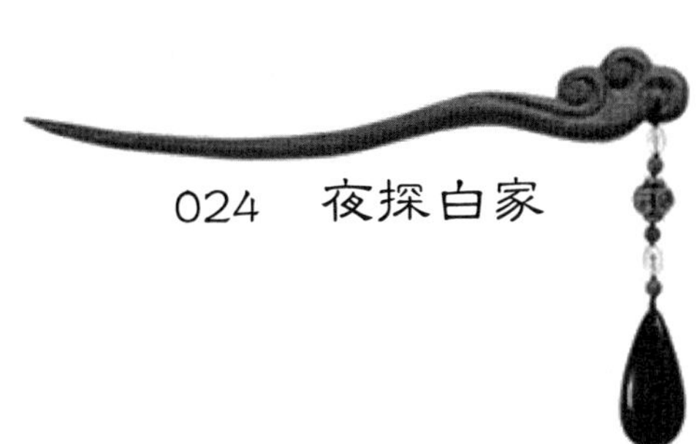

024　夜探白家

慕容纤尘几乎是浑浑噩噩地从穆清雅的寝宫之中跑出来的，她脑海里还一片空白，但她的脚步却是毫不犹豫地走向皇帝的寝宫方向。胸腔里弥漫着恨意。

一面是宠爱多年亲如手足的妹妹，一面是越陷越深爱上了的丈夫。手心手背都是肉，慕容纤尘疼得浑身打战，她急需一个答案，穆清雅给了一个答案，她知道她震怒了，她也知道她在逃避，她需要最后确定。

贵妃寝宫中，穆清雅就那样趴在地上，好像用尽了力气一般，阴暗的发丝里她的目光忽明忽暗，看着空无一人的门口，忽然笑了起来，笑声越大便越如同在哭。

“贵妃娘娘，您这样，断肠公公回来看见会心疼的。”之前那阴森森的太监劝慰道。

“心疼？是啊，我这辈子，可能只有纳兰一人愿意心疼我了。”穆清雅笑得极其凄惨。

太监面色一变，看向那已经面无人色的小宫女道：“娘娘慎言！这还有外人。”

穆清雅猛地抬起头来，哀婉的目光里仿若泣血，她收起了温婉和悲伤，目光里充满鲜红的戾气，轻描淡写地道：“她赏给你了。毕竟伺候姐姐一场，让她死得别那么痛苦。”

太监满脸惊喜：“知道了，谢贵妃娘娘！”

穆清雅继续沉声问道：“纳兰何时回来？都已经半个月了，接个人怎么这么费劲？”

在自己人面前穆清雅只喜欢叫断肠的真名纳兰，因为那会让她有一种她还没有完全脱离过去的感觉。

太监苍白的脸上终于有了一种不正常的红晕，他擦干嘴上的鲜血，恭敬地道：“大人飞鸽传书来说在接王妃的路上遇见了一些麻烦事，请您少安毋躁，最多再有两天，大人就回来了。”

“两天吗？这场好戏没有我那母亲大人的参与，实在是无聊至极呢。她的女儿被人强暴了，她便心生嫌弃，那么她的儿媳妇也同样被人强暴了呢，我就不信她就能忍气吞声。之前还以为她改变了呢，原来我的母亲还是这么的自私自利，为了她的儿子可以活命，便让洛芷珩来拼命。这么阴险，还真是我记忆中的好母亲啊。”穆清雅呢喃着，声音却扭曲。

“本宫摆宴，已经发下去消息了吗？”穆清雅忽然问。

“还没来得及，皇后娘娘来得巧。”太监紧张地道。

“刚好，传令下去，宴会就定在两天后！刚好，给我母亲接风了。我用两个消息做礼物送给母亲大人，保证让她‘惊喜交加’！”穆清雅攥紧了散落一地的床幔，阴晴不定地道。

“娘娘要怎么做？难道是要在宴会上对付洛芷珩？”

“不，本宫只是给洛芷珩一个大惊喜而已，本宫当年品尝过的锥心之痛，自然也要让人来尝尝，你不觉得洛芷珩最合适不过了吗？洛芷珩，是穆云诃的心头肉呢！心头肉啊，只有戳中了心头肉，才会让穆云诃痛到一蹶不振！”穆清雅阴森森地笑道，忽然，她捂住胸口仿若哀戚地道：“当年可没有人将本宫当心头肉。本宫是一步步踩着自己的尊严，含着自己的鲜血走到如今的。谁若成为本宫的绊脚石，本宫会提前出手干掉她！洛芷珩真有能耐那就自己摆脱吧。”

“娘娘不怕小王爷知道了，怨恨您？”太监不人不鬼，但看着穆清雅那满身的戾气，只觉得脚底发寒。

穆清雅低低地笑了起来，切齿道：“怨恨？他是这普天之下最没有资格怨恨本宫的人！最没资格！！”

穆云诃，姐姐等了十四年，真的，真的再也无法等待压抑了呢。仇恨的火焰在蔓延，在你踏入南朝这块国土的时候，就已经疯狂地燃烧着姐姐的理智了呢。姐姐用力掩藏了十四年的仇恨，终于再也找不到理由来隐藏了。再也等不及地想要将你浸泡在冰冷的水中，让视你如命的母亲也品尝一下，那种锥心之痛！

你们，每一个伤害瑞儿的人都要为此付出代价！

——

慕容纤尘一路飞奔，冲进了皇帝寝宫，可皇帝不在寝宫，她问出来皇帝在内阁与阁老们商谈要事，便一路冲向内阁，砰地一声撞开了房门，吓得太监宫女们跪了一地。

“皇后？”正对面端坐高位的皇帝眯眼，声音波澜不惊地道，“堂堂皇后竟然擅自闯进内阁来，成何体统！”

“出去！”慕容纤尘却并不理会皇帝的话语，她红着的双眼里有狂风暴雨般的阴霾，见那群阁老们一个个面面相觑无动于衷，皇后忽然形象全无地怒吼道，“都滚出去！！”

“皇后！”皇帝轻喝一声，见皇后逆着光站在门口处，倔犟地仰着头，逆光里皇帝看不清皇后的表情，但皇后那满身的怒火却那么的明显。微微一愣，皇帝摆手对目瞪口呆的阁老们道：“今日之事明日再议，诸位先回去吧。”

“臣等告退。”阁老们连忙弯腰告退，路过皇后的时候，不禁一个个都有种心惊肉跳之感，只因皇后那苍白的脸和满身的阴冷，着实令人诧异极了，这还是那个端庄得体的皇后娘娘吗？

慕容纤尘一脚踏进了内阁，将两扇厚重的门砰地一声关上，被冷汗浸湿的脊背靠在门上，就那样静静地看着皇帝。

皇帝从宝座上站起来走下，光滑的琉璃地面上几乎可以映照人影，却照不出人心。慕容纤尘看着迎面走来的男子，岁月并没有在他的脸上留下过多的痕迹，他依然俊美不凡，只是更多的是岁月沉淀下来的成熟老练，曾经的浮夸和轻佻早已经泯灭在了风花雪月里。

眼睛酸涩，慕容纤尘闭上眼睛，终于缓缓开口：“我问你一句话，你可不可以如实回答我？”

并没有停下脚步，皇帝一挑眉，眼底有浓浓的忧虑，知道能让她如此失态，必定是发生了什么大事。但他表面却风轻云淡地道：“说来听听。”

慕容纤尘沉痛的声音，战抖着问出了口：“你……当年为何执意要共同迎娶我和穆清雅？我对你说过的，我与穆清雅是好姐妹，我们不共侍一夫，你只能迎娶一个，救你的人是她，所以你要迎娶她才是对的。我可以不在乎颜面，我愿意祝福你们，一切后果我自己承担就好，让穆清雅当皇后。你当年为什么不同意？不要对

我说你要保住你九五至尊一言九鼎的颜面了，南啸擎，我请求你，告诉我真正的答案！”

皇帝的脚步戛然而止，身体在那一瞬间僵硬，平静无波的眼底也卷起了狂风暴雨！南啸擎？她竟然直呼他的名字！将近二十年的岁月里，他们不算特别亲密，也矛盾不断，但慕容纤尘只有一次直呼他的名字，那一次，他们为了穆清雅吵到不可开交，慕容纤尘更是有将近一年的时间排斥他，抗拒他！

然后，今天她第二次叫他名字。这是准备再和他爆发一场惨烈的战争吗？那么这一次，她又是为了谁？

“谁和你说了什么？”咬牙切齿的声音里有气急败坏之感，又有一种紧张压抑和难堪。皇帝脸色阴沉，这个尘封多年的秘密，怎么会被皇后问出来？那种耻辱，多提一句他都觉得有损颜面！

不对！当年知道那件事情的人都死了，除了一个穆清雅！

“明白了，是你那个好妹妹又和你说了什么对不对？慕容纤尘你脑子没病吧？就那么相信穆清雅？她说什么你都信是不是？那你对你心爱的朕是什么态度？质疑？厌恶？排斥？还是你又要为了穆清雅而和朕绝交？穆清雅究竟给你灌了什么迷魂汤？让你能为了她一次次和朕这么闹腾？”皇帝恶狠狠地指着慕容纤尘咆哮，面容苍白。

“你如果没有做亏心事的话，为什么那么怕清雅说你什么？我是为了清雅和你吵架，但是清雅已经够可怜的了，她失去了一个孩子，那个孩子我们都抱过他亲过他啊，那个可爱的孩子是清雅这辈子唯一的孩子，这一点你我都清楚！清雅是为了给谁生孩子而差一点丧命？又是为了谁而终生只能有瑞儿一个孩子啊？瑞儿是清雅的命啊，清雅本来是高高在上的郡主，凭她的才貌和身份地位，一国之母也做得！可是她却嫁给了你，说好听点那叫贵妃，但说白了那就是个妾！你怎么能如此铁石心肠？”慕容纤尘看不惯皇帝如此态度，忍不住为穆清雅抱不平，于是一句又一句的怒吼接连而出。

她火爆的脾气已经改善太多，为了她的丈夫，为了穆清雅，为了玉儿。她压抑着自己的真性情，为什么到头来却弄得满身是伤？

“哈，哈哈哈！你慕容纤尘就高尚了，真那么心疼你的好姐妹，那就将你的皇后之位让给她吧，你做贵妃啊！否则你又比朕高尚多少？”皇帝红着眼睛口不择言道。

慕容纤尘愣住了，她激烈地喘息着，忽然大笑起来，笑得眼角流出眼泪，笑得皇帝没了脸色。她说：“好，我给她！这个皇后之位我让出来，本来这个位置就是属于她的，说到底还是我欠了她啊，你那个什么贵妃的位置也不用给我，我也不要了，我自请下堂，我什么也不要，我不求多高尚，只求心安。南啸擎，在我离开南朝之前，你给我一句痛快话吧，当年，你究竟是为什么要迎娶穆清雅的？”

皇帝脸色大变，也不知是怒的还是吓的，咆哮道：“慕容纤尘你疯了！你知不知道你在说什么？今天的话朕就当没听到，你还是皇后，老老实实地在朕身边待着，穆清雅也用不着你给她让地方的，她今生注定是个贵妃！记住了，注定！”

“南啸擎你怎么能如此绝情？你伤害了她，竟然还让她注定在如此不公平的位置上？你还是不是人！”皇后尖锐的怒吼，瞬间将战火点燃。

“伤害她？你这就给朕定罪了？慕容纤尘你到底长没长脑子啊？你一次又一次地为了她而来伤害朕的时候，你的心不会痛吗？你在听信她的话给朕定罪的时候，你想没想过，朕的心，也会痛！”皇帝怒火冲天的一个健步冲上去，狠狠地抓住她的手腕，咆哮道。

“你真的会痛吗？那么……当年在你无情强占穆清雅的时候，你有没有想过，她也会痛的？”慕容纤尘仰着脸，任由眼泪爬满脸，说出来的话语犹如刀子活生生地剥开他的心，那么痛。

皇帝的眼中寸寸碎裂的都是难堪与绝望：“强占？！她和你说，朕强占了她？”

“难道不是吗？”用讥讽掩藏苦涩，慕容纤尘笑得撕裂。

“那你怎么不问问她，当年朕为何会无缘无故地中了春药呢？又为何，就那么巧地碰到了她呢？”皇帝讥讽地轻笑道。

看着慕容纤尘不可置信的正经眼眸，皇帝再次揭露心声：“纤尘，朕有没有告诉过你，见到你的第一眼，朕就爱上你了？只是可惜，那个时候，你的目光里只有对朕的厌恶，强硬地迎娶你当皇后是朕一意孤行，可朕绝不后悔当年的决定！如果她非要说当年的事情是强占的话，那么朕也不能抵赖，谁让朕真的就那么愚蠢地犯了低级错误呢？谁给的东西都放心吃，在救命恩人面前就忘记了警惕和防备呢？可慕容纤尘你记住，朕做过的事情，朕就认。但是扭曲了真相的事情，朕不认！所以就算是你，也不能给朕定罪！”

“怎么会这样？！”慕容纤尘已经被一个又一个的真相给震惊得口不能言了，皇帝爱她？爱了这么多年？春药？穆清雅给他的食物？可穆清雅说她是被强暴的啊！还有，皇帝竟然在清雅出事的那一晚知道穆清雅才是他的救命恩人吗？除了穆清雅还有谁会告诉他？

两方各执一词，究竟谁的话是真的？

洛芷珩纤细的手指敲打在桌面上，桌面上摆放着一张鲜红烫金的请柬，她眯着眼睛看不出来在想什么。

“这已经是贵妃娘娘的多次邀请了，如果这一次再拒绝的话，只怕就说不过去了。你怎么看？”佟老开口，虽然问得云淡风轻，但声音里的不悦洛芷珩是听得出来的。

洛芷珩知道佟老不悦只是针对贵妃娘娘，这里的每一个人都感觉得出来，穆清雅的每一次邀请都很迫切，而且让洛芷珩觉得很诡异。她毕竟进宫一次，但穆清雅的避而不见，几次三番的借口囚禁，都让洛芷珩深有体会。

她不是傻子，她甚至能感觉得到这个素未谋面的贵妃娘娘，似乎对她有些很不满。不然的话，哪有可能把人召唤进宫了，却一直不见面呢？何况她还是顶着穆清雅亲弟弟正妻的身份。

看着眼前的请柬，洛芷珩知道这是一次非常正规的宴会，而且这一次是贵妃娘娘摆宴，时间是两天后，邀请她和穆云诃同去，却没有邀请佟老。其他法老不邀请也就算了，但佟老可是穆清雅的外老祖宗，洛芷珩就不相信穆清雅不知道佟老在这。

“如果我们去的话，您会和我们一同前往吗？”洛芷珩抬头问道。

“不会，老夫没那个兴趣，毕竟人家没有邀请我不是吗？”佟老笑道。

洛芷珩点头，拒绝得了一次两次，但是五次六次就不能再拒绝了。反正早晚是要见一见这个贵妃娘娘的，再诡异又能怎么样？她和穆云诃在一起，倒也不用太担心。

“我会和穆云诃说的，他也早就想见见他姐姐了呢。”洛芷珩拿起请柬转身离开。

佟老看着她的背影，那样纤细的身体，究竟能承受多大的重担和压力呢？从之前哭过之后，洛芷珩就一直是这种表情，冷静得可怕。

洛芷珩回到房间，刚好穆云诃醒了，她笑道：“饿不饿？我们都吃过晚饭了，见你睡得香，就没打扰你。”

穆云诃半眯着眼睛，刚睡醒的慵懒让他看上去十分性感，对她伸手道：“过来。”

洛芷珩为他倒了一杯水走过去，刚坐下就被他环着腰抱住了。喉咙里面有些发涩，她笑声喑哑：“别闹，喝点水怎么样？”

“别乱动，让我好好抱抱你。”穆云诃用力用脸蹭了蹭洛芷珩的后腰，声音沉闷地道：“阿珩，你没有什么想问我的吗？比如，我的另一个身份？”

“你不是之前告诉过我吗？你就是个算命的。”洛芷珩摸着他修长的手指轻笑道，声音里一点没有因为他的特别身份而惊喜或者恐慌的情绪。

这就是洛芷珩啊，绝对不会因为他有多么的了不起而高看他一眼，更不会因为他活得那么卑微黑暗而看轻他。她对他，总是一如既往。

嘴角扬起明媚的笑意，头钻过来枕在洛芷珩的双腿上，将脸埋在她的腹部，他抱歉地道：“对不起阿珩，我之前隐瞒了你。我之前和你说的只不过是个入门而已，我的身份我隐瞒你了，不过算命什么的，我学得也确实不深，因为我身体不好，所以只学会了看一些简单的天象。那个时候老师也是想让我多出去看看天空才教给我看天象的。”

“我的老师来自遥远神秘的占卜天宫，我不知道他在那里有什么样的身份地位，但是我知道他会的东西好多，他教会了我看人的寿命，但并没有教会我数算人的凶吉，所以我只会简单的算出身边即将发生的凶吉。而我不能总运算这种东西，因为每一次费尽心力去计算都会让我很疲惫。”

洛芷珩一脸平静地低头看他：“那么你能不能看到自己的寿命呢？如果能的话你就告诉我，也让我有个心理准备。”

穆云诃抬头看她，细长的眸子里光芒变得扑朔迷离：“算不透！占卜神官是永远不能为自己算的，我们除了能够感知身边的凶吉之外，便是帮助别人，但我们看不到自己的命运。也许这也是一种宿命。”

“嗯，看不到更好，这样我们还能拥有更多幻想和期待。”洛芷珩摸着他的脸温柔地笑道。

“阿珩，你会不会很失望？因为我很可能没有明天，也许今天闭上眼睛，明天就再也睁不开了。”穆云诃一张俊脸轻轻皱着，好像无辜的孩子，目光带着渴盼。

看着他孩子气的样子，洛芷珩轻笑起来：“你该不会是在和我撒娇吧？用这种样子说这么伤感的话，小诃诃你学坏了啊。”

“会吗？我觉得这表情不错，最起码让你能够笑出来。”穆云诃浅笑着，眼角眉梢都刻画着细致的欢喜。

洛芷珩弯腰亲亲他的额头，声音低柔：“为什么要告诉我你这个秘密？虽然我不知道你这个身份是怎么样的，但是看法老们对你的态度，我知道你这个身份应该是很了不起的。”

“因为我不想和阿珩之间有秘密。”穆云诃伸手勾下来她的头，轻轻亲吻着她的唇瓣，声音仿若揉碎了的花瓣，带着令人迷醉的清香：“与我而言，什么身份

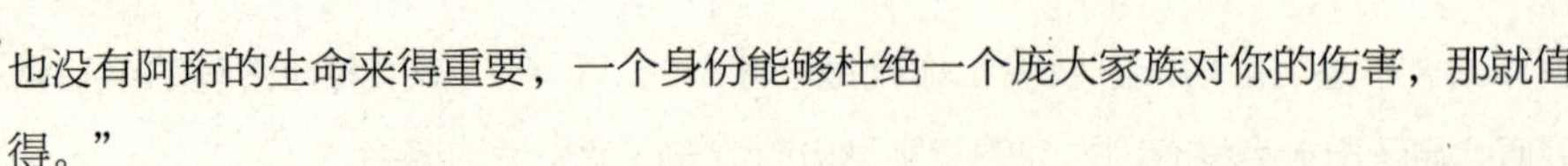

也没有阿珩的生命来得重要，一个身份能够杜绝一个庞大家族对你的伤害，那就值得。”

洛芷珩眼眶干干涩涩的，和他相对无言，但心里面却暖意融融。她从袖子里落下了那张请柬，递到穆云诃面前道：“你想去吗？”

穆云诃一愣，打开一看便放下了，目光盯着她道：“虽然我不知道你在皇宫里那两天究竟发生了什么，但对于一个多年未曾谋面的姐姐，和你之间的话，我愿意相信阿珩。但是我也不能否认，我想要见见她。说想念她那就是矫情了，毕竟在我的记忆里只有童年的那一点模糊不清的片段，对于一个不熟悉的亲人实在谈不上想念。可是她毕竟是我打断骨头连着筋的血脉至亲。”

洛芷珩撇嘴道：“说得那么漂亮，其实还不是想要去见她？你放心，我会和你一起去的，早晚都要见一面，我也很好奇你这个姐姐究竟是什么样的。不过你要答应我一件事情，在宴会上，只要你有丝毫不舒服的地方，我们就要立刻离开，而且我不会居住在皇宫之中，你也不准住在那里。”

洛芷珩到底是不敢将穆清雅身边用着一个诡异的太监的事情说出来，最可怕的是那个太监还吃死了的鸟类尸体。

“好。”穆云诃浅笑道。

洛芷珩等穆云诃再次睡着之后，换了一身黑衣去了丫头的房间。

“小姐！您这是干什么？”丫头惊讶地看着洛芷珩那身黑乎乎的衣服，这走在黑夜里撞上都不知道。

洛芷珩将一封信交给丫头后郑重地道：“这个给你，拿好了，我现在要出去一趟，你拿着它，如果我在明天中午的时候还没有回来的话，那你就拿着它去找佟老他们，记住了，这封信绝对不准丢了也不能给穆云诃看到。这里面装着的是你家小姐的命。”

丫头吓得脸都白了，紧紧拉着洛芷珩的手道：“小姐要干啥去啊？带着丫头吧，我会保护小姐的。”

“不行，奶娘走了，你若是也走了，穆云诃谁来保护？你记住，不要慌，如果有人发现我不见了，你也要稳住他们，但一定不可以在明天中午之前把这封信拿出来，记住了！”洛芷珩一再嘱咐道。

丫头眼泪吧嗒地收好了信，看着洛芷珩消失在夜色中，一整夜不安失眠。

洛芷珩纵马奔跑在夜色之下，她早在这半个月的养伤之中弄清了从世王行宫到白家的所有路线。

白家，一个洛芷珩不可能放过的家族。世界上不可能有无缘无故的刺杀，白家是那么张扬地表示，他们就是来刺杀穆云诃和洛芷珩的，那么他们的目的是什么？穆云诃与自己都和白家没有任何交道，为什么人家就直奔着他们而来？

之前受伤严重，所以她只能按兵不动，但现在她伤好得七七八八了，就按捺不住地想要先窥探一下白家的虚实，最好能早点发现什么线索，这样也能进一步地了解白家为什么刺杀他们。

在距离白家大宅一百米外停下来，将马匹拴在隐秘的巷子里，她仿若夜色下的鬼魅一般，潜入了白家后墙。

白家在南朝有悠久的历史，白家是属于黑白两道都混的，明面上经商做官，暗地里和各个地方的堂会打成一片，白家更是拥有一个自己的杀手堂，说是叫白虎堂，其实就是养杀手的地方。这些都是一个公开的秘密，所有人都知道。

看着眼前三四米高的围墙，洛芷珩不屑地撇撇嘴，后退，助跑，跳！

她的脚仿若踩在梯子上一般向上快速攀登，在垂直的墙壁上留下一片残影后的脚步，身子利落地向上攀爬，手一把抓住了最高处的墙檐，手臂用力向上，整个人双脚用力跳上围墙，但她并没有立刻就跳进院子里，而是匍匐在墙上仿若夜猫一般警惕地看着四周，全身每一个细胞都张开，感受着周围的一些声响和气息。

站在墙垣上可以看见这个后院非常之大，她目光看的地方除了看有没有人之外，更多的是看可以逃跑和躲避的路线和环境。

注意到远处有巡夜的人举着灯笼走过来，足足有六个人。洛芷珩眯着眼睛屏住呼吸，整个人好像八爪鱼一般紧紧趴在墙垣上，一点生息没有。当那堆人毫无察觉走过去之后，她看准了地面立刻跳了下去。

“唔！”跳下来的过程里她的左臂就有些隐隐犯疼，刚才攀爬的时候可能是抻到了。顾不上这些了，她猫腰站起来，躲在树丛后面，黑夜下她双眼明亮，窥视着这安静的华丽后院。

确定安全之后她快速地离开原地，一路贴着有树木花草和建筑的地方走，就为了有突发状况的时候可以方便隐蔽。路上越过了几拨人，她一路通畅地走到了仿若一个后院的地方。正一头雾水的时候，前方不远处的假山后面却传来了不正常的声音。

“唔，你慢点啊……”女子的娇吟声。

“真软啊，咦？这是什么？你在小姐房里偷的？”男子猥亵地淫笑。

“嘘，你小声点啊，万一让人听到传到大小姐耳中，你我就死定了！大小姐最近几天心情不好，已经打杀了许多下人了，我可不想成为下一个。”女子惊慌地说道。

“哼，输不起而已。你没能去比赛现场亲眼看，你不知道那个洛芷珩，简直犹如天女下凡一般，她那一支舞蹈简直让所有男人倾倒了。洛芷珩赢了大小姐是很正常的，大小姐有什么好不满的？她要是也能有洛芷珩那般的舞姿，冠军也是她的。”男子不屑地说道。

“你的意思是洛芷珩很美喽？那你还在我的身体里干什么？”女子怒了。

男子连忙讨好，又说了许多让洛芷珩恶心至极的话语。洛芷珩一脸哭笑不得，她怎么来个夜探白家，也能碰上野鸳鸯苟合的狗血一幕？而且她已经这么出名了吗？丫鬟小厮也知道她？不想浪费时间，洛芷珩决定悄声离开，但那丫鬟接下来的一句话却让洛芷珩定住了脚步。

“大小姐现在和大少爷在房间里争吵，我是看他们吵得那么不可开交不会发现我，所以才敢偷偷溜出来见你的，你要好好疼爱我啊。”

“哦？大小姐和大少爷不是感情很好吗？怎么会吵架？”

“谁知道呢，好像是和贵妃娘娘的请柬有关，据说贵妃娘娘邀请了白家所有主人，偏偏就没有邀请大小姐呢，啊，你轻一点啊。啊！！”

女子娇软的呻吟声瞬间变成了尖锐的尖叫，但也只是一瞬间，因为她面前的男人倒下去，缓缓露出来的是一个谋面人，那人已经将冰冷的匕首落在她的喉咙上，声音沙哑地道：“用力叫啊，你叫的声音越大，匕首刺穿你喉咙就越快。”

花容失色的丫鬟瞬间没了声音，只剩惊恐地看着眼前的人。

“不想死的话，我问你话你就乖乖回答，否则的话，你就和这个男人一个下场，一刀毙命。”洛芷珩故意压低嗓子阴狠地道。

丫鬟吓傻了，以为男人真的死了，连忙哆嗦道：“我回答我回答。”

“大小姐是白明珠？贵妃娘娘邀请了白家人做什么？为什么不邀请大小姐？”洛芷珩问道。

“是白明珠。贵妃娘娘邀请白家人去宫里参加宴会，具体是什么事情奴婢不知道啊，但是好像和大少爷有关系，大小姐说只要大少爷带她去宫里她就能去的，说大少爷以后是要坐那个位置的人，现在就忘恩负义了，说大少爷不得好死。是因为她所以贵妃娘娘才看上大少爷的……其他的，奴婢就不知道了。”丫鬟说的都是她偷听来的。

洛芷珩眯眼，乱七八糟的话语里面她却觉得暗藏玄机。也觉得头皮发麻。

因为她从这段话里清楚地得到了一个讯息。贵妃娘娘和白家，有着千丝万缕的关系！

“你口中的贵妃娘娘，可是南朝皇宫里的穆清雅贵妃？”洛芷珩最后确认。

“是的，就是穆王朝的那位。”丫鬟惊恐回答。

有些事不去查找就永远不知道，一旦查找，但真相怎么就那么令人望而却步呢？

洛芷珩脑子一片混乱，是震惊，是错愕，是不可置信和匪夷所思？交替在一起，她觉得浑身发冷！白家无缘无故的刺杀，她还没有找到原因呢，就得到了另一个消息，白家和贵妃娘娘是认识的，并且关系匪浅。

那白家应该巴结着穆清雅的娘家人吧，怎么反而派人来刺杀穆云诃？

洛芷珩收住杂乱的思绪，一把扯住丫鬟道：“带我去你大小姐房间，警告你不准声张，否则这把匕首就会穿透你的喉咙。”

丫鬟连忙提起裤子，全身发软地被洛芷珩拽着带路。当到了白明珠院子外的时候，洛芷珩将丫鬟打晕，迟疑了一下却并没有杀了她。

翻墙进入院子，院子里一个人也没有，显然是都被屏退了。几乎不用她费心去找，就知道哪个是白明珠的房间。因为此刻那房间里还有白明珠尖锐的咆哮声：“白明月你丧良心！你也不看看你什么德行？要不是我无意中得到的宝贝让贵妃娘娘看上了，召唤你进宫的话，你以为你凭什么能够得到贵妃娘娘的眼缘？现在你要去皇宫做人中龙凤了，就想要将我这个姐姐甩掉？你做梦吧！”

房间里又响起了男子无奈的声音：“姐姐你真的误会了，我不会忘记你的恩情的。但是你也应该知道啊，我毕竟还和贵妃娘娘毫无关系，而且这件事情八字还没一撇呢，我怎么敢去和贵妃娘娘谈条件？是贵妃娘娘没有邀请你参加宴会，你怎么能怪我呢？”

“白明月！你我都很清楚这一次贵妃娘娘邀请白家人是去做什么的。如果不是那件事情的话，你以为就凭我们白家的身份地位，有资格集体成为贵妃娘娘摆宴的座上宾吗？我们白家筹划了这么久，你也给贵妃娘娘当了这么久的孝子贤孙，怎么你在贵妃娘娘面前就一点说话的分都没有？我看你就是知道自己要水涨船高了，要脱胎换骨了，所以就不将我这个大恩人放在眼中了是不是？哦，我知道了，你是看不上我了的，因为你有爱慕的人了吗，但是人家可是有夫之妇！人家的丈夫那是天下第一美男子，你白明月是个什么东西？”白明珠蛮不讲理的声音里充满偏激。

“白明珠你说话注意一点！不要以为这是家里就可以胡言乱语，也不要总是觉得你自己高高在上了，不是所有人都该你指责的！”白明月忽然一改之前的谦和，声音里颇有几分狠戾。

洛芷珩听得眉头紧蹙，这都什么乱七八糟的？这姐弟两个人在究竟怎么回事？白家和贵妃究竟有什么关系？那件事情又是什么事情？白明月脱胎换骨和贵妃娘娘有什么关系？究竟贵妃娘娘摆的这场宴会是什么用意？难不成还是鸿门宴？

洛芷珩对贵妃娘娘再一次有了更高的防备，明明说是家宴的，却请了白家，难道白家也是家人？

“怎么？我说中了你的心事，说到了你的心上人，你不舒服了？我就是要骂她！她洛芷珩就是个贱人！天底下最大最大的贱货！跳个舞都能把男人的魂给勾走了，她怎么不去勾栏院里去做妓啊？”白明珠发狂一般咒骂道。

“你闭嘴！”白明月忽然怒吼起来，紧接着一声清脆的声音响起，啪地一声。

洛芷珩眼皮子狠狠一跳，满眼寒光！

“白明珠你个贱人！不准你侮辱她！她在我心里面是最最圣洁的，你自己下贱，别用你的脏嘴去玷污洛芷珩！”白明月彻底撕开了文雅的皮面，指着自己的亲姐姐怒骂道。

亲眼见证了洛芷珩那惊才潋滟的各种表演，没有哪个男人能不为洛芷珩心动的！

洛芷珩那一瞬间不知道是该哭还是该笑了。表情古怪。

“你竟然为了她打我，还骂我？白明月你的良心被狗吃了吗？”白明珠疯狂尖叫。

白明月冷冷地道：“我的良心不是被狗吃了，而是被我的好姐姐，在不断地提醒我你的恩情之中被彻底消磨光了！白明珠你如果再这样一味地放纵，不知悔改，那么待我成为皇族之人之后，你也别想从我这里得到半点好处！你记住，哪一天，高高在上的那个人是我白明月，你，甚至白家也要看我的脸色活着！你以为我会允许你继续放肆下去吗？”

“你、你怎么可以这样对我？”白明珠似乎被吓到了，但更愤怒了。

白明月说得冷酷绝情：“你如果再侮辱她，就别怪我不客气了。”

“为了洛芷珩，你竟然威胁我？你知不知道她已经是穆云诃的妻子了啊？你怎么会被洛芷珩给勾走了魂啊？”白明珠不可置信地尖叫道。

“穆云诃是身份高贵，但他也只不过是穆王朝的一个小王爷而已，只要我成功过继给贵妃娘娘，就有资格争夺皇位，皇帝的子女虽然不少，但这些年死去的也同样不少，尤其是男孩，现在偌大个后宫之中，也就那么几个皇子而已，只要我继承了皇帝的宝座，那么，我就有资格得到洛芷珩了。”白明月的声音里流露出来的野心和疯狂，让门外的洛芷珩听得毛骨悚然。

那是一种什么感觉呢？就这样诡异地毫无防备地听到了一个惊天秘密！

贵妃娘娘竟然要过继皇族之外的孩子当儿子？！

而这个人竟然还喜欢上她洛芷珩了？！

最可怕的是，这个男人竟然还妄想争夺她？！

洛芷珩听着这诡异的一切，心里面的感觉只有一个，恶心！恶心至极！就好像被流着恶臭口水的狼狗舔了一口，恶心得她都快要吐了！

“你疯了！你简直是疯了！”白明珠彻底被白明月的疯狂吓到了。

“我是疯了，从第一眼看见洛芷珩我就爱上她了。她那么英姿飒爽，那么妩媚多情，又是那么的多才多艺，她就是女神，没有一个女子能够比得上她，更没有一个男子能够配得上她！我只恨白家之前对穆云诃的刺杀不成功。都怪世王，竟然那么厉害，将我们安排的刺杀都给抵抗过去了。”

“穆云诃那种病秧子怎么可以拥有洛芷珩呢？他最好立刻死去，这样我就不用再煞费苦心地去得到洛芷珩了。现在你知道我对洛芷珩是什么想法了吧？所以我警告你，以后不准你再动一点伤害她的念头，不然我会……杀了你！”白明月毫无人性地说完，猛地开门离去。

洛芷珩满脸寒霜地躲在墙角里，看着白明月的眼里充满了杀机与厌恶。可她并没有轻举妄动冲出去杀了白明月，既然知道了这么多不可告人的秘密，她自然要想一个好法子，来最大面积地重伤白家，彻底铲除白明月！

而让洛芷珩更加震惊的是，他们在来南朝途中的那场刺杀，竟然是冲着穆云诃来的？他们当时还以为是冲着世王去的！白家，究竟为什么要刺杀穆云诃？这又和穆云诃的姐姐要认白明月当继子有什么关联？

房间里传来了摔东西和哭吼咒骂的声音，那里面洛芷珩的名字出现的次数最多。

洛芷珩嘴角含着一抹嗜血冷笑，看她今晚来得正是时候呢！知道了许多秘密，还能先收拾一顿白明珠这个敌人。

悄无声息地走到了门口，里面一片狼藉，白明珠正在尽情地砸东西骂人，恶毒的言辞里将洛芷珩骂成了人尽可夫的妓女。洛芷珩眼底寒光带着鲜艳的红，脚步鬼魅地来到她背后，在她转身之前一个手刀狠狠地落在了白明珠后颈上，将人砍晕！

“妓女吗？下贱吗？人尽可夫吗？啧啧，没想到白家大小姐文采不错，还懂得这些词汇呢，但我更喜欢用做的，让白家大小姐也亲自感受一下这些词语的‘美好用意’怎么样啊？”洛芷珩看着倒在地上的白明珠，阴森森地笑道。

她拿出匕首唰唰几下就将白明珠的衣服划碎剥了个精光，然后扛起人就走。

今天收获巨大，她也不犹豫立刻决定离开。她一路沿着原路返回，却在即将到达后院之际，整个安静的白家忽然响起一片叫声。

“来人啊，抓刺客！”

洛芷珩瞳孔紧缩，糟糕，被发现了！

洛芷珩扛着白明珠的身子一僵，而后快如闪电地没入了角落之中隐藏起来，手已经摸在了隐藏在衣服下面的手杖之上。

大批的家丁和忽然涌出的侍卫从四面八方冲出来，洛芷珩紧缩的瞳孔瞬间小到针眼那般大小，屏住呼吸，整个人蓄势待发。

然而令她大吃一惊的是，这群人竟然从她隐藏的地方冲过去，直直地朝着前面跑去，火把点亮了整个白家大院，刀剑冒着寒光，在洛芷珩眼前唰唰而过。待到这群人离去之际，前面忽然响起了打斗声。

竟然是虚惊一场！

“啧啧，看来这个白家的仇人还真不少呢，挺热闹。”洛芷珩冷笑一声，并不留心看热闹，她爬上了一旁的大树，然后将白明珠用力地举到了墙垣上，在白明珠的身体过去了墙垣三分之二的时候，猛地放手，白明珠的身体就扑通一声掉在了墙外面。

三四米高的墙壁，只会把白明珠摔得更惨。好在外面是土壤，倒不能摔死她。

洛芷珩利落地跳上墙头，站在夜色下她还是回头看了一眼前方，那个位置可能是白家的中心了，此刻正火光冲天，打杀一片。那么多人还没有迅速控制场面，可见来人的厉害。

洛芷珩抓着树枝，整个人跳下了墙垣，因为有树枝可以抓着，她借力落下墙垣一米多，然后放手跳下，整个人轻盈落地，扛起了白明珠快跑向藏着马匹的巷子。

巷子刚巧要经过白家的后门，洛芷珩用黑色腰带，将赤身裸体的白明珠吊在了白家后门门前的遮雨门檐上。看着白明珠被绑着手吊在那里，洛芷珩邪恶地笑了起来。

让你骂我，咱们就看看究竟是谁下贱！

洛芷珩到底是手下留情了，她要是将白明珠挂在城楼上的话，那么看见白明珠的人就会更多，白明珠的名声到时候势必是保不住的。白明珠这个人也会彻底毁了。可洛芷珩只把她挂在她家后门上，这里人来人往的少，出来的应该都是采买的婆子丫鬟，看见自家小姐这样自然也不敢声张，但是私下里必定会传出来流言蜚语。到时候白明珠也可以好好品尝一下她口中的千人骑万人睡是什么滋味了。

洛芷珩回到世王行宫的时候，已经想到了她回来晚了会乱套，但她绝对想不到会乱成一锅粥。

世王行宫门口，慕容老将军威严地站在前方，四周围满了穿着怪异的士兵，兵戎相见，气氛紧绷，战斗一触即发！

“本将军再最后问一次，你们到底是交还是不交人？”那穿着怪异的魁梧男子用怪腔怪调的话语怒喊道。

慕容老将军冷笑一声道：“不是我们做的，凭什么让我们交人？你若一口咬定是我们做的，那就拿出证据来，若证据能让老夫心服口服，那不用交洛芷珩和穆云诃，老夫就把脑袋交到你们手上。”

“说得好听！只有你们有杀人动机，现在还敢狡辩？更何况我们并没有将这件事情算做是两个国家之间的事情，我们一直在强调这是阿蛮公主和穆云诃与洛芷珩之间的事情，现在让你们交人也只不过是交出他们二人而已，你又何必一直将这件事情和穆王朝挂钩？”那将军怒声道。

“你这是强词夺理！穆云诃是我穆王朝尊贵的小王爷，洛芷珩是他的正妻，二人身份贵重，岂能是你这种下九流的东西说要就要的？你们西蛮国未免太过于狂傲了，真真是不将穆王朝放在眼中啊。真以为老子怕你不成？”慕容老将军暴怒道。

那西蛮国的将军一愣而后狞笑道：“我知道你是整个天下最最接近战神的军人，但接近不代表就是，你还不是战神呢，少拿战神威风来镇压我们，战神能通令天下军队，大杀四方，但你还不够资格！我就告诉你了，我也不怕你，你今日若真的不交人，那说不得我们就要打进去了。到时候我们占据道理，就是银月国的王爷也是说不出来什么的。”

“真是好大的口气！”众人之后一把清冷的声音忽然传来，抢在慕容老将军之前开口，轻蔑地喝道：“我们慕容老将军就算不是战神，那也是响当当的大人物，是军中之魂，你算个什么东西，竟然敢来对我们慕容老将军挑三拣四出言不逊？这件事情有辱我们穆王朝的颜面，我倒要好好和你们西蛮国说道说道了，是不是真的要在战争之外再开一块天地，用来讨伐你们这群无耻狂妄之徒！”

“什么人？”西蛮国将军猛地回头，那骑在高头大马之上的女子便映入眼帘，这女子的年轻让他瞳孔紧缩一圈，下意识地道，“你是什么人？”

“嗤！想要找我，却偏偏不认识我，西蛮国也不过如此嘛。”洛芷珩轻蔑地讥讽道。此刻的她早已经丢掉了那一身黑衣，买了一套素净的白裙穿上，冷淡的容

颜清丽脱俗，看上去仿若不食人间烟火的仙子。

她丝毫不将那群围在世王门前的士兵看在眼中，驱马上前，那群士兵竟然下意识地让开了一条道路让她通过。

那将军见状立刻呵斥道：“你就是洛芷珩？！还不将她拿下！”

“谁敢？”慕容老将军一声咆哮，对一旁的慕容大将军命令道：“还不去！”

慕容大将军早已经按捺不住心中的怒火，老祖宗一声令下，他立刻冲进了包围圈，虽然是四十多岁之人，但却有股龙虎之势，他飞跃到洛芷珩马前，长刀犀利甩出，面前十几米之内无人敢近身。

砰地一声！慕容大将军将关公大刀拄在地上，仿若一座守护门神一般地立在洛芷珩马前，一双虎目疾风带电一般射向四周，令西蛮国的士兵们震慑在他的凶猛之下。

洛芷珩一脸云淡风轻地看着四周的士兵们，冷漠地道：“西蛮国别太猖狂了，我穆王朝也不是没有人的国家，你们如果真的要在这里撕破脸的话，穆王朝奉陪到底，但是记住了，后果自负！”

西蛮国将军目光阴沉，理直气壮地道：“这件事情是你们对不起西蛮国，若是在战场上战死，被你们杀死的话，西蛮国自会用武力在战场上解决。但你们夫妻实在是太过于卑鄙无耻！你与公主之间的决斗明明是你们自愿的，你技不如人受伤也是你的命，可你丈夫竟然因为你的受伤而恼羞成怒，暗中派人加害我们公主！你们这样做难道就是正人君子了吗？”

洛芷珩眉目一冷：“阿蛮公主被人暗算？她受伤了？”

那将军目光沉痛，咬牙怒道：“你少在那里装，阿蛮公主死在了这场暗算之中，你不会不知道！”

“她死了？！”洛芷珩震惊了一瞬间，旋即便冷冷地道，“她死了与我们有何关系？你有什么证据就说是我们做的？拿出证据来，如果不能拿出证据来的话，那就不要信口雌黄，你这是在挑拨两国关系，引发的严重后果你能承担吗？”

“证据？你还想要什么证据？这个东西是不是你的？”西蛮国将军拿出来一只金色叶子，怒问道。

洛芷珩瞳孔紧缩！

因为那片叶子赫然与她当日那支沙漠之舞中的装饰金叶子，一模一样！

洛芷珩心思细腻，看到这东西之后只是一愣，便立刻沉静下来。阿蛮公主的死非常蹊跷，她在离开南朝之后死在了归国的路上，是被暗杀的。而在暗杀现场有人找到了一片金叶子。本来这金叶子倒也不算什么稀奇之物，但可恶就可恶在了洛芷珩之前就佩戴过大量的金叶子舞蹈，并且天下皆知！

而人家找上门来，认定她洛芷珩和阿蛮公主的死有关，也是因为这金叶子吧。一旦联想到她的身上了，似乎一切就都合情合理了，毕竟她与阿蛮公主之间有矛盾和仇恨，她因为报仇而杀人，是可以接受的动机。

难怪西蛮国这样认定这件事情是他们做的呢。

但这其中究竟是怎么回事？阴谋？陷害？借刀杀人？还是渔翁得利？洛芷珩能想到的都想了，她虽然一头雾水，但她可以肯定，这背后有人故意将矛头对准了她，不然不会留下那么明显的暗示。

有人想要将她置于死地吗？

“你没话说了吧？奉劝你最好束手就擒，与我们回到西蛮国去，杀了别国的公主，这个罪名只怕是你们穆王朝的君主也不敢轻易帮你扛下吧？”那将军冷嘲道。

“我问你，你们公主是在什么时候死的？”洛芷珩问。

“十二天前！”

“既然死了那么多天了，为什么现在才来找凶手？”

将军不耐烦地回答道：“自然是要先将公主的尸体运送回国，然后才回来找你们这两个凶手！”

“你最好先别给我定罪，是不是凶手，你说了可不算。你们来回半个多月，她死了十二天，也就是说你们才离开南朝后的不几天她就遇害了？”洛芷珩眯眼问道。

那将军下意识地不想回答，他似乎无形之中被洛芷珩牵着鼻子走了，总感觉这个洛芷珩很诡异。

“不回答吗？那你就凭一个金叶子就想定我的罪？你未免也太天真了吧。阿蛮公主离开的时候，我已经被她重伤，那个时候一直在昏迷，我想你们不会不知道。就算我与她之间是决斗，但她不顾两国关系将我重伤，难道你们就不应该有些表示吗？可你们没有，就连一句道歉都没有。我不说什么了，但你们竟然还敢反过来咬我一口？”洛芷珩丝毫不惧地指控道。

她冰冷地道：“三天，你们离开三天，你以为重伤昏迷的我有什么机会和时间来安排一场刺杀？还是一场成功的刺杀呢？那个刺杀你们公主的人可以预见是个厉害人物，不然就是你们这群士兵太过于愚蠢了，不然不会那么多人保护不了一个公主。”

那将军被洛芷珩的话说得面色发青，但洛芷珩丝毫不顾忌地再次讥讽道，“不知道你们的脑子是怎么长的。别说我没有作案时间和筹划时间了。就算我有，我会愚蠢到将那么明显的物证留在案发现场吗？你们是当我洛芷珩脑残啊，还是你们脑袋缺弦？别侮辱你们的智商，也别侮辱我的智慧好吗？”

“就算不是你亲自做的，就算你没有参与，但你不是还有一个丈夫吗？他还是清醒的，他还能够来筹划这一切！你是怎么也抵赖不了的，这件事情一定就是你们做的。”那将军将强词夺理当做是有理有据。

洛芷珩就笑了，笑得讽刺而轻蔑：“还是那句话，拿出证据来！不然我就会上奏穆王朝，势必要发兵出战你们西蛮国，理由就是你们胆敢污蔑陷害我国小王爷！再警告你一句，有证据就拿出来，若是那种白痴证据，那你就带着你的士兵立刻滚回你们西蛮国去，别在其他国家给你们国家丢人现眼了！我也没那个闲暇时间陪你们浪费！”

“现在，让开！”她扬起马缰，冰冷目光扫向周围士兵，厉喝道。

那群士兵被洛芷珩的气势给震慑住，一时之间竟然真的退开几步。而洛芷珩走马向前，果然不将他们放在眼中。

西蛮国将军被洛芷珩的话堵得哑口无言，仔细一想，可不就是这样吗？难道这真的是一场有预谋的陷害？可是公主殿下却牺牲了。而洛芷珩却好好地活着，不可能就这么轻易放过洛芷珩的。

“不管你怎么狡辩，这件事情一定和你有关，不然怎么只会留下金叶子？而且这很可能是你们雇凶杀人给杀手的定金，被他不小心遗落在现场的。”将军还在狡辩。

“随便你怎么说，但你现在的每一句话都是废话，因为这不能够就给我定罪。你有这个时间在我这胡搅蛮缠还不如赶快去找出来那个真正的杀人凶手呢。哦，还有，对于你们公主的死，我感到很难过，节哀顺变吧！”洛芷珩一脸沉痛地说道。

事情发展到这一步，正如洛芷珩所说，两国力量势均力敌，但无形之中又有一个穆云诃的存在，那就不一样了，就算没有穆云诃，西蛮国拿不出来确切的证据，也是不能够抓洛芷珩的。所以他们今天这场闹腾，除了让西蛮国丢人之外，就是让洛芷珩警惕。

最起码从这件事情中，洛芷珩看出来，背后有一个凶恶之人，想要除掉她呢。可是那个人会是谁？

慕容大将军屈尊降贵，帮洛芷珩牵马到行宫门前，洛芷珩下马上台阶，慕容老将军便一脸忍不住的眉飞色舞，低声笑道："好丫头，回来得真及时。你昨晚干什么去了？快回去，小王爷已经急得要杀人了。"

洛芷珩回头看了眼那群西蛮国的人，很不放心。

"放心吧，我会对付他们的，你赶快进去。"慕容老将军催促道。

洛芷珩点头，连忙往里面走。她刚到穆云诃住的院子里，就听见穆云诃已经变了声音地咆哮："放开本王！"

小喜子惊恐地哭喊："主子爷，奴才求求您了啊，小王妃一定不会有事的啊，她不是交代丫头了吗，今天正午不回来就去白家要人，慕容老将军已经带人去白家了啊，您再等等，主子娘娘为了您什么都会做，您不能在这个当口再让主子娘娘分心了啊。"

"嗯嗯，小姐一定会没事的，再等等，再等等，呜呜呜……"丫头好像是安慰自己的话，可说着说着就大哭起来。

"都让开，本王要自己去找阿珩，你们都给本王让开！"穆云诃阴冷的声音里一片阴霾，也许是喊得太久了，他本就微弱的嗓音此刻更加虚弱。

洛芷珩心里有说不出的暖流在流淌，孤独寂寞的陌生世界里，有一个男人，总能在任何时候，为了她同样不顾一切，同样时刻在乎她，那种感觉，让她觉得茫然的心都是火热的。

快步跑进去，看着一片狼藉的房间里，穆云诃正被小喜子拼命拦着，他的容颜上有不正常的红晕，洛芷珩心疼地喊道："你在干什么？还不快点回床上去躺好？"

穆云诃浑身一僵，猛地抬头，狭长干净的眸子瞬间通红一片，咬牙切齿地怒吼道："你死哪去了？还知道回来！"

虽然被骂了，但洛芷珩却并不难过生气，反而觉得心里面暖洋洋的，她快速来到穆云诃身边，温柔软语道："我这不是死回来了吗？你不要生气呀，快点先去躺好。"

"你还在乎我死活？你自己去那么危险的地方，你的心里面真的还有我？你难道不知道我会担心吗？洛芷珩你究竟长没长脑子啊？那个地方是你随随便便就能去的吗？你到底想怎么样？让我担惊受怕死，你就能不闹腾了是不是？"穆云诃怒火极大，也是惊恐到极点了，所以完全控制不住火气了，对着洛芷珩一顿发作！

穆云诃不傻，白家竟然敢明目张胆地刺杀他们，并且刺杀的时候还不隐瞒名字，那就证明白家有底气，根本就不将穆云诃甚至是穆王府放在眼里。这样嚣张跋扈的白家，就好像猛兽一般。他们并不了解白家的根底，但白家一定调查过他们，

洛芷珩这样冒失地前去查探，后果不堪设想！

穆云诃甚至不敢想象，万一洛芷珩失手了，被抓了，会不会被白家人毫不顾忌地当场杀害？又或者会不会被白家施刑虐待？穆云诃心里面乱成一团，着急，惊恐，担忧，绝望席卷而来，几乎要击碎他的理智。

也是那一瞬间，穆云诃的脑子里忽然划过了一个词，那就是，绝不能失去她！！

洛芷珩第一次见穆云诃对自己发这么大的脾气，她也是愣愣的，温文尔雅的穆云诃，虽然私底下是坏脾气的人，但却单纯无害，一直是有胸襟的男人，看来她的举动是真的让他害怕了。

洛芷珩的性子像是属驴的，人家要是给她句好话，好言好语地说，她都能听进去。

“我知道是我不好，不要生气了，我这不是安然无恙地回来了吗？再说我也留了后手啊，丫头不是已经把信给你们了？”她声音软软的，伸手想要搀扶穆云诃，却被他猛地拍掉了手，洛芷珩表情一瞬间委屈。

“你留下的信只会让人更加不安！洛芷珩，你以后如果再敢这样轻举妄动的话，那就别怪本王不客气了！”穆云诃眉宇间都是狂风暴雨。

那封信里写的是什么？什么叫我去白家溜达一圈，若第二日正午还未归来，便去白家要人？

溜达一圈？她以为白家是什么人都可以随随便便溜达的地方吗？白虎堂的总堂可就设立在白家大宅的正中间呢！稍有差池，很有可能人家还不知道她是谁，就已经将她杀了！穆云诃想想都觉得脊背发寒，后怕不已。

“那你到底要怎么样嘛。”洛芷珩无奈地道。

穆云诃却没有理会她，转身踉跄地回到床上躺好，闭着眼睛根本不理会她了。

“小姐……”丫头小心地检查洛芷珩，生怕她受伤。

小喜子怕洛芷珩和穆云诃生气，连忙轻声道：“主子娘娘您别生气，小王爷只是太担心您了，今儿早上起来没看见您，主子爷就到处找您，刚刚得知您竟然去了白家，主子爷当场脸都白了……”

“都滚出去！用得着你在那胡言乱语！”穆云诃忽然怒斥着打断了小喜子的话。

小喜子和丫头噤若寒蝉，连忙出去了。

洛芷珩狠狠缓出口气来，对这个别扭的穆云诃实在是无可奈何了。她似笑非笑地道："都滚出？也包括让我滚出去吗？"

穆云诃好像没有听到一样，闭着眼睛躺在那里。可是洛芷珩明明就看到他的耳朵在动，似乎在仔细聆听房间里的声音。

洛芷珩鼓着嘴，走过去轻轻碰了一下他，可是穆云诃却忽然转过身去，是真的不理会她的样子。

"喂，你真的不理我啊？你这样我会很伤心的。"洛芷珩黏着他问。但穆云诃沉默到底了就是不开口。洛芷珩等了一会儿，手指缠绕着他的发丝，却被他猛地将头发全都收拢到前面去了。

"你幼稚不幼稚啊？"猛地拍了一下床，洛芷珩站起来道，"你要是再不理我的话，那我可走了啊。"

还不理人！

"我真走了啊！"

就不理人！

"我走你可别哭！"

洛芷珩说完真的转身就走，一把打开了房门，门外两个偷听的人差一点摔倒，被洛芷珩好笑地瞪了一眼。

穆云诃听见开门声，猛地转过身来，眼看着洛芷珩一脚迈出房门了，穆云诃生怕洛芷珩再做什么危险的事情去，立刻怒吼道："又要去哪？赶快滚回来！"

洛芷珩脚步一顿，却并没有回头。咬咬唇，她真想大笑三声，有没有比她的小诃诃还矫情的男人了啊？明明是担心在乎她的，却偏偏发火不理人。

她回头，笑得阳光灿烂地道："我觉得你应该冷静一下，要不然你的火气太大，我害怕天太热也控制不住自己的怒火，到时候咱俩再两败俱伤就不好了，我也先滚出去，等你不生气了我再滚回来吧，你乖乖生气吧。"

说完人就走了，还体贴地关上房门，屋子里传来了穆云诃愤怒的咆哮："洛芷珩你有本事就别滚回来！本王不稀罕你这个不知好歹的混蛋！"

丫头一脸茫然地看着笑得好像吃了一桶饭的主子，问小喜子："为啥小王爷骂人，小姐还笑啊？"

"笨蛋丫头！那是由爱生恨！主子娘娘知道主子爷是在乎她才会这么生气，所以主子娘娘高兴啊。"小喜子一脸自得解释道。

丫头迷糊地点头，忽然对小喜子道："你令堂的。"

小喜子一愣，旋即暴怒不已："你干啥骂我？"

丫头无辜极了："俺对你由爱生恨，俺在乎你啊。"

小喜子被噎得一脸通红。

洛芷珩听着两个笨蛋的对话，笑眯眯地去找佟老，到了佟老这的时候，她就笑不出来了，因为佟老看见她回来了，劈头盖脸就是一顿斥责，完全是长辈对晚辈的关爱，说洛芷珩这次是鲁莽和轻举妄动了。

“老祖宗说的是，但我这不是平安回来了吗？老祖宗就别生气了啊。我来其实是有件事情想要请教老祖宗。”洛芷珩乖巧地说道。

佟老平稳气息挑眉道：“说来听听。”

洛芷珩故作害羞地笑道：“这一次来南朝，最过于惊喜的就是得知了小王爷还有一位姐姐在这里，可是我对贵妃娘娘却一无所知，不知道老祖宗可否将贵妃娘娘的一些事情，喜好告诉我呢？这样我也好多了解一点贵妃娘娘，毕竟之前我在皇宫那么多天，却没有见到她，我真的挺害怕贵妃娘娘不喜欢我呢。”

一趟白家之行，让洛芷珩对贵妃娘娘更是心存疑惑，还有一天就要进宫见这位神秘的贵妃娘娘，洛芷珩有一种时间紧迫的感觉。

佟老似乎是诧异地看了她一眼，而后淡淡地说道：“对于穆清雅，我了解得并不多，只知道她年轻的时候与镇国将军家的大小姐交情甚好，之后共同嫁给了南朝皇帝，后来生了一个儿子，其他的什么喜好，我倒是不知道了。”

“可是之后这个儿子不是过世了吗？老祖宗，您知道不知道为什么贵妃娘娘这么多年一直不再生一个孩子啊？毕竟她还这么年轻啊。”洛芷珩故作迷惑地问道。

她想知道为什么贵妃娘娘会选择一个皇族之外的男子做继子呢？这不是混淆皇室血统吗？皇帝应该不会同意的啊，可看白明月那信誓旦旦的猖狂样子，好像这个皇子之位已经势在必得，究竟是怎么回事？

佟老的脸色有一瞬间的变换，他忽然目光如炬地看着洛芷珩：“你似乎很感兴趣穆清雅孩子的事情？”

洛芷珩丝毫不慌张地道：“是呢，只是觉得贵妃娘娘还这么年轻，可以再生一个孩子啊，这样她以后就不用担心孤单了呢，有个孩子有个伴有份依靠啊。”

佟老笑得意味深长地道：“那么你和小王爷，准备生几个伴呢？”

洛芷珩没想到会被反问，干巴巴地笑了几声，连忙岔开话题：“要注意一下西蛮国呢，阿蛮公主被刺杀，看样子是有人要找我麻烦呢。”

佟老高深莫测地道：“只怕没那么简单，只怕他们的真正目标是穆云诃！他们要的人是你或者穆云诃，他们并不傻呢，他们知道穆云诃的重要性，我们一定不会交人。而他们看出来穆云诃在乎你，所以他们要你，如果我们把你交出去了，穆云诃势必不会不管你，到时候他们就有可以和穆云诃谈条件的底气了。所以我觉得，西蛮国这一次是下血本了。”

洛芷珩大惊道：“什么意思？您是说……是西蛮国也知道了穆云诃的那个身份，所以自己将阿蛮公主杀死，用此来陷害我们？这不可能！”

“何以见得？”佟老问。

洛芷珩分析道：“时间上不合理！如果阿蛮公主真的是在离开后第三天死亡的话，而阿蛮就是这支队伍的最高身份，没有人敢轻易对她下毒手的，除非是一国之主的命令。但是三天时间不可能将穆云诃的消息传回去，所以他们的国主就不可能会下达杀死阿蛮的指令。所以这公主死亡的背后，我觉得是个有预谋的刺杀。”

佟老陷入了沉思，半晌才叹息道：“有道理啊……”

025　丑陋的亲情，神秘画卷

洛芷珩现在有太多疑问了，要解决的事情有许多，但因为她对穆云诃的过去一无所知，所以一切都只能等奶娘回来看有没有线索了，而西蛮国，洛芷珩现在的态度就是置之不理，至于西蛮国那边有什么举动的话，他们只能见招拆招了。

夜晚，洛芷珩盯着穆云诃的背影不怀好意，这男人还真是够倔的，午饭不吃，晚饭不吃。洛芷珩稍微靠近他，他就用一种很愤怒的目光瞪着她，偏偏目光里的怒火也是纯净的。

“穆云诃，你今晚到底让不让我上床睡觉啊？要不我就去丫头那里了。”洛芷珩凉凉地道。她就不信穆云诃会让她去别的地方睡觉。

但这一次她还是高估了自己的魅力，低估了穆云诃的怒火。穆云诃真的没理会她。

洛芷珩一天一夜未眠也很累了，穆云诃的脾气有点大，她哄得有点力不从心，她现在只想睡觉。赖皮似的蹭上床，感觉到穆云诃身体僵硬了一瞬间，她咧嘴一笑，悄悄地搂住他的腰，感觉到他又要闪开，洛芷珩连忙叫道：“你别动啊，我伤口疼。”

穆云诃浑身一僵，果然不敢乱动了，但声音里却带着怒气：“洛芷珩你是不是一直都很会说谎？”

“你以为我在说谎？你怎么不问问我昨天晚上是怎么过来啊？我的手臂因为重力被弄伤了，很痛的。”她在他背后一脸笑眯眯地委屈道。

“那也……活该！”穆云诃的声音里多了几分怒火，却低了几分高度。

口是心非的家伙！

洛芷珩撇嘴一笑道：“和你说一件事情啊，我昨天晚上做了一件好事，我把白明珠给脱光了挂在了她家后门口，今天我回来特意打听了一下，但是没有丝毫有关于白明珠的事情呢，你说他们家会怎么处理这件事情？”

穆云诃胸口狠狠地抽了一口气，咬牙问道：“她怎么你了？”

“没怎么我啊，就是看她太不顺眼，白家没一个好东西，不论男女！”洛芷珩一想到白明珠骂她的话，还有那个白明月对她的异想，她就觉得浑身恶心。

“不可能！你不可能无缘无故就那样对待别人，就算那什么猪和你在比赛场上针锋相对，你也不会这样做的，一定是她对你做了什么。”穆云诃肯定地说道。

洛芷珩惊讶极了，从后面抱紧了穆云诃的腰，闷闷地道：“果然还是我的小诃诃最了解我了呢。那个白明珠嘴巴太臭了，好讨厌，竟然骂我，所以我就给了她一点教训，你说我是不是有点坏啊？”

“不坏，她活该。”穆云诃冷淡地道。

洛芷珩咧嘴笑了起来，果然这个男人是个好哄的，而且一心向着她。忍不住有点得意，就轻轻地亲了穆云诃的肩膀一下，隔着衣服的亲吻轻轻的痒痒的，她敏感地察觉到穆云诃的呼吸有点重。奇怪地眨眨眼道：“怎么了？是不舒服吗？”

“没有，你在白家遇到了什么？”穆云诃连忙转移话题。他脸色有些不好看，很奇怪的感觉，洛芷珩只不过是轻轻触碰了他一下，他就觉得浑身发热，今儿竟然因为她的一个亲吻而再次有了硬的征兆。

洛芷珩沉默一下，白家听来的事情她不可能对穆云诃说，那毕竟是有关于他姐姐的，而白明月那些放肆的话，她也不敢说，小诃诃可是很会吃醋的。

“也没什么，就是进去溜达一圈，白家人睡得都好像猪一样。咱们也睡觉吧，我都一天一夜没睡觉了。”洛芷珩哈欠连天地说道。

穆云诃僵硬地转过身来，将她抱进怀里，闷不吭声。

“小诃诃，你不生气了吧？我保证以后再有这样的事情，我一定先告诉你，不再轻举妄动了好不好？别生气了。”洛芷珩软软地仰头看他，目光朦胧。

看到她这么柔顺，穆云诃什么火气也没有了，抱紧了她揉着她的伤口道：“嗯。伤口让火云夫人看过了吗？”

“没事的，小诃诃，你亲亲我吧，亲亲我就代表你真的不生气了。”洛芷珩

大眼睛明亮，带着期盼讨好地道。

穆云诃低下头亲亲她的唇瓣，辗转亲吻，正准备深入的时候，她却呼呼睡着了，弄得穆云诃哭笑不得，而且身体里面那股邪火又来了，燥热让他浑身紧绷，目光暗沉地看着她，穆云诃想压制那种感觉，但是洛芷珩就在怀里，她那么软又很香，抱着她就会让他更加地不能控制自己。

不明白为什么解毒还要被洛芷珩影响？好像洛芷珩在的时候，他就会身不由己地发硬，控制不住地满脑子洛芷珩的影子。忍了很久，实在是忍无可忍了，穆云诃忽然放开了洛芷珩，缩进床里面，生怕被洛芷珩发现他做这羞耻的事情，战抖着手伸进了被子下……

房间里霎时传来了男子好听而暧昧的低沉喘息声，仔细聆听，还能听到断断续续中，男子喊着阿珩二字。

洛芷珩睡得极其香甜，也很沉，并没有听到这些声音。

第二天一整天，洛芷珩没有时间想其他的事情，就陪着穆云诃在毒圣的各种要求下试毒。

“必须要穆云诃的血吗？”洛芷珩蹙眉问道，对毒圣手中的匕首感到十分抵触。

毒圣硬气地道：“不用他的血那就让他直接将毒药给吃了，用他这个人来试毒好了。”

洛芷珩被噎住，阴冷地瞪着毒圣。

“阿珩，你亲自来吧，本王不想让无关的人给本王一刀。”也许是昨晚释放过，所以穆云诃今天气色看起来好很多，只是声音无力。

洛芷珩也是这么想的，她一把夺过匕首，看着穆云诃淡定地撩起衣袖露出苍白修长的手臂，洛芷珩又有点心惊胆战，这要真的给穆云诃一刀的话，她似乎也下不去刀子。

“阿珩别怕，你给我一刀只会让我心安，你若想救我那你就自己来。”穆云诃反而安慰起洛芷珩来。

“能不能快点？婆婆妈妈的再等一会儿天都黑了。”毒圣不耐烦地催促道。

洛芷珩屏住呼吸，抓着穆云诃的手臂，终于下狠心在他的手臂上划下一刀，黑色的血液一下子就穿透了薄薄的皮肤，从伤口中流淌出来。

满屋子的血腥味！

眼看着鲜血流了快一大碗了，毒圣还没喊停，看着穆云诃脸色越发苍白，洛芷珩急得脸都白了：“喂，到底要多少血啊？这些还不够吗？”

毒圣好像睡着了刚刚回神一般，一看连忙就道：“哎呀！怎么流出来这么多血啊？快给他包扎伤口吧，其实只需要一小碗就可以了，啧啧，真是浪费啊。”

“你怎么不早说？”洛芷珩被他的话气得干瞪眼，看火云夫人给穆云诃包扎伤口，她心疼地恨不得暴揍毒圣一顿。

“你也没早问我啊。”毒圣一副滚刀肉的样子，端着那碗黑色的血液就走。他要用这些血液来试穆云诃中的毒药，给这些血液分别下同样的剧毒，再尝试解开，因为有的毒药和解药他没有，所以只能尝试着配出来可以解穆云诃全毒的解药。

“好了阿珩，别生气了，让丫头将明天宴会要穿的衣服拿来看看吧。”穆云诃苍白的脸上因为期待明天的宴会而泛着笑意，再怎么样，那宫里的女子也是他的亲姐姐，明日就能见到她了，穆云诃的心情可想而知有些雀跃。

洛芷珩表面上欢欢喜喜的，心里面却有些沉重，明天，还不知道是不是一场鸿门宴呢！

到底是不放心的，洛芷珩在晚上的时候找到了毒圣，要求他明天跟着他们一同进宫，但是不准暴露他的真实身份，只能装做是穆云诃身边的佣人。

毒圣当场就砸锅砸碗了：“洛芷珩你别欺人太甚了！老子堂堂毒圣，你竟然让老子去给那小子当佣人？老子不给他解毒了，让他毒发身亡算了。”

“你不会是只能胜任毒圣一个工作，却胜任不了其他身份吧？让你假冒这个身份跟我们进宫，你以为我是什么意思呢？还不是因为想要犒劳你一下，知道你解毒辛苦，带你进宫去吃好吃的喝好酒？只可惜进宫名额有限啊，我们能带的人也有限，所以才让你冒充穆云诃的佣人，你要不爱去就算了，把我好心当做驴肝肺呗。到时候我们进宫吃肉喝酒，你在这里累死累活你可不要抱怨就好。”洛芷珩凉凉地说完就走。

“老子去！你们别想把老子当打杂的，老子也要去吃肉喝酒。”毒圣连忙怒道。

老东西，还收拾不了你？哼，上当了吧！洛芷珩得意地笑。

第二天一大早，穆云诃就醒了，催促着洛芷珩快点收拾，眼中的期待一点不假。洛芷珩脸上带笑，可眼皮子却不停狂跳，总有一种不好的预感缠绕着她，让她不由得又胆战心惊。

“主子爷，主子娘娘，贵妃娘娘派马车来接你们了。”

马车缓缓行驶进皇宫侧门，因为穆云诃身体不好，所以皇帝特别允许穆云诃乘坐马车到正殿。

洛芷珩感觉得到，穆云诃很兴奋，虽然眉宇间还是淡然自若，但他的嘴角扬起，眉角弯下，是开心的征兆。洛芷珩只能默默叹息一声，不知道今天究竟会发生什么事情，但应该会和贵妃娘娘过继继子有关吧。到时候不知道穆云诃会有什么感觉。

马车外面并不喧哗，当他们下了马车的时候，面前便是高高在上的台阶，上了这些台阶，便是宴会摆宴的地方。

周围有官员携带家眷上台阶，会回头看洛芷珩他们，然后议论声和惊叹声交错，一时之间竟然有许多驻足看着他们的人。

洛芷珩掩下心头的烦躁，轻声在穆云诃耳边笑道："大美男，你看那群小姑娘可都盯着你看呢，真是不知道又要勾走多少少女心了呢。"

"阿珩生气吗？"穆云诃依靠着洛芷珩缓缓前行，表情不变但声音戏谑。

洛芷珩撇嘴道："那有什么好生气的？反正你现在是我的，谁也抢不走。"

"现在？"穆云诃蹙眉，显然对洛芷珩的这两个字表示不满："你的意思是以后我就不是你的了？"

洛芷珩说不出来话了，笑眯眯扶着他前行，担忧地道："这么高的台阶呢，你能坚持住吗？"

扫了眼那仿若通天的台阶，穆云诃淡漠的声音里有种坚持："我可以。"

然而他们还走了没有几步，就有太监抬着软兜过来，恭敬地对穆云诃道："请问是穆王朝小王爷吧？奴才们是贵妃娘娘宫里的人，奉命来接您，请上软兜，奴才们会一路将您送到正殿。"

洛芷珩下意识地蹙眉，虽然信不过这个贵妃娘娘，但不可否认她想得还算周到。穆云诃的身体重要，所以他们没有拒绝。

正殿里已经人满为患，但却多而不乱，偌大的宫殿中两侧摆放着从头到尾的桌子，上面摆放着各种新鲜的水果与美酒，端坐在桌子后面的人们热闹地互相寒暄，坐在前排的都是各位官员，后面坐着的则是他们的家眷。

"您二位可以进入，这两个人就不行了。"门口的将领忽然阻拦，企图将小喜子和扮成老小厮的毒圣阻拦在外面。

洛芷珩微微蹙眉道："他们都是贴身伺候小王爷的人，若是不能跟在身边的话，只怕到时候会有所不便，何况贵妃娘娘也知道我家小王爷身子不适，离不开人的，还请见谅通融一下。"

那几个侍卫相看几眼，最后竟然真的放行了。

洛芷珩在穆云诃耳边低声道："你这姐姐看样子很看重你啊。"

穆云诃淡笑不语，二人衣装华丽贵气，又是容貌出众，走在一起那自然是金童玉女天造地设，出现在大殿的一瞬间，所有的议论声就仿若潮水一般迅速退去，安静的场面里只有人们的抽气声与惊呼声。

通报的声音高高响起，穆云诃洛芷珩这两个名字响彻整个内殿！众人恍惚，原来那就是最近疯传的天下第一美男，原来那就是一舞惊天的沙漠女神！果然是天生一对！

他们接受目光洗礼，却淡定自若。在内侍的引导下走到属于他们的座席前，竟然是最靠近皇帝上位的下手第一个位置！看来这个贵妃娘娘在皇帝的心中地位不凡啊！

二人落座，周围的人有的大胆地前来寒暄，也有的观望，穆云诃一直是淡漠，说话极少，洛芷珩更是不开口，只有小喜子能言善辩地周旋于人前。

洛芷珩恨不能隔绝了众人投过来的目光，她敏锐地察觉到了这些目光之中，有的不仅仅是惊艳，还有惋惜和嘲讽。洛芷珩受不了有人用看死人的目光看穆云诃，于是脸色略显阴郁。

同样的，穆云诃更加敏感，从进来这个大殿的那一刹那，他就感觉到有一种无形的目光在窥探着他身边的洛芷珩，那目光甚至一路紧紧追随，穆云诃下意识地蹙眉，落座之后终于抬眸，一瞬间就抓住了是谁在偷窥他的阿珩！

正对面的位置上，一位相貌堂堂的年轻男子，正用一种穆云诃非常陌生的目光紧紧地看着洛芷珩，那抹迷离和痴缠的目光里，有穆云诃说不清道不明的味道，但穆云诃非常讨厌这种目光！

他面色不善地看着对面的人，毫不掩藏眼中的危险冰冷，以至于近距离的所有人都发现了穆云诃瞬间爆发出来的强大敌意！

“怎么了？”洛芷珩也感觉到了，有点紧张地抓住他的手，却发现手杖冰凉，她顺着他的目光看去，霍然就与那俊美男子的目光对上了，那一瞬间洛芷珩只觉得整个胃都在翻腾着想吐！

竟然是白明月！

洛芷珩明白那种目光叫什么，是侵略，是占有，是迷恋，更是肮脏的欲望。她恨不能立刻掀桌杀人！白明月那种毫不掩饰的赤裸目光，让洛芷珩只觉得非常难看。她拿起酒杯浅嘬一口，忽然将银质的酒樽用力拍在了桌面上，发出砰地一声脆响，四周都可听见！

她冷冽的目光仿若凤凰的羽毛闪烁着傲人却危险的惊艳之光，冷眺对方，暗含警告。

白明月神色一僵，显然没有想到洛芷珩竟然会这么毫不顾忌地就给他摆脸色看，但洛芷珩的警告他看懂了，可他却制止不住心中的那份激动，他变态地喜欢洛芷珩此刻看着他的目光，在他看来，这目光是唯一的，洛芷珩终于将目光落在他的身上了！

“明月！注意你的身份，今天可是你的大日子，不要被一些乱七八糟的人弄出乱子。”白明月身旁的老者低声警告道，他是白家家主，身份高贵，心狠手辣，直接掌控白虎堂，人称白大爷。更是白明月的父亲。

白明月掩藏不住眼中的喜悦，只能微微低头道：“是的，父亲。”

“不准看！”穆云诃阴冷的声音在耳畔响起，他一只大手占有欲极强地将洛芷珩的纤腰拦住，霸道而蛮横。

洛芷珩卸下脸上的冰霜，轻笑道：“嗯，不看那些老鼠，身边有个大美男，我哪有闲情逸致看别人呢？”

穆云诃微微低头看她，她眼角眉梢里都是信赖与笑意，他莫名其妙变得焦躁和愤怒的心情瞬间平静下来，明明喜欢洛芷珩这样，却偏偏嘴上不耐烦地讽刺道：“本王也不是让你用来意淫的！小色鬼。”

洛芷珩爱死了穆云诃这心口不一的别扭闷骚样了，娇笑着趴在他胸口前，清脆悦耳的笑声几米之内都能听见。洛芷珩也有故意在人前展示她与穆云诃恩爱的意思，莫名其妙的就是忍受不了那群女人看着穆云诃的目光，让她恨不得将穆云诃藏起来，又恨不能将那群女人的眼珠子挖出来。

她用她的方式来宣布主权，并且没有其他女子的矜持与克制，她率性而为，大胆而自然地依靠着穆云诃，与他亲密无间，她将晶莹的葡萄剥皮喂给穆云诃吃，她会佯怒不准穆云诃饮酒，穆云诃虽然每一次都会冷淡地训斥她一声，但她送来的食物他绝不拒绝。训斥之下的宠溺显而易见！二人火辣辣地上演了一番真人恩爱秀。

刺激的何止是一群花丛老手？同样刺激了那群花痴女人，更是狠狠地刺激了对面的白明月！

白明月从未见过如此热情大胆的女子，又是他喜欢的女子，自然心情是不一样的，而且还满怀期待地将穆云诃幻想成自己，这样洛芷珩此刻就是在他怀里，喂他食物对她娇吟了。

该死的穆云诃！一个病秧子而已，凭什么能够得到洛芷珩这种尤物？！

眼看着白明月因为羡慕与嫉妒就快要克制不住了，白大爷低声怒道：“不要脸的贱货！也值得你如此紧张在乎？等你登上那个位置，天下女人只要你想要就都是你的，何必在乎这一个？明月，冷静下来。”

白明月狠狠地深吸几口气。是的，只要他能够成为这个全天下最富饶的国家的君主，那么什么女人不是他手到擒来的？就算是洛芷珩也是他的囊中之物！不着急，他是健康人，穆云诃早晚会死，洛芷珩一定是他的，他不着急！

随着大殿上的暗潮汹涌，大殿外忽然响起了通报声：“皇上驾到！皇后娘娘驾到！”

所有人立刻带着家眷站起来恭迎帝后二人，大殿之中所有人都跪下了，只有洛芷珩四人还站着，从身份上讲，他们是客人，并且身份尊贵，自然是不用跪拜。

一身明黄的皇帝与皇后走来，皇帝脸上带着儒雅的笑意，手里牵着皇后，仿若十分恩爱默契，但皇后的脸色却是多少胭脂水粉也涂抹不掉的憔悴苍白。

二人在洛芷珩等人面前站定，皇帝道：“见到你可真是不容易啊，不过还好你还是来了。身体可好？还有没有不舒服的地方？朕待会让御医再给你好好检查一下，务必要将身体保护好啊。”

这番话，却有些热情过盛了，给人一种不怀好意的感觉。

穆云诃面色紧绷，皇后瞳孔紧缩。二人只有一个想法，皇帝不会是看上洛芷珩了吧？！

不着痕迹地将洛芷珩拉到身后，穆云诃清冷的眸子里有种令人压抑的阴霾之威：“皇帝陛下不用操心，内子身体好得很。”

生硬的话语里有浓浓的敌意，穆云诃并没有掩饰，他不屑于掩饰什么，管他对方是谁，都不能触碰他的底线。

皇帝微微一愣，还未开口，皇后已经不着痕迹地甩开他的手冷漠地道：“皇帝陛下确实不该如此说话，令人听了岂不是会让人误会小王妃的名誉？”

“你们……哈哈，朕可不是那爱红颜的昏君，朕只是在关心一个值得关心的后辈而已。”皇帝高深莫测地笑道。心里面却一片苦涩。慕容纤尘现在对他的信誉度是有多低？还是他对洛芷珩表现得太过于热情了？可是换成是任何人，在得知洛芷珩有可能是那人的后代的时候，只怕都会控制不住地狂喜震惊吧！

皇帝皇后坐在最高位上，命众人平身落座后便道：“贵妃怎么还没有来？今儿可是她的好日子呢，还是她张罗的宴会，竟然还敢迟到？”

众人发出善意的笑容，都知道皇帝是宠爱贵妃娘娘的，哪里会责怪？

皇后目光清冷，她已经看不透皇帝了，说他恨穆清雅，但他却一直在宠爱着穆清雅，说他喜欢穆清雅，可是他又能时刻地保持清醒。穆清雅胡闹的时候，他就看着不管，却也不参与。这样的一个男人，爱起来真的好累。

“累了吗？坚持一下我们就回去，宴会不会太久的。”皇帝温柔的声音在皇后耳边响起，绅士而体贴。

皇后冷冷地看着他道：“回去了也不会让我舒服，因为我的心累了。”

皇帝眸色暗沉，刚要开口，门口忽然响起了通报声：“贵妃娘娘驾到！”

终于来了！

洛芷珩眉目冷清，这个神秘的女人终于浮出水面了。她下意识地全身防备起来，却猛地发现揽着她腰肢的大手蓦然收紧，洛芷珩看向穆云诃，见他薄唇紧抿脸色隐隐有些绷紧，便软声笑道：“紧张吗？”

“不会。那是我亲姐姐。”穆云诃僵硬地道，但声音的紧张却骗不了人。

二人目光向正殿门口看去，只见逆光之中一名红衣女子在宫人的簇拥下缓慢走来，她身形修长，体态柔弱至极，火红的长裙厚重暗沉，长发飘逸，渐渐走近，才能看清她的容貌。

浓密的眉毛精致的眼，瞳孔里反射出来的光芒深邃又好似清澈，最令人一眼就印象深刻的就是这个女人那苍白到几乎透明的肌肤，还有那烈焰一般的红唇！整个人仿若妖姬一般妖娆妩媚！

又或者，是妖媚！

这张脸没有穆云诃病态与霸气的惊艳之美，反而给人一种妖媚至极的感觉，仿佛她每一个目光都能勾人魂魄，谁的目光落在她身上，谁就是她猎艳的目标，下一个将死之人！妖媚得惊心动魄，给人一种致命的危险与诱惑，她也算是惊为天人了！

时隔这么久，终于拨开了这层神秘的面纱，见到了这个传闻中的贵妃娘娘，洛芷珩眼中除了惊叹，就剩警惕了！她莫名地就觉得这个贵妃娘娘非常危险，那看似柔弱的身体，虽然被人搀扶着，但她每走一步似乎都非常坚决用力，好像适才她在什么仇恨上一般，又仿若驾驭着满身说不清道不明的怨气。

贵妃娘娘缓缓前行，目光便仿若偶然一般地落在最前方洛芷珩的身上，那一眼，看似无意，但却让洛芷珩觉得整个身体瞬间被针扎一般地刺痛！洛芷珩在这一眼中，就感觉到了贵妃娘娘对她的莫大敌意！她困惑极了，却又觉得理所当然，若是没有敌意，这个贵妃娘娘又何必之前一直避而不见呢？

贵妃娘娘的目光转瞬间就落在了一旁伫立的穆云诃身上，她整个人都似乎瞬间愣住了！她站在原地，就那样用不可置信又喜悦的目光看着穆云诃，烈焰般的红唇渐渐轻颤起来，在所有人惊艳的目光下小心地问道：“你是云诃？！”

惊喜的目光下，有掩藏得极深的震惊，她怎么也想不到，十四年后，再见这个亲弟弟，竟然如此的惊为天人！穆云诃长得很好，穆云诃还活着，穆云诃还能呼吸和微笑，此刻还能看着她，而这一切，都让她一阵恍惚。她从未想过，有朝一日，她还能见到穆云诃！

穆云诃同样激动不已，淡定的容颜终于层层碎裂，清澈的凤眸中有破碎的流光在闪烁，他放开了洛芷珩，不受控制地缓慢走向穆清雅。

在穆云诃少得可怜的记忆中，穆清雅无疑是存在过的，那午后暖暖的风吹来，姐姐温柔的手抚摸在他汗湿的脸蛋上，柔声轻斥，还会用带着香甜的绢帕为他擦干汗水。那个温柔的笑容和目光，是姐姐留给他童年记忆里的一笔宝藏，让他在充满阴暗的王府之中，也能谨守住心里的一点阳光。

穆云诃脚步有些踉跄，但却走得很坚定，他脱离了拐棍，不想在自己姐姐面前表现得那么虚弱无能，他苍白的容颜上有淡淡的红晕，脸上浅浅如清莲的笑意在绽放，那种见到久别重逢的至亲的情感让穆云诃全身的棱角都柔和了下来。

眼看着穆云诃带着一种清澈喜悦的笑意走向自己，他每走一步，穆清雅的心都跟着狠狠跳动一下，好像心口那条疤痕又要被硬生生地撕开踩碎一般的钝痛不已。穆清雅的眼皮狠狠跳动着，竟然在那一瞬间心里面升腾起一股无法言喻的矛盾情绪，她竟然有那么一瞬间觉得无法面对穆云诃！甚至想要落荒而逃。眼看着穆云诃越走越近，穆清雅呼吸都快要紧绷了，她攥紧了手掌，刚想开口，偏偏穆云诃在那一瞬间脚步趔趄，直直地朝着前方扑倒。

“小心！”穆清雅下意识地惊呼一声，猛地向前两步，双手刚好抓住了他的手臂，将穆云诃拦了一下，但姐弟二人却差一点都摔倒，好在一旁的宫人们反应快地冲上来，护住了他们。

“有没有怎么样？”穆清雅紧张地检查穆云诃的膝盖手臂，抬头问道，那一瞬间的抬眸，她的眼睛里是有真真切切的关心存在的。

穆云诃瞬间心口火热，话语就不由自主地喊出：“姐！”

穆清雅猛地全身僵硬，脸色寸寸雪白。看着眼前这个一脸激动地喊着自己姐的男孩子，她脑袋里轰地一声炸开了！

如果没有十四年前，那么十四年后的现在，就会有一个同样漂亮优秀的男孩子，顽皮地笑着喊自己母亲！

可是没有如果，十四年前悲剧发生，她痛失爱子，可是他却活了下来，他还能站在这笑着唤她姐，但她唯一的儿子却无影无踪，他幼小的灵魂留在那散发着阴谋恶臭的冰冷潭水中，他软小的身体葬在了阴森的皇陵中……

心口撕裂般地剧痛着，所有亲情在那一瞬间被仇恨与怨气取代，击碎了仅剩

的一丝人性。穆清雅微微闭上发红的双眼，再睁开眼，眼底已经清明一片，她温婉喜悦地轻轻拥抱了一下穆云诃，在他耳边温柔地笑道："真的好想你啊，我的弟弟。"

穆云诃抑制不住激动的心情，目光里都渗透出来了笑意，他颀长的身体有力的臂膀将穆清雅笼罩在怀里，声音又克制不住地沙哑和哽咽："我也好想念姐姐，母亲也想念你！见到姐姐真好。"

穆清雅瞳孔紧缩！母亲二字仿若一把利刃一般，瞬间插进了穆清雅充满仇恨的心窝子里。痛，带着巨大的悔恨席卷而来，到四肢百骸的时候，她觉得自己已经快要被恨意杀死，僵硬的身体在穆云诃怀里，穆清雅眼眶里几乎渗出血液来。

想念我吗？想念我什么呢？再生一个儿子，来做你们母子的替罪羊吗？还是想念我无辜的儿子成为你们母子争宠斗狠之下的牺牲品？

好可笑的想念！

我也好想念你们啊，恨不能让你们立刻品尝那锥心刺骨的痛苦与仇恨！迫切地想让你的母亲，也眼睁睁地看着自己的孩子就在自己眼前一点点地死去，没了呼吸，没了声响，没了心跳！永远地离开人间，永远地成为过去！

不过现在很好，十四年的折磨，折磨的何止是我一个人呢？还有你们母子，今天开始，咱们的仇恨就要清算了，穆云诃，你想念的姐姐，要在你身上一点一点地拿回来你害我失去的一切，你可准备好了？

穆清雅将穆云诃安顿好，这一场感人肺腑的姐弟相见便拉开了这场宴会的序幕。

穆清雅坐在皇帝的右边，看着洛芷珩笑道："你就是洛芷珩吧？果然是天仙一般的人，难怪能让本宫的弟弟为了你不顾一切。只是我这弟弟素来体弱，经不起什么大风大浪，你以后在他身边可要安稳一点。"

贵妃娘娘开口便是影射洛芷珩不安分守己？

洛芷珩蹙眉，还未开口穆云诃便接言道："姐你误会了，阿珩很好，她将我照顾得很好。若不是阿珩的话，我现在也不可能还活着。"

穆云诃迫切地想要在姐姐这里得到对洛芷珩的认可。对他而言，姐姐是个记忆里模糊，但一旦相见却显得那么重要的人。他喜欢姐姐的温柔，他也喜欢洛芷珩，所以他希望他的姐姐能够同样喜欢洛芷珩。

可不就是因为洛芷珩，所以你才能活到现在的吗？如果不是洛芷珩半路杀出来插一脚的话，你早就命丧黄泉了，又怎么还用得着我如此大费周章？你该死，但洛芷珩更该死！

穆清雅心思急转，眼底闪过一丝阴霾，她却笑道："是吗？那本宫可真的要好好地感谢一下她了呢，放心，本宫不会亏待她的。之前本宫请她进宫来，却没有来得及见她，后来她就急着走了，本宫也实在是不知道，本宫的大太监拦都拦不住，害得本宫还以为洛芷珩不高兴了呢。洛芷珩啊，你不会是怪本宫没时间见你吧？"

洛芷珩的目光毫不畏惧地与穆清雅撞在一起，穆清雅目光带笑，看不出其他心思。洛芷珩也优雅笑道："自然不会。贵妃娘娘一直在忙我是知道的，只是那天实在是有要事脱不开身，所以只能离开呢。我以为贵妃娘娘大度也不会生我气的，毕竟我早就已经和贵妃娘娘身边的大太监说明白了，我是要去参加比赛，耽误不得。想必以贵妃娘娘的胸襟，自然不会怪罪我的吧？"

想要在穆云诃面前给她摆一道？做梦！

洛芷珩满脸笑容地反诘，女人之间有一种先天的敏锐，她们可以不是熟人，但若是彼此有敌意的话，会第一时间就感觉到，穆清雅不喜欢她，甚至是厌恶她的，她感觉得到。刚好，她也讨厌穆清雅。既然穆清雅玩阴的，那她不介意奉陪。

穆清雅笑容不变，但目光却暗沉下来，她摆摆手道："都是一家人呢，怎么会怪罪你呢？你应该当面和本宫说的，如此，也免得我们之间有误会呢。"

"我是想当面对贵妃娘娘说啊，但娘娘实在是没空啊，你的大太监死命拦住我，我见不到您啊。"洛芷珩立刻说道。

"如此，倒是我那大太监的错了？"穆清雅笑容有一刹那的阴冷，问道。

"自然！以我拙见看来，这样分不清远近看不透关系的奴才，留在身边也是没用的废物，贵妃娘娘为何还留着他呢？"洛芷珩装傻充愣地问道。

"什么样的奴才都要看主人用得顺不顺手啊，本宫的奴才，本宫自己用得高兴就好。"穆清雅幽幽笑道。

眼看二人刚见面便有针锋相对的阵势，你来我往互不相让，穆云诃着急了，连忙不着痕迹地道："看样子姐姐与阿珩很谈得来呢，阿珩性子直率，没有那么多弯弯肠子，有什么说什么，姐姐以后可要多担待啊。"

"那是自然，不看她的面子，本宫还要看在我亲弟弟的面子上呢啊。不过有一件事情我很不明白啊，我养了一对很通灵性的鸟儿，就在之前安排洛芷珩入住的厢房里的，可是后来怎么不见了呢？"穆清雅笑容满面地问道。

洛芷珩一愣，没想到穆清雅竟然会问到那对鸟，那是一对报信鸟，她让奶娘杀了。是两个奸细，之前杀掉她就怀疑是穆清雅用来监视她的，又或者是别人监视穆清雅的，现在看来，果然是前者嘛。

“什么鸟儿？”穆云诃蹙眉道。

穆清雅便娇笑着看向一旁的皇帝，笑容意味不明地道：“那对鸟啊非常有灵性的，是皇上怕我寂寞，特意找来给我玩的呢，我很是喜欢，但现在竟然不见了，而那间厢房只有洛芷珩住过，也是在她离开之后就不见了呢。这让我怎么能安心呢？”

洛芷珩瞳孔紧缩！报信鸟是皇帝送给穆清雅的？那穆清雅知道那对鸟的用途吗？皇上是怀疑穆清雅所以要监视她？还是这一切只是偶然？

“洛芷珩，你知道本宫那对鸟哪里去了吗？”穆清雅目光幽冷地看向洛芷珩。

洛芷珩一愣，旋即理直气壮地说道：“杀了啊。”

“什么？！”穆清雅与皇帝同时惊呼一声。

穆清雅眼底有浓浓的讥讽，皇帝则是懊恼和错愕。

“杀了！那一对鸟太能闹腾了啊，还差一点把粪便拉在我头上，我一怒之下就抓住它们给杀了。我真的不知道这对鸟竟然有这么大的来历，要是知道的话，我一定不会杀了它们，也不会将它们的尸体随随便便就埋在了院子的门口角落，啊！只可惜那对鸟连尸体也没有留下，因为它们才刚死，就被贵妃娘娘身边的大太监给挖出来，生吃了！”洛芷珩故作一脸懊恼又一惊一乍地说道。

嘶！

所有人倒抽一口冷气，什么叫生吃了？！而知道大太监断肠的人，则都是面色难看，他们自然明白，洛芷珩这句生吃了有多么残忍可怕。只是怎么也想不到洛芷珩竟然敢胆大包天给说出来。

穆清雅目光乍现冷锐，稍纵即逝。

“好了！不就是一对鸟嘛，你若喜欢，朕改日再送你一对。有什么话宴会结束之后再说吧，今天你不是还有一件重要的事情要宣布吗？”皇帝适时地断开话题，但看着洛芷珩的目光已经有了探究。这丫头不会是知道了那对鸟的秘密了吧？

“好。今儿请大家来，实在是有一件大事要宣布。众所周知，本宫早年丧子，之后也不能再有孩子了，皇上怜恤本宫，允许本宫在南朝百姓之中选一名优秀的后辈来过继。都说百姓都是皇帝的子民，那我就恭敬不如从命了。本宫瞧着白家之子白明月德才兼备，品貌端庄，家事良好，又温文尔雅，与本宫死去之子年纪相当，本宫看着很好。今日找来诸位，就是请你们也看看，若是皇上同意，那么择一良日就举办过继之礼。”穆清雅缓慢地笑道。

此言一出，全场哗然！

简直如平地一声雷一般，贵妃过继儿子不是没有，但怎么不是在皇族里面找人？这不是在混淆皇室血统吗？众人以为皇帝一定不会同意。

但令人们极其意外的是，皇帝点头了！非常平静地道：“诸位以为如何？贵妃是朕的爱妃，朝夕相伴多年，朕实在不忍心她晚年之后膝下无子之痛，朕看这白明月很好。”

人们一时之间摸不清圣意，不敢出声。

“皇上？！”皇后震惊低吼，皇上疯了吗？竟然允许穆清雅这么疯狂的举动？

白明月感受着四面八方而来的目光，一时之间意气风发，挑衅地看着对面的穆云诃。

穆云诃震惊至极，与洛芷珩对视一眼，下意识地又看白明月，见到他的挑衅，穆云诃蹙眉就要起身，却被洛芷珩抓住了：“静观其变。”

“皇上，臣以为……”一名老臣颤巍巍地站出来想要阻止，但皇帝大手一挥，赫然出言道：“就这样吧！朕已经决定了，将白明月过继给贵妃，三天之后举行过继之礼。尔等无须多言。”

皇帝独断专行，众大臣一片茫然，不明白怎么事情就这么敲定了呢？这太荒谬了。

“怎么会这样？”穆云诃不可置信地呢喃，“这对姐姐不公平。”

洛芷珩撇嘴道：“可这是你姐姐自己决定的啊，不过皇帝似乎比你姐姐更在乎这个过继之子。”

在南朝，皇帝的话一旦确定向来是不允许大臣们再反驳和质疑的，所以大臣们只能忧心忡忡地勉强恭贺贵妃娘娘和白明月。

“有了儿子，本宫很开心呢，听说今日还有表演是不是？还不快请上来。”穆清雅看上去真的很高兴，她的目光看向了洛芷珩，见洛芷珩在与穆云诃说笑，穆清雅觉得骨子里的血液都沸腾起来了。

笑吧！很快，你们两个就笑不出来了！本宫为你们准备的两个惊喜，马上第一个就来了！

随着穆清雅话音落下，有宫人立刻摆上来了各种东西，赫然是画具之类的东西，然后有谋面女子穿着斗篷走上来，行礼之后竟然开始作画，她的画作如行云流水一般流畅迅速，一张张图画仿若在沙盘上游走的蛇。

洛芷珩蹙眉道：“这个人我怎么感觉有点熟悉？”

穆云诃同样一脸迷惑，显然他也觉得这个人怎么看怎么眼熟。

所有人屏息观看，不明白这是什么表演，那女子将自己包裹得极其严密，容貌身体都没有露出来，但那熟练的画工却仿若出神入化，便有人忍不住议论起来：“南朝能有如此利落画工的年轻女子，只怕只有画圣家的诸葛画栾了。”

“不可能吧，她不是已经被穆王朝小王爷斩断了手臂吗？”

“这你就不知道了，诸葛画栾可是双手一绝，两只手都能作画。”

议论纷纷中，依然没有人能够确认眼前这人是谁，但诸葛画栾的可能性并不大，毕竟断了一臂，诸葛画栾哪有胆子再来献丑？

然而当时间一点一点过去，当那女子终于落笔，当一幅幅画卷被宫女一张张拿起来，十几张画卷便从皇帝开始轮流向着另一边的大臣和家眷们展示开来。按照这种观看顺序，整个大殿就是一个圈，皇帝是起点，穆云诃是终点，皇帝最先看，穆云诃将会是最后一个看到之人。

宫女步伐曼妙，当一幅幅画卷在皇帝和皇后面前流走而过的时候，皇帝那云淡风轻的脸上流露出来的是浓浓的震惊，皇后则是满面惊怒！

“天啊！这是什么？”穆清雅惊呼起来，面色苍白地看看画卷而后将目光看向洛芷珩，满脸的愤怒与不可置信。

画卷在大臣们面前游走，所到之处无不掀起一阵阵惊呼，所有人看过画卷之后都是面容通红，尴尬与讥讽并存，无不将目光落在洛芷珩与穆云诃的身上，看着洛芷珩的目光里充满了讥讽、鄙夷和厌恶，而对穆云诃的目光，只有一种，浓浓的同情！

这一刻，二人都明白这些画卷一定与他们有关了，并且一定是不好的东西！

穆云诃浑身紧绷，一把抓住了洛芷珩的手，将她半抱在怀里，企图遮挡那群混蛋的目光。紧绷的声音低沉响起：“别怕！”

洛芷珩不怕，只是觉得浑身不自在，仿若自己做了什么见不得人的事情，忽然之间被曝光在众人眼前，那么难堪！她厌恶死那群人看她的目光！

当那些画卷一张张终于来到他们面前的时候，穆云诃瞬间双目通红，满眼狂怒！洛芷珩刹那大脑一片空白！

这些是……什么？！

洛芷珩茫然地看着穆云诃，她看见了穆云诃苍白的脖子下青色的血脉在突突直跳，僵硬地问他：“穆云诃，那里面的男人……是你吗？我看着那个女人也很眼熟呢……”

怎么会那么像她自己？！

穆云诃心里面隐藏的秘密和最深的一根弦，瞬间被扯断！他仿若发疯了一般猛地站了起来，咆哮着将伸手去抓那些画卷，有的画卷被他狠狠地扯碎了，有的则被惊吓的宫女带走了。穆云诃想要将那些画卷抢回来，他踉跄着去追那群宫女，但十几幅画卷，怎么可能被他轻易追上？

穆清雅用一直义愤填膺的声音尖锐地怒斥道："这究竟是怎么回事？洛芷珩，你给本宫解释一下，这些画卷里面的事情究竟是怎么回事？你就是这样给穆云诃做妻子的？一个不知检点，一个浪荡下贱的妻子？你告诉本宫，那里面的女子，是不是你！！"

穆清雅的愤怒指责，仿若撕扯开了洛芷珩脸上的最后一层遮羞布！瞬间难堪与震惊在洛芷珩脸上交加，愤怒和茫然交替，她看着穆云诃震怒的样子，缓缓低头，战抖着捡起了落在脚边的被穆云诃扯断的画卷，瞳孔渐渐模糊。

这些画都表现得非常完整恰到好处。里面清晰地描绘着一个故事。

第一幅画，磅礴大雨之中，一辆马车出现在庄严的王府门前，风吹开了车帘，里面露出来一只纤细的小腿，小腿上衣裙残破，带着鲜艳的血迹。

第二幅画，衣着单薄的男子一脸震惊地看着马车，推搡着身旁的人们，那双瞪大的眼睛里浓浓的绝望被刻画得入木三分！

第三幅画，男子推开了一名中年妇女，在大雨中冲向马车。

第四幅画，男子摔倒在了大雨之中。

第六幅画，男子终于爬到了马车前。

洛芷珩的神经麻木而紧绷，战抖着拼凑着那些散落的画卷，猛地抬头看向穆云诃，他正疯了一般地怒吼："把画给本王！！"

那些宫女似乎被吓得惊恐极了，将画卷高高地扔开，洋洋洒洒的画纸飘落下来。穆云诃就连忙去捡，他高大的身躯弯下的腰身，似乎是被那些轻如蝉翼的画卷压弯了脊梁，卑微而惊慌。

穆云诃面色苍白地站起来，手中仿若攥着一团废纸一般，他想要用力撕碎这些可怕的记忆，偏偏从后面伸出来一只白皙的手，抓住了那些画。穆云诃瞳孔紧缩，缓缓侧身看着洛芷珩，目光一寸一寸地破碎开来，声音哽咽战栗："阿珩……"

"给我！"清冷的声音仿若寒冬腊月传来，在洛芷珩毫无血色的唇瓣上炸开。

"别看！"穆云诃咬牙坚持，手上青筋暴跳，抓着画纸不愿放开。那是一段被他极力掩藏的屈辱和心碎过往，他不愿意提起，甚至不愿意去记忆，他更怕洛芷珩想起，于是在灾难发生之后，洛芷珩不提，穆云诃便不说。他天真地以为，这会是一个永远被尘封的秘密，却不承想，这个秘密会在这样一个盛大的场面中，就这样被血淋淋地撕开！

瞬间便让他心口的伤血肉模糊！

洛芷珩微微抬头，苍白的脸上带着恍惚的笑，一根一根地将穆云诃的手指头掰开，笑道："既然大家都看了，没道理我不能看啊。"

她几乎是在他手上将东西抢下来，压抑着自己即将爆发的情绪，打开剩余的画卷。

画卷中男子将满身狼藉衣不遮体的女子抱下来，甚至可以清晰地看见女子的臀部……

这幅画卷一进入眼帘，洛芷珩便瞳孔放大，一张脸霎时间青白不定！

那女子的容颜，清晰可见是她的样貌，甚至更加地传神，所以当这样衣不遮体的自己被那么多人看见之后，洛芷珩脑子里轰地一声炸开！她全身战抖，怒火遍及全身！

这简直是一套最最下流低级的春宫图！没有那些下流羞耻的动作，但那大幅度的裸露身体和满身的青紫痕迹，已经等于是给画中女子定罪！

不贞淫荡，恬不知耻！

而这样的自己，却偏偏被那么多人看见了，就算不是她本人，但盯着一张和她一样的脸，用那么狼狈的一看就出事了的身体出现在画卷中，也实在是引人遐想，惹人非议！

就凭这幅画，就足以毁掉洛芷珩！！

"不是这样的！我明明给你包裹了衣服！"穆云诃显然也看见了这幅画，他一张俊脸几乎扭曲，对沉默不语的洛芷珩急忙解释。

轰轰轰！

四面八方瞬间响起了震耳欲聋的惊呼与议论声。言辞间洛芷珩这三个字瞬间成为不贞肮脏的代表！

洛芷珩猛地抬头，震惊地看着穆云诃："这些……都是什么时候的事情？为什么我从来都不知道？"

穆云诃狠狠地闭上眼睛，只怕他眼中那凶猛的恨意会流露出来，对今天这场巨大变故的无力感与震怒，让他更是头脑发胀。

"回答我！"穆云诃脸上的沉痛，狠狠地刺激了洛芷珩，她咆哮，但声音却哽咽！难道在她身上发生了什么是她自己都不知道的事情？她开始惊恐，心，在一点点地下沉，几乎痉挛！

“这些都不是真的！阿珩，我们还可以如以前一般，把画给我，我毁掉它们，毁掉那个作画之人，是她在冤枉你，阿珩你不要相信这些。”穆云诃也陷入了自欺欺人之中，他虽然愤怒，但却不愿意让别人来质疑和窥探洛芷珩的身体，那一瞬间，穆云诃的心里蔓延出一个疯狂的想法，将这里所有看过阿珩身体的人，全部杀掉！

“不是真的？”洛芷珩表情怪异，她猛地翻开下一张，那一张里描述的是男子抱着几乎浑身赤裸的女子，跪在门前台阶上，台阶上有鲜红的血液在流淌，被大雨冲刷得越流越远，渐渐单薄。她只觉得这幅画面极其刺眼！

扬起那幅画，她笑着问他：“那么这幅画里的故事是不是真的呢？你的腿无缘无故地受伤是怎么回事？现在腿上还有一大块疤痕又是怎么回事？穆云诃，你说过我们之间没有秘密，你说你不想对我有秘密的！那么这一切你要怎么解释？”

穆云诃被洛芷珩脸上似哭似笑的表情吓坏了，他紧张地抱着她，声音里已经带上了哭腔，凶狠地哽咽道：“阿珩！你冷静一点，你看不出来吗？这是有人想要陷害你，事情根本不是这样的，你乖，不要激动，我们将那个陷害你的人抓起来杀掉，把所有看见这些谎言画卷的人全都杀掉就好了！”

穆云诃很害怕，他怕自己会因为这件事情而失去洛芷珩，当画面在他眼前出现的那一刻，他就有一种即将失去洛芷珩的感觉，可是他不能失去她啊，为什么要用那样的目光看着他呢？他只是想要保护阿珩啊。

“真是可笑！洛芷珩你还在那里装什么清纯无辜？你难道连你自己都认不出来了吗？你做过什么竟然还想让穆云诃为你遮掩？你已经下贱龌龊到如此恬不知耻的地步了吗？”阴冷的声音里浓浓的嘲讽与幸灾乐祸在身后响起。

洛芷珩只感觉一阵眩晕，穆云诃已经冲到了她身后，满身阴霾对那作画之人怒吼道：“你竟然敢如此地羞辱污蔑本王的妻子！一条手臂都不能斩断你的孽根是不是？很好！既然你找死，那本王不介意灭了你诸葛世家！”

穆云诃一语道破那作画之人的身份，震惊了所有人！

洛芷珩同样震惊了：“你竟然真的是诸葛画栾？”

“除了她还会有谁在这里装神弄鬼地陷害你？你就是太善良了，在被诸葛画栾重伤的情况下还要为她求情，求本王饶她一命，可是你看看现在，她这恶毒的蛇蝎竟然反过来恩将仇报地如此污蔑你，今日，本王就是灭了她你也不准再阻拦！”穆云诃强大的冷静归来，所有的言论无不将人们带到了比赛当天她们二人之间的恩怨情仇。

一瞬间指责洛芷珩的声音下去了，反而都质疑起诸葛画栾来了。毕竟诸葛画栾与洛芷珩之间的仇怨他们都知道，诸葛画栾差一点杀了洛芷珩，还害得洛芷珩的手臂一辈子残废，穆云诃就斩断了诸葛画栾一条手臂。如此说来，刚刚那些画卷就很可能是诸葛画栾在污蔑诋毁洛芷珩？！

可问题是眼前这个女子是诸葛画栾吗？

“不错，我是诸葛画栾！”女子猛地将脸上的面纱撤下，露出一张消瘦到看不出以往绝色的容颜，满眼阴霾地瞪着洛芷珩大声道：“但我今天画卷里所画的一切都是真的！她，洛芷珩，在来南朝之前曾经被人强暴过！而这些画卷里描述的就是洛芷珩在被人强暴之后回到穆王府的过程！”

一语激起千层浪！！

全场震惊到面色巨变！

“胡言乱语！本王宰了你！”穆云诃暴怒咆哮，快而迅猛地抽出殿前带刀侍卫的钢刀，朝着诸葛画栾一刀砍了过去。

“云诃住手！你这是在助纣为虐！洛芷珩若是清白的你又为什么怕她说？难不成你这是恼羞成怒地要为洛芷珩遮丑？”穆清雅猛地站起来大声呵斥道！

全场一片混乱，穆云诃有如疯魔，没有人能够控制得了他。

洛芷珩脸色惨白，她脸上忽然勾起一种嘲讽自己的笑意，渐渐地，她哈哈大笑起来，那清脆响亮的笑声在此刻却显得那么的诡异，众人目瞪口呆地看着她。穆清雅不屑地质问道：“你笑什么？”

洛芷珩笑得眼泪快要出来，忽然，她快走几步，将那些画啪地一声全都砸在了诸葛画栾的脸上，掷地有声地道：“我笑你手段拙劣！我笑你阴谋败露！我笑你顶着个阴险的牌子在这里装高尚！白痴，你听好了，你这画里的人，不、是、我！”

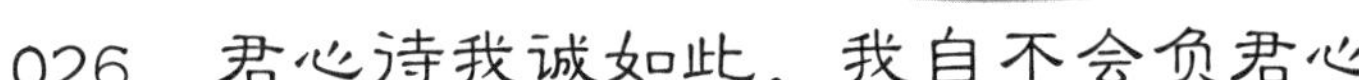

026 君心待我诚如此，我自不会负君心

洛芷珩话音一落，满场震惊！

“哼！你说不是你就不是你了吗？洛芷珩你是将大家都当成傻子吗？你以为我会那么白痴地拿一些我遐想出来的东西来污蔑你？你太可笑了，也太将我诸葛画栾看扁了。我告诉你，这画卷里面的东西都是事实！是千真万确的！已经发生过的事情，你以为穆云诃就能遮掩得住吗？我告诉你，有人看见了！”诸葛画栾满眼阴狠地喊道。

“诬陷也请你高明一点，你以为画一幅不堪的画卷再画上我的脸这就是我了吗？这就更易见到你人品的低劣！”洛芷珩忽然弯腰将地上其中一幅画拿出来，赫然是那幅最最不堪的，画里面的女子身上有血迹，有暧昧的青紫痕迹，衣不遮体，刚好，女子的胸口也暴露出来了。

洛芷珩指着画中女子的胸口冷笑道，“你看好了，这个女人的胸口可是什么都没有的，你怎么就知道我的胸口上什么都没有？是你画错了，还是你说的那个亲眼所见之人看错了呢？又或者是你忘记了呢？诸葛画栾，你刻意捏造事端来陷害我，你们诸葛世家就是这种家风吗？简直可耻！”

洛芷珩的话，让诸葛画栾瞳孔紧缩。洛芷珩说得不错，她并不知道洛芷珩的胸口有什么，这样残破不堪的衣服是她故意画上去的，她还故意在洛芷珩的身上画上了那些暧昧的令人遐想的痕迹，她故意在画作之中污蔑和羞辱洛芷珩，她恨不得洛芷珩被人强暴的事情天下皆知！

所以她在得到这个消息的时候，她便疯狂了，便想尽各种办法也要混进宫里来，就为了今天能够当着满朝文武和家眷的面来毁掉洛芷珩！

满眼凶光，诸葛画栾阴森森地道："可你也不能证明这画里面的人就不是你啊。谁知道你胸口有什么东西？也许这是你在为自己开脱的借口而已。你只不过是在混淆视听，你以为谁会相信你？若要人不知，除非己莫为！洛芷珩，你已经失贞了，你已经不干净了，你现在是个破鞋！你还有什么脸面在这里趾高气扬地对我耀武扬威？你还有什么资格在这里站着？"

"我敢说自然就有敢说的证据，你只需要告诉我，你怎么就敢说这里面的人是我？你今天对我的污蔑，就算是你的家族也不能救你了。诸葛画栾，也请你拿出来证据说这个人是我，否则的话我会当场杀了你，理由就是你污蔑我！"洛芷珩不会轻易说出来她凭的是什么，她一定要做到诸葛画栾口中说的那个亲眼看见这一切的人，究竟是谁？

诸葛画栾脸色苍白，眼底划过一丝慌乱。她并没有证据！因为她得知这件事情还是因为她接到了一封匿名信，信中将洛芷珩发生这件事情的时间地点和事情的经过写得一清二楚，她认为这是一个能够彻底铲除洛芷珩的机会，所以怀恨在心的她便不顾一切地将这一切画出来了，可是证据她只有一封信而已。

"如果，这些事情是发生在穆王朝穆王府门前的话，那么那幅画里面的另一个女人应该是本宫的母亲吧？"穆清雅忽然散漫地开口。

她一开口，穆云诃猛地转身，惊疑不定地看着他刚刚还亲切叫着姐姐的贵妃娘娘，满眼凝聚着一种震惊和惶恐。

穆清雅仿若没有看到穆云诃这种表情一般，满脸严肃地说道："如果那里面的另一个女人真的是本宫的母亲的话，那么她也就是当事人之一了。这件事情究竟是否属实，本宫想只有当时在场的人有资格说话吧。"

"你什么意思？"洛芷珩回头，冷冷地看着那高高在上的穆清雅。

"什么意思？意思就是本宫要为本宫唯一的亲弟弟做主，本宫不允许本宫的亲弟弟身边有一个已经不贞不洁的破鞋！意思就是本宫一定要找出真相，还穆云诃一个公道！所以你是不是真的已经被人强暴了，本宫会找最有力的证人来证明的。"穆清雅眉目狠戾地道。

"姐姐！！"穆云诃不满地低喝道。

"云诃！你不要管，你就是太善良单纯了。这么多年来姐姐都没有做好一个当姐姐该有的责任，让你受苦这么多年，姐姐已经很对不起你了，你知道姐姐有多想你吗？姐姐真的看不得你有一丁点的不好，你本来身体就已经这样了，姐姐对你的身体无能为力，难道你还要让姐姐眼睁睁地看着这个贱人欺骗你，玩弄你的感情吗？我做不到！我绝对不允许有人顶着一个肮脏卑贱的身体来羞辱穆王府和伤害你！”穆清雅说得义正词严，她目光沉痛，眼底流窜着疯狂，最深处是不堪回首的往事。

皇帝面色狠狠一僵！他阴冷的目光扫向穆清雅，别人听不出来，但他却能听出穆清雅话里那强烈的恨意。她果然还是在为当年的事情而怨恨！但，当年的事情究竟是该怪谁呢？

“姐姐你根本就不了解事情的始末！阿珩并没有给家族丢脸，更没有给我丢人！我不需要什么公平，因为阿珩从未做过任何对不起我的事情。姐姐你疼爱我，但是阿珩同样在乎我，她为我做了许多常人所不能做到的事情，她对我的付出是你们谁也不能想象的！所以我不允许她受到伤害！姐姐，请你不要再用那样不堪的言辞来羞辱阿珩，因为你不了解事情的原委！”穆云诃双眼几乎染满风霜，剧烈起伏的胸口将他的话语断断续续，可听上去却那么冷锐，尖利！

诸葛画栾面色一变，与众人一样的震惊！当这些秘密被揭开，丑陋的真相被撕破的时候，穆云诃竟然还这样地维护洛芷珩？这个男人究竟是真傻，还是太痴了？

“对！我是不明白真相和始末！所以我才要让人来解开这段你极力掩藏的秘密啊。你知不知道姐姐这都是为了你好啊？姐姐不会害你的，咱们就让画里面出现的另外的女人来解释吧，刚巧，她在今天已经到来！”穆清雅笑容诡异地对穆云诃道：“并且我想，云诃一定也很想念她的。”

话音落，穆云诃完全没有能力和时间去阻止，就见穆清雅啪啪拍了两下手，响声落，门外便有人走了进来。缓慢的步伐将人们的目光都吸引过去，纷纷议论这是什么人。

穆云诃与洛芷珩逆光看去，待看清来人面容后，皆是震惊！只是洛芷珩震惊之余还有担忧，穆云诃的震惊里就是满满的怒不可遏与恐惧了！

“母亲？”洛芷珩率先惊呼出口，那一瞬间她连忙走了过去，看着风尘仆仆的王妃和胡妈妈，她自然而然地搀扶在了王妃的手臂上，担忧地道：“您怎么来了？这路途遥远，您的身子骨怎么能受得了？”

王妃在洛芷珩挽上她手臂的那一刹那，全身僵硬，脸色骤然变白，目光有些躲闪地不看洛芷珩，僵硬地道：“不累的。”

“你难道是害怕了吗？因为如果你做了亏心事的话，那么她今日就会让你彻底暴露！所以你不希望她来？”穆清雅高高在上地讥讽道，她清亮的目光在看见那渐渐进来的王妃的时候，瞬间变得冷酷而狰狞！眼中的光芒若能化为利箭，那么王妃此刻只怕早已经千疮百孔，流血身亡了。

可算来了呢，就等你，这第二个惊喜就要送出去了呢！

王妃来指证洛芷珩，不仅会伤害他们之间的关系，还会让穆云诃对王妃心怀怨恨，王妃在其中可谓是里外不是人。一举三得，她不费吹灰之力就能干掉三个仇人，让这三个人陷入永远的沉痛之中！

穆王府，母亲，穆云诃，洛芷珩，你们今天都将会生不如死，万劫不复，一起来品尝一下我当年的痛苦和绝望吧！

“清雅……”王妃听到穆清雅的声音，猛地抬起头来看向那满身暗红的女子，只觉得刺目的痛，看着穆清雅满脸的讥讽嘲弄，还有那冰冷的态度，王妃一颗心狠狠地下沉，猛地想起来了什么，整个人如遭雷击般狠狠一颤。

“母亲？您怎么了？”洛芷珩紧张地扶着王妃，见王妃面色难看，忍不住对穆清雅怒道：“你够了！这是我们晚辈之间的事情，你干什么将母亲牵扯出来？母亲是你接来的？你就为了今天的事情来打击我？你有什么冲着我来好了，何必折腾母亲？”

穆清雅哈哈大笑起来，古怪而讽刺地道：“好孝顺呢！真是个好媳妇啊。可是洛芷珩你也太把自己当回事了吧？这件事情与本宫有什么关系呢？本宫的母亲只不过是赶巧了而已，今儿可是本宫选择好了一个儿子来过继呢，本宫终于有儿子了，她身为本宫的亲生母亲，难道不应该来亲自看看和祝贺本宫吗？那不是显得她太过于绝情了吗？本宫有儿子了，本宫的母亲不是应该最最开心的吗？不信你问问她啊，她开不开心本宫终于又能当娘了呢？”

洛芷珩觉得穆清雅话中有话，但一时之间完全找不到头绪，她看着王妃焦急地道：“您先回去休息吧，我看您脸色不好。”

“不用了，我很好。”王妃疲惫的声音里带着疏离和冷漠，她缓缓抽出被洛芷珩搀扶着的手臂，由胡妈妈扶着向前走去。

洛芷珩愣在原地，看着被人抽空的手，表情一瞬间诧异。旋即她的手就被一只冰冷瘦弱的大手紧紧抓住，在这世态炎凉之下给她唯一一点薄弱的温度。

抬头，她脸色苍白地一笑，目光黯然：“我似乎很不招人喜欢呢。”

穆云诃将她拥进怀里轻声说：“不要胡思乱想。阿珩，你还有我。就我们两个，我们不需要别人的理解和支持。”

“哼！既然这么巧地赶上了，那母亲大人您就说说吧，这些画里面的事情究竟是不是真的发生过？您可看仔细了，可别因为一时的老眼昏花而看错了，或者是想不起来，那您儿子可就一辈子都可能顶着一个绿帽子了。”穆清雅完全没有多年之后初见母亲的欢喜，只是冷淡地提醒道。

王妃看着穆清雅，眼底有浓浓的想念和愧疚，还有一种惊恐，她陷入了短暂的回忆。

就在不久之前，她刚刚到达南朝皇宫，就被贵妃娘娘接见了！一个女儿，接见了一个母亲，是按照外来宾客的礼仪来见礼的。她，身为穆清雅的母亲，给自己的女儿下跪了！

穆清雅就那样端坐在主位上，笑意浅浅地看着她跪下，磕头，见礼。竟然毫无阻止。直到礼仪结束了，穆清雅才让人将她扶起来，与她交谈中疏离而冷漠，然后她开门见山地问道：“在穆云诃他们来南朝之前，是不是发生了一件很不愉快的事情？”

王妃一愣，但见穆清雅的神态难得软和下来，王妃心头火热便连忙笑道：“清雅说的是哪一件？”她对自己的女儿说话，是小心翼翼的，是大气也不敢喘。还要拼命忍着对女儿的思念情绪不敢表露，生怕穆清雅会露出厌恶和排斥的表情。

穆清雅挑眉笑，漫不经心地道：“就是……洛芷珩被人强暴了的事情啊。”

王妃刹那间血液凝固，满面苍白。

她脸上难堪震惊与厌恶的表情，狠狠地取悦了穆清雅。穆清雅大笑道：“就是这种表情呢，真是好难得啊，原本以为这辈子都不能再见到你这种表情了呢，现在看见没想到本宫的心情是这么的好啊。怎么？洛芷珩你的儿媳妇被人给强暴了，你也觉得丢人了是不是？是不是也想要给赶出穆王府，以免给穆王府丢人啊？”

“清雅！”王妃的声音变得尖锐和破碎，她惊恐地看着面前陌生的女儿，她在那一刻就知道，她们母女之间的仇恨一直存在，永远也化解不了了，她善良温柔的女儿长满了尖利的棱角和老刺，曾经的不堪回首都已成为最痛的伤口，被穆清雅包裹掩藏在尖刺之下，稍有触碰穆清雅就会用过去当做最尖锐的武器，来攻击她！

穆清雅痛苦，她何尝不是呢？但母女之间，真的要一直这般地仇视下去吗？而且她也不愿意让穆清雅提洛芷珩这件事情，那是家丑，不可外扬！

最重要的是，清雅怎么会知道这件事情的？！

“很好奇本宫是怎么知道的吗？本宫偏不告诉你。不过你放心啊，本宫太了解你的本性了，你怎么会允许一个已经被人玷污了的女人留在穆王府那种高贵的府邸呢？我这个做女儿的是你的贴心小棉袄嘛，所以啊，我帮你解决掉洛芷珩怎么样？你只需要在我要你开口的时候，将这件事情一五一十地说出来就好了，怎么样？我体贴吗？你愿意吗？”穆清雅用一种非常血腥妖媚的口吻娇笑道。

王妃一张脸惨白如纸！眼前这个女儿她几乎要不认识了，她温柔善良乖巧的清雅哪里去了？为什么眼前这个女人她觉得是一个女魔头？

“那是你的亲弟弟！你要让我当着别人的面来给你亲弟弟拆台吗？就算要除掉洛芷珩，也不能牺牲你弟弟的名誉啊。一定还有更好的办法，完全没必要在那样公开的场合里来说啊。”王妃到底还是在乎穆云诃的，所以她迟疑了。

“你果然是偏心的！为了穆云诃，你竟然能够容忍下这种你最最不能忍受的肮脏事。母亲啊，你真是让我好伤心啊。”穆清雅冷酷地说道。

王妃面色剧变，连忙说道：“清雅你别这样，母亲不是不爱你，只是当年的事情和云诃现在的事情不能比啊。云诃是穆王府的小王爷，他是穆王府的颜面和脊梁。母亲不能让他和那种不洁净的罪名沾染上啊，母亲不是不想赶走洛芷珩，但她现在关系到你弟弟的生死存亡，母亲不能轻举妄动啊。”

“哈哈哈！快听听啊，我真的是要为你鼓掌了呢！多强大多自私多绝情的理由啊！我果然是像您了吗？那么的绝情和冷酷？就连穆云诃的救命恩人也要算计和利用，利用之后你就想将洛芷珩给发配边疆了是不是？让我来想想我母亲会用什么方法来算计没有利用价值的洛芷珩呢？暗杀？毒杀？还是直接囚禁到死？这些你都做得出来吧？”穆清雅嘲讽而诡异地冷笑道。

王妃紧抿着唇，心口犯痛，无言以对。

穆清雅眉目冷酷地狠绝道：“行了！你的那些手段本宫管不着，你只要记住，想让本宫原谅你当年对本宫造成的伤害，那么你今天就要听本宫的，本宫今日一定要除掉洛芷珩，你帮忙就还是我母亲，不帮忙，从今日开始你我恩断义绝，以后再不是母女，有的只是仇恨！到时候，你可别怪我六亲不认！”

“清雅！我不是不帮你，可是你弟弟他会被毁了的！”王妃迟疑地说道，穆清雅的话那么决绝，她做母亲的怎么可能会想要女儿和自己断绝关系？但今日指证洛芷珩，就等于是将穆云诃推上了风口浪尖，她绝不忍心。

“请你对我公平一点好吗？同样是被强暴，你当年是怎么对待我的呢？恨不能我立刻嫁人，一天都不愿意让我在家里多待，你甚至不愿意看我一眼，你以我为耻！你都看不起我和厌恶我，甚至你那个时候是憎恨我的吧？那为什么同样是被强暴，洛芷珩你就可以容忍呢？只怕还是因为穆云诃吧？你的偏心，我已经见识够了！不过我多仁慈啊，可以允许你的偏心，还帮你除掉洛芷珩，所以你就别废话了，今天，你若不帮我，我会让穆云诃都走不出南朝！”穆清雅几乎贴在王妃的脸上，一字一顿阴狠无比地说道。

王妃几乎瘫软在了地上，而穆清雅却决然离去。

一锤定音，她再也无力反抗什么！

本来以为是女儿终于想通了，思念她，才将她接来的，但是没想到来了之后，得到的却是这样一个结果。

“母亲大人？你还不快看看那些画？可要好好看啊！”穆清雅一脸严肃地唤醒了陷入回忆中的王妃。

王妃愣愣地看着穆清雅，她表情紧张而郑重，仿若真的是关心弟弟一般，但王妃却心中一片冰凉，因为她在不久之前就亲身经历了穆清雅的狠绝与冷酷！

是她亲手毁了她的女儿吗？如此，今天的局面也是她的报应了吧！

只是一面是亏欠太多的女儿，一面是心中至宝的儿子，伤害哪一边王妃都会觉得痛。

“母亲！阿珩为儿子做过什么，你知道得清清楚楚，我不能失去阿珩我也希望你能明白！”穆云诃阴冷地说道。

他不会再和母亲废话什么，之前他已经说得清清楚楚了，母亲如果真的不能接受洛芷珩失贞的事情，那么不用母亲赶走阿珩，他会主动带着阿珩离开穆王府！哪怕他的日子所剩无几，哪怕他不能给阿珩一个安定的居所，但是最起码在他还活着的时候，他不会让阿珩活得憋屈和那么无力。

她应该是自由和快乐的，他既然注定不能给她自由，那么就要竭尽全力地给她快乐！这一点，誓死不变！

“云诃，你在威胁母亲？”穆清雅立刻见缝插针，佯装出一种惊怒的模样。

王妃明显被穆云诃的话触动了。现在洛芷珩就对穆云诃有这么大的影响力了，那么以后呢？只怕洛芷珩说什么穆云诃都会听的。还有她这母亲什么事呢？洛芷珩要是干干净净的还好说，但洛芷珩已经不干净了，她就接受不了了。

穆云诃也看出来她的姐姐在针对洛芷珩了，心一点点地冷却下去，这缥缈如云烟的亲情，怎么能够撼动夫妻之间的患难之情？

穆云诃阴冷的目光看向穆清雅，决然地道：“姐，你不会明白阿珩对我的重要性，谁也不能和阿珩相提并论！”

王妃震惊失色地抬头，瞳孔一圈圈地紧缩。穆云诃的话无疑是一个导火索，摧毁了王妃心里的最后一丝挣扎！

不能让洛芷珩毁掉穆云诃！所以，她必须在那之前摧毁洛芷珩！

王妃拿起那些没有被损坏的画，看到最后眼底闪过一些震惊与莫名，她知道这些画是真的发生了，但画中的事情不全都是属实的，最起码洛芷珩当天出现在人眼前是被穆云诃的衣服包裹严实的。可王妃没有帮洛芷珩辩解，而是沉痛地扔下画，在人们紧张瞩目之中，缓缓说道："这里面画的一切……确实都曾发生过！"

轰地一声！人们心中那最后一丝期盼瞬间坍塌破碎！

还有什么比穆云诃的亲生母亲的指证更坚固真实的？不会有母亲用这种事情来往自己儿子头上泼脏水的！那么，这件事就是真的了？！

神秘而高贵圣洁的沙漠女神，瞬间破灭在众人心中。洛芷珩，从高贵跌落到下贱和肮脏！人们议论纷纷。

由始至终白明月都呆呆地坐在那看着洛芷珩，他心中高贵的女人，竟然是个被人非礼后的破烂？这样的洛芷珩还配得上他吗？还值得他喜欢吗？可是他的眼前却还是那些画面，洛芷珩衣不遮体的画面，他只觉得火焰在身体里燃烧，看着洛芷珩的目光里充满了邪恶！

"母妃！！"穆云诃震怒咆哮！有记忆以来第一次叫出了这个陌生而疏离的称呼！也许从王妃开口指证伤害洛芷珩开始，他们母子之间便发生了翻天覆地的变化。再也不能如以往那般亲切了。

洛芷珩的脸色惨白到不能再白，震惊而茫然地看着王妃。她到现在还不明白，为什么一向温柔和蔼的王妃会当着这么多人的面来伤害她？她更不明白为什么王妃要污蔑她啊？她并没有被人强暴啊？可是她不用明白了，因为有些伤害是没有理由的，而她，对王妃而言到底是个陌生人吧。

那一瞬间，洛芷珩从云端跌落到极地，摔得粉身碎骨，血肉模糊！摔碎了一颗一直努力维护彼此关系的爱心，也摔碎了对王妃一直以来的敬重和关心。更摔碎了她与人为善的纯真！那一刻她骤然明白，不是所有人都可信可靠可亲的！可笑过去的她竟然还傻乎乎地对人家好，原来她才是那个最大的白痴傻瓜！

"洛芷珩！你还有什么好说的？母亲都已经亲口承认了，本宫真没有想到你竟然是这样的人，明明那么下贱肮脏了，却偏偏还敢站在这里大呼小叫，你以为穿得光鲜亮丽就能够遮掩你衣服下的肮脏身体吗？简直是可笑！"穆清雅义正词严地怒斥洛芷珩！

"欲加之罪，何患无辞！"洛芷珩在那一瞬间仿若被孤立，被一切她热爱过的人狠狠抛弃和鄙夷，她的心忽然冷了，讥讽地看着众人，也放开了穆云诃的手。

就算他一直紧紧牵着她又能如何呢？这也改变不了他是那两个女人儿子和弟弟的事实。

洛芷珩在那一瞬间被千夫所指，情感遭受背叛，她甚至心灰意冷。可她强大的心不允许她倒下，敌人还在笑，她怎么能哭呢？就算那么难过，她也会想尽一切办法将敌人打倒，然后再找个角落自己偷偷地哭。

“阿珩！”穆云诃眼底掀起了一片狂风暴雨，落空的手掌牵连着他的心也刹那间冷却下来，惊恐布满瞳孔，那一瞬间冷漠下来的洛芷珩，让他绝望。

“难道穆王府很喜欢收敛破鞋吗？”诸葛画栾再度猖狂，讥讽着大笑道。在她眼中，洛芷珩已经是死鱼再也无法翻身了。王妃已经给她定罪，那她就必死无疑。

穆清雅恶毒地说道：“是！王府绝不会要这种肮脏的女子做媳妇，穆云诃，你要还为王府考虑，那就将洛芷珩休掉！亲手将她赶出去！”

这番话震惊的何止是满朝文武？

“穆清雅！你闹够了没有！你究竟想干什么？”一直压抑沉默的皇后终于忍不住出声！在她看来，今天的穆清雅简直是想要将人逼死，洛芷珩做错了什么要被穆清雅这样对待？还有那个诸葛画栾，更是混蛋！

“姐姐！怎么能说是我闹呢？我也是在维护穆王府的颜面啊。穆王府里怎么能留一个不干净的人呢？以后云诃是要当家做主的，他的妻子必须贤惠干净，我这个做姐姐的总不能看着自己的亲弟弟整天顶着个绿帽子过生活吧？”穆清雅反唇相讥，一脸的无辜委屈。

“你！”皇后还要说什么，却被皇帝一把抓住拉着坐下，皇后怒道：“你为什么不开口？你不是对洛芷珩很看好吗？”

皇帝蹙眉，他自然想开口保住洛芷珩，但是洛芷珩如果真的做了那样的事情，并且被人给强暴了……皇帝选择了沉默。

“这是本王的家事，是本王自己的事情，与其他无关！本王永远不会休弃洛芷珩，她这一辈子都会是本王唯一的妻子，谁也不能更改这个事实！你们接受也好，不接受也罢，总之你们无权来干涉本王的人生！”穆云诃彻底被激怒，他清冷的眸子里是满满的暴虐，目光看过母亲苍白的脸，再无一丝留恋与温暖！

王妃不悦地说道：“云诃！你也要为你父王想一想啊，还有穆王府，你怎么能这样不负责任？女人有的是，母亲还可以给你再找一个干净的好的，你……”

“够了！”洛芷珩一声怒吼，打断了王妃的话，她冷冷地看着王妃，那目光太过于犀利狠辣，以至于王妃也不敢直视她的眼。

洛芷珩抬眸，眼底一片孤绝杀戮！

这些人都在逼迫她，都想要伤害她，王妃过河拆桥冷血无情，穆清雅莫名敌意赶尽杀绝，诸葛画栾心机狠毒落井下石，还有那些文武百官们的议论和嘲笑，每一个都是一把无形的利剑，厮杀着洛芷珩的心，让她那么痛，却也那么坚强孤傲。

“今天，我终于算看清了人性了！谢谢你们给我的伤痛和耻辱，更感谢你们今天给我的教训，让我知道，那些外表看上去温柔慈祥的人，其实不一定就真的温柔慈祥，他们也可能是披着羊皮的豺狼，专门做丧尽天良之事！”洛芷珩冷言冷语，毫不客气地暗讽王妃。

穆云诃脸色一瞬间难堪，那个人毕竟是他的母亲，洛芷珩的话让他心痛又绝望。

“不过我洛芷珩做过的事情我承认，就算是被强暴又能怎么样？你们还想杀了我不成？但是这上面的人不是我，你们一口咬定是我被强暴了，那敢问王妃，我是被谁强暴的啊？又是怎么会被强暴的呢？”洛芷珩眯起的眸子里迸发出一种奇异的眼光。

那一瞬间她便想到了一种可能，能够将她推到今天这种绝境难堪之中的事情，还让王妃一口咬定的，只怕只有她去见世王那次了。她在回来的马车上昏迷，第二天穆云诃的腿就受伤了，然后他们离开的时候王妃对她态度的转变，还有穆云诃那个雨夜里面的冷血杀戮。一切，都证明发生了什么她不知道的事情。

只怪她那时候太傻太天真，竟然没有往这方面联想。

“阿珩你别这样。”穆云诃心惊胆战，这样冷漠带笑的洛芷珩，让他惊恐万分。

王妃被洛芷珩的逼问惹怒，她更恨儿子竟然会被洛芷珩迷惑得如此没了骨气，便怒声道：“怎么？你就连被人非礼了都不知道吗？还是你想让我说出那个人？可以，我来告诉大家，那个非礼洛芷珩的人就是世王！”

嘶！金碧辉煌的大殿里仿若瞬间蒙上了一层冰霜，众人骇然失色！

世王，那可是银月国的人，位高权重神秘莫测，谁敢招惹世王？世王若真的非礼了洛芷珩，那洛芷珩也只能忍受了。

砰地一声巨响，一直看热闹的毒圣踹翻了桌子，指着王妃厉声道：“你说什么？！世王非礼了洛芷珩？”

王妃被吓了一跳，她并不知道这老头是谁，可见他穿着小厮的衣服便怒道：“你是什么人？竟然敢指着我说话！”

“你个老淫妇！老子问你话呢，世王怎么可能强暴洛芷珩？怎么可能？你亲眼看见了？你看见了吗？快点告诉老子！”毒圣那一瞬间仿若癫狂，一脸错愕古怪的表情嗷嗷乱叫，甚至差一点掐住王妃的脖子，被一旁站立的纳兰代百给不着痕迹地隔开。

王妃气得满脸通红，活了一辈子第一次被人骂成是老淫妇，王妃怒不可遏地道：“本王妃要杀了你！”

洛芷珩那一刻的笑容古怪而轻蔑。这个傻子，她如果真的杀了毒圣，那么她的儿子可能活下去的机会也会大大减半，甚至全无。毕竟世王与毒圣之间关系匪浅呢。可是那一刻，她的心冷了，不愿意管了，她甚至想要亲眼看看当王妃杀了毒圣之后，得知毒圣是唯一能救穆云诃的人的时候，她会有一种什么样的表情呢？那一定很有趣吧？

不过这种想法很快被小喜子打破了，他在王妃耳边呢喃几句，王妃瞬间大惊失色，彻底老实了下来。

洛芷珩冷嘲地看着他们，一下就明白了一件事。难怪穆云诃那么痛恨世王，恨不能杀了世王，还那么抗拒世王的帮助呢，原来穆云诃一直以为世王非礼了她。可穆云诃从来不在她面前提起这些，压抑着难过和名誉，还对她一如既往，洛芷珩不知道穆云诃究竟承受了多大的压力，但她感激他为她所做的一切。冷却的心有了松动，她悲伤而冷漠的情绪，也因为穆云诃而有了一丝易碎的温度。

君心待我诚如此，我自不会负君心！

“闹剧到此为止吧！”洛芷珩清冷的声音缓缓地传遍了大殿，众人的声音渐渐消失，人们不明白都已经被打入谷底了，为何洛芷珩还能如此镇定？她难道不害怕？

洛芷珩明白他们眼中的那些鄙夷和唾弃，脸上的冷嘲让她看上去冷艳性感，她拿着那张画说道：“这里面的女子不是我！”

“洛芷珩你还在狡辩！”穆清雅简直爱死了洛芷珩这种垂死挣扎的感觉，她配合地指责，心里面却期待着当洛芷珩山穷水尽之后的绝望和崩溃！这就是敢与她作对，破坏她好事的下场！

洛芷珩嘴角勾起讥讽的冷嘲，嫩白的手指指着那画面上女子的胸口，一字一顿地道：“因为她的胸口上是什么也没有的！而我，胸口上是有胎记的！”洛芷珩又用一种鄙夷的声音笑问王妃：“你既然一口咬定这画里面的事情是真的，又说我就是这画里面的女子，你又亲眼看见那天的全过程了，那么请问尊贵的王妃娘娘，您有没有看见我胸口上到底有什么胎记呢？”

王妃猛地被问住了！她瞳孔紧缩，愣愣看着洛芷珩的目光里终于有了一丝龟裂，在这样千夫所指之下，在这种绝境之中，洛芷珩竟然还能怒而不乱，有条有理地反驳她，那样的冷冽目光和口吻，简直是王妃平生所见之最！这样的女子，只怕才是最最可怕的吧！

然而王妃不认输！因为洛芷珩确实被人非礼了！那天回来时候的狼狈历历在目，但她却真的不知道洛芷珩的胸口有什么，毕竟那天洛芷珩的身体被穆云诃的长袍包裹得紧密。王妃一时间答不出来，又怕是洛芷珩在故弄玄虚，在洛芷珩凌厉的目光压迫下，王妃的脊背出了一层冷汗。

见王妃被质问住，所有人瞪大了眼睛！心情也跟着这件事情的发展而忽高忽低起来。这可真是峰回路转！简直精彩至极！洛芷珩的绝地反击虽然未必有效，但她却将王妃质问住了。难道这幅画里面的人真的不是洛芷珩？洛芷珩的胸口究竟有什么呢？

“洛芷珩你就别故弄玄虚了！事情已经发展到了这一步，你再多的解释也无济于事，再多的抵赖也只会成为笑话一个，你还不如就乖乖承认了，也让人佩服你一声。更何况，是你被强暴了，你又不是自愿的，你也是受害人，又何必害怕呢？”诸葛画栾洋洋自得地开口。

她很开心，因为洛芷珩这一次是真的走投无路了，竟然开始用这样的伎俩企图蒙混过关了，但那又如何？一个被人们指控不贞洁的女子，再多的解释都只是徒劳，洛芷珩这辈子，完了！

还敢和她斗？伤她一只胳膊，那她就会想方设法地去要洛芷珩的命！这贵妃娘娘这么配合她，她倒是没有想到过。

诸葛画栾那洋洋得意的模样落在穆清雅的眼中，何止一个可笑与讥讽？被她利用了还不知道。不过诸葛画栾今日的表现很让穆清雅满意，她倒是可以考虑留诸葛画栾一条活路。

“总之我们穆家是不会要一个不干净的女子做媳妇的，就算你有千好万好，也都不能抵消你的不洁。洛芷珩你别让大家撕破脸，乖乖认了这件事情，咱们什么都好说。”穆清雅冷漠地道。

“认？不是我做的，你凭什么要我认？你这是打算屈打成招了吗？还有你诸葛画栾，闭上你的嘴！你算个什么东西？凭什么在这里对我指手画脚？早知今日会有你这么个祸害，当日我就该一刀了结了你！”洛芷珩咬牙怒道。

“哼！你以为伤害了我你就能好吗？你做梦！你这种罪行就应该千夫所指，是你活该！你口口声声说这画里面的人不是你，那你拿出来证据啊，你证明这里面的人不是你啊！”诸葛画栾完全是一副小人得志的模样，就算少了一条手臂都不能让她安静下来，她反而变本加厉。

“我会给你们证据，只要王妃给我说一句话，你知道不知道我的胸口上有什么胎记？王妃只要说出来了，我们对质啊，到时候王妃说的是不是假话就显而易见了。王妃你倒是说话啊，你敢不敢与我对质？”洛芷珩目光犀利直逼王妃。

“阿珩不要！”穆云诃在那一刹那瞬间明白了洛芷珩要用什么来证明，他几乎肝胆俱裂！因为只有他见到过洛芷珩的身体，只有他知道洛芷珩的胸口上究竟有什么。也只有他了解洛芷珩的狠辣与果断。洛芷珩能够毫不犹豫地给自己一刀，那也能毫不犹豫地证明给别人看她的清白。可想到洛芷珩可能会用的方法，穆云诃只觉得一口怒火卡在胸口，烧得他五脏六腑都痛！

“穆云诃！我不知道这其中究竟有什么误会，但你信我，我嫁给你的时候是什么样的，现在就还是什么样的！我洛芷珩干干净净绝不怕对质！我也不会让你因我而蒙羞！”洛芷珩的话因为穆云诃的信任而越发地掷地有声。

四目相对，她在穆云诃的眼中看见的没有鄙夷和唾弃，更没有嫌弃和质疑，有的只是浓浓的心疼和在乎，这对洛芷珩来说无疑是一种支持她走下去的勇气！在这个陌生的世界里，她在乎的不也同样只有一个穆云诃嘛！如此，她还有什么好顾虑在乎的？

“王妃，您敢与我对质吗？”

王妃自然是敢的，但她并不知道洛芷珩胸前有没有胎记。她迟疑了一下，冷声道：“那天雨大，根本就看不清你的身上究竟有什么。只记得你满身的伤口。洛芷珩你也别不承认，穆云诃，小喜子，胡妈妈，我们这群人全都看见了你那天的惨样，你再多的解释也是枉然。”

“那就是说你其实并没有看见我的身上了？可你却承认了这些画，也就是说有可能这些画都不是属实的？王妃我哪里对不起你？你竟然这样污蔑我？你还有一个当长辈的样吗？我洛芷珩扪心自问，自从嫁到了你们穆王府，我就一直在维护你，难道我对你的维护，你都一直当热闹看吗？都说人心都是肉长的，但我怎么觉得王妃娘娘您的良心是黑的，是石头做的呢！你这样污蔑我，对你有什么好处？又对穆云诃有什么好处？”洛芷珩厉声质问道，她那天虽然被迷晕了，但她知道她的身体非常完整，并没有受到侵犯，王妃的污蔑让她一瞬间充满怨恨。

王妃也怒了，瞬间忽视了洛芷珩曾经的维护和好，厉声指责道：“洛芷珩！你没有资格指责我！你嫁到了王府里不假，你维护我也不假。但那是你自己心虚！你知道你是为什么嫁入王府的，你知道你来得名不正言不顺！你害怕我将你赶出王府，所以你才刻意讨好我，小心奉承我。你甚至还讨好我的仆人胡妈妈，你做的这一切都只是因为你贪慕虚荣，你不想离开穆王府！现在你明明就被人给强暴了，竟然还敢与我对质，你简直放肆！”

王妃也是认定了洛芷珩被人毁了，因为她看见了，但洛芷珩死不承认，还这

么硬气，实在是可恨。以至于王妃被激怒，更加坚定了绝对不能留下洛芷珩的信念。

她所有的好，瞬间变成别人伤害自己的武器，毫不留情地攻击向了自己？！

洛芷珩简直惊呆了，她已经不仅仅是心痛那么简单了，更多的是可笑，是冷酷，是绝情！

“母妃你口下留情吧！阿珩绝对不是你说的那种人。如果你还要我这个儿子，那就请你别再伤害我的妻子！”穆云诃同样被王妃的话激怒了，他第一次对自己的母亲用愤恨的声音怒吼。

“云诃！你怎么能这样和我说话？难道我这么多年来对你的疼爱和守护，还不如一个与你相处不到半年的洛芷珩吗？她不干净了，你亲眼看见的呀，你甚至为了堵住众人之口，下了禁令，你还在府中大开杀戒！完全就是为了一个洛芷珩，你到底在掩藏什么？洛芷珩有什么好？她只会让你出丑，只会让你蒙羞！穆王府绝对不会要这样一个女人！”王妃痛恨地怒声道。

穆云诃怒极反笑，激烈的声音沙哑而倔犟，落地便是刚猛的铁钉，入木三分：“不需要穆王府要她！我自己要她！在我眼中，我看见的不是一个让我出丑和蒙羞的洛芷珩！洛芷珩是我的骄傲，是我生命的延续，是我愿意心甘情愿为她付出一切，是我想要共度一生的女人！你看她不好，你指责诋毁她，可在我眼中她却是最好的，最干净的女人！这世间没有一个人能够比得过我的阿珩！谁也不能！你们不喜欢她不要紧，我爱她就够了！！”

那一瞬间，“我爱她”三个字，是洛芷珩几乎要丧失信念的力量，是光明，是她前所未有过的感动与震撼！

而那三个字，震撼的又何止一个洛芷珩？有几个女人能够得到自己丈夫如此的维护？有几个女人能够在丈夫明知道失去妻子贞洁的时候，还能如此坚定大胆地说爱？而那一份情感，是历经了沧桑和磨炼，误会与阴谋下，沉淀磨砺出的最最坚定纯粹的至死不渝！！

“穆云诃你疯了吗？你太不理智了！你现在包容了洛芷珩，就等于是要背负一辈子绿帽子了，你今后一辈子抬不起头做人，你可想好了！”穆清雅阴冷地说道。

“不用想！阿珩什么样我都要！因为这个世上只有一个阿珩！”穆云诃咬牙说完，转身拉起了洛芷珩的手：“我们走！这里不属于我们，这里的人也没资格质疑我们！”

穆清雅见状立刻命令道：“拦住他们！今天这件事情没有一个结果谁也不准

走！”

“姐姐？！”穆云诃震惊不解地看向穆清雅，刚刚还对他那么温柔的姐姐，怎么会转瞬之间变成想要将人打入地狱的魔鬼？！

“洛芷珩，本宫倒是不想污蔑你，让本宫看看你的证据啊。”穆清雅并不理会穆云诃，因为她看出来穆云诃在竭力地阻止洛芷珩所谓的证据，她倒是好奇极了。

“不准！”穆云诃抓紧了洛芷珩的手，满眼阴霾，可声音却隐带哽咽。

洛芷珩拥抱他，笑着低声道：“我知道你懂我，在这里有一个如此懂我包容我的你，我来这个世界就没有遗憾了。就算我在这里被所有人厌恶，但有一个穆云诃待我如此真情火热，洛芷珩在这里就没有白活。什么也没有你重要，我今日所做的证明不为别人，不为自己，只为你！哪怕他们还是曲解和不信任我也没关系，因为我舍不得你背上他们口中绿帽子的名声。所以，请别阻止我！”

穆云诃，你母亲、姐姐为了打垮我甚至不惜牺牲你的名誉，但我不会那样做。他们是以爱之名来伤害你，但我以爱之名来维护你！

可今日的屈辱却不会压弯我的脊梁和骨气！穆清雅，佟氏！诸葛画栾！今天的耻辱，他日我洛芷珩必当加倍奉还！

洛芷珩倏然推开穆云诃，一个转身猛地扯开了胸襟，她胸口装饰华丽的金扣子噼里啪啦地掉了一地，衣襟被她一把扯开，浑圆的肩头，凌乱松垮的肚兜带，还有那一点若隐若现的白嫩胸口，而在她左面胸乳上方，一个水珠般大小鲜红似火的朱砂胎记赫然在上！

瞬间大殿之中一片此起彼伏的抽气之声，更多的是无法压抑的粗重喘息与惊艳！

穆云诃的眼底瞬间起火，狠狠地闭上眼睛，全身战栗！

洛芷珩嘴角牵起妖冶的诡笑，一手拿着那画到身前，怒问王妃穆清雅：“眼睛不瞎的，这一刻可以清清楚楚看见了吧！你若亲眼见过我的身体，便不会错过这么明显的特征！她诸葛画栾也就不会画出这样漏洞百出的狗屁画作！”

那三个女人愣愣看着那妖冶的胎记，没想到胎记这种事，那样暴露的画作反而给了洛芷珩反击他们的把握和助力，三人眼底均是一片懊恼痛恨！

该死的，竟然被洛芷珩摆了一道！

穆云诃将洛芷珩的衣服合好，一点一点系紧，眼底殷红似血的光凝聚着一片杀气。

“为什么要这样做？你该知道他们若要为难你，就算你证明了自己，他们一样有千百种理由来攻击你。阿珩，你知不知道你这样做一点都不值得？”嘶哑的嗓音里那种浓浓的无力感与沉痛，仿若轻易就能将穆云诃的灵魂击碎。

洛芷珩任凭他作为，浅笑道：“别人怎么看待我与我何干？我想要的只是对你问心无愧而已。虽然我不清楚那天发生了什么，但你一定是误会了我，我不知道要怎么来证明我的清白，但只要你愿意相信我，我就一定会找到证据来证明我。我只要你一句话，你信不信我？”

穆云诃深深地看着洛芷珩，她的眸子一如既往地明亮透彻，褪去了之前的戾气与暴怒，美得让他窒息，也让他不忍伤害。他明知道洛芷珩确实被世王伤害了，那天的画面他还历历在目，但洛芷珩却一口咬定她是清白的，穆云诃并不觉得是洛芷珩在抵死狡辩，虽然他脑海里一片混乱，也觉得这很匪夷所思，但他就是愿意相信她！

这种信任，不需要理由，只因为她是阿珩！

“我信！”穆云诃听见自己清晰而坚定地说道。

洛芷珩一刹那笑颜如花！

“云诃你疯了？你竟然被这个妖女迷惑成这样？明明她就已经被人糟蹋了，你竟然还相信她？”王妃几乎是怒吼起来，所有的温柔和慈祥被撕裂，她受不了不贞洁的女子！尤其是洛芷珩这样死鸭子嘴硬的贱人！明明就已经被人强暴了，他们都清楚地知道啊，怎么还能这么面不红气不喘地说谎？而她引以为傲的儿子，竟然被这个女人迷惑得一点理智都没有了吗？

王妃惊恐极了，仿若即将失去儿子一般，她厉喝道：“小喜子！快点将你主子拉回来，不准他再和那个妖女靠近！快啊！”

小喜子踌躇不前，他并不觉得小王妃是妖女，甚至他觉得老王妃也太过分了，怎么可以这样对待一心一意保护帮助小王爷的女人呢？

“小喜子！你也被那个妖女迷惑了吗？你忘记是谁将你从皇宫里面带出来的吗？你忘记是谁将你养大的吗？你竟然敢不听我的话！”王妃快要被气疯了，口不择言地开始失去了贵妇的风范。

“王妃娘娘……”小喜子都快要被逼哭了。

“没用的废物！你们还不快将小王爷给拉开！快把小王爷保护起来，远离那个妖女。”穆清雅见状连忙清喝道！他们已经被洛芷珩这一个胎记弄得一时间无言以对，但洛芷珩虽然略占上风并不能让穆清雅收手，相反，她还更坚定了要除掉洛芷珩的决心。洛芷珩太危险了，只要给她一点机会，她就能立刻翻身，这样的人，绝对不能留！

四周的侍卫立刻涌上来将穆云诃包围住，并且抓住穆云诃的手臂硬生生地拽他。

“滚开！”洛芷珩吓坏了，出手攻击最近的士兵，但他们人多，她又护着穆云诃，难免吃亏，后面不长眼，立刻被人用刀鞘狠狠打了一下。打得她闷哼一声猛地往前踉跄了几步。

“阿珩！”穆云诃目眦欲裂地咆哮，“你找死！”

那偷袭了洛芷珩的侍卫被穆云诃殷红的眸子吓住，一瞬间僵硬。

洛芷珩回身就是一脚，重重地踹在了侍卫的胸口，将那侍卫狠狠地踹得倒飞出去！

“你没事吧？”两个人几乎是异口同声地问了对方一句，默契地关切。也从彼此的眼中看到了浓浓的愤怒与愁苦。

眼看着穆云诃被人用力抓着，那单薄的身体让洛芷珩心疼至极，她彻底放弃了抵抗，对王妃怒吼：“你看不见穆云诃现在是什么样吗？他的身体能经得住这样的拉扯吗？你还配做一个母亲吗？你口口声声地说爱穆云诃，可是你现在却眼睁睁地看着他被人伤害！”

王妃面色惨白，她看向穆清雅，但现在这个女儿已经再不是曾经那个对她言听计从的女儿了，她甚至会觉得恐惧，面对这个女儿，让她怎么敢开口劝说。

穆清雅目光讥讽，这就心疼了吗？穆云诃果然是你的心头肉！不过你别着急，我会让你的心头肉一块块地腐烂下来，一块块地挖下来，最终让你的心头肉死去！让你也品尝一下丧失爱子的仇恨与绝望！

“不准停！将穆云诃给我带过来！”穆清雅狠狠地喊道。

“穆清雅！”皇后实在看不下去了，她拿起来茶杯就要掷出去，却被皇帝硬生生看住。

“你不要动，今天是她的日子，你还看不出来吗？她今天这是摆了一出鸿门宴呢，玩弄的不仅仅是下面那几个，还有你我。这就是你一直心疼的好妹妹，这就是你一直为了她而退让的好朋友。”皇帝在皇后耳边讥讽道。

皇后满眼痛苦，僵硬地冷笑道：“你明知道，为什么不阻止？她现在这样如同疯子，岂不是也有损你皇帝的形象和威严？”

皇帝嘴角挂着高深莫测的笑容，模棱两可地道：“她越是不好，群臣们就越是不喜，自然对她的意见也就越大。”朕高兴都来不及呢！

皇后听得愣住，迷糊至极，可是下一刻皇后一张脸惨白至极：“你要借刀杀人？你想废了她的贵妃之位！”

群臣们不喜欢，就会上奏皇帝来弹劾，一个人说的话也许不管用，但一群人呢？满朝文武呢？还有那些诰命夫人呢？如果真的是这样，就算皇帝与穆清雅有一段年少情，穆清雅救过皇帝一命，只怕皇帝也会碍于群臣非议而不得不废掉穆清雅的贵妃之位吧！

好一个见缝插针的借刀杀人！又狠又毒却也杀人于无形！

皇后心惊地看着皇帝，那温文尔雅的外表下究竟隐藏着怎样一颗毒辣绝情的帝王心？

“皇后明白了？想要阻止朕吗？”皇帝竟然丝毫不隐瞒皇后，笑得云淡风轻。

“为什么？你不是爱她吗？”皇后不知道自己的声音是从哪里找到的，皇帝对穆清雅这位宠妃尚且如此，那么对她呢？只怕会更加地薄情寡义。

“爱？这个世上配朕用爱的，只有一人。她穆清雅，不配！”皇帝薄唇勾起薄情的笑，淡漠的声音只有皇后一人听得见。

皇后的心一寸寸冰凉下去，这就是帝王，都说自古帝王最薄情，此言果然不假。但她却已经无力再去阻拦什么，穆清雅今日的所作所为，已经彻底踩破了皇后对她的底线和姐妹情，她再也不想为穆清雅去收拾残局了。

穆清雅已经陷入了报复的快感之中，看着害她痛不欲生的母亲那一脸的心痛难过，她快乐得想要大笑，看见穆云诃那么难堪和挣扎，她好想对她死去的儿子说一声，儿子你看见了吗？娘马上就可以将你小舅舅送去陪你了，阴间是不是很冷？不要紧，你最喜欢的小舅舅马上就会去找你玩了，在那里，你们还能在一起玩耍！

穆云诃被人毫不顾忌地拉扯着，他还在挣扎，人们的议论和惊呼，王妃惊慌的喊声，穆清雅的疯狂，诸葛画栾的幸灾乐祸，混乱的场面一时间失控！

洛芷珩忽然大喝一声：“放开他！你想怎么样冲着我来好了，别这样对他，他的身体受不了这样激烈的撕扯。”

穆清雅嘴角挂着一抹嘲讽：“本宫的亲弟弟，本宫自然不会害他，用不着你在这里装好人！本宫要做的很简单，那就是决不允许穆云诃的身边有个不干净的你，不管你怎么狡辩否认都好，今日你必须和穆云诃划清界限！你刚刚那当众脱衣服这种不知检点恬不知耻的行为都能做出来了，可见你这个人有多么下贱和不堪！你配不上本宫的弟弟。”

洛芷珩冷笑，她脱衣服也只是被迫而已，但穆清雅竟然嘴一撇就又给她安了一个罪名，只是褪下一点衣服就叫脱吗？果然是欲加之罪，何患无辞！

“不就是一个胎记吗？是我忘记画上了。”诸葛画栾忽然讥讽地笑道。

众人震惊！洛芷珩目光猛地看去，清冷而阴狠。

“你说什么？”穆清雅眯眼，嘴角勾起了诡异的笑容。

诸葛画栾苍白的脸仿若鬼一般阴森森地笑了起来，大言不惭地道：“我知道她身上有个胎记，只不过我刚刚忘记画了而已。”

怎么可以有人如此不要脸？怎么能够有人如此的变态和无耻？

明明不知道洛芷珩身上有胎记，却在看见之后还能这么轻松地改口，说得好像天经地义一般，这样明显的反咬一口诸葛画栾还能做出一脸的得意样，简直让人无话可说了。

你如果真的知道，刚刚怎么不说？干吗人家洛芷珩证明了之后，所有人都知道人家胸口有胎记的时候，你才反口？太过于明显的谎言让诸葛画栾的人品和无耻瞬间低到了极限，反而让人们开始有了同情洛芷珩的想法。

也许洛芷珩真的是被这个不知廉耻的女人诬陷的呢？但是又怎么解释王妃的话呢？

“哈哈！原来是这样啊，你怎么不早说呢，洛芷珩你还有什么好说的？”穆清雅好像一瞬间就理直气壮了起来，明知道诸葛画栾是故意陷害了，但还是好像把这当成是真的了，穆清雅对洛芷珩的敌意也显而易见了。

洛芷珩就笑了，她怒极反笑！果然是人不要脸天下无敌！贱到极限没有下限！她今天算是见识了什么叫“女中豪杰”！就是两个不要脸的肆意践踏别人，拿着错误当品德来做事的贱人！

洛芷珩没有再争辩什么，而是问诸葛画栾：“你知道我胸口有胎记，是谁告诉你的？是王妃吗？”

“我为什么要告诉你？你这种下贱无耻的女人凭什么来质问我？”诸葛画栾颓废得好像鬼脸的容颜上做出了趾高气扬的表情，看上去着实可笑。

洛芷珩又看向王妃，声音里甚至有着笑意：“请王妃告诉我，你们三人今天连起来这样对付我，究竟是为什么呢？诸葛画栾与我有仇，她报仇我能理解。但我洛芷珩从不认输。穆清雅，为什么你也要针对我？而王妃，我不说对你有恩，但对你们母子有情有义这一点你不能否认吧？你能告诉我你为什么要这样对待我吗？你不要紧张，想让我离开很容易，但我就算走也要走个明白。”

王妃心口发堵，但她不愿意在洛芷珩面前示弱。洛芷珩不干净了就不能做穆王府的人，不能给穆王府丢脸！她是在维护穆王府的颜面！一瞬间她就理直气壮起来：“因为你已经配不上云诃了。一个失贞的女子，没有将你处死已经是对你的仁慈了。”

这就是理由！多么冠冕堂皇和正义凛然的理由啊！她都快要为王妃的话而鼓掌致意了！看看王妃多么的铁面无私，多么的在乎王府颜面？

“还和这女人废话什么？本宫本来好意请她进来联络感情，但她在宫里几日闹腾得人仰马翻，还杀死了皇上御赐给本宫的一对鸟儿，本宫都看在云诃的面子上饶恕她了，哪知道她竟然犯下如此大错，绝不能容她！来人，笔墨纸砚伺候，本宫与今天在场的诸位做个见证，穆云诃你立刻写下休书一封！洛芷珩不配再做穆家媳妇！”穆清雅就独揽朝纲一言堂了，赫然对穆云诃下了命令。

穆云诃狠绝怒喝：“不可能！本王不会写休书，你们也没有权利来命令本王！本王今日叫你一声姐姐，但这声姐姐，本王叫得不甘心！本王从不知道，原来本王记忆中善良的姐姐，如今已经面目全非，变得如此丑陋和狭隘！今日你若逼迫本王写休书，那就是逼迫本王与你断绝姐弟关系，那么今日开始你我就将是仇人，而非亲人！因为是你害得本王抛弃妻子！”

他们到底势力薄弱，这里不是穆王朝，没有父王留下来可听他调遣的精兵强将和暗卫，这里也没有那几位法老的保护，这里有他的至亲，但如今穆云诃却有一种众叛亲离的绝望感，这里只剩下一个与他并肩作战的洛芷珩，但他的阿珩却被这群人无情地伤害！他恨，恨这里所有的人！

“不要乱说话！”王妃企图阻止穆云诃，但穆云诃看向她的目光那么冰冷，再无一点温情。王妃惊恐至极。

穆清雅却一点不在意穆云诃的胁迫，她冷笑道：“你不明白这些，等你以后成熟了，你就知道母亲和姐姐今日所作都是为你好。还看着干什么？还不伺候小王爷写休书！”

便有人立刻控制住穆云诃的身体，孔武有力的侍卫三四个，自然能够将穆云诃控制得很好，任由穆云诃再怎么挣扎嘶吼，但他的手还是被人抓住握着毛笔，沾墨，落笔！

“放开我！！”穆云诃的声音几乎泣血，一张惨白的脸上青筋暴跳，血红的眸子里有莹润而破碎的光，他看着洛芷珩，那么绝望和惊恐，虚弱的身体此刻却爆发出来那么强大的力量，他的手臂被人硬生生地压着，按着，他的拳头也在战抖，那侍卫的手紧握他的，逼迫他落笔，但那笔就那样悬在纸上，沾满墨汁的笔尖上墨汁滴落，战抖着甩得到处都是。充满了压迫与凌乱。

洛芷珩就那样看着穆云诃的脸一寸寸地惨白，发青。她看得见他眼中的坚持和信守，她也看得见他的不甘心！是啊，怎么能甘心呢？被逼到这种绝境之上，让她又如何能甘心？

“放开他吧，休书我来写！”战抖的唇瓣吐出破碎的话语，她干涸的眼泪在那一瞬间落下。

“阿珩不要！！”穆云诃尖叫。

他到底是不谙世事的纯净男子，在强权之下不懂低头，他想要守护她，却偏偏一次次将她推向更远。这不怪他，只怪世俗和阴谋，只怪这个世上看不得他们好的人太多。所以她不怪穆云诃。穆云诃不懂得低头，她来低头。他们不就是想要让她声名扫地，想让她与穆云诃没有关系吗？可以！她来做！所以别逼穆云诃了。

穆清雅一挥手，那群侍卫立刻松开了对穆云诃的压迫，但却抓着穆云诃将他控制在更远处。

洛芷珩一步一步走向案桌，在人们各异的目光中拿起了那支笔，就在那张染上墨汁的纸上落笔，她动作行云流水毫不犹豫，似乎对这段感情这场婚姻这个人一点都不留恋，自始至终没有抬头再看穆云诃一眼！

“不、不！别写，阿珩不要写！”惊恐的声音终于哽咽，穆云诃为洛芷珩撑起的坚强与狠辣被残酷的现实击打得支离破碎，那只有洛芷珩有幸窥见的单纯脆弱终于浮现。

诸葛画栾目光复杂地看着穆云诃，有仇恨有痴迷，就算他将她的手臂斩断了，但她还是不可抑制地爱上了他。她也知道自己有点犯贱了，人家那么伤害自己，自己却偏偏不可自拔地爱他。她今日疯狂的报复其中就有穆云诃的原因。穆云诃连看都不看她一眼，那么她就要将穆云诃心头所爱彻底毁掉！看，她做到了！今天开始，洛芷珩将一文不值，将成为一个破鞋弃妇！将再也没有资格与她诸葛画栾相提并论。

笔锋浓转淡，她手腕的力道渐渐收拢，她名字的最后一笔，轻颤！

洛芷珩拿起休书猛地面对着一旁的一个侍卫，命令道：“你来念！以免有人说我作弊！”

那侍卫见贵妃娘娘点头，便大声念道：“休书！今有豪门落纸横被人指控不贞，夫家婆母姑姐咄咄相逼，逼夫休妻，从今日起，落纸横与穆云诃再无瓜葛，各自婚嫁不得干涉！弃妇：落纸横，立书人：穆云诃！”

一封休书，不论格式对错如何，但言辞间洛芷珩将她彪悍的风格发挥得淋漓尽致，几句话字里行间毫不客气地点明了王妃与穆清雅的败坏，她没提诸葛画栾，因为诸葛画栾甚至不配出现在她与穆云诃之间。

众人没想到她敢这么写，而穆清雅与王妃都是脸色难看。但穆清雅却不在乎这些，只要洛芷珩写休书就行。

“为什么要这样做？洛芷珩你代替不了本王！本王承诺过你的到死也算数！本王说这辈子也不会休弃你，你是本王一辈子的妻子，你就永远都是！谁也不能代替本王，就算是你也不可以！！”穆云诃咆哮。

他胆战心惊，他恐惧至极。这封休书当着整个南朝文武百官立下，自此之后就再难更改了。洛芷珩不再坚持他们的感情了吗？她已经被他的父母逼迫得要放弃他了吗？穆云诃只觉得刚刚升到云端的自己再一次狠狠坠入地狱。

洛芷珩将那张休书又举到了穆云诃面前，冷冷地说道：“你仔仔细细地看好了，这封休书的每一个字你都给我看好！不是我绝情，而是你的母亲姐姐太无情，是她们要分散我们，我洛芷珩向来不吃亏的，谁也别想伤害我！用不着他们赶我走，我也许别的比不上你们豪门大族，但是我的骨气却不比你们少！”

穆云诃双眼通红瞪着那封休书，双手胡乱去抓，恨不得立刻撕毁这张纸！他们之间的关系，历尽艰难险阻都没有被斩断，怎么能被一张几乎没有重量的纸给斩断呢？可是猛然间，他的手就僵住了，一双瞳孔暴怒的眼睛直愣愣地看着那上面的几个大字，表情瞬息万变。

洛芷珩目光一闪，猛地将休书收回放在怀里，冷冷地道：“既然这休书是给我的，那么我就直接收着了，不用再给穆云诃写一份了吧？”

“自然不用，你若早点这么干脆的话，又何必闹得如此不愉快？要不是你太能闹腾的话，恐怕你今后还能找个人嫁了的，但现在，只怕你再想嫁人都难了呢。”穆清雅和颜悦色地笑道。

可真够恶毒的！就连她以后嫁不嫁人都想要干涉吗？

一改之前的颓废与愤怒，扬起笑脸，洛芷珩竟然没有丝毫被休弃成为弃妇的绝望，反而一脸狂妄地说道：“我真要感谢你们啊，今天要不是你们这群人，我怎么可能这么痛快的地就脱离穆王府？你们以为我很愿意和穆王府牵扯上关系吗？要不是穆云诃还有几分姿色的话，我早就远走高飞了。今天感谢你们还我自由，虽然我好舍不得穆云诃这个绝世美男子，但谁让我生来薄情呢？天下美男何其多，感谢你们给了我游遍大江南北，采遍九州美男的机会。”

所有人被洛芷珩这番毫不忌讳的话惊得目瞪口呆！

诸葛画栾满眼寒霜，她以为她狠狠地打击了洛芷珩，她以为她能看见洛芷珩痛哭流涕，她以为她打败了洛芷珩。可是怎么刚刚还掉眼泪的人，眨眼间就笑颜如花生龙活虎了呢？这太颠覆了，完全是不合逻辑的啊！洛芷珩已经是弃妇了，是弃妇！！她怎么还能笑得出来？

“家门不幸！家门不幸啊！”王妃也被洛芷珩这混不吝的话给气得差点没一

个倒仰晕过去。

穆清雅痛心疾首地道：“果然是家门不幸，云诃啊，这样的女人你还有什么好留恋的呢？让她立刻滚蛋吧，姐姐会给你找更多更好的女人的。”

穆云诃好像受刺激过度了一般，愣愣地看着洛芷珩也不说话也不挣扎了。半晌他冷静的声音回来，听在别人耳中是那么绝情和冷酷：“你滚吧，现在本王不想看见你。”

洛芷珩娇笑道：“嗯，我滚，你最近可别想念我，因为我可没时间想念你，不过咱们好歹夫妻一场，最后再拥抱你一下总可以吧？”

她走上前，侍卫们在穆清雅的暗示下退开。洛芷珩拥抱住穆云诃，手摸着他的胸口，两个人之间亲密无间，她甚至轻佻地亲吻了一下他的耳畔，那么软。

穆云诃僵硬在原地，看着她放开他，然后笑着说“我走了”，然后看着她就那样挺直了脊背，在人们各色的目光中，坚定而高傲地走出大殿。

这一场闹剧，似乎就因为洛芷珩的主动退出而画上句点，一段婚姻，竟然就这样无疾而终？而刚刚还难舍难分的两个人，却在眨眼间便彼此绝情。他们是真的放开彼此了，还是绝望到再也不敢拥有对方？

想那么轻易地离开，简直做梦！你安然无恙，怎么能让穆云诃痛彻心扉？穆清雅目光阴狠，一挥手，大殿之中的带刀侍卫立刻涌了出去。

洛芷珩刚刚迈出大殿高高的门槛，站在日光下，身后狂乱的脚步追赶声，还有穆云诃暴怒的咆哮同时响起：“穆清雅你要做什么！”

“做什么？只是不能留下一个败坏了穆王府名声的贱人而已！现在开始她与你无关，本宫帮你斩除一个玷污你名声的败类而已。”穆清雅的声音阴冷响彻大殿内外。

洛芷珩在殿外冷笑，谁斩除谁，可不一定呢！

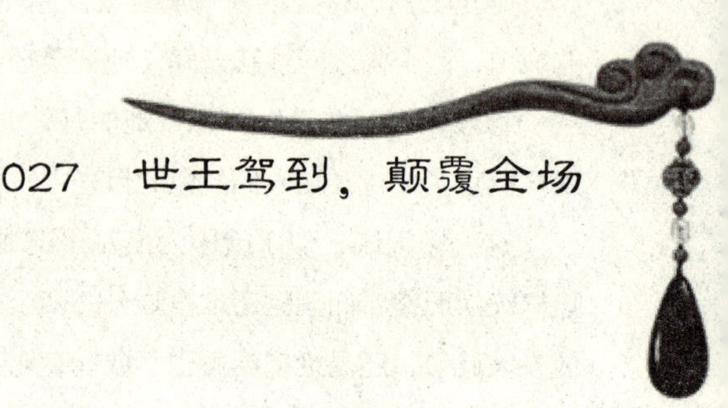

027 世王驾到，颠覆全场

洛芷珩站在正殿最高处，放眼望去，那高高的台阶之上几乎三步一哨，佩带着武器的士兵整齐一致，日光下他们的盔甲反射出刺眼而冰冷的光芒。

戒备森严的皇宫之中，就这么一条通往出宫的路都前有狼后有虎，可洛芷珩却不会再哭。她费尽心机地想要离开这里，为的可不是让敌人快乐，那种亲者痛仇者快的事情她不做！

虽然带着屈辱，虽然还有不甘，但她离开只是为了能够更强势地回来，只是为了能够让今天伤害她和穆云诃的人全部下地狱！

所以来吧，今天她出宫之路绝不会让任何人阻止和堵住，如果这条路注定走得不安稳，那她就用一切阻拦她的人的血液，来为自己铺就一条鲜血之路，一路通往宫外！

洛芷珩的手不着痕迹地按在腰侧，一步步带着绝美的笑意往下走，一个个台阶上落下脚步的声音是清晰的，她的漫不经心与身后狂乱的脚步形成鲜明的对比。当她终于走到了十几个台阶之下的时候，身后的侍卫们终于冲上来，将她团团围住！

眉峰一挑，她满眼讥讽地站住不动，空气中忽然传来了一阵令人安心的香味，她勾唇浅笑，日光下越发迷人。

大殿之上，贵妃娘娘在纳兰代百的搀扶下走下来，边走边看王妃，眼底都是疯狂的光芒，她最后扫了一眼穆云诃，目光莫名，径直走过穆云诃的刹那，她厉声呼啸：“杀了她！”

杀！！

穆清雅一声令下，外面包围洛芷珩的侍卫们立刻缩小包围圈，手中刀剑毫不留情地往洛芷珩身上招呼。

洛芷珩出手如闪电，裙摆骤然间华丽翻飞，一阵耀眼的光芒骤然出现，周围的侍卫们刹那恍惚，就是这动作一顿的刹那，却要了他们的命！

几乎肉眼可见的光影在半空中划出一道绝命的弧度，紧接着惨叫声不绝于耳！

洛芷珩面前的七八人被洛芷珩一刀拦腰斩断，身首异处！

短暂的沉默之后，抽气声此起彼伏，所有人面色剧变头皮发麻，严阵以待，仿若下一个身体分家的人就是他们！

“天啊！”那些已经涌出来的大臣们家眷们站在最高处看见这一幕，同样惊呼，同样惊骇。

一个年纪轻轻的女孩子，竟然出手如此狠辣决绝，她不是被逼急了，就是彻底暴怒了！

洛芷珩斩杀了几人，并未收刀。今日是她有生以来最最屈辱的一天，她满腔怒火，她满腔愤恨，她满腔委屈！她不是一个可以受委屈的人，何况还是这种强加给她的污蔑！她能够忍辱负重地决定先离开，已经是最大的让步。

但现在，她不会再退让！她现在的行为既然已经不会再牵连穆云诃了，那么她会让这群以为她是软柿子随便捏的贱人们看看，什么叫血染城池，什么叫大开杀戒！！

唰地一声，长刀落下，空气似乎被劈裂一般地震颤着，她缓缓侧身，在那个低于上面人们的台阶上，目光轻蔑而冰冷地俯瞰他们，是俯瞰，她就算站在比他们还低的地方，她的目光与气势依然狂傲得没有人可以镇压！她目光似乎被鲜血染红，狠戾地道：“穆清雅，既然你主动送来给我出气的靶子，那我就不客气了！今日这些人全都给你留着来日下地狱的时候继续伺候你，别感谢我，我会害羞的！”

穆清雅已经走出来，见到这一幕已经是心神俱颤，更不能忍受洛芷珩的狂妄，她狞笑道：“好个大胆狂妄的贱人！本宫就让他们送你先上路！给我上！”

侍卫们毫不犹豫地冲上去，洛芷珩眸子轻眯，手杖长刀霍然出战，势不可挡的锐气阴冷无比，仿若带着怒龙的咆哮，呼啸着，嘶吼着，饮血的快感让这把仿若

战刀的手杖兴奋。那一刻洛芷珩仿若已经与这把手杖战刀融为一体。

侍卫们快，洛芷珩也不弱，侍卫们有刀，但却硬不过洛芷珩手中的独特战刀。刀锋几乎不用触碰到人们的身体，便是那无与伦比的尖锐刀气，便可以叫人伤筋动骨血肉模糊！

她仿若浴血之中的妖女，一瞬间锋芒毕露！侍卫是她手中战刀的萝卜白菜，随意砍杀！一旁观战的侍卫们见状，立刻冲上来加入战斗，越来越多的侍卫们跑过来。洛芷珩却丝毫不惧怕，她砍翻了身侧的几个人，猛地一刀斩下了迎面劈来之人的头颅，随着他倒下去的尸体一下跳到了他的尸体上。

尸体身上穿着坚硬的盔甲，在有血湿润的台阶上仿若是洛芷珩脚下的踏板一般一路下滑，速度飞快！身后的士兵一路狂追，身前的士兵不得不退让开来。洛芷珩一刀挥出，紧追不放的士兵们瞬间倒下一片！

“一群废物！”穆清雅低喝道。

穆云诃被小喜子搀扶出来，见到这血流成河尸体遍地的一幕，几乎肝胆俱裂。他不知道洛芷珩有没有受伤，更不知道洛芷珩还能坚持多久，穆云诃在那一刻对将洛芷珩逼到绝境的穆清雅，痛恨至极！

“你究竟为什么这么做？她究竟哪里对不起你了？你从阿珩出现在南朝开始就针对她，你口口声声说我是你亲弟弟，说你不会害我，但你现在对她一切的伤害都会加在我身上，如果她受伤，便等于是你在我身上也划下一刀，如果她死了，就和你亲自杀死我没有区别！这就是你对我这个亲弟弟的好吗！”穆云诃阴冷地怒问。

哦？那可真是太好了呢，对付洛芷珩不是目的，目的是通过洛芷珩让你穆云诃生不如死呢！她做得很到位不是吗？洛芷珩想尽一切方法地救你，就是与她作对，就是她的仇人！是仇人，难道还不该死吗？

穆清雅心中畅快极了，可是下一刻她就乐不出来了！

洛芷珩踩着尸体一路杀下了九十九级台阶，可是她脚步刚落地，广阔的皇宫大院四面八方就涌上来了数不清的士兵。眼看着就要将她再次围住，这可是人海战术了，她一把刀一个人能发挥什么优势？

洛芷珩却不慌不忙，反而猛地转身看向高台之上，讥讽地喝道：“就这点伎俩还想留下我？你再修炼八百年吧！还不出来！”

她一声厉喝，就那么诡异地半空之中忽然出现了一片冰刀般的剑雨，硬生生地撕裂空气，沿着四面八方将洛芷珩包裹在中间，狠狠地射向四周涌来的士兵。一瞬间士兵们成片地倒下去，后面的人都僵住了，慌张地举着刀剑长矛抬头戒备。

洛芷珩的头顶上空，一道曼妙的身影从天而降，刚好落在她身边，眉目含笑：“小主人今日之战可有你外家先祖之雄风，奴婢看见着实欢喜欣慰。”

洛芷珩没好气地道：“所以你是还没看够？”

“正有此意！”调侃的语调，丝毫不将眼前这千钧一发的危急场面当回事！

来人不是奶娘还是谁？她刚刚出来便嗅到了空气中有一种熟悉的味道，便知道奶娘回来了。只是多日不见，奶娘这风骚出场让她整个人看上去都年轻漂亮太多，让洛芷珩一阵恍惚，还以为看见仙女了。

奶娘揽着洛芷珩的腰，眼看要带她离去，穆清雅着急地厉喝道：“什么人？把她留下！断肠去！”

穆清雅身边刚刚回来的大太监立刻从高处飞来，洛芷珩立刻道：“小心他！”

奶娘冷笑道：“不过是个冷血鬼而已，让他尝尝这个。”

奶娘拿出来一个黑不溜秋的东西，朝断肠扔去，带着洛芷珩立刻飞离皇宫，身后传来砰地一声巨响，洛芷珩忍不住回头看去，只见浓烈的黄烟在空气中弥漫，也看不到那个吸血太监了。

空气中传来了穆清雅惊恐的尖叫：“纳兰！！”

这特别的两个字，让已经在皇宫围墙上落脚的洛芷珩心头一颤，还来不及多想奶娘已经带着她走远。她的声音在穆清雅的嘶叫中传来：“穆清雅，佟氏，没有人能从我手中抢东西，包括人！早晚有一天我会把穆云诃抢回来！”

身后，穆云诃的身体在洛芷珩脱离危险的那一刻，再也支撑不住倒在小喜子怀里！他摸着胸口，里面坚硬的东西是她拥抱他的时候留下的匕首，耳边还清晰回荡着她拥抱他的那瞬间，在他耳畔清浅的话语：“等我……”

就为这一句话，我也会坚持到底！所以阿珩，永远别放弃我！

两天后，不知名小客栈里。

洛芷珩与奶娘坐在客房里对饮，她一边又看着手中的资料，只觉得头疼至极，穆云诃明明那么干净的一个人，过去也同样干净得太彻底，从这些资料上来看，实在是看不出来什么，最终让她觉得奇怪的只有几张纸。

那上面分别记录着穆云诃年龄，生病的时间和起因，上面赫然是“落水惊吓”四字！穆云诃年幼的时候落水过？但他明明是中毒！还有那段几乎不为人知的有关于王妃的过往。争宠吗？真没想到看上去温婉端庄的王妃，过去也是那么的肮脏丑陋！自然，在穆云诃生病前的这段时间里，穆清雅的名字赫然在上！

一个穆云诃生命里空缺多年的女人，却偏偏在穆云诃生病之前出现过，这不

得不让洛芷珩敏感起来，何况她现在对穆清雅一点好感没有。

“小姐，现在大街上到处都是缉拿我们的人，我觉得我们还是回世王行宫最安全，您怎么看？”奶娘为洛芷珩倒了一杯茶，阴沉地道。

“世王那里我们不能回去，现在世王与我之间的事情已经沸沸扬扬了，虽然人们惧怕世王背后的势力，但世王现在没出关，我们之间的事情我自己说不清楚，再继续住在那里只怕会徒增事端。而且穆清雅一定会派人去世王行宫闹腾，我们在那也未必安全，别忘了，世王那个人阴晴不定惯了，他未必就会帮我，万一再让我自己给自己一刀，我们岂不是得不偿失？”洛芷珩有条有理地说道。

奶娘惊奇地笑道：“很好奇小姐为何如此淡定？这件事情已经过去两天了，外面已经将您彻底抹黑，各种流言蜚语大街小巷到处都是。您难道就不害怕不紧张吗？”

“还紧张那个有什么用？更何况我清者自清，自然不惧怕他们。而现在我有更重要的事情要做，那就是想办法将穆云诃从那女人的手里带出来。那天我离开皇宫，之所以没带走穆云诃，是因为我势单力薄，虽然后来知道你回来了，但穆清雅身边还有一个死太监，而且那里毕竟是皇宫，必定会有许多隐藏的高手，虽然不知道南朝皇帝为何会如此纵容穆清雅的胡作非为，但我若是轻举妄动谁知道那皇帝会不会一声令下拿下我？”

“可现在看到这些资料，我总觉得穆清雅这个人太过于诡异了。她对我的针对简直是莫名其妙的，而且毫不留情。诸葛画栾想要弄死我可以理解，但她凭什么？她与穆云诃之间多年未见，见面就撕破了脸，而王妃那个人你不觉得也很奇怪吗？在那天的事情里面，王妃好像一直处在一种劣势里面，她似乎还要看穆清雅的脸色。有母女是这种相处方式的吗？”

“虽然王妃对我的指控和针对很明显，但我认为她们母女之间一定有什么秘密。而你带回来的这些资料，让我想到了一种可怕的结果，如果真的是我想的那样的话，那么穆云诃留在穆清雅身边就绝对不安全！”

洛芷珩说完，见奶娘神色更加凝重，便轻松笑道：“至于那些流言蜚语，不过是那几个女人的白痴举动而已，她们想要彻底击垮我，却不知道她们的这种不入流根本没入我眼，不过是看一场热闹罢了。”

洛芷珩漫不经心地问道：“你知不知道十几年前有一个用毒世家？”

“纳兰家？”奶娘立刻就道。

洛芷珩眼睛一亮：“你知道这个纳兰家？”

奶娘笑道：“纳兰家可是天下收藏毒药的大世家，他们家几百年流传下来，但不知为何在二十年前仿佛一夜之间就败落了，好像是他们的新任家主遇到了什么事情，不再经营家族，而在十五六年前吧，这个家族彻底隐退，再也没人知道他们在哪里。小姐难道怀疑小王爷身上的剧毒是来自他们？”

洛芷珩并没有听到奶娘的问话，她呢喃着二十年前和十五六年前这两个时间，这两个时间里面，一个穆云诃还没出生，一个穆云诃才只有三四岁，怎么样也和穆云诃没什么关系吧？

她手指下意识地敲打着桌面，百思不得其解中，忽然想起了离开皇宫那天穆清雅口中叫出来的那句纳兰！然后，所有的联想就仿若蜘蛛网一般在脑子里展开，密密麻麻错综复杂，一个大胆而匪夷所思的想法横空出世。

洛芷珩问奶娘：“奶娘你还记得穆清雅身边的太监吧？穆清雅那天叫了一句纳兰，你说她会不会是叫那个太监？可是如果那太监只是个伺候她多年的太监，她那种冷血的人，应该不会那么紧张惊恐吧？”

“奴婢不太明白小姐的意思。”奶娘被洛芷珩绕迷糊了。

“你不用明白，你现在立刻去一趟世王行宫找佟老问一件事情，你就问他知不知道，穆清雅当年没有嫁给南朝皇帝之前，有没有和一个姓纳兰的人交好。”洛芷珩说出这句话的时候整个人眼睛都亮了，隐隐有种快要摸到真相，就差捅破最后一层窗户纸的感觉。

“奴婢去是可以，但您自己在这里奴婢不放心，万一穆清雅他们的人找来了……”奶娘犹豫道。

洛芷珩大笑起来：“你也不看看咱们俩现在是什么德行啊，你是个瞎了一只眼的老婆婆，我是个瘸了一条腿的傻姑娘，两个人都丑死了，更何况我们是出城之后装扮利落才回来的，累死他们也找不到我们，放心去。不过去行宫可要注意，穆清雅一定会派人在那里监视的。”

两个人现在确实邋遢极了，住在最下等的房间里，看上去像逃荒的。奶娘这才放心离开。

奶娘这一去直到傍晚才回来，身上还有血，洛芷珩吓了一跳：“有人认出你了？”

“不是，奴婢从行宫后门进去的，但还是被人盯上了，那里有高手，奴婢出来的时候故意绕了几圈，可是都没有甩掉后面的尾巴，所以到树林里才将他们解决。”奶娘虽然说得轻描淡写，但洛芷珩能想象那场面的激烈。

“这个穆清雅很诡异啊，她一个身在皇宫里的女人，身边哪来的这么多高手啊？”洛芷珩奇怪极了。

“那些人都是大内高手！”

奶娘冷静的一句话让洛芷珩震惊了：“先不管她。世王出关了吗？”

“还没有。奴婢问了一下，但没人能说清楚他何时出关。”奶娘不屑地哼道。

“用着他的时候总是掉链子，干脆叫失败大王算了！”洛芷珩冷笑一声问，“佟老怎么说？”

奶娘敬佩地道：“还真让您猜着了，佟老虽然没印象，但棋圣与纳兰家的老家主却是棋友，他说他在二十几年前在纳兰家下棋的时候，见到过穆清雅去纳兰家。穆清雅和纳兰家的小姐是手帕交。”

“是了，全都对了！”洛芷珩啪地一合掌，脑子里那副关系图所有疙瘩瞬间都通了，可是因为通了，她却也陷入了一场震惊与狂怒中。如果事情真的是她想的这样，那么穆云诃该怎么办？他能接受吗？在没有确切证据之前，她又应该说出来吗？

“奴婢还带回来一个消息，穆清雅要在明天就举行过继大典，并且这一次她的动作不小，请来了许多人，非常隆重，声势浩大。”

洛芷珩错愕了，皇帝是傻了吧？竟然允许穆清雅如此疯狂？不过，明天吗？也好，明天她倒可以将穆云诃抢回来。穆清雅不是喜欢热闹吗？明天她就给她来个大闹大典！砸了她的狗屁典礼！

洛芷珩手拿玉骨折扇，一身红色劲装，墨发高束，金色缎带绑头，走起路来姿态翩翩，又易容得眉清目秀颇显英气，端的是个英姿勃发的俏儿郎。又有容貌姣美身形玲珑的奶娘亲密伴在身侧，一对璧人，自是引得左右男女不由得惊艳连连。

洛芷珩走路的时候会微微抬起下巴，眼眸不经意的眨动间会给人一种高高在上的优越感，一看便会令人觉得是哪个贵族家受宠的公子。门口守卫善察言观色，自然不敢怠慢，抱拳道：“这位公子可有你家大人的手谕？”

洛芷珩冷哼一声，瞥了眼奶娘，声音低沉地道：“给他。”

奶娘便娇笑着从流云水袖中抽出二张印刻着富贵牡丹的请柬，软语笑道：“喏，这就是我家公子爷的手谕。”

那侍卫见状立刻面色一变，贵妃娘娘的邀请函，邀请的都是不在朝堂却拥有本事的人，比如一些世外家族，或者世俗上的大家族。本以为眼前这贵公子是个官宦子弟，却不成想竟然是世家子弟。

“公子请！”匆匆查看一下便立刻放行，言辞恭敬。

洛芷珩眼底闪过一抹嘲讽，今日的卑躬屈膝，可是你们昨日还对她围攻劫杀呢。果然风水轮流转吗？

大典就在正门前的场地举行，一眼望去辽阔一片，两边已经摆放了桌椅，已经有一半的人落座了，洛芷珩并没有按照邀请函上的位置去坐，她带着奶娘坐在了最后面富商坐的位置。这种位置的人都坐在一起，不用分辨谁是谁，以便她隐藏。

举目望去，左边是南朝的大臣家眷和商人，而右边分布的是一些别的国家的人，而佟老与慕容老将军等人赫然在座，就连画圣诸葛画魂也在。显然他这个南朝人是想和佟老他们联络感情啊。

“好巧呢，不过今天可能没有机会收拾他们家了，来日方长。”洛芷珩意味深长地笑道。

“这白家和皇室还真是有缘分啊，知道吗，二十多年前白家的大小姐和现在的皇帝可是青梅竹马呢，那时候二人只差婚宴了，哪知道后来皇帝出去游玩，回来竟然带回来了两个女人，一个皇后，一个贵妃，这白家大小姐心高气傲，当场就和皇帝翻脸了，最后二人的亲事也不了了之了。”

洛芷珩面前的几个四五十岁的中年人窃窃私语，她支棱着耳朵听，听得一阵无语。这死皇帝还能不能更风流一点了？什么人也敢招惹？一看就不是个好东西。

有一人连忙道：“那白家姑娘是想要坐那个位置的，可她也不看看自己的身份，就她那样的家世，凭什么坐那个位置？人家穆王朝来的两个人哪一个不比她高贵啊。还敢和南朝皇帝使小性儿，这回好了吧，皇上不要她了，她连个妃位都没有。”

“要我看啊，今天白家能如此风光，也是皇帝对那白家小姐还有念想，不然怎么会让一个白家的孩子来过继？混淆皇室血脉这种事情，有几个皇帝会做啊？”一人感叹道。

“谁知道呢，这南朝皇帝也是有胸襟啊，竟然允许贵妃这么闹腾，不过话说回来了，这白明月据说也是个厉害人物，从小就走南闯北的，眼界不俗，再加上皇帝和白家曾经的关系，进入皇帝法眼倒也理所当然。”

“那白明月生得好相貌，就前几日，贵妃娘娘要过继白明月的消息传开了，还有人戏言说，白明月和南朝皇上长得像呢。”几个外国人议论纷纷。

洛芷珩听着他们的议论，心中一动，想着白明月的样貌，再想着南朝皇帝那张儒雅的脸，眉眼倒是真的有些相似呢。

她的表情立刻就古怪了起来，不是这么邪门吧？难道皇帝纵容穆清雅这种荒唐的行为，不是因为宠爱穆清雅，而是另有隐情？

在她的沉思中，南朝皇帝等人到来，她抬头静静地看着皇帝的脸，平静得

很，而穆清雅就从她面前走过，面带笑容，优雅自信，反而是皇后，面容憔悴。她身后的玉公主也阴沉着一张脸，双眼通红地明显是哭了很久的。

王妃也来了，落座在佟老身侧，一样带着笑意却掩藏不住憔悴的脸，看样子真正高兴的人只有穆清雅啊。

穆云诃也来了，但却是被人抬来的。他从软兜上下来便开始东张西望，苍白的脸上已经看不出一丝情绪了，整个人好像被万年寒冰浸泡过一般的冰冷冻人。目光也是冷的。王妃起身想要让他坐在自己身旁，但是穆云诃却躲开了王妃的触碰，坐在了佟老的另一边，自始至终对王妃都是视而不见。

“小王爷还是看重您的。”奶娘在洛芷珩耳边轻笑道。

洛芷珩眼底有笑意，穆云诃看上去是憔悴，但是他没有倒下去，便是她最开心的事情。他能够为了她而与他母亲抵抗，说不高兴是假的。

经过了一连串繁重而正规的礼节后，时间已经过去了一个多时辰，就在洛芷珩坐得没耐心的时候，穆清雅终于站出来，笑容满面地说道：“很感谢诸位前来参加本宫继子的过继大典，白明月是本宫千挑万选的好孩子，从今日起这个孩子就是本宫和皇上的儿子了，还请皇上亲自为这个孩子重新赐名和加冠。明月，你上来。”

已经站在下面等着的白明月，此刻意气风发，温润的目光里有野心勃勃，兴奋在他身上变成了浮夸，他隐藏不住自己即将成为皇子而兴奋的心情，看着那九十九级高的台阶之上的人，白明月知道，以后他会取代那个身穿龙袍的人，他会是这个天下的君王！

皇帝看着那一步步走上来的孩子，目光渐渐迷离。手里攥着早就为这个孩子取好的名字，心头却渐渐地冷却。没有火热，没有激动，没有珍惜，有的只是无情和嘲讽。白家，算计了这么多年，总算成功了，只是你们今日的成功，是你们明日覆灭前的最后一丝快乐而已。

敢威胁朕的人，一个别想活！

当白明月距离皇帝只有十几步的时候，当穆清雅眼神阴森看着白明月的时候，当众人都以为眼前这一幕无力更改的时候，天边的云忽然遮住了刺目的太阳，阴暗落下来，冷风乍起，清冷戏谑的声音也随之响起：“打扰一下，介意我问一句，今儿举办的究竟是过继大典，还是认祖归宗大典？”

穆清雅阴冷的目光咔嚓一下碎裂，皇帝冰冷的容颜也是瞬间狂风暴雨，白明月迷茫地转身，众人只觉得一阵头皮发麻。

这话，是什么意思？认祖归宗，顾名思义，那是流落在外面的亲生骨肉，终于回来了，对着祖宗牌位磕头了，便是承认这个孩子的血脉了。认祖归宗和过继，可是两层意思，天差地别呢。

“什么人在此胡言乱语？”皇帝威严的声音从高到低，仿若从天而降般带着巨大的威压，令人恐惧。

“是我！”清脆的声音利落响起，洛芷珩猛地从坐着的人群中站起来，一身火红男装，看上去耀眼张扬又醒目。

“你是什么人？竟然敢在朕的大典上胡言乱语，不要命了吗！”皇帝冷声质问。这个认祖归宗不论说的是他还是穆清雅的孩子，都是皇帝不能接受的，都是在给皇族的荣誉上抹黑。就算这是一个事实，也决不允许有人说出来。

洛芷珩手摇玉骨折扇，面对皇帝那威严犀利的霸气质问，她浑然不觉，悠闲自得地从人群中走出来，缓缓走到了正对着台阶之上宽敞的正中央，在前后两方无数惊愕的目光下，唰地一声阖上折扇，款款有礼地抱拳，文绉绉地道：“小男子名叫洛云，这厢有礼了。这是我爱妾，名叫顶得你肺疼。”

顶得你肺疼？这是个什么名？众人面面相觑。

穆云诃却在洛芷珩出现的那一瞬间冰冷的目光就有了松动，当洛云这个名字出现后，他便知道，这个人是他的阿珩！虽然容貌变了，虽然装束变了，但她的气质和说话方式是改变不了的。有点野蛮又有些凶悍，天不怕地不怕的什么都敢说。

顶得你肺疼吗？估计这是阿珩在挑衅皇帝呢。

穆云诃面色平静，可眼底冰霜下流淌的水流，是暖的。看见她好好的，他便终于能安心了。

皇帝怒道：“你们究竟是什么人？谁允许你们进来的？来人，将这两个大胆之徒拿下！”

洛芷珩大喝一声，义正词严地说道：“慢着！皇上，我可是你的子民，你爱民如子，怎么还一见面就要把你的儿子下大牢呢？你这样还让我们这些子民怎么拥护爱戴你呢？难道你今天的过继也是假仁假义吗？”

这男子疯了吧，这不是在顶撞皇帝吗？

“父皇仁爱治国，是天下出名的好皇帝，他爱民如子，自然不会随便对待自己的子民，是你口出狂言又无礼在先，一国之君也是你个子民能够编派的吗！”白明月比洛芷珩还义正词严，大声呵斥道。

洛芷珩哈哈大笑起来，笑弯了腰：“你个子民？哎哟可笑死我了，你有什么权力说我是子民啊？在大典之前，你不也就是个子民吗？你以为你走狗屎运被人选中过继给了贵妃你就不是子民吗？只要你不是皇帝的血脉，那么你就一辈子脱离不

了子民这个称呼！因为你不配！”

白明月对她有非分之想，并且野心勃勃，还想要杀了穆云诃抢夺走她，这一切洛芷珩都知道，所以她不会让白明月好过。而皇帝也可恨，在她被人攻击的时候，皇帝一句话也不说，不说她也不怪他，毕竟皇帝也不是她的谁，但她却不想让这两个人好过。

穆清雅一石三鸟一箭三雕地对待他们，她自然会以牙还牙如数奉还回去。想认个儿子给你自己养老送终？下辈子吧。她今儿来就是搅局的！是报仇的！

白明月面色一变，显然洛芷珩戳中了他的痛楚。就算身份再高贵，可是血统是骗不了人的，他不是皇族，他血统不纯，这就是致命伤！

“还不快点将她拿下！”皇帝勃然大怒道。

“皇帝你生气了吗？我只不过是说一下白明月而已啊，你为什么这么生气呢？他现在还不是你的儿子呢，白家也是好样的，表面上响当当的白白的，暗地里却是不入流得很，专门做一些下作事情。很好奇，贵妃娘娘为什么一定要选择白家这样的人家的孩子来过继呢？贵妃娘娘难道不知道，这白家啊曾经可是派人去刺杀你的亲弟弟呢！这难道不是深仇大恨吗？贵妃娘娘这是要认贼作子了吗？”洛芷珩大声质问。

她总有那样的本事，将事情联系到她想要说的上面，突然之间给人一个措手不及，让人防不胜防。

众人哗然！白家刺杀穆王朝小王爷，这可不是个小事情，闹大了，穆王朝甚至可以发兵来攻打白家！

穆清雅目光阴狠地看着洛芷珩，淡定地说道：“本宫并不知道这件事情，再说你又是从何得知白家刺杀穆云诃的呢？还是说你其实也不是你，你的话也是虚假的？”

“咱们明人不说暗话，你穆清雅做过什么好事你自己清楚，白家为什么要刺杀穆云诃，我想你应该比我还要了解，难道不是你指使白家的人去刺杀穆云诃的吗？”洛芷珩到了此刻，一点也不给穆清雅兜着，她就是要让王妃好好看看，这就是她的好女儿，这就是她帮着一起陷害她的好女儿。一个会派人刺杀穆云诃的人。

“你有证据吗？”穆清雅依然淡定极了，但她身边的太监纳兰却不是那么淡定了。他看上去并没有受伤，看向洛芷珩的目光阴狠极了。

“证据不就是白明月吗？你一个好好的贵妃娘娘，明明可以自己生孩子的，为什么要过继一个呢？偏偏你谁的孩子也不过继，就选中了白明月，而在这之后穆云诃却被白家人刺杀。我调查过，那个时候你与白家已经达成了共识，你会过继白明月。白家也不是傻子，会傻到明知道与你会有千丝万缕的关系了，却偏偏还要去刺杀你的亲弟弟？他们是疯了还是脑袋被驴踢了？刚攀上你这个高枝儿，回头立马就去杀你亲人？他们难道就不怕惹怒你吗？贵妃娘娘，你来说说，这里面不奇怪吗？”洛芷珩一字一句条理清晰得让人无法反驳。

“那你也不能说本宫让人去刺杀我的亲弟弟，白家做了什么我不清楚。”穆清雅就是不承认，并且十分镇定。

洛芷珩冷笑道：“那我就换一种说法吧。白家和你刚刚建立了亲密的关系，他们只会想方设法来讨好你，绝对不会做有损你一点利益的事情。而刺杀穆云诃，他们更不会主动去做。第一他们与穆云诃不认识也没有任何关系，第二穆云诃是你弟弟。穆云诃来了就是白明月板上钉钉的小舅舅，他们也同样会巴结讨好。”

“但他们却在与你达成共识之后派出了大批杀手来刺杀穆云诃，一批不成再来一批！那阵势可是要将穆云诃置于死地呢！请问，如果没有你这个他们的亲人的允许的话，白家人会那么明目张胆地动一个与他们毫无关系的穆云诃吗？”洛芷珩步步紧逼，每一句话都带着怒火，令人不敢小觑。

穆清雅眼角一挑，下面已经议论纷纷，她咽下一口怒火，冰冷地道：“你凭什么一口咬定就是本宫让人去杀穆云诃的？本宫这样做的理由是什么？别忘了，他可是本宫的亲人！你如果今天说不出来个所以然，本宫便将你的尸体挂在城门示众！”

“理由是什么，你不是应该比我更清楚吗？难道你真的希望我说出来？”洛芷珩唰地一声打开折扇，在宽大的场地上闲庭漫步一般走动几步，讥笑反问。

“哼！本宫看你就是在这里信口雌黄！你在污蔑本宫，因为你和本宫有仇，因为你嫉恨本宫，所以你想要毁了本宫，挑拨本宫与穆云诃之间的关系！本宫说得对不对，洛、芷、珩！！”穆清雅反咬一口，说得有理有据，最后还咬牙切齿地叫破了洛芷珩的真实身份。

满场震惊！所有人几乎没有不知道洛芷珩这三个字的了，从沙漠女神，到豪门弃妇，这个女人来到南朝的短短时间里简直家喻户晓，闻名天下。

“原来是这样！”王妃听到洛芷珩三个字，一直紧绷恐惧的心终于落下，她苍白的脸上也有了一丝僵硬的笑容。刚刚，天知道她有多么害怕洛芷珩说的是真的，如果穆清雅真的派人来刺杀穆云诃，那她该怎么办？子女之间自相残杀，让她这个做母亲的如何自处？而且她最恐惧的就是因为她知道穆清雅完全有理由仇恨并且害穆云诃。

穆云诃面色阴沉，不明白洛芷珩究竟在搞什么？白家刺杀他，与穆清雅有什么关系？虽然穆清雅那天确实太过分了，而他也对穆清雅没有了好感，但姐姐终究是姐姐啊，阿珩难道是要陷害穆清雅？

“你和穆云诃之间的关系还用得着我来挑拨吗？你自己已经亲手毁掉了这份关系！穆清雅你以为你做的那些事情真的就一点蛛丝马迹没有吗？我能告诉你，我今天来，就是来揭穿你的老底的呢？”洛芷珩直言不讳，言辞犀利。

“哼！你先把你自己的老底揭穿吧，一个藏头缩尾不敢露出真面目的人，有什么资格指责别人？”穆清雅不屑地道。

“风大而已，只是想要保护一下自己的脸，既然你喜欢这张皮面，那送你好了！反正你经常变换脸皮，当我给你彻底撕破脸之前的见面礼好了！”洛芷珩冷笑着说完，一把将脸上的人皮面具揭了下来，递给了一旁的奶娘道：“送给她。”

奶娘拿了面具，手上内力狂涌，朝着高高台阶上的穆清雅砸去！直奔穆清雅的那张脸！

“小心！”太监纳兰立刻飞伸过来，生怕面具下面又藏着那天那种恶臭的烟雾弹或者暗器，一把接住后他想都没想就立刻发功摧毁了，瞬间那张脸灰飞烟灭。

洛芷珩露出本来面目，唇红齿白美丽迷人，她笑得倾国倾城，说的话却狠毒伶俐：“啧啧，知道你们主仆情深，但也不用如此寸步不离吧？相知相伴多少年，这种风雨情，真是让我好生羡慕啊，只怕是恩爱二十载的夫妻，也做不到你们这般吧？”

纳兰代百的脸色瞬间狰狞，穆清雅淡定的容颜也终于出现了一丝裂痕！

“洛芷珩你胡说八道什么！今天你一而再再而三地搅局，本宫没有责怪你就已经是开恩了，你竟然还敢放肆！来人，将洛芷珩就地格杀！”穆清雅隐隐泄露了杀机。

“慢着！”皇帝阴狠地扫了一眼纳兰代百，而后冷冷地道：“洛芷珩，你给朕认个错，朕不计较你今日的无理取闹。”

“皇上？！”穆清雅震惊大吼。

“够了！朕不想在今日见血，你的心愿已经达到了，你要儿子，朕就允许你有一个儿子，别再得寸进尺了。”皇帝压低声音对穆清雅道。

穆清雅瞳孔紧缩，低声问道：“皇上是要阻止臣妾杀了洛芷珩？”

“洛芷珩不能死。”皇帝咬牙切齿地道。

“那您就别怪臣妾不守信用了！”眼底闪过一丝狠戾，穆清雅笑得破碎不堪地道：“我要儿子？皇上这话不是笑话吗？这个儿子，不是皇上你强加给我的吗？”

她的声音并没有掩饰，所以白明月听到了，皇后听到了，洛芷珩也听到了，在场所有人都听到了。

“穆清雅！”皇帝儒雅的脸上出现了一种愤恨，恨不得捏死穆清雅的狠辣。

“皇上别用这种眼光看臣妾啊，臣妾多无辜呢？臣妾一直在为您兜着，但洛芷珩已经将臣妾逼到了什么地步？臣妾也想要给您保守秘密的，但现在看来臣妾不能了呢。白明月这个孩子，明明就是您和白家大小姐的亲生骨肉，所以洛芷珩说这孩子是认祖归宗，说得一点也不错呢！”穆清雅悲伤至极，一个皇室机密就被她毫无顾忌地说出。

人们的心瞬间仿若狂风过境，一个个风中凌乱了。还有比这更加狗血的事情吗？

洛芷珩却在那一瞬间觉悟了，原来这个血脉真的是他的种，原来穆清雅是拿住了皇帝的小辫子啊！

穆清雅也够狠了，连皇帝她也敢抓小辫子。皇帝不想公开这个私生子，想要颜面，还想要这个孩子能够认祖归宗，找个妃子玩过继这一招不是最好不过的吗？这弯弯绕绕的还真容易把人给绕进去。洛芷珩刚才那样说只不过是一种猜测，没想到猜测成真，她反而担忧起来。

这样一来，白明月没有了血统问题，反而更名正言顺地有继承大统的资格了。

“事到如今咱们也没什么好隐瞒的了，臣妾不能让洛芷珩这个贱人污蔑臣妾啊，因为臣妾如果那么坏的话，您脸上也无光啊。”穆清雅好像没看见皇帝气得扭曲的脸，她对洛芷珩冷笑道：“洛芷珩，现在你还有什么话好说？你还有什么脸来污蔑本宫？本宫过继这个孩子是为了皇上，是为了江山！而你这个被人强暴了的破鞋弃妇，有什么资格在这里指责污蔑本宫？”

“把你自己说得这么伟大高尚，但你真的就高尚了吗？看来我是有必要将你做过的龌龊事一件一件地抖落出来，让大家也听听看，你是有多高尚！”洛芷珩脸色不变地道。

“本宫就算不高尚，但总好过你吧，已经是有夫之妇了，却竟然还与其他男子纠缠不清，说是你被世王强暴了，但谁知道是不是你勾引了世王，或者与世王两情相悦，奸夫淫妇却来欺骗我那单纯的弟弟，实在可耻！”穆清雅口不择言极力贬低洛芷珩。

“你放屁！琴银世那王八蛋才不会碰洛芷珩！那王八蛋对女人没兴趣！”毒圣不知道从哪里窜出来暴怒咆哮。

“没兴趣？只怕是有兴趣得很吧！他们两个人已经共度良宵了，全天下都知道洛芷珩被世王强暴了，可偏偏洛芷珩自己还在那大言不惭，还不觉得丢人地跑出来胡言乱语。本宫都替她觉得臊得慌！”穆清雅满脸厌恶地说道。

毒圣浑身乱糟糟地冲出来，整个人都气得眼睛通红，仿佛十分不能接受这个事实一般，他扯着洛芷珩用力地看，半晌他暴躁地大吼道：“不会！琴银世不可能会碰洛芷珩的，洛芷珩是个女人，琴银世不喜欢女人啊！”

“哈哈哈！不喜欢女人，难道喜欢你这个糟老头子吗？”穆清雅讥讽地狂笑起来。

“你说对了！本王还就是爱死了这个糟老头子！”清亮的声音乍起，如平地一声雷一般骤然出现。

整个场面几乎因为这劲爆的话题而炸开锅了，偏偏却因为这道声音而戛然而止。遥远的天边便传来一声轻笑，阴柔中夹藏凶狠和暴戾，一字一顿在皇宫上空雷响起：“第一次有人敢用奸夫淫妇来形容本王，穆清雅，你成功地激怒了本王！”

阴柔的声音带着寒气乍现，刹那间凌厉尖锐的破空声席卷而来，天边一个光点落下，越来越快，眨眼间便出现在人们眼前，那赫然是一把锋利的长剑，带着势不可挡的力道，直逼穆清雅！

“小心！”太监纳兰这一次完全是面色剧变，他猛地将傻眼的穆清雅推开，自己一个人迎了上去，他以为自己能够接住这支锋利的剑，但很可惜，这一剑力量强横，与纳兰代百撞在一起，纳兰代百一用力，那把剑砰地一声炸开，这一次，纳兰代百再没有幸免地被轰了出去，狠狠地撞在了身后祭祖的祭坛之上，口吐鲜血。

“纳……断肠！”穆清雅胆战心惊，脱口的话却卡住了，她的破绽已经太多。

她愤怒地转身，那一瞬间情绪是不能控制的暴躁，恶狠狠地看着天边咆哮道：“你是谁？竟然敢伤害本宫的人！本宫绝不会放过你！”

“本王一样不会放过你！”话落，整片天轰然黑暗！

众人抬头，只见他们的头顶上方，一个由十几人抬着的座驾翩然而至。座驾四周都是紫色轻纱，珠帘串成，撞在一起叮咚作响。十几个人穿着各异，抬着座驾从天而下的那一瞬间，几乎让整个皇宫内外光芒四射起来！

只因为那些人无一不是美男子！

而巨大的座驾落在众人面前，宽大的场地中它傲然而立，风吹过轻纱与珠帘，里面的人便若隐若现起来。

“问本王是谁？你不是一直在口口声声骂本王是奸夫吗？”世王清冷地笑，

阴柔的声音里满满的狠戾。

穆清雅的目光与脸色一同变换，整个人僵硬了一瞬间。世王她还是忌惮的，毕竟是银月国的王爷，她虽然不曾见过，但也听说过这个男人的心狠手辣！

她强忍住心中的惊慌，抓住了这件事情她是有道理的，镇定地笑道："原来你就是世王，本宫还没有找你算账呢，你竟然还敢找上门来？这件事情说破天来也是本宫有道理，你将洛芷珩占为己有，你以为你是银月国的王爷就可以如此无法无天了吗？"

世王眉目冷酷，却还在笑："哦？本王怎么将洛芷珩占为己有的呢？你亲眼看见了？"

"哼！本宫的母亲与弟弟都看见洛芷珩被人强暴后的狼狈样了，而那个人就是你，这是本宫的母亲亲口说的！洛芷珩那天就是去见你的，回来之后就失身了，你以为本宫的母亲不知道吗？"穆清雅冷冷地说道，毫不犹豫地将王妃推出去。

洛芷珩本来还挺愤怒的，但现在她只有替王妃觉得可悲。有一个这样将母亲往死路上逼的女儿，王妃只怕会更痛苦了。可是她洛芷珩不会再好心地去关心王妃了，因为不值得。

世王又笑问："那你知不知道洛芷珩那天为何去见本王呢？"

穆清雅就不说话了，因为她知道洛芷珩去见世王的原因，因为知道所以不愿意让其他人知道，她只是想让洛芷珩身败名裂，想弄死洛芷珩让穆云诃生不如死，而不是让人们来称颂洛芷珩的大仁大义。

"你知道是不是？但你却独独不提洛芷珩见本王的原因，你口口声声骂她破鞋弃妇，可是这个破鞋弃妇却是你这个口口声声为了亲弟弟的姐姐编造出来的！你诬陷她指责她诋毁她，其实本王完全可以置之不理的，但你千不该万不该将本王也牵连进去。而且还是在本王最爱的爱妃面前来诋毁本王，那本王就要好好和天下人说一说，洛芷珩究竟为什么去见本王了。"世王一向高深莫测，但这一次他的口齿伶俐却让洛芷珩大吃一惊。

世王横了洛芷珩一眼，竟然充满妩媚与调侃："你那张伶牙俐齿的小嘴就歇一会儿，本王帮你说！今儿本王给你讨个公道，权当本王还你个人情。"

洛芷珩不明所以地看着他。

世王悠然地道："洛芷珩当日来找本王，只有一个目的，那就是救穆云诃！在此之前，本王特意让人告诉她，求本王是有危险的，本王爱美色，洛芷珩来了很有可能是囫囵着来，残破着走的。但她还是来了，本王很诧异，本王逼迫她脱衣服取悦本王，如此本王便可以考虑救穆云诃，不过她倔犟得很呢，竟然敢与本王对峙，虽然是脱了一层衣服，但是，最后她却用刀架在了本王脖子上。”

“这么多年来，本王第一次见过如此不要命的女人，她竟然敢威胁本王去救穆云诃。本王是能吃亏的人吗？想让本王付出点什么，你就必须要付出更多。所以这一届的第一才人天下大赛洛芷珩来参加了。获得天下第一，就是本王救穆云诃的交换条件！试问，天下有几个女人能如洛芷珩一般，敢答应，愿意答应？”

“用刀架着本王的脖子，本王自然不会让她好过，所以本王玩了一点手段，让洛芷珩看起来好像被人糟蹋了一般，目的就是想看看这个世上，是不是真的有人值得这个女子为他付出一切乃至生命！”

世王说到这里，穆云诃再也坐不住，阴霾的眸子里有光芒一点点地绽放，痛苦的心也好像得到了某种救赎，他用希冀的目光看世王，甚至不敢呼吸。

众人也被世王口中的这些话给狠狠震撼了，同样，一个答案浮现在了人们的心中，他们看着洛芷珩的目光少了鄙夷，多了一抹探究和敬佩。

世王冷傲一笑：“结果让本王真是一半欢喜一半忧啊。穆云诃很好，他看见满身残破和鲜血的洛芷珩，不是嫌弃和痛恨，而是心痛与绝望，他是真的不在乎这个女人究竟发生了什么，他在乎的是这个女人是否还活着，是否还能陪在他身边。因为他的举动，本王又相信了爱情！”

“但，爱情不是两个人的事情，也不是一天两天的事情，本王总固执地以为下一刻，或许明天，穆云诃就会受不了这种男人都受不了的问题而抛弃洛芷珩，或者冷落她。可是没有，从开始到现在，他们经历的事情本王都亲眼看着，他们每走一步本王都亲身见证了。就算那么难那么痛苦，但他们都能够紧紧抓着彼此的手不放，心靠得那么近。就算是本王这样为情所伤得不愿意再相信爱情的人，都不得不被他们的感情所打动！所以直到现在，本王才敢说，本王承认了他们的爱情比金坚。”世王说着话的时候目光却是看着毒圣的，可惜毒圣耷拉着脑袋。

洛芷珩震惊了！她震惊的是在她不知道的时候，竟然发生了这么大的事情！而穆云诃这么长时间以来对她一如既往甚至更好。穆云诃从来没有对她用厌恶和嫌弃的目光，没有冷言冷语的嘲讽，反而是更加温柔体贴。

如果世王说他又相信爱情了，那么洛芷珩就相信了穆云诃那句话，他说“我爱她”。

洛芷珩心里面酸甜苦辣说不上什么感受，看着穆云诃就想哭，穆云诃看着她的目光也是晶亮的，她知道她的小诃诃一定是湿润了眼眶。

“只是这段感情之中最让本王看不起的就是穆云诃的母亲。洛芷珩为了救你儿子舍身犯险，出事了你就嫌弃，换来了利益你就利用，能救你儿子了你就按兵不动，你儿子得救了，你立刻翻脸不认人地将救命恩人踩到脚下。你忘记你当初是怎么求洛芷珩的了？穆王府这种大贵族就是这样办事的吗？口口声声说为了穆云诃好，却在用刀子剜穆云诃的心头肉，你们穆王朝出来的女人爱人的方式果然是非比寻常。”世王讥讽地说道。

王妃一张老脸白了又红，涨得发紫。一句话说不出来。

终于有个人能将实情说出来了，洛芷珩却完全没有激动，人情就是这样的薄弱，在得知事实之后，她有的只是嘲讽。她甚至感激世王的这个恶作剧，因为没有这个恶作剧，她不会知道穆云诃这么好，更不会知道人心这么险恶，当然也就看不透王妃丑陋的嘴脸了。

光天化日之下，揭秘了这个丑闻，然后丑闻不再是丑闻，而是一段可歌可泣的感人肺腑令人称颂的爱情故事，于是之前还站在那儿指责洛芷珩的人，瞬间成为人们鄙夷唾弃的坏人。

“说不定你就是为了挽回自己的面子，在这胡说八道的！”穆清雅自然不死心，她豁出去了，一定不能让洛芷珩翻身。

世王问道：“你认定了是本王强暴了洛芷珩是吗？”

“就是！”穆清雅强辩。

世王忽然大笑起来，他一边笑一边摘下了头顶的玉簪，浓密的长发便全部落下，他缓缓解开腰间的带子，竟然开始脱衣服，还对洛芷珩调笑道：“小丫头，本王今儿为了你可真是做到家了，不过，你值得！”

洛芷珩，甚至所有人，听到世王那忽然变了腔调的声音，都一瞬间地酥麻了骨头，瞪圆了眼睛，只因为世王刚刚的话语，听上去圆润，饱满，轻柔……娇媚！

世王脱掉了外袍，霍地扬起抛开，锦缎在空中华丽翻飞，可骤然出现在人眼前的一切却让人们彻底地惊骇欲绝，目瞪口呆了！

那玲珑有致的身材，纤细的蜂腰，挺翘的臀，优美的玉颈上赫然没有喉结，还有那胸前饱满的……

这活脱脱是个……绝世大美女啊！！

世王在人们惊艳到窒息的目光中，笑颜如花风骚无比地道：“你可看好了，本王是个货真价实的女人！女人，怎么强暴洛芷珩呢？”

女人？！大名鼎鼎心狠手辣英俊阴柔的世王殿下，竟然是个女人？！

颠覆！这一刻这一幕，彻底颠覆了人们的心神！！

“奶奶个熊的！”洛芷珩傻眼地看着那个成熟而充满女性魅力的家伙，磕磕巴巴地骂了一句她大哥最爱的话，可还是觉得自己的神经有点不够用，她干巴巴地

呢喃："难怪她身边一大群美男子，难怪她喜欢男人，原来她是个女人！"

毒圣双眼通红地瞪着世王那风骚的样子，又气呼呼地看着四面八方对世王投来的"野兽"的目光，气得他用力地拔胡子，咬牙切齿地嘀咕道："王八蛋！大色狼！臭女人！就知道勾引男人，死混蛋！"

穆云诃俊脸僵硬了一瞬间，而后便如同盛开的花一般，整个人都解冻了，身体那把无形的枷锁不见了，他心里面的负担一下子就没了，淡定地从世王那美艳的身上收回目光，脚步匆匆走向洛芷珩，虽然一路上磕磕绊绊，但他始终笑容灿烂。

世王是女人，阿珩是清白的！世王的话全是真的，阿珩没有失身！所以，谁也不能再用这个可笑的借口来打击和污蔑阿珩，所以谁也别想再用这件事情来分开他和阿珩！

穆清雅彻底惊呆了，峰回路转后她不曾想到会是这种结果。一个真身，一个女人的身份，一个意想不到的性别，颠覆了的何止是她的思想，还有她所有的语言。世王是女人，所以之前她所有指控洛芷珩的话就都将不成立，一切谣言将会不攻自破！

"不！这不是真的！这一定是你的阴谋！"穆清雅不能接受现实地咆哮道。

世王笑容妩媚，摇曳生姿地走向前方，轻佻中隐带切齿地道："你可以随便找个男人来试试看啊，摸一摸，不就知道本王是不是真女人了呢？不过本王更想那个本王爱死了的糟老头来亲自摸摸看！"

毒圣瞬间吓得拔腿就跑！

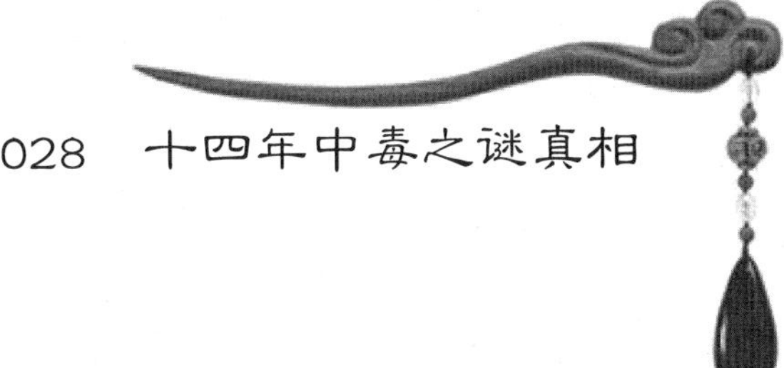

028 十四年中毒之谜真相

洛芷珩在猛地被穆云诃抱在怀里的那一瞬间，终于从颠覆中惊醒过来，她茫然地看着穆云诃，磕磕巴巴地道：“我是不是在做梦？那是个女人？”

穆云诃才不管世王怎么回事，世王本来就是个古怪的人。他现在不痛恨世王，因为世王没有伤害洛芷珩，但他一样厌恶世王，因为要不是世王，怎么可能有这么多的是非？

“管他呢。”话音刚落，穆云诃细细密密地吻遍落在了洛芷珩的脸上，从额头到脸颊，他吻得又轻又急切，呢喃着道：“终于没事了，阿珩我好想你，对不起。”

“为什么说对不起？”洛芷珩拥抱他，一瞬间让她幸福得想哭。只不过是短短的分别而已，她却竟然如此思念他了。

“我不该不问你的，如果当天我问你的话，也许就不会有今天这么多的事情，也许就不会让你伤心和难堪了。”穆云诃十分愧疚，干净的眸子里一片湿润，好像个做错事的孩子，微微低着头，轻柔的声音也变得细软。

洛芷珩抬手捧着他的脸问：“若当日你问我了，我对你说我并没有失身于人，你会相信我吗？”

“我信！”穆云诃毫不犹豫地回答。

“就算是明明看到我那么狼狈的样子，你也相信我？”洛芷珩问的声音大了一些，她眼角瞥向王妃，此刻王妃正痴呆一般地坐在那里。

“只要是你说的，我就信！”这一句穆云诃回答得掷地有声，他也怕洛芷珩不相信他的话，便拉着她的手道：“阿珩你相信吗，凡是你说的话，哪怕是谎言，但只要是你说的我就愿意相信，因为我知道，阿珩不会害我。”

“穆云诃……”再多的话也说不出来了，全都哽在喉咙里，她只能用力拥抱住他，有他这一句话，她这些日子里所有的彷徨和委屈，就都不算什么了。

可穆云诃还在，他的爱还在，他并不嫌弃和抛弃她。蓦然回想到过去穆云诃那番承诺，绝不休妻，当日他说了，今日他做到了，甚至做得更好更彻底。

洛芷珩觉得自己是有福气的，最起码在这个让她彷徨的世界里，还有一个穆云诃，愿意守护她，也让她心甘情愿地守护。两个人就这样一路到老，也未尝不是一种好的选择。

王妃呆呆地坐在一旁，整个人如坠冰窖，耳朵里嗡嗡作响，她不知道哪里出错了，但眼前这瞬间逆转的一幕却让她胆战心惊。

她之前所有的话，现在看来是那么的可笑和讽刺，她自己狠狠地打了自己一嘴巴。她将母子亲情推向了一个濒临崩溃的点。

王妃瞬间陷入了绝望，她也不傻，她知道一切都晚了，也都完了。

人们确实在称颂洛芷珩，毫不吝啬地夸赞，但他们的赞扬与认可来得太晚了。这群墙头草，只会让洛芷珩觉得恶心！

穆清雅恶狠狠地看着下面拥抱的两个人，只觉得是那么的刺眼，凭什么他们就能如此肆无忌惮地拥抱？凭什么他们就能站住脚屹立不倒？凭什么她就不能报仇雪恨？难道她有错吗？她只不过是想要为死去的儿子讨回公道，她只不过是想要给自己一个公平。

穆家的人全都对不起她，她要他们死也是理所当然的。从洛芷珩出现在穆云诃的生活中开始，一切事情就都不是按照她所要求的方向去发展的，这是不对的。

她不会让穆云诃幸福，不会让洛芷珩圆满，她要让他们痛苦得生不如死！

“哈哈哈！”穆清雅忽然大笑起来，笑声有些尖锐，有些阴冷，让所有人那一瞬间浑身汗毛竖立。

“娘，她是不是疯了？”玉公主被吓了一跳，缩在皇后身后低声道。

皇后满眼沉痛地看着穆清雅那疯癫的背影，穆清雅彻底变了，变得这么邪恶和疯狂，再也回不来了。

穆清雅阴狠地俯瞰他们，冰冷而得意地大声道：“就算你是清白的又能怎么样？天下已经传开了，你洛芷珩是破鞋已经人尽皆知了，你的名声败坏了，你以为还能挽回吗？”

“不能挽回又怎么样？你以为我在乎？我若真在乎那些狗屁的名声，现在也就不会站在这里了！”洛芷珩轻蔑地道。

“不在乎名声吗？那你在乎穆云诃吗？很可惜，你就算在乎穆云诃也是没有用了，因为你现在和穆云诃已经彻底没有关系了！你们现在不再是夫妻，你忘记了吗？是你自己亲手写下的休书，你自己把这段婚姻给结束了。你们不可能再在一起了。洛芷珩，你看老天都不让你们在一起呢。你休掉了自己，再想进穆王府的门，休想！”穆清雅猖狂地大笑道。

“姐，你为什么非要为难阿珩？阿珩究竟做错了什么，要让你如此地纠缠不放？她为了我付出了那么多，难道你到现在还不明白吗？”穆云诃冷冷地质问。

“别叫我姐！你要还是我的弟弟，还当我是你姐姐，那你现在就立刻离开这个女人。她是个扫把星！”穆清雅冷硬地怒斥道。

“你在不断地为难阿珩，不断地羞辱她让她难堪！针锋相对的那个人一直是你！既然你不让本王叫你姐，本王就不叫，刚好本王也不想要一个恶毒的姐姐。”穆云诃彻底地阴沉下了脸，他不再维护这一份好不容易连起来的亲情，他一个人小心翼翼地维护，穆清雅却在不停地破坏，他又何必犯贱？

穆清雅阴森森地冷笑道：“好啊，你果然是好啊！一个女人就让你忘恩负义了？你为了这个败坏你名声的女人，甚至不要亲姐姐，穆云诃你就不怕天打雷劈吗！”

“够了清雅！你怎么可以这样诅咒你弟弟？”王妃猛然开口，满脸薄怒。

“你到底是偏心穆云诃啊，只不过是一句话就被你说成是诅咒了？穆云诃的身体就这么弱？还是穆云诃做了什么见不得光的伤天害理之事？”穆清雅冷酷的话里带着话，充满尖酸刻薄和一种莫名的恨意。

王妃听了只觉得从脚底下噌地窜上来一股凉意，满身僵硬。她猛地一愣，忽然想起穆清雅对洛芷珩那非同寻常的敌意，难不成她是冲着穆云诃去的？

亏心事和见不得光的事，她做过，但穆云诃没做过。可穆清雅这是明显在迁怒吗？她还在为当年的那件事情而怨恨吗？但为什么要把怒火发泄到穆云诃的身上？

“穆清雅！你究竟是怎么回事？对待你的亲生母亲怎么可以也如此地过分？”穆云诃呵斥道，母亲再不好，但当子女的也不能太过火吧？

“过分吗？你问问在那儿的母亲大人，我的话过分吗？”穆清雅大笑道，只要能让穆云诃不痛快，她会做尽一切让他不痛快的事情。

穆清雅连忙说道："洛芷珩你难道是想要出尔反尔吗？在这么多人面前你想要推翻自己的行为那是不可能的！本宫可以给你一个机会，你现在立刻离去，只要你这辈子都再也不出现在穆云诃面前，本宫就不杀你。"

洛芷珩嗤笑一声，慢悠悠地道："嗤！我是穆云诃名正言顺的妻子，让我离开，你有资格吗？我清清白白的一个好女人，你却逼迫着我离开自己的丈夫，穆清雅，天底下最恶毒的女人只怕就是你吧！"

"名正言顺的妻子？那是过去！现在的你只不过是穆云诃休掉了的弃妇！休书还在你手中，你想抵赖吗？"穆清雅快被洛芷珩玩疯了，她大吼道。

"休书？你该不会是说这东西吧？"洛芷珩故作惊讶地从怀里拿出来一张纸，打开，上面赫然是那日她亲手写下的休书，见穆清雅激动地忍不住上前一步，洛芷珩笑道："就算有休书又能怎么样呢？这上面的人又不是我，我还是穆云诃的妻子啊，从来都是！"

"不可能！那上面写得清清楚楚你已经被休掉了。"穆清雅忍不住从台阶上快速走下来，一把夺过了她手中的休书，而后她嚣张地大笑道："这上面落纸横三个字清清楚楚，你还敢抵赖！"

洛芷珩忽然拿过穆云诃手中的刀，唰唰唰利落快速地在青石地上飞舞，飞扬的灰尘沙粒渐渐散去，洛芷珩三个大字清楚深刻。她嚣张跋扈地道："哎哟，真不好意思，我才疏学浅写错字了，这纸上的名字不是我，这地上三个字才是我大名！抱歉啊让你失望了，洛芷珩和穆云诃还是原配夫妻！"

穆清雅瞬间仿若被雷劈了一般，呆滞！

穆清雅走到王妃身边，清秀美丽的脸上带着令人压抑的笑，她轻轻地贴在王妃的耳边，说的话只有王妃能听得见，那么轻，那么狠："你，让你儿子写休书。"

王妃心口发闷，不愿意将自己的女儿称为那种丧心病狂的人，但穆清雅现在太过分了，王妃微微挣扎道："清雅何必非要如此？都是母亲的错，你想要怎么样都冲着母亲来，我一个不字也不会说，我知道你心里面有恨，可那和云诃没关系啊，他是你亲弟弟啊。"

穆清雅勃然大怒，她狠狠地搂着王妃，咬牙切齿地低吼道："怎么没关系？瑞儿的死难道和穆云诃没关系吗？我为今天的复仇做了十四年的准备，付出了灵魂为代价，你们就想安然无恙地快乐幸福着？做梦！你记住，你们两个欠我的，永远也偿还不清的，因为你们两个的性命加起来都不如我的瑞儿贵重！"

王妃面如死灰！锥心刺骨一般的痛，让她对过往的事情追悔莫及！

“当初瑞儿死的时候，怎么就不见你哭不见你有半点难过？你啊，为何就如此偏心呢？你还记得吗，如果不是你，瑞儿不会有危险，如果不是你的话，瑞儿也不会死！你欠我的，穆云诃一样欠我的。而你曾经不也对我和纳兰棒打鸳鸯吗？如今我只不过是让你最心爱的儿子也品尝一下被硬生生拆散的滋味而已，你不帮我，我就立刻杀了穆云诃！”穆清雅咬牙切齿地威胁着，仇恨仿若利箭一般，随着她温柔轻拍王妃的脊背落下。

王妃几乎肝胆俱裂！

仇恨，真的能够将一个温柔善良的女孩子，变成如今这般丧心病狂的模样吗？穆清雅怎么就变得了这般疯狂？而更让王妃感到绝望的是，她的女儿威胁她去伤害她的儿子，而她，不论是因为愧疚还是为了保全儿子的性命，都不得不做！

“云诃，你写吧。”

穆云诃猛地抬头，眼底的笑意寸寸冰冻：“母妃说什么？”

“听你姐姐的话，写休书！”王妃战抖地说道。

“我不会写休书，死都不会！还有你穆清雅，我说最后一遍，我的事情不用你插手！”穆云诃彻底被激怒了，抓起洛芷珩的手转身就走。

穆清雅冷冷的声音传来：“穆云诃你可真是个孝子啊，你就忍心为了一个女人而让你的母亲给你下跪吗？”

“清雅！”王妃瞳孔紧缩，穆清雅什么意思？难道她是在让她给云诃下跪来求他？

“你说什么？”穆云诃吓了一跳。

穆清雅冷冷地看着王妃道：“看来你儿子还是很在乎你的，也许你下跪真的能留住他？”

“你……要我下跪？”王妃不敢置信地问。穆清雅不置可否，但态度已经显而易见。

众人已经被震惊得麻木了，这就是他们的贵妃娘娘？如此变态，如此丧心病狂和恶毒？这样的人怎么配做贵妃娘娘？

“你怎么能这样对我？我是你母亲！”王妃终于压制不住心中的憋屈和愤怒大吼道。也许这就是报应，当她为难洛芷珩的时候就该想到有报应的，只是没想到报应来得如此快，又这么可怕。她的亲生女儿要她下跪！

“那你想本宫怎么对待你的儿子呢？”穆清雅在王妃耳边轻声冷笑，威胁意味十足。

王妃差一点咬碎牙齿，沉默半晌，终于缓缓地跪了下去。众人瞬间哗然！就连一直沉默的佟老也阴沉下了脸去。

“云诃，娘跪下求你了，休了洛芷珩吧。”王妃满腔屈辱地大喊道。

穆云诃再回头的时候就想，这辈子他都没有忤逆过他母亲，就这一次还是为了幸福为了阿珩的名声，为何就如此困难？他看着下跪在众人面前的母亲，忽然就笑了，笑得那么哀凉和绝望，他说：“母妃，你这是做什么呢？儿子的命都是你的，你若想要只管拿去，儿子一句话也不会有，何必用这种方法来折磨儿子呢？你今天不是给儿子下跪，你是在儿子心窝子上捅刀子！”

“曾经我和我母亲相依为命，我们是彼此的希望，可是我曾经那和蔼慈祥的母亲哪去了呢？怎么就变成如今这个快要将我逼进地狱的刽子手了呢？”

要有多绝望才能用干涩的目光看世界却哭不出来。洛芷珩体会不了，但她感觉得到穆云诃身体里那种浓郁的崩溃和悲哀。她心疼，她也愤怒。

“本来想着你与穆云诃是亲姐弟，我给你留下最后一分面子，但你既然不要，那我也没什么好忌讳的了！”洛芷珩上前一步大声对王妃说道：“你是她母亲，却被她逼得下跪，是因为你心里很清楚穆清雅有恨，而你是怕穆清雅将这股强烈的恨意发泄在穆云诃身上，所以你才委曲求全是不是？但我告诉你，你做错了！这个女人她早就已经在伤害穆云诃了！并且她的伤害是不留情的，是残酷的！她亲手毁了穆云诃一生！她想让你这个母亲痛苦，她早就做到了！你现在的妥协只不过是愚蠢的自取其辱罢了！”

王妃震惊地看着洛芷珩，穆云诃冰冷地问出了她的疑惑：“什么意思？”

“穆清雅，你想让我继续下去吗？”洛芷珩一瞬间撞上穆清雅惊疑不定的目光，充满挑衅。

穆清雅满心慌乱，不可能的！洛芷珩不可能知道那些事情！可她为什么这么说？

“你以为谁会听你在这里胡言乱语？虚张声势这一招你已经用过太多次了。本宫会怕你吗？”穆清雅强稳住心神地道。

洛芷珩微微扬眉，对于穆清雅的一再挑衅，她选择不再退让，厉声道：“你当然不怕！如果你害怕的话，又怎么会对穆云诃做出那样残忍的事情？伤害还是孩子的穆云诃，一直长达十三四年，你难道就不会良心不安吗？”

所有人都愣住了，不明所以。王妃却猛地抬起眼睛，似乎想到了什么一般满脸恐惧。

“阿珩你究竟要说什么？你是不是知道什么？”穆云诃被洛芷珩的话弄得心

神不宁。

“云诃你别听她胡言乱语！她完全就是在挑拨我们姐弟之间的感情。”穆清雅激动地咆哮道。

洛芷珩一直仔细观察穆清雅的表情，看得出来穆清雅脸上一闪而逝的惊慌错乱，她本来还忐忑不安的心忽然就安定了下来。就算她猜测的不完全对，但穆清雅的双手一定是不干净的！

“在座的各位给我当个听众，今儿我给大家讲一个故事，故事中的主人翁，就是穆云诃，王妃佟氏，还有南朝贵妃娘娘穆清雅！”洛芷珩看向佟老，大声地道。

佟老缓缓眯起眼睛，没有人知道他紧缩的瞳孔里有多少风暴，他想起了洛芷珩的那几个磕头，当初磕头就是因为害怕牵连到佟家，提前告罪。洛芷珩的一举一动都有目的性，如今洛芷珩提到佟氏，让佟老忍不住地心惊肉跳。可他还是微微点头，赞同洛芷珩说出来。

如今，什么也没有守护住穆云诃来得重要！如果佟氏真的做过什么无法弥补的错事，那为了穆云诃，牺牲佟氏也是必然的。

洛芷珩收到讯号，便彻底安心下来，她带着满腔的愤怒和悲伤地说道：“十四年前，穆王朝的小郡主穆清雅，如今南朝的贵妃娘娘回去穆王朝探亲，而她带回来的还有她刚刚四岁的儿子。那一年本来是穆王府里最热闹喜庆的一年，母女二人还会有说有笑，年仅五岁的穆云诃也许还被贵妃娘娘抱过亲过，穆清雅也许不会知道，就是那一年的短短几天里，就给她的弟弟留下了一生都难以磨灭的记忆。”

“在穆云诃的脑海里，他的姐姐是一个温柔善良的女人，她会对他很无微不至，给他讲故事，还会为他擦汗和穿衣服，会亲吻他稚嫩的脸颊，会温柔地带他玩耍。可是穆云诃绝对不会想到，有一天，他记忆中这般美好的姐姐，会变成夺命的刽子手，将罪恶的毒手伸向他的生命！”这些有关于穆清雅的过去，是穆云诃童年残缺的记忆里拼凑出来的，他讲述给洛芷珩听，想要和他最重要的女人分享他的快乐的美好记忆，但这一切都将成为最尖锐的刀片，狠狠地划伤穆云诃亲情的大动脉。

“十四年前的仲夏，穆王府后花园的池塘里面，有两个孩子落水了，他们分别是穆云诃，还有南朝小皇子穆清雅的儿子瑞儿！而那一天被尘封了这么多年，也许不会有人想到，那伤感悲凉的一年会被我再度开启吧？”

“冰冷的池塘里，孩子们在断断续续地叫着救命，而池塘边上就有几个大人

在，她们是穆王爷的李侧妃和几个丫鬟。李侧妃倒在池塘边上，身下全都是血，丫鬟们都被吓傻了，哪还有精力去管池塘里两个就快要溺毙的孩子？”

“可是就在这时候，王妃带着人出现了，她看见了那两个孩子，她同样被吓傻了，然后，王妃命人立刻救人，她救的自然是她的儿子和外孙。但是很遗憾，这两个孩子只有一个存活下来了，那就是穆云诃。”

洛芷珩平稳的声音里带着浓浓的悲凉，她看向面色已经惨白的穆清雅，一字一顿道：“而瑞儿皇子，当场死亡！死亡原因就是溺水身亡！穆清雅，我说得可对？”

穆清雅整个人都失神地愣在原地，她的胸口剧烈地起伏着，似乎回想到了当年那锥心刺骨的一幕，似乎她的儿子还在水里挣扎，似乎她的儿子冰冷的小身体还在她怀里僵硬着。

穆清雅好像受到了巨大的刺激一般，再也咆哮不出来了，那双疯狂的眼睛里终于有了湿润，却血红地看着洛芷珩，声音都在抽搐：“你还知道什么？”

“我还知道，你是因为你儿子死了，而穆云诃活下来了，所以你怀恨在心，恨意难平，所以你变成了复仇者，你认为是你的亲弟弟害死了你的儿子，所以你将满腔怒火全都发泄到了同样是受害者的穆云诃身上，你将他当做了报复的对象，你处心积虑，你机关算尽，你心狠手辣，你甚至不顾念亲情地对你的亲弟弟投毒！”洛芷珩一步步走向穆清雅，她再也忍不住满腔的怒火，每走一步就厉喝一声，一声比一声响亮冷冽，最后的咆哮，几乎响遍全场。

穆云诃整个人如遭雷击！他狭长的凤眸猛地睁大，脚步踉跄地退后几步，不可置信又仿若听到了天方夜谭一般地看着穆清雅，而后对洛芷珩沙哑道：“阿珩，这个玩笑一点不好笑。”

他听见了什么？他宁愿当做自己什么也没有听到！他不相信，这也一定不是真的。一定是他出现幻觉了吧。他的姐姐那么温柔善良啊，而且姐姐一直在南朝，怎么可能对他投毒呢？太可笑了。阿珩一定是气疯了……

洛芷珩不得不忍痛唤醒穆云诃，她怒道：“我没有开玩笑！穆云诃你也别自欺欺人，这么多年来难道你就不觉得奇怪吗？你的身体一点起色都没有，一年比一年脆弱，你被病痛折磨着，曾经你不知道自己是中了剧毒你还能过得迷糊，但自从你知道你是身中剧毒，难道你就没有怀疑过吗？你的身边，什么人能够给你下毒？如果不是有深仇大恨的人，如果不是有机可乘的人，如果不是能够让你和王妃信任的人，你觉得有可能近得了你的身吗？这个投毒之人这么多年一定就在你的身边！那个投毒之人是谁，只怕你比我还要清楚！而能让那个人这样做的，你以为除了两个人，还能有谁呢？”

穆云诃的脸色唰地一下比纸还要惨白，他的目光下意识地看向了王妃的方向，而王妃身边，胡妈妈正站立在那。

“穆清雅，你说我说的这些都对不对呢？”洛芷珩讥讽地反问。

“错！大错特错！你说的不是真相，你想要知道真相吗？可以，我给你！”穆清雅尖叫道，她目光有些呆滞，明显神志不清了。

“不要！”纳兰代百虚弱地冲了下来，他想要阻止穆清雅别将不该说的说出来，但却晚了一步。

“当年我带着瑞儿回家去，真的是好开心，可也是那一年彻底将我推到绝望边缘！我从来不知道，我的母亲竟然可以这么心狠手辣，就为了争夺父王的宠爱，甚至不惜设计害死李侧妃肚子里已经快六个月的孩子！”穆清雅眼底隐隐透着疯狂，战抖地说道。此言一出，所有人都傻眼了，不敢置信地看着还跪在地上的王妃，这样温婉的女子，竟然会做出这么丧心病狂的事情？

穆清雅的眼底渐渐出现了一种疯狂，她本就已经活够了，今日这么疯狂地不顾一切，就是为了要结束一切的！

凭什么她的儿子死了，可穆云诃还好好地活着？应该活下来的人明明是她的瑞儿啊。是穆云诃和王妃夺走了她瑞儿的生命。她一次又一次地梦见瑞儿来她的梦里哭，那个小小的孩子就在黑暗的角落里哭泣，一直叫着母妃，一直叫着害怕。

“六个月大的孩子，已经成型了，就那么伴随着血液掉下来了，手脚头脑，一块块的七零八落。池塘里的荷花都不如李侧妃身下的血液鲜艳。空气里都是鲜血的味道，令人作呕地泛着腥味。李侧妃在拼命地哭叫，我赶到的时候，竟然听不到池塘里两个孩子细弱的求救声。”

“母亲就在池塘边上，我看见母亲那么冷酷地看着李侧妃满身的鲜血，然后就转身让人救池塘里的人。多可悲，这个时候已经听不到孩子们的求救声了，只有穆云诃还在偶尔扑腾一下，而我的瑞儿，已经快要沉下去了。”

“当时会水的只有一个奴才，两个孩子就在他面前不远了，穆云诃不知道怎么回事，离岸边很远，而瑞儿眼看着就要被人救起了，可是就在这时候，我的好母亲，我瑞儿的好外婆，竟然在池塘边上冷冷地大喊了一句：‘先救小王爷！’”穆清雅断断续续地加快是用一种悲怆到苍凉的声音在陈述，她眼中的泪水滚落，侧身看向王妃，泪流不止地说：“你知不知道你当时一句话，就已经要了我的命？”

王妃挺直的脊背，那一瞬间轰然坍塌！她跌坐在冰冷的地上。

“我就这么眼睁睁地看着那个奴才就从我瑞儿的身边游过，对瑞儿置之不

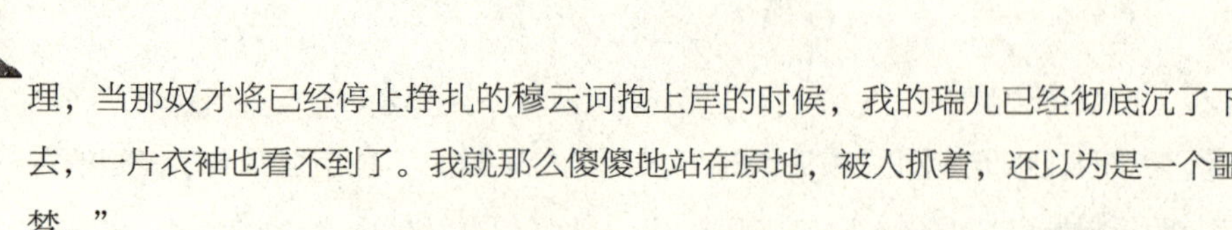

理，当那奴才将已经停止挣扎的穆云诃抱上岸的时候，我的瑞儿已经彻底沉了下去，一片衣袖也看不到了。我就那么傻傻地站在原地，被人抓着，还以为是一个噩梦。”

穆清雅脸上的表情叫做疯狂和狰狞，指着王妃的鼻子怒吼道：“你知道那种感觉吗？被最最亲近的母亲瞬间背叛，推进了地狱，再给了无情的一刀，然后亲眼看着我的母亲谋杀了我唯一的儿子！她明明知道的啊，她知道我这辈子都只能有瑞儿一个孩子了啊！她知道瑞儿就是我的一切了，可是她却为了穆云诃而杀了我的孩子！她对我的瑞儿视而不见，她冷血到如此地步，她一天之内就扼杀了两个无辜的孩子！其中还有一个是她的亲外孙啊！就为了她那无耻而可笑的争宠！她也配做一个母亲吗？！”

每一个人，每一个有血有肉的人，在这一刻，在听到这一场人为的悲剧的时候，无不血液逆流，全身冰冷！

如果穆清雅口述的这一切都是真的的话，那么眼前最可怕的人，只怕还不是她，而是穆王朝的大王妃！心狠手辣到连自己的亲外孙都可以眼睁睁地看着死去，见死不救，这样的女人，只会让人敬而远之吧。

“母亲不是这样的人！”穆云诃不能接受这个事实，他红着眼睛咆哮，呼吸急促而压抑，可眼底的悲伤与绝望是那么的显而易见。

有谁能够接受自己的母亲是一个如此残忍冷血的人？更何况这个母亲在他的生活里，还一直扮演着最最慈祥和坚强的女人。

“不是真的？穆云诃你太天真了，你被她保护得太好了，你的母亲处心积虑，就怕你知道她那些见不得光的过去，怕你远离她。你，真的以为你是她疼爱的儿子吗？不是的，你就是她稳稳坐在王妃宝座上的一个棋子！她这种冷血动物是不会对任何人有感情的。”穆清雅残酷而扭曲地说道。

穆云诃被狠狠地刺激到了，一声闷哼，捂住胸口，整个人都摇摇欲坠。

洛芷珩吓坏了，连忙扶着他，感觉到他在战抖和冰冷的身体，她愤怒地指责穆清雅：“你不要在这里胡言乱语！如果王妃不爱穆云诃，她怎么会被你威胁得下跪？穆清雅你清醒一点吧，你做过什么，老天看着呢，就算当年的事情王妃有不对的，但是将心比心，你是瑞儿的母亲你心疼你的儿子，而穆云诃同样是王妃的儿子，王妃也是一个母亲，你做不到大公无私先救别人的儿子，又凭什么要求王妃去做到？”

王妃战抖的身体猛地僵硬了一下，她不可置信地看向洛芷珩。她不敢说是因为觉得自己这样想是自私的，每每回想当年的那一幕，她也会心痛和绝望，会追悔莫及，但是没有人会理解她和相信她。因为穆清雅的儿子确实死了。

虽然李侧妃流产的真相隐瞒下来了，但是王爷还是因此而疏远冷落她，她也因为穆清雅这件事情而彻底地消停下来。

“从她剥夺了我做母亲的权利，从杀死了我儿子的那天开始，我就没救了！你别在这装得大仁大义，如果是你儿子被人害死了，你还能这么恩怨分明？”穆清雅怒吼道。

洛芷珩咬牙切齿地道：“我是做不到不报仇，但我会直接杀了仇人，而不是如你一般这么丧心病狂地暗地里对自己的亲弟弟投毒，并且还是长达十四年！”

洛芷珩的话瞬间将全场的气氛掀到了巅峰，冷到了极致。

“这怎么可能？！”穆云诃声音尖锐。

“就是啊，这是不可能的！洛芷珩你看，就连一直维护你的穆云诃都不相信你的话了呢。因为你的话里谎言太多了，穆云诃都不再维护你了呢。”穆清雅竟然话锋一转冷笑道，她说，“我就算是再憎恨王妃，也不会这么害我自己的亲弟弟啊，你指责污蔑我，可是要拿出来证据啊。”

洛芷珩轻蔑地说：“你要证据？我就给你证据！先说你害穆云诃的动机，你的瑞儿死了，所以你不满穆云诃还活着，又因为你认为是王妃为了穆云诃而害死了瑞儿，所以你将所有的怒火都发泄在了穆云诃身上。这就是你的动机。”

“再说你的合作伙伴吧。你一个人在南朝，就算怀恨在心，你也绝对做不到能够神不知鬼不觉地毒害穆云诃，可见是有人帮你投毒，而这些毒一定还是一些罕见的毒药，这样就能确保你逍遥。而这用毒之人必定是个了解各种毒药并且能弄到这些毒药的个中高手。如此来说，最少要有两个人同你合伙，才能将这场惊世骇俗的投毒事件进行下去。”

“而穆云诃身体里的各种剧毒几乎失传已久，这天下间最擅长用毒并且拥有这些剧毒的人，只怕只有一个用毒宗师级的家族才拥有这样的实力！而这个家族，复姓纳兰！”洛芷珩最后一句话是看着那个已经踉跄着跑下来的太监说的，声音是铿锵有力暗藏杀机的。

纳兰代百猛地僵硬住身体，一张惨白的脸上全是狂风暴雨般的狰狞，阴狠地看着洛芷珩。穆清雅的眼中也是闪过一丝狂乱与杀机，她强装镇定地笑道：“这些你都是口说无凭，本宫根本不认识什么纳兰世家，再说谁又能帮本宫给穆云诃将毒药下了？你的言论简直太可笑了。”

洛芷珩讥讽地嘲笑道：“我也没有告诉你是纳兰世家啊，你怎么就知道那是一个世家呢？哦，我想起来了，贵妃娘娘其实在未出阁之前，是认识一个纳兰世家的吧，据说那个世家，也刚巧是用毒世家呢。天下怎么就有这么巧合的事情呢？”

答案，在一步步地靠近真相。当越靠近真相的时候，就越令人感到压抑和恐惧。王妃在恐惧，她恐惧着不能接受自己的亲生女儿来毒害自己的亲生儿子。穆云诃在恐惧，这种亲人的背叛和伤害，打击得他生不如死，简直比那些剧毒折磨得他还要痛苦。穆清雅下意识地辩解道：“本宫不认识什么纳兰世家，你也别在这里胡说八道。”

“不认识吗？那我就给你请出来一位证人吧，我不需要这位证人来证明你别的，就证明一下你究竟认不认识纳兰世家！”洛芷珩打蛇打七寸，直接上有力证人，她恭敬地拜过棋圣占海南：“棋圣尊者，您是当今天下人的棋圣，您的话必定为天下人信服，我也相信您必定不会说有违良心的话，今儿当着天下人的面，丫头斗胆问您一句，就请您说一句公道话，穆清雅是否认识纳兰世家的人？”

穆清雅的脸色瞬间惨白如雪！很显然，当洛芷珩问到棋圣头上的时候，她就知道，要败露了。

棋圣缓缓站起身来，面目深沉地道：“穆清雅确实认识纳兰世家的人！”

人们屏住呼吸的胸膛瞬间起伏起来。

“您是如何得知的呢？”洛芷珩再问。

“在二十几年前，老夫与纳兰世家的老爷子对弈，就在纳兰家，那天穆清雅是在老夫之前到达纳兰家的，而她因为与老夫在皇家宴会上见过寥寥几面，所以还对老夫请安见礼，老夫还问过她为何在纳兰家，她说是来找纳兰家的小姐的，所以老夫记忆犹新。”棋圣有条不紊地说道。

棋圣的话没有人会怀疑什么，更何况棋圣没理由害穆清雅，所以不存在作假证。所以，穆清雅说不认识纳兰世家的人是在撒谎！第一个答案瞬间不言而喻。

洛芷珩挑眉，冷声逼问：“穆清雅你还有什么话好说？如果你不是做贼心虚的话，你为何要说谎呢？”

“本宫……”穆清雅张张嘴，竟然一句话也说不出来。

纳兰代百不忍看穆清雅被人逼迫，便上前挡住她，怒道：“她是贵妃娘娘，你有什么资格逼问她！找死不成？”

“就凭我是穆云诃的妻子！我就有权利来找出毒害他的罪魁祸首！至于你我之间，谁找死还不一定呢！少在我面前说大话！”洛芷珩声色俱厉地道。

“穆清雅，以你的个性一定是不见棺材不掉泪的，刚巧我也是不达目的不罢休。你有了投毒的来源，纳兰家的人愿意帮助你，但是纳兰家的人毕竟不能轻易进入王府，进去了也没可能在穆云诃被监控得很严格的食物药碗中下药，那么就只有一种可能了，在王府给穆云词下药的人，只有可能是最不让人防备和怀疑的人，也就是王妃或者王爷非常信任的人！”

洛芷珩又扫了王妃一眼，只见王妃如遭雷击一般地张着嘴巴瞪着眼。她眼底闪过一丝怜悯，但最后都被怒火取代：“但我又仔细想了想，再加上调查的资料显示，王爷的人不可能，因为王爷那时候根本不管穆云词，王爷大人更是见不到穆云词的。那就只有王妃身边的人可以了。”

“而这个人我一开始也想不透，她既然是王妃的心腹，那就应该一心为了王妃啊，为什么会下毒害自己的小主子？而且又为什么要帮助这个阴谋的策划者呢？我一直以来想不通，但当这份资料交到我手中的时候，当你穆清雅儿时的成长过程历历在目的时候，我才霍然开朗，原来有一种感情，不是亲情，却胜似亲情！它可以让人为了一个毫无血缘关系的人，背叛主人，背叛良心，背叛道德地去做下丑陋的恶事！”洛芷珩从袖子里抽出一叠纸，狠狠地甩在了穆清雅的面前，大声怒道。

穆清雅瞳孔紧缩，她僵硬地低头看着脚下凌乱散开的纸张，上面一页页竟然将她小时候的事情写得清清楚楚，就连有些她不知道的都那么清楚。她的心一点一点地下沉。洛芷珩，究竟是什么人？怎么可能找到这么多陈年往事的详细资料？

“这上面是穆清雅的童年经历，王妃早年生女的时候亏了元气，而且你是难产生下来的孩子，是你母亲拼尽全力不要命也要保住的孩子。这些你不知道吧？你与你的儿子一样都是难产，你和你的母亲一样，为了自己的孩子都可以不要命，所以我说王妃虽然其他方面不称职，但她却算得上是一个好母亲，最起码，她没有要自己孩子的命。”

“当年太医都束手无策了，鲜血一盆盆往外端，一个人身体上才多少血液呢？产婆和太医都说大人孩子只能留一个了，再晚一会儿母女双亡！王爷当然选择保住王妃，而你口口声声喊着偏心和憎恨的母亲，当年毫不犹豫地要保你。”洛芷珩讽刺地说道。

“当然，最后王妃命好活下来了。只不过那次生产让她元气大伤，身子骨常年不好，人也一天不如一天地憔悴下去，太医说王妃的身子再难孕育子嗣，你知道那意味着什么吧？一个王府的当家主母，却没有一个儿子傍身，最后的命运就是被有儿子的女人干掉，踩在脚下！就算保住王妃的地位，你觉得王妃心里就没有怨恨吗？李侧妃的存在就是一根刺，十几年无望的争夺只不过是恐惧地位不稳的自我保护。”

“直到十六年后穆云词出世。王妃苦苦等了十六年才盼来的儿子，那就是唯一的希望，你认为如果换作是你，你会不珍惜疼爱如若自己的生命吗？”洛芷珩的

话很有感染力。

穆清雅愣愣听着这些，她并不知道自己也是难产儿，她更不知道她的母亲生她的时候几乎丧命。

她一直那么仇恨地活着，可是当这些她不知道的过往赤裸裸地摆在眼前，她只觉得刺眼，完全不能接受！

“我不相信！就算她生我的时候是难产那又怎么样？她作为母亲生下孩子不是应该的吗？她珍惜好不容易盼来的儿子，难道我的儿子就该死吗？穆云诃是她唯一的希望和寄托，难道我的儿子就不是我的希望与寄托吗？她从未给过我关爱。”穆清雅情绪激动地大喊道。

“可是你在你奶娘那里感受到了加倍的疼爱！”洛芷珩忽然阴森森地说道。

穆清雅的脸色寸寸苍白。王妃身后的胡妈妈，一张苍白的脸瞬间灰白。

洛芷珩在抛重磅线索：“你母亲因为你可能终生无法再生子，难道就不能有情绪了？但是老天待你不薄啊，母爱你得不到，却让你得到了奶娘浓厚的母爱！你有一个疼爱你到骨子里的奶娘。这个女人一生没有孩子，甚至没有成亲过，她一直带着你，把你视如己出。但因为她并不是你真正的奶娘，所以你也只是那样叫叫她而已。你童年到少女时代的短暂十几年里都有她的陪伴，她胜似你的母亲。而你，在私底下不也这样叫过她母亲吗？”

王妃猛地转身看向身后的胡妈妈，不用再问任何话了，因为洛芷珩说到这，王妃已经什么都想明白了，胡妈妈的脸色也告诉她事情的真相了。王妃瞬间跌坐在地，整个人愣愣地痴痴傻傻的。

王妃痛苦地质问道：“背叛，又是背叛吗？难道我这一生，真的就如此不得人心？你为什么要如此狠心地伤害云诃？清雅是你带大的，难道云诃就不是你一手带大的吗？你怎么忍心？！”

胡妈妈满眼痛苦，可她没有开口承认什么，她只是蹲下身子，想要扶起王妃，但是王妃却用力地拍开了她，口口声声质问她的良心在哪里。胡妈妈哆嗦着道：“奴婢对王妃是一片忠心的。”

“一片忠心？你的一片忠心就是吃里扒外地来伤害穆云诃？来戳我心窝子？”王妃忽然尖锐地怒吼道。

“你凭什么指责胡妈妈？她并没有做错什么，是不是谁动了你的穆云诃你都要如此疯狂？就连一辈子守着你的胡妈妈你都能如此对待，谁还敢对你忠诚？你就是个疯女人！”穆清雅冷酷地说道。

洛芷珩拍手笑道：“真是好一段母女情深啊，为了一个小时候对你好的人，而去指责你的亲生母亲。穆清雅你也不是一点良心没有啊。所以你看，你和你的奶娘感情深厚，如果你说一句话，哀求她一下，她会舍得不帮你吗？这个人还是王妃最信任的人，穆云诃自然对她就不会有防备，她来下毒，岂不是理所当然，轻轻松松？”

显然穆清雅是怕胡妈妈不够坚定，被王妃动摇说出实情吧？洛芷珩冷笑道：“就连王妃都已经看出来这个和你里应外合的人是胡妈妈了，你竟然还敢说我冤枉她？那好，我问你，如果不是你下毒害穆云诃的话，为什么你会对我有这么大的敌意？恨不得将我除掉呢？”

“可笑死了！这两件事情完全就没有关系！”穆清雅大笑起来。

洛芷珩淡定而沉稳，有理有据强悍反驳道：“关系大了！因为我的出现赶走了前来想要害死穆云诃的假神医！而因为我获得了穆王朝赛区的第一才人比赛，换来了一次求助火云夫人给穆云诃治病的机会！火云夫人医术了得，一下就看出来那群太医们诊治不出来的病因，中毒！我的出现将穆云诃身陷疾病中的阴谋一点点地拉出水面。而且这一切只怕你都知道！因为王府里有一个可以为你卖命的人存在！所以我就成了你的眼中钉肉中刺！”

“但是那个时候你并没有动手除掉我，只怕是你完全看不起我，更是太自信那些剧毒一定无法解开，而你心里穆云诃也一定会死，所以你没有动静。”

“但是当我和世王达成协议了，世王能救治穆云诃的消息出来的时候，王府其他人不知道，可是王妃知道，我从不对王妃隐瞒有关于穆云诃病情的事情。而我们每一次谈话，胡妈妈必然都知道，因为胡妈妈是王妃的心腹，是穆云诃敬重并且疼爱的长辈。我们这群人都对胡妈妈最没有戒心，可是却不知道真正的蛇蝎竟然就是笑着对我们好的胡妈妈！”

“胡妈妈再一次将消息给你的时候，这一次你是真的坐不住了吧？因为穆云诃很有可能有康复的机会。这样你想要折磨得他生不如死的打算就落空了！所以你恨我，这一次你是恨不能将我立刻除之而后快，我已经成为你报仇的绊脚石。因为你是要穆云诃死，而我是要穆云诃活！”

洛芷珩每一次说话都并不用尽全力，但她却条理清晰，有条不紊，态度冷锐，锋芒毕露。她是在揭露，更是在定罪，她对待敌人的宗旨，要么忽视，将对方当成草芥。要么狠辣，将对方压为尘埃。

对待穆清雅，她只能选择开弓没有回头箭！一狠到底！

她瞪圆了眼睛厉声说：“所以当我们出行的途中出现了杀手，是真的要让我们死无葬身之地啊！”

“如果我没有猜错的话，只怕诸葛画栾上次的大殿作画，那些事情都是胡妈妈写信告诉你的吧？然后你派人写了匿名信告诉给了诸葛画栾，你利用诸葛画栾对我的恨意，借用这件事情，想要来个借刀杀人坐收渔翁之利？可笑的是诸葛画栾像个傻子一样被人利用了，还在那跳梁小丑一般地蹦跶，真是给诸葛世家丢尽了人！”洛芷珩最后重重一句话收尾，结束陈词的瞬间，还将诸葛世家给抬出来。

她在告诉众人，她是记仇的，她没有忘记诸葛画栾带给她的羞辱和伤害。别着急，咱们的仇，一个一个地报！

诸葛画魂和诸葛画栾的母亲都愣住了，二人脸色都很难看。

而众人已经被洛芷珩这一段令人心惊胆战，却条理分明合情合理的解释给震惊得头皮发麻了！这种阴谋布局，精心而完整，其中透露出那个幕后黑手的心思缜密与心狠手辣。如果一切都成立的话，那么穆清雅无疑是一个杰出的阴谋家了。

穆清雅现在唯一的感觉就是傻眼！她觉得自己好像在洛芷珩面前瞬间透明了！她再也没有任何秘密和过去，一切的一切在洛芷珩轻描淡写的话语里昭然若揭！她的阴谋，她的仇恨，她的谋算和心思，好像已经无力反抗地剖析在了洛芷珩的面前。

穆清雅在那一瞬间甚至有一种无力感，好像她已经被洛芷珩按得死死的，一点也挣扎不了了。因为洛芷珩说的这一切，竟然丝毫不差！她的动机，她的心理，她的阴谋伙伴，她的投毒过程，她所有的算计和刺杀，怎么可能都被洛芷珩发现了呢？！

“你、你不是人！你是魔鬼！”穆清雅受到很严重的刺激，那一瞬间大脑混乱让她尖叫起来。

洛芷珩冷笑一声，目光犀利言辞危险地问道：“怎么？魔鬼看透你的心了吗？”穆清雅刹那冷气倒抽，惊恐地连连后退，狠狠地被她杀死的侍卫尸体绊倒，狼狈地摔倒在地。

“贵妃娘娘！”纳兰代百紧张地冲过去，不顾礼仪地抱住她的肩膀安慰道：“别紧张，她是人！她一定是在诈你的，这是她的阴谋，她想要当着全天下人的面来陷害你，你放心啊，有我在，绝对不会让她的阴谋得逞的。”

穆清雅惊恐得满脸惨白，闻言却出奇地冷静下来，穆清雅尖叫着怒吼道：“你滚开！你凭什么指责我？我没有错，你说的那些我都没有做过，不是我做的，你冤枉我你会不得好死的！”

“洛芷珩你没有证据就不要乱说话，她是南朝的贵妃娘娘，是穆王府的郡主，身份尊贵，岂是你一个小贵族之女就能如此出言侮辱的？你会为此而付出代价的！”纳兰代百尖利的嗓音里是浓浓的杀机。

洛芷珩却丝毫不惧怕，她大大方方地笑道：“不错，确切的证据我是没有，而刚才所说的一切不过我是推理出来的，可是你不觉得我的推理太完美了吗？完美到这就是一个真相，一个事实啊！而你知道我是怎么将这个推理完美地连接起来的吗？”

纳兰代百和穆清雅全都傻眼了。那些……竟然全都是她推理出来的？！这没可能？纳兰代百有种不好的预感：“我不感兴趣！”

洛芷珩清脆一笑，慢悠悠地道：“这一切都是因为一个人而完美结合的，那个人就是你！纳兰代百！”纳兰代百瞳孔骤然紧缩。

洛芷珩忽然面目狰狞阴狠地喝道：“当天穆清雅在你遇到危险的时候，清清楚楚地喊出了你的姓氏。你姓纳兰，而她与纳兰世家还有关系，只怕你就是那个用毒世家的正宗传人吧？纳兰世家没隐退之前的当家人就是年轻一代，我想你就是那个纳兰代百吧？而穆云诃身体里的那些剧毒，只怕都是来源于你吧？穆清雅是穆云诃的亲姐姐，怎么收拾她自有穆王府的人来处理，而你这个伙同穆清雅伤害穆云诃的刽子手更加可恶，要不是你的那些毒药，穆云诃也不会变成今天这样！我不会饶了你！今天，你纳兰代百的命必须留下！”

“你以为你能杀得了我？”纳兰代百没有再否认自己的身份，当了十几年的太监断肠，他是真的快断肠了。

“我很有自知之明的，我知道自己杀不了你，所以……”洛芷珩优雅倒退，忽然厉喝道：“奶娘，杀了他！我要将他的头颅砍下来，祭奠穆云诃遭受了十四年的病痛折磨！再将他的四肢砍下来剁碎喂狗，以此来祭奠穆云诃在黑暗中度过的十四年！记得将他的心挖出来，用来泡酒，给我们亲爱的贵妃娘娘，用此祭奠他们那注定永远无法相守的爱恋！”

奶娘瞬间出现在洛芷珩面前，功力全开，战斗力惊人，招式狠戾冲向纳兰代百。瞬间二人打成一团！

凌厉的罡气将地上资料刮得飞舞，一张纸如一叶扁舟一般卷过穆清雅死灰般的双眼，上面清清楚楚地记载了某年某月，荷花塘上穆清雅与纳兰代百携手共游，欢声笑语中彼此互赠定情信物！

穆清雅抓住那张纸，战抖地看着那上面的描述，就连她笑了几次都有么？为什么她已经不记得有多久没笑过了呢？而且她似乎已经忘记微笑的滋味了。她都快要忘记过去了，她捡起地上刮来的纸，有的里面还记载了她与慕容纤尘的友情。

那些年，那时候，原来她也曾单纯过么？

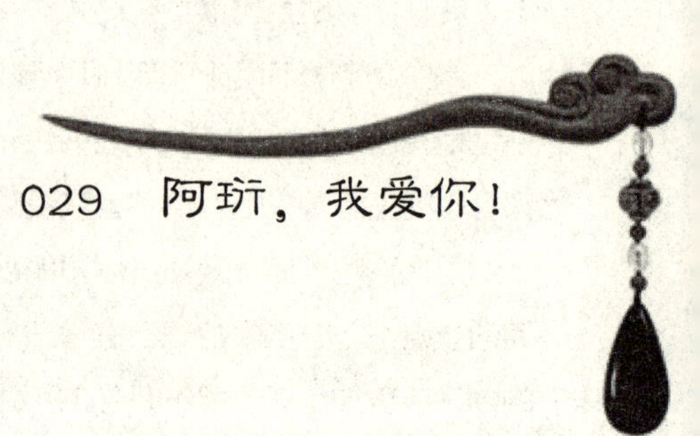

029 阿珩，我爱你！

纳兰代百死在了奶娘的手下。穆清雅死在了纳兰代百的怀里，带着她的恨意，她人生最后的请求，是希望南朝皇帝允许，让她和纳兰代百秘密葬在一起。

皇帝准之。

穆清雅死后，皇后在她的寝宫枕头下发现了一个黑色瓷瓶，交给了洛芷珩。毒圣研究后大喜过望，竟然是他们最难弄到的一种毒药，也就等于是穆云诃最后一味救命的解药！

一切尘埃落定，哀伤的气氛却挥之不去。

时间在两天后的下午停止，一直紧闭的房门终于被人打开，狼狈不堪的火云夫人从里面走出来，一群老家伙连忙迎了上去，只有洛芷珩僵硬地坐在那看着火云夫人。

“怎么样了？”佟老等人急忙问道。

火云夫人很疲惫，但眼睛却是非常明亮地看向洛芷珩，她连多一句话的力气都没有了，只是微笑着道：“也许……成功了！”

她这个答案有些模棱两可，但是对于一直惧怕是坏消息的人们来说，成功可比死亡或者抱歉来得要美妙得多了！

“什么意思啊？小王爷到底怎么样了啊？”慕容老将军哆嗦道。

"意思就是洛芷珩走了狗屎运，那两粒药真的是最后两种秘制剧毒的解药！"毒圣沙哑的声音骤然响起，带着浓浓的不爽和怨气："可是救了穆云诃却差一点要了琴银世这王八蛋的狗命！洛芷珩你也是个狠人！"

毒圣抱着放血过多昏迷的世王出现在众人眼前，强势霸气的世王，软软地被毒圣抱在怀里，毒圣也终于展现了一次男子汉雄风，在世王面前像个男人了。

可是谁在乎这些，他们在乎的是穆云诃终于能够活下来，穆云诃毒解了，意味着从今天开始，穆云诃将会好起来！他们揪紧的心一瞬间就如石落地，满天乌云一下就散开了，漫天金光灿烂。

常年冰冷的世王行宫里，好像一夜之间暖春花开，每个人都不再那么小心翼翼地生怕踩到雷。

法老们整天吃吃喝喝，划拳吆喝，把个世王行宫闹腾得鸡飞狗跳，但行宫内院却安静祥和。

毒圣整天被世王骚扰，不过碍于世王这一次可是为了自家失散多年的亲妹妹下了老本，失血过多，体力消耗太大，英勇无敌英俊美丽的世王大人下不了床了。于是调戏变成挨揍。她摸人毒圣一下，毒圣就给她一巴掌，拍得世王一张美脸都快没脸了。不过世王心甘情愿。

世王有毒圣和火云夫人二人协力护法，疯狂补血，所以世王虽然失血过多，但是却面色红润，那叫一个春风得意。不过唯一美中不足的就是，她那个刚刚相认的小妹妹不怎么爱搭理她。

今天，对洛芷珩来说是一个特别的日子。因为今天是距离穆云诃换血解毒昏睡后的第三天，毒圣说今天穆云诃就应该醒过来了。为此，洛芷珩这个不拘小节的江湖儿女，也狠狠收拾了一番，把个本就貌美如花的自己弄成了赛天仙。

天仙是有点夸张的，但是说人比花娇倒是真的。而且她精神头好，年纪又小，因为开心和期待，整个人从里到外散发出来的都是一种栀子花般的清新和阳光，干净美好。

她走路带风，火红的纱裙在脚下飞扬着裙裾，双手看似悠闲地背在身后，其实她是有点小紧张，但眉宇间却带着浓浓的期待，明亮的眼睛目标明确地看着前方，身后奶娘都要紧走几步才能跟上。

到了目的地，她却在他门前站住不动了，奶娘侧身奇怪地问道："您怎么了？"

洛芷珩微微仰脸笑问："奶娘看我今儿这身装扮如何？会不会太过于张扬艳丽？他毕竟刚刚生死门前走一遭，会不会有点过于喜庆？"

奶娘见她一手带大的小主人，此刻唇上朱砂轻点妖娆似锦，眉英目秀肤若凝脂，墨发散落仿若绸缎，眉飞色舞的一个女孩子，是女孩子最好的年龄，没有忧伤和绝望，不会再有破碎与惆怅，快乐的光芒几乎与日月同辉。怎么看怎么好看。

奶娘喜滋滋地连连摇头道："不张扬！喜庆点好。小王爷这是大难不死，后福自然不浅。您穿得再喜庆也能镇住。也好冲冲晦气。正如您这个人一般，是带着福气的童女，福禄寿您都占了。"

洛芷珩不禁笑得露齿，如珍珠般细白，她深深呼吸一口气，双手忍不住一掐腰，紧张中女土匪的悍劲儿又不受控制地上来了，她捏捏耳朵，然后伸出白嫩嫩的一根手指，轻轻轻轻地将门推开。

脚步轻盈走进去，她是有些忐忑的。她不知道救活了穆云诃后会面对什么，她也不知道穆云诃清醒过来，知道自己以后可以好好活下来的心情是什么，她不知道穆云诃是愤怒还是喜悦，她现在什么都不知道，所以她忐忑又期待。

站在床头，她狠狠地看了他一会儿，越看越是欢喜，就连笑意都忍不住地爬满眼角眉梢了。她其实想说，看吧，果然解毒之后就不一样了。中毒至深的穆云诃还是天下第一美男呢，解毒之后的穆云诃可是宇宙第一美男！

他的肌肤里不再是脆弱的苍白，好像有些温润，是真的如玉一般，肌肤里的那暗沉的黑色不见了，光华剔透。长长的睫毛和淡粉色的唇瓣，真的好像那尊玉娃娃一般漂亮干净。他静静躺在这里，他的身体里再也没有了那种苦涩尖锐的药味和毒药味，清清爽爽的一个大男孩。

洛芷珩看了一会儿，有点忍不住想要摸摸这么诱人的穆云诃，因为他实在是太好看了，她好像被蛊惑了，手指轻轻地点在他的脸颊上，又怕吵醒了他而小心翼翼，所以当她的手指在他弹性极好的肌肤上弹了一下的时候，洛芷珩是笑出声的，悦耳美妙的笑声，少女娇娇俏俏的顽皮。

穆云诃的眼睛，就那么突然地睁开，将洛芷珩的调皮和笑容，还有手指上贪婪的恶作剧都收入眼底。可是很要命的是，穆云诃的眼睛里没有茫然，没有恨意，没有痛苦，没有喜悦，更没有其他情绪了，平静而单纯，干干净净的就那样看着洛芷珩，好像完全不认识洛芷珩一般。

洛芷珩有一瞬间的尴尬，可是马上她就理直气壮起来，她收回手背在身后，穆云诃不会知道，他心爱的姑娘藏在后背的手指在滚烫地战抖着，是淘气被抓的心虚和害羞。

她微微仰着下巴问："醒了？"

穆云诃没有说话，还是那样干干净净地看她，似乎要将她看到骨头里，好好辨认一下这是谁一般。

洛芷珩就有点傻眼，也不装矜持了，扑通一下坐床上紧张地问："你怎么了？还没清醒吗？"

这一次穆云诃开口了，只是声音里充满不确定和奇怪："阿珩？"

他好像是在问，你是阿珩？可阿珩怎么会和他在一起？他为什么会又看见了阿珩？

其实穆云诃醒来有一会儿了，他很奇怪他怎么还是在死之前的房间？他以为他已经死了。

前世？今生？他有点傻傻分不清。

洛芷珩差点被他吓得魂飞魄散了，不依不饶地掐他的脸，眼看着自己的手指掐在比她还要好的肌肤里，她羡慕又气恼地吼道："你竟然连我都不认识了！穆云诃你很有种嘛！你说我是谁，我是谁？"

穆云诃有点想哭，不是因为激动能再看见他的阿珩，而是因为他的阿珩掐人好疼。他嘶嘶地怒道："阿珩，你是阿珩！快点放手啊，疼死了。"

"你以为你是水嫩嫩的黄花大闺女啊？你脸皮就这么薄？我……"洛芷珩气呼呼地怒吼。

"要不你、你亲我一下，可能就不疼了。"穆云诃别别扭扭地说道。

洛芷珩脚下一绊差点摔倒，愣愣地看向穆云诃，这男人怎么了？刚醒过来就开始调戏人了？有点不正常啊！

见洛芷珩用一种怀疑又凶狠的目光看着自己，穆云诃有点心虚，是不是要一个亲吻太过于放荡了？所以阿珩生气了？可是他如果真的还活着，阿珩应该不会生气的吧？毕竟他们之前也亲过啊。所以，他到底还是死了？现在是在地狱里？那阿珩难道也只是一个梦？

穆云诃有点绝望，有点愤恨，也有点仿若看清现实了，他悲哀地说道："死了还让我看见她，我死不瞑目啊。"

洛芷珩哈哈大笑，胸中破开乌云一般畅快地大声宣告一般地喊道："你没死！你活过来了，我们的努力没有白费！穆云诃，你活过来了！"

穆云诃狠狠愣住，心口酥酥麻麻地蔓延着各种情绪，他真的活下来了？所以，她再也不用和阿珩分开了？忽然就有种傻笑的冲动，只那目光一如既往的干净美好，再不是曾经的黑暗，而是充满朝气和生机："阿珩，我们可以永远一起，再也不用害怕会分离了？"

洛芷珩重重地点头，眼眶却瞬间湿润。

穆云诃吃力地拥她入怀，心里百感交集，最后归为一句最淳朴最刻骨的呢喃："终于，我不用再庆幸是你的唯一，我终于可以做你一辈子的唯一。阿珩，我爱你！"

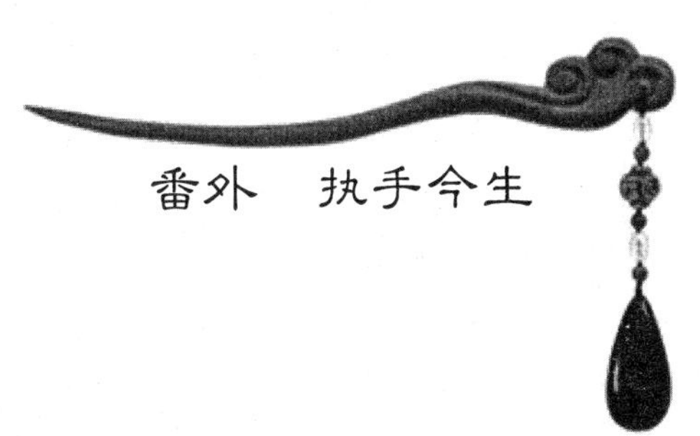

番外　执手今生

“驾！”

空寂山林，绿茵成片连绵不绝覆盖山谷，一声脆烈的呼喝声，惊起栖息树木飞禽无数，骤然间山林之中树叶沙沙接连成片，静谧被推翻，尘土飞扬，赫然是杀气一片。

马蹄声连绵不绝于耳，纷沓而过，花草小树皆被践踏。

侧目而望，领头纵马飞驰而来之人一身红妆，斗篷翻飞，张扬如火，携带杀气腾腾直逼而来。那人身后更是卷起一片黄沙白灰漫漫，仿若携带千军万马之姿，令闻者丧胆！

山林这一头的一队人见状无不面色骤变，瞬间慌乱一团，打马的，护卫的，随从的都纷纷惊叫起来。

“别慌别乱，保护好老爷小姐，快！”另一队明显是护卫，只是穿着相同而已，手中举着一面旗帜，赫然一个镖字，竟然是振江镖局。

那人是一名络腮大汉，威武居于马上，不显慌乱，虎目直视凶狠涌来的队伍，只是手掌紧握马缰，掌心湿冷。

“无须慌张，也许只是过路之人，没有我的命令，任何人不得轻举妄动！”络腮大汉高声道。

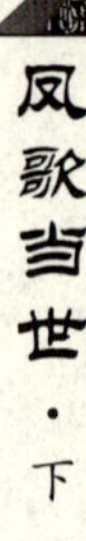

众人心惊，但也不约而同地屏息而立，期盼对面迎来之人当真是路过而已。

但，天不从人愿。待队伍慌乱稍稍压抑，镖局众人和家丁随从将三辆马车护住之际，那迎面冲来的人却快速而有序地将整队队伍包围！烟尘散去，众人只觉眼前一片灰暗。

包围他们的人各个手持刀剑，在马背上耀武扬威，目光阴冷凶残，穷凶极恶之徒的嘴脸不言而喻。

不是土匪又能是谁！

至此，众人心如死灰。出门在外，最怕的就是遇上土匪，尤其是凶残的土匪，十有八九是会丧命的，届时人财两空也是常事。

那镖头也是心底微微下沉，但因为早已做好心理准备，所以此刻也不太惊慌。只是沉着地拱手道："不知诸位有何贵干？在下等人不过是借过此道，若有打扰，还请见谅。此是一些薄财稍作孝敬，不成敬意还望笑纳。"

土匪劫道，若不是穷凶极恶之徒，必定不会伤人性命。保镖也是只为求和，若可以，谁也不想大动干戈。土匪也不过是想要财物罢了，镖头冷静地示好拿出孝敬，也是一番试探。若土匪接了，此事便有回旋，若不接……便免不了一番刀戈相见了。

来人中却并没有开口说话的，镖头蹙眉，扫视一周，见这群人竟然都有一种彪悍雄武之威，乍一看之下，竟然让人不觉是土匪山贼之类，反而给人一种枕戈待旦杀气凛然的军人之姿。心中一沉，训练有素的土匪却也不至于牛成这般，难不成这群人不是土匪？

那为何拦住他们，又如此明显充满敌意？莫不是主人家的仇家？想及此，更是难办。

"敢问哪位是当家人？"镖头又开口，客气中却不失刚毅。

却见此刻打头的几人纵马让开，一名骑着棕色骏马的红衣儿郎悠哉而来，他面戴纯白半截面具，却露出红唇似笑非笑，墨发高高绑起，飘逸在侧，一股子气息说不清道不明的亦正亦邪，令人心中越发没底。

那镖头见那些人见到此人都纷纷行礼，便知道这人是他们的头目，刚要开口，便见那人竟然骑着马从他面前大摇大摆而过。径直向着身后的马车走去。镖头面色一变，当下打马上前，却只走几步，便被刀剑拦截无法上前。那刀剑出现在眼前竟然极快，他不过眨眼间，呼吸一窒，便觉得脖颈上冰冷至极。

"大胆！"两队人马瞬间剑拔弩张，气势如虹，互不相让。

"退下！"镖头呵斥一声，不见慌乱，却也不再乱动，那刀剑就在他脖子之下，他却气息沉稳地道：“阁下见谅，在下振江镖局副镖头，今日受主家聘邀来保护主家归家，那马车里有老弱妇孺，请阁下手下留情。还请阁下亮明来意，也省得大家误会。”

红衣儿郎一听，不由得讥讽一笑，纵马来到第一辆马车前，霍地一把拔出了护卫马车一旁的人手中的刀，众人惊呼，瞬间乱动，但眨眼间又被土匪镇压住。

刀尖缓慢伸向马车，所有人都屏住呼吸。镖头见状知道一战是避免不了的了。当即大喝一声：“阁下请报出名号来，今日便是某人命丧阁下之手，也不觉得死不瞑目。”

这便是要开战了。

那持刀之人却是动作一顿，微微侧目，竟然耻笑一声，声音是说不出的悦耳干净：“你还不配知道我的名号。”

她能告诉人家，她叫洛芷珩吗？堂堂穆王朝的王妃，神官夫人，战神后裔，银月国的皇太孙，竟然出来当土匪？说出来岂不是罪过？

“你是女子？”洛芷珩并没有刻意隐藏自己的声音，那镖头也是见多识广，虽觉得不可思议，但还是惊呼出来。

女土匪？要不要这么邪门？

洛芷珩唰地一刀斩落车帘，只见里面的男子已经吓得面色惨白，正紧紧地抱着怀里的稚子，紧张地看着洛芷珩。

洛芷珩耻笑一声道：“李大人这是怎么了？三年清知府当得您竟然就这么点胆子了吗？如今告老还乡了，不应该是轻松愉快的吗？怎么会吓成这样？不知道的还以为这马车里坐的不是咱们堂堂的江州知府，而是一个犯罪逃亡的流氓乞丐呢。”

那男人也有六十多岁的样子，一辈子才做到一个知府，也不知道是好还是坏。但洛芷珩的话却让李大人面如死灰，但官位犹在，当即便斥责道：“你究竟是什么人？所为何事？你要钱吗？那你只怕是打错算盘了。你也说本官是清知府，这么多年来一直是兢兢业业，一心为了民众，不曾贪一丝一毫百姓的血汗钱。如今本官告老还乡，昨日那父老乡亲还百里相送。你竟然劫持一个百姓的好官，也不怕天理不容，也不怕天下百姓不容！”

洛芷珩啧啧两声，讥讽笑道：“李大人如今这般理直气壮，当真是被你那的百姓惯出来的吗？人云亦云，人家说你是好官，你便是好官了？你还敢提及上苍？你真当老天不知道你的所作所为吗？你就不怕老天不容吗！”

李大人面色又是一变，心里谋算知道这人有可能是知道什么而来，心中越发

地惊慌起来，但却沉声道：“本官问心无愧。若本官真的做了什么愧对良心的事情，那老天爷为何不在本官在位的时候收拾本官？本官民心所向，不是你一个黄口小儿能随便污蔑的。”

洛芷珩并不和这李大人废话，仍是纵马向后走去。后面的马车就是女眷了，李大人也是紧张，竟然跟出来道：“放肆！本官的家眷也是你可以放肆的。你们还不快点将这个大胆匪徒给本官拿下！”

镖局的人一动，洛芷珩的人立刻也跟着动了，洛芷珩的人都是训练有素的军人，是她老爹怕她有危险派来的，没想到竟然被她弄成了土匪样儿，跟着她出来“行侠仗义，劫富济贫”。洛格听闻此事的时候，当真是差点吐血三升，直呼白瞎他苦心训练出来的兵了！

和这些真英雄大兵动刀枪？镖局的兄弟们，你们真的不知道阎王大门朝哪开啊！

洛芷珩几乎是畅通无阻地来到第二辆马车，挑开帘子一看，里面几个女子还有两个孩童，小孩早就吓哭，只是被大人用手捂住嘴巴不让哭出声。洛芷珩都害怕那孩子被活活捂死，但一看到那几个女子穿金戴银好不富贵的样，她便狠下心肠，撂下帘子走向第三辆马车。

李大人见状眼底闪过一丝嘚瑟，义正词严地大声道：“老夫这一辈子为人正直，清正廉明，从来不曾贪过百姓和国家的一分钱。做官数十载，也就只有这几箱东西而已。今日你若是为财而来，那便给了你去，钱财本就身外物，老夫孑然一身也是自在。只希望你不要再伤害我的家人。”

那镖局的人听见这李大人的话，当下都是对他十分敬佩和尊重，更是起了一定要保护他安全的决心。

但洛芷珩却丝毫不为所动，唰唰几刀下去，将捆绑箱子的绳子砍断，但箱子却无法打开，她扔了兵器，扬声道：“什么破玩意！给我一把刀。”

她的人立刻奉上自己的佩刀，洛芷珩利落接住，唰唰几刀竟然是极华丽地落下，瞬间那四口大箱子便都被劈开了锁。

刀法精湛，又干净利落，那刀本身就足以令人惊艳。竟然就连一个小小的土匪身上的兵器都属精良，这伙土匪的来历更加让人不敢轻敌。

那镖头被挟制不能轻举妄动，但心里却快速思索起来，这伙人究竟是什么人？混哪座山头的？以前怎么没听说过这边有一个如此年轻，还是女子当头目的土匪团伙？只是苦思冥想，依然一无所获。

洛芷珩命人将箱子打开，翻遍了几口箱子，里面搜出来了衣物和一些财物，但就如李大人所说，都不多。他做了几十年的官，这知府却是只做了三年，按理说他应该还能继续做下去的，但他却忽然告老还乡，有人说他廉洁，但也有人说他，是捞够了，可以退了。

检查那些财物，竟然只有区区六百多两银子。还真是……廉洁得很呢！

洛芷珩回头看那李大人，李大人虽然拿不准这人能不能放过自己，但财物就在那里，想必她拿了就能走。毕竟六百两在贫苦人家也是一笔巨富了。

“李大人的清廉都体现在这了？还真是明显呢。不过李大人做官这么多年，就连你的俸禄都不止这个数吧？”扬扬那些财物，洛芷珩讽刺道。

李大人急忙道：“难道我一家人不吃不喝吗？我就靠着这点俸禄过日子，花了一些不应该吗？”

这是合情合理的。可他刚说完，就见洛芷珩笑了，那笑让李大人有种毛骨悚然的感觉。

只听洛芷珩扬声道：“李大人说得对呢，但按照李大人的说法，李大人如今拥有这六百多两的财物又不对了啊，你每个月的俸禄有大部分要用在吃穿开销上，你做官这几十年下来，剩下的也就二三百两的样子了，怎么反而多出来那么多呢？要知道，你现在这些财物可是你做三个这么多年的官才能留下来的。而据我所知，李大人并没有其他的产业和副业啊。难不成，李大人并没有人们所看见的那么……清廉？”

李大人此刻方明白，原来这女人刚刚的话不过是一个圈套！他竟然慌忙之下中了圈套。当真是气煞人也！

“你究竟是什么人？你想怎么样？”李大人这么多年来也是官威很重的人，当下竟然不耐烦再和洛芷珩浪费口舌，怒道。

“不想怎么样啊，就想将李大人这么多年来搜刮的民脂民膏都拿回来，返还给那些劳苦大众罢了。”洛芷珩慢悠悠地道。

李大人反应激烈地呵斥道：“本官一辈子清正廉明，绝没有做那等大恶之事！欺压老百姓的事情，老夫一辈子也做不出来。更何况老夫的官评你去问问呢，哪一个不说好？老夫若是真的做了那欺诈老百姓的事情，又怎么可能这么多年来风平浪静？”

“啊呀呀，那是因为大人做事严谨，行事高端啊。人家贪官都做得有蛛丝马迹可寻，偏大人你做得滴水不漏。你这样的人才，做一个知府实在是可惜了，你更适合做一个奸臣！”洛芷珩冷笑道。

“老夫不和你这个黄口小儿争辩。你本身就是邪门歪道，就是做尽恶事的匪徒，你自己都良心不正，又有什么资格来指责本官？哦，本官知道了，多年之前本官为了百姓安宁，曾经大力主张过将附近土匪都剿灭，你一定就是那次的漏网之鱼。你对本官怀恨在心，但本官之前在位，你怕本官，等本官现在退隐了，你就来报仇了是不是？”李大人不愧是做官的，竟然能将故事编得这么……合情合理啊。

那镖头一听越发觉得这李大人是个好官了，当下便道：“你想做什么我们都做得，你无非就是求财罢了，既然李大人说了那些财物可以给你，你也不要再做纠缠。不然真要打起来，我和我的人也未必会输给你！”

这话却是有宣战的意思了。

洛芷珩却不理会那镖头。满身冷气地喝道：“少在我面前装什么正人君子。今日要不是看见你车上真的有孩童，我就一刀杀了你又何妨！”

李大人被洛芷珩身上那股威严镇住，待回过神来却已经是手脚冰凉，怎么觉得这女子在哪里见过？好熟悉的气势。

“我也懒得和你废话，我做事情从来凭的是良心，既然你不服不认罪，那我就让你哑口无言。拿来！”她一挥手，就有人立刻奉上一本册子。

大红封皮的册子相当抢眼，上面几个滚金墨汁落下的大字更是刺目。

罪名册！

三个大字让所有人呼吸一窒，只觉得那几个字竟有说不出的威严神圣在。令人不敢心生亵渎。

洛芷珩打开册子，翻了几页，便高声读起来：“李慎之罪，先皇七年，以征召士兵为由，在当地搬出政令，他所管辖的每家每户所有成年男子必须出一名参军，家中独子可免去参军，但须交十两银子，其他不想去的须交二十两银子换一个名额。”

“先皇八年，李慎所管地方大旱，朝廷下放救助款，却在半路被土匪洗劫一空。朝廷又发下救助款。”

“今皇二年，李慎所管辖之处发生大洪，百姓死伤无数，房屋倒塌无数。朝廷再一次下放救助款，但竟然又在送来的途中被洗劫一空，依然是土匪所为！”

洛芷珩念到这停下，看向李慎，目光如炬。

众人听着，却觉得没有什么不妥。此刻这道路上已经有两伙赶路人停下，他们是想走的，但这状况他们也不敢轻易离开，生怕他们落单了，再被土匪有机可乘了。

镖头听了洛芷珩念的罪状，沉声道：“你所念的是李大人的罪状？但这也不对吧，那些里面朝廷发放的赈灾款被洗劫一空，和李大人无关。而招兵的事情每一年都有，每一次都有用银子买不去名额的，这也没有什么吧？”

“是吗？”洛芷珩冷笑。

那李大人却松了一口气，还以为这女人能有什么把柄呢，不过是一些鸡毛蒜皮的，谁也看不出问题的事情罢了。他冷笑一声，更加冷傲地道：“虽然我不敢说我就品德高尚了，但我的政绩我却从来都是骄傲的。这些又能有什么呢？”

洛芷珩扬声道：“诸位别急，听我慢慢说。先皇七年招兵，每人十两二十两的银子，你们可知到那时候有多少人缴纳银子吗？是三千二百六十七户！李慎所管辖之下参军的人数竟然只有寥寥一百多人。这就意味着在那三千多户居民手中，他得到了五六万两的巨额财富！而你们又知道他上交了多少吗？只有区区的两万两白银！朝廷下放的旨意里面，让地方官员收取的银两也不过是一两不足而已。而他却敢瞒天过海地收取十两二十两！试问，就这一项他就获得了三四万两的巨款，这些钱，难道不是搜刮民脂民膏吗？这些钱，又哪去了？你可别告诉我，你用这些钱做好事去了。”

李慎的冷汗唰地一下就下来了。

众人闻言也不禁倒抽一口冷气，若真如洛芷珩所言，那这李慎绝对是一个披着人皮的豺狼虎豹啊。是个贪污犯！

李慎听人议论他，他也着急，恨声道：“你口说无凭，我问心无愧！”

洛芷珩耻笑一声：“你是不见棺材不落泪！我今天既然出现在这，必然是有备而来。你这种贪官污吏，休想安度晚年，不将你打入地狱深渊，我的姓就倒过来写！”

“先皇在位的第八年，旱灾。那一次的官银被劫，全国震惊，皇上更是震怒。十万两官银就这么打了水漂了，如何不怒？但那个时候皇上要安抚惊慌愤怒的百姓，只能再一次发银子下来赈灾。而一直追查那批银子的下落无果。这也成了穆王朝的一笔无头公案了。”

“但谁能那么神不知鬼不觉就将那些银子都带走？更不论官银上面都是有标记的，匪徒就算得到了那些银子，又怎么能拿出来花？除非他们有一个名正言顺的身份，让他们花这个银子还花得心安理得名正言顺。而这些银子，哪有官员和百姓花得名正言顺？”

“那一次的案件，早就有人怀疑是官匪勾结了。但一直苦无证据，也不会有人想到你这个看起来就老实本分，并且一直以来以清苦清廉形象示人的好官李慎李大人！我想他们到死也不会想到，更不会相信，你李慎会是那次官银被劫的策划和主使吧！”洛芷珩每一句话都铿锵有力，威严冷冽，犹如一把锋利的刀，落在哪，

哪就能被扎得千疮百孔。

李慎已经全身冷汗，手脚冰凉。脑子里面一片纷乱。

而在场众人，不论是谁，听到洛芷珩这番言论都是震惊得目瞪口呆，已经彻底失去语言能力一般。

他大吼道："不是我！你是含血喷人！"

"是不是含血喷人我们一会儿自见分晓！"洛芷珩眸子清冷，款款道来："世人都说，有些人有些事我们看着越是不可能的，偏偏就会成为真的。李慎就是这样。当所有人都不怀疑李慎的时候，他却就是这场抢劫官银案的主谋，是凶手！"

"没有人会比李慎更清楚那一次官银来的渠道和数量，因为朝廷怕有人起了歹心，所以就算是下放官银赈灾款，也绝不会在官银没有到达地方官手里的时候就张扬开来。就这一点，就足以说明，那一次的官银被劫，势必是有知情人泄露内幕。但这个人会是谁？皇帝必然不会，而皇帝为了防止下面大臣打官银的主意，一般只会将要给谁的官银直接和那个官员说，其他人除了护送官银的官差是不知道的。"

"而和皇上一样，完全知道内情，知道官银数目，所走路线，护送人员的，就是李慎这个人。如此一来，李慎勾结土匪抢劫官银就有了机会和作案时间。"

分析得是不错，且很有逻辑性。但这个结论和分析未免过于大胆和荒谬，难道真的有官员监守自盗后再贼喊捉贼？这太大胆，也太匪夷所思了不是吗？

就有人提出疑问道："敢问阁下，你说李大人就是那次事件的策划者和主谋，可有证据？在下也是李大人曾经管辖下的百姓，李大人在位多年，确实是做得很好。若他真的是这样大恶奸诈之人，我们这么多百姓难道真的就一点看不出来吗？"

洛芷珩笑道："若我说这就是李慎的高明之处你可明白？你想，一个官员，手里拿着几万两银子已经足以他一家人吃穿不愁一辈子了，还有必要步步紧逼做那些搜刮民脂民膏的事情吗？他李慎很有心计，并且做事缜密，他已经算好了，自然不着急。他维持着一个百姓父母官的形象给你们看，以至于发生了什么震惊朝野的事情，你们谁会想到，他李慎会是那个罪魁祸首呢？"

"只怕当年他明目张胆坐地抬价，将缴纳征兵的银子抬高那么多，你们这些百姓还是在心里感激李慎的吧？"

那人一愣，回想当年，点头道："正是这般。家家户户都指望着男人呢，谁能舍得自己的儿子或者丈夫上战场去？万一回不来呢？所以那时候哪怕没有钱，我们也是拼命去凑钱的，李大人那时候也说他是冒着极大的风险的，我们也能理解，交上去的人数只有我们县是最少的，李大人的压力可想而知啊。我们怎能不感谢李大人？”

“这就对了，你们被他卖了却还对他感恩戴德，这便是他的高明之处了。他说他是顶着极大的压力，是为了你们好，可你们怎能知道，他对着他的上司是如何说的呢？征兵是大事，这些是有卷宗的，你们县当年交出来的人少，而李慎的理由便是……你们县发生瘟疫！”

“嘶！”不说那人，便是其他人听到洛芷珩这话都是惊骇莫名。

发生瘟疫？若有瘟疫，那谁还敢用这里的人？偏他们县那时候哪里有瘟疫？李大人这个理由不免是漏洞百出啊。而那一百多个从军的人……

“朝廷得知了瘟疫的事情，怎么还可能用你们那的人。但朝廷也派人下来证实，知道为什么你们那的瘟疫被证实了吗？这就是官官相护！当年那个下来的钦差大臣也怕真有瘟疫被传染，李慎就去到了驿站见钦差，你以为没有银子能让那大人站在李慎那边吗？而一旦证实了那瘟疫，你们县从军的那些人甚至没有出了你们县城的门口，就被李慎带着人秘密屠杀了。”洛芷珩一席话，又如同一个惊雷，炸得众人面色青白。

“阁下这话可是千真万确？”那人发问，声音战抖，却已经红了眼眶。

“千真万确。所谓天网恢恢疏而不漏，做了坏事谁也别想能逃脱法律制裁！李慎你要不是贪心，十几年后竟然还敢做下这等恶事，终于露出马脚，也许你真的就能一辈子逍遥法外了。但你坏就坏在，贪心不足。竟然敢在十几年后的今天还敢做当年的那个事情。如今皇上二年，旱灾连连不断，偏偏又是送往你这里的官银被劫，一把掀开了沉压了十几年的无头公案，引得我们追查。”

“而你当年发动的剿匪之事，不过是分赃之后，你的杀人灭口之举罢了。”

“你也当真是大胆包天！竟然如此猖狂地将当年的事情如法炮制，你以为你再做一次还能逃出升天吗？你将天下人都当傻子吗？你剿灭土匪为了天下百姓？笑话！土匪都比你有情有义。土匪都做不出来窝里反的龌龊事。土匪绝对不会吃窝边草！如今朝廷已经查证了李慎的罪行。李慎有了这两次的官银，一辈子衣食无忧，自然就要甩手不干了。而你的匆匆告老还乡，就是我们发现你有嫌疑的开端。”

李慎听到此处，已经面无血色。他知道他当真是百密一疏了。他也知道，这一次的纰漏绝不是他的告老还乡。要不是有人慧眼，绝不可能想到他的。

看到李慎颓废倒地，事情已经不言而喻了。之前发问那男子大哭起来：“难怪这么多年我那哥哥都没有回来，难怪我问遍了诸多官兵都没有人知道我哥哥，原

来哥哥他……早就惨死在这恶棍手中了。老天啊……”

那男子竟然就是当年的受害者！

世界之大，巧合之处竟然如此。也是可悲可叹。

那镖头面有愧色，竟然保护了一个贪污犯。可这又是他的职责所在。一时难以权衡。

却听洛芷珩道：“如今你们镖局的人放下武器，不须反抗，我自也不会伤害尔等。官府办事，其他人不得阻拦。镖局之人不知者不怪。”

镖头闻言松了口气，连忙命令属下放下刀剑后退。而悬在镖头喉咙下的刀终于移开。

纷纷乱乱，一场罪名的定夺，一个历经两个朝代才被破获的巨大贪污案，就在这片寂静的树林里掀起风暴，尘埃落定！

三年清知府，十万雪花银。这话，当真不假。

大量官兵涌来，将李家所有人绑住押入囚车，所有财物充公，捉拿李慎在外做官的儿子，显然皇帝要将李慎判连坐了，李家自此毁灭不会遥远。

在李慎的身上，还有他发妻身上搜出来了大量大面额的银票，汇总之后发现竟然有十五万两之多，与两次官银被劫钱数相差不过五万两，只怕剩下的钱已经被李慎挥霍。

洛芷珩看 那三个哇哇哭啼的孩子，真的于心不忍，大人的罪行和孩子无关，但这种大事却不是她能说了算的。只是低声交代官差头领道：“别伤害到孩子，不论皇上怎么裁决，在你们手中不得虐待孩童。”

“属下遵命。”

“还有这是缴获的赃款，我且拿出来三万两，过后会命人兑换成银子，你知会江州县官员一声，将当年交钱买不去从军的名册找出来，再通知百姓到衙门来。虽然三万两不足以补偿他们之前缴纳的钱，但这也是皇上一片爱民之心。还有，那一百多名惨死的男子的家人，要格外抚恤。”洛芷珩又道。

“属下遵命”，头目见洛芷珩不再开口，便小心翼翼道，“夫人，阁下让属下给夫人带句话，属下能说吗？”

洛芷珩挑眉，冷哼一声：“我说不能，你就不说了？”

头目点头哈腰小心翼翼道：“阁下说让您玩够了就回去吧，阁下他不生您的气了。”

洛芷珩一听便柳眉倒立，嗤笑道：“他不生气？我还生气呢。你滚回去告诉他，老娘这辈子都不会回去了，就在这土匪山里当土匪了。他最好一辈子别出门，不然老娘一定把他洗劫一空，连一块布也不给他留！”

满是火气地说完，洛芷珩纵马离去。

身后众人都不知道这女子的身份，但却不约而同地跪地叩首，满目的尊敬和感激。

被押上囚车的李慎，愣愣地看着洛芷珩离去，不可置信地呢喃着什么，却忽然大笑起来，只是他的笑声里悲戚又莫名的释然：“难怪，难怪了，原来是她！竟然是她！哈哈哈哈，死在她的手里，老夫也算不亏了。”

众人只以为李慎是疯了，而李慎下一句话却让其他人恍然大悟。

“洛芷珩，你不愧是天下第一才女，老夫只恨这最后的贪心，死在你手中，老夫的名字这辈子也能流芳千古了，哈哈哈。”

洛芷珩经常出席皇族的礼仪大典，文武百官有幸见她一面的不在少数。这李慎便是其中之一。

这话不假，洛芷珩的名字，在穆王朝的史册上必然是浓墨重彩的一笔，而关于洛芷珩的事情，她所作所为也必然会详细落在史册之上。这李慎，倒是想得开，哪怕是如秦、庞一般的佞臣，他也终是可名留后代。

而其他人在听到洛芷珩这个名字的时候，无不震惊。

很快洛芷珩在落金山当土匪的消息便流传出来，这件事情也随之炸了锅似的流传开来。

如今，再没有人会想起会提及洛芷珩当年那花痴地追着男子大街小巷乱跑的事情。只有一桩桩洛芷珩立山为王，劫富济贫，查处贪官污吏，惩治恶霸奸人的大快人心的事！

天下人谁人不知洛芷珩，谁人不晓那一位风华绝代的神官大人！

而自此，所有走镖的人，几乎都走落金山，甚至有的人都不雇镖局了，就带着家丁赶路，专门走洛芷珩地盘的山路，不论那路多崎岖不平，他们也不惧不怕，只因为这个山头，方圆几百里都是洛芷珩的地盘，在这里，只要你良心正，没做下作奸犯科的恶行，没有对不起百姓苍生，那你在这里出入便必定是平平安安。

土匪本来是令人厌恶和恐惧的人，但洛芷珩却让土匪变成了安定人心，让人心之向往和全心信赖依靠的全新代名词。

慢慢地，落金山便被人叫成了良心山，阳关道。

——

七月中，最是雨水快意不定的时候，电闪雷鸣也是常事，南方的水面此刻反射着日光，满是温暖。看似平静的表面下，却是时刻隐藏着波涛汹涌的惊险万分。

一艘极其奢华的大船从上直下，一路驶来，这艘船已历尽风霜，只有那火红的帆布，在雨水和浪花的洗礼下，依然娇艳。

经年之后，当年的小公公小喜子的包子脸更添几分肉感，叽里咕噜的黑眼珠此刻也无精打采黯然失色。百无聊赖地坐在甲板上，胖嘟嘟的身子扭来扭去，如屁股下坐了一个钉板似的不安分。

奶娘端着一盘香喷喷的白嫩包子招摇地从小喜子面前走过，小喜子的眼睛跟着一亮，鼻子立刻追随着香味伸去，一耸一耸地分外滑稽。

砰地一声，伟大的小喜子公公的鼻子撞在了木板上。一张脸都皱巴成了包子脸，满是白嫩嫩喜人爱的褶。

奶娘停下脚步，调笑道："你这干什么呢，天天弄这么一出，饿死鬼投胎的么？"

小喜子揉着鼻子爬起来，狂奔而至，一手抓个包子啃起来，还不忘口齿不清地抱怨道："这日子什么时候是个头啊？主子们闹矛盾，当奴才的却要跟着吃苦受罪。困在船上和坐牢有什么区别吗？有吗有吗？我现在唯一的乐趣就是吃，唔，天妒英才，竟然让伟大的大总管的雄才伟略被淹没在这茫茫大海之中。"

吃吃吃，把王妃吃回来。吃吃吃，把王爷吃出来！嗷，吃到想吐。

奶娘好笑地捏捏小喜子近日来猛增肥膘的脸，端着包子走到船舱门外，敲门道："姑爷，包子好了，要用一点吗？"

洛芷珩走了，在和穆云诃爆发了俩人之间第一次大战之后一走了之，用洛芷珩的话说就是奔向自由。可在奶娘看来就是不靠谱不着调，哪有一怒之下扔下相公就走人的？这也就是穆云诃真的喜爱洛芷珩，换别人还不立刻休妻了事？

奶娘这辈子一颗心都在洛芷珩身上，还真怕洛芷珩和穆云诃闹得无法收场，这俩人一路走来，她一路追随，他们的酸甜苦辣和苦难，她都亲身经历，再没见过这么天作之合的小夫妻了，分开多可惜。好在穆云诃靠谱，虽然生气，却绝不会真的不要洛芷珩。奶娘为了安稳穆云诃的心，这次并没有跟随洛芷珩离开，而是留下来照顾刚刚痊愈的穆云诃。

穆云诃慵懒的声音在船舱里淡淡响起："拿回去吧，我不饿。"

奶娘也不勉强，纵然穆云诃嘴上不说，但他想念洛芷珩的心，傻子也看出来了。僵持了那么久，倔强了那么长时间，这不还是忍不住追过来了么？奶娘傲然一笑，老娘一手拉扯出来的孩子，果然魅力无限，神官也要成为裙下之臣！

穆云诃的声音听着是懒洋洋的，可此刻却在船舱里一个人泪眼汪汪地扎小人！

扎扎扎，让你不知道悔改，让你一走了之，让你不要我……

半晌，穆云诃颓废地扔了小人和金针，收起泪眼汪汪，傲娇一笑："要不是有本神官的神功，看你不痛经痛死！"

穆云诃随随便便地掐指一算，唔，今儿是月中了，阿珩的月信刚好今天过去了，终于不用再扎小人了，不知道的人还不以为他愤恨阿珩到要用巫蛊害人？害得他一心担心阿珩月信的痛经毛病，鬼鬼祟祟地躲起来给阿珩施法，他容易么？还有比他更疼妻子的男子么？

一定没有！必须没有！

想到自己这么好，阿珩却竟然曾经和父王有过那样的约定，穆云诃就一阵恍惚，心口又不由自主地疼，疼到无以复加。

刚知道洛芷珩和穆王爷之间的约定的时候，穆云诃是震惊而不可置信的，那时候他还不相信穆王爷的，他的心里只相信洛芷珩。但洛芷珩竟然在他的质问下坦坦荡荡地点头了，穆云诃一个堂堂七尺须眉，当真是被雷劈了一样，全身都碎了，心也碎了。

这就是他一心想要呵护和疼爱的小妻子？这就是他努力挣扎着活下来的理由？当尘埃落定，洛芷珩竟然联袂他的好父亲给了他一个更大更沉重的惊雷，炸得他皮开肉绽。

一切的守护，一切的帮助和关心，不过是洛芷珩换取自由的条件吗？他，从来不是洛芷珩的责任和心之所爱？他不过是洛芷珩追求自由的一个阶梯吗？曾经能轻易开口要那种诺言，以守护他让他活着为理由，从而达到离开他的目的的洛芷珩，真的爱过他吗？

穆云诃那天雷霆大怒，用从未有过的憎恨和阴狠对洛芷珩咆哮，甚至指着大门让她滚。

那是一场欺骗，在涉世未深的穆云诃心中是一把刀，唰唰唰地轻易就将他伤得体无完肤。如果这件事是别人做的，他甚至不会眨一下眼睛，但这件事是洛芷珩做的，他就是不能接受。

也许他还是自卑的，他不能接受的，也许一直，可能大概，只是阿珩不爱他，阿珩不要他，阿珩想要离开他的这个事实。

偏偏洛芷珩没有丝毫解释，竟然抬腿就走，当真是……一嘎达云彩也没有留下。

好伤心！

穆云诃和洛芷珩之间骤然出现了一道巨大的裂痕，穆云诃经过最初几天的炸

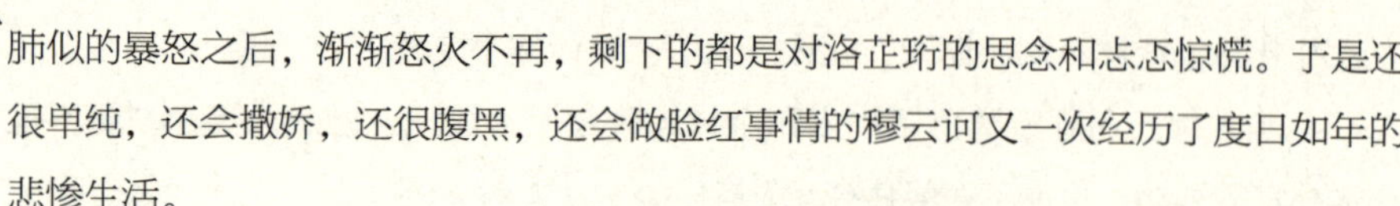

肺似的暴怒之后，渐渐怒火不再，剩下的都是对洛芷珩的思念和忐忑惊慌。于是还很单纯，还会撒娇，还很腹黑，还会做脸红事情的穆云诃又一次经历了度日如年的悲惨生活。

日复一日，他的人将洛芷珩的行踪摸得透彻，不用别人，他自己只要掐指一算也是门儿清。但怎么办呢，就是拉不下脸去求回她来，明明思念已经变成嗜骨的毒，整日里折磨得他痛不欲生，解药就在他，他却不甘心就这样取来。只能日复一日地被剧毒折磨。

可渐渐地，当洛芷珩的消息一次又一次地传回来，洛芷珩的丰功伟绩被人们大肆渲染和推崇，越来越多的人喜爱她的时候，穆云诃才有些坐不住了。

可这件事真不是他的错对不对？他一直被洛芷珩蒙在鼓里，相爱的夫妻之间怎么能有这么离谱的事情呢？阿珩只要服个软，他立刻就可以摇身一变成忠犬，绝无二心，任媳妇要打要骂要调教。

但，洛芷珩就是根硬骨头，他怎么能忘了这茬！可恨的硬骨头，饶是他这种全牙口好，也抵不住骨头是铝合金制作的，他只能远观不敢真吃啊，万一一口银牙都成渣渣……他不确信洛芷珩会喜欢一个没牙的老爷爷。

于是娇弱的美男小诃诃只能独守空房，用眼泪祭奠他被欺骗被抛弃的爱情。终于让穆云诃再也坐不住，什么尊严和理直气壮都不要了的，还是洛芷珩现在活得好滋润这个消息。

这女人简直是磨人精投胎来的，走哪都能呼风唤雨吧？一个女土匪都能让她当得有滋有味有声有色的，没有了他的她，竟然也可以活得这么潇洒自在，这让穆云诃情何以堪啊！

最可恨的是居然有那不长眼的垃圾男，竟然敢趁虚而入！趁着他不在的时候，就对着洛芷珩大献殷勤，简直是不可饶恕！

媳妇都快保不住了，自己的阵地眼看就要被强大而凶猛的敌军攻破，他要再继续留守阵营不出兵，那就只有等着阵亡，就连收拾残局的份都没他的了。

于是当洛芷珩让士兵头目带给他的那句话传来的时候，穆云诃有了出兵的理由。咱怎么也是个爷们，不能让女人瞧不起不是？她不是说咱不敢去吗？咱就偏要去！逆水行舟，也要攻破媳妇儿的堡垒，将媳妇儿捉拿归案，生娃娃去！

至于媳妇儿说的，将他打劫得一丝不挂什么的，嘿嘿嘿，媳妇儿，让一丝不挂来得更猛烈点吧，相公是待宰羔羊，随你享用！

穆云诃一路思想天花乱坠五颜六色地缤纷着，那颗期待见到洛芷珩的闷骚之心剧烈跳动着。

轰隆一声，当空一道巨雷直劈而下，震耳欲聋。

穆云诃带着媚笑的脸瞬间一僵，霍地坐起，神色严肃的掐指一算，神情古怪地嘀咕道：“竟然算到自己今天有一场劫难？好惊喜！”

“主子爷，这天气又要下大雨了，打雷了呢，咱们是不是要靠边休息，等待雨水过去？”小喜子欢快的声音在外面响起。最好休息一辈子，在船上生活实在是伤不起。

穆云诃声音有些冷淡：“继续前行。”

小喜子一张包子脸立刻垮下来，“迎风破浪终有时，直挂云帆祭沧海”啊，祖宗，不带这么玩的啊，大风大雨地在海上您还敢继续前行，只怕还没到终点，咱们一船人就要跟着这帆布成为大海的祭品了啊。

穆云诃抚额说道：“怎么就带了一个累赘出来？要不是这场风雨，怎么遇见彩虹和‘劫难’？”说着就立刻翻箱倒柜去了。

海上的天气最怕就是风雨了，本就在海面之上，一场风雨一个浪头，都有可能让船只沉入大海。

其他渔船和商船都快速地向岸边靠，只有穆云诃这艘船还在继续前行。

眼看着电闪雷鸣越来越大，轰隆隆的仿佛天神发怒，一遍又一遍地重复刷新着苍穹之巅的颜色，从蔚蓝到乌黑再到黑云压城。空气憋闷令人窒息。

毛毛细雨率先而至。船舱上只留下二人把手，其他人都进入船舱。小喜子就守在穆云诃门外，举目望天，四十五度角悲伤惆怅：“真倒霉，一路烦闷也就算了，七碗不在这，没人给我当小兵，小勇子也不在这，没有给我玩，这日子过得还真是糟心。”

海上渐渐起雾了，已经不能看清遥远的前后左右方是否有可疑物了。这种鬼天气，这种鬼季节，真是糟心。

如此情况，只能缓慢前行。

奶娘很淡定，人绝世武功在身，水上漂不是问题，自然不怕。小喜子却紧张得跟猴儿似的，死抱着木头桩子对天点头道：“小喜子给老天爷磕头了啊，小喜子今年才十八加一岁而已，不想英年早逝啊，求老天爷开恩开恩，千万不要收了小的这条小命啊。求一帆风顺，求一路顺风，求、求求求……”

小喜子乱七八糟地求着，忽然呆呆地看着前方雾气蒙蒙的地方，乌溜溜的眼睛直到眯成一条缝，才猛地睁开，磕磕巴巴的却一句话也说不出来。嘴巴哆哆嗦嗦的，好好好可怕，那是什么玩意？！

只见雾气蒙蒙的前方，似乎从黑洞洞的雾气里面行驶过来一艘船，但那船很大，但也很模糊，上面，似乎还有弯刀样式的东西，空气中除了电闪雷鸣，还有当啷当啷的重铁撞击的声音。

小喜子发现了，其他二人自然也发现了，当即面色大变。小喜子想到的就是可千万别看不清和自己的船撞一块了，那不用祭沧海了，他们就集体阵亡了。而那二人想的却是，完蛋了，竟然遇到海盗了！

海上不比陆地，遇见什么凶险还能逃跑，海上无路可退，想跑就跳海吧，但跳下去不懂水性就必死无疑，懂水性也未必就能逃出升天。所以在海上除了怕狂风暴雨，还怕海盗。这些没人性的盗贼可不会因为得到了财物，就放过你的小命！

立刻有人去禀报穆云诃，穆云诃却只是淡淡地道："命人都武装起来吧，时刻准备着，见机行事，不可声张，万一不是海盗呢？"

穆云诃也很淡定，人家是占卜神官，自然没什么好怕的。

一瞬间全船的人员严阵以待，奶娘也出来守在了穆云诃的门口。

两艘船渐渐靠近，双方似乎都能嗅见彼此间剑拔弩张和小心防备的味道。

有人祈祷，有人怀着侥幸，期待那两船就和自己的船只擦肩而过。但天不遂人愿，那船只就不偏不倚地挡在了他们面前，还有人凶狠地大吼道："停下来，再不停下来老子就不客气了！"

穆云诃的船只只能停下来，难不成还和人家撞上吗？

那艘大船很夸张很嚣张地比他们的船只大了不止一圈，搭上船板，就冲上来了一群粗汉子，一个个膀大腰圆人高马大的，手持锃亮锋利的刀剑，面目凶恶地瞪着眼睛，眨眼间就将穆云诃这船的人包围了。

而穆云诃的人也不是吃白饭的，早在他们上来之际他们就一个个手拿了火药，他们根本就是有恃无恐，你们海盗敢来横的，老子就敢点了火药，大家一块去地府慰问阎王。

大汉们又不是大白痴，自然看到了火药，还真就不敢轻举妄动，于是双方大眼瞪小眼，僵持不下。

"兄弟有话好说，这么刀剑相向的也不好看吧。"穆云诃这边的船老大不紧不慢地道。

海盗那边有个汉子粗声道："废话少说，老子今儿就是来打劫的。你们最好老老实实的，要不然老子将你们全都宰了。"

全船忽然集体沉默。气氛瞬间凝重阴森。

你可以嚣张，但你不可这么嚣张！当他们这些七尺男儿是猪仔儿吗？你说宰就宰？别说老子们不答应，老子们的娘也不答应！

船老大沉声道："老子也敬重你是条汉子，敢作敢当，报上你的名号吧，我也不多说什么了，今日一战势必不能省下了。我们一船的人都在这，你们赢了，要杀要砍悉听尊便。我们赢了，你们就立刻跳海喂鱼。"

海盗大汉哈哈大笑，鄙夷道："你还轮不到来和老子谈判，老子也没想你们说话，但你们今天必须全体阵亡。老子的主子说了，今儿咱们来就是来劫财劫色的，你们从了那便好说，你们不从，那就让你们全都惨遭劫色。"

大汉一说完，海盗这边的粗男人们就一万只鸭子似的嘎嘎大笑起来，猥琐得令人鸡皮疙瘩都能填满大海了。

穆云诃那边的人马闻言，一个个面色难看，怒火翻腾。老子们一个个都是标准的大老爷们，那是你们能说劫财就劫财，说劫色就劫色的么？虽然老子们个个玉树临风，但老子们很正，娇妻稚儿，谁要你们一群粗汉子干啥！

简直是可忍孰不可忍。

"兄弟们，抄家伙，炸飞这群死变态！"船老大一声怒吼，拔地而起，砰地一声，惨烈地摔到了地上。

其他兄弟有样学样，但一个个就跟秋后的蚂蚱似的，终于蹦达不起来了，全都摔在甲板上了。火药球一个个地滚落，被毛毛雨浇湿。

大汉们嘎嘎大笑，领头人鄙夷道："就你们这点小伎俩还想和老子们对抗？早就知道你们不会束手就擒了，这迷香可是专门为你们准备的，嘎嘎嘎，乖乖被劫色吧。"

"蠢货！"一声娇喝，紧接着嚣张的汉子被一根棍子棒打后脑，疼得大汉龇牙咧嘴，却不见怒气，只知道嘿嘿傻笑。

"主子，小的这不是和兄弟们开个玩笑嘛，也好缓和一下您和'夫人'的关系呀。"大汉竟然嘴脸一变，一副憨憨的表情，挠头傻笑，颇为讨好。

那群倒地呻吟的人闻言，都是一身鸡皮疙瘩此起彼伏。你人壮一点不可怕，可怕的是你个糙汉子竟然学人小女孩卖萌，这就很可耻了！

"馊主意。滚一边去。"声音又响起，雾气蒙蒙的也让人看不清说话之人的容颜，但只见一个略显高挑纤细的身影走进视线。优哉游哉地走在颤巍巍的木板上，从那艘船到这艘船来。

那人可能穿着红衣，袍裾下一双雪白的小靴子踩在了火药球上，那火药球就在那玲珑小脚上来来回回地转圈，就好像他们这群躺下的人一样，被凌虐。

好悲惨！众人虎目含泪。

"找到他人了么？"懒洋洋的声音，有些个嘲弄。

“小的还没来得及找呢，主子不说先劫个色么？所以小人先将他们都放倒了，等主子任意选择。”大汉憨厚地笑。骤然间肚子上又被踹了一脚，捂住肚子，脸都扭曲了，主子……你踹哪呢！

“我是随随便便的人么？劫色也是要有品位的，姑奶奶我只要这里的头目。”傲娇的声音带着不屑和挑剔，却出乎意料的好听。

倒地的船老大一听立刻浑身紧绷，虎目含着屈辱的泪，心里高呼，媳妇儿我要对不起你了，可你放心，这绝对不是我心甘情愿的，我心里只爱你一个女人，哪怕我被迫被另一个女人劫色，我也只爱你。

其他人都在为船老大默哀，但也不乏艳羡的。听那女人的声音就是个美人……

脚步轻盈地走向船老大，船老大用最悲壮最屈辱的表情死死瞪大了眼睛，一副宁死不从的刚烈样子。目光却一直跟着那越来越靠近自己的女人走，香气扑鼻！船老大心一路下沉，近了近了……

呃！！

只见那人抬起脚直接从他身上跨过去了。

噗……

有人忍不住地笑喷了。船老大倒地，说不清是失落还是松了一口气。

洛芷珩似笑非笑看着死死贴在船舱门上的小喜子，瑟瑟发抖得都快缩成一团了，却还是坚守在穆云诃房外。她故意冷笑道：“哟，这个就不错，白白嫩嫩的看上去就可口啊，要不，就将他先吃后杀好了。”

小喜子闻言更是吓得发抖，哽咽道：“不要吃我，我很臭的，已经一年没洗澡了，扔海里鱼都绕着我走的。去吃船老大吧，他天天洗澡。”

这个有异性没人性的家伙！船老大一口黄牙几乎咬碎。

洛芷珩暗笑，瞥见一旁奶娘正一脸笑意地看着自己，她用手比划一下，发出嘘的声音，奶娘会意闪到一边，笑看小喜子出糗。

洛芷珩用脚踹踹小喜子，恐吓道：“不想被吃不想死就滚一边去，不然就把你剥光了喂鱼。”

小喜子更害怕了，人家最起码还虎目含泪，他是毫不掩饰地眼泪哗哗落。似然害怕，却还是死命地抓着门不放：“那你还是把我先吃后杀了吧，我就算死也不做背叛主子的奴才。”刚很有气势地说完，就再也忍不住地哇哇大哭出来：“主子救命啊，奴才不想去喂鱼！”

洛芷珩死死咬住唇瓣，不让自己笑出来。实在是忍不住了，小喜子，这么长时间过去了，你怎么能只长肥膘不长脑子呢?

“滚！”房间里忽然发出一声极其压抑和暴怒的喝声，其里面的不耐烦显而易见。

小喜子眼睛一亮，就知道主子不会不管自己的。他好像一下找到了主心骨似的，软成泥的身子也硬气了，对着洛芷珩大吼道：“我家主子让你滚你没听见吗！现在不滚，当心我家主子发怒将你碎尸万段！”

气氛瞬间降低到令人压抑，静默四散开来。

小喜子洋洋得意中，只听穆云诃阴冷的声音传来，还是带笑的，可是更显阴鸷：“我是让你滚，信不信再不滚蛋，老子先将你碎尸万段，小、喜、子！”

小喜子傻眼，不明所以。奶娘实在看不过去了，连忙将这傻孩子拉走。傻孩子挣扎，宁死也不让人伤害主子，但傻孩子忽然傻眼了。

洛芷珩忽然转身，在雾气中靠近他，那张脸几乎要贴在小喜子的脸上，笑眯眯地捏着小喜子的包子脸：“好孩子，真乖啊，你们的好姐妹丫头也来了呢，去找你姐妹玩吧。”

小喜子瞬间石化。他看到了什么？他看见了谁！啊啊啊，老天，请让他自戳双目吧！主子娘娘，虽然他很好玩，可也不带这么玩他的吧?

洛芷珩进了船舱，外面电闪雷鸣黑压压的，这船舱里摇摇晃晃却格外有情调。烛光让船舱显得格外温暖，那软榻上白色皮毛上横卧一具修长身体。双脚漫不经心地交叠，白色的缎子长袍在男人身上交错纵横出褶皱，领口微微敞开，有些刚刚睡醒的朦胧慵懒。

黑色长发蔓延在衣服里胸口上，锁骨的若隐若现，刚好给他嘴角上扬的纯洁笑容增添一抹媚色。

那张脸一如记忆里的俊美如斯，可明明他笑得那么纯洁，但那双眼却勾魂摄魄得叫人心跳加速，恨不能扑过去狠占便宜。

这个男人，一如既往的闷骚。

明明是精心准备过的，竟然还装出一副“我什么也不知道”“你怎么来了”“天，怎么能让你看见我如此性感的一面”的二货表情！穆云诃，你以为你的闷骚无人能懂，却不知道，最懂你的人是我是我还是我！

穆云诃一脸的惊讶，好像才反应过来似的，一把将衣服捂严实了，生怕洛芷珩多看一眼，防采花贼似的防她。冷下脸来，冷哼道：“你怎么来了？”

你能在明知故问的时候，把嘴角的笑容擦干净么？你的开心不是真的天知地知你知我不知。

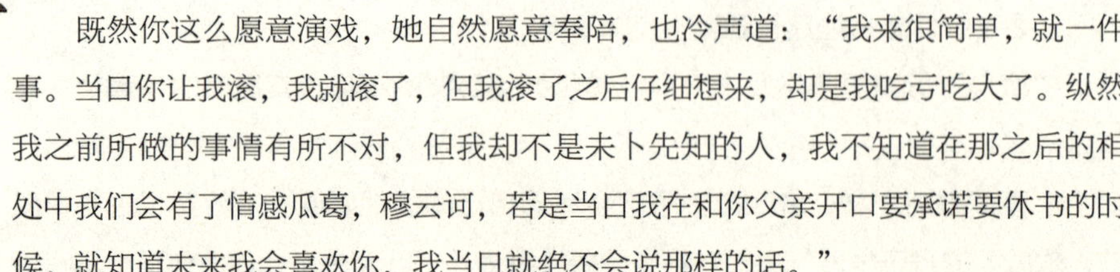

既然你这么愿意演戏，她自然愿意奉陪，也冷声道：“我来很简单，就一件事。当日你让我滚，我就滚了，但我滚了之后仔细想来，却是我吃亏吃大了。纵然我之前所做的事情有所不对，但我却不是未卜先知的人，我不知道在那之后的相处中我们会有了情感瓜葛，穆云诃，若是当日我在和你父亲开口要承诺要休书的时候，就知道未来我会喜欢你，我当日就绝不会说那样的话。”

穆云诃眼睛瞬间都明亮了，尽管想要板着脸，但他眼角眉梢的笑意却显而易见，绷着声音问：“你是承认你已经深深地爱上我了？”

早已经心花怒放的男人，却故意冷淡，仿若洛芷珩的喜欢于他而言无足轻重。可他心跳加速，飘飘然几乎要飞了。好开心，阿珩竟然承认她喜欢他！唔，果然他和阿珩是天生一对。

洛芷珩真看不惯他这副得意小人的样，但怎么办呢，她就是喜欢穆云诃，甚至爱他。她做事从来不会遮遮掩掩，一如既往的坦荡：“没错，我喜欢上你了，甚至爱你。我为我之前的鲁莽跟你道歉。”

阿珩道歉了！！

穆云诃没有想象中的解气和快乐，反而有种脊背发寒，浑身冰冷，惊慌失措的不健康感觉。洛芷珩轻易地开口认错，此事不能有！

穆云诃见好就收，脸上的笑意再也绷不住了，瞬间暖春花开：“阿珩，我从来就没有怪过你。我之前只是太冲动了，我害怕你离开我，所以才会那么激动。阿珩，我这次就是来接你回家的。”

快快乐乐地蹦起来扑到洛芷珩身上，蹭啊蹭，眼眶发酸，心里却甜蜜得快要飞起来了。终于又触碰到阿珩了，好软好香好想念她。抱紧，再抱紧。

洛芷珩嘴角也忍不住翘起来，但却依然冷声道：“之前的事情就过去了，我也不想再提。你既然那么不能接受我在不知情的情况下犯的错，还让我滚，那我今后就永远滚出你的视线就好了。我今天来就为了一件事，你还欠我一样东西。”

穆云诃脸色有些难看，就知道没那么简单，就知道要坏事。无辜的眨眼，撒娇：“阿珩我知道错了，原谅你相公吧。”

“不是原谅不原谅的问题，是我心里憋着一口气，你穆云诃被我惯坏了，我觉得我们之间不合适。”洛芷珩一脸淡漠地道。

穆云诃俊脸唰地一下全无血色，也不撒娇了也不卖萌了，站直了身子居高临下地道：“你什么意思？”

还我萌物小诃诃！洛芷珩心里咆哮。嘴上却道：“意思就是我们还是分开吧。你给我休书，或者我们和离，怎么样也好，总好过这样拖拖拉拉的，以后我们婚嫁就各不相干了。”

穆云诃褐色的眼仁渐渐深邃得发黑，俊美如神邸的容颜上也勾出一抹邪气的笑，一手漫不经心地挑起她的长发随意缠绕把玩，一边目光犀利看着她玩味地道：“阿珩一句话说不行就不行，说散就散，那我穆云诃算什么？在你心里，我就是这么随便的人吗？”

“你难道不是吗？”强大的洛芷珩，此刻却无法抵挡穆云诃这邪魅狷狂霸气的样子，虽然极力让自己镇定，但微微的脸红，和身子轻轻的战抖，还是泄露了她的紧张和不自然。

很酷很帅很无敌有没有？纯情的萌物小诃诃，瞬间变身进化成邪魅的冷峻大诃诃。魅力无法阻挡。

穆云诃低头弯腰，绯色红唇几乎落在她的肌肤上，在她耳边逗她也戏谑她道：“你知道的，我从不随便。我穆云诃认定的，要了，爱了，就是一辈子的。你在，穆云诃就在。你不在，穆云诃翻天覆地也要把你找出来！这辈子穆云诃和洛芷珩是绑在一起的。我爱你，又怎么能放过你？”

大手渐渐环上她的纤腰，摩挲，紧握，霸道地宣誓这具身体的所有权。低低沉沉的笑泛着冷夹着热，冰火交替十分难熬：“阿珩，欲擒故纵不流行了，你换一个吧。比如，美人计？欲拒还迎？再比如，征服我，奴役我？”

洛芷珩心肝肺都一起跳舞，扑通乱跳，她心里有个小人嗷嗷乱叫，但表面上却故作冷淡地问：“如何征服你奴役你，我的神官大人？”

穆云诃痴痴地笑：“用你的身体如何？我想，我会心甘情愿地被你奴役征服一辈子。我的心肝。”

洛芷珩脸红着瞪眼，您还可以更肉麻一点，反正不要钱。

穆云诃爱死了她这目含秋水满面风情的娇嗔之态，权当乐趣罢了。低笑一声，猛地抱起她走向软榻。

洛芷珩惊呼：“你干什么呀？你的身体不行！”

“行的。被你征服的力气还是有的。”把你征服的力气大大的有！穆云诃在她耳边低笑，目光缠绵着无与伦比的痴情浓爱：“阿珩，我还欠你一个洞房花烛。我便补偿你一个这辈子都刻骨缠绵的新婚之夜。”

洛芷珩感觉自己淹没在了穆云诃那肆意畅快的笑声里，也淹没在了他温柔缠绵的疼爱里，似乎，还随着这沉沉浮浮的海浪风暴，淹没在了无穷无尽的深渊里。他是她唯一的浮木，抓住他就抓住了一切，生命，爱情，未来。

幸福就是不拘小节，爱情就是肆意挥霍。他的爱还在，她的挥霍就是无穷无尽没有尽头。

当时光燃尽，当岁月流逝，当青春不再。他却还在，愿意笑着看她，愿意抱她在怀，愿意温柔疼爱，她的爱情还在。

穆云诃，我生死之间走一遭，遇见你，一生相守，别无他求！

（全文完）